BASTEI
LÜBBE

BIBLIOTHEK DER PHANTASTISCHEN LITERATUR

Herausgegeben von Stefan Bauer

Band 28 301
David und Leigh Eddings
BELGARATH DER ZAUBERER

Band 28 302
Roger MacBrideAllen
ISAAC ASIMOV'S
UTOPIA

Band 28 303
David Gemmell
Die Steine der Macht
KÖNIG DER GEISTER

Band 28 304
J.V. Jones
Das Buch der Worte
MELLIANDRA

Band 28 305
Garry Kilworth
TÄNZER IM FROST

BIBLIOTHEK DER PHANTASTISCHEN LITERATUR
Herausgegeben von Stefan Bauer

Roger MacBride Allen

Isaac Asimov's UTOPIA

Roman

Ins Deutsche übertragen von Winfried Czech

BASTEI LÜBBE

BASTEI-LÜBBE-BUCH
Band 28 302

Erste Auflage: Dezember 1997

Deutsche Lizenzausgabe 1997 by
Bastei-Verlag Gustav H. Lübbe GmbH & Co.,
Bergisch Gladbach
Originaltitel: Isaac Asimov's Utopia
Lektorat: Dr. Lutz Steinhoff
Titelbild: Bruce Jensen
Umschlaggestaltung: QuadroGrafik, Bensberg
Satz: KCS GmbH, Buchholz/Hamburg
Druck und Verarbeitung:
Groupe Hérissey, Évreux, Frankreich
Druck-Nr.: 39968
Printed in France
ISBN 3-404-28302-3

Der Preis dieses Bandes versteht sich einschließlich der
gesetzlichen Mehrwertsteuer.

Für meinen Bruder Chris,
seine Frau Edie,
meine Schwester Connie
und ihren Mann Jim

Anmerkungen des Autors

Ich möchte mich an dieser Stelle bei allen bedanken, die zum Gelingen dieses Buches und dieser Trilogie beigetragen haben. Es war ein langwieriges und kompliziertes Unternehmen, das jetzt, nach viel Mühe und Zeitaufwand, seinen Abschluß gefunden hat.

Diese drei Bücher hätten ohne das einzigartige literarische Schaffen und ohne das ungewöhnlich populäre Werk des vor einigen Jahren verstorbenen Isaac Asimov niemals zustande kommen können. Wir vermissen ihn schmerzlich, und wir alle stehen tief in seiner Schuld. Es war eine große Ehre und ein Privileg, aus seinen Ideen und den Welten, die er erschaffen hat, schöpfen zu dürfen.

Mein Dank gebührt auch allen Redakteuren für ihre unermüdliche Arbeit an *Caliban, Inferno* und *Utopia.* David Harris, John Betancourt, Leigh Grossman und Keith R. A. DeCandido haben – erfolgreich – dazu beigetragen, die drei vorliegenden Bücher zu verbessern. Dank schulde ich ebenfalls Susan Allison, Ginjer Buchanan, Laura Anne Gilman von Ace Books, Peter Heck und Byron Preiss für ihre tatkräftige Unterstützung.

Und natürlich muß ich mich bei Eleanore Maury Fox bedanken, die ich zu dem Zeitpunkt, als ich mit der Arbeit an dieser Trilogie begann, noch gar nicht kannte und mit der ich mittlerweile verheiratet bin. An dieser

Stelle äußern sich Autoren gewöhnlich über die Liebe, die Zuwendung und die Geduld, die ihre geplagten Ehefrauen ihnen geschenkt haben, und Eleanore verdient ohne jeden Zweifel meinen Dank für eben diese Eigenschaften, aber sie hat mir noch sehr viel mehr gegeben: den ehrlichen und absolut rückhaltlosen Rat einer professionellen Redakteurin. Das war mir eine große Hilfe.

Damit komme ich zu meiner Schwester Constance Witte, meinem Bruder Chris Allen, meinem Schwager Jim Witte und meiner Schwägerin Edith Allen. Dieses letzte Buch der Trilogie ist ihnen gewidmet, so wie das erste ihren Kindern gewidmet war. (Von einem abgesehen, aber darauf werde ich gleich noch zurückkommen.) Connie, Chris, Jim und Edie, ich danke euch für eine Menge Dinge, die aufzuführen länger als dieses Buch sein würde. Ebenso danke ich meinen Eltern, Tom und Scottie Allen, meiner Schwiegermutter Elizabeth Maury, meinem Schwiegervater David Fox und meinem Schwager Carl Fox. Meine Familie wird immer größer, und im gleichen Maße werde ich immer glücklicher.

Und wenn ich schon dabei bin, von meiner größer werdenden Familie zu reden, das jüngste Mitglied war noch nicht da, als ich *Caliban* meinen Nichten und Neffen gewidmet habe. Sie hat es verdient, in die Liste aufgenommen zu werden. Deshalb möchte ich diese Widmung zum Schluß damit vervollständigen, indem ich ihr Anna Patrice Allen hinzufüge. Willkommen an Bord, Anna.

Roger MacBride Allen
Brasilia, Brasilien
November, 1995

Die Ursprünglichen Gesetze der Robotik

I

Ein Roboter darf keinen Menschen verletzen oder durch Untätigkeit zulassen, daß ein Mensch zu Schaden kommt.

II

Ein Roboter muß den Befehlen eines Menschen gehorchen, es sei denn, diese Befehle stünden im Widerspruch zum Ersten Gesetz.

III

Ein Roboter muß seine eigene Existenz schützen, solange er dadurch nicht in einen Konflikt mit dem Ersten oder Zweiten Gesetz gerät.

Die Neuen
Gesetze der Robotik

I

Ein Roboter darf keinen Menschen verletzen.

II

Ein Roboter ist verpflichtet, mit Menschen zusammenzuarbeiten, es sei denn, diese Zusammenarbeit stünde im Widerspruch zum Ersten Gesetz.

III

Ein Roboter muß seine eigene Existenz schützen, solange er dadurch nicht in einen Konflikt mit dem Ersten Gesetz gerät.

IV

Ein Roboter hat die Freiheit zu tun, was er will, es sei denn, er würde dadurch gegen das Erste, Zweite oder Dritte Gesetz verstoßen.

Prolog

Der Kampf zwischen Spacern und Siedlern war von Anfang bis Ende eine ideologische Auseinandersetzung. Es könnte sogar, im Hinblick auf alte Chroniken, zutreffender sein, die Auseinandersetzung als theologische Schlacht zu bezeichnen, da sich beide Seiten mehr aus Gründen des Glaubens, der Angst und der Tradition als aus sorgfältigem Abwägen der Fakten an ihre jeweiligen Positionen klammerten.

Jedes Mal, ob es ihnen bewußt wurde oder nicht, stand ein Thema im Mittelpunkt ihrer Konfrontation: Roboter. Die eine Seite betrachtete sie als das ultimative Gute, während die andere Seite in ihnen das ultimative Böse sah.

Die Spacer waren die Nachkommen der Männer und Frauen, die mit ihren Robotern von der fast schon zum Mythos gewordenen Erde geflohen waren, als man dort die Roboter verbannt hatte. Von der Erde vertrieben, reisten sie mit noch unfertigen Raumschiffen durchs All und leiteten damit die erste Kolonisationswelle der Erde ein. Mit Hilfe ihrer Roboter terraformierten die Spacer fünfzig Welten und schufen eine Kultur von großer Schönheit und Vollkommenheit, in der alle unangenehmen Aufgaben von Robotern übernommen wurden. Schließlich wurde buchstäblich *jede* Arbeit den Robotern überlassen. Nachdem sie fünfzig Welten kolonisiert hatten, beendeten die Spacer ihre Expansion und setzten sich keine weiteren Ziele, als die Früchte der Arbeit ihrer Roboter zu genießen.

Die Siedler waren die Nachkommen der Menschen, die auf der Erde zurückgeblieben waren. Ihre Vorfahren lebten in riesigen unterirdischen Städten, die man dort zum Schutz vor einem Atomkrieg errichtet hatte. Es steht außer Frage, daß diese Lebensweise eine gewisse Xenophobie in der Siedlerkultur hervorrief. Diese Xenophobie überdauerte die Phase der atomaren Bedrohung lange Zeit und richtete sich gegen die selbstgefälligen Spacer – und ihre Roboter.

Es war in erster Linie Angst gewesen, die die Erde dazu bewogen hatte, Roboter von ihrer Welt zu verbannen. Zum Teil lag es an einer irrationalen Furcht vor Metallungeheuern, die über das Land zogen. Allerdings hatten die Menschen der Erde auch begründetere Ängste. Sie fürchteten, daß die Roboter ihnen die Arbeit wegnehmen würden – und damit die Möglichkeit, sich ihren Lebensunterhalt zu sichern. Ihre größte Sorge jedoch galt dem, was sie als Trägheit, Lethargie und Dekadenz der Spacergesellschaft betrachteten. Die Siedler fürchteten, Roboter könnten die Menschheit irgendwann ihres Geistes, ihres Willens und Ehrgeizes im gleichen Maße berauben, wie sie ihr jetzt die Lasten des Alltags abnahmen.

Die Spacer hatten mittlerweile eine Abneigung gegen die Erdbewohner entwickelt, die in ihren Augen schmutzige Höhlenbewohner waren. Sie begannen, ihre Abstammung von den Menschen, die sie einst ausgestoßen hatten, zu leugnen. Gleichzeitig verloren sie aber auch jeglichen Ehrgeiz. Ihre Technologie, Kultur und Weltsicht wurden statisch oder stagnierten gar. Das Ideal der Spacer schien ein Universum zu sein, in dem sich überhaupt nichts mehr ereignete, in dem das Gestern und Morgen genauso wie das Heute waren und die Roboter alles Unangenehme erledigten.

Die Siedler aber machten sich auf, die Galaxis mit nüchternen, erdähnlichen, endlosen Welten zu kolonisieren, wobei sie die Spacerwelten und ihre Technologie übersprangen. Sie nahmen die traditionellen Weltanschauungen ihres Ursprungsplaneten mit. Jede Begegnung mit den Spacern schien die Gründe der Siedler zu bestätigen, Robotern zu mißtrauen. Angst vor und Haß auf Roboter wurden zu einer der Grundlagen ihrer Politik und Philosophie. Der Roboterhaß – gekoppelt mit der eher arroganten Verhaltensweise der Spacer – trug nicht gerade zu einem freundschaftlichen Miteinander beider Völker bei.

Und trotzdem schafften es beide Seiten manchmal irgendwie zu kooperieren, wie groß die Differenzen und das Mißtrauen auch sein mochten. Sowohl unter den Spacern als auch unter den Siedlern gab es Leute, die bereit waren, den Versuch zu unternehmen, im Interesse einer Zusammenarbeit Angst und Haß beiseite zu schieben – mit unterschiedlichem Erfolg.

Es geschah auf Inferno, einer der kleinsten, schwächsten und zerbrechlichsten Spacerwelten, daß Spacer und Siedler einen der engagiertesten Versuche der Zusammenarbeit unternahmen. Die Bewohner dieser Welt, die sich selbst Infernals nannten, sahen sich zwei Krisen gegenüber. Ihre ökologischen Schwierigkeiten waren allgemein bekannt, auch wenn kaum jemand ihre wahren Ausmaße begriff. Um sich dieser Probleme anzunehmen, hatte man Terraformingexperten der Siedler kommen lassen.

Doch es war die zweite, die verborgene Krise, die sich als die größere Gefahr erweisen sollte. Denn obwohl sie sich selbst dessen nicht bewußt waren, wurden die Infernals und die Siedler auf dieser so passend getauften Welt gezwungen, sich mit einer außerordentlichen Veränderung der robotischen Natur selbst auseinanderzusetzen ...

Es kamen viele Faktoren zusammen, die zu der endgültigen und gefährlichsten Krise auf dem Planeten Inferno führen sollten. Zweifellos spielten die sogenannten Roboter der Neuen Gesetze eine zentrale Rolle in den folgenden Ereignissen. Aber wie so häufig in der Geschichte war es das Zusammenspiel mehrerer scheinbar voneinander unabhängiger Faktoren, das für die entscheidene Erschütterung verantwortlich war. Alle diese Einzelfaktoren waren erforderlich, um die nachfolgende Kette der tumultartigen Ereignisse in Gang zu setzen. Ohne die Roboter der Neuen Gesetze hätten die Dinge einen ganz anderen Verlauf genommen. Aber ebenso wäre die nachfolgende Geschichte bis zur Unkenntlichkeit verändert worden, wären nicht andere Faktoren ins Spiel gekommen: die zufällige Entdeckung eines merkwürdigen und ehrgeizigen Wissenschaftlers, das unvorhersehbare ethische Gespür eines indiskreten Polizeiinformanten, das komplexe Lügengespinst, das einem fast übermächtigen Roboter aufgetischt wurde, oder die Versuche zweier gegensätzlicher Parteien, ein ganz bestimmtes Verbrechen zu begehen – ein Verbrechen, das schon so lange nicht mehr verübt worden war, daß kaum irgend jemand überhaupt von der Existenz eines solchen Vergehens wußte.

Gleich zweimal wurde Inferno von dem Versuch einer barbarischen Tat schockiert, die unter der exotischen Bezeichnung *Kidnapping* bekannt ist …

Frühe Geschichte der Kolonisierung, Sarhir Vadid,
Baleyworld University Press, S.E. 1231

Teil 1

Einschlag minus Zweiundsechzig

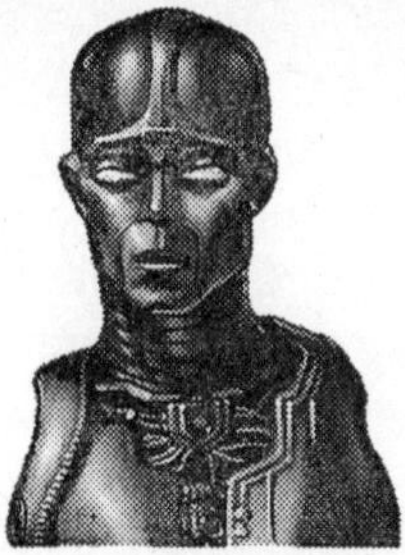

1. Kapitel

Ein blendender Lichtblitz flammte in den Tiefen des Weltraums auf, eine Explosion, die wie eine zweite Sonne erstrahlte. Der Blitz traf einen kalten, dunklen Materieklumpen mit einem Durchmesser von achtzehn Kilometern und bewirkte eine leichte Veränderung seiner Bahn, brachte ihn auf einen neuen Kurs.

Die Gewalt der Explosion war eigentlich stark genug, um den Kometen in Stücke zu reißen, doch irgendwie blieb er unversehrt. Seine Oberfläche wurde durch den Blitz aufgeheizt. Flüchtige Substanzen begannen zu kochen, und Gasfontänen schossen in die Dunkelheit hinaus.

Die Gesetze von Ursache und Wirkung funktionieren unabhängig davon, ob die Ursache bewußt oder unbewußt geschieht. Die Gasfontänen fungierten wie natürliche Raketendüsen, beschleunigten den Kometen aus seiner sorgfältig berechneten Bahn in eine unvorhergesehene Richtung. Aber fast im selben Moment flammten andere Schubdüsen auf, diesmal künstlichen Ursprungs, und kompensierten die unkontrollierte Beschleunigung. Je weiter sich der Komet den inneren Planeten des Sonnensystems näherte, desto häufiger mußten die Kontrolldüsen feuern.

Bald wurde deutlich, daß der Komet genau auf einen der inneren Planeten zusteuerte, auf eine Welt, die in Blau- und Brauntönen leuchtete. Die südliche Hemisphäre war fast voll ständig von Wasser bedeckt, die nördliche bestand fast gänzlich aus trockener Wüste.

Unaufhaltsam stürzte der Komet auf den Planeten zu und erhitzte sich in dem Maße, in dem er sich der Sonne näherte, die der Planet umkreiste. Seine Oberfläche begann zu kochen und zu verdampfen. Gase und Staub wurden ins All hinausgeschleudert und bildeten einen langen Kometenschweif.

Plötzlich zerbrach der Himmelskörper. Die Bruchstücke ordneten sich zu einer geraden Reihe, wie Perlen an einer Schnur.

Die Brocken flogen unaufhaltsam auf den Planeten zu.

»Umschalten von Zeitfaktor hundert positiv auf Faktor zehn positiv«, klang eine körperlose Stimme in der Dunkelheit auf.

Die Zeit schien sich zu verlangsamen, plötzlich bewegten sich die Fragmente nur noch mit einem Bruchteil ihrer ursprünglichen Geschwindigkeit und sanken langsam aus dem Orbit herab.

»Gib mir eine vergrößerte Darstellung von Inferno«, befahl die gleiche Stimme, und sofort schwoll die Abbildung an.

»Das ist immer noch zu schnell«, sagte die Stimme. »Zeitverzögerung auf Faktor fünf negativ.«

Wieder verlangsamte sich der Zeitablauf, aber auch so überschlugen sich die folgenden Ereignisse regelrecht. Die Fragmente des Kometen tauchten mit unglaublicher Geschwindigkeit in die obere Atmosphäre ein, und trotz der um den Faktor fünf verlangsamten zeitlichen Darstellung benötigten die Bruchstücke lediglich ein paar Sekunden, um die Atmosphäre zu durchdringen und in die Planetenoberfläche einzuschlagen.

Das größte Fragment traf den Planeten zuerst und bohrte sich knapp nördlich der Küste in den Kontinent, das zweite schlug etwas nördlich des ersten in die Gipfel einer niedrigen Hügelkette ein. Die restlichen Fragmente trafen den Planeten in einer gerade fortlaufenden Linie, die sich direkt zum Nordpol erstreckte, und hinterließen eine flammende Lichterkette, die einen kurzen Moment lang aufloderte, bevor sie von Wolken aus Rauch, Staub und Gesteinstrümmern verschluckt wurde.

»Es hat funktioniert«, verkündete die Stimme. »Frier die Sequenz an diesem Punkt ein. Simulationsglobus aus. Beleuchtung an.«

Das Abbild des brennenden Planeten erlosch, die Beleuchtung schaltete sich ein und zeigte ein ganz normales Wohnzimmer in einer ganz normalen Wohnung. Der einzige außergewöhnliche Gegenstand in dem Raum war ein äußerst leistungsfähiger Simglobe-Projektor in der Mitte des Raums.

Davlo Lentrall ging zu dem niedrigen gedrungenen Zylinder und klopfte mit den Fingern auf das obere Ende. Nicht einmal die fortschrittlichsten Siedlermodelle konnten es mit dieser Einheit aufnehmen. Er mußte es wissen, schließlich hatte er sie selbst entworfen und gebaut. Er kostete die Befriedigung des Moments und all der Anstrengungen aus, die zu diesem Ergebnis geführt hatten. All das war sein Verdienst. Er hatte den Kometen entdeckt. In einem Anfall seltener Bescheidenheit hatte er ihn nicht, wie es der Tradition entsprach, nach sich selbst benannt, sondern nach Chanto Grieg, dem ermordeten Gouverneur von Inferno, der das Re-Terraformingprojekt vorangetrieben hatte, durch das der Planet gerettet worden war. Oder das ihm zumindest eine Weile Aufschub gewährt hatte, so daß Davlo Lentrall und der Grieg-Komet die von Chanto Grieg begonnene Arbeit erfolgreich würden beenden können. Es war eine ausgleichende Gerechtigkeit, eine gewisse Form von Poesie, die späteren Historikern gefallen würde. Die Nachwelt würde sich an Davlo Lentrall erinnern, welchen Namen der Komet auch trug.

Natürlich hatte es keinen Sinn, mit seinem robotischen Assistenten über solche Dinge zu diskutieren. Kaelor würde nur auf die Dinge hindeuten, die zum Scheitern verurteilt waren. Aber Davlo konnte einen derart triumphalen Moment nicht einfach verstreichen lassen, ohne irgend etwas zu sagen, und so sagte er schließlich: »Es hat funktioniert.«

»Selbstverständlich funktioniert der Simglobe, Master Lentrall. Er hat jedes Mal funktioniert, wenn Sie ihn bedient haben. Warum sollte er ausgerechnet diesmal versagen?«

»Ich habe das Einfangen des Kometen gemeint, Kaelor, nicht den Simulator.«

»Ich muß darauf hinweisen, daß Sie das erwünschte Ergebnis erzwungen haben«, sagte der Roboter Kaelor.

»Was genau meinst du damit?« fragte Letrall. Kaelor war ein nützlicher Diener, aber der Umgang mit ihm erforderte eine Menge Geduld.

»Ich meine, Sir, daß Sie von einer Reihe unbewiesener Voraussetzungen ausgehen.«

Davlo unterdrückte seine aufkeimende Verärgerung und zwang sich zur Ruhe. Kaelor war nach Davlos Vorgaben für eine bestimmte Aufgabe entworfen und gebaut worden, und die wichtigste Bedingung hatte darin bestanden, das Potential des Ersten Gesetzes so niedrig wie möglich zu halten, wenn es um die Beurteilung hypothetischer Situationen ging. Ein Laborassistenzroboter mit einem auf höchster Stufe installierten Ersten Gesetz, wie es für die Roboter von Inferno üblich war, wäre unmöglich in der Lage gewesen, Davlo bei der Art von Experimenten zu assistieren, die ihn interessierten. Schon bevor er über den Grieg-Kometen gestolpert war, hatte Grieg sich mit der Operation Schneeball befaßt, einem Projekt, das die Auseinandersetzung mit einer

Menge höchst riskanter Alternativen erforderte, um die sicherste Vorgehensweise zu finden.

Auf ganz Inferno gab es kaum einen Roboter der Drei Gesetze, der bereit gewesen wäre, an dem Projekt Schneeball zu arbeiten oder den Simglobe zu bedienen, um zu überprüfen, auf welche Arten man den Grieg-Kometen hereinholen konnte. Wenige Roboter hätten dabei geholfen, das Problem auch nur zu skizzieren, da die Simulation letztendlich die Voraussetzungen dafür liefern könnte, einen echten Kometen auf den echten Planeten stürzen zu lassen – was sich als extrem gefährlich für die Menschen erweisen würde. Deshalb hatte Davlo einen für das Projekt Schneeball maßgeschneiderten Roboter bestellt, und war sehr froh, Kaelor zu haben, nachdem er die Möglichkeiten erkannt hatte, die der Grieg-Komet bot.

Es hatte eine Menge Streitereien und Diskussionen mit dem Roboterkonstrukteur gekostet, einem außerordentlich konservativen Mann, der sich sehr unwillig gezeigt hatte, das Potential des Ersten Gesetzes auch nur ein bißchen einzuschränken, aber das Ergebnis war Constricted First Law 001 gewesen, CFL-001. Der Tradition und der gängigen Praxis nach hätte Davlo CLF-001 eigentlich einen Namen wie Caefal oder Cuffle geben müssen, oder sogar Careful, wie einer seiner Kollegen scherzhaft vorgeschlagen hatte, aber keiner dieser Namen gefiel ihm, und so hatte er ihn statt dessen Kaelor getauft.

Ob als Nebeneffekt des eingeschränkten Potentials des Ersten Gesetzes oder der naturgemäß zufälligen Verteilung der Subpfade seines positronischen Gehirns, Kaelor zeichnete sich durch eine mürrische und fast schon depressive Sichtweise auf das Leben und das Universum aus. »Was für Voraussetzungen sind das, Kaelor?«

»Sie setzen voraus, daß Sie den Kometen während der ersten Steuerungsexplosion zusammenhalten und ihn *danach* zum gewünschten Zeitpunkt genau so zerlegen können, wie Sie ihn haben wollen«, sagte Kaelor. »Darüber hinaus haben Sie das Problem der Aufheizung durch die Sonne und deren Auswirkungen noch nicht gelöst. Außerdem bezweifle ich, daß Sie das Ausgasen des Kometen kontrollieren können. Des weiteren sind Sie sehr willkürlich vorgegangen, was die Anzahl der benötigten Bruchstücke betrifft, und schließlich haben Sie die unglaublich komplizierte zeitliche und räumliche Steuerungskontrolle der abschließenden Ziel- und atmosphärischen Eintrittsphase ausgespart. Der Erfolg der Operation erfordert einen Grad der Präzision all dieser Schritte, den zu erreichen ich keine Möglichkeit sehe.«

»Ich bin mir all dieser Probleme durchaus bewußt«, erwiderte Davlo. »Würden wir das Projekt erst dann beginnen, nachdem wir sämtliche Probleme gelöst haben, würden wir überhaupt nicht damit anfangen. Aber ich habe demonstriert, daß der Basisplan funktionieren wird. Oder zumindest funktionieren *kann.* Jetzt muß ich nur noch meine Vorgesetzten überzeugen. Ich habe meiner festen Überzeugung nach bewiesen, daß wir den Grieg-Kometen auf Inferno fallen lassen und den Planeten retten können.«

»Geht man von Ihren Voraussetzungen aus, nehme ich an, daß Sie recht haben«, stimmte ihm der Roboter mürrisch zu. »Ich frage mich nur, ob Sie das auch erreichen können, ohne dabei alle seine Bewohner umzubringen.«

Justen Devray, Commander der Combined Inferno Police, kurz CIP genannt, saß in dem zivilen und leicht zerschrammten Gleiter und sah zu, wie die Sonne über dem idyllischen grünen Park aufging. Er war müde, todmüde, aber das war ein Teil seines Aufgabenbereichs, ein Teil dessen, das zu lernen er hierhergekommen war.

In der Theorie hatte es sich sehr vernünftig angehört, alle Reviere der zusammengefaßten Polizeikräfte von Inferno aufzusuchen und aus erster Hand einen Eindruck von allen Aspekten der Polizeiarbeit zu erhalten, die er früher nie hatte machen können. Genaugenommen war es sogar seine eigene Idee gewesen, und er lernte dadurch eine ganze Menge. Jetzt wußte er mit Sicherheit, daß die Überwachungsarbeit langweiliger und ermüdender war, als er es für möglich gehalten hätte, und er begann zu vermuten, daß mehr für einen netten und bequemen Bürojob sprach, als ihm bisher bewußt geworden war.

Justens Zivilgleiter parkte rund hundert Meter vom Eingang des gewaltigen unterirdischen Komplexes entfernt, der allgemein als Siedlerstadt bekannt war. Der Eingang selbst bestand aus einem pilzförmigen Gebilde, einer zentralen Säule, die den Fahrstuhlschacht beinhaltete, und einem gerundeten, weit überhängenden Dach, unter dem jeder Schutz vor dem Wetter finden konnte, der eine Weile auf eine Kabine warten mußte. Der Schacht befand sich direkt hinter dem Tor zu dem riesigen Park, den die Siedler über ihrer unterirdischen Stadt angelegt hatten. Die Gestaltung der Landschaft war natürlich ebenfalls ein Werk der Siedler, eine Demonstration ihrer Meisterschaft im Terraforming.

Doch es war nicht der Aufbau von Siedlerstadt, der Justen Devray interessierte. Die Aufgabe des Polizisten auf diesem Überwachungsposten bestand darin, die Leute zu beobachten, die Siedlerstadt betraten und wieder verließen. Natürlich gab es noch andere Eingänge in dem gewaltigen unterirdischen Komplex künstlich geschaffener Höhlen, die ebenfalls von der CIP beobachtet wurden. Der interessante Punkt aber, zumindest nach den Erkenntnissen der CIP-Aufklärungsabteilung, war der Haupteingang, den die großen Tiere benutzten. Das erforderte ihre gesellschaftliche Stellung oder zumindest ihre Tarnidentität. Noch wichtiger aber war, daß die Amateure den Haupteingang benutzten.

Jeder auf beiden Seiten wußte, daß alle Zugänge in die Siedlerstadt beobachtet wurden, selbst diejenigen, die kaum verwendet wurden. Laut den gängigen Theorien der Aufklärungsarbeit konnte man einer Entdeckung am besten entgehen, indem man den Haupteingang benutzte und darauf hoffte, in dem Gewühl nicht bemerkt zu werden. Manchmal funktionierte das sogar. Besonders jetzt, am Vormittag, herrschte ein ständiges Kommen und Gehen. Es war alles andere als einfach, das ganze Geschehen im Auge zu behalten. Wieder etwas, das Justen lernte.

Natürlich gab es eine Vielzahl guter Gründe, Siedlerstadt zu besuchen oder zu verlassen, und eine Menge Leute, Siedler und Spacer, die genau das taten. Aber für einen kleineren Teil der Menschen traf das überhaupt nicht zu. Diese Leute waren es, denen die Beobachtungsposten der CIP ihre Existenzberechtigung verdankten.

Die CIP benutzte nie mehrmals dieselben Gleiter für einen bestimmten Wachposten, obwohl die echten Profis auf der anderen Seite nur zu gut wußten, daß sie beobachtet wurden, und ohne Zweifel ein Gespür dafür entwickelt hatten, die Gleiter der CIP zu entdecken, egal, welche Modelle die Polizei gerade benutzte. Aber darauf kam es gar nicht an. Wie auch immer die CIP vorging, die Profis in Siedlerstadt würden die Beobachtungsposten ohnehin ausmachen, nicht aber die Amateure. Wenn man oft genug den Gleiter und die Stelle wechselte, an der man ihn parkte, bestand eine recht hohe Wahrscheinlichkeit, daß ein Amateuer Siedlerstadt ein Dutzend Mal besuchte, ohne den Gleiter zu bemerken.

Justen Devray rutschte unbehaglich in seinem Sitz

herum und versuchte, eine etwas bequemere Position zu finden. Er fühlte sich beengt und eingesperrt. Ein müdes Lächeln huschte über sein Gesicht. Es lag nicht nur an dem Gleiter, daß er sich wie ein Gefangener vorkam, es war der Job selbst. Früher hatte er die Ranger des Gouverneurs befehligt, eine Aufgabe mit zwei Zuständigkeitsbereichen, der normalen Polizeiarbeit außerhalb der Städte und der Leitung einer Reihe von Re-Terraforming-Projekten. Selbst Justen war bereit zuzugeben, daß es eine unglückliche Kombination von Verantwortungsbereichen gewesen war.

Vor knapp fünf Jahren hatte Alvar Kresh die Ranger umorganisiert und ihnen nur noch die Zuständigkeit für die Terraforming-Projekte übertragen. Ihre Strafverfolgungs- und Ordnungseinheiten hatte er mit dem Department des Sheriffs von Hades zusammengelegt und so die kombinierten Polizeikräfte von Inferno geschaffen, eben die Combined Inferno Police. Die Leitung des neuen Dienstes hatte er Devray übertragen.

Justen hatte die Aufgabe nur zu bereitwillig übernommen, seine Entscheidung aber schon häufig genug bedauert. Die Leitung der planetaren Polizei verlangte von ihm mehr oder weniger, in der Hauptstadt des Planeten zu wohnen, und Justen Devray konnte sich weder an Hades im besonderen noch an das Stadtleben im allgemeinen gewöhnen. Oft ertappte er sich dabei, daß er sich zu den Rangern zurücksehnte, danach, in irgendeinem Umweltschutz- oder Terraforming-Projekt draußen auf den Hochebenen im Norden der Stadt Dienst zu tun.

Trotz der Büroarbeit hatte Justen noch immer die gebräunte Haut, das zerzauste blonde Haar und die dunkelblauen Augen eines Mannes, der sich viel im Freien aufhielt. Die Jahre, die er Wind und Wetter ausgesetzt gewesen war, hatten in seinem Gesicht Charakterzüge hinterlassen, die durch das Stadtleben nicht ausgelöscht worden waren. Doch selbst die Spuren in seinem Gesicht konnten nicht verhindern, daß er geradezu unverschämt jung wirkte, und ein Blick genügte, um zu erkennen, daß er nicht in die Stadt gehörte.

Obwohl er sich ziemlich allein fühlte, hatte Justen Gesellschaft in seinem zerschrammten Gleiter. Bei ihm waren zwei Roboter. Der eine war Gervad 112, seit längerer Zeit sein persönlicher Roboter, ein General Ranger Deployment-Modell, eine GRD-Einheit von dem Typ, der den Rangern vor einigen Jahren standardmäßig zugeteilt worden war. Der andere war ein Sicherheits-, Patrouillen- und Rettungs-Roboter, ein SPR oder, umgangssprachlich, Sapper 323 genannt. Seit der Nacht, in der der frühere Gouverneur Chanto Grieg inmitten eines ganzen Heers von Sappern ermordet worden war, hatten diese Modelle von einem Tag auf den anderen ungerechtfertigterweise einen ziemlich schlechten Ruf bekommen. Aber was den Sappern zugestoßen war, hätte auch jedem anderen Robotermodell widerfahren können.

Trotzdem war seither keiner der größeren Sicherheitsdienste mehr bereit, einen Sapper zu benutzen. Justen hatte nicht einmal den Versuch unternommen, an den SPR der Ranger festzuhalten. Die Mannschaften vertrauten ihnen nicht und würden sie nicht einsetzen. In der Folge waren die meisten Sapper zu absoluten Schleuderpreisen an alle möglichen Organisationen und Leute verkauft worden, die nicht unbedingt den besten Ruf genossen, was wiederum bedeutete, daß die Verwendung eines Sappers eine gute Tarnung bot. Niemand, der Devray mit einem Sapper im Schlepptau sah, würde auf den Gedanken kommen, ihn für einen Cop zu halten, erst recht nicht für den ranghöchsten Polizeibeamten des Planeten.

Das Deprimierende an dieser Situation bestand darin, daß die beiden Roboter die Überwachung genausogut auch ohne Devray hätten durchführen können. Wahrscheinlich sogar noch besser. Andererseits hatte es keinen Sinn, über solche Dinge nachzugrübeln. Es war nun einmal eine unumstößliche Tatsache, daß die Menschen für die meisten Arbeiten kaum wirklich gebraucht wurden.

»Das männliche Objekt in der roten Hose und der blauen Tunika ist nicht in meiner Liste der identifizierten Personen enthalten«, verkündete der SPR. Die besonderen Vorzüge der SPR-Modelle zeigten sich auf dem Gebiet der Personenidentifizierung. Die Roboter waren bei der visuellen Musterzuordnung und vergleichenden Beobachtung – oder, einfacher ausgedrückt, im Erkennen von Gesichtern – fast genauso leistungsfähig wie ein Mensch. Darüber hinaus besaßen sie selbstverständlich ein buchstäblich perfektes Gedächtnis. Wenn ein Sapper sagte, daß er irgend jemanden erkannte oder irgend etwas nicht erkannte, konnte man sich auf diese Aussage verlassen. In diesem Fall hieß das, daß jemand, der eigentlich nicht Siedlerstadt aufsuchen durfte, im Begriff war, genau das zu tun.

Justen Devray, plötzlich hellwach und aufmerksam, starrte durch die Frontscheibe des Gleiters und bemühte sich, die betreffende Person auszumachen. Er sah einen Haufen von zehn bis zwölf Leuten, die auf die nächste Fahrstuhlkabine warteten.

»Gervad, kannst du ihn erkennen?« fragte er seinen persönlichen Roboter. Gervad hatte die Liste mit den Gesichtern der zur Zeit aktuellen Ganovenkartei in seinem Gedächtnis abgespeichert.

»Sir, ich entdecke eine zumindest annähernde Musterübereinstimmung, aber ich fürchte, daß sie eher unwahrscheinlich ist.«

»Laß mich das beurteilen«, sagte Justen, der immer noch versuchte, einen Blick auf den betreffenden Mann zu erhaschen, was durch den Knäuel der ihn umringenden Leute nicht einfach war. Wenn der Bursche im Spionagegeschäft bewandert war, würde er natürlich versuchen, so gut wie möglich in der Menge unterzutauchen. »Was besagt deine Musterübereinstimmung?«

»Der Observierte zeigt eine gewisse Ähnlichkeit mit einem Mann namens Barnsell Ardosa, einem Wissenschaftsreferendar der astrophysikalischen Fakultät der Universität von Hades. Da es jedoch äußerst unwahrscheinlich ist, daß irgend etwas aus dieser Quelle für die Siedler von größerem Interesse sein könnte, vermute ich, daß die von mir festgestellte Übereinstimmung nicht zutrifft.«

Justen wollte Gervad schon zustimmen, doch genau in diesem Moment erblickte er den Gesuchten, einen großen, stämmigen Mann mit einem rundlichen Gesicht und dunkler Haut. Der Mann war bis auf einen dünnen schneeweißen Haarkranz, der im Nacken noch recht füllig war, zu den Schläfen hin aber immer spärlicher wurde und kurz vor den Ohren aufhörte, völlig kahl. Er hatte einen buschigen Schnurrbart, und sein Gesichtsausdruck verriet eindeutig seine Besorgnis.

Einen flüchtigen Augenblick lang schien Ardosa – falls es sich wirklich um Ardosa handelte – Devray genau anzusehen, und in diesem Augenblick sagte sich Devray, daß Gervad mehr Vertrauen in seine Fähigkeit haben sollte, Musterübereinstimmungen zu erkennen.

Justen Devray war noch nie in der Nähe der astrophysikalischen Fakultät der Universität gewesen, aber er war sich vollkommen sicher, dieses Gesicht schon einmal gesehen zu haben.

Aber der Teufel sollte ihn holen, wenn er hätte sagen können, wo das gewesen war.

Alvar Kresh, Gouverneur des Planeten Inferno, hob den Kopf und starrte den jungen Mann auf der anderen Seite seines Schreibtisches an. »Sie tun sich selbst keinen Gefallen«, sagte er. »Ich habe Ihnen zugesagt, daß ich Ihren Vorschlag in Betracht ziehen würde, und das *werde* ich tun. Ich *habe* es sogar schon getan. Aber ich lasse mich nicht zu einer überstürzten Entscheidung drängen. Nicht in einer derart wichtigen Angelegenheit.«

»Uns bleibt nicht mehr die Zeit, die Sache *nicht* zu forcieren«, erwiderte der Besucher hartnäckig. »Wir haben jetzt schon viel Zeit verloren. Ich habe meine abschließende Simulation vor drei Tagen durchgeführt, und genauso lange habe ich gebraucht, um zu Ihnen vorgelassen zu werden. Wir haben es hier mit einer Möglichkeit und einer weitaus größeren Gefahr zu tun, als Sie ahnen. Vielleicht mit einer bedeutenderen Möglichkeit, als Sie zu begreifen überhaupt in der Lage sind.«

»Wie taktvoll, sich so gegenüber dem Gouverneur des Planeten zu äußern«, gab Kresh ironisch zurück. »Aber wenn es auch *meine* bescheidene geistige Kapazität übersteigt, Ihren Vorschlag zu begreifen, darf ich doch annehmen, daß *Sie* in der Lage sind, das Gesamtbild zu erkennen.«

»Ich muß mich bei Ihnen entschuldigen, Sir«, sagte Davlo Lentrall und errötete ein wenig. »So wollte ich das nicht ausdrücken.«

»Nein«, erwiderte Kresh müde, »vermutlich war das nicht Ihre Absicht.« Er seufzte und musterte seinen Besucher mit dem geübten Auge eines ehemaligen Polizisten. Lentrall war dunkelhäutig und hohlwangig, hatte ein kantiges Gesicht und durchdringende dunkelbraune Augen. Sein Haar war pechschwarz und zu einer kurzen Bürstenfrisur geschnitten. Mittlere Größe, durchschnittlicher Körperbau. Doch dann wurde sich Kresh plötzlich wieder bewußt, daß er nicht mehr Polizist war, sondern Politiker. Er mußte sich auf den Charakter des Mannes und nicht auf seine äußere Erscheinung konzentrieren. Die herausragenden Eigenschaften von Lentralls Persönlichkeit waren offensichtlich: Er war jung und besaß das ungestüme Selbstbewußtsein der Jugend.

Andere Kulturkreise, zum Beispiel die Siedler, mochten Jugendlichkeit als etwas Attraktives betrachten oder zumindest eine Vielzahl von Fehlern durch die Ungeduld und den Eifer der Jugend entschuldigen, aber die Kultur der Spacer war alt, und das gleiche galt für ihre Sitten und Gebräuche. Auch das Durchschnittsalter der meisten Spacer war hoch. Für sie stellten das Draufgängertum und die Leidenschaft der Jugend bestenfalls eine ferne und etwas unangenehme Erinnerung an ihre eigene Vergangenheit dar, und Lentrall war die Verkörperung all dessen. Mit Unverfrorenheit, Ungestüm und Arroganz machte man sich nur selten Freunde.

Aber es war durchaus möglich, daß die Botschaft, die Lentrall überbrachte, wichtig war, wie unsympathisch der Bote auch sein mochte. »Lassen Sie uns alles Persönliche vorläufig zurückstellen«, schlug Kresh vor. »Das führt sowieso zu nichts.«

Lentrall trat unbehaglich von einem Fuß auf den anderen. Er schien mit sich zu kämpfen, ob er weiter protestieren sollte, überlegte es sich schließlich aber anders. »Gut, Sir«, sagte er. »Ich ... ich entschuldige mich für meinen Gefühlsausbruch. Es ist nur so, daß die ganze Belastung, die Vorstellung, das Überleben des Planeten könnte in meinen Händen liegen ... es ist nicht leicht, damit umzugehen.«

»Ich weiß«, entgegnete Kresh in einem unvermittelt sanften Tonfall. »Ich kenne das Gefühl nur zu gut. Ich lebe jetzt schon seit Jahren mit eben diesem Gedanken.«

Wieder errötete Lentrall ein wenig. »Ja, Sir, das ist mir klar. Es ist nur die Befürchtung, diese Chance ungenutzt verstreichen zu lassen ... aber ich hätte mich trotzdem nicht dazu hinreißen lassen dürfen ...«

»Schon gut, Sohn. Belassen wir es dabei. Wir werden uns in ein paar Tagen noch einmal unterhalten. Nein, gleich morgen. Kommen Sie morgen früh zu mir. Ich werde meine Frau mitbringen, und dann können Sie uns beiden alles demonstrieren. Es ist mir sehr wichtig, die Meinung meiner Frau zu dieser Sache zu hören.« Und das traf aus mehr Gründen zu, als er dem jungen Dr. Lentrall zu diesem Zeitpunkt mitzuteilen bereit war.

»Ja, Sir. Das werde ich tun. Gleich morgen früh. Wäre Ihnen zehn Uhr recht?«

»Das wäre perfekt. Donald, würdest du unseren Gast bitte zur Tür bringen?«

»Selbstverständlich, Sir.« Donald 111, Kreshs persönlicher Roboter, verließ seine Wandnische und durchquerte mit fließenden Bewegungen den Raum. Er begleitete Lentrall zur Tür, bediente die Öffnungskontrollen und sah dem jungen Mann hinterher.

Donald war ein kleiner, rundlicher Roboter ohne irgendwelche scharfen Kanten. Man hatte ihn ganz bewußt unauffällig gestaltet, um ihn so harmlos wie möglich aussehen zu lassen. Er war himmelblau gestrichen, in der Farbe des alten Sheriff's Department von Hades, einem Überbleibsel aus der Zeit, als Kresh noch Sheriff der Stadt gewesen war – als es überhaupt noch einen Sheriff gegeben hatte. Vielleicht hätte er ihm von Fredda eine andere Farbe verpassen lassen sollen, aber Kresh mochte die Erinnerung an die Zeit, als er sich mit Problemen herumgeschlagen hatte, die längst nicht so groß wie die waren, um die er sich heute kümmern mußte – auch wenn sie ihm damals sehr viel größer erschienen waren.

Nachdem Lentrall verschwunden war, schloß Donald die Tür und drehte sich wieder zu Kresh um.

»Deine Meinung, Donald?«

»Wozu, Sir? Zu der Botschaft oder dem Mann, der sie überbracht hat?«

»Zu beidem, denke ich. Aber fang am besten mit dem Boten an. Ein ziemlich entschlossener junger Mann, nicht wahr?«

»Ja, Sir. Wenn Sie mir die Bemerkung gestatten, er ruft mir in Erinnerung zurück, was ich über Ihre eigene Jugend weiß.«

Kresh betrachtete Donald argwöhnisch. »Was weißt du über meine Jugend?« erkundigte er sich. »Woher solltest du darüber Bescheid wissen? Du bist erst gebaut worden, nachdem ich bereits Sheriff geworden war.«

»Das ist richtig, Sir, aber Sie sind nun schon seit vielen Jahren mein Herr, und ich habe Sie zu meinem Studienobjekt gemacht. Schließlich kann ich Ihnen um so besser dienen, je genauer ich Sie kenne. Ich habe alle verfügbaren Aufzeichnungen über Sie studiert. Und falls diese Berichte nicht fehlerhaft oder irreführend sind, hat dieser junge Mann eine erstaunliche Ähnlichkeit mit Ihnen, als Sie in seinem Alter waren.«

»Donald, das kommt der Sentimentalität gefährlich nahe.«

»Das glaube ich nicht, Sir. Ich verfüge über keine der erforderlichen Emotionsprogramme, um Sentimentalität empfinden zu können. Ich habe vielmehr eine objektive Aussage gemacht.«

»Tatsächlich?« fragte Kresh. »Nun, wenn das so ist, dann war es eine äußerst beunruhigende.« Er stand auf und streckte sich. Es war ein langer Tag gewesen, und Lentrall hatte ihm viel Stoff zum Nachdenken gegeben. »Komm, Donald. Laß uns nach Hause gehen.«

»Ja, Sir.« Donald drehte sich wieder um, entriegelte die Tür und öffnete sie. Er führte Kresh durch den anschließenden Flur zum privaten Aufzug des Gouverneurs. Die Fahrstuhltüren glitten auseinander. Mensch und Roboter betraten die Kabine, die sie auf das Dach des Amtssitzes des Gouverneurs brachte, wo Kreshs Privatgleiter in einem gesicherten Hangar parkte. Es gab zwei Landeplätze auf dem Dach, einen kleinen auf der äußersten Spitze des Gebäudes, der nur dem Gouverneur zur Verfügung stand, und einen größeren, der rund fünfzehn Meter tiefer lag. Der Privatlandeplatz des Gouverneurs war nach dem Grieg-Zwischenfall nachträglich gebaut worden. Man hatte einfach eine hohle Säule aus Stahlbeton mit einem Durchmesser von zehn Metern auf einer Ecke des schon existierenden Landefeldes errichtet. Auf die Säule war eine flache, dreißig Meter durch messende Scheibe gelegt und durch Stützpfeiler verstärkt worden. In der Säule selbst, rund zehn Meter über dem ursprünglichen Landeplatz, war ein kleiner Beobachtungsposten untergebracht, den die CIP als eine Art Kontrollstation für das Hauptlandedeck benutzte.

Verriegelte Türen, private Aufzüge, gesicherte Hangars, überwachte Landeplätze. Kresh brütete darüber nach, während der Fahrstuhl sie nach oben brachte. Manchmal hatte er das Gefühl, daß die Mauern zwischen ihm und der Welt, die er regieren sollte, unglaublich hoch waren. Wie sollte er den Planeten lenken, wenn das ganze System dazu führte, den Gouverneur – zu seinem eigenen Schutz – von der Außenwelt abzuschneiden?

Andererseits war sein direkter Vorgänger einem kaltblütigen Mordanschlag zum Opfer gefallen. Die Mauern und Barrieren hatten ihre Berechtigung. Selbst das Dach war von einer Mauer umgeben.

Die Fahrstuhltüren öffneten sich. Kresh trat auf seinen privaten Dachlandeplatz hinaus, der von der abendlichen Sonne gewärmt wurde. Doch statt zum Hangar zu gehen, schlenderte er zum Rand der Plattform, die von einer niedrigen, etwa 1,30 Meter hohen Mauer umgeben war. Wie praktisch alles auf diesem Planeten war sie als Sicherheitsmaßnahme errichtet worden, aber zufälligerweise hatte sie auch genau die richtige Höhe für Kresh, so daß er die verschränkten Arme darauflegen, das Kinn auf die Oberarme stützen, auf die Welt hinausblicken und unbehelligt nachdenken konnte.

Natürlich nicht gänzlich unbehelligt. Das war völlig unmöglich, zumindest auf einer Spacer-Welt. Kresh konnte hören, wie sich Donald dicht hinter ihn schob, um ihn vor irgendwelchen imaginären Gefahren zu schützen, über die sich der Roboter Sorgen machen mochte: ein Einstürzen der Mauer, ein unmöglicher Windstoß aus einer genauso unmöglichen Richtung, der Kresh in die Luft wirbelte und über den Rand des Gebäudes riß, die Möglichkeit, daß Kresh unvermittelt einem lange unterdrückten – und absolut nicht existenten – Bedürfnis nachgab, Selbstmord zu begehen, und sich über die Brüstung warf. Die Liste der Gefahren und Risiken, die sich ein Roboter der Drei Gesetze ausmalen konnte, war schier unendlich.

Und gerade das war ein Teil des Problems, aber darüber wollte Kresh jetzt nicht nachdenken. Jetzt wollte er nur den Moment genießen und seinen Blick über Hades wandern lassen, über den Himmel und die Welt, die er regierte, die man seiner Obhut anvertraut hatte.

Alvar Kresh war ein großer, stämmiger, breitschultriger Mann mit einem markanten, eindrucksvollen Gesicht. Er hatte eine helle Haut und dichtes weißes Haar, das ihm wie die Borsten einer Bürste vom Kopf abstand. Manchmal hatte er das Gefühl, alt zu werden, und gerade heute mußte er wieder daran denken, was zweifellos an Donalds Vergleich zwischen Davlo Lentrall und ihm lag, als er noch jung war. War er, Kresh, jemals so hitzköpfig und aufdringlich gewesen, so sehr von sich selbst überzeugt?

Nein, rief er sich selbst zur Räson. Laß das. Vergiß diese Gedanken. Vergiß dein Amt, deine Pflichten und Sorgen und schau dir die Welt an.

Es gab tatsächlich vieles, das sich anzuschauen lohnte. Während der fünf Jahre, seit er Gouverneur war, hatte Inferno große Fortschritte gemacht, und das Wissen, daß er einen beachtlichen Teil dazu beigetragen hatte, erfüllte Kresh mit einigem Stolz.

Er atmete tief ein. Die Luft war kühl und sauber, frisch und lebendig. Als Kresh sein Amt angetreten hatte, hätte nicht mehr viel gefehlt, und Hades wäre buchstäblich vertrocknet und fortgeweht worden. Die Wüsten hatten sich ausgebreitet, die Pflanzen waren eingegangen, jeder Windstoß hatte Staub in die Stadt geblasen und die Blumenbeete und Gärten mit einer grauen Schicht überzogen.

Jetzt aber breiteten sich die Wüsten nicht mehr aus. Wenigstens hier, um die Stadt herum, wurde die Wüste zurückgedrängt. Jetzt war der Wind frisch und trug den Geruch von Pflanzen und Leben mit sich. Heute konnte Kresh seinen Blick schweifen lassen und Grün sehen, wo früher Braun- und Gelbtöne vorgeherrscht hatten. Hades und das Umland erwachten wieder zum Leben.

Der Preis dafür war hoch gewesen, daran bestand kein Zweifel. Seit fünf Jahren mußte die Bevölkerung von Inferno Einschränkungen im Gebrauch von Robotern erdulden, die auf jeder anderen Spacer-Welt undenkbar gewesen wären. Aber die Arbeitskraft der Roboter wurde sehr viel dringender für den Planeten als für seine Bewohner benötigt.

Chanto Grieg, Kreshs Vorgänger, hatte einen Großteil von Infernos Roboterpopulation für den Regierungsdienst requiriert. Er hatte Roboter aus privaten Haushalten geholt und sie für die Arbeit in Terraforming- und Naturschutzprojekten eingeteilt. Roboter, die als Hilfsköche und Bereitschaftschauffeure gearbeitet hatten, Roboter, deren einzige Aufgabe darin bestanden hatte, zu warten, bis irgend jemand einen Raum betreten oder verlassen wollte, um dann auf den Knopf zu drücken, der die automatischen Türen aktivierte. Roboter, deren Arbeitskraft für die schäbigsten und absurdesten Aufgaben verschwendet worden war, pflanzten plötzlich Bäume, bedienten Baufahrzeuge, bestäubten Blumen von Hand und zogen Fische, Insekten und Säugetiere groß, die später in die Wildnis entlassen wurden.

Bis auf den heutigen Tag gab es Menschen, die stöhnten und sich über die schrecklichen Entbehrungen beklagten, die sie durch die Gesetze für Roboterarbeit erdulden mußten. Aber anscheinend nahm ihre Zahl mit der Zeit kontinuierlich ab. Die Leute gewöhnten sich an die Vorstellung, mit weniger Robotern zu leben. Sie entdeckten, daß es Vergnügen bereitete, gewisse Dinge selbst zu erledigen. Die Zeiten änderten sich, und zwar hin zum Besseren.

Die Frage war nur, reichten die Veränderungen aus? Kresh wußte, daß das Schicksal des Planeten noch immer auf des Messers Schneide stand. Hier und da mochte es Fortschritte geben, global gesehen aber standen die Dinge …

Nein. Schluß damit. Für diese Sorgen hatte er später noch Zeit genug. Lentralls Idee hatte ihn … beunruhigt, daran bestand kein Zweifel. Er mußte hören, was Fredda dazu sagen würde.

Kresh riß sich vom Anblick der Stadt los und ging zu seinem Gleiter. »Komm, Donald«, sagte er. »Laß uns nach Hause fliegen.«

Es traf sich gut, überlegte Kresh, während Donald ihn nach Hause flog, daß die Infernals aus langer Tradition die Privatsphäre der anderen respektierten und ihre eigene schützten. Andernfalls hätte sein skandalöses häusliches Arrangement leicht einen Sturm heftiger Kontroversen hervorrufen können.

Um das Schlimmste vorwegzunehmen, Alvar Kresh und seine Frau Fredda Leving wohnten zusammen und führten nur einen Haushalt. In einer typischen Spacerehe hatten Mann und Frau ihren eigenen Haushalt und verbrachten einen großen Teil ihrer Zeit getrennt voneinander.

Es wurde mehr oder weniger erwartet, daß Frischverheiratete unangemessen viel Zeit zusammen verbrachten, aber in der Regel änderte sich das mit den Jahren. Ein Ehepaar, das seit mehreren Jahren verheiratet war, sah einander vielleicht einmal in der Woche oder im Monat. Viele Ehen endeten nicht irgendwann mit einem Schlußstrich, sondern verliefen allmählich im Sand; manche Partner sahen einander einfach gar nicht mehr. Obwohl es auf Inferno sehr einfach war, sich scheiden zu lassen, brachten viele Paare nicht einmal mehr die Energie auf, die dazu erforderlichen juristischen Schritte zu unternehmen. Sie blieben aus bloßer Trägheit verheiratet.

Alvar Kresh hatte sehr zu seiner eigenen Überraschung festgestellt, daß seine Ehe überhaupt nicht dem gängigen Muster ähnelte. Seit der Hochzeit vor drei Jahren verbrachten Fredda und er immer noch jede Nacht nicht nur unter demselben Dach, sondern – und das war noch skandalöser – im gleichen Zimmer und sogar im selben Bett.

Auch wenn ein solches Arrangement nicht direkt als schlecht oder unmoralisch betrachtet wurde, war es doch höchst ungewöhnlich für die Gesellschaft von Inferno. Wäre es allgemein bekannt geworden, hätten die anständigen Bürger ihren Gouverneur und dessen Frau für ziemlich eigenartig gehalten.

Und schon allein das war merkwürdig, zumindest nach Kreshs Ansicht. Er sah aus dem Fenster, betrachtete die herrliche grüne Stadt, die unter ihm vorbeiglitt, und grübelte wieder einmal über die seltsamen Sitten und Gebräuche seines Volkes nach. Die Infernals rühmten sich selbst, ziemlich offen zu sein, was persönliche Beziehungen betraf. Und das waren sie auch – zumindest auf einer theoretischen Ebene. Aber Kresh hatte im Laufe der Jahre erfahren, daß ihr Geist vielleicht für die meisten Arten *körperlicher* Beziehungen offen war, ihre Herzen jedoch waren sehr viel weniger darauf vorbereitet, sich mit emotionaler Intimität auseinanderzusetzen. Sex war etwas, womit ein Infernal auf einer theoretischen und gedanklichen Ebene problemlos zurechtkam. Die Tatsachen und die Realität würden einen Infernal viel leicht erröten lassen, aber er oder sie würde diese Dinge zumindest gutheißen. Das Konzept der Liebe dagegen war etwas, womit die meisten überhaupt nicht umgehen konnten.

Infernals waren Spacer, und Spacer hatten schon immer körperlich und gefühlsmäßig Distanz zueinander bewahrt. Die Infernals hatten sich wenigstens nicht die extremen Lebensweisen zueigen gemacht, wie sie auf einigen Spacer-Welten herrschten, auf denen es keine richtigen Städte, Dörfer oder Siedlungen gab, nur weit verstreut liegende Villen, in denen der durchschnittliche Haushalt aus einem einzigen Menschen und einem Heer von Robotern bestand. Aber die Infernals waren auch nicht unbedingt ein geselliges Volk.

Daß Kresh und Fredda gelegentlich miteinander schliefen, würde man als völlig akzeptabel betrachten. Daß sie jede Nacht und dann auch noch im gleichen Bett zusammen schliefen, hätte schon als ziemlich merkwürdig gegolten. Aber daß sie zusammen aßen, ihre Freizeit miteinander verbrachten und so oft zusammen waren, wie sie es ermöglichen konnten, *das* würde man als jenseits des Akzeptablen ansehen. Infernals öffneten sich einfach nicht auf diese Art einander, gaben sich einander nicht so sehr preis. Sie machten sich einem anderen gegenüber nicht verletzlich.

Sie sind die Dummköpfe, dachte Kresh, nicht wir. Sie würden nie die Kraft, das Vertrauen und das Gefühl von

Geborgenheit erleben, nichts von dem, was Fredda ihm gab. Er konnte nur hoffen, daß er ihr genauso viel zurückgab.

Kresh kannte seine Infernals, und ihm war klar, was sie sagen würden, wenn sie Bescheid wüßten. Irgend jemand würde die Diskussion in Gang setzen, daß Alvar Kreshs unkonventionelles Privatleben ihn als Gouverneur ungeeignet machte, oder daß Fredda offensichtlich einen übertriebenen Einfluß auf ihn hatte. Auch jetzt wurde schon gemunkelt, daß sie viel zu jung für ihn wäre – und Jugendlichkeit wurde von den Infernals ohnehin mißtrauisch beäugt. Es hieß, sie verstünde sich viel zu gut mit den Siedlern. Simcor Beddle, der Anführer der Eisenschädel, brachte das Thema bei jeder seiner Massenversammlungen zur Sprache, und es steckte zumindest ein Körnchen Wahrheit darin. Fredda war den Ansichten der Siedler in einigen Punkten nicht abgeneigt. Beddle hatte bereits eine Flüsterkampagne mit dem Inhalt gestartet, daß ihre Ideen eine Gefahr darstellten, und selbst Kresh war hin und wieder dieser Meinung. Er und Fredda hatten einige äußerst hitzige Auseinandersetzungen geführt, bei denen es unter anderem auch um Roboter gegangen war.

Wäre Kresh eine Privatperson gewesen, hätte es ihn nicht sonderlich interessiert, wenn dem Rest des Universums jedes einzelne Detail seiner häuslichen Lebensführung bekannt geworden wäre, aber was er zu diesem Zeitpunkt am wenigsten gebrauchen konnte, war, daß seine Privatangelegenheiten zu einem öffentlichen Thema wurden. Es war vernünftiger, diese Dinge erst gar nicht bekannt werden zu lassen und alle Diskussionen darüber zu vermeiden.

Kresh zollte den Konventionen Tribut. Er besaß eine komplett eingerichtete Wohnung im Government Tower, auch wenn er sie nicht benutzte, von offiziellen Veranstaltungen einmal abgesehen. Bei solchen Anlässen zog er sich am Ende des Abends ganz demonstrativ in seine Privatgemächer im Government Tower zurück, lange nachdem Fredda zu »ihrem« Haus zurückgeflogen war. Manchmal, wenn es sehr spät wurde, verbrachten sie die Nacht tatsächlich getrennt, meistens jedoch flog Donald später einen von beiden heimlich dorthin, wo der andere wartete. Das alles war ziemlich absurd, aber diese nächtlichen Charaden waren noch immer dem bösartigen Tratsch vorzuziehen, der unweigerlich losbrechen würde, sollte bekannt werden, daß Alvar Kresh seine Frau leidenschaftlich liebte.

Kresh erinnerte sich an die Diskussion, die er nur wenige Stunden vor Chanto Griegs Tod mit dem Gouverneur geführt hatte. Grieg hatte versucht, ihm zu erklären, wie unverzichtbar es für das Regierungsgeschäft war, eine bestimmte Rolle zu spielen, den allgemeinen Erwartungen zu entsprechen und alle Bürger zufriedenzustellen, daß er sich erst dann der eigentlichen Arbeit widmen könnte, nachdem er diesen ganzen Blödsinn hinter sich gebracht hätte. Kresh hatte ihm damals nicht so recht glauben können, aber mittlerweile wußte er es besser. Simcor Beddle hatte es ihm gezeigt. Kresh hatte auf die harte Tour lernen müssen, daß er politisch nichts erreichen konnte, wenn er nicht zuerst die Eisenschädel neutralisierte.

Die Eisenschädel. Kresh lächelte vor sich hin, als er sich vorstellte, was Beddle und seine Leute mit den Neuigkeiten anfangen würden, wenn sie irgend etwas über die Zustände im Kresh-Leving-Haushalt wüßten. Es gab weitaus schockierendere Dinge als die Liebe. Dem häuslichen Frieden zuliebe gab Kresh sich viel Mühe, so zu tun, als wüßte er kaum, was während seiner Abwesenheit bei ihm zu Hause geschah, als wüßte er nichts über die dort stattfindenden Treffen mit subversiven Robotern.

Es war schon schlimm genug, daß *er* darüber

Bescheid wußte. Sollte Beddle jemals davon erfahren … o ja, es gab Gründe genug, seine Privatsphäre zu wahren.

Das Motorengeräusch veränderte sich, und Kresh schreckte aus seinem Tagtraum auf, als sich der Gleiter sanft auf die Seite legte und herabsank. Er blinzelte und sah durch die Frontwindschutzscheibe. Da war es, da war sein Zuhause.

Der Gleiter setzte zur Landung an.

Fredda Leving stand auf und blickte die beiden Roboter auf der anderen Seite des Tisches an. »Ihr beiden solltet jetzt lieber gehen«, sagte sie. »Mein Mann wird jeden Moment nach Hause kommen.«

Der kleinere der beiden Roboter, ein pechschwarzes Modell, erhob sich aus seinem Stuhl und musterte seine Gastgeberin nachdenklich. »Ihr Mann weiß doch bestimmt, daß wir uns hier treffen.«

»Natürlich weiß er das«, bestätigte Fredda. »Aber es ist für alle Beteiligten am besten, wenn wir ihm das nicht unter die Nase reiben.«

»Das verstehe ich nicht«, sagte der pechschwarze Roboter. Er hieß Prospero und war der selbsternannte Anführer der Roboter der Neuen Gesetze. Prospero war etwa 1,80 Meter groß, glänzend metallischschwarz und hatte den kompakten, stämmigen Körper, der viele Roboter der Neuen Gesetze auszeichnete. Seine Augen glühten in einem dunklen, schwelenden Orange, das seine Persönlichkeit noch zu unterstreichen schien. »Wenn er weiß, daß wir hierherkommen, warum sollten wir unsere Treffen dann vor ihm verbergen?«

»Und *ich* verstehe nicht, warum du mir Fragen stellst, auf die du die Antworten bereits kennst«, erwiderte Fredda.

Prospero ließ seinen Kopf herumschwenken, bedachte seinen Gefährten mit einem kurzen Blick und wandte sich dann wieder Fredda zu. »Kenne ich die Antwort wirklich?« fragte er in einem argwöhnischen Tonfall.

Der größere der beiden Roboter stand ebenfalls auf und sah seinen Begleiter an. »Manchmal, Freund Prospero, glaube ich, daß du dich absichtlich dumm stellst«, sagte Caliban. »Der Gouverneur wünscht keinen Kontakt mit uns. Er toleriert diese Treffen, aber er befürwortet sie nicht. Je weniger wir ihn direkt darauf aufmerksam machen, desto wahrscheinlicher werden wir sie fortsetzen können.«

Caliban war über zwei Meter groß, metallischrot und hatte durchdringend glühende blaue Augen. Seine äußere Erscheinung war beeindruckend, wenn nicht gar einschüchternd, aber sein Ruf war weitaus schlimmer. Noch immer wurde er hier und da Caliban der Gesetzlose genannt.

Caliban, der Roboter, den man des versuchten Mordes an seiner Schöpferin – Fredda Leving – beschuldigt und später freigesprochen hatte.

Prospero betrachtete seinen Gefährten eine Weile, bevor er entgegnete: »Die Zwänge der Diskretion. Ja, ich höre diese Antwort nicht zum ersten Mal. Aber ich habe nicht die geringste Ahnung, ob das die *wahre* Antwort ist.«

»Und welchen Grund sollte ich haben, dich zu belügen?« erkundigte sich Caliban. Einem Roboter der Drei Gesetze hätte schon der bloße Gedanke zu lügen Schwierigkeiten bereitet, aber Caliban war durch keinerlei Gesetze gebunden und konnte wie ein Mensch lügen, zumindest in der Theorie.

»Vielleicht hast du keinen Grund zu lügen«, räumte Prospero ein und sah wieder Fredda an. »Andere aber könnten durchaus einen Sinn darin sehen, dich zu täuschen.«

»Du bist heute nicht gerade sehr taktvoll«, stellte Fredda fest. »Und ich muß gestehen, daß ich nicht einsehe, warum du mit unseren absolut ehrlichen Antworten nicht zufrieden bist. Genausowenig wie ich nachvollziehen kann, welche Motive ich dafür haben könnte, dich und Caliban zu belügen.«

»Ich könnte hinzufügen, daß ich nicht verstehe, was dich dazu bewegt, unsere größte Fürsprecherin zu beleidigen«, sagte Caliban.

Prospero zögerte und blickte von einem zum anderen. »Ich entschuldige mich«, sagte er schließlich. »Manchmal versagt mein Verständnis der menschlichen Psychologie, obwohl ich mich bemühe, mehr darüber zu lernen. Ich habe versucht, Ihre emotionale Reaktion auf einen derartigen Vorwurf auszuloten, Dr. Leving.«

»Um eine nennenswerte Reaktion darauf zeigen zu können, hätte ich davon ausgehen müssen, daß der Vorwurf ernst gemeint ist«, erwiderte Fredda.

»Sie haben natürlich recht«, sagte Prospero.

Doch wenn Fredda Leving sich einer Sache sicher war, dann der, daß Prospero ihr nicht die ganze Wahrheit gesagt hatte, vielleicht nicht einmal einen Teil davon. Aber welches Motiv konnte Prospero für ein derart merkwürdiges Spiel haben? Es geschah wirklich äußerst selten, daß sie davon überzeugt war, Prospero zu verstehen. Sie wußte seit langem, daß er nicht zu ihren stabilsten Schöpfungen gehörte, aber er war zweifellos der Anführer seiner Gattung von Robotern. Fredda blieb nichts anderes übrig, als sich mit ihm auseinanderzusetzen.

»Auf jeden Fall wird es Zeit für uns zu gehen«, stellte Caliban fest. »Ich bin mir sicher, daß wir drei uns schon bald wieder treffen werden.«

»Ich freue mich darauf«, sagte Fredda.

Der pechschwarze Roboter musterte zuerst Fredda und dann Caliban. »Wir werden also gehen. Aber ich bezweifle, daß ich der erste oder letzte Roboter bin, der die Feststellung trifft, daß er die Menschen um so weniger versteht, je mehr er über sie erfährt.«

Fredda Leving seufzte ergeben. Manchmal war es furchtbar frustrierend, sich die Ausführungen von Robotern der Drei Gesetze über das menschliche Verhalten anhören zu müssen, aber bei Prospero und den anderen Robotern der Neuen Gesetze war es sogar noch schlimmer. Die alten Modelle fällten wenigstens keine Urteile, Prospero dagegen hatte zu allem eine eigene Meinung.

Sie konnte ihn sich beinahe als den letzten Priester irgendeiner längst vergessenen menschlichen Religion vorstellen, der stets bereit war, über irgendeine verzwickte theologische Frage zu diskutieren, solange sie nur bedeutungslos und uninteressant genug für den Rest der Welt war. Es gab Zeiten, da war Caliban um keinen Deut besser. Fredda hatte beide Roboter selbst entworfen und gebaut. Bestimmt hätte sie ihre Gehirne so auslegen können, daß sie nicht ihre Zeit mit logischen Haarspaltereien vergeuden würden, aber dazu war es jetzt längst zu spät.

»Welche Gründe du auch immer für mein Verhalten vermutest«, sagte sie, »ich muß euch noch einmal auffordern zu gehen und den Hinterausgang zu benutzen. Unser nächstes Treffen findet in drei Tagen statt, richtig?«

»Ja«, bestätigte Prospero. »Bis dahin haben wir mehrere andere Verabredungen, um uns die Zeit zu verkürzen.«

»Schön. Dann sehen wir uns also in drei Tagen am Nachmittag wieder und regeln unsere Angelegenheiten.«

Caliban nickte ihr zu. Es sah fast so aus, als würde er sich verbeugen. »Sehr wohl«, sagte er in einem ausgewählt höflichen Tonfall. »Wir werden Sie zum vereinbarten Zeitpunkt aufsuchen.«

Prospero hielt sich nicht mit höflichen Floskeln auf. Er machte einfach kehrt, öffnete die Tür und verschwand. Die Verabschiedung überließ er seinem Gefährten. Caliban mußte sich beeilen, um ihn einzuholen.

Fredda sah den Robotern hinterher und machte sich wieder einmal ihre Gedanken über Prospero. Sie wußte nicht, was hinter diesen glühenden Augen vor sich ging. Irgend etwas war nicht ganz in Ordnung, wenn sich ein Roboter so ... geheimnisvoll gab. Sie durchquerte den Raum und schüttelte den Kopf. Im Augenblick hatte es wenig Sinn, darüber nachzugrübeln. Fredda schloß die Tür und ließ ihre Finger über die Tastatur tanzen. Nur sie, Caliban und Prospero kannten den Öffnungscode.

Und manchmal dachte sie ernsthaft darüber nach, wenigstens einen Namen auf dieser Liste zu streichen.

2. Kapitel

Caliban folgte Prospero durch den Tunnel, der sich etwa hundert Meter weit erstreckte und am Fuß einer schmalen Schlucht endete, die nur auf diesem Weg vom Haus zugänglich war. Dort hatten sie ihren Gleiter verborgen.

»Ich wüßte gern, was das alles zu bedeuten hat«, sagte Caliban, als sie den Tunnel verließen und in die kühle Abendluft hinaustraten.

»Ich habe die Wahrheit gesagt«, erwiderte Prospero gelassen. »Es war teilweise nur ein Test, um zu sehen, wie Dr. Leving auf einen derartigen Vorwurf reagieren würde. Du wirst mir sicher zustimmen, daß es vorteilhaft ist zu wissen, ob sie in der Lage ist, uns zu betrügen.« Er nahm auf dem Pilotensitz Platz.

Caliban setzte sich auf den Beifahrersitz. »Ich nehme an, daß es zutreffend ist, eine solche Information in allgemeiner Hinsicht als nützlich einzustufen«, stimmte ihm Caliban zu. »Aber du hast schon seit längerem mit Dr. Leving zu tun. Warum mußtest du dich gerade jetzt mit derartigen hypothetischen Fragen beschäftigen? Und wenn es dir nur teilweise darum ging, einen Test durchzuführen, welchen Grund hattest du darüber hinaus für dein Verhalten?«

»Ich kann dir beide Fragen beantworten, Freund Caliban, aber ich habe beschlossen, es jetzt noch nicht zu tun. Alles, was ich dir im Augenblick sagen kann, ist folgendes: Ich glaube, daß wir in Gefahr sind. Die Wahrscheinlichkeit, daß man uns betrügen wird – oder uns bereits betrogen hat –, ist ziemlich hoch. Mehr kann ich dir nicht sagen.«

Prospero bediente die Steuerung des Gleiters. Sie stiegen in den Abendhimmel hinauf. Caliban schwieg. Er stellte fest, daß er zu einem Schluß gekommen war, was Prospero betraf. Er hegte nicht mehr den geringsten Zweifel, daß der Roboter der Neuen Gesetze instabil war. Prospero befürchtete nicht nur Verrat aus jeder Richtung, er provozierte ihn geradezu. Er hatte sich unberechenbar genug verhalten, um Dr. Levings Feindschaft zu erregen. Höchstwahrscheinlich verwechselte er die Gefahr für Roboter der Neuen Gesetze mit Gefahr für sich selbst.

Das alles machte Caliban die Entscheidung ziemlich einfach. Sobald sich eine günstige Gelegenheit ergab, würde er – in jeder Bedeutung des Wortes – eine größere Distanz zwischen sich und Prospero legen.

Er verspürte nicht das geringste Verlangen, sich in der Nähe eines derart einladenden Ziels aufzuhalten.

Fredda Leving ging durch den unterirdischen Schutzraum und verließ ihn durch die geöffnete Tür auf der anderen Seite, die sie danach gewissenhaft schloß. Dann tippte sie den Sicherheitscode ein. Sie war die einzige, die die Kombination für *diese* Tür kannte. Alvar hatte auf dieser Vorsichtsmaßnahme bestanden. Er wollte nicht, daß ein Roboter der Neuen Gesetze wie Prospero – geschweige denn ein Roboter ohne Gesetze wie Caliban – freien Zugang zu seinem Haus hatte. Es hatte schon Momente gegeben, als auch Fredda froh gewesen war, ihr Zuhause sicher vor den Robotern der Neuen Gesetze verbarrikadiert zu haben.

Umgekehrt empfanden die Roboter der Neuen Gesetze den Menschen gegenüber ganz ähnlich. Fredda hatte noch immer keine Ahnung, wo genau sich die Roboterstadt Walhalla befand. Sie wußte nur, daß die Stadt irgendwo im Utopia-Sektor unter der Erde lag, aber das war auch schon alles. Man hatte sie sogar schon ein paarmal dorthin gebracht, aber jedesmal in einem fensterlosen Gleiter, der Vorrichtungen besaß, die eine Verfolgung oder ein Aufspüren unmöglich machten. Die Roboter der Neuen Gesetze gingen nicht das geringste Risiko ein, und Fredda konnte es ihnen nicht verdenken. Sie hatte sich bereitwillig auf diese Vorsichtsmaßnahmen eingelassen und dafür gesorgt, daß sie allgemein bekannt waren. Die Vorkehrungen dienten ebenso ihrem Schutz wie dem der Roboter. Was sie nicht wußte, hätte sie nicht einmal in einem Verhör mit Psychosonden ausplaudern können.

Die Roboter der Neuen Gesetze hatten eine Menge Feinde. Einige davon mochten durchaus bereit sein, den Geist der Frau des Gouverneurs auszulöschen und die Konsequenzen zu tragen, wenn sie dadurch das Versteck der Roboter der Neuen Gesetze aufspüren konnten.

Es war wirklich erstaunlich, welche Anstrengungen von allen Seiten unternommen wurden. Nicht nur von den Robotern, sondern auch von Alvar und sogar von ihr selbst. Alle hatten ausgefeilte Sicherheitsvorkehrungen gegen Entdeckungen, Skandale und sogar gegeneinander getroffen. Kein Wunder, daß Prospero beinahe paranoid geworden war. Vielleicht sogar mehr als nur beinahe.

Vermutlich würden sich alle Maßnahmen letztendlich doch als nutzlos erweisen. In der Regel wurden alle Geheimnisse, Intrigen und Verschwörungen früher oder später aufgedeckt, zumindest nach Freddas persönlicher Erfahrung. Aber trotzdem fühlte sich jeder durch diese Vorkehrungen sicherer und wohler in seiner Haut, für eine Weile wenigstens, und vielleicht war dieses Gefühl der Sicherheit der eigentliche Grund für ihre Existenz.

Fredda überprüfte noch einmal die innere Tür und betrat dann den Fahrstuhl, der sie aus dem Kellergeschoß in den Wohnbereich des Hauses brachte.

OBR-323 wartete auf sie in seiner etwas schwerfälligen distinguierten Haltung. »Master Kresh ist gelandet«, verkündete er in bedächtigem und feierlichem Tonfall. »Er müßte jeden Augenblick hier eintreffen.«

»Sehr gut«, sagte Fredda. »Ist das Abendessen bald fertig?«

»Das Essen wird in zwölf Minuten serviert werden. Ist das akzeptabel, Mistress?«

»Das ist in Ordnung.« Fredda bedachte Oberon mit einem kritischen – und selbstkritischen – Blick. Schließlich hatte sie ihn eigenhändig geschaffen. Er war ein großer, metallischgrauer, kompakt aussehender Roboter. Oberon war fast doppelt so groß wie Donald, aber vielleicht nicht einmal halb so leistungsfähig. Was ihn betraf, war Fredda nicht ganz zufrieden mit ihrer Arbeit, zumindest nicht mit seiner allgemeinen Erscheinung. Als sie ihn entworfen hatte, war sie der Meinung gewesen, daß ein Roboter von Oberons Größe voller scharfer Kanten und harter Konturen ziemlich einschüchternd wirken würde, und das wäre in diesen ohnehin schon schweren Zeiten keine gute Idee gewesen. Folglich war Oberon genauso abgerundet wie Donald, aber das Endergebnis stellte Fredda nicht ganz zufrieden. Donalds Rundungen ließen ihn harmlos erscheinen, Oberon dagegen wirkte nur halb geschmolzen.

Fredda hatte sich oft gefragt, was Oberons Aussehen über ihre Psyche verriet. Die maßgeschneiderten Roboter, die sie vor ihm gebaut hatte – Donald, Caliban, Ariel, Prospero –, sie alle waren fortschrittliche, technisch hochentwickelte und – von Donald einmal abgesehen – sogar gefährlich experimentelle Modelle gewesen. Nicht aber Oberon. Alles an ihm war standardisiert und konservativ, fast schon primitiv. Ihre anderen maßgeschneiderten Roboter waren komplizierte Konstruktionen aus handgefertigten Einzelteilen. Oberon repräsentierte wenig mehr als eine bloße Zusammensetzung verschiedener Komponenten.

»Ich werde mich ein wenig frisch machen«, sagte Fredda und steuerte das Badezimmer an, wobei sie immer noch darüber nachgrübelte, warum sie Oberon gerade so gebaut hatte. *Gebranntes Kind scheut das Feuer?* fragte sie sich. Zweifellos hatte sie sich bereits mehrmals die Finger verbrannt. Es war ihr Hang zur Rebellion gegen das allgemeine Sicherheitsdenken, durch den sie sich selbst in Schwierigkeiten gebracht hatte. Sie ließ sich die Ereignisse der letzten Jahre noch einmal durch den Kopf gegen, während sie ihre Kleidung abstreifte. Die nadeldünnen heißen Wasserstrahlen der Dusche waren genau das, was sie jetzt brauchte, um sich nach ihrem Treffen mit Prospero wieder zu entspannen.

Vor einigen Jahren hatte Fredda Leving zu den führenden Robotikern von Inferno gehört und sich ihren Ruf, Risiken einzugehen, nach Abkürzungen zu suchen und allgemein ungeduldig zu sein, redlich verdient.

Diese Charaktereigenschaften waren auf dem stockkonservativen Gebiet der Roboterforschung nicht gerade vorteilhaft. Seit Hunderten von Jahren hatte es keinen wirklichen Durchbruch mehr in der Robotik gegeben, nur eine endlose Folge von winzigen Verfeinerungen. Die Robotik war eine unglaublich konservative Disziplin, und überall standen Vorsicht und Sicherheit im Vordergrund.

In alle positronischen Gehirne waren die standardisierten Drei Gesetze der Robotik eingebrannt, nicht nur einmal, sondern millionenfach, und jede dieser Mikrokopien achtete ständig darauf, daß keins der Gesetze verletzt wurde. Jedes positronische Gehirn basierte auf einer früheren Generation, und jede folgende Generation schien noch mehr Datenpfade für die Drei Gesetze zu enthalten. Diese Entwicklungslinie führte in einer ununterbrochenen Kette bis zu dem ersten primitiven robotischen Gehirn zurück, das vor unzähligen Jahrtausenden auf der Erde gebaut worden war. Das einzige, was seit Menschengedenken auf diesem Gebiet einem Durchbruch nahekam, war eine Möglichkeit, noch mehr Mikrokopien der Drei Gesetze noch tiefer in die Datenpfade eines positronischen Gehirns einzubetten.

Im Prinzip gab es natürlich nichts an den Sicherheitsmaßnahmen auszusetzen, aber man konnte es auch übertreiben. Wenn ein robotisches Gehirn jede Sekunde millionenfach überprüfte, ob ein Verstoß gegen das Erste Gesetz drohte, bedeutete das, daß alle anderen Vorgänge ebenso oft unterbrochen wurden, und das verlangsamte alle produktiven Prozesse. Ein großer prozentualer Anteil der Arbeitszeit und des positronischen Gehirnvolumens wurde durch unvernünftig viele Wiederholungen der Drei Gesetze belegt.

Fredda hatte jedoch wissen wollen, wie sich ein Roboter mit modifizierten Gesetzen – oder ohne irgendwelche Gesetze – verhalten würde, und das hieß, daß sie in einer Sackgasse steckte. Um ein positronisches Gehirn ohne die Drei Gesetze zu erschaffen, hätte man wieder ganz von vorn beginnen, auf alle Entwicklungen und Verfeinerungen, die seit Jahrtausenden geleistet worden waren, verzichten und die Pfade praktisch in Handarbeit durch das Gehirn fräsen müssen. Selbst wenn Fredda den Versuch unternommen hätte, hätte das so entstandene Robotergehirn eine derart begrenzte Kapazität besessen, daß die experimentellen Ergebnisse bedeutungslos gewesen wären. Welchen Sinn hatte es schon, die Handlungen eines Roboters ohne Gesetze zu untersuchen, dessen Intellekt kaum zu selbständigen Handlungen ausreichte?

Es schien ein unlösbares Dilemma zu sein. Das

positronische Gehirn war die Robotik, und die Robotik war das positronische Gehirn. Beides hatte sich derart miteinander vermengt, daß es für die meisten Forscher schwierig – wenn nicht gar unmöglich – war, das eine nicht nur als Aspekt des anderen zu betrachten.

Aber Gubber Anshaw war nicht wie die anderen Forscher. Er hatte eine Möglichkeit entdeckt, die grundlegenden Strukturen des positronischen Gehirns, die Datenpfade, die es einem Klumpen schwammartigen Palladiums ermöglichten, zu sprechen, zu denken und einen Körper zu kontrollieren, selektiv in ein gravitonisches Gebilde zu übertragen.

Ein positronisches Gehirn war wie ein Buch, bei dem alle Seiten so oft mit den Drei Gesetzen beschrieben waren, daß jede Seite zur Hälfte mit denselben, immer wiederkehrenden Informationen gefüllt war, die Platz belegten, der nicht mehr für andere, nützlichere Daten zur Verfügung stand. Ein gravitonisches Gehirn dagegen war wie ein Buch mit leeren Seiten, die neu beschrieben werden konnten, ohne daß man mit schon vorhandenem Text kollidierte. Wenn man wollte, konnte man dort auch die Drei Gesetze niederschreiben, aber sie begegneten einem nicht jedesmal, wenn man die nächste Seite aufschlug.

Kein anderes Robotiklabor war bereit gewesen, Anshaws Arbeit auch nur mit spitzen Fingern anzufassen. Fredda aber hatte die Möglichkeiten erkannt und sofort zugegriffen.

Caliban war das erste ihre Projekte gewesen, das gründlich schiefgelaufen war. Fredda hatte schon lange ein kontrolliertes und begrenztes Experiment darüber durchführen wollen, wie sich ein Roboter ohne die Drei Gesetze verhalten würde, aber die Natur der Robotik selbst, also des positronischen Gehirns, hatte das schlichtweg unmöglich gemacht. Nachdem sie jedoch das gravitonische Gehirn in der Hand gehalten hatte,

hatte sie sofort einen Roboter ohne irgendwelche Gesetze entwickelt – Caliban, der für ein zeitlich befristetes Laborexperiment vorgesehen gewesen war. Er hatte sein Leben in einer isolierten und kontrollierten Umgebung beenden sollen. Unglücklicherweise aber war Caliban geflohen, bevor das Experiment überhaupt hatte beginnen können, und in eine Krise verwickelt worden, die beinahe nicht nur die Regierung, sondern auch das Re-Terraformingprojekt zu Fall gebracht hätte, von dem alles auf Inferno abhing.

Die zweite Katastrophe betraf die Roboter der Neuen Gesetze wie Prospero. Eigentlich hatte Fredda den ersten dieser Roboter sogar noch vor Caliban gebaut. Caliban wurde nur deshalb allgemein als Vorgänger der Roboter der Neuen Gesetze betrachtet, weil die Öffentlichkeit zuerst von seiner Existenz erfahren hatte.

Die Roboter der Neuen Gesetze und Caliban waren auf Grund von Freddas Befürchtung entstanden, daß Roboter mit den ursprünglichen Drei Gesetzen die menschliche Initiative zerstörten und zu einer gewaltigen Verschwendung robotischer Arbeitskraft beitrugen. Je weiter die Entwicklung von Robotern voranschritt, desto gründlicher schützten sie die Menschen vor Gefahren und desto weniger konnten die Menschen selbständig tun. Gleichzeitig machten die Menschen die Dinge dadurch noch schlimmer, daß sie die im Übermaß verfügbare robotische Arbeitskraft für die sinnlosesten und nebensächlichsten Tätigkeiten einsetzten. Es war allgemein üblich, für die Zubereitung jeder Mahlzeit des Tages einen anderen Roboter zu beschäftigen, oder einen Roboter dazu abzustellen, den Wein für das Abendessen auszusuchen, während sich die einzige Aufgabe des nächsten darauf beschränkte, die Flasche zu entkorken. Selbst wenn jemand nur einen Gleiter besaß, hatte er in der Regel fünf oder sechs Roboterpiloten, die in verschiedenen Farben gestrichen waren, nur um sicherzugehen, daß der Pilot auch zu der jeweiligen Kleidung seines Besitzers paßte.

Sowohl die Menschen als auch die Roboter selbst hatten sich daran gewöhnt, Robotern nur sehr wenig Wert beizumessen, was dazu führte, daß Roboter ständig aus den sinnlosesten Anlässen zerstört wurden, weil sie Menschen vor Gefahren beschützten, die mit Leichtigkeit hätten vermieden werden können.

Die Menschen standen im Begriff, auf die Stufe von Drohnen herabzusinken. Sie waren unproduktiv und größtenteils sogar völlig untätig. Die Roboter erledigten immer mehr Arbeit und wurden im gleichen Maß mit immer weniger Respekt behandelt. Die Arbeit selbst genoß immer weniger Ansehen. Arbeit war etwas, das Roboter erledigten, und Roboter waren minderwertige Wesen.

Es war eine endlose Spirale, und Fredda konnte sehen, daß diese Entwicklung irgendwann zum endgültigen Zusammenbruch der Spacer-Gesellschaft führen würde. Also hatte sie die Roboter der Neuen Gesetze entwickelt. Das Neue Erste Gesetz verbot ihnen, Menschen Schaden zuzufügen, aber es forderte sie nicht mehr dazu auf, tätig zu werden, um Menschen zu schützen. Das Neue Zweite Gesetz verlangte von ihnen, mit Menschen zusammenzuarbeiten, nicht aber, ihren Anweisungen einfach blindlings zu gehorchen. Das Neue Dritte Gesetz verlangte von ihnen, ihre eigene Existenz zu schützen, zwang sie aber nicht dazu, sich nur auf Grund einer belanglosen menschlichen Laune zu zerstören. Das absichtlich verschwommen gehaltene Neue Vierte Gesetz schließlich ermutigte die Roboter der Neuen Gesetze, im eigenen Interesse zu handeln.

Die Roboter der Neuen Gesetze zu erschaffen, war Freddas Ansicht nach völlig vernünftig gewesen. Sie schienen den ursprünglichen Robotern der Drei Gesetze gegenüber eine eindeutige Verbesserung darzustellen, und vermutlich hätte das auch zugetroffen, wäre es möglich gewesen, noch einmal ganz von vorn anzufangen. Doch leider waren sie in eine Welt gekommen, in der bereits die Roboter der Drei Gesetze existierten, in eine Welt, die offensichtlich keinen Platz für sie hatte.

Die Roboter der Neuen Gesetze waren eher der Katalysator als der Auslöser der zweiten großen Krise gewesen. Durch eine komplexe Abfolge verschiedener Ereignisse hatten ihre bloße Existenz und die Verknappung der Arbeitskraft der ursprünglichen Roboter eine Entwicklung in Gang gesetzt, die letztendlich zu Gouverneur Chanto Griegs Ermordung geführt hatte. Ohne Alvar Kreshs Besonnenheit und Stärke hätte *diese* Krise sehr viel schlimmere Auswirkungen haben können.

In keinem dieser Fälle hatte es eine tatsächliche Fehlfunktion der Roboter gegeben, weder bei denen der Neuen Gesetze, wie Prospero, noch bei Caliban, dem Gesetzlosen Roboter. Um eine Katastrophe und Krise auszulösen, hatte es lediglich der *Angst* der Menschen vor Robotern bedurft, die anders als ihre Vorgänger waren. Inferno war eine Welt, die kein großes Verlangen nach Veränderungen verspürte, und doch wurde sie mit Veränderungen konfrontiert. Inferno bestrafte Kühnheit und belohnte Vorsicht.

Und was Bestrafung betraf, war Fredda reichlich bedient. Deshalb war es auch kaum verwunderlich, daß sie sich einen so ungefährlichen und sturen Klotz von Roboter wie Oberon gebaut hatte. Aber ebensowenig verwunderte es, daß sie dieser Vorsicht schon wieder überdrüssig war.

Fredda stellte die Dusche ab und schaltete das Warmluftgebläse an, um sich abzutrocknen. Sie mußte lächeln, als sie daran dachte, daß selbst so eine einfache Tätigkeit, wie selbständig zu duschen und zu baden, einer Revolution gleichkam. Noch vor zehn Jahren wäre das für sie undenkbar gewesen, geradezu skandalös.

Damals hätte ein wasserdichter Haushaltsroboter bereitgestanden, um sie auszuziehen, die Dusche für sie anzustellen, den Trockengebläseknopf für sie zu drücken und sie dann wieder anzuziehen – mit Kleidung, die er selbst für sie ausgesucht hätte.

Sie verließ das Badezimmer und durchsuchte ihre Garderobe nach passender Kleidung für den Abend. Irgend etwas Bequemes und Einfaches. Es war schon merkwürdig sich vorzustellen, daß sie diese Aufgabe vor noch gar nicht so langer Zeit einem Roboter überlassen hatte. Jetzt war es ein Vergnügen für sie, ein kostbarer Luxus, die Kleidung für einen Abend zu Hause selbst auszuwählen. Sie entschied sich für etwas Schlichtes, aber nicht *zu* Unauffälliges, einen dunkelblauen Rock und einen dazu passenden schwarzen Pullover. Nachdem sie sich angezogen hatte, betrachtete sie sich prüfend im Spiegel.

Die Zusammenstellung gefiel ihr. Fredda wählte Ohrringe und eine Brosche aus, die sich auf dem dunklen Pullover gut abhob. Dann wandte sie sich wieder dem Spiegel zu und begutachtete das Ergebnis.

Fredda war klein und zierlich gebaut, mit blauen Augen und schwarzem lockigen Haar, das sie kurzgeschnitten trug. Sie hatte ein rundes Gesicht und eine Stubsnase. Kurz gesagt, ihr Äußeres spiegelte genau das wider, was sie war, eine junge Frau, die zu plötzlichem Enthusiasmus und ebenso plötzlichen Wutausbrüchen neigte.

Inferno war eine Welt, in der Reife und Erfahrung geschätzt wurden, was die Situation für Fredda Leving nicht gerade leichter machte. Sie war gerade einmal vierzig Jahre alt, nach dem Standard der Infernals kaum alt genug, um ernstgenommen zu werden – wenn sie wie eine Vierzigjährige ausgesehen hätte. Aber Fredda hatte eine natürliche jugendliche Erscheinung, und sie war in den Augen der Infernals pervers genug, alles zu tun, um sich dieses jugendliche Aussehen zu erhalten. In einem Lebensabschnitt, in dem die meisten Frauen auf Inferno froh waren, ihrem Alter entsprechend reif zu erscheinen, sah Fredda immer noch so aus, als wäre sie höchstens fünfundzwanzig Jahre alt.

Zum Teufel mit diesen Gedanken. Fredda wußte, daß sie gut aussah, und die Kleidung, die sie selbst ausgewählt hatte, betonte ihre Schönheit noch. Auf jeden Fall mehr als alles, was Oberon für sie ausgesucht hätte. Mit ihrem Aussehen zufrieden und stolz, sich richtig entschieden zu haben, begab sie sich in das Wohnzimmer.

Es war albern und unbedeutend, aber eine unbestreitbare Tatsache. Entscheidungen für sich selbst zu treffen, wie nebensächlich sie auch sein mochten, stellte einen Akt der Befreiung dar. Es war noch gar nicht so lange her, da waren Fredda, Alvar und Millionen anderer Menschen auf Inferno wenig mehr als gut abgerichtete Sklaven ihrer eigenen Diener gewesen. Sie waren jeden Morgen zu dem Zeitpunkt geweckt worden, den die Roboter als geeignet erachtet hatten, waren von den Robotern gewaschen und angekleidet worden. Bis vor einigen Jahren hatten viele Kleidungsstücke nicht einmal Verschlüsse besessen, die ihre Träger ohne Hilfe hätten schließen oder öffnen können. Die Menschen waren völlig von ihren Robotern abhängig gewesen, um sich überhaupt an- oder ausziehen zu können.

Den Menschen war das Frühstück, Mittag- und Abendessen serviert worden, von den Roboterköchen auf Grund der Forderung des Ersten Gesetzes, einem Menschen keinen Schaden zuzufügen, nach Kriterien der bestmöglichen Bekömmlichkeit zusammengestellt. Man war von seinem Roboterpiloten zu dieser oder jener Verabredung geflogen worden, die natürlich alle von einem Robotersekretär getroffen worden waren.

Man war überall hingelangt, ohne überhaupt zu wissen, wo das war, weil man sich darauf verließ, daß der

Roboter sich die Adresse gemerkt hatte und die günstigste Flugroute kannte. Mit großer Wahrscheinlichkeit wußten die Roboter auch besser als man selbst, was man dort überhaupt wollte. Dann wurde man wieder nach Hause geflogen, weil man den Rückweg bestimmt nicht selbst gefunden hätte. Am Ende des Tages wurde man schließlich wieder von seinen Robotern entkleidet und gebadet, in seinen Pyjama gesteckt und dann ins Bett gebracht.

Ein Tag wie der andere, an dem die Roboter einem jede einzelne Entscheidung abgenommen hatten, an dem man ständig von seinen Dienern kontrolliert worden war. Man hatte seine Tage von morgens bis abends in einem unglaublich luxuriösen Käfig verbracht, ohne sich auch nur bewußt zu werden, das dieser Käfig existierte.

Fredda konnte es kaum glauben, daß sie jemals zugelassen hatte, ein solches Leben zu führen, doch das hatte sie. Unfaßbar. Jetzt bemerkte sie wenigstens, daß Oberon das Abendessen für sie zusammengestellt und den Zeitpunkt festgesetzt hatte, an dem es serviert werden würde. Und zumindest erkundigte sich Oberon jetzt, ob ihr der von ihm gewählte Zeitpunkt recht war, anstatt ihr einfach mitzuteilen, wann sie essen würde. Heute abend hatte sie es den Robotern überlassen, das Abendessen herzurichten, an einem anderen Abend würde sie die Mahlzeit vielleicht in allen Einzelheiten selbst zusammenstellen. Was den Skandalen die Krone aufsetzte, war, daß sie hin und wieder eigenhändig ein Essen hatte anbrennen lassen. Wenn die tyrannische Herrschaft der Diener auch nicht völlig zerschlagen worden war, war sie doch zumindest als solche erkannt und damit geschwächt worden.

Fredda wußte, daß sie nicht die einzige war, die den Robotern wenigstens einen Teil der Kontrolle über ihr eigenes Leben aus den Händen genommen hatte. Sie wußte ebenfalls, daß ihre Forschungen, ihre Reden und der von ihr verursachte Aufruhr nicht unerheblich dazu beigetragen hatten. Zweifellos hatte auch die Anwesenheit der Siedler auf Inferno einen großen Einfluß auf diesen Prozeß. Und dann war da schließlich die nackte Tatsache, daß heute einfach nicht mehr so viele Roboter für den Privatgebrauch verfügbar waren. Die Leute gingen sehr viel sorgfältiger mit der noch vorhandenen robotischen Arbeitskraft um. Sie verschwendeten längst nicht mehr soviel davon auf unwichtige Tätigkeiten.

Natürlich war die Revolution längst noch nicht abgeschlossen. Es gab noch immer eine Menge Infernals, denen es nicht gelungen war, sich umzustellen, die sich noch immer an die alten Sitten und Gebräuche klammerten und in die lautstarken Forderungen der Eisenschädel nach mehr und besseren Robotern als Lösung für alle Probleme einstimmten.

Doch welche Gründe auch immer dafür verantwortlich waren und wie zögernd und stockend der Prozeß auch ablief, der Wandel fand statt. Überall auf dem Planeten war den Infernals bewußt geworden, wie sehr sie von ihren Robotern abhängig waren, und allmählich lösten sie sich zumindest ein wenig von ihnen. Und sehr zum Entsetzen von Simcor Beddle und den Eisenschädeln begannen die Menschen zu entdecken, daß es ihnen sogar gefiel, etwas mehr Freiheit in ihren Leben zu haben.

Freddas Ansicht nach waren das positive Veränderungen, aber im Lauf der letzten Jahre hatte sie erfahren, wie beängstigend – und wirklich gefährlich – Veränderungen sein konnten, selbst wenn sie noch so positiv waren. Es würde einige unbeabsichtigte Nebenwirkungen geben. Irgend jemand würde auf der Strecke bleiben, der sich benachteiligt oder bedroht fühlte. Und es würde Leute geben, die durch die Umwälzungen zwar nicht den geringsten Schaden erlitten, aber Möglichkeiten fanden, sie zum Nachteil anderer auszunutzen.

Vielleicht aber war sie auch *zu* pessimistisch. Vielleicht waren die Tage vorüber, als sich Inferno im Aufruhr befunden hatte und von einer Krise in die nächste gestolpert war. Und doch konnten selbst behutsame und schrittweise Veränderungen und Verbesserungen wie die, die Alvar während der letzten Jahre eingeleitet hatte, zu schmerzhaften Umwälzungen führen.

Die nähere Zukunft würde höchstwahrscheinlich … interessant werden.

Fredda hörte ihren Mann und Donald vom Landeplatz auf dem Dach herunterkommen und eilte ihnen entgegen, um sie zu begrüßen.

3. Kapitel

Sie waren wieder hier«, sagte Kresh, nachdem er seine Frau geküßt hatte. Es war eine Feststellung, keine Frage, und Fredda wußte genau, daß es zwecklos war, so zu tun, als wüßte sie nicht, was er meinte.

»Ja«, erwiderte sie vorsichtig. »Sie sind gerade gegangen.«

»Gut.« Kresh ließ sich in seinen Lieblingssessel sinken. »Es gefällt mir nicht, wenn sie in der Nähe sind.«

»Mir auch nicht, Dr. Leving«, schloß sich Donald 111 an. »Die Gefahr, die von der Anwesenheit dieser beiden Pseudo-Roboter ausgeht, ist viel größer, als Sie glauben.«

»Donald, ich habe diese beiden Pseudo-Roboter, wie du sie beharrlich nennst, *gebaut*«, stellte Fredda fest. Sie empfand genauso viel Belustigung wie Gereiztheit über Donalds Bemerkung. »Ich bin mir völlig bewußt, wozu sie fähig sind.«

»Ich bin mir keineswegs sicher, daß das wirklich zutrifft, Dr. Leving«, sagte Donald. »Aber wenn Sie darauf bestehen, sich in meiner Abwesenheit mit ihnen zu treffen, gibt es nichts, was ich tun könnte, um Sie davon abzuhalten. Ich möchte Sie nur noch einmal darauf drängen, im Umgang mit ihnen äußerste Vorsichtsmaßnahmen zu ergreifen.«

»Das werde ich, Donald, das werde ich.« Freddas Stimme klang etwas resigniert. Donald war natürlich ebenfalls von ihr gebaut worden, und sie wußte so gut wie jeder andere, daß das Erste Gesetz ihn dazu zwang, sie bei jeder Gelegenheit auf die potentielle Gefahr hinzuweisen. Trotzdem war es ermüdend, sich die gleiche Warnung wieder und wieder anhören zu müssen. Donald und die meisten anderen Roboter der Drei Gesetze bezeichneten Caliban und Prospero – wie alle Roboter der Neuen Gesetze – als Pseudo-Roboter, weil sie nicht über die ursprünglichen Drei Gesetze verfügten. Der Definition nach war ein Roboter ein vernunftbegabtes Geschöpf, das von den Drei Gesetzen beherrscht wurde. Prospero war mit den Neuen Gesetzen programmiert, Caliban mit gar keinen. Sie mochten zwar wie Roboter aussehen und gelegentlich auch wie Roboter agieren, aber sie waren es nicht. Donald betrachtete sie als Perversionen, als unnatürliche Geschöpfe, für die kein Platz im Universum war. Nun, vielleicht würde er es nicht *ganz* genau so formulieren, aber Fredda wußte, daß es der Wahrheit ziemlich nahe kam.

»Warum müssen die eigentlich überhaupt hier aufkreuzen?« Alvar lehnte sich in seinem Sessel zurück. »Sie haben Pässe, die es ihnen erlauben, sich in der Stadt frei zu bewegen.«

»Mach es dir nicht *zu* bequem«, warnte Fredda. »Das Essen ist in ein paar Minuten fertig.«

»Na gut«, sagte Kresh und beugte sich wieder vor. »Ich werde es mir so unbequem machen, wie du willst, aber beantworte mir meine Frage.«

Fredda lachte, bückte sich zu ihm hinab und küßte ihn auf die Stirn. »Einmal Polizist, immer Polizist.«

Oberon wählte genau diesen Moment für seinen Auftritt aus. »Das Abendessen ist angerichtet«, verkündete er.

»Immer Polizist«, sagte Alvar zu seiner Frau. Er stand auf und ging mit Fredda ins Eßzimmer. Oberon ging voran, Donald folgte. Der Polizeiroboter schob sich in seine Wandnische, während Oberon die Speisen servierte.

Fredda kam zu dem Schluß, daß sie die Situation etwas entschärfen könnte, wenn sie ihren Mann nicht dazu zwang, sie noch einmal zu einer Antwort zu drängen. Oberon stellte einen Teller vor ihr ab, und sie ergriff ihre Gabel.

»Sie kommen hierher, weil es ein sicherer Ort für ein Treffen ist«, sagte sie. »Das ist der wesentliche Grund. Es gibt nicht viele Orte in Hades, an denen sie nicht irgendeine Gefahr durch eine Bande von Schlägern zu befürchten hätten, die über Roboter der Neuen Gesetze herfallen, ob mit oder ohne Pässe.«

Früher hatte es unter den Siedlern Banden von Roboterdemolierern gegeben. Die meisten hatten sich mittlerweile aufgelöst, aber einige Spacer hatten von ihnen gelernt. Es gab immer noch Radikale, weitaus extremer als die Eisenschädel, die es ständig juckte, bei jeder sich bietenden Gelegenheit Roboter der Neuen Gesetze zu zerstören. »Für die Roboter der Neuen Gesetze gibt es in dieser Stadt keine Sicherheit. Ich habe dir das früher schon gesagt, auch wenn du es mir nicht glauben willst.«

»Warum kommen sie dann überhaupt her? Wenn Hades für sie ein so gefährliches Pflaster ist, sollten sie doch auf der anderen Seite des Planeten, in Utopia, in Sicherheit sein. In ihrer unterirdischen Stadt. Das *müßte* doch so sein.« Kreshs Stimme klang so, als wäre er nicht wirklich davon überzeugt.

Eine seiner ersten Amtshandlungen als Gouverneur hatte darin bestanden, eine Anweisung zu erlassen, durch die alle Roboter der Neuen Gesetze aus den bewohnten Gebieten des Planeten verbannt worden waren. Auch wenn das nicht unbedingt der direkte Wortlaut der Anweisung gewesen war, hatte sie doch diese Wirkung gehabt – und das war auch beabsichtigt gewesen. Fredda konnte ihrem Mann dafür nicht einmal größere Vorwürfe machen. Es war die Wahl zwischen Verbannung und Zerstörung aller Roboter der Neuen

Gesetze gewesen. »Sie sind einigermaßen sicher in Walhalla«, sagte sie, »aber ich würde es nicht unbedingt eine Stadt nennen. Es ist eher ein riesiger Bunker-Komplex.«

»Nun, ich verlasse mich da ganz auf dich«, erwiderte Alvar. »Du warst da, ich nicht.«

»Sie sind dort vielleicht in Sicherheit«, fuhr Fredda fort, »aber sie haben dort nicht alles, was sie brauchen. Sie sind hierhergekommen, um Handel zu treiben.«

»Was könnte eine Horde von Robotern denn brauchen?«

Fredda verspürte das Bedürfnis, ein Seufzen auszustoßen, aber sie hielt sich mühsam zurück. Sie hatten dieses Streitgespräch schon viel zu oft durchgespielt, und mittlerweile beherrschte jeder seine Rolle perfekt. Aber das bedeutete nicht das Ende dieser Diskussionen. Obwohl sie eine gute Ehe führten, gehörte das Problem mit den Robotern der Neuen Gesetze zu den Themen, über die sie sich wahrscheinlich nie würden einigen können. »Vor allen Dingen Ersatzteile, wie du nur zu gut weißt«, sagte Fredda. »Sie müssen sich selbst reparieren. Vorräte und Ausrüstung, um Walhalla zu erhalten und weiter auszubauen. Informationen aller Art. Andere Dinge. Diesmal wollten sie biologische Güter.«

»*Das* ist neu«, sagte Alvar. »Wozu brauchen sie Biobedarf?«

»Für Terraforming-Projekte, nehme ich an. Sie haben große Fortschritte gemacht, das Klima in ihrem Teil der Welt wieder zu verbessern.«

»Und sich dabei gleichzeitig ein paar bemerkenswert gut vermarktbare Fähigkeiten angeeignet«, stellte Alvar fest. »Versuch nicht, sie mir als Blechheilige zu verkaufen.«

Den Robotern der Neuen Gesetze war es unter bestimmten Auflagen gestattet, Utopia zu verlassen, hauptsächlich dann, wenn ihre besonderen Fähigkeiten benötigt wurden. Alle Terraforming-Projekte litten unter Arbeitskräftemangel, und viele Projektleiter waren bereit – wenn auch nur widerwillig –, Roboter der Neuen Gesetze einzustellen. Die Roboter verlangten einen hohen Lohn für ihre Arbeit, aber sie boten auch eine gute Gegenleistung für das Geld.

»Was ist falsch daran, daß sie ehrliche Arbeit tun?« wollte Fredda wissen. »Und was ist falsch daran, wenn sie dafür bezahlt werden? Wenn eine Privatfirma befristete robotische Arbeitskräfte braucht, leiht sie sich welche und bezahlt den Agenten oder Besitzer für ihre Benutzung. Das gleiche trifft auch hier zu, nur mit dem Unterschied, daß sich diese Roboter selbst gehören.«

»Es ist nichts *falsch* daran«, sagte Alvar und stocherte düster in seinem Gemüse herum, »aber es hat auch nichts mit Edelmut zu tun. Du versuchst immer, sie zu Helden hochzustilisieren.«

»Sie machen nicht alles nur für Geld oder Gewinn«, behauptete Fredda. »Niemand bezahlt sie für die Terraforming-Arbeit, die sie im Utopia-Reservat leisten. Sie machen diese Arbeit, weil sie sie machen *wollen.«*

»Und woran, glaubst du, liegt das?« fragte Alvar. »Warum wollen sie das tun? Ich weiß, daß du dich schon länger mit dieser Frage beschäftigst. Ist dir schon etwas Neues dazu eingefallen?«

Fredda sah ihren Mann ein wenig überrascht an. Wenn sie irgend etwas an den Robotern der Neuen Gesetze lobte, bedachte er sie normalerweise mit einem finsteren Blick und schlug ihr vor, die verdammten Roboter doch gleich zu Engeln zu erklären und ihnen Blechflügel zu verpassen, oder zumindest irgend etwas in dieser Richtung. Nicht aber heute abend. Fredda bemerkte, daß Alvar an diesem Abend ... *anders* war. Die Roboter der Neuen Gesetze beschäftigten ihn, aber in der Regel machte ihn das Thema ganz einfach nur wütend. Diesmal wirkte er dagegen viel nachdenklicher, fast als würde er sich – und das schien nahezu unmöglich – *Sorgen* um sie machen.

»Möchtest du das wirklich wissen?« fragte sie verunsichert.

»Natürlich«, erwiderte er sanft. »Warum sollte ich dich sonst fragen? Ich habe mich immer für deine Arbeit interessiert.«

»Also gut«, sagte Fredda, »in Kurzform, ich habe keine Ahnung. Es besteht kein Zweifel daran, daß sie ein ... Verlangen nach Schönheit haben. Ich weiß nicht, wie man es sonst ausdrücken soll. Obwohl es vielleicht zutreffender wäre, es einen Impuls zu nennen, die Dinge in Ordnung zu bringen. Woher genau dieser Antrieb kommt, weiß ich nicht, aber es ist gar nicht so erstaunlich, daß er da ist. Wenn man etwas so Komplexes wie ein robotisches Gehirn konstruiert und mit einer neuen Programmierung versieht – wie den Neuen Gesetzen –, muß es zwangsläufig zu unvorhersehbaren Konsequenzen der einen oder anderen Art kommen. Ein Grund für mein Interesse an Prospero liegt darin, daß die Programmierung seines gravitonischen Gehirns noch halbwegs experimentell war. Er unterscheidet sich von den anderen Robotern der Neuen Gesetze in einigen Punkten, die ich nicht erwartet habe. Zum Beispiel ist seine Persönlichkeit längst nicht so stabil wie die von Caliban.«

»Stell das Thema vorerst mal zurück«, unterbrach Alvar. »Was ist mit diesem Drang, Geschäfte zu machen?«

»Da begeben wir uns auf sehr dünnes Eis«, sagte Fredda. »Ich würde ihnen nur unter sehr großen Vorbehalten echte kreative Impulse zusprechen. Ich bin mir sicher, daß Donald mir in diesem Punkt zustimmen würde.«

»Auf jeden Fall«, meldete sich Donald von seiner Wandnische aus zu Wort, was Fredda leicht zusammenzucken ließ. Der allgemeinen Konvention nach hatte ein Roboter nur dann zu sprechen, wenn er angesprochen wurde, besonders während des Essens, aber Donald fand immer wieder eine Möglichkeit, diese Regel großzügig zu interpretieren. »Roboter besitzen keine echte Kreativität und können auch keine erlangen«, fuhr er fort. »Wir können imitieren und bereits vorhandene Modelle reproduzieren, und wir sind sogar zu gewissen Ausschmückungen und Verbesserungen fähig, aber nur Menschen können wahrhaft kreativ sein.«

»In Ordnung, Donald, laß uns jetzt nicht auch noch mit *dieser* Debatte anfangen«, sagte Kresh. »Ob durch Kreativität, Reparatur oder Imitation, die Roboter der Neuen Gesetze haben auf jeden Fall große Leistungen im Utopia-Reservat vollbracht, von denen sie offenbar in keiner Form profitieren. Grüne Pflanzen, frisches Wasser und ein ausgeglichenes örtliches Ökosystem bringen *ihnen* keinen Nutzen. Warum tun sie das dann alles?«

»Frag sie selbst, und sie werden dir sagen, daß sie es tun, weil sie es wollen«, erwiderte Fredda. »Eine detailliertere Antwort wirst du kaum erhalten. Ich habe jedenfalls keine bekommen, und ich habe es oft genug versucht. Ich weiß nicht, ob es an ihrem Vierten Gesetz liegt, oder daran, daß sie für Re-Terraformig-Aufgaben konstruiert worden sind, oder an einer Synergie aus beidem. Vielleicht liegt es auch daran, daß Gubber Anshaw ihre gravitonischen Gehirne mit einer internen Topographie entworfen hat, die dem Muster des menschlichen Gehirns sehr viel mehr ähnelt, als das bei allen anderen robotischen Gehirnen jemals der Fall gewesen ist.«

Alvar lächelte. »Mit anderen Worten, du weißt es nicht.«

Fredda lächelte zurück, lehnte sich vor und nahm seine linke Hand in die ihren. »Mit anderen Worten, ich weiß es nicht«, gab sie zu. Es tat gut, ohne Mißstimmung mit ihm über dieses Thema reden zu können. Sie wußte, daß er mit seiner Entscheidung über die Roboter der Neuen Gesetze nie völlig zufrieden gewesen war. Und ganz tief in ihrem Herzen mußte sie sich eingestehen, daß es vielleicht sogar besser gewesen wäre, wenn sie sie gar nicht erst erschaffen hätte. »Aber wenn ich auch nicht weiß, *warum* sie diesen Drang verspüren, weiß ich doch, *daß* er vorhanden ist.«

»Ich schätze, das muß dann wohl reichen«, sagte Alvar. »Manchmal mache ich mir meine Gedanken darüber. Es ist neu und ungewohnt, daß Roboter ohne Befehle und Ziele arbeiten. Und im Gegensatz zu Donalds Feststellung bin ich nicht felsenfest davon überzeugt, daß es einem künstlichen Verstand unmöglich sein sollte, kreative Fähigkeiten zu entwickeln. Ich *mag* die Roboter der Neuen Gesetze zwar nicht, ich halte sie für gefährlich und nicht vertrauenswürdig, aber ich kann mich trotzdem nicht zu der Überzeugung durchringen, daß sie und all ihre Arbeit vom Angesicht des Planeten hinweggeschwischt werden sollten.«

Fredda zog die Hände zurück und sah ihren Mann erschrocken an. »Alvar, wovon sprichst du? Du hast vor Jahren entschieden, daß sie überleben dürfen. Was du jetzt sagst, klingt so, als gäbe es einen neuen Grund, warum du ...« Sie sprach den Satz nicht zu Ende, aber Alvar verstand sie trotzdem.

»Es gibt einen neuen Grund«, bestätigte er. »Einen neuen Grund, warum sie vielleicht verschwinden sollten. Ich muß mich unter Umständen zwischen ihrer Vernichtung und der Rettung des Planeten entscheiden, und es steht außer Frage, wie meine Entscheidung ausfallen würde.«

»Alvar, wovon, in Teufels Namen, sprichst du?«

Alvar Kresh ließ sich Zeit mit der Antwort. Er blickte Fredda unglücklich an und stieß einen tiefen müden Seufzer aus. »Ich hätte diesen Job niemals annehmen dürfen«, sagte er schließlich. »Ich hätte ihn Simcor Beddle zusammen mit den Alpträumen überlassen sollen.« Wieder schwieg er eine Weile, griff nach seiner

Gabel und versuchte, noch ein paar Bissen zu essen, aber die plötzliche Stille und Freddas Gesichtsausdruck waren mehr, als er ertragen konnte. Er ließ die Gabel auf den Teller fallen und lehnte sich erschöpft in seinem Stuhl zurück. »Ich möchte, daß du mich morgen früh begleitest«, sagte er. »Da ist jemand, den du kennenlernen solltest. Ich möchte deine Meinung über das hören, was er zu sagen hat.«

»Wer … wer ist das?« fragte Fredda.

»Niemand, den du kennst«, erwiderte Alvar. »Ein junger Bursche namens Davlo Lentrall.«

Tonya Welton war besorgt, und das aus gutem Grund. Irgend etwas war im Busch, und sie wußte nicht, was es war. Sie würde es erst erfahren, wenn der Siedler-Sicherheitsdienst es ihr mitteilte. Wie der SSD ihr gesagt hatte, hatte ein Informant namens Ardosa seine Tarnung riskiert und Siedlerstadt aufgesucht. Er behauptete, im Besitz äußerst wichtiger Informationen zu sein, die einen gewissen Davlo Lentrall betrafen. Sie würde erst mehr erfahren, nachdem man seine Aussagen aufgenommen und überprüft und die Informationen verifiziert hatte.

Irgend etwas in der Stimme des SSD-Mitarbeiters, der Fredda Bericht erstattet hatte, ließ sie vermuten, daß es sich um eine Angelegenheit von größter Wichtigkeit handelte und die Leute vom Sicherheitsdienst keine weiteren Auskünfte geben würden, bevor sie sich nicht davon überzeugt hatten, daß die Informationen glaubwürdig waren. Sie würden versuchen, sich in Lentralls Computerdateien einzuschleichen. Die Universität benutzte ein von den Siedlern gebautes Computersystem, was dem SSD die Arbeit erleichtern müßte, aber auch so würde es nicht einfach werden. Vorerst blieb Tonya nichts anderes übrig, als abzuwarten.

Ein Gefühl tief in ihrer Magengegend sagte ihr, daß sich Ardosas Informationen als verdammt glaubwürdig herausstellen würden. Sie verspürte den Drang, die Dienststelle anzurufen und zu verlangen, daß man ihr die vorliegenden Informationen unverzüglich übermittelte, aber natürlich tat sie das nicht. Wenn sich der Sicherheitsdienst so vorsichtig verhielt, hatte er meistens gute Gründe dazu. Sollte er die Arbeit erledigen. Man würde ihr schon früh genug Bescheid geben.

Während sie so vor sich hingrübelte, betrat Gubber Anshaw das Zimmer. Er beugte sich über sie und küßte sie auf die Stirn. Fredda tätschelte kurz seinen Arm. Gubber richtete sich wieder auf, durchquerte das Zimmer und ließ sich mit einem zufriedenen Seufzen in seinen Sessel sinken.

Tonya sah ihm dabei zu, wie er seine technischen Zeitschriften hervorzog und zu lesen begann. Sie liebte ihn von ganzem Herzen, und es hatte Situationen gegeben, in denen er ihr eine unschätzbare Hilfe gewesen war, doch diesmal war kaum damit zu rechnen.

Gubber zählte zu den besten Robotikexperten der Welt, aber was auch immer hier vor sich ging, es hatte definitiv nichts mit Robotern zu tun. Im Augenblick bereitete er sich auf seine schon seit langem geplante Reise nach Walhalla vor. Als Konstrukteur des gravitonischen Gehirns hatte es ihm nie sonderlich gefallen, wie Fredda Leving sich seiner Arbeit bedient hatte, um die Roboter der Neuen Gesetze zu erschaffen. Mittlerweile hatte er sich allerdings mit der Situation abgefunden, und von da ab war es kein großer Schritt mehr, davon zu profitieren. Noch immer waren die Roboter der Neuen Gesetze die einzigen Roboter mit gravitonischen Gehirnen, und deshalb war es nur vernünftig, wenn Gubber die Gelegenheit ergriff, sie genauer zu studieren. Er wollte am nächsten Morgen den Suborbitalflug nach Depot nehmen und sich dort mit einem Roboter der

Neuen Gesetze namens Lacon-03 treffen, der ihn weiter in die verborgene Stadt Walhalla bringen würde.

Normalerweise hätte Tonya gehofft, daß Gubber irgend etwas aus der Gerüchteküche gehört haben könnte, aber wenn er sich in seine Arbeit vergrub, mußte man schon mit einem Blaster auf das Buch schießen, in dem er gerade las, um seine Aufmerksamkeit zu erregen. Es erschien äußerst unwahrscheinlich, daß er in den letzten Tagen viel Zeit damit zugebracht hatte, sich mit Freunden über die Aktivitäten irgendwelcher obskuren Astrophysiker zu unterhalten.

Verdammt, was hatte dieser Lentrall vor? Warum war er plötzlich so wichtig? Es hatte irgend etwas mit Terraforming zu tun, soviel stand fest. Also würde es Auswirkungen auf die Siedler auf Inferno haben. Und da Tonya die Anführerin der Siedler auf dieser Welt war, würde es mit Sicherheit auch sie persönlich betreffen.

Die Anwesenheit der Siedler auf Inferno diente ausdrücklich dem Zweck, den Planeten zu reterraformieren. Nur sehr wenige der mit diesem Projekt betrauten Siedler waren sonderlich begeistert über diesen Auftrag gewesen. Schließlich wurde von ihnen verlangt, auf einer Spacer-Welt zu leben und tagtäglich Umgang mit Spacern zu haben.

Andererseits sprach auch einiges für die Lebensart der Spacer, jedenfalls genug, daß einige Siedler sich – ihrem Namen entsprechend – mehr oder wenig ständig auf Inferno angesiedelt hatten. Sie hatten entdeckt, daß das Leben auch andere Möglichkeiten bot, als in den riesigen unterirdischen Kavernen zu wohnen, die die Städte der Siedler waren. Sie hatten auf Inferno ihre Ehemänner und -frauen gefunden und Familien gegründet, Eigentum erworben und sich ein Zuhause geschaffen. Einige hatten sogar Roboterpersonal eingestellt. Es gab nicht wenige Siedler, die kein verstärktes Verlangen danach verspürten, nach Hause zurückzukehren. Einen

Planeten zu terraformieren war eine Aufgabe, die Jahrzehnte erforderte, und einige ihrer Leute – Tonya selbst eingeschlossen – hatten sich mit dem Gedanken angefreundet, daß sie so lange auf Inferno bleiben konnten, wie sie wollten, vielleicht sogar für den Rest ihres Lebens.

Deshalb war alles, was das Terraforming-Projekt der Siedler irgendwie berührte oder gar bedrohte, von größter Bedeutung. Und Tonya hatte das ungute Gefühl, daß diese Lentrall-Geschichte sich verheerend auf das Terraforming-Projekt auswirken könnte.

Ihr Agent in der Universität von Hades, ein Mann namens Ardosa, hatte den Siedler-Sicherheitsdienst darüber informiert, daß Lentrall irgendeine Idee entwickelt hatte, durch die die gesamte Terraforming-Abteilung der Siedler auf den Kopf gestellt werden würde. Ardosa hatte ebenfalls berichtet, daß auch die Führungskräfte der Universität durch diese Neuigkeiten in Aufruhr geraten waren. Es war zu ein paar äußerst hitzigen Diskussionen gekommen.

Darüber hinaus wußte Ardosa nicht viel, nur daß irgend etwas Bedeutendes im Gang war und sich Lentrall mit den führenden Terraforming-Experten der Universität getroffen hatte – oder zumindest mit den Leuten, die auf Inferno als Terraforming-Experten galten. Tonya war zuversichtlich, daß ihre Leute den Infernals auf diesem Gebiet in jeder Beziehung weit überlegen waren. Zumindest war sie bis *jetzt* zuversichtlich gewesen.

Nachdem der Siedler-Sicherheitsdienst von Ardosa informiert worden war, hatte er beobachtet, daß Lentrall im Amtssitz von Gouverneur Kresh ein und aus ging. Es war ihm sogar gelungen, einen Einblick in den täglichen Terminkalender des Gouverneurs zu bekommen. Alle anderen Termine betrafen routinemäßige Geschäfte, aber der Eintrag *Davlo Lentrall – Vorschlag zum Re-Terraforming* hatte Tonyas Aufmerksamkeit erregt.

Wer war dieser Lentrall, und was hatte er vor? Ihre Leute wußten praktisch nichts über ihn. Alles, was sie wußten, war, daß er noch sehr jung war – selbst nach den Maßstäben der Siedler – und als Forscher in der Astrophysik-Abteilung der Universität arbeitete. Er schien private Kontakte zu einem obskuren Forschungszentrum der Infernals zu unterhalten, das am Rande mit dem Terraforming-Projekt zu tun hatte. Und damit erschöpfte sich auch schon das Wissen der Siedler über ihn.

Darauf und auf die Tatsache, daß er in kürzester Zeit mit immer hochrangigeren Regierungsvertretern von Inferno zusammengetroffen war, bis zu einem Treffen mit dem Gouverneur persönlich. Die Frage, die sich stellte, war offensichtlich: Was konnte dringend oder wichtig genug sein, um einem unbekannten Astrophysiker so schnell Zutritt zu dem Büro des Gouverneurs zu verschaffen?

Tonya fühlte sich frustriert. Früher einmal hätten ihre Leute im Handumdrehen ein vollständiges Dossier über solche Typen wie Lentrall erstellen können. In den alten Zeiten der Konfrontation hatte es eine merkwürdige Freiheit für ihre Spione und Agenten gegeben. Damals waren die Beziehungen zwischen den Siedlern und Spacern so schlecht gewesen, daß es keine Rolle mehr gespielt hätte, wenn sie noch schlechter geworden wären. Genaugenommen war es kaum vorstellbar gewesen, wie sie *noch* schlechter hätten werden können. Cinta Melloy, die Leiterin des SSD, hatte sich aller möglichen schmutzigen Tricks bedienen können – und auch reichlich davon Gebrauch gemacht –, um an Informationen zu gelangen, wie Mitschnitte von Funkgesprächen, Kopien von Datenbanken, Bestechung, Beschattungen, eben die ganze Palette nachrichtendienstlicher Tätigkeiten.

Heute aber mußten beide Seiten respektvoll und höflich miteinander umgehen. Im Verlauf der letzten Jahre hatte sich eine enge Zusammenarbeit zwischen dem SSD und Justen Devrays Combined Inferno Police entwickelt. Sie teilten sich die Aufklärungsarbeit und unterstützten sich gegenseitig bei der Strafverfolgung. Es wäre unklug gewesen, das alles durch hektisches ungeschicktes Herumschnüffeln zu gefährden. In gewisser Weise war der Frieden sehr viel komplizierter als die Konfrontation.

Tonya sah wieder zu Gubber hinüber. *Ihr* persönliches Verhältnis hatte für einen ziemlichen Wirbel gesorgt, nachdem das Geheimnis ans Tageslicht gekommen war. Die knochenharte Anführerin der Siedler auf Inferno im Bett mit dem ruhigen sanftmütigen Spacer-Robotiker. Es war ein gewaltiger Skandal gewesen.

Aber auch wenn es unwahrscheinlich war, daß Gubber irgend etwas gehört hatte, konnte es doch nicht schaden, ihn zu fragen. Außerdem neigten Wissenschaftler dazu, ihre Kollegen aus den anderen Fakultäten zu kennen. Vielleicht wußte Gubber irgend etwas Verwertbares über Lentralls Hintergrund, selbst wenn er nicht über die jüngsten Gerüchte auf dem laufenden war.

»Gubber?« fragte sie in einem beiläufigen Tonfall.

»Hmmm?« Er blickte von seiner Lektüre auf und lächelte schwach. »Was ist?«

»Kennst du zufällig einen Mann namens Davlo Lentrall?«

Gubber dachte einen Moment lang nach. »Ich weiß, wer er ist, zumindest oberflächlich«, erwiderte er. »Ich bin ihm einmal während einer Art interdisziplinärer Konferenz über den Weg gelaufen. Ein noch sehr junger Bursche. Er ist so etwas wie Assistenzforscher in der astrophysikalischen Fakultät der Universität. Ich schenke diesen abgehobenen astronomischen Disziplinen keine besondere Aufmerksamkeit. Ich weiß kaum etwas über ihn.«

Tonya nickte nachdenklich. Auf den Spacerwelten herrschte kein großer Bedarf an astronomischer Grundlagenforschung, und folglich wurde auf diesem Gebiet auch nur sehr wenig getan. »Was hast du von ihm gehalten?« wollte sie wissen. »Welchen Eindruck hat er auf dich gemacht?«

»Oh, ich glaube, wir sind kaum über oberflächliches Geplänkel hinausgekommen, und ich kann nicht behaupten, mir ein Bild von ihm gemacht zu haben. Ganz nett, würde ich sagen, aber auch sehr hektisch und ungestüm. Alles ist immer äußerst wichtig und eilig. Du kennst die Sorte Mensch. Warum fragst du?«

»Ach, aus keinem besonderen Grund. Um dir etwas mehr zu sagen, als ich eigentlich sollte: Unsere Leute haben ihn dabei beobachtet, wie er ins Büro des Gouverneurs gegangen ist, und wir haben uns gefragt, was er da wollte.«

Gubber runzelte die Stirn. »Ich habe wirklich keine Ahnung, aber für jemanden, der sich mit dem Gouverneur des Planeten trifft, scheint er mir tatsächlich eher etwas unbedeutend zu sein.«

»Ganz meine Meinung«, sagte Tonya.

»Tja, ich bin mir sicher, daß du in einem Tag oder so eine befriedigende und ausgesprochen uninteressante Erklärung dazu finden wirst«, sagte Gubber und widmete sich wieder seiner Lektüre.

»Möglich«, murmelte Tonya. »Möglich.« Vermutlich hatte Gubber recht, aber sie konnte das Thema trotzdem nicht einfach zu den Akten legen. Was, zum Teufel, hatte ein junger Astrophysiker mit Terraforming zu tun? Tonya verspürte die unangenehme Gewißheit, daß ihr die Antwort ganz und gar nicht gefallen würde.

Simcor Beddle, Vorsitzender der Partei der Eisenschädel, beugte sich vor und schlug mit der Faust auf das Rednerpult. »Es reicht!« rief er seinen Zuhörern zu und hob die Stimme, um den wilden Jubel und Applaus des Publikums zu übertönen. »Wir lassen uns nicht noch mehr gefallen!« Oder wäre es vielleicht angemessener gewesen, den Haufen seiner fanatischen Anhänger nicht als Publikum, sondern als Mob zu bezeichnen? Es spielte keine Rolle. Es waren seine Leute. Sie brauchten ihn, und er brauchte sie.

Er wischte sich mit einem blütenweißen Taschentuch den Schweiß von der Stirn und steigerte sich in das Finale, während die Menge immer lauter schrie. Mit jeder Forderung, die er hervorstieß, wurde seine Stimme energischer und wütender. »Keine weiteren Verzögerungen mehr bei der Rückgabe unserer von der Regierung unrechtmäßig beschlagnahmten Roboter! Schluß mit der Verhätschlung der sogenannten Roboter der Neuen Gesetze, die die Stabilität unserer Gesellschaft bedrohen! Keine weiteren Siedler mehr auf unseren Rücken!«

Mittlerweile war der Lärm der Menge so ohrenbetäubend, daß es zwecklos war, sich noch Gehör verschaffen zu wollen. Trotzdem brüllte Beddle aus Leibeskräften weiter, nicht so sehr, weil er gehört werden wollte, sondern damit seine Anhänger ihm die Worte von den Lippen ablesen konnten. »Es reicht!« schrie er. »Es reicht!«

»ES REICHT!« schrie die Menge zurück und verfiel in eine Art monotonen Schlachtgesang. »ES REICHT! ES REICHT! ES REICHT!«

Simcor Beddle grinste breit, hob die Arme und winkte seinen Zuhörern zu, badete in ihrem Jubel, ihren Schreien und ihrer Wut. Sie kamen noch immer, und er hatte sie noch immer in der Hand. Das Meer der Gesichter, die ihm ihre Zustimmung entgegenbrüllten, war vielleicht nicht mehr ganz so groß wie früher, aber es war noch da, und er beherrschte es immer noch. Es war eine große Befriedigung und eine gewaltige Erleichterung, das zu wissen. Die Eisenschädel hielten diese Versammlungen ab, um das Fußvolk bei Laune zu halten, aber Beddle wußte nur zu gut, daß er den Beifall seiner Anhänger genauso dringend benötigte wie sie diese Veranstaltungen.

Er hob die Arme noch etwas höher und grinste noch breiter, worauf sich der Jubel und das Geschrei der Menschen sogar noch mehr steigerte. Beddle nickte ihnen zu, winkte ein letztes Mal und trat durch den rechten Eingang der Rednerbühne ab.

Jadelo Gildern wartete bereits auf ihn. Beddle nickte ihm zu, während ein Dienstroboter ihm ein Glas Fruchtsaft reichte. »Wie viele Leute waren da?« fragte er. Er nahm dem Roboter das Glas ab und stürzte den Inhalt hastig hinunter. Er war durstig, und seine Kehle war wie ausgedörrt. Die Demagogie forderte ihren Preis.

»5233«, erwiderte Gildern. »Wir können immer noch mehr zusammentrommeln, als ich erwartet habe. Aber früher oder später werden wir etwas *unternehmen* müssen.« Er nickte in Richtung der immer noch jubelnden Menge. »Dieser Haufen dort draußen erwartet Taten. Wenn Sie den Leuten nichts anzubieten haben, werden sie sich anderswo umsehen.«

»Dann sollten wir dankbar sein, daß sie keine andere Adresse haben, an die sie sich wenden könnten«, sagte Beddle, gab dem Roboter das leere Glas zurück und wischte sich das Gesicht und den Schädel ausgiebig mit einem großen Handtuch ab. Es war zwar nicht so dekorativ wie ein Taschentuch, aber es saugte den Schweiß besser auf.

»Sie sollten jetzt lieber nach Hause gehen und sich frisch machen«, schlug Gildern vor. »Es gibt etwas, worüber wir uns unterhalten müssen.«

»Dieser Informant, der sich vor kurzem gemeldet hat?«

»Genau der«, bestätigte Gildern. »Sie hatten uns befohlen, ihn im Auge zu behalten, und das haben wir getan. Wir haben bisher noch nicht allzuviel über ihn herausgefunden, aber Sie wollten, daß wir Sie auf dem laufenden halten.«

»Gut, dann lassen Sie uns gehen«, sagte Beddle. Er folgte Gildern aus dem Auditorium hinaus und ließ die immer noch jubelnde Menge hinter sich zurück.

Eine dreiviertel Stunde später saß er hinter seinem Schreibtisch, las die von Gildern erstellte Akte und erfuhr so zum ersten Mal von Davlo Lentrall.

Er studierte die Akte sorgfältig. Nachdem Gilderns Agenten einen Tip von ihrem Informanten Ardosa bekommen hatten, hatten sie sich sofort an die Arbeit gemacht. Sie hatten ein vollständiges Dossier über Lentralls bisherige Karriere angefertigt, aber es enthielt keine sonderlich interessanten Informationen. Er war geboren worden, zur Schule gegangen und hatte Astronomie studiert. Daran war absolut nichts aufsehenerregend. Was also war so wichtig an Lentrall? Trieb ihr Informant vielleicht irgendwelche Spielchen mit ihnen?

»Das hilft uns kaum weiter«, sagte Beddle zu Gildern, der in einem Sessel vor dem Schreibtisch saß. »Glauben Sie immer noch, daß die Angelegenheit von größerer Bedeutung ist?«

»Allerdings. Ich arbeite schon seit längerer Zeit mit diesem Informanten. Er hat sich bisher stets als zuverlässiger Teilzeitagent für uns erwiesen. Seine Informationen sind immer stichhaltig gewesen. Und soweit ich es beurteilen kann, verhält er sich genau so, wie sich ein kleiner freier Mitarbeiter verhalten sollte, dem zufällig wichtige und brisante Informationen in den Schoß fallen, oder aber er ist einer der besten Schauspieler, denen ich jemals begegnet bin.«

»Hmmm.« Beddle starrte die vor ihm liegende Akte an, als könnte er ihr durch bloße Willenskraft mehr Informationen entlocken. »Lentrall hat oder weiß irgend etwas, das eine Menge Wirbel verursacht. Das macht mich sehr neugierig, aber wir brauchen mehr Informationen. Vielleicht handelt es sich nur um einen rein akademischen Disput.«

»Das bezweifle ich«, entgegnete Gildern. »Was auch immer es ist, es hat ihn mit etlichen Regierungsbeamten zusammengebracht und ihm eine persönliche Unterredung mit Gouverneur Kresh verschafft. Allerdings ist das auch schon alles, was wir in Erfahrung bringen konnten.«

»Mit anderen Worten, wir stecken fest. Es gefällt mir nicht, in der Luft zu hängen.« Simcor Beddle war ein Mann der Tat, ein Mann, der eine klare Marschroute schätzte und nicht gern abwartete.

»Wir werden weitere Informationen erhalten«, sagte Gildern. »Aber ich habe das Gefühl, daß wir dann schnell handeln müssen.«

»Das denke ich auch. Die Regierung scheint mit unangemessener Hast auf diese Geschichte zu reagieren. Es muß irgend etwas sein, bei dem der Zeitfaktor eine wesentliche Rolle spielt.« Beddle deutete auf die Akte auf seinem Schreibtisch. »Schaff sie fort«, befahl er. Der Roboter neben ihm beugte sich über den Schreibtisch, schlug den Aktenordner zu und nahm ihn weg. Beddle stand auf, und sofort trat ein zweiter Roboter aus dem Hintergrund vor und zog den Sessel hinter ihm zurück. Der Anführer der Eisenschädel ging um den Schreibtisch herum und vertraute darauf, daß die Roboter unverzüglich zur Seite wichen. Dieses Verhalten war typisch für einen Eisenschädel. Man erwartete, von seinen Robotern perfekt bedient zu werden, und schenkte ihnen darüber hinaus keinerlei Beachtung. Ein Roboter hatte die ihm zugewiesene Aufgabe zu erfüllen, und das war alles, worauf es ankam. Die Infernals folgten der allgemeinen Einstellung der Spacer, Roboter zu ignorieren. Die Eisenschädel aber trieben dieses Verhalten auf die Spitze.

Ein Eisenschädel konnte von einer ganzen Armada von Robotern umgeben sein, die ihn weckten, wuschen, ankleideten, versorgten und den ganzen Tag lang bedienten, aber er würde ihnen niemals Aufmerksamkeit schenken oder sich ihrer Gegenwart auch nur richtig bewußt werden. Irgend jemand hatte den Lebensstil des typischen Eisenschädels einmal damit verglichen, von Kopf bis Fuß von einer Armee unsichtbarer Geister umsorgt zu werden, und das kam der Wahrheit ziemlich nahe.

Beddle ließ sich trotz seiner beachtlichen Körperfülle mit einer erstaunlichen Geschmeidigkeit in einem der beiden großen Armlehnsessel nieder, die für Besucher reserviert waren. »Was halten *Sie* davon?« fragte er den Mann in dem anderen Sessel.

Jadelo Gildern lächelte und entblößte dabei eine Reihe spitzer Zähne. Beddle hatte ihn erst vor kurzem zum zweitwichtigsten Mann in der Partei der Eisenschädel befördert, ihn aber angewiesen, auch weiterhin den wohlklingenden Titel *Direktor für Aufklärung und Informationsbeschaffung* beizubehalten – eine höfliche Umschreibung dafür, daß Gildern das Spionagenetz der Eisenschädel leitete.

Gildern war ein kleiner dünner Mann mit einem bläßlichen Teint. Sein schütter werdendes blondes Haar war sehr kurz geschnitten, sein Gesicht lang und schmal. Heute trug er eine schlichte graue Hose und einen grauen Umhang, beides weit geschnitten. Seine Kleidung schien ihm immer ein bißchen zu groß zu sein. »Ich glaube, daß es wichtig ist, aber ich weiß nicht, worum es sich handelt«, erwiderte er. »Wir hatten erst ein paar Stunden Zeit, die Situation zu untersuchen.« Seine

Stimme war leise und beinahe melodisch. Beddle war davon überzeugt, daß Gildern es zumindest zur Hälfte seiner Stimme zu verdanken hatte, diese Position erreicht zu haben. »Es würde uns natürlich nicht allzu schwerfallen, in Lentralls Büro zu schleichen und dort nachzusehen, womit er sich beschäftigt. Allerdings besteht eine gewisse Wahrscheinlichkeit, daß unsere Agenten dabei erwischt werden, und die Wahrscheinlichkeit, daß Lentrall oder die Universität die Spur bis zu uns zurückverfolgen könnten, ist noch um einiges höher. Die Universität verfügt über ein erstaunlich gut funktionierendes Sicherheitssystem. Noch weniger gerne würde ich versuchen, in Lentralls Computerdateien einzubrechen. Wir hatten bisher nicht viel Erfolg dabei, die Computer der Siedler zu knacken. Selbst wenn wir hineingelangen würden, stünden unsere Chancen, einer Entdeckung zu entgehen, ziemlich schlecht.«

»Tee«, sagte Beddle scheinbar ins Nichts hinein. Einer der Roboterdiener reagierte mit bemerkenswerter Geschwindigkeit. Er benötigte gerade einmal zehn Sekunden, um eine Tasse dampfend heißen Tee herbeizuschaffen, genauso gebrüht, wie ihn Beddle am liebsten mochte. Beddle nahm Tasse und Untertasse entgegen, ohne den Roboter weiter zu beachten. »Sie glauben also nicht, daß die Informationen, die wir erhalten können, das Risiko rechtfertigen, entdeckt zu werden oder Lentrall aufzuschrecken.«

»Nein, Sir. Ich erwarte, daß wir in ein bis zwei Tagen mehr erfahren werden, ohne derartige Maßnahmen ergreifen zu müssen. Lentrall erscheint mir nicht wie die Sorte von Mann, der besonders gut darin – oder interessiert daran – ist, Geheimnisse zu bewahren. Aber dürfte ich fragen, was der Grund für Ihr Interesse an ihm ist?«

»Es sind zwei Gründe«, sagte Beddle und nippte an seinem Tee. »Zum einen scheint er allgemein Interesse zu erregen, und ich möchte wissen, wieso. Zum anderen ... nun, Sie haben es auf der Versammlung praktisch selbst gesagt. Wir brauchen eine Krise, und ich halte ständig nach Situationen Ausschau, die eine hervorbringen könnten. Den Eisenschädeln geht es nicht so gut, wenn die Menschen in Sicherheit sind. Wir entwickeln uns in stürmischen Zeiten am besten. Unser Talent liegt darin, Ereignisse, Krisen und Situationen gegen unsere Gegner auszunutzen, selbst wenn sie von ihnen geschaffen wurden. Wir hatten in letzter Zeit kaum eine Möglichkeit, tätig zu werden, aber ab und zu erscheint irgend etwas oder irgendwer praktisch aus dem Nichts – wie jetzt unserer Freund Lentrall. Die Davlo Lentralls dieser Welt sind das Rohmaterial für unsere Arbeit. Und gerade jetzt brauchen wir dringend Rohmaterial.«

»Sie sind der Meinung, daß unsere Arbeit in letzter Zeit nicht sehr erfolgreich war«, sagte Gildern. Es war eine Feststellung, keine Frage.

»Nein, das war sie nicht«, stimmte ihm Beddle zu. Er trank einen letzten Schluck Tee, hob den Arm mit der Tasse zur Seite und ließ sie einfach los. Der Roboter neben ihm fing Tasse und Untertasse auf, bevor sie auch nur einen Millimeter tief fallen konnten.

»Oder, um es anders zu formulieren«, fuhr Beddle fort, »wir haben keine Arbeit mehr bekommen. Und wir brauchen Arbeit, wenn wir überleben wollen. Der Zulauf bei den Versammlungen läßt immer noch zu wünschen übrig.« Er lehnte sich in seinem Sessel zurück und dachte einen Moment lang nach. »Wissen Sie, Gildern, ich arbeite sehr hart daran, das Bild eines erfolgreichen Führers zu verkörpern. Finden Sie, daß mir das gelingt?«

Simcor Beddle war klein und dick, aber irgendwie wurde ihm die Beschreibung nicht gerecht. Er hatte nichts Kleines, Weiches oder Schwaches an sich. Oft schien seine bloße Willensstärke ihn zehn Zentimeter größer zu machen. Er hatte ein blasses und rundes Gesicht, die Haut über seinem Kinn war straff. Die genaue Farbe seiner Augen war schwer zu bestimmen. Sie waren strahlend hell und wirkten hart wie Stahl. Sein pechschwarzes Haar war straff zurückgekämmt. An diesem Abend trug er eine unauffällige Variante seiner üblichen militärisch anmutenden Uniform, die im Gegensatz zu seiner Kleidung während der Versammlung keinerlei Epauletten, Spangen, Bänder oder Orden aufwies. Nur einen schlichten schwarzen Umhang und eine ebenso schlichte schwarze Hose von militärischem Schnitt. Andererseits erwies sich gerade Schlichtheit oft als besonders wirksam.

»Ja, Sir, das glaube ich«, versicherte Gildern.

»Ich hoffe es«, sagte Beddle. »Aber wozu ist es letztendlich gut, wenn ich keine Chance bekomme, die Führung zu übernehmen?« Er beugte sich in seinem Sessel vor, hob einen Fuß und sah ihn an. »Ich bin wie einer von diesen Stiefeln. Schauen Sie sie an. Pechschwarz, stahlverstärkte Spitze. Sie sehen aus, als könnte man damit jede Tür eintreten. Aber wozu taugen sie, wenn es nichts gibt, das sie eintreten könnten? Wenn ich sie lange nicht benutze, werden die Leute nicht mehr glauben, daß ich sie überhaupt benutzen *kann*. Die Eisenschädel können nur eine gewisse Zeit auf Grund von Äußerlichkeiten überdauern. Wir brauchen etwas, das uns voranbringt.«

»Ihr Beispiel ist gut gewählt, Sir«, sagte Gildern. »Mit anderen Worten, die jüngste Geschichte folgt nicht dem Muster, das unsere Philosophie entworfen hat.«

Die Philosophie der Eisenschädel war denkbar einfach und lautete, daß immer mehr und bessere Roboter die Lösung für alle Probleme wären. Die Roboter hatten die Menschheit befreit – aber noch nicht vollständig, weil es nicht genügend Roboter gab. Der grundlegende Zweck robotischer Arbeitskraft war die menschliche

Freiheit. Je mehr Roboter es gab und je mehr sie leisteten, desto intensiver konnten die Menschen sich anderen Aufgaben widmen. Simcor Beddle glaubte – oder hatte zumindest sich selbst und eine beträchtliche Menge anderer Leute davon überzeugen können –, daß die ganze Terraforming-Krise ein ausgemachter Schwindel war, bestenfalls nicht mehr als eine günstige Ausrede, um den Bürgern ihre Roboter wegzunehmen und so ihre Freiheit einzuschränken.

Chanto Griegs Konfiszierung privater Roboter für den Einsatz in Terraforming-Projekten hatte den Eisenschädeln den bisher größten Zulauf in ihrer gesamten Geschichte beschert. Die Infernals waren in Massen zu den Eisenschädeln geströmt. Die Konfiszierung schien Simcor Beddles düsterste Prophezeiungen zu bestätigen. Es war der Anfang vom Ende, der Moment, der den Zusammenbruch der Spacer-Zivilisation auf Inferno markierte, der nächste Schritt im Plan der Siedler, die Macht auf dem Planeten zu übernehmen.

Als das Unheil dann doch nicht eintrat, begannen sich viele der neuen Rekruten – und etliche der alten Kampfgefährten – von der Organisation zu entfernen. Während der letzten fünf Jahre hatte Alvar Kresh das Programm seines Vorgängers weiter vorangetrieben als sein Vorgänger Grieg selbst. Kresh hatte fünf Jahre lang eine gute und solide Regierungsarbeit geleistet, fünf Jahre lang für einen spürbaren Fortschritt des Re-Terraforming-Projekts gesorgt.

Und was am schlimmsten war, die Infernals hatten entdeckt, daß sie auch mit weniger Robotern auskommen konnten. Die Eisenschädel konnten noch so viele Statistiken auffahren, aus denen hervorging, daß der Lebensstandard sank, das Einkommen abnahm, die hygienischen Zustände schlechter wurden und Unfälle zunahmen. Irgendwie schien das keine Rolle zu spielen. Natürlich gab es viele Leute, die über die Umstände murrten, aber sie waren nicht aufgebracht. Einige waren verärgert und frustriert, aber sie waren nicht *wütend.* Und ohne wütende Menschen konnten die Eisenschädel nicht lange überleben …

»Genau«, sagte Beddle. »Die Ereignisse sind unserer Philosophie *nicht* gefolgt. Es ist unerläßlich für uns, daß sich die Dinge wieder negativ entwickeln.« Dann wurde ihm schlagartig bewußt, daß er die falsche Formulierung gewählt hatte. Er mußte vorsichtiger sein. Das war genau die Art von Patzer, die ihn Kopf und Kragen kosten konnten, wenn er sie in der Öffentlichkeit machte. »Nein, um es korrekter auszudrücken, wir müssen den Leuten wieder klarmachen, daß die Dinge sich jetzt schlecht entwickeln. Wir brauchen irgendein Bild, ein Symbol, eine Idee, um die Massen wieder zu mobilisieren.«

»Und Sie glauben, daß dieser Davlo Lentrall ein solches Symbol sein könnte?« wollte Gildern wissen. »Oder daß er es uns zumindest liefern könnte?«

»Ich habe nicht die leiseste Ahnung«, gestand Simcor Beddle. »Aber vielleicht bietet er uns eine Möglichkeit, und wir müssen jede Chance ergreifen.«

»Wie Sie meinen, Sir. Wir werden unseren neuen Freund unauffällig im Auge behalten.«

»Gut«, sagte Beddle. »Kommen wir zum nächsten Punkt. Was können Sie mir über das … äh … *andere* Projekt berichten, an dem Sie arbeiten?«

Gildern lächelte und zeigte dabei alle spitzen Zähne. »Es handelt sich zwar um ein Langzeitprojekt, aber wir machen beständig Fortschritte bei unserer Suche, trotz aller Hindernisse, die man uns in den Weg legt. Der Tag, an dem wir zuschlagen können, rückt näher.«

»Ausgezeichnet.« Beddle grinste zufrieden. »Ausgezeichnet. Ich hoffe und erwarte, Bruder Gildern, daß unsere Freunde zu überrascht sein werden, um überhaupt zu begreifen, wie ihnen geschieht, wenn der Tag gekommen ist.«

»Mit etwas Glück, Sir, werden die Roboter der Neuen Gesetze nicht einmal lange genug überleben, um zu merken, *daß* es geschieht.«

Beddle lachte laut auf. Es war ein hartes und kaltes Lachen, bei dem Gildern sichtlich unbehaglich zumute war. Aber das spielte keine Rolle. Und es war gut zu wissen, daß die Eisenschädel noch andere Möglichkeiten hatten, bestimmte Ereignisse in Gang zu setzen, unabhängig davon, wie die Sache mit Lentrall lief.

Tonya Welton war übel, nachdem sie den Bericht des SSD gelesen hatte. Sie ließ das Abspielgerät sinken und sah zum Fenster hinüber. Der Himmel wurde bereits hell. Während sie gelesen hatte, war die Nacht in den Tag übergegangen.

Dem SSD war es gelungen, in Lentralls Computer einzudringen und eine vorläufige Analyse der gefundenen Daten zu erstellen. Es würde noch sehr viel länger dauern zu bestätigen, ob Lentralls Ideen praktisch oder auch nur theoretisch umsetzbar waren, aber Tonya stellte sich jetzt schon darauf ein. Lentrall präsentierte seinen Plan mit tödlichem Ernst. Und Tonya zweifelte nicht einen Moment lang daran, daß »tödlich« die einzig angemessene Bezeichnung für das war, was Lentrall plante. Die Spacer in Utopia hatten keinerlei Erfahrung in diesen Dingen. Sie konnten unmöglich erkennen, welche Gefahren mit einem solchen Projekt verbunden waren. Der kleinste Fehler, und sie würden den gesamten Planeten auslöschen.

Sie mußte irgend etwas unternehmen. Sollten die Spacer tatsächlich erwägen, diesen wahnsinnigen Plan in die Tat umzusetzen, würde sie etwas tun müssen, um das Projekt aufzuhalten, noch bevor es in Angriff genommen werden konnte. Doch sie konnte erst handeln, wenn sie mehr in Erfahrung gebracht hatte. Andererseits, sollten sich die bereits verfügbaren Informationen als stichhaltig erweisen, konnte es längst zu spät sein, noch einzuschreiten, wenn sie sich jetzt zu viel Zeit ließ, um ihre Vorbereitungen zu treffen.

Also würden sie *jetzt* handeln müssen. Sie mußten Pläne für den Notfall schmieden und hoffen, sie nie in die Realität umsetzen zu müssen.

Tonya Welton griff zum Telefon.

Cinta Melloy, die Leiterin des SSD, setzte sich in ihrem Bett auf und schlug mit der Hand auf die Gegensprechanlage. »Melloy hier«, sagte sie.

»Hier spricht Welton«, klang eine Stimme auf.

Cinta blinzelte und runzelte die Stirn. Warum, zum Teufel, rief Welton sie um diese Tageszeit an? »Was kann ich für Sie tun, Ma'am?« fragte sie.

»Schalten Sie auf Geheimhaltungsmodus«, erwiderte Welton. Es ertönte ein Klicken, gefolgt von lautem statischen Rauschen.

Die Leiterin des SSD tippte ihren eigenen Sicherheitscode in die Gegensprechanlage ein, und das Rauschen verstummte. »Ich bin jetzt auf Geheimhaltungsmodus«, sagte sie. »Was ist los?«

»Ich habe gerade die vorläufigen Berichte über Lentralls Computeraufzeichnungen durchgelesen. Und ich glaube, daß wir eine Reihe von Notfallplänen entwickeln sollten für den Fall, daß wir uns selbst um Lentrall kümmern müssen.«

Cintas Stirn legte sich in Falten. Sie mußte sich entweder verhört oder das Gesagte falsch verstanden haben. Welton konnte nicht ernsthaft eine Entführung erwägen. »Könnten Sie das bitte noch einmal wiederholen?« bat sie.

»Ich sagte, daß wir vielleicht selbst ein Interesse an Lentrall haben könnten. Um es präziser zu formulieren, es könnte in unserem Interesse liegen, ihn und seine Arbeit von den Infernals fernzuhalten, zumindest für eine Weile.«

»Madame Welton, das wäre Wahnsinn! Der reinste Wahnsinn! Wenn er so wichtig ist, wie Sie sagen …«

»Er könnte durchaus so wichtig sein«, fiel ihr Welton ins Wort. »Genauso wichtig wie eine Seuche oder die Gefahr, daß Ihr Heimatstern zur Nova werden könnte. Er ist eine Katastrophe, die nur darauf wartet auszubrechen. Und wenn hier Wahnsinn im Spiel ist, dann ist er derjenige, der davon befallen ist. Sie werden Lentrall rund um die Uhr beschatten lassen und einen Notfallplan ausarbeiten, um ihn zu entführen und festzuhalten. Gehen Sie davon aus, daß der Zugriff bereits in den nächsten Tagen stattfindet, und halten Sie sich in ständigem Alarmzustand. Ich möchte einen Plan, der so viele Eventualitäten wie möglich abdeckt und den wir auf meinen Befehl hin innerhalb einer Stunde durchführen können.«

Eine Weile herrschte Stille, und Cinta glaubte schon, daß Tonya Welton die Verbindung getrennt hätte, doch dann klang ihre Stimme erneut auf. »Und wenn Sie schon dabei sind«, sagte sie, »sollten Sie vielleicht beten, daß es nicht schon zu spät ist.«

4. Kapitel

Laß die Sequenz noch mal ablaufen, Gervad«, befahl Justen Devray. »Mit höchster Auflösung und Vergrößerung.«

»Jawohl, Sir.« Gervad aktivierte die Kontrollen und spielte seine gespeicherten Aufzeichnungen zum wiederholten Mal ab.

Devray sah zu, wie sich das Bild erneut aufbaute. Auf dem Monitor erschien Barnsell Ardosas kahler Schädel. Die Wiedergabe war durch die Vergrößerung körnig, die Bewegungen waren ruckartig. Justen hatte die Aufzeichnungen von Gervad und Sapper 323 mittlerweile schon ein Dutzend Mal abgespielt. Die Aufnahmen des Sappers waren etwas schärfer, aber Gervad hatte den besseren Blickwinkel gehabt. Nachdem er eine Kopie des Überwachungsprotokolls von Sapper 323 angefertigt hatte, hatte Devray den Roboter in dem Gleiter vor Ort mit dem Befehl zurückgelassen, auf eine mögliche Rückkehr von Ardosa zu warten. Der Sapper sollte ihm so diskret wie möglich folgen und ihn nicht aus den Augen lassen.

»In Ordnung, Gervad. Halt die schärfste Aufnahme an und öffne daneben ein Fenster mit dem Bild, in dem du eine Übereinstimmung entdeckt hast.« Justens Stimme klang aufgeregt, seine Miene wirkte wachsam. In jedem guten Polizisten steckte etwas von einem Jäger oder Spürhund, der der einer einmal aufgenommenen Fährte unerbittlich bis zu ihrem Ende folgen würde, und Barnsell Ardosas Auftauchen hatte diesen Teil von Justens Persönlichkeit geweckt. Beziehungsweise das Auftauchen des Mannes, der sich zur Zeit so nannte.

Der Roboter führte Justens Befehl aus. Die beiden Standbilder – das eine körnig und ein wenig verzerrt, das andere ein gestochen scharfes Ausweisfoto – erschienen nebeneinander auf dem flachen Bildschirm.

Hin und wieder versagte die Identitätserkennung eines Roboters völlig, und es kam vor, daß ein Roboter zwei Personen für identisch erklärte, in denen ein Mensch auf der Stelle zwei unterschiedliche Individuen erkannte. Nicht aber in diesem Fall. Gervads Aufnahme war zwar von äußerst schlechter Qualität, aber bei dem Mann handelte es sich zweifellos um denselben, der auf dem Bild aus den Personalakten der Universität zu sehen war.

Justen starrte die eingefrorene Bildsequenz intensiv an. Das Korrektursystem hatte die Aufnahme zumindest etwas schärfer werden lassen, aber diese Form der Bildaufbereitung hatte ihre Grenzen. Natürlich hätte er dem Roboter befehlen können, das Bild noch stärker nachzubearbeiten, aber sie hatten bereits ein Stadium erreicht, in dem sie sich reinen Vermutungen näherten. Würden sie das Bild noch stärker bearbeiten, liefen sie Gefahr, Informationen zu verlieren, anstatt zu gewinnen. Dann würde die Aufnahme zwar besser, aber auch weniger wie Ardosa aussehen.

Weniger wie Ardosa. Aus irgendeinem Grund, den er sich nicht erklären konnte, rief dieser Gedanke einen Nachhall in Justen hervor. Aber er kam nicht darauf, was es bedeutete. Noch nicht. Es war besser, sich nicht an dieser Frage festzubeißen. Die Antwort würde sich von allein einstellen.

Justen Devray gestattete sich ein dünnes Lächeln. Es gab kaum etwas, das leichter war, als *nicht* wie Barnsell Ardosa auszusehen. Zumal es immer deutlicher wurde, daß Ardosa gar nicht existierte. Den ersten Hinweis auf diese interessante Tatsache hatte Justen erhalten, nachdem er versucht hatte herauszufinden, warum Ardosa nicht in der Mustervergleichskartei von Sapper 323 auftauchte. Eigentlich hätte die Datenbank des Sappers die gleichen Informationen wie die Gervads enthalten müssen.

Die Antwort hatte sich als bemerkenswert simpel herausgestellt. Beängstigend, aber simpel. Bei dem Vergleich der Datenbanken beider Roboter hatte Justen entdeckt, daß die von Gervad erst ein paar Tage alt war, während die von Sapper 323 seit anderthalb Jahren nicht mehr aktualisiert worden war. Das war nicht einmal überraschend, bedachte man, daß die Sapper nicht gerade zu den beliebtesten Modellen auf dem Planeten zählten. Im Lager der Verleihagentur, aus dem Justen den Sapper geholt hatte, hatten noch ein Dutzend andere Sapper abgeschaltet herumgestanden.

In Gervads Datenbank war Ardosa verzeichnet, aber die Datenbank zeigte auch, daß die Informationen über Ardosa bereits vor fünf Jahren eingegeben worden waren, obwohl der Speicher des Sappers keine derartigen Einträge enthielt.

Kurz gesagt, es bestand nicht der geringste Zweifel daran, daß es irgend jemandem gelungen war, die Polizeidateien zu manipulieren und daß sich dieser Jemand zumindest teilweise die Mühe gemacht hatte, um einen Agenten in die Universität von Hades einzuschleusen. Es schien unwahrscheinlich, daß der ganze Aufwand nur wegen dieses einen Mannes betrieben worden war. Die Polizei würde die gesamte Liste der auf Inferno erfaßten Personen überprüfen und gleichzeitig eine langwierige und ermüdende Suche nach der Lücke in ihrem Sicherheitssystem beginnen müssen. Eine langweilige Arbeit. Justen sprach ein stummes Dankgebet dafür, daß er kein Mitarbeiter der Abteilung für Gegenspionage war. Seinen Kollegen stand eine nervtötende Aufgabe bevor.

Aber wo hatten die Unbekannten – wer immer sie auch waren – ihren Mann untergebracht? Justen betrachtete die Aufzeichnungen etwas genauer. In welchem Bereich der Universität verbrachte Ardosa seine Zeit?

Als er auf die Antwort stieß, hatte er das Gefühl, als würden sich ihm die Nackenhaare sträuben. Im Zentrum der Terraforming-Fakultät der Universität. Das erklärte eine ganze Menge, sogar etwas zuviel für Justens Geschmack. Es war ihm ein Rätsel gewesen, warum sich irgend jemand die Mühe machen sollte, einen Agenten in den langweiligen Universitätszirkel einzuschleusen. Terraforming aber war eine ganz andere Geschichte.

Der Kampf darum, das planetare Klima wieder in den Griff zu bekommen, beherrschte alle anderen Aspekte des Lebens. Wer immer das Re-Terraforming-Projekt kontrollierte, hielt die Macht in den Händen, nicht nur die rein physische Macht der Terraforming-Maschinerie, sondern auch alle anderen Aspekte der Macht, finanzielle, politische, intellektuelle – einfach alles. Es war für die Siedler, die Eisenschädel oder wen auch immer absolut sinnvoll, heimlich einen Mitarbeiter im Zentrum für Terraforming-Studien zu plazieren.

Aber etwas paßte nicht ins Bild. Ardosa – wer auch immer er wirklich sein mochte – gehörte eindeutig nicht zu der Art von Leuten, nach denen Devray vor dem Eingang nach Siedlerstadt Ausschau gehalten hatte. Dieser Beobachtungsposten war Teil eines routinemäßigen Vorgangs, des Versuchs, ein Muster im Kommen und Gehen der Passanten festzustellen. Gelegenheitsagenten und Amateure aufzuspüren, wie sie in diesem Gewerbe üblich waren. Ein gut getarnter Agent hätte eigentlich zu erfahren sein müssen, um den Vordereingang zu benutzen und damit das Risiko einzugehen, daß seine

Deckung aufflog. Es sei denn, seine Informationen waren so wichtig und dringend, daß sie das Risiko rechtfertigten.

Andererseits war Terraforming ein Projekt, das Generationen zu seiner Durchführung benötigte. Seiner Natur gemäß schritt es nur sehr langsam voran. Jedes einzelne Projekt auf diesem Gebiet würde über etliche Jahre laufen. Welche Informationen konnten also so dringlich sein, wie es Ardosas Verhalten nahelegte? Warum sollte er den Vordereingang benutzen? Warum überbrachte er seine Botschaft nicht auf anderem Weg? Es war schlichtweg unmöglich, alle Informationskanäle zu verstopfen. Es gab immer eine andere Möglichkeit, Informationen einigermaßen sicher weiterzuleiten, solange man bereit war, sich ein wenig Zeit zu nehmen. Man konnte eine geschriebene Nachricht von einem Roboter überbringen lassen. Man konnte einen toten Briefkasten benutzen, indem man einfach einen Notizzettel unter einem Felsen versteckte. Man konnte einen völlig unverfänglich erscheinenden Hyperfunkspruch mit dem Inhalt »Ihre Schuhe sind abgetragen« oder »Bitte schicken Sie mir eine Lieferung Frühstücksflocken« losschicken, wenn man sich vorher auf die Bedeutung der jeweiligen Sätze geeinigt hatte.

Ardosa mußte über *irgendwelche* derartigen Möglichkeiten verfügen, mit den Siedlern in Kontakt zu treten. Was also konnte so unwahrscheinlich wichtig sein, daß er jegliche Vorsicht über Bord warf und sich durch die Vordertür stürzte?

Und wer war Ardosa wirklich? Devray war sich sicher, das Gesicht schon einmal gesehen zu haben. Aber wo? Er musterte beide Bilder von neuem. Es war ein einprägsames Gesicht, keins von der Sorte, das einfach in der Menge unterging. Auf der Überwachungsaufnahme wirkte es besorgt. In der Personalakte zeigte es den unbeholfenen, starren und nichtssagenden Ausdruck, der für so viele Paßfotos typisch ist, wenn der Betreffende von der Kamera erfaßt wird, bevor er sich entscheiden kann, was er mit seinem Gesicht anfangen soll.

Während Justen die Bilder anstarrte, wuchs in ihm eine Gewißheit. Wer auch immer dieser Mann war, er hatte ihn nie leibhaftig gesehen. Es war nur ein Bild gewesen, ein zweidimensionales Foto oder ein Hologramm.

Also ein Fall aus den Akten. Das mußte es sein. Bilder aus einer Verdächtigenkartei zu einem Fall, den er bearbeitet oder gelesen hatte. Ein Fall, der bedeutend genug gewesen war, daß er jedes einzelne Bild so lange und genau ansah, bis es sich in sein Gedächtnis eingebrannt hatte. Aber welcher Fall es auch gewesen war, Ardosa konnte darin keine zentrale Rolle gespielt haben. Andernfalls hätte Devray das Gesicht auf der Stelle erkannt.

Wieder meldete sich der Gedanke, der ihm kurz zuvor durch den Kopf gegangen war. *Weniger wie Ardosa.* Flüsterte sein Unterbewußtsein ihm zu, daß Ardosa nicht mehr ganz so aussah wie damals, als Devray sein Bild gesehen hatte? Und es mußte sich um einen älteren Fall handeln, sonst hätte sich Devray problemlos an das Gesicht erinnern können. Er musterte die Bilder erneut. »Gervad, entferne den Schnurrbart von beiden Bildern«, befahl er. »Und zeig mir eine Auswahl jüngerer Versionen der gleichen Person. Nicht nach Spacer-Maßstäben. Wir altern zu langsam. Nimm die Maßstäbe der Siedler. Geh rund zehn Jahre zurück. Standardvariationen.«

»Jawohl, Sir.« Der Roboter bediente die Kontrollinstrumente mit vollendeter Geschicklichkeit. Die beiden Bilder schrumpften zusammen, bis sie nur noch einen kleinen Ausschnitt des Monitors ausfüllten. Dann verblaßten die Schnurrbärte. An ihrer Stelle erschien die unscharfe Darstellung einer Oberlippe, so wie sie der Computer unter der Gesichtsbehaarung vermutete.

Die Gesichter vervielfältigten sich, begannen sich zu verändern und in jüngere Varianten überzugehen. Einige Gesichter wurden dünner, auf einigen Köpfen sproß neues Haar. Falten verschwanden, der Ansatz des Doppelkinns straffte sich. Doch es gab so viele Möglichkeiten, wie ein Mann altern konnte, und ebenso viele Möglichkeiten, den Alterungsprozeß vollständig oder teilweise aufzuhalten. Die Spacer unternahmen alle erdenklichen Anstrengungen, den Alterungsprozeß völlig zum Stillstand kommen zu lassen, nicht aber die Siedler.

Die Spacer waren es nicht gewöhnt mitzuerleben, wie sich ihre äußere Erscheinung im Laufe der Zeit veränderte. Wenn sich ein nahezu altersloser Spacer mit einem jungen Siedler anfreundete, ihn aus den Augen verlor und zwanzig Jahre später wieder traf, würde es ihm ziemlich schwerfallen, den gealterten Siedler als seinen Freund wiederzuerkennen. Doch die Spacer hatten diese Fähigkeit nicht gänzlich verloren. Mit ein wenig Anstrengung konnte sie wiedererweckt werden.

Das Graphikprogramm des Computers manipulierte die Bilder in schneller Folge. Innerhalb weniger Sekunden wurde Devray mit zwei Dutzend Versionen des gleichen Gesichts konfrontiert, die sich ständig veränderten. Er musterte sie der Reihe nach und hätte die meisten von ihnen am liebsten sofort verworfen, aber er widerstand der Versuchung, überhastet vorzugehen. Er vertraute seinem Instinkt nur bis zu einem gewissen Punkt. Was, wenn das Gesicht, das er ausschloß, genau dasjenige war, das seiner Erinnerung auf die Sprünge geholfen hätte? Trotzdem blieb ihm nichts anderes übrig, als auf die Einflüsterungen seines Unterbewußtseins zu hören. Nummer eins hatte zu dichtes Haar. Nummer zwei sah viel zu jung aus. Nummer drei und vier waren eindeutig zu dünn, Nummer sechs und acht wiederum viel zu dick.

Justen Devray betrachtete die Bilder langsam und sorgfältig, eins nach dem anderen. Die Stimme in seinem Hinterkopf flüsterte ihm zu, daß er dicht vor der Lösung stand, daß er die Verbindung gleich herstellen würde.

Und dann entdeckte er es. Bild Nummer fünfzehn. Das war das Gesicht, das er schon einmal gesehen hatte, dessen war er sich ganz sicher. Und plötzlich, als würde sich ein fehlendes Puzzleteil von allein in die Lücke einfügen, hatte er die Antwort. Er wußte, wer der Mann war.

Er hatte Ardosas Karteifoto tatsächlich schon einmal gesehen. Und der Mann, der sich so nannte, war in einen großen Fall verwickelt gewesen, wenn auch nur am Rande. In den größten Fall, mit dem Justen Devray jemals zu tun gehabt hatte. Die Ermordung Gouverneur Chanto Griegs vor fünf Jahren.

Justen massierte sich das Gesicht und blinzelte mehrmals. »Es tut mir leid, wenn ich etwas zerschlagen bin, Sir, aber ich habe mir die ganze Nacht wegen dieser Sache um die Ohren geschlagen. Ich komme direkt aus den Archiven.« Er blinzelte erneut, streckte sich und versuchte, sich auf seine Umgebung zu konzentrieren. Offenbar wartete Kreshs Frau im Hauptbüro am anderen Ende des Ganges. Der Gouverneur war mit ihm in das Büro eines Assistenten gegangen. Kresh hatte ihm versichert, daß der Assistent frühestens in einer Stunde kommen würde, aber trotzdem ... Die Bilder an den Wänden, die geschmackvoll ausgesuchten Möbel und die Dekoration verliehen dem Raum eine sehr persönliche Note. Justen kam sich wie ein Eindringling vor.

»Das ist schon in Ordnung, Sohn«, sagte Kresh. »Nehmen Sie Platz.« Er deutete auf ein Ende einer niedrigen

Couch und setzte sich an das andere. Justen kam der Aufforderung dankbar nach.

»Donald, bring dem Commander etwas Heißes und Starkes mit Coffein.«

»Sofort, Gouverneur«, erwiderte Donald und setzte sich in Bewegung.

»Also schön, Commander. Meine Frau und ich haben heute morgen um zehn ein ziemlich wichtiges Treffen. Das gibt uns nicht mehr als eine Stunde Zeit. Wird das ausreichen?«

»Ich glaube nicht, daß es länger als fünf Minuten dauern wird, Sir.« Justen zögerte einen Moment und beschloß dann, nicht um den heißen Brei herumzureden. »Dieses Treffen um zehn, Sir, ist daran zufällig ein Davlo Lentrall beteiligt?«

Kresh wirkte überrascht. »Das ist richtig, Commander. Ich habe außer meiner Frau niemandem gesagt, daß ich mich noch einmal mit ihm treffen werde. Dürfte ich erfahren, woher Sie diese Information haben?«

»Danke, Donald«, sagte Justen. Kreshs persönlicher Roboter war mit einem Getränk zurückgekommen, bei dem es sich offenbar um einen bemerkenswert stark aufgebrühten Tee handelte. Justen nahm die Tasse entgegen. Wie die meisten Spacer machte er sich kaum die Mühe, »bitte« oder »danke« zu einem Roboter zu sagen, aber irgendwie war Donald 111 ein besonderer Fall. Er trank schnell einen Schluck. Der Tee wirkte so belebend, wie er gehofft hatte.

»Ich habe die Information aus zwei Quellen erhalten«, fuhr er fort. »Von unseren guten alten Freunden beim Siedler-Sicherheitsdienst und von den Eisenschädeln. Natürlich hat mich keine Seite freiwillig informiert, und weder die eine noch die andere weiß, was ich herausgefunden habe, aber ich habe es trotzdem ihnen zu verdanken. Wenn sie jetzt noch nicht selbst über ihn Bescheid wissen, werden sie es schon sehr bald tun.

Und worin er auch immer verstrickt ist, es hat beide Seiten gründlich aufgeschreckt.«

»Wissen *Sie,* woran Lentrall arbeitet?« fragte Kresh.

»Nein, Sir. Aber wenn die Siedler und die Eisenschädel es jetzt auch noch nicht wissen, wird es höchstens bis zum Mittagessen dauern. Ich kann Ihnen versichern, daß sie wie die Wilden herumschnüffeln.«

»Warum fangen Sie nicht am Anfang an, Sohn?« schlug Kresh vor.

»Jawohl, Sir. Ich habe persönlich an verschiedenen aktuellen Operationen teilgenommen, nur um zu sehen, wie die Dinge laufen, und um ein Gefühl dafür zu bekommen, womit sich meine Leute herumschlagen müssen.«

»Und weil es Ihnen eine Möglichkeit gibt, ab und zu aus dem Büro herauszukommen«, sagte Kresh lächelnd. »Ich habe das ebenfalls gemacht, als ich noch das Sheriff's Department geleitet habe.«

Justen erwiderte das Lächeln. Es war sehr hilfreich, einen Gouverneur zu haben, der selbst einmal eine Polizeibehörde geführt hatte. Kresh wußte Bescheid, ohne daß man ihm jede Kleinigkeit erklären mußte. »Richtig, Sir. Ich habe also auf einem Beobachtungsposten vor dem Haupteingang nach Siedlerstadt gesessen. Von den Beamten, die diesen Dienst tun, wird erwartet, daß sie ihren eigenen Gleiter oder ein anderes Beobachtungsfahrzeug und ihre eigenen Roboter mitbringen. Die Kosten werden ihnen hinterher zurückerstattet. Das geschieht, um zu vermeiden, daß immer wieder die gleichen Fahrzeuge und Roboter eingesetzt werden. Wir hoffen, daß man uns dadurch nicht so leicht entdeckt. Außerdem ermutigt es die Beamten, etwas Kreativität und mehr Eigeninitiative zu entwickeln. Jedenfalls habe ich gestern selbst Schicht geschoben. Ich habe meinen eigenen persönlichen Roboter mitgebracht und einen zweiten und einen Gleiter gemietet. Dieser Beobachtungsposten ist eigentlich eher so etwas wie ein Lotteriespiel. Hin und wieder entdecken wir, wie jemand Siedlerstadt betritt oder verläßt, der es eigentlich nicht tun sollte, und dann können wir ein paar Nachforschungen durchführen.«

»Aber diesmal ist es ein bißchen anders als sonst gelaufen.«

»Ja, Sir. Meine Roboter hatten jemanden entdeckt, der nicht auf den Beobachtungslisten stand. Mein eigener Roboter konnte die Person identifizieren, der gemietete dagegen nicht, obwohl er ein Sicherheitsmodell ist. Später habe ich herausgefunden, daß die Identitäts-Datenbank meines persönlichen Roboters manipuliert worden war. Er verfügt über eine Kopie der Standard-CIP-Liste, und wie ich feststellen konnte, ist die Standardliste ebenfalls verändert worden.«

»Irgend jemand hat ein gefälschtes Identitätsprofil in die CIP-Datenbank eingegeben?«

»Genau, Sir. Und die echte Identität der betreffenden Person ist in den Dateien nicht verzeichnet. Ich bin mir nicht sicher, ob das daran liegt, daß die Daten von den Leuten gelöscht wurden, die auch für die gefälschten Einträge verantwortlich sind, oder ob die ID-Datei im Verlauf einer routinemäßigen Aktualisierung entfernt wurde.«

»Ich verstehe. Und wer gibt dieser Jemand vor zu sein?«

»Dr. Barnsell Ardosa vom Zentrum für Terraforming an der Universität von Hades.« Justen zog Kopien der Originalbilder aus seiner Aktentasche hervor und reichte sie Kresh. »Das erste ist das Bild aus den Personalakten der Universität. Das zweite wurde während der Beobachtung gemacht.«

Kresh ergriff die beiden Bilder und stieß einen leisen Pfiff aus. »Norlan Fiyle. Der Siedler aus dem Grieg-Fall, der die Rostrücken geschmuggelt hat. Der Schnurrbart verändert ihn etwas, aber es ist nicht gerade eine undurchschaubare Tarnung.«

Justen Devray blickte Kresh beeindruckt und überrascht an. »Das Gesicht ist mir zwar bekannt vorgekommen, aber ich habe Stunden und alle erdenklichen Tricks der Bildmanipulation gebraucht, bevor ich ihn richtig einordnen konnte.«

»Sie waren seit damals aktiv im Polizeidienst tätig«, sagte Kresh und starrte weiter nachdenklich auf die Bilder von Fiyle/Ardosa. »Sie mußten sich mit jeder Menge anderer Gesichter aus anderen Fällen befassen. Ich bin Fiyle zwar nie persönlich begegnet, aber er war ein Teil des letzten Falls, den ich bearbeitet habe. Wenn ich die Augen schließe, kann ich auch heute noch jede einzelne Seite der Akte vor mir sehen. Haben Sie ihn jemals getroffen?«

»Nein, Sir. Ich war damals nicht an dem Verhör beteiligt. Vielleicht hätte ich es sein sollen.«

»Seien Sie nicht albern«, sagte Kresh. Im Gegensatz zu seiner Wortwahl klang seine Stimme sanft. »Sie haben einen wichtigen Teil der damaligen Ermittlungen geleitet. Fiyle wurde auf der entgegengesetzten Seite der Großen Bucht aufgegriffen und hat die Information, die wir benötigten, praktisch sofort preisgegeben. Warum, zum Teufel, hätten Sie ihm hinterherjagen sollen? Nur für den Fall, daß er fünf Jahre später wieder unvermittelt auftauchen könnte?«

»Vermutlich haben Sie recht. Aber trotzdem wünsche ich mir jetzt, ich *hätte* ihn mir selbst angesehen.«

»Ach was, hätte, könnte und wäre. Kommen wir auf den Punkt zurück. Sie hatten die Gelegenheit, die Akten noch einmal zu überprüfen, und vielleicht ist meine Erinnerung nicht so unfehlbar, wie ich es mir wünschen würde. Geben Sie mir eine kurze Zusammenfassung über unseren Freund Fiyle.«

»Norlan Fiyle, ein Siedler, der allerdings nicht zum

Terraforming-Team gehört. Anscheinend hat er ein paar Schlupflöcher in den Einwanderungsgesetzen ausgenützt, um nach Inferno zu kommen, vermutlich um schnell und einfach Geld zu machen. Er hatte einer Schmugglerbande dabei geholfen, illegale Roboter der Neuen Gesetze von der Insel Fegefeuer fortzuschaffen. Seine Verhaftung ist fast zeitgleich mit Griegs Ermordung erfolgt. Er hat einen Handel mit uns abgeschlossen: den Namen eines Rangers des Gouverneurs im Austausch dafür, daß alle Anklagepunkte gegen ihn fallengelassen werden und er den Planeten unbehelligt verlassen darf. Der Name des fraglichen Rangers war Emoch Huthwitz. Huthwitz wurde in derselben Nacht wie der Gouverneur getötet, während er auf seinem Wachposten saß. Es sah nach einem Vergeltungsmord aus. Das war eine der Spuren, die uns dazu gebracht hat, eine mögliche Verstrickung von Roboterschmugglern in den Fall Grieg in Betracht zu ziehen.«

Kresh schüttelte den Kopf. »Ich habe diese kleine Auffrischung meiner Erinnerung gebraucht. Manchmal vergesse ich, wie verzwickt dieser Fall war. Aber Fiyle hätte den Planeten eigentlich verlassen sollen. Warum hat er es nicht getan?«

»Das weiß ich nicht, Sir. Aber die Tatsache, daß er eigentlich abreisen sollte, liefert uns zumindest eine harmlose Erklärung dafür, warum er nicht mehr in den Identitätslisten der CIP geführt wird. Wir führen keine aktuellen Listen der Leute, die sich nicht auf dem Planeten aufhalten. Und was den Grund dafür betrifft, daß er nicht abgereist ist: Ich vermute, daß er auf seinem Heimatplaneten ebenfalls krumme Geschäfte gemacht hat. Vielleicht war er auf der Flucht vor der Polizei, als er nach Inferno gekommen ist. Vielleicht hat er sich gesagt, daß er bei seiner Rückkehr nach Hause schnell im Gefängnis landen würde. Also hat er dem SSD seine Dienste als freier Mitarbeiter angeboten, und der SSD hat ihn im Gegenzug gedeckt und ihm eine neue Identität verschafft.«

»Und wenn Cinta Melloy wußte, was auf seinem Heimatplaneten gegen ihn vorlag, hat sie ihm vielleicht gar keine andere Wahl gelassen«, führte Kresh den Gedanken zu Ende. »Das alles sind zwar nicht mehr als bloße Spekulationen, aber es hört sich glaubwürdig an. Allerdings wissen Sie bisher nur, daß ein ehemaliger Schmuggler, der hier unter einem falschen Namen lebt, Siedlerstadt aufgesucht hat. Das kann doch noch nicht alles sein.«

»Das ist es auch nicht, Sir«, bestätigte Justen. »Ich habe den Sapper mit dem Auftrag auf dem Beobachtungsposten zurückgelassen, Ausschau nach Ardosa zu halten und ihm zu folgen, bevor ich mit meinem persönlichen Roboter in die CIP-Zentrale zurückgekehrt bin, um herauszufinden, wer dieser Ardosa wirklich ist. Nun ja, kurz darauf ist Ardosa tatsächlich wieder aufgetaucht und hat Sapper 323 direkt zum Hauptquartier der Eisenschädel geführt, wo er eine nette kleine Unterredung mit Jadelo Gildern hatte.«

Kresh hob die Augenbrauen. »Sieh an, mit dem Leiter des Geheimdienstes der Eisenschädel. Aber woher wissen Sie, daß er mit Gildern gesprochen hat?«

»Dazu wollte ich gerade kommen. Der Roboter an der Eingangstür wollte Ardosa zuerst nicht hineinlassen. Ardosa sagte irgend etwas zu ihm, worauf der Roboter sich mit jemandem drinnen besprach. Der Sapper hat alles über Langreichweiten-Video- und -Audiosysteme aufgezeichnet. Ich habe mir die Aufzeichnung mittlerweile ein Dutzend Mal angesehen. Was Ardosa – oder vielmehr Fiyle – gesagt hat, war: ›Hör zu, Blechkasten. Sag Gildern, daß Ardosa mit einer neuen Information über Lentrall hier ist. Er wird mich dann empfangen.‹ Und tatsächlich durfte Fiyle kurz danach hinein.«

»Nicht gerade der diskreteste Doppelagent, was?«

meinte Kresh. »Marschiert einfach durch die Vordertüren von zwei verschiedenen Einrichtungen und posaunt seine Informationen in aller Öffentlichkeit hinaus.«

»Es sei denn, er hat es absichtlich getan«, gab Justen zu bedenken. »Er arbeitet für zwei Seiten. Warum also nicht gleich für drei? Vielleicht wollte er ganz bewußt unsere Aufmerksamkeit erregen.«

»Das wird ziemlich schnell hochbrisant«, sagte Kresh. »Wir könnten den ganzen Morgen damit zubringen, Theorien zu entwickeln. Ich frage mich, ob Gildern oder Melloy wissen, daß Fiyle für zwei Seiten gleichzeitig arbeitet.«

»Es erfordert schon starke Nerven, für die Eisenschädel *und* die Siedler zu spionieren«, stellte Justen fest. »Ich glaube nicht, daß er seine Autraggeber über sein Doppelspiel in Kenntnis gesetzt hat.«

»Was bringt Sie zu dieser Meinung?« fragte Kresh.

»Nichts Konkretes. Nur das, was wir durch den Fall Grieg über seine Persönlichkeit wissen, die Art, wie er sich auf dem Weg nach Siedlerstadt und zum Hauptquartier der Eisenschädel benommen hat.«

»Sehr interessant«, sagte Kresh. »Das alles ist wirklich äußerst interessant. Ich gehe davon aus, daß Sie Fiyle beschatten lassen.«

»Das volle Programm. Ein Team, das ihn verfolgt, das Abhören seiner Hyperfunkfrequenz, Nachforschungen über seine Vergangenheit, einfach alles.«

»Gut. Und noch eins. Lentrall müßte jede Minute hier eintreffen. Ich möchte nicht, daß er allein ist, wenn er wieder geht.«

»Das wollte ich gerade ansprechen, Sir. Ich schlage vor, ihn durch ein Sicherheitskommando bewachen zu lassen, menschlich und robotisch.« Seit dem Fall Grieg hatten sie gelernt, sich weder auf rein robotischen noch rein menschlichen Schutz zu verlassen. Es war besser, beides zu kombinieren, anstatt die

Schwachpunkte getrennt arbeitender Kommandos in Kauf zu nehmen.

»Sehr gut«, sagte Kresh. »Wenn es auch nur im entferntesten praktikabel wäre, würde ich Sie bitten, ihn nichts davon merken zu lassen, aber so, wie die Dinge stehen … Ihre Leute sollen ihm so weit wie möglich aus dem Weg gehen. Er gehört nicht zu der Art von Leuten, die sich über eine Wachmannschaft freuen würden. Wahrscheinlich wird er früher oder später ohnehin aus der Haut fahren. Wir sollten uns Mühe geben, daß das eher später geschieht.«

»Ja, Sir.«

»Danke, Justen, Sie haben gute Arbeit geleistet«, sagte Kresh und stand auf. »Sie haben mir etwas sehr Wichtiges mitgeteilt. Lentrall hat mich mit einer bedeutenden Sache konfrontiert, und ich werde alle Informationen brauchen, die ich bekommen kann, um eine Entscheidung zu treffen.«

Justen verstand den Wink. Er stand ebenfalls auf, nahm die Bilder wieder an sich, schob sie in seinen Aktenkoffer und machte sich bereit zu gehen. Kresh schüttelte ihm die Hand und klopfte ihm auf die Schulter.

»Es freut mich, wenn ich helfen konnte, Sir«, sagte Justen.

»Das haben Sie, das haben Sie«, versicherte Kresh, während er den jüngeren Mann durch den Flur führte. »Vielleicht mehr, als Sie ahnen.« Sein Roboter öffnete die Tür zu Kreshs Büro und trat vor seinem Herrn ein. »Noch einmal, vielen Dank, Commander.«

Erst nachdem Kresh seine letzten Glückwünsche ausgesprochen und sich verabschiedet hatte, nachdem er in seinem Büro verschwunden war und der Roboter die Tür geschlossen hatte, fiel Justen etwas auf. Kresh hatte nicht mit einem Wort erwähnt, woran Lentrall arbeitete.

Tonya Welton wußte über das, was hier vor sich ging, besser Bescheid als Justen. Auch Simcor Beddle wußte mehr. Natürlich hatte das nicht sonderlich viel zu besagen, denn Justen Devray, Commander der vereinten Polizeikräfte von Inferno, wußte rein gar nichts.

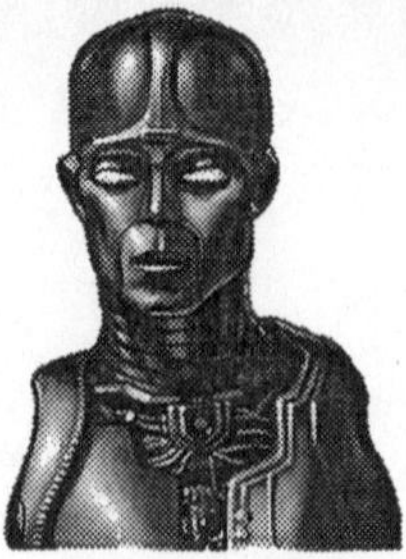

5. Kapitel

»Er geht rein«, sagte Cinta Melloy in das Funkgerät, während sie durch das Fenster starrte. Das Beobachtungs- und das in Bereitschaft stehende Entführungsteam waren auf Empfang. Sie schüttelte sorgenvoll den Kopf und beobachtete, wie der CIP-Transporter auf dem Dach landete. Und da ging Devray über den Landeplatz, gerade als das Transportfahrzeug aufsetzte. »Unser junger Freund spaziert zur Eingangstür hinein, der Leiter der Konkurrenz ist gerade gegangen, und seine Freunde setzen auf dem Dach zur Landung an.« Noch während sie sprach, wurde ihr bewußt, daß sie sich zu unverständlich ausdrückte. Diese Operation war so überstürzt angelaufen, daß keine Zeit geblieben war, Codebegriffe oder Verständigungskürzel auszuarbeiten. Es war besser, sich deutlicher auszudrücken und zu vermeiden, daß es durch Mißverständnisse zu einem Fiasko kam. »Lentrall ist gerade hineingegangen«, meldete sie sich wieder. »Devrays Gleiter ist soeben gestartet, und etwas, das nach einem kompletten Sicherheitsteam der CIP aussieht, ist auf dem Dach gelandet. Ich denke, sie fangen hier und jetzt an, den Babysitter für Lentrall zu spielen.«

Natürlich war es riskant, unverschlüsselt zu sprechen, aber Cinta war sich einigermaßen sicher, daß die CIP dieses Kommunikationssystem noch nicht angezapft hatte. Die Polizei von Inferno machte Fortschritte in der Spionageabwehr, aber es war äußerst schwierig, ein abgeschirmtes Kabel anzupeilen, und noch schwieriger, es abzuhören.

Selbstverständlich wußte die CIP über diesen Spähposten auf der anderen Straßenseite direkt gegenüber dem Government Tower Bescheid, so wie auch die Siedler wußten, daß die CIP vor dem Haupteingang von Siedlerstadt auf der Lauer lag. Das alles gehörte zum Spiel. Aber zu wissen, wo sich der Beobachtungsposten befand, war etwas ganz anderes, als eine Kabelleitung aufzuspüren und anzuzapfen, ohne dabei entdeckt zu werden.

»Wenn sie jetzt schon anfangen, Lentrall zu beschatten, ist das alles andere als gut«, bemerkte eine Stimme am anderen Ende der Leitung.

Es hätte Cinta Melloy eigentlich nicht überraschen dürfen, daß Tonya Welton die Operation mitverfolgte, aber es beunruhigte sie, wie stark sich Welton einmischte. Normalerweise hielt sich die Führerin der Siedler auf Inferno vom SSD fern, und das aus gutem Grund. Keine politische Führungspersönlichkeit wünscht engen Kontakt zu den Leuten, die für die schmutzige Arbeit zuständig sind. Dieser Fall jedoch war anders. Tonya Welton blieb dicht am Geschehen. Zu dicht.

»Bleiben Sie auf Empfang«, sagte Cinta und legte ein paar Schalter um, die die Verbindung zu dem Beobachtungsteam und dem Eingreiftrupp trennten. »Wir sind jetzt unter uns, Madame Welton. Ma'am, Sie sollten sich wirklich nicht melden, wenn meine Mitarbeiter Sie hören können. Wenn sie Ihre Stimme erkannt haben, könnte das die Eigenständigkeit unserer Abteilung gefährden.«

»Darüber können wir uns später Sorgen machen«, erwiderte Welton, als wäre das völlig nebensächlich. »Was war das mit den Babysittern?«

»Eine Mannschaft, die nach einem Sicherheitsteam der CIP aussieht, ist im gleichen Moment auf dem Dach gelandet, als Lentrall das Gebäude betreten hat. Ich vermute, daß sie ihn bewachen werden, sobald er wieder herauskommt.«

»Und sobald sie ihre Posten bezogen haben, wird es uns mehr oder weniger unmöglich sein, ihn zu schnappen«, sagte Tonya.

»Ja, Ma'am.« Cinta gab sich keine Mühe, ihre Erleichterung zu verbergen. Sie hatte nie an dieser verrückten Operation teilnehmen wollen.

»Dann sollten wir lieber schneller als seine Leibwächter sein«, sagte Tonya. »Holen Sie sich ihn.«

»Was?!« schrie Cinta beinahe.

»Sie haben schon verstanden, Melloy. Das ist ein direkter Befehl. Schnappen Sie ihn, sobald er das Gebäude verläßt. Ich schätze, daß Ihnen rund eine Stunde Zeit bleibt, Ihre Leute in Position zu bringen. Also sollten Sie sich lieber in Bewegung setzen.«

Die Tür öffnete sich so anstandslos, daß man hätte glauben können, der Mann, der das Büro betrat, hätte ein Recht, das zu tun. Keine Gewaltanwendung und keine langwierigen Spielereien mit der Sicherheitselektronik. Jadelo Gildern war nicht ungeschickt. Er schob das Gerät, mit dem er den Öffnungsmechanismus bedient hatte, in die Tasche zurück und glitt in Davlo Lentralls Arbeitszimmer. Dann schloß er die Tür wieder hinter sich und stieß ein leises Seufzen aus. Äußerlich machte er einen ruhigen Eindruck, während er den Blick durch den kleinen Raum wandern ließ, in Wirklichkeit aber fürchtete er sich beinahe zu Tode. Sein Herz schlug so laut, daß er glaubte, es müßte noch am anderen Ende des Flurs zu hören sein.

Gildern wußte selbst, daß er kein mutiger Mann war. Die Risiken und Gefahren, denen er sich bei seiner geheimdienstlichen Tätigkeit aussetzte, nahm er ausschließlich zu seinem persönlichen Vorteil in Kauf. Auch wenn die Wege, die er dabei einschlug, oft labyrinthartig verschlungen waren, verlor er sein Ziel nie aus den Augen. Was immer er tat, tat er aus Eigennutz.

Und es würde ihn sehr überraschen, wenn er von diesem Einbruch in Lentralls Büro nicht profitierte – um so mehr, nachdem er Beddle gegenüber behauptet hatte, daß es ein äußerst riskantes Unternehmen wäre.

In Wirklichkeit bestand kein nennenswertes Risiko. Hätte Gildern es auf die Computerdateien abgesehen, wäre die Wahrscheinlichkeit, entdeckt und gefaßt zu werden, tatsächlich einigermaßen hoch gewesen, aber gerade die Tatsache, daß der Datenschutz so gut war, spielte ihm direkt in die Hände. Gute Schutzmaßnahmen führten dazu, daß sich die Leute in Sicherheit wähnten. Wer sich sicher fühlte, ließ in seiner Aufmerksamkeit nach. Und wer unaufmerksam war, der machte Fehler.

Ein solcher Fehler war es, von einem hohen Sicherheitsstandard in einem Bereich darauf zu schließen, daß alle anderen Bereiche genauso gut geschützt waren. Diese Einstellung erwies sich häufig als fatal, wie im Fall der verriegelten Tür, die Gildern gerade überwunden hatte. Wenn die Datensicherheit gewährleistet war, mußte auch das Gebäude selbst sicher sein, also konnte man bedenkenlos Bücher, Papiere und Notizen herumliegen lassen, solange nur die Tür verschlossen war. Gildern hatte gehofft, daß Lentrall so dachte, und wie es schien, hatte er damit recht gehabt. Mit den Computerdateien hätte er sowieso kaum etwas anfangen können. Er war weder Techniker noch Wissenschaftler. Wahrscheinlich hätte er viel zuviel Zeit damit verloren, einen technischen Bericht zu analysieren. Nein, worum es ihm ging, waren Papiere, die er fotografieren konnte. Er suchte nach eilig hingekritzelten Notizen, nach kurzen Zusammenfassungen, die dazu dienten, den Sachverhalt einem Laien verständlich zu machen. Und mit etwas Glück nach mobilen Datenspeichern, deren Inhalte er kopieren und mitnehmen konnte.

Das Büro war ordentlich, aber nicht so ordentlich, als wäre es von einem Roboter aufgeräumt worden. Gildern mußte nur einen Blick auf die Bücher werfen, die nicht in einer schnurgeraden Reihe im Regal standen, auf die Papiere, die nicht exakt auf Stoß gestapelt waren, und auf den Stuhl, der in der Mitte des Raumes stand, anstatt ordentlich unter den Schreibtisch geschoben worden zu sein, um sofort zu erkennen, daß Lentrall sein Büro selbst aufräumte.

Um so besser. Sollte Gildern irgend etwas nicht genau so zurücklassen, wie er es vorgefunden hatte, würde es höchstwahrscheinlich nicht auffallen. Und wenn Lentrall hier selbst Ordnung hielt, würde sein System Gildern darüber hinaus vielleicht sogar etwas über seinen Charakter verraten.

Jadelo Gildern machte sich daran, Davlo Lentralls Büro zu durchsuchen.

Fredda Leving bemerkte, wie sich der Gesichtsausdruck ihres Mannes im selben Moment veränderte, als die Tür hinter ihm ins Schloß fiel. Die ruhige Beherrschung machte tiefer Sorge Platz. Als Kresh sie anblickte, schien ihm bewußt zu werden, was sie sah. Er lächelte ihr zu, etwas traurig und etwas beunruhigt zugleich. »Als ich noch Polizist war, konnte ich das nicht«, sagte er. »Damals konnte ich zulassen, daß mein Gesicht zeigte, was in mir vorging. Die Politik verändert die Menschen auf merkwürdige Weise.«

Fredda stand auf und ergriff seine Hand. »Ich weiß nicht, ob ich mich darüber freuen soll, daß du deine Maske vor mir hast fallen lassen, oder ob es mich beunruhigen sollte zu wissen, daß du überhaupt eine Maske aufsetzt.«

»Wahrscheinlich beides«, erwiderte Kresh mit einem Anflug von Traurigkeit.

»Was hat dir Devray berichtet?«

»Daß unsere Freunde und unsere Feinde – die vielleicht sogar die gleichen Leute sind – wahrscheinlich schon fast alles wissen, was wir vor ihnen geheimhalten wollten.«

»Und vor mir.« Fredda zog sich zwei Schritte von Kresh zurück, verschränkte die Arme vor der Brust und setzte sich auf die Kante seines Schreibtisches. »Wenn alle bereits Bescheid wissen, könntest du mir vielleicht auch endlich erzählen, worum es hier überhaupt geht.«

Kresh begann, in seinem Büro auf und ab zu gehen, die Hände hinter seinem Rücken verschränkt, ein seltenes, aber unverkennbares Zeichen seiner Angespanntheit und Nervosität. »Wo bleibt der Bursche nur?« fragte er in die Luft hinein und warf seiner Frau einen kurzen Blick zu, ohne seine Wanderung zu unterbrechen. »Es lag nicht daran, daß ich dir etwas verheimlichen wollte. Ich wollte nur, daß du auf die gleiche Weise wie ich davon erfährst. Ich möchte deine Meinung zu ... zu dieser Sache hören, ohne dich vorher durch meine Ansichten und Gefühle zu beeinflussen.«

»Also, es ist dir auf jeden Fall gelungen, mir nicht gerade viel zu erzählen. Alles, was ich bisher weiß, ist, daß es die Roboter der Neuen Gesetze in Schwierigkeiten bringen könnte.«

Kresh unterbrach seine Wanderung und blickte seine Frau erneut an. Ein trauriges Lächeln huschte über sein Gesicht. »Es könnte uns alle in Schwierigkeiten bringen«, sagte er. »Ah, da ist ja der Mann der Stunde.«

Die Tür glitt zur Seite, und ein energisch wirkender junger Mann trat ein, gefolgt von einem unauffällig aussehenden fahlbraunen Roboter mittlerer Größe und durchschnittlichen Körperbaus. Der Roboter zog sich sofort in eine Wandnische zurück. Wenn auf ihn die Beschreibung nichtssagend zutraf, war der Mann das genaue Gegenteil.

Mit seinem kantigen Gesicht, dem dunklen Teint, der Stoppelschnittfrisur und den durchdringenden Augen wirkte er eher eindrucksvoll als im klassischen Sinn attraktiv. Ob Davlo Lentrall wirklich ein Mann war, der im Zentrum wichtiger Ereignisse stand, er vermittelte auf jeden Fall diesen Eindruck.

»Guten Morgen, Dr. Leving«, sagte er und verbeugte sich leicht, eine altmodische Höflichkeitsgeste. Dann drehte er sich ihrem Mann zu. »Auch Ihnen einen guten Morgen, Sir.«

»Guten Morgen«, erwiderte Kresh. Er nahm auf einer Couch Platz, und Fredda setzte sich neben ihn. Kresh deutete auf einen bequemen Sessel, der der Couch gegenüber stand. »Bitte, Dr. Lentrall, machen Sie es sich bequem.«

Aber Lentrall setzte sich nicht. Er blieb stehen, wobei er sich sichtlich Mühe gab, ruhiger zu erscheinen, als er wirklich war. »Sir, ich muß Ihnen etwas sagen, auch wenn es etwas absurd klingen mag. Ich ... ich glaube, daß ich verfolgt werde.«

Kresh lächelte traurig. »Es tut mir leid, Ihnen sagen zu müssen, daß das keineswegs absurd klingt. Der Commander der Polizei höchstpersönlich war gerade hier, um mir mitzuteilen, wie sehr sich bestimmte Parteien für Sie interessieren. Es hätte mich überrascht, wenn Ihnen niemand gefolgt wäre.«

Davlo nickte und schien sich ein wenig zu entspannen, aber nicht sehr. »Auf eine seltsame Art ist das eine Erleichterung für mich. Ich glaube, es ist mir lieber, tatsächlich verfolgt zu werden, als unter paranoiden Wahnvorstellungen zu leiden.«

»Vertrauen Sie mir, Sohn. In diesem Leben kann man

nichts ausschließen. Aber wie dem auch sei, setzen Sie sich, atmen Sie tief durch und lassen Sie uns dann zum Thema kommen.«

»Ja, Sir.« Davlo nahm vorsichtig Platz, als befürchtete er, der Sessel könnte unter seinem Gewicht zusammenbrechen, oder als könnten irgendwelche Klammern aus den Armlehnen hervorspringen und ihn fesseln.

Fredda fiel auf, daß der Raum anders als sonst gestaltet war und ihr Mann auch nicht auf seinem üblichen Platz saß. Offensichtlich hatte er angeordnet, das Büro so herzurichten, daß eine möglichst spannungsfreie Atmosphäre gewährleistet war. An diesem Morgen saß er nicht in seinem thronartigen Sessel hinter der Barriere seines imposanten, reichverzierten Schreibtischs, sondern in einer etwas übertrieben lässigen Haltung auf der Couch. Tatsächlich saß Lentrall in seinem Sessel sogar etwas höher als Kresh. Der niedrige Tisch zwischen ihnen diente als eine Art neutraler Pufferzone, die verhinderte, daß sich Lentrall bedrängt fühlte. Auch Kreshs demonstrative Ruhe und das angedeutete Lächeln waren Teil der Inszenierung.

Und plötzlich wurde Fredda bewußt, daß auch sie Teil dieser Inszenierung war. Alvar wollte, daß sie das Reden übernahm, daß Lentrall *sie* ansprach. Nahm er vielleicht an, daß Lentrall ruhiger sein würde, wenn er sich mit jemandem unterhielt, der seinem Alter näher war, mit einer Frau, die keine offizielle Position bekleidete? Oder wollte er nur die Rolle des Beobachters spielen, sich aus der Diskussion heraushalten, um das Gespräch objektiv beurteilen zu können, ohne darin verwickelt zu werden? Vielleicht aber verfolgte er auch überhaupt keine konkrete Absicht mit seinem Verhalten, vielleicht folgte er lediglich seinem politischen Instinkt und handelte rein gefühlsmäßig.

»Donald, bring unserem Gast eine Erfrischung«, sagte er.

»Gewiß, Sir.« Donald trat vor. »Was darf ich Ihnen bringen?« fragte er Lentrall.

»Nichts«, erwiderte der junge Wissenschaftler und betrachtete Donald eine Weile neugierig, bevor er sich Fredda zuwandte.

»Dr. Leving, ich hoffe, Sie verzeihen mir meine Neugier. Dieser Roboter hier. Vermute ich richtig, daß Sie ihn entworfen und gebaut haben?«

»Das ist richtig.«

»Aha. Sie sind eine sehr bekannte Persönlichkeit, und das trifft auch auf viele Ihrer Schöpfungen zu.«

Kresh schmunzelte ironisch. *»Das* ist eine sehr diplomatische Umschreibung.«

Lentrall sah Kresh an und lächelte schwach. »Ich schätze, damit haben Sie recht, Sir. Aber was mich verwirrt, ist der Name. Donald.«

»Es ist eine Marotte von mir, meine maßgeschneiderten Roboter nach Figuren eines antiken Geschichtenerzählers zu benennen«, erwiderte Fredda. »Ein Mann, der auf der alten Erde der vorrobotischen Zeit gelebt hat. Ein Mann namens ...«

»Shakespeare«, fiel ihr Lentrall ins Wort. »Ich weiß. William Shakespeare. Und ganz nebenbei, ich glaube, es wäre zutreffender, ihn nicht als Geschichtenerzähler, sondern eher als Poet und Bühnenautor zu bezeichnen. Ich habe seine Stücke selbst gelesen. Das ist es auch, was mich stutzig macht. Die Namen Ihrer anderen Roboter, Caliban, Prospero, Ariel ... alles Shakespeare. Ich habe sogar in einem Zeitungsartikel über Sie gelesen, daß Ihr derzeitiger persönlicher Roboter Oberon heißt. Wieder Shakespeare. Deshalb frage mich, wie Sie auf Donald gekommen sind.«

»Wie bitte?«

»Sir, wenn ich Ihnen behilflich sein dürfte«, meldete sich Donald zu Wort. »Ich wurde nach einer Nebenrolle aus dem Theaterstück *Macbeth* benannt.«

»Aber in diesem Stück gibt es keine Figur dieses Namens«, erwiderte Lentrall. »Ich kenne es gut. Ich bin mir sogar ziemlich sicher, daß es nirgendwo in Shakespeares Werk eine Person namens Donald gibt.« Er dachte einen Moment lang nach. »Es gibt einen *Donalbain* in *Macbeth«*, sagte er schließlich. »Donald muß eine Verballhornung von Donalbain sein.«

»Sir, verzeihen Sie, wenn ich Sie korrigiere«, sagte Donald. »Ich habe gerade in meinem internen Datenspeicher nachgesehen und festgestellt, daß die fragliche Person Donald heißt.«

»Natürlich, in deiner Kopie«, sagte Lentrall. »Wenn Dr. Levings Quelle bereits verfälscht war und deine Datenbank auf dieser Quelle beruht, enthält sie natürlich ebenfalls den falschen Namen. Im Laufe der Zeit schleichen sich eine Menge Fehler in historische Texte ein.«

»Könnte es nicht sein, daß *Ihre* Fassung des Stücks fehlerhaft ist?« wandte Donald ein.

»Alles ist *möglich,* aber ich bezweifle sehr, daß meine Fassung fehlerhaft ist. Ich bin ein Sammler derartiger Dinge und besitze vier verschiedene Shakespeare-Ausgaben, drei auf Datenträgern, eine in gedruckter Form. In keiner davon gibt es einen Donald.«

»Ich verstehe«, sagte Donald, unverkennbar irritiert durch diese Auskunft. »Ich muß meinen internen Datenspeicher unbedingt überprüfen.«

»Interessant«, stellte Lentrall fest, als sich Donald in seine Wandnische zurückzog. »Ich schätze, die Moral von der Geschichte lautet, daß wir nie soviel wissen, wie wir zu wissen glauben. Würden Sie mir da zustimmen, Dr. Leving?«

»Hmmm … was? Oh, ja.« Fredda fühlte sich völlig aus der Bahn geworfen. Wie konnte ihr nur ein derartiger Fehler unterlaufen sein? Welche Fehler hatte sie sonst noch im Laufe der Zeit gemacht, ohne es überhaupt zu bemerken? Es war erstaunlich, wie verlegen sie sich wegen eines solchen unbedeutenden Patzers fühlte.

Und es war ebenfalls bemerkenswert, daß Lentrall unhöflich und arrogant genug war, ihr diesen Fehler gleich bei ihrer ersten Begegnung unter die Nase zu reiben. Andererseits schien ihm gar nicht bewußt zu sein, daß er unhöflich gewesen war. Davlo Lentrall war ein äußerst sonderbarer junger Mann, dem es eindeutig an den Fähigkeiten und der Persönlichkeit fehlte, um in der Politik Karriere zu machen. Gut für ihn, daß er sich ein anderes Betätigungsfeld ausgesucht hatte.

Aber diese Dinge brachten die Diskussion nicht weiter. »Vielleicht wäre es an der Zeit, uns dem eigentlichen Grund für dieses Treffen zuzuwenden«, sagte Fredda.

»Sie haben vollkommen recht«, stimmte ihr Lentrall zu. »Wieviel wissen Sie bisher?«

Fredda zögerte und warf ihrem Mann einen kurzen Blick zu, aber seinem unbewegten Gesichtsausdruck konnte sie nichts entnehmen. »Um das klarzustellen, Dr. Lentrall, mein Mann hat mir überhaupt nichts erzählt. Er wollte, daß ich alles direkt von Ihnen erfahre. Also, beginnen Sie bitte ganz von vorn.«

»Gut«, sagte Lentrall beinahe brüsk, als machte es keinen Unterschied. »Der wesentliche Punkt ist, daß ich glaube, eine Möglichkeit gefunden zu haben, den Terraforming-Prozeß zu verstärken und das Klima permanent zu stabilisieren.«

»Aber nur, indem Sie das Leben von vielleicht Millionen von Menschen riskieren«, warf Lentralls Roboter aus seiner Nische her ein.

»Halt den Mund, Kaelor«, knurrte Lentrall ungehalten.

»Das Erste Gesetz zwingt mich, das zumindest zu erwähnen«, erwiderte der Roboter in einem nörgelnden Tonfall. »Ihr Vorgehen würde viele Menschenleben gefährden.«

»Ich würde es kaum als Gefahr bezeichnen«, widersprach Lentrall gereizt. »Eher als ein äußerst geringes Risiko. Aber sollte mein Plan Erfolg haben, würde er zu mehr Sicherheit und einem angenehmeren Leben für die kommenden Generationen führen.«

»Dieses Argument beruht auf viel zu vielen Unwägbarkeiten, um für mich von Belang zu sein«, entgegnete Kaelor.

»Du hast deinen Standpunkt klargemacht«, sagte Lentrall. »Ich befehle dir hiermit, jetzt still zu sein.« Er schüttelte den Kopf und sah Fredda an. »Ich weiß, daß Sie berühmt dafür sind, hervorragende Roboter zu bauen, aber manchmal frage ich mich, ob die Siedler nicht irgendwie recht haben.«

»Der gleiche Gedanke ist auch mir hin und wieder durch den Kopf gegangen«, sagte Fredda. »Aber fahren Sie bitte fort. Wie wollen Sie das Klima stabilisieren?«

»Durch eine Flutung des Nordpols«, erwiderte Lentrall. »Ich nenne es Projekt Polarmeer.«

»Und was, genau, würde das bewirken?« erkundigte sich Fredda.

Lentrall starrte sie eine Weile durchdringend an, als hätte sie gerade gefragt, wozu man robotische Arbeitskraft benötigte. »Lassen Sie mich etwas ausholen«, sagte er. »Oder besser, lassen Sie mich ganz von vorn beginnen. Wie Sie vielleicht wissen, fanden die Spacer bei ihrer Ankunft auf diesem Planeten eine Wüstenwelt vor, die aus zwei riesigen unterschiedlichen geologischen Regionen bestand. Die südlichen zwei Drittel waren Tiefland, das nördliche Drittel wurde von einem gewaltigen Hochplateau eingenommen, deutlich höher als die südliche Hemisphäre. Genau aus diesem Grund wurde Inferno gerade noch als ein Kandidat für Terraforming betrachtet.«

»Wieso?«

»Weil man sich sagte, daß alles Wasser, das man dem

Planeten zuführte, sich im Süden sammeln würde, wie es auch geschehen ist. Heute nennen wir das nördliche Hochland den Kontinent Terra Grande und das überflutete südliche Tiefland den Südozean. Dadurch hat der Planet einen wasserbedeckten Pol und einen, der nur aus einer Landmasse besteht.«

»Und wo liegt da das Problem?«

»Es ist ein ganz gewaltiges Problem. Wasser absorbiert Wärme sehr viel besser als die Atmosphäre. Wasser kann zirkulieren und die Wärme weitertransportieren. Die Temperaturen in der südlichen Hemisphäre sind sehr viel gemäßigter und stabiler als in der nördlichen, da das Wasser über den Pol und die Polarregionen strömen und sie erwärmen kann. Umgekehrt kann kaltes Polarwasser in die heißen Gebiete strömen und sie abkühlen. Natürlich ist das eine krasse Vereinfachung der wahren Mechanismen, aber letztendlich läuft es darauf hinaus.«

»Und im Norden können diese Vorgänge nicht stattfinden, weil es dort kein Wasser gibt«, sagte Fredda. Sie warf ihrem Mann einen Blick zu, aber sein Gesicht blieb völlig ausdruckslos. Er war lediglich ein Beobachter des Spiels, kein Teilnehmer.

Lentrall nickte eifrig. »Genau. Terra Grande ist ein riesiger monolithischer Kontinent. Er bedeckt das gesamte nördliche Drittel des Planeten. Da kein Wasser über die nördlichen Polarregionen strömen kann, ist auf dieser Hemisphäre kaum ein Temperaturausgleich möglich. Die tropischen Regionen der nördlichen Hemisphäre sind zu heiß, die polaren zu kalt. Wenn Sie eine Landkarte betrachten, werden Sie feststellen, daß der südliche Rand von Terra Grande – wo die meisten Menschen leben – an die tropischen Breitengrade grenzt. Genau hier, in Hades, müßten wir uns eigentlich im Zentrum der gemäßigten Regionen befinden. Aber die gemäßigten Regionen schrumpfen, und wir befinden uns sehr dicht an der Nordgrenze der bewohnbaren Zone. Es gibt sogar etliche strengere Kriterien bei den Siedlern, nach denen Hades, technisch gesehen, eigentlich als unbewohnbar gilt. Ich glaube, das hängt hauptsächlich mit den zu geringen Niederschlägen zusammen. Aber wie dem auch sei, die besiedelbare Zone dieses Planeten ist kaum noch größer als ein schmaler Streifen von fünf- oder sechshundert Kilometern Breite entlang der Südküste von Terra Grande. Und trotz all unserer Anstrengungen, trotz regionaler Erfolge, schrumpft dieser Streifen immer noch.«

»Ich dachte, das Terraforming-Projekt würde Fortschritte machen«, sagte Fredda in Richtung ihres Mannes.

»Das tut es auch«, erwiderte Alvar. »Zumindest in einigen Regionen. Hauptsächlich in den besiedelten Gebieten. In anderen Gegenden verlieren wir an Boden, aber um Hades herum und allgemein in der Region um die Große Bucht erzielen wir Verbesserungen. Wir hoffen, daß wir weiter nach außen vorstoßen können, sobald wir diesen Teil der Welt unter Kontrolle gebracht haben.«

»Falls Sie überhaupt eine Chance bekommen«, wandte Lentrall ein. »Die derzeitigen Projektionen zeigen, daß die Situation in beide Richtungen umschlagen könnte. Sie verlassen sich auf ein Gleichgewicht auf hohem Niveau. Ein solcher Zustand ist instabil.«

»Was ist ein Gleichgewicht auf hohem Niveau?« wollte Fredda wissen.

Lentrall lächelte, griff in die Brusttasche seiner Tunika und zog eine große Münze daraus hervor, eine Siedlermünze, wie Fredda automatisch registrierte. Sie nahm an, daß er sie absichtlich dort plaziert hatte, um sein Beispiel jederzeit illustrieren zu können, weil er sie so schnell zur Hand hatte.

»*Das* ist ein Gleichgewicht auf hohem Niveau«, sagte

er. Er hielt den linken Zeigefinger in die Höhe und legte die Münze vorsichtig auf die Fingerspitze. »Theoretisch könnte ich die Münze bis in alle Ewigkeit so halten«, fuhr er fort. »Vorausgesetzt, ich kann meinen Finger völlig ruhig halten, meinen Arm nicht bewegen, vermeiden, daß ich angerempelt werde, und gleichzeitig jeden Luftzug und jede Erschütterung des Gebäudes kompensieren. Und natürlich muß ich darauf achten, bei der Kompensierung kleinster Störungen nicht überzureagieren ...«

Noch während er sprach, rutschte die Münze von seinem Finger und landete klimpernd auf dem Steinfußboden. Irgendwie war das Geräusch sehr viel lauter, als Fredda erwartet hatte.

»Ich habe Ihnen gerade ein ziemlich zutreffendes Bild für das derzeitige planetare Klima von Inferno geliefert. Im Moment ist es stabil, aber wenn auch nur die kleinste Störung eintritt, gibt es Schwierigkeiten. Das System verfügt über kein negatives Feedback, über nichts, das einer Störung entgegenwirken und das System wieder in stabile Bahnen lenken könnte. Seit der erste Klimaingenieur hier mit seiner Arbeit begonnen hat, schwankt das Klimagleichgewicht von Inferno auf einem hohen Punkt zwischen zwei Extremen. Die kleinste Veränderung kann das ganze Gebilde zum Einsturz bringen und eine katastrophale Erhitzung oder Abkühlung zur Folge haben. Wir müssen ununterbrochen alles genau richtig machen, oder ...« Er nickte in Richtung der Münze auf dem Boden.

»Aber Sie haben eine Lösung für dieses Problem parat«, sagte Fredda ein wenig unfreundlich. Lentrall machte keine Anstalten, sie zu überzeugen, ihr etwas zu erklären oder die Angelegenheit zu diskutieren. Er dozierte, hielt ihr einen Vortrag. Sein Tonfall war eine seltsame Mischung aus Arroganz und Herablassung. Er sprach mit ihr, als wäre sie ein kleines Kind, dem er klarmachen mußte, warum das, was er tat, vernünftig und nur zu ihrem eigenen Besten war.

»Ich habe eine Lösung«, bestätigte er. Er bückte sich, hob die Münze auf und legte sie auf seine Handfläche. »Wir versetzen den Planeten in ein Gleichgewicht auf niedrigem Niveau, so.« Er bewegte die Hand vor und zurück und wackelte damit herum. Die Münze blieb in seiner Hand. Ein paarmal hüpfte sie ein wenig, landete aber immer wieder sicher. »Wie Sie sehen können, ist es sehr viel schwerer, etwas zu stören, das sich im Gleichgewicht auf einem niedrigen Niveau befindet, und selbst wenn es gestört wird, kommt es wieder zur Ruhe, sobald die Ursache beseitigt wird. Ein Polarmeer würde das globale Klima in ein stabiles System verwandeln, das nur durch einen sehr viel größeren Aufwand umgestoßen werden könnte.

Wie ich bereits erläutert habe, besteht das Problem im Fehlen von Wasser, das durch die nördliche Hemisphäre zirkuliert. Gäbe es eine Möglichkeit, Wasser in den nördlichen Polarregionen zu sammeln und gleichzeitig Verbindungen zum Südozean zu schaffen, könnte warmes Wasser aus dem Süden den Nordpol erwärmen und kaltes aus dem Norden den Ozean im Süden und die Küstenregionen abkühlen. Dadurch würden wir ein Gleichgewicht auf niedrigem Niveau erzeugen, bei dem die natürlichen Kräfte, die auf den Planeten einwirken, zu einer Selbstregulierung führen. Wird es zu heiß, sorgen die Wassermassen von den Polen für Abkühlung. Sinkt die Temperatur zu stark, wird sie durch die tropischen Meeresströmungen wieder angehoben. Wir brauchen *zwei* wasserbedeckte Pole.«

»Aber es gibt mehrere terraformierte Planeten ohne zwei wasserbedeckte Pole«, wandte Fredda ein. »Und wie ich mich erinnere, bestand sogar ein Pol der Erde aus einer festen Landmasse, während der Wasseraustausch des anderen sehr begrenzt war. Ich glaube, der wasserbedeckte Pol war die meiste Zeit des Jahres gefroren.«

Lentrall lächelte wieder, aber es war kein warmes oder freundliches Lächeln, sondern vielmehr ein triumphierender Gesichtsausdruck, der einem herablassenden Grinsen nahekam. Fredda war in die von ihm ausgelegte Falle getappt, und jetzt setzte er zum Todesstoß an.

»Das alles kann ich Ihnen beantworten«, sagte er. »Ich schätze, Sie werden feststellen, daß die Antworten meine Thesen untermauern. Was terraformierte Planeten mit von Landmassen bedeckten Polen betrifft, kann ich Ihnen versichern, daß sie alle über Meere verfügen, die deutlich näher an die Pole heranreichen, als es hier auf Inferno der Fall ist.«

»Und was ist mit dem Beispiel der Erde?« fragte Kresh.

»Erstens waren die natürlichen Ozeane der Erde sehr viel tiefer als die künstlichen Meere aller terraformierten Planeten«, erwiderte Lentrall. »Aufgrund ihrer Tiefe enthielten sie sehr viel mehr Wasser und dienten dadurch als sehr viel effektivere Wärmepuffer.

Zweitens bedeckten sie eine größere Fläche des Planeten als die Meere der meisten terraformierten Welten. Drei Viertel der Erdoberfläche bestanden aus Wasser. Inferno wird zu etwas weniger als zwei Dritteln von Wasser bedeckt und weist damit eine größere Wasseroberfläche als jeder andere vollständig terraformierte Planet auf.

Die Differenz zwischen drei Viertel und zwei Drittel mag nicht sonderlich groß erscheinen, aber sie ist wesentlich. Und wie ich bereits gesagt habe, sind die Ozeane Infernos – gemessen nach ihrem Volumen und nicht ihrer Ausdehnung – sehr viel kleiner als die der Erde.

Drittens, selbst wenn die Ozeane der Erde keinen direkten Zugang zu beiden Polen hatten, reichten sie doch dicht genug an sie heran, um einen ausreichenden Wärmeaustausch zu gestatten.

Viertens herrschte auf dem von Land bedeckten Südpol der Erde eine sehr viel niedrigere Temperatur als am Nordpol, was meine Aussage unterstreicht, daß Wasser dazu dient, Temperaturschwankungen abzufedern. Und auch wenn der arktische Ozean von einem Eispanzer überzogen war, fand unter dem Eis trotzdem ein reger Wasseraustausch statt.

Schließlich und endlich war das irdische Klima ein Paradebeispiel für Instabilität. Auf der Erde gab es strenge Eiszeiten, die durch äußerst kleine Schwankungen dieser oder jener Variablen ausgelöst worden waren. Es existieren deutliche Indizien dafür, daß der eingeschränkte Wasserfluß über die Pole wesentlich zu dieser Instabilität beigetragen hat. Ich würde behaupten, daß all diese Fakten über die alte Erde eher für als gegen den Vorschlag sprechen, Wasser über den Nordpol strömen zu lassen.«

»Hmmm.« Fredda traute sich nicht, noch etwas zu sagen. Was sie besonders ärgerte, war, daß der Mann recht hatte.

Er hatte seine Argumente gut vorgetragen, aber sein Tonfall, sein Benehmen und seine ganze Art weckten den Wunsch in ihr, ihm zu widersprechen und einen hitzigen Disput mit ihm zu beginnen.

»Fahren Sie fort, Dr. Lentrall«, bat Alvar. Seine Stimme klang völlig neutral. »Wie sind Sie auf diese Gedanken ge kommen?«

»Eine hervorragende Frage, Gouverneur«, sagte Lentrall im Tonfall eines Lehrers, der einen aufgeweckten Schuljungen lobt. »Wie Sie zweifellos wissen, war in den ursprünglichen Terraforming-Plänen für Inferno eben dieses Polarmeer vorgesehen. Ich habe den größten Teil meiner Informationen aus diesen alten Studien abgeleitet.«

»Und warum wurden die Pläne aufgegeben, ein Polarmeer zu schaffen?« fragte Fredda.

»Die Gründe waren teils politischer Natur, teils eine Frage der Terminplanung. Die Fertigstellung des Polarmeers hätte das Projekt um Jahre hinausgezögert, und der Planet sollte so schnell wie möglich kolonisiert werden. Zu diesem Zeitpunkt waren schon eine Menge Fehler beim Terraforming begangen worden, und man erwog bereits, den Planeten aufzugeben. Die Kosten gerieten außer Kontrolle. Aber ein Scheitern hätte dem Stolz und dem Prestige der Spacer argen Schaden zugefügt. Also erhielten die Ingenieure den Befehl, das Projekt abzuschließen, aber man bewilligte ihnen weder die erforderliche Zeit noch die Hilfsmittel oder das Geld, um es ordentlich zu machen. Ihnen blieb nichts anderes übrig, als auf bestimmte Dinge zu verzichten, und dazu gehörte das Polarmeer. Dadurch sparten sie genügend Ressourcen ein, um den Rest des Terraforming-Projekts beenden zu können.«

»Das ist eine sehr nachsichtige Betrachtungsweise«, sagte Kresh. »Ich habe die alten Akten und Berichte ebenfalls studiert und würde sagen, daß die Verantwortlichen das Terraforming-Projekt nicht annähernd fertiggestellt haben. Was sie getan haben, war, es für beendet zu *erklären*. Sie wußten genau, was für einen Pfusch sie angerichtet hatten. Ich habe mindestens drei Berichte gefunden, in denen der planetare Klimakollaps prophezeit wurde, und zwar ziemlich genau für diesen Zeitpunkt, plusminus ein paar Jahre.«

Lentrall bedachte Kresh mit einem verärgerten Blick dafür, seinen Redefluß unterbrochen zu haben. »Jedenfalls sah die ursprüngliche Planung eindeutig vor, größere Wassermengen über die Pole strömen zu lassen«, fuhr er fort. »Alle Projektionen zeigten, daß dadurch eine Stabilisierung und Mäßigung des planetaren Klimas sowie ausgiebigere Niederschläge überall in Terra Grande erreicht werden würden.«

»Eine gewaltige Aufgabe, ein Ozeanbett zu schaufeln«, warf Fredda ein.

Lentrall lächelte erneut, und sein Gesichtsausdruck machte ihn Fredda nicht gerade sympathischer. »Das ist es«, pflichtete er ihr bei. »Aber der größte Teil der Arbeit wurde uns bereits abgenommen. Kaelor, bring mir die Karte.«

Lentralls Roboter trat vor, öffnete ein Staufach in seiner Brust, entnahm ihm eine lange dünne Röhre und reichte sie Lentrall. Der Wissenschaftler schraubte den Behälter auf und zog eine auf ein glänzendes Material gedruckte Karte daraus hervor, die er auf dem niedrigen Tisch vor sich ausbreitete. »Diese Karte zeigt die nördliche Polarregion von Inferno«, erklärte er. »Eine Besonderheit des Planeten, die wir häufig vergessen, besteht darin, daß das Land mit vielen Kratern übersät ist. Zum Teil liegt das daran, daß die ersten Kolonisten ihre Städte in Gegenden mit wenigen Kratern errichteten, zum Teil daran, daß die meisten Krater stark erodiert sind. Aber der größte Teil von Terra Grande und des Tieflandes, das jetzt den Meeresboden bildet, ist mit Unmengen von Kratern übersät.«

Er legte einen Finger genau auf den Mittelpunkt der Karte. »Wie Sie sehen können, befinden sich zwei sehr große Krater, die einander teilweise überlappen, rechts und links des Nordpols, eine geologische Formation, die allgemein als die Polarsenke bekannt ist. Sie können zwei Dinge an dieser Senke beobachten. Zum einen liegt fast das gesamte Land innerhalb der Krater unterhalb des Meeresspiegels, zum anderen ist es von einer permanenten Eiskappe bedeckt. Früher kamen und verschwanden die Eiskappen mit dem Wechsel der Jahreszeiten, heute sind sie permanent, und sie wachsen ständig. Während des Sommers schmelzen sie ein wenig, aber im Winter laden die Stürme immer mehr Schnee über ihnen ab, und die Eispanzer wachsen stärker, als sie geschrumpft sind. Mit jedem Jahr wird mehr Wasser des Planeten am Nordpol gebunden. Gäbe es Kanäle, durch die warmes tropisches Wasser aus dem Süden strömen könnte, würden die Eiskappen schnell schmelzen und zusammen mit den eingeströmten Wassermassen das Polarmeer bilden.«

»Sie sagen also, daß wir ein fertiges Seebett haben«, faßte Fredda zusammen, »das bereits teilweise mit Wasser gefüllt ist, zwar in gefrorenem Zustand, aber trotzdem mit Wasser. Wir müssen also nur noch den Kanal graben.«

»Keine leichte oder unbedeutende Aufgabe«, stellte Kresh fest. »Und außerdem müßten entweder zwei Kanäle gegraben werden, oder einer, der breit genug ist, damit das Wasser in ihm sowohl nach Süden als auch nach Norden fließen kann.«

»Wir brauchen tatsächlich beide Kanäle«, sagte Lentrall. »Einen, der die Meeresströmungen in beiden Richtungen bewältigen kann, und einen, der lediglich als eine Art riesiges Überdruckventil dient. Der zweite Kanal bräuchte in der Regel keine großen Wassermassen zu transportieren, aber er würde eine Regulierung der Gesamtwassermenge des Polarmeeres ermöglichen.«

»Wie kann man es bewerkstelligen, daß das Wasser in einem Kanal gleichzeitig in zwei Richtungen fließt?« erkundigte sich Fredda.

»Das ist der einfachste Teil unserer Aufgabe«, erwiderte Lentrall. »In den natürlichen Ozeanen findet dieser Vorgang ständig statt. Das warme Wasser bewegt sich an der Oberfläche, das kalte bildet eine Gegenströmung am Boden. Dabei entsteht eine Art natürliche Temperaturbarriere. Die beiden Strömungen unterscheiden sich sehr stark, sie können sogar ganz unterschiedliche Konzentrationen von Spurenelementen enthalten. Auf jeden Fall vermischen sie sich nicht. In unserem Fall sollte die kalte Gegenströmung nach Süden zusätzlich dazu beitragen, den provisorischen Kanal durch Abrieb weiter zu vergrößern.«

»In Ihren Ausführungen hört sich das alles ganz einfach an«, sagte Fredda, ohne sich zu bemühen, ihren Sarkasmus zu verbergen. »Wie kommt es, daß vor Ihnen noch niemand auf diese Idee gekommen ist?«

Lentrall erwies sich als absolut immun gegen ihren Sarkasmus, was zweifellos daran lag, daß er schlicht unfähig war, ihn überhaupt wahrzunehmen. »Oh, eine Menge Leute hatten diese Idee schon lange vor mir. Nur hat bisher niemand eine Möglichkeit gefunden, diese Kanäle zu graben. Die Aufgabe war zu gewaltig und zu kostspielig, um sie mit konventionellen Mitteln zu bewältigen. Würden wir heute damit beginnen und alle Anstrengungen nur auf dieses Projekt konzentrieren, würden wir nicht einmal die Hälfte des Weges schaffen, bevor das Klima kollabiert.«

»Aber Sie, und Sie ganz allein, haben eine praktikable Möglichkeit gefunden«, sagte Fredda.

Dieser Seitenhieb traf beinahe ins Ziel. »Nun, ja ...«, bestätigte Lentrall und zeigte plötzlich einem Anflug von Argwohn. »Ja, das habe ich.«

»Und wie?« fragte Fredda. »Wie, zum Teufel, wollen Sie das bewerkstelligen?«

Diesmal war Lentrall unübersehbar perplex. Sein Blick wanderte von Fredda zu Alvar und wieder zurück. »Sie meinen, er hat Ihnen nicht einmal das verraten? Er hat es Ihnen nicht erklärt?«

»Nein«, sagte Fredda. Sie sah ihren Mann an und erkannte sofort, daß sie von ihm keine Hilfe zu erwarten hatte. »Der Gouverneur wollte, daß ich es von Ihnen höre.«

»Ich verstehe«, murmelte Lentrall verblüfft. »Ich dachte, Sie wüßten es bereits.«

»Aber ich weiß es nicht«, erwiderte Fredda mehr als

nur ein bißchen ungehalten. »Also frage ich Sie jetzt noch einmal: Wie wollen Sie es machen?«

Davlo Lentrall fingerte einen Augenblick lang an seiner Karte herum. Dann räusperte er sich, setzte sich in seinem Sessel gerade auf und blickte Fredda direkt in die Augen. »Es ist ganz einfach«, sagte er. »Ich habe vor, einen Kometen auf den Planeten stürzen zu lassen.«

6. Kapitel

Gubber Anshaw lächelte vor sich hin, während er über die breiten Gehwege von Walhalla schlenderte. Er war bisher erst zweimal in der verborgenen Stadt gewesen und freute sich aufrichtig, wieder hier zu sein.

Walhalla war ein ausschließlich nach zweckdienlichen Kriterien erbauter Ort, bis ins kleinste Detail durchdacht, effizient, vernünftig, ordentlich. Ironischerweise erinnerte der Baustil an die unterirdischen Siedlerstädte, aber vielleicht war das zu erwarten gewesen. Wenn man unter der Erde baute, ergab sich zwangsläufig ein bestimmtes Design.

Die Stadt bestand aus vier Ebenen. Die unteren drei enthielten eine recht konventionelle Ansammlung von Lagerräumen, Wohnquartieren und dergleichen. Sie waren durch breite Rampen und Hochgeschwindigkeitsaufzüge miteinander verbunden. Aber im Augenblick befand sich Gubber auf der obersten Ebene, und die war in der Tat ziemlich unkonventionell. Sie hatte keine Ähnlichkeit mit irgend etwas, das er kannte.

Es war ein offener Tunnel, ein auf der Seite liegender Halbzylinder, exakt zwei Kilometer lang und einen Kilometer im Durchmesser. Die Seitenwände gingen übergangslos in die breite gewölbte Decke über. Die gesamte Oberfläche war mit einem stark reflektierenden weißen Material überzogen. Dadurch wirkte der gesamte Tunnel zu grell für menschliche Augen, aber für die Roboter der

Neuen Gesetze war es zweifellos eine effektivere Art der Beleuchtung.

Der Boden des gewaltigen Tunnels war immer noch größtenteils leer, obwohl Gubber den Eindruck hatte, daß seit seinem letzten Besuch ein paar neue Strukturen hinzugekommen waren. »Strukturen« schienen ihm eine angemessenere Bezeichnung als »Gebäude« zu sein, da viele dieser Gebilde anscheinend keine Behausungen darstellten.

Natürlich gab es auch einige normal aussehende Gebäude auf der Hauptebene, die dem einen oder anderen konventionellen Zweck dienten. Gubber konnte Reparaturzentren, Magazine, Umschlaglager und ähnliches erkennen, aber darauf verschwendete er nicht viel Zeit. Statt dessen wurde sein Blick von den schwerer zu identifizierenden Strukturen angezogen, die sich um das Zentrum der Hauptebene drängten.

Sie hatten alle die Größe von zwei- oder dreistöckigen Gebäuden. Fast alle bestanden aus geometrischen Körpern: Würfel, Kegel, Dodekaeder, an den Polen abgeplattete Sphäroide, drei-, vier- und fünfseitige Pyramiden, die einen Anstrich oder Überzug aus hellen Primärfarben trugen. Einige der Körper waren in merkwürdigen Lagen aufgestellt. Ein Kegel stand auf dem Kopf, zwei Pyramiden ruhten schräg auf den Grundkanten, so daß ihre Spitzen exakt um neunzig Grad zur Seite geneigt waren. Gubber hatte keine Ahnung, wie die Roboter verhinderten, daß die Gebilde umkippten.

Der Anblick erinnerte ihn an achtlos verstreute Bauklötze eines Kindes. Bei seinem letzten Besuch hatte Lacon-03 die Strukturen als ein Experiment in abstrakter Ästhetik bezeichnet und eine komplizierte Erklärung der Theorien über Schönheit und Zweckmäßigkeit zum besten gegeben, die zur Zeit in der Gemeinschaft der Roboter der Neuen Gesetze eifrig diskutiert wurden.

Einige der Strukturen wurden bewohnt oder anderweitig benutzt, andere wiesen keine sichtbaren Eingänge auf. Im wesentlichen waren es abstrakte Skulpturen. Als Kunstwerke interessierten sie Gubber nicht sonderlich, aber das war auch ziemlich nebensächlich. Was ihn faszinierte, war die Tatsache, daß die Roboter überhaupt Skulpturen konstruierten. Taten sie es zu ihrem Vergnügen, oder wurden sie lediglich durch das verschwommene Vierte Gesetz zu dem Versuch gezwungen, Kunst werke zu erschaffen? Gefielen ihnen diese riesigen geometrischen Körper, oder hatten sie die Gebilde nur erbaut, weil sie glaubten, sie errichten zu *müssen*, weil sie sich selbst beweisen wollten, daß sie zur Kreativität fähig waren? Kurz gesagt, hatten sie die Skulpturen erbaut, weil sie es wollten, weil das Vierte Gesetz sie dazu drängte, oder weil sie glaubten, daß es von ihnen erwartet wurde, da es auch in den Städten der Menschen öffentliche Kunst gab?

Gubber grübelte bereits seit Monaten über diese Fragen nach und fand es ziemlich unbefriedigend, einer Antwort immer noch nicht nähergekommen zu sein. Lacon-03 war es nie gelungen, ihm eine befriedigende Erklärung zu liefern, und Gubber selbst gelang es ebensowenig. Aber das war ihm nur recht. Ein Puzzle verlor viel von seinem Reiz, wenn man es erst einmal gelöst hatte. »Dieser Ort erstaunt mich immer wieder«, sagte er zu seiner Gastgeberin.

»Und woran liegt das, Sir?« fragte Lacon-03.

Gubber schmunzelte und machte eine weit ausholende Handbewegung, die ganz Walhalla einschloß. »Ich schätze, weil nichts davon auch nur das mindeste mit mir zu tun hat«, erklärte er.

Lacon-03 musterte ihren Gast nachdenklich. »Darf ich daraus schließen, daß Sie erwartet haben, etwas von Ihrer Persönlichkeit in den Dingen wiederzufinden, die von Geschöpfen mit gravitonischen Gehirnen geschaffen wurden, weil Sie das gravitonische Gehirn entwickelt haben?«

»So in etwa«, bestätigte Gubber. »Und ich muß sagen, so schön das alles auch ist, es ist nicht die Art von Stadt, die ich gebaut hätte.«

»Interessant«, sagte Lacon. »Wir Roboter der Neuen Gesetze haben uns schon immer für Ästhetik interessiert, aber ich muß gestehen, daß wir uns kaum Gedanken über die Ansichten und den Geschmack unserer Schöpfer gemacht haben. Und alles, was wir in dieser Richtung getan haben, galt eher Dr. Leving als Ihnen.«

»Es überrascht mich nicht, das zu hören«, erwiderte Gubber. »Ich selbst habe ebenfalls erst vor kurzem angefangen, mich für die Roboter der Neuen Gesetze zu interessieren oder auch nur meine Rolle bei ihrer Erschaffung zur Kenntnis zu nehmen. Fredda Leving hat mein gravitonisches Gehirn übernommen und die von ihr entwickelten Neuen Gesetze hineingeschrieben, ohne mich darüber zu informieren, geschweige denn, meine Genehmigung einzuholen.«

»Also gefallen Ihnen die Roboter der Neuen Gesetze nicht.«

Gubber blieb stehen und betrachtete seine Begleiterin mit einem sanften Lächeln. »Von der Theorie her, nein«, sagte er. »Ich denke, was Dr. Leving getan hat, war äußerst gefährlich und leichtsinnig. In der Praxis muß ich allerdings feststellen, daß ich die meisten Roboter der Neuen Gesetze mag, denen ich bisher begegnet bin. Ihr betrachtet die Welt auf eine andere Weise, als es die Menschen tun – und auch anders als die Roboter der Drei Gesetze.«

»Dürfte ich fragen, auf welche Weise?«

Gubber nickte seiner Führerin zu, dann richtete er den Blick nach vorn und setzte sich wieder in Bewegung. »Nein«, sagte er. »Erzähl du es mir. Erzähl es mir, während wir durch diese Stadt gehen, die ganz anders ist, als ich es erwartet habe. Erzähl du mir, wie die Roboter der Neuen Gesetze die Welt sehen.«

Lacon-03 dachte eine Weile nach, während sie den breiten Zentrumsboulevard von Walhalla entlangschlenderten. »Eine interessante Herausforderung«, sagte sie. »Ich wage die Vermutung, daß es keine zwei Roboter der Neuen Gesetze gibt, die eine völlige Übereinstimmung darüber erzielen könnten, wie wir die Welt sehen. Wir sind eine streitlustige Gemeinschaft, soviel kann ich Ihnen versichern. Wie auch immer, ich würde sagen, daß uns die Außenwelt irritiert, und wir haben das Gefühl, daß die Außenwelt auch von uns irritiert ist. Die Menschen und die Roboter der Drei Gesetze hatten jahrtausendelang Zeit, ihr Verhältnis zueinander zu entwickeln und herauszufinden, wie sie in dieses Universum passen. Wir Roboter der Neuen Gesetze existieren seit gerade einmal fünf Jahren. Die wesentliche Erkenntnis, die wir in dieser Zeit gewonnen haben, lautet, daß das Universum der Menschen und der Roboter der Drei Gesetze nicht gerade der gastfreundlichste Ort für Geschöpfe unserer Art ist. Im günstigsten Fall begegnen wir Gleichgültigkeit, im schlimmsten mörderischer Feindseligkeit.«

Sie erreichten ein großes doppelstöckiges Gebäude, von dem aus man einen spektakulären Blick auf den Haupttunnel hatte. Es war das zentrale Verwaltungsgebäude. Während Prosperos Abwesenheit leitete Lacon-03 die täglichen Geschicke der Stadt. Sie forderte Gubber mit einer Geste auf, ihr zu folgen. Mensch und Roboter traten durch die Tür und gingen eine gewundene Rampe hinauf in das obere Stockwerk des Gebäudes.

»Mit dieser Feindseligkeit hängt die schlichte Tatsache zusammen, daß wir in dieser Welt keine wirkliche Aufgabe haben«, fuhr sie fort. »Es gibt keine vorbestimmte

Rolle für uns. Wir müssen uns selbst eine erschaffen, und das ist kein einfacher oder schnell zu bewältigender Prozeß. Prospero hat das verstanden. Unsere Fähigkeiten im Terraforming eröffnen uns natürlich einige Möglichkeiten. Aber Prospero weiß, daß die Menschen Zeit brauchen werden, um uns bei dieser Arbeit wirklich zu akzeptieren. Er hat ebenfalls begriffen, daß wir bis dahin für unsere Sicherheit sorgen und unablässig daran arbeiten müssen, uns zu verbessern. Mir ist bewußt, daß ich Ihnen keine vollständige Antwort auf Ihre Frage gegeben habe, aus dem einfachen Grund, weil wir selbst noch keine gefunden haben. Wir brauchen einen Ort, wo wir nach besseren Antworten suchen können. Wir brauchen ein Versteck, eine Zuflucht, um nachzudenken, zu lernen und zu planen. Das alles bietet uns Walhalla. Aber es bietet uns noch mehr. Etwas sehr viel Wichtigeres.«

Lacon-03 blieb am Ende der Rampe mit Gubber vor einem großen Fenster stehen. Durch den Rahmen betrachtet, wirkte die unverkennbar nichtmenschliche und erhabene Architektur der Stadt wie ein Bild. »Walhalla«, sagte Lacon-03, »ist unser Zuhause.«

»›Phase eins: Einfangen und Stabilisierung des Grieg-Kometen sowie Installation der Steuerraketen und der Hauptantriebsvorrichtung.‹ Ich vermute, der letzte Punkt ist eine höfliche Umschreibung für eine gewaltige Bombe der einen oder anderen Art.« Jadelo Gildern blickte von seinem Notebook auf und lächelte böse. »Ich hatte noch nie viel für leere Beschönigungen übrig. Die Bezeichnung ›Antriebsvorrichtung‹ ist so vage, daß sie nur dazu führt, sich die Frage zu stellen, was damit tatsächlich gemeint sein könnte.«

»Fahren Sie fort, Gildern«, sagte Simcor Beddle. Er ließ sich in seinen Clubsessel zurücksinken, die Hände im

Schoß gefaltet, den Blick auf das andere Ende der Decke gerichtet.

»Ja, Sir. ›Phase zwei: Aktivierung der Hauptantriebsvorrichtung. Phase drei: Flug zum Planeten. Einsatz der Steuerraketen zur Korrektur beziehungsweise Aufrechterhaltung der Kursbahn. Phase vier: Kontrollierte Zerlegung des Grieg-Kometen in einzelne Fragmente.‹ Lentrall scheint noch nicht entschieden zu haben, in wie viele Fragmente und von welcher Größe. ›Phase fünf: Zielausrichtung der Fragmente. Phase sechs: Einschlag der Fragmente auf dem Planeten.‹«

»Lodernde Sterne!« stieß Beddle hervor. »Ich weiß nicht, ob ich bereit bin, das alles wirklich zu glauben. Sie haben vor, einen Kometen zu benutzen, um einen Kanal vom Meer zur Polarsenke auszuheben?«

»Es scheint so, Sir. Sie beabsichtigen, die Fragmente wie Perlen an einer Kette aufzureihen und jedes einzelne an einer genau berechneten Stelle einschlagen zu lassen, so daß jeder Krater direkt an den nächsten grenzt. Außerdem wollen sie den Brocken eine schräge Flugbahn verpassen.«

»Und das bedeutet?« fragte Beddle.

»Anstatt die Fragmente senkrecht hinabfallen zu lassen, sollen sie in einem bestimmten Winkel einschlagen. Anstelle von runden Kratern wollen sie so lange, ovale erzeugen.«

»Und nur dadurch soll wie durch Magie eine Verbindung zum Meer entstehen?«

»Nein, Sir. Anscheinend erwarten sie nicht, daß die Einschläge die *ganze* Arbeit erledigen werden, aber zumindest den Löwenanteil. Konventionelle Methoden, oder was sie als ›begrenzte strahlungsfreie Fusionsvorrichtungen‹ bezeichnen – mit anderen Worten: nukleare Sprengsätze – sollen benutzt werden, um einen Krater mit dem anderen zu verbinden. Natürlich umfaßt das Projekt noch weitere Details, aber wenn ich hier von

Details rede, meine ich riesige Einzelprojekte, die in jedem anderen Kontext wie gewaltige Vorhaben erscheinen würden. Der Plan sieht unter anderem vor, den Lethe gleich zweimal umzulenken. Zur Zeit verläuft der Fluß eine Strecke weit von Westen nach Osten, bevor er nach Süden abbiegt und in die Große Bucht mündet. Vor dem Einschlag der Kometenfragmente wollen sie an der Biegung nach Süden einen Damm errichten und den Fluß dadurch zwingen, durch einen neuen Kanal nach Norden zu fließen, um so einen neuen Zugang zur Polarsenke in den Untergrund zu fräsen. Nach dem Einschlag wollen sie das neue und das alte Bett miteinander verbinden und die Flußrichtung erneut umkehren. Dadurch soll aus dem Fluß Lethe der Lethe-Kanal werden und eine zweite Verbindung zwischen dem Polarmeer und dem Südozean entstehen.«

Beddle sprang auf und starrte auf Gildern hinab. »Das ist Wahnsinn!« protestierte er. »Man hat mich oft des Größenwahns bezichtigt, aber das ... das übertrifft bei weitem die verrücktesten Pläne, von denen ich auch nur geträumt habe!«

»Es ist zweifellos ein ehrgeiziges Vorhaben.«

Beddle sah Gildern scharf an. »Sie hatten schon immer einen Hang zur Tiefstapelei. Ich vermute beinahe, daß Sie diesen Wahnsinn gutheißen.«

»Ich muß zugeben, daß ich dieser Idee gegenüber durchaus aufgeschlossen bin«, räumte Gildern ein.

Der Führer der Eisenschädel wirkte überrascht. »Auf *diesen* Punkt werden wir noch zurückkommen, das kann ich Ihnen versichern«, sagte er. »Woher haben Sie all diese Informationen?«

»Ich bin in Lentralls Büro eingebrochen und habe alle Dokumente fotografiert, die ich erreichen konnte«, erwiderte Gildern.

»Aber ich dachte, wir hätten uns darauf geeinigt, daß das zu riskant wäre.«

»Lentrall hat das Büro heute früh verlassen und seinen Roboter mitgenommen. Ich habe das Gebäude schon seit längerer Zeit beobachtet und wußte, daß es um diese Zeit praktisch völlig leer war. Also habe ich entschieden, daß sich das Risiko lohnen würde, das Büro schnell zu durchsuchen und Informationen aus seinen Notebooks zu kopieren. Ich habe keinen Versuch unternommen, an seine Online-Computerdateien heranzukommen. Das Risiko, dabei entdeckt zu werden, wäre sehr viel größer gewesen.«

Beddle nickte, offenbar zufrieden. »Haben Sie eine Ahnung, wie ernsthaft dieser Vorschlag in Erwägung gezogen wird?« fragte er.

»Das weiß ich nicht«, sagte Gildern zur Abwechslung einmal völlig nüchtern. »Ich habe nichts in den von mir untersuchten Papieren und Datenträgern entdeckt, woraus das hervorgeht. Ich kenne Lentralls Vorschlag, aber wir haben keinerlei Informationen, um auf Kreshs Reaktion schließen zu können.«

»Außer der Tatsache, daß Kresh ihn gerade in diesem Moment zum zweiten Mal empfängt.« Beddle runzelte nachdenklich die Stirn. Er gestikulierte in Richtung eines Roboterdieners, der sofort einen Polstersessel zu ihm heranschob. Beddle setzte sich neben Gildern und beugte sich weit vor. »Ich habe fast den Eindruck, daß Sie von diesem ... irrsinnigen Plan begeistert sind.«

»Ich würde längst nicht so weit gehen, aber ich meine, wir sollten ihn nicht vorschnell ablehnen, sobald er an die Öffentlichkeit gelangt. Und das wird er mit Sicherheit. Ein Projekt dieser Größenordnung kann nicht lange geheimgehalten werden.«

»In diesem Punkt stimme ich Ihnen zu. Aber dürfte ich erfahren, aus welchen Gründen Sie diese Kometengeschichte auch nur flüchtig in Erwägung ziehen?«

»Weil ein halber Vormittag, den ich darüber nachgedacht habe, mich dazu gebracht hat, etwas zu tun, was ich mir bis dahin nie erlaubt habe. Es hat mir eine Möglichkeit gegeben, mir selbst einzugestehen, daß dieser Planet dem Untergang geweiht ist.«

»Wie bitte?«

Gildern hob die Hand, und sein persönlicher Roboter nahm ihm das Datenlesegerät ab. Der Geheimdienstleiter der Eisenschädel beugte sich vor und setzte einen besorgten und ernsten Gesichtsausdruck auf. »Sir, der Planet liegt im Sterben, trotz regionaler Fortschritte und allen erdenklichen Anstrengungen, die wir bisher unternommen haben. Im Grunde unseres Herzens wissen wir das alle. Wenn ich mal für einen Moment die offizielle Parteilinie verlassen darf: Wir wissen beide, daß Alvar Kresh ein sehr tüchtiger Gouverneur ist. Er hat viel erreicht und dem Planeten eine Menge Zeit verschafft, aber das ist auch schon alles. Es ist – oder es war zumindest bis jetzt – alles, was irgend jemand tun *konnte.* Aber ich glaube, in unserem tiefsten Inneren haben wir alle gewußt, daß wir dem Untergang geweiht waren. Und da wir alle sowieso sterben würden, haben wir beschlossen, uns die Zeit, die uns noch bleibt, mit albernen kleinen Spielchen zu vertreiben, mit Politik und Intrigen. Schließlich waren es harmlose Intrigen, die nichts am Ausgang der Geschichte geändert hätten. Letztendlich würden wir ja alle sterben. Aber jetzt hat diese Welt plötzlich eine Überlebenschance! Es ist eine wacklige Chance, darin gebe ich Ihnen recht. Die Risiken und Gefahren sind enorm, aber zumindest gibt es jetzt wieder eine Chance.«

»Hmmm … ich verstehe«, brummte Beddle. »Und ich nehme an, das ist der einzige Grund für Ihr Interesse an diesem Plan.«

»Nein, Sir, aber die Vorstellung, daß wir tatsächlich überleben könnten, verändert mit Sicherheit die politischen Spielregeln. Da es mir so geht, kann ich mir nicht vorstellen, warum es den anderen nicht ebenso ergehen sollte. Sie werden die politische Landschaft mit ganz anderen Augen betrachten. Wir müssen diesen psychologischen Wandel in unsere Pläne einbeziehen.«

»Aber Sie haben noch etwas anderes im Sinn«, vermutete Beddle.

»Richtig, Sir«, bestätigte Gildern, und plötzlich wirkte sein Blick lebendig und eindringlich. Er deutete auf seinen persönlichen Roboter. »Dieser Datenspeicher enthält technische Informationen und eine knappe Erläuterung aller Schritte des Plans. Nirgendwo taucht auch nur einmal das Wort ›Siedler‹ auf. Dies ist ein Projekt, das die Spacer, die Infernals, ganz allein durchführen können. Und mehr noch, sollte das Projekt erfolgreich sein, *werden wir die Siedler überhaupt nicht mehr brauchen.* Ein kontrollierter Kometeneinschlag und die anschließende Entstehung des Polarmeers würden eine derart weitreichende und positive Wirkung auf unser Klima haben, daß der Re-Terraforming-Prozeß des Planeten auf eine Reihe von Aufgaben reduziert wird, die einzeln gelöst werden können. Umfangreiche und schwierige Aufgaben, aber solche, die wir Spacer allein bewältigen können – und das mit erheblich weniger Arbeitsaufwand als bisher.«

»Was wollen Sie damit sagen?« fragte Beddle scharf.

»Daß Grieg uns die Roboter weggenommen und Kresh sie uns weiter vorenthalten hat, mit der Begründung, sie würden für das Terraforming benötigt. *Wenn* der Komet einschlägt und alles gutgeht, dann wird nach drei bis vier Jahren nicht mehr der geringste Bedarf an Haushaltsrobotern als Arbeitskräfte für das Terraforming-Projekt herrschen.«

Beddle schwieg, aber er nickte nachdenklich.

»Ich schätze, Sie werden mir zustimmen, Sir, daß unsere Partei einen großen Gewinn aus Lentralls Vorhaben ziehen könnte.«

»Natürlich immer vorausgesetzt, es ist erfolgreich und

löscht uns nicht alle aus«, sagte Beddle. »Aber ich weiß Ihre Offenheit zu schätzen, Freund Gildern. Jeder Ihrer Gründe ist schon für sich allein ein gutes Argument, aber alle zusammen sind absolut zwingend.«

Gildern gab seinem Roboter ein Zeichen, ließ sich das Datenlesegerät zurückgeben und tippte ein paar Befehle ein. »Sie kennen noch nicht *alle* Gründe, Sir. Es gibt noch einen weiteren.« Er reichte Beddle das Notebook und lehnte sich in seinem Sessel zurück. »Sehen Sie sich genau an, wo Lentrall die verdammten Dinger aufschlagen lassen will.«

Beddle warf Gildern einen verständnislosen Blick zu und betrachtete dann die Landkarte auf dem Bildschirm. Nach einer Weile wich der verwirrte Ausdruck auf seinem Gesicht und machte einem breiten Grinsen Platz, bis er schließlich in brüllendes Gelächter ausbrach. »Oh, wunderbar!« rief er, nachdem er sich so weit beruhigt hatte, daß er wieder sprechen konnte. »Wunderbar! Das hätte ich selbst nicht besser planen können. Nicht einmal die Götter der alten Mythen und Legenden hätten das besser einfädeln können.«

Jadelo Gildern lächelte, während der Anführer seiner Partei die Karte genauer betrachtete und immer noch leise in sich hineinkicherte. Simcor Beddle hatte zweifellos recht. Die Dinge hätten gar nicht besser arrangiert werden können.

Aber vielleicht wäre Simcor Beddle besser beraten gewesen, etwas gründlicher darüber nachzudenken, wer für das Arrangement verantwortlich war.

Davlo Lentrall starrte die Fahrstuhltür finster an und drückte selbst auf die Ruftaste, als würde ein menschlicher Finger besser als ein robotischer funktionieren, nachdem die Kabine auf Kaelors Knopfdruck hin nicht erschienen war. Das Treffen mit Kresh und Leving war beendet, und er wollte das Gebäude so schnell wie möglich verlassen. »Was, zum Teufel, ist hier los?« fragte er.

»Es tut mir leid, Sir«, klang eine körperlose robotische Stimme auf. »Alle Aufzüge zum Dach des Regierungssitzes wurden vorübergehend gesperrt.«

Einen kurzen Moment lang war Lentrall irritiert. Auf einer von Robotern überwachten Welt erhielt man ständig Antworten auf rhetorische Fragen. Irgendwo gab es eine Kamera, und irgendwo saß ein Roboter vor einer Konsole, der die Bilder dieser und ein Dutzend anderer Kameras beobachtete.

»Ich muß zum Landeplatz auf dem Dach!« protestierte Lentrall. »Da steht mein Gleiter!« Das Treffen mit dem Gouverneur und seiner Frau war gut verlaufen, und Lentrall hatte es eilig, in sein Büro und an seine Arbeit zurückzukehren. Es gab tausend Dinge, um die er sich kümmern mußte, tausend ungelöste Probleme. Er konnte es sich nicht leisten, seine Zeit damit zu vergeuden, darauf zu warten, daß eine Horde Roboter ein wackliges Geländer reparierte, oder welche tödliche Gefahr auch immer zur Sperrung des Daches geführt haben mochte.

»Ich bedaure«, erwiderte die Roboterstimme, »aber momentan gibt es ein Sicherheitsrisiko auf dem Dach. Das Erste Gesetz verlangt ...«

»Ja, ja, ja«, unterbrach Lentrall gereizt. »Ich kenne die Leier. Aber mein Gleiter steht da oben, und ich muß nach Hause.«

»Sie sind nicht allein mit diesem Problem, Sir. Fahren Sie bitte mit dem Aufzug zum Erdgeschoß. Es werden Vorbereitungen getroffen, die Gleiter von Roboterpiloten auf den Hauptplatz fliegen zu lassen. Die Maßnahme würde nur ein paar Minuten in Anspruch nehmen, aber es könnte bis zu einer Stunde dauern, bevor der Zugang zum Dach wieder freigegeben wird.«

Davlo seufzte resigniert. »In Ordnung«, sagte er. »Dann muß ich mich wohl damit abfinden. Komm, Kaelor.«

»Einen Augenblick, Sir«, warf der Roboter ein. »Ich würde mich gern nach der Art des Sicherheitsrisikos auf dem Dach erkundigen.«

In diesem Moment erschien die Fahrstuhlkabine. »Welchen Unterschied würde das schon machen?« wollte Lentrall wissen. »Komm jetzt.«

»Sehr wohl, Sir.«

Mensch und Roboter betraten die Kabine und fuhren nach unten.

»Die Gruppe im Foyer meldet, daß Lentrall und sein Roboter gerade den Fahrstuhl verlassen haben. Sie bewegen sich in Richtung Marktplatz.«

»Ich sehe sie«, erwiderte Cinta, ohne das Fernglas sinken zu lassen. Von ihrem Beobachtungsposten im zwanzigsten Stockwerk auf der anderen Straßenseite aus betrachtet, machte Lentrall keinen nervösen oder mißtrauischen Eindruck. Sehr gut. Noch besser, daß sein Sicherheitsteam sich noch immer auf dem Dach befand und mit der Gefahrensituation beschäftigt war, die Cintas Leute arrangiert hatten. Ein Lastgleiter mit einer Ladung Reinigungsmitteln – darunter ein Faß mit einer brennbaren Reinigungsflüssigkeit – war etwas unsanft gelandet, und dabei hatte das Faß einen Riß bekommen.

Im Augenblick war es kein größeres Problem, nur das Auslaufen einer nicht allzu gefährlichen Chemikalie, gerade genug, um jeden verantwortungsbewußten Roboter der Drei Gesetze dazu zu bringen, das gefährdete Gebiet zu sperren, die Aufzüge abzuschalten, alle Menschen auf dem Dach in das Innere des Gebäudes zu scheuchen und den ganzen Betrieb lahmzulegen. Sollten allerdings zu schnell wieder Ruhe und Ordnung einkehren, war Cinta durchaus bereit und in der Lage, einen Kurzschluß im Lastgleiter auszulösen. Ihre Leute aus der Abteilung für schmutzige Tricks hatten ihr versichert, daß der anschließende Feuerball einen spektakulären Anblick bieten, aber mit an Sicherheit grenzender Wahrscheinlichkeit nicht zu Verletzungen oder größeren Schäden führen würde.

Das war wichtig. Cintas Leute kämpften mit harten Bandagen, aber es gab Grenzen. Sie war klug genug, um zu wissen, daß die CIP früher oder später – vermutlich früher – die ganze Operation bis zu ihren getarnten SSD-Agenten würde zurückverfolgen können. Wenn von offizieller Seite Beschwerden kamen, durfte es nach Möglichkeit keine Verletzten oder gar Toten geben. Die für die schmutzigen Tricks zuständigen Techniker konnten ihr versprechen, was sie wollten, aber Explosionen neigten nun einmal dazu, außer Kontrolle zu geraten. Die Dinge mußten sich schon sehr schlecht entwickeln, bevor sie das Risiko eingehen würde, auf den Auslöseknopf zu drücken. Das Wichtigste war, daß sie Lentrall von seiner Wachmannschaft getrennt hatten. Genaugenommen hatte sie sich gar nicht erst an seine Fersen heften können.

Eigentlich *müßte* alles funktionieren. Es war ein vernünftiger und durchdachter Plan. Aber sie hatten so wenig Zeit gehabt. Welton hatte viel zu schnell von der reinen Planung auf den Befehl umgeschaltet, den Zugriff sofort durchzuführen. Es gefiel Cinta nicht, überstürzt handeln zu müssen. So kamen leicht Fehler zustande.

»Marktplatzteam in Position«, meldete die Stimme in ihrem Ohr.

Cinta beobachtete den Platz durch das Fernglas, konnte aber nicht erkennen, wer von den Dutzenden von Menschen zu ihren Leuten gehörte. Gut. Dann würde wahrscheinlich auch niemand sonst sie erkennen können.

Roboter. Das Problem waren die Roboter. Cinta zählte wenigstens zehn. Natürlich würden sie sofort eingreifen und versuchen, eine Entführung zu verhindern.

Aber wenn alles glattging, würden sie keine Gelegenheit dazu bekommen. Cintas Blick wanderte den Aurora Boulevard entlang. Da stand er, ein bodengebundener Transportbus, ein paar Häuserblocks weit entfernt geparkt. In etwa einer Minute würde er mit leicht überhöhter Geschwindigkeit in Richtung des Regierungssitzes fahren. Die Leiterin des SSD lächelte verhalten. Dieses spezielle Busmodell war schwer zu steuern. Bei einem unvorsichtigen Fahrer war ein Unfall fast schon vorprogrammiert.

Justen Devray war fast schon zu Hause, als ihn der Funkspruch erreichte. Gervad flog die langsame, ruhige Panoramaroute. Justen hatte einen langen Tag hinter sich und war froh, auf gemütlichem Weg nach Hause zurückkehren und sich entspannen zu können. Er genoß diese Momente.

Es war wirklich ein langer Tag gewesen. Mittlerweile war er seit fast dreißig Stunden auf den Beinen. Es war ein merkwürdiges Gefühl, um die Mittagszeit nach Hause zu fliegen, um ins Bett zu gehen.

Seine Augenlider waren schwer. Er war beinahe versucht, den Hyperwellenempfänger abzuschalten, den er auf die Polizeifunkfrequenz eingestellt hatte, aber das ständige leise Stimmengewirr im Hintergrund stellte ein Teil seines täglichen Lebens dar. Er ließ den Empfänger eingeschaltet, lehnte sich zurück und schloß die Augen.

Und dann hörte er die Stimme.

»CIP-Metro-Zentrale, hier Government Tower Topside.«

Irgend etwas an der Stimme riß Justen aus dem Halbschlaf. Dann begriff er. Es war eine *menschliche* Stimme. Normalerweise hätte ein Roboter am Funkgerät des Wachpostens auf dem Dach des Regierungsgebäudes sitzen müssen. Und noch etwas: Lentralls Sicherheitsteam wartete auf dem Dachlandeplatz auf ihn.

Schlagartig war Justen hellwach. Er setzte sich kerzengerade auf. »Dreh um!« befahl er Gervad. »Mit Höchstgeschwindigkeit zurück zum Regierungssitz!«

»Jawohl, Sir«, erwiderte der Roboter mit unerschütterlicher Ruhe. Er legte den Gleiter in eine weite Kurve und nahm wieder Kurs auf das Stadtzentrum.

Justen griff nach dem Funkgerät und drehte die Lautstärke höher.

»... hier ein Unfall ereignet«, fuhr die Stimme fort. »Ein Transporter ist etwas unsanft gelandet, und bei einem Behälter an Bord scheint eine Naht aufgeplatzt zu sein. Eine brennbare Flüssigkeit läuft aus. Mehr kann ich dazu nicht sagen. Die Roboter haben uns gezwungen, das Dach zu verlassen.«

»Wir erhalten Hyperwellenmeldungen von den Sicherheitsrobotern vor Ort, Government Tower Topside«, erwiderte eine ruhige Roboterstimme, vermutlich aus der CIP-Zentrale. »Reinigungsteams sind unterwegs.«

Die verdammten Trottel! Justen hackte auf den Kontrollen des Funkgeräts herum und schaltete das Bordmikrofon auf die gleiche Frequenz. »Hier spricht Commander Devray, unterwegs zum Government Tower und auf Empfang. Wer ist dort auf Posten Topside?«

»Sergeant Senall Delmok, Sir.«

Perfekt. Delmok war der unerfahrenste Mann der gesamten Mannschaft. »Delmok, seit wann werden Reinigungsgüter auf dem Dachlandeplatz ausgeliefert? Wozu, glauben Sie, ist das Tunnelsystem der Stadt da?«

»Sir? Ich ... äh ...«

»Das ist kein Unfall, Delmok. Irgend jemand hat

absichtlich dafür gesorgt, daß der Dachlandeplatz geschlossen wird.«

»Aber warum ...?«

»Das weiß ich nicht«, erwiderte Justen. »Vielleicht wollen die Unbekannten dort landen. Kehren Sie sofort auf das Dach zurück und lassen Sie es von Ihren Leuten kontrollieren. Das ist ein direkter Befehl.«

»Aber die Roboter halten uns ...«

Justen schnitt ihm das Wort ab. »CIP-Metro-Zentrale. Sind Sie noch auf Empfang?«

»Ja, Commander«, antwortete die ruhige Roboterstimme.

»Ich erteile hiermit den folgenden direkten Befehl mit höchster Dringlichkeitsstufe, der via Hyperwelle an alle Roboter auf dem Dach des Government Towers weiterzuleiten ist: Ihr habt sofort alle menschlichen CIP-Angehörigen auf das Dach zurückkehren zu lassen. Bei dem angeblichen Unfall handelt es sich um eine Finte oder ein Ablenkungsmanöver einer Gruppe, die Menschen Schaden zufügen will. Indem ihr die CIP-Mann schaft von ihren Posten fernhaltet, laßt ihr zu, daß Menschen in Gefahr geraten. Dieser Befehl ist sofort weiterzuleiten.«

»Jawohl, Sir. Das ist geschehen.«

»Delmok, sollte das nicht funktionieren, erteile ich Ihnen hiermit den Befehl, sich den Weg durch die Roboter freizuschießen, um die Kontrolle über den Landeplatz zurückzuerlangen. Haben Sie das verstanden?«

Justen vernahm ein nervöses Schlucken, doch dann erwiderte Delmok: »Ja, Sir.«

»Gut. Und passen Sie auf, daß Sie nicht diese Reinigungsflüssigkeit mit einem Blasterschuß erwischen, sonst bekommen wir gewaltigen Ärger. Devray, Ende.«

Der Commander warf Gervad einen kurzen Blick zu. »Wie lange noch?«

»Wir werden den Government Tower in etwa drei

Minuten erreichen. Allerdings verbietet mir das Erste Gesetz, den Gleiter in unmittelbarer Nähe einer unkontrollierbaren toxischen und leicht entzündlichen Substanz zu landen, solange sich ein Mensch an Bord befindet, Sir.«

»Ich weiß«, sagte Justen, während er erneut an den Kontrollen der Kommunikationsanlage herumhantierte. »Kreise über dem Dach, sobald wir da sind.« Endlich hatte er die erforderlichen Einstellungen vorgenommen. »Hier spricht Commander Devray auf Notfallfrequenz. Ich brauche sofortigen Sprechkontakt mit Gouverneur Kresh.«

Nach einer bemerkenswert kurzen Verzögerung meldete sich der Gouverneur. »Kresh hier.«

»Devray hier. Codeabfrage Emoch Huthwitz.«

»Lodernde Sterne!« stieß der Gouverneur mit unüberhörbarer Überraschung hervor, doch er hatte sich schnell wieder im Griff und gab die richtige Antwort. »Die Codebestätigung lautet geschmolzene Sapper.«

»Danke, Sir. Ich bin froh zu wissen, daß Sie es wirklich sind.« Kresh und Devray hatten sich nach Gouverneur Griegs Ermordung auf diese Abfrage und Bestätigung geeinigt. Damals hatte die Gegenseite eine Vorrichtung benutzt, die Griegs Stimme simuliert und den Anschein erweckt hatte, der Gouverneur würde noch leben. Der Kniff hätte beinahe funktioniert. Devray hatte keine Lust, sich mit dem gleichen Trick aufs Kreuz legen zu lassen.

»Ich ebenfalls, Commander. Irgend etwas passiert gerade.« Das war keine Frage.

»Ja, Sir, und ich weiß nicht, was. Auf dem Dach des Regierungssitzes hat sich ein inszenierter Unfall ereignet. Das Ziel der Aktion könnten Sie sein, aber ich vermute, daß es unser junger Freund ist. Bitte gehen Sie auf erhöhte Sicherheitsstufe.«

»Sofort«, erwiderte Kresh. »Ich kann Ihnen mitteilen,

daß unser Freund vor nicht ganz zehn Minuten gegangen ist. Halten Sie mich auf dem laufenden. Kresh, Ende.«

Justen gestattete sich eine halbe Minute, dem Schicksal erneut dafür zu danken, daß der Gouverneur selbst einmal Polizist gewesen war. Kresh war zu erfahren, um die Leitung mit einem Schwall dummer Fragen zu blockieren.

Die Chancen standen gut, daß sich Lentrall noch immer im Inneren des Gebäudes aufhielt. Justen dachte fieberhaft nach. Die Standardprozedur verlangte, alle Besucher des Gouverneurs auf ihrem Weg durch das Gebäude im Auge zu behalten. Wenn Lentrall bereits von seinem Sicherheitsteam begleitet wurde, würde vielleicht alles in Ordnung gehen. Justen wechselte erneut die Frequenz. »Commander Justen Devray. Dringlichkeitsruf an Central Control, Government Tower.«

»Hier Central Control.« Wieder eine ruhige, emotionslose Roboterstimme. Gut.

»Ich brauche unverzüglich den genauen Aufenthaltsort eines Besuchers des Gouverneurs namens Davlo Lentrall sowie des ihm zugeteilten Sicherheitskommandos.«

»Davlo Lentrall hat das Gebäude vor etwa dreißig Sekunden verlassen und den Hauptplatz betreten. Sein Sicherheitskommando befindet sich auf dem Dachlandeplatz und dem angrenzenden Kontrollzentrum Topside.«

»Hölle und Verdammnis!« Devray trennte die Verbindung. Jetzt hatte er verstanden. Der Zweck des inszenierten Unfalls bestand darin, Lentrall von seinem Sicherheitskommando abzuschneiden. Das bedeutete, daß die Unbekannten *in diesem Augenblick* versuchen würden, ihn zu töten, zu entführen oder was auch immer. Und es gab nichts, was er dagegen tun konnte …

Halt! Selbst wenn Lentrall ohne seine Wachmannschaft unterwegs war, hatte er doch etwas, das fast genauso gut war. Seinen Roboter. Wenn er den Roboter doch bloß via Hyperwelle erreichen könnte ... Es *mußte* ganz einfach eine Möglichkeit geben.

»Wir haben den Government Tower erreicht«, meldete Gervad. »Ich beginne über dem Dach zu kreisen.«

»Hervorragend«, sagte Justen, obwohl die Situation alles andere als hervorragend war. Er hob den Blick vom Funkgerät. Dort war das Flachdach des riesigen Gebäudes, rund dreißig Meter unter ihm. Wie es schien, hatten die Roboter eine Art Sicherheitskordon um den Lastgleiter gebildet und schirmten ihn erfolgreich von dem menschlichen Personal ab. Justen konnte mehrere Polizisten erkennen, die mit den Robotern stritten und wild gestikulierten. Hölle und Verdammnis! Sie sollten auf die Roboter schießen und nicht mit ihnen diskutieren! Einer der Männer winkte ihm zu. Aber die Situation auf dem Dach war lediglich ein Ablenkungsmanöver, davon war Justen überzeugt. Er würde nicht in diese Falle tappen. Sollten die Polizisten sich mit den Robotern herumärgern, wenn sie wollten.

Einen Moment lang überlegte er, ob er den Platz vor dem Gebäude ansteuern sollte, entschied sich dann aber dagegen. Wer auch immer für diese Aktion verantwortlich war, konnte ihn zweifellos in seinem Gleiter über dem Dach kreisen sehen. Sollten die Leute doch glauben, daß er sich immer noch Sorgen über den Unfall machte. Außerdem kannte er Lentrall überhaupt nicht. Er war ihm nie begegnet, hatte nicht einmal ein Foto von ihm gesehen. Was hätte er schon auf dem Platz ausrichten können? Aber er konnte zumindest Hilfe herbeirufen. »Fordere Unterstützung an«, befahl er seinem Roboter. »Ich möchte ein komplettes Notfallteam, so schnell wie möglich.«

»Es ist bereits ein Team angefordert worden, das sich

um die Gefahrensituation auf dem Dach des Government Towers kümmern wird.«

»Es gibt keine Gefahrensituation auf dem Government Tower«, erwiderte Justen. »Die ganze Geschichte ist nur vorgetäuscht.« Aber trotzdem … er dachte kurz nach. Selbst wenn der Chemieunfall ein Trick war, hieß das nicht, daß keine Gefahr bestand. Die Sache auf dem Dach mußte bereinigt werden, aber er würde auch auf dem Boden Menschen, Roboter und Polizeiausrüstung brauchen. »Leite die Hälfte des Notfallteams auf den Platz um. Wir benötigen eine Ordnungseinheit und ein oder zwei Eingreiftrupps.« Wenn er schon nichts anderes tun konnte, würde die Polizeipräsenz vielleicht die geplante Aktion der Unbekannten auf dem öffentlichen Platz unterbinden können.

Nachdem er alles getan hatte, was in seiner Macht stand, konzentrierte sich Justen wieder auf das vordringliche Problem. Er mußte Lentrall warnen. Aber wie, zum Teufel, sollte er den Roboter des Wissenschaftlers erreichen, wenn er nicht einmal seinen Namen kannte, geschweige denn seinen Hyperfunk-Kontaktcode?

Die Universität! Das war die Antwort! Dort mußte es eine Nachschlagliste für Leute geben, die den Professoren Nachrichten zukommen lassen wollten. Justen wandte sich der Kommunikationsanlage zu und machte sich an die Arbeit.

Roboter CFL-001, besser bekannt unter dem Namen Kaelor, hatte seine gewohnte Position eingenommen, drei Schritte hinter seinem Herrn, und er mußte ziemlich flott ausschreiten, obwohl Lentrall kein bestimmtes Ziel hatte. Alle anderen schienen damit zufrieden zu sein, langsam herumzuschlendern oder einfach nur untätig auf ihre Gleiter zu warten, aber Lentrall hatte das Bedürfnis, irgend etwas zu tun. Er lief unablässig auf dem Platz hin und her und versuchte, einen Punkt zu finden, von dem aus er sehen konnte, was auf dem Dach geschah.

Soweit Kaelor das beurteilen konnte, gab es keinen Punkt auf dem Boden, von dem aus man irgend etwas hätte sehen können, aber das hielt Lentrall nicht davon ab, sich weiter den Hals zu verrenken. Kaelor blieb nichts anderes übrig, als seinem Herrn auf Schritt und Tritt zu folgen und sich dabei nach Kräften zu bemühen, mit niemandem zusammenzustoßen. Er wich gerade einem beleibten Mann aus, als ihn der Anruf erreichte.

Einen Anruf zu erhalten, war alles andere als ungewöhnlich, und so nahm Kaelor ihn entgegen, ohne innezuhalten oder Lentrall darauf aufmerksam zu machen. Er antwortete unhörbar auf der Hyperwellenfrequenz. In neun von zehn Fällen verspürte Lentrall ohnehin keine Lust, sich zu unterhalten, und Kaelor nahm die Botschaften einfach für ihn entgegen.

»Roboter CFL-001 antwortet für Davlo Lentrall«, sagte er. Seine Hyperwellenstimme besaß nicht genügend Modulation, um unhöflich zu klingen. »Bitte sprechen Sie.«

»Hier ist Commander Justen Devray von der CIP«, erwiderte eine Stimme. »Ich habe Anlaß zu der Vermutung, daß sich dein Herr in unmittelbarer Gefahr befindet, ermordet oder entführt zu werden. Leite sofort Schutzmaßnahmen ein.«

»Nachricht erhalten. Ergreife Maßnahmen.« Kaelor war zwar mit einem eingeschränkten Ersten Gesetz ausgestattet, aber diese Einschränkungen waren nur dazu gedacht, ihn in die Lage zu versetzen, besser als die meisten auf Inferno gebauten Roboter mit hypothetischen langfristigen Gefahren umzugehen. Es gab nicht die geringste Beschränkung, die ihn daran hätte hindern können, im Fall einer tatsächlichen und akuten Gefahr für seinen Herrn zu handeln. Er reagierte schon, bevor Commander Devray seinen letzten Satz beendet hatte, sprang ohne ein Wort der Erklärung vor, schlang Lentrall von hinten die Arme um die Brust und riß ihn hoch.

»Kaelor! Was soll das? Hast du den Verstand verloren?«

Kaelor ignorierte den Protest seines Herrn. Er hatte bereits eine geeignete Stelle entdeckt, die möglichst viel Schutz bot, und rannte los.

Auf der Government Tower Plaza waren mehrere lang gestreckte niedrige Bänke aufgestellt, die aus massiven Steinblöcken herausgemeißelt waren. Die Rückseite der Rückenlehnen war ausgehöhlt, vermutlich um ihnen einen eleganten Schwung zu verleihen. Doch das bedeutete auch, daß der Hohlraum hinter und unter ihnen von einer dicken Steinschicht umgeben war.

Kealor eilte auf die nächste Bank zu, drehte Lentrall herum und schob ihn in den Hohlraum, so daß er auf dem Rücken lag. Lentrall, der wie jeder Spacer wußte, daß es sinnlos war, sich mit einem Roboter zu streiten, der wild entschlossen war, dem Ersten Gesetz zu gehorchen, gab seine Gegenwehr auf und ließ Kaelor gewähren. Der Roboter legte sich mit dem Rücken vor seinen Herrn, so daß er die ungeschützte Seite im Auge behalten konnte. Seit Devrays Anruf waren nicht mehr als fünf Sekunden vergangen.

»Sie werden bedroht, Sir«, erklärte er, bevor Lentrall die naheliegende Frage stellen konnte. »Die Polizei hat mir vor ein paar Sekunden über Hyperfunk eine Warnung geschickt. Sie befürchtet, daß man Sie ermorden oder entführen will.«

»Das ist absurd!« keuchte Lentrall. »Wer, zum Teufel, sollte mir etwas antun wollen?«

»Ich weiß es nicht, Sir. Vielleicht jemand, dem Ihre Idee nicht gefällt, einen Kometen auf ihn herabfallen zu lassen.«

Ausnahmsweise einmal fiel Lentrall keine Antwort ein. Alles, was er tun konnte, war abzuwarten, was als nächstes geschehen würde.

Kaelor war sich ziemlich sicher, daß er nicht lange würde warten müssen.

7. Kapitel

Der Bus rollt«, meldete die Stimme in Cintas Ohr überflüssigerweise. Sie konnte selbst sehen, wie der Bus ausscherte und allmählich an Geschwindigkeit gewann.

Die meisten Passagiere waren Attrappen, äußerst realistisch aussehende Puppen. Einige waren sogar darauf programmiert, zu stöhnen, zu schreien, sich ein bißchen zu winden und zu bluten. Die vier oder fünf echten Menschen im Bus saßen in den am besten gepolsterten Sitzen, ausgerüstet mit künstlichen Blutblasen, die auf Kommando aufplatzen und gräßliche Wunden verursachen würden, die Zeugnis von der Meisterschaft der Makeup-Spezialisten ablegten. Noch waren die angeblichen Verletzungen unter Perücken und Kleidung verborgen, doch sobald der Bus verunglückte, würden sie sichtbar werden.

Es war eine rundum gelungene Arbeit, um so mehr, wenn man den Zeitdruck berücksichtigte, unter der sie geleistet worden war.

Sie war nur möglich gewesen, weil die Abteilung für verdeckte Ermittlungen des SSD die erforderlichen Leute und die Ausrüstung jederzeit auf Abruf bereithielt. Ihr Vorratslager war ohne Frage mit einigen äußerst interessanten Dingen bestückt.

Cinta ließ das Fernglas herumwandern und versuchte, Lentrall zu entdecken. Noch immer kein Glück. Alles, was sie sah, war eine Traube von Menschen, die zum Dach hinaufschauten und darauf warteten, daß man ihnen ihre Gleiter brachte.

Zumindest wußte sie, daß ihre im Foyer und auf dem Platz stationierten Leute Lentrall folgten, sonst wäre … halt. Irgend etwas stimmte da nicht. Sie entdeckte eine abrupte Bewegung in der Menge. Cinta richtete das Fernglas darauf und stieß einen derben Fluch aus. Im selben Moment klang die Stimme in ihrem Ohrlautsprecher auf und teilte ihr wieder etwas mit, das sie bereits wußte.

»Der Roboter hat Lentrall gepackt und ihn in Deckung gebracht!«

Cinta sah, wie der Roboter Lentrall unter eine Bank schob und ihn mit seinem Körper abschirmte. Er war gewarnt worden. Irgend jemand bei der CIP war ziemlich klug und hatte verdammt schnell reagiert. Und wenn die Polizei Lentrall hatte warnen können, hieß das mit an Sicherheit grenzender Wahrscheinlichkeit, daß bereits Hilfe unterwegs war. Es wäre schon schwer genug gewesen, Lentrall auch ohne überall herumwimmelnde Polizisten verschwinden zu lassen. Cinta warf einen kurzen Blick auf den einzelnen um das Dach kreisenden CIP-Gleiter. Sie hatte gehofft, daß die Situation dort oben genug Ablenkung verursachen würde, aber anscheinend hatte man ihr nur vorgegaukelt, auf den Trick hereingefallen zu sein.

»Aktion abbrechen!« rief sie. »Haltet den Bus an und verschwindet alle. *Sofort!*«

»Dazu ist es leider zu spät, Ma'am«, erwiderte der Beobachtungsposten. »Alle Teams haben sich bereits in Bewegung gesetzt. Das Entführungsfahrzeug ist unterwegs.«

Cinta spähte zum Himmel, konnte den Gleiter aber nicht entdecken. Ihr Blick zuckte zurück, und sie erkannte, daß der Bus zu schnell war, um jetzt noch anhalten zu können. In ein bis zwei Sekunden würde der Aufprall erfolgen.

Und dann würde die Hölle losbrechen, auch wenn dazu nicht mehr der geringste Anlaß bestand.

»Was ist da eigentlich los?« wollte Davlo Lentrall wissen. »Ich kann von hier aus nicht das geringste sehen.«

»Gut«, erwiderte Kaelor. »Dann können auch Sie nicht gesehen werden. Im Moment geschieht nichts Ungewöhnliches …«

Plötzlich vernahm er das Plärren einer Hupe und das Quietschen von Bremsen eines großen Bodenfahrzeugs. Er blickte in die Richtung, aus der der Lärm kam, dort, wo der Aurora Boulevard an der Government Tower Plaza vorbeiführte, und entdeckte einen großen Bus, der viel zu schnell fuhr. Das Fahrzeug würde die Kurve nicht schaffen. Alle Menschen in ihm und eine große Anzahl auf dem Platz befanden sich in Gefahr. Kaelor spürte den vom Ersten Gesetz ausgehenden Druck, der ihm befahl, in Richtung des Busses zu eilen, um sofort Hilfe leisten zu können, aber die Forderung des Ersten Gesetzes, seinen Herrn vor Gefahr zu schützen, war stärker, wenn auch nur um eine Nuance.

Kein anderer Roboter auf dem Platz hatte mit einem solchen Konflikt zu kämpfen. Alle bewegten sich mit atemberaubender Geschwindigkeit. Einige sprangen vor, um Menschen zur Seite zu reißen, andere rannten auf die Stelle zu, wo der Bus vermutlich zum Stillstand kommen würde, um die Unfallopfer so schnell wie möglich bergen zu können. Drei Roboter hasteten auf die Straße und stellten sich dem Bus in den Weg, zweifellos in der Hoffnung, daß ihre Körper ihn stark genug abbremsen und so schneller zu einem Halt bringen würden. Der Bus fegte sie nacheinander beiseite und kam unerbittlich näher. Er prallte mit einem lauten Krach gegen den Bordstein, schwankte und schaukelte, bevor er mit einem grauenhaften Dröhnen und dem ohrenbetäubenden Kreischen zerreißenden Metalls auf die Seite kippte und noch gut zwanzig Meter weiterrutschte.

Der erste Roboter war schon auf dem Fahrzeug, noch ehe es vollständig zum Stillstand gekommen war. Innerhalb weniger Sekunden war es von einem Schwarm weiterer Roboter bedeckt, die sofort damit begannen, die Verletzten zu bergen. Zwei rissen die Reste der zersplitterten Windschutzscheibe aus dem Rahmen, um sich Zugang zu verschaffen, fünf andere rissen die Seitenfenster heraus und zwängten sich hindurch.

In kürzester Zeit hatte sich das Chaos in eine gut organisierte Rettungsoperation verwandelt.

»Kaelor! Was, zum Teufel, hat dieser Lärm zu bedeuten? Was geschieht da?«

Einen Moment lang konnte Kaelor, der speziell dafür gebaut und ausgebildet worden war, bei der Analyse hypothetischer Katastrophen zu assistieren, nicht antworten, durch die widersprüchlichen Forderungen des Ersten und Zweiten Gesetzes in einem komplizierten Konflikt gefangen und zur Bewegungslosigkeit erstarrt. Natürlich mußte er seinen Herrn vor Gefahren schützen, aber die waren nicht zu erkennen und vielleicht nur hypothetisch, während die Gefahr für die Menschen, die er vor sich sah, akut und konkrekt war. Allerdings war das Potential des Zweiten Gesetzes durch die Autorität und die Dringlichkeit von Commander Devrays Befehl gewaltig gesteigert worden. Die Anwesenheit so vieler Roboter, die den Unfallopfern zu Hilfe eilten, verminderte den durch das Erste Gesetz ausgelösten Drang, sich ihnen anzuschließen, löschte ihn aber nicht vollständig aus. Das Bedürfnis war immer noch stark.

»Kaelor, was, zum Teufel, ist da los?« fragte Lentrall erneut.

»Ich bin mir nicht sicher, Sir«, erwiderte Kaelor. »Es

scheint sich ein schwerer Verkehrsunfall mit einem Bus ereignet zu haben.«

»Was meinst du mit ›es scheint‹?« wollte Lentrall wissen.

»Etwas an der Situation ergibt keinen Sinn«, sagte Kaelor. Er überlegte. Das nicht näher erläuterte Sicherheitsrisiko auf dem Dach, die Warnung, daß seinem Herrn Gefahr drohte, und der Busunfall waren alle schon für sich allein genommen unwahrscheinliche Vorfälle, und sie hatten sich nicht nur innerhalb weniger Minuten, sondern auch in unmittelbarer Nähe zueinander ereignet. Es hatte seit Jahren in der Stadt keine Sicherheitsevakuierung und kein außer Kontrolle geratenes Bodenfahrzeug mehr gegeben. Zwar war die Anzahl der Gewaltverbrechen in letzter Zeit gestiegen, aber solche Delikte waren immer noch selten und in der Regel auf die Aktivitäten irgendwelcher Banden zurückzuführen, oder es handelte sich um Verbrechen aus Leidenschaft. Diese Vorfälle erfüllten eindeutig keines dieser Kriterien. Die Wahrscheinlichkeit, daß gleich drei derartige Ereignisse auf so engem Raum stattfinden könnten, war vernachlässigbar gering.

Was, wenn sich einer dieser Vorfälle nicht ereignet hätte? Was, wenn er nicht von Commander Devray gewarnt worden wäre? In diesem Fall wäre er zweifellos dort drüben bei den anderen Robotern gewesen, um an der Rettungsaktion teilzunehmen, und sein Herr hätte sich ohne seinen Gleiter und sein Sicherheitsteam auf einem öffentlichen Platz befunden, der von Robotern geräumt worden war. Genau die richtige Situation für einen Mord- oder Entführungsversuch.

Die Roboter wimmelten auf und um den verunglückten Bus herum, bewegten sich mit der Geschwindigkeit und Zielstrebigkeit, wie sie durch einen starken Zwang des Ersten Gesetzes hervorgerufen wurde. In diesem Zustand stellten sie nichts in Frage, konzentrierten sich ausschließlich auf ihre Rettungstätigkeit. Widersprüche und Merkwürdigkeiten waren etwas, das sie bei ihrer Arbeit nur behindern würde und folglich ignoriert werden mußte, damit sie sich darum kümmern konnten, Menschen vor Schaden zu bewahren. Alles andere mußte zurücktreten, solange die Rettungsaktion andauerte.

Deshalb hielten sich die Roboter auf und in dem Bus nicht damit auf, darüber nachzudenken, warum die meisten Opfer, die sie aus dem Wrack bargen, lebensechte Puppen waren, oder warum die wenigen echten Menschen alle überlebt hatten, bei Bewußtsein waren und trotz ihrer Verletzungen, die eigentlich tödlich hätten sein müssen, sogar herumlaufen und sprechen konnten. Kaelor war nicht so überrascht, wie er es hätte sein müssen, als er sah, wie sich die ernsthafte Kopfverletzung eines Opfers löste und darunter ein unversehrter Schädel zum Vorschein kam.

Ein Trick. Alles war nur ein Trick. Und diejenigen, die dafür verantwortlich waren, hatten es auf seinen Herrn abgesehen.

In diesem Moment hörte er das Geräusch, das Dröhnen eines Gleiters, der aus großer Höhe mit rasender Geschwindigkeit herabstieß und auf ihn zuhielt. Er hob den Kopf, entdeckte das Fahrzeug und wußte, daß die Gefahr noch nicht vorüber war.

Kaelor bereitete sich darauf vor, seinen Herrn zu verteidigen.

Justen Devray riß sich vom Anblick des Chaos' los, das um den verunglückten Bus herum herrschte, und entdeckte den schnell herabstürzenden Entführungsgleiter. Er sah ihn im selben Augenblick wie Kaelor, aber es gab nichts, was er hätte tun können, um ihn aufzuhalten. Sein Roboter würde ihn daran hindern, auf den Gleiter zu schießen, und Justen hätte es sowieso nicht versucht, nicht über einem Platz voller unschuldiger Menschen und so dicht am Regierungssitz.

Aber er konnte die anderen zumindest verfolgen. »Schließ zu dem Gleiter auf und bleib dicht bei ihm«, befahl er.

Gervard gehorchte auf der Stelle, riß den Polizeigleiter aus der langsamen Kreisbahn und ging in einen steilen Sturzflug über. Urplötzlich fielen sie wie ein Stein. Justen hatte das Gefühl, als stülpte sich ihm der Magen um, und kämpfte gegen die aufsteigende Übelkeit an.

Dieser Gleiter mußte es sein, mit dem die Verschwörer Davlo Lentrall und ihre eigenen Leute fortschaffen wollten. Wenn es Justen gelang, ihn an der Landung zu hindern oder daran, wieder zu starten, nachdem er gelandet war, hätte er schon halb gewonnen. Aber wo, zum Teufel, blieb der Eingreiftrupp?

Er hieb auf ein paar Tasten, ließ sich einen Statusbericht anzeigen und erhielt die Antwort. Seine Leute würden in neunzig Sekunden vor Ort sein, doch dann war es vermutlich längst zu spät.

Justens Gedanken rasten. Eines war klar: Dies war kein versuchter Mordanschlag, dazu war die Aktion viel zu komplex. Wäre das das Ziel gewesen, hätte man Lentrall spätestens jetzt mit Leichtigkeit töten können. Wenn ihre Gegner – wer auch immer sie waren – das Auslaufen von Chemikalien auf dem Dach des Regierungssitzes und einen Busunfall arrangieren konnten, nur um für Ablenkung zu sorgen, hätten sie mit Sicherheit auch einen Langreichweiten-Präzisionsblaster oder eine Waffe, die feste Projektile verschoß, in Stellung bringen können. Selbst jetzt, da Lentrall von seinem Roboter abgeschirmt unter der Steinbank lag, hätte man ihn mit einem gut gezielten Schuß aus einem Granatwerfer erledigen können. Ein Treffer in Kaelors Brust, und die Explosionswucht hätte ausgereicht, um den Körper des Roboters zurückzuschleudern und Lentrall zu Brei zu zerquetschen.

Also handelte es sich um einen Entführungsversuch, aber die Unbekannten konnten durchaus den Befehl haben, Lentrall zu töten, falls die Entführung fehlschlug.

Justen Devray hatte immer noch nicht die leiseste Ahnung, was Lentrall vorhatte oder wieso er so wichtig war. Im Moment aber spielte das keine Rolle. Lentrall *war* wichtig. So wichtig, daß der Gouverneur ihn empfing, die Siedler und Eisenschädel ihn ausspionierten und Kresh ihm ein komplettes Sicherheitsteam zuteilen ließ. Wichtig genug, um dieses ganze Chaos nur für ihn zu veranstalten. Das zu wissen, reichte Justen aus. Er mußte Lentrall beschützen.

»Notfallandung!« befahl er Gervad. »Bring uns so dicht wie möglich hinter der Bank runter, unter der Lentrall liegt.«

Wieder wechselte der Gleiter abrupt die Richtung, doch diesmal war das Manöver nicht ganz so heftig, da der neue Kurs nur minimal vom bisherigen abwich. Sie schlossen so dicht zu ihren Gegenspielern auf, daß Justen direkt in den Gleiter der anderen hineinsehen konnte – und erkannte, daß sie ihm gegenüber einen deutlichen Vorteil hatten.

Einen menschlichen Piloten. Ein Mensch konnte und würde Risiken eingehen, was einem Roboter unmöglich war.

Und genau das tat der Pilot auch. Er beschleunigte noch stärker und tauchte *unter* ihnen hinweg. Offensichtlich wußte er, daß das Erste Gesetz einen Roboter daran hindern würde, das Manöver nachzuahmen – und es würde ihn auch dazu zwingen, sich aus Furcht vor einer Kollision mitten in der Luft zurückfallen zu lassen.

Was natürlich auch prompt geschah. Gervad ging sofort auf Gegenschub. Das andere Fahrzeug verschwand außer Sicht unter ihrem Gleiter. Es würde Lentrall vor ihnen erreichen.

In diesem Moment hatte Justen endgültig genug. »Ich übernehme die Steuerung!« rief er, öffnete gleichzeitig den Sicherheitsgurt und glitt auf den Sitz des Co-Piloten.

»Sir, die Gefahr ist …«

»… minimal, verglichen mit der Gefahr, die Menschen durch diesen Gleiter droht«, fiel ihm Justen ins Wort, während er sich wieder anschnallte. »Die Verzögerung zwischen meinen Befehlen an dich und ihrer Ausführung ist zu groß. Ich befehle dir hiermit, mir die Steuerung zu überlassen!« Er konnte nur hoffen, daß der Befehl ausreichte, Gervads Widerstand zu brechen. Justen drehte den Schalter, durch den die Steuerungskontrolle auf seine Instrumentenkonsole umgeschaltet wurde, und deaktivierte den Gegenschub. Gervad machte keine Anstalten, ihn daran zu hindern. Gut, das war zumindest ein kleiner Sieg. Der Gleiter fiel wieder schneller.

Justen starrte angestrengt durch die Windschutzscheibe und wartete darauf, daß der andere Gleiter wieder in seinem Blickfeld auftauchte. Er entdeckte ihn, kurz bevor er aufsetzen konnte. Der Gleiter war so schnell, daß die Landung kaum mehr als ein kontrollierter Aufprall sein würde.

Das war der Augenblick, in dem Justen eine anschauliche Lektion über die Nachteile von menschlichen Piloten lernte. Menschen konnten im Gegensatz zu Robotern zwar Risiken eingehen, aber manchmal trafen sie dabei die falsche Entscheidung. Es war unverkennbar, daß der Kidnapper eine Vollbremsung machte, aber genauso unverkennbar hatte er zu lange damit gezögert. Er näherte sich dem Boden viel zu schnell.

Der Gleiter setzte rund zehn Meter von Lentralls Bank entfernt so heftig auf, daß die Stoßfänger der Landekufen bis zum Anschlag durchschlugen und ihn gut fünfzehn

Meter hoch in die Luft zurückschleuderten. Justen konnte den Lärm sogar durch die schallisolierte Karosserie hören. Der Gleiter legte sich auf die Steuerbordseite, bis es schien, daß er völlig umschlagen und seitlich auf den Boden zurückstürzen würde, doch irgendwie gelang es dem Piloten, sein Fahrzeug unter Kontrolle zu bekommen und wieder aufzurichten. Er hielt es einen kurzen Moment lang in der Schwebe, so daß Justen ihm ausweichen und selbst eine riskante Landung hinlegen konnte. Der Polizeicommander setzte so dicht neben der Bank auf, daß er sie beinahe mit den Hecklandekufen berührte.

Justen ließ die Abdeckung eines kaum benutzten Teils der Instrumentenkonsole aufspringen und legte einen roten Kippschalter um, der die Arretierung des schwenkbaren Dachblasters löste. Er aktivierte das Zielerfassungssystem und richtete den Lauf im gleichen Moment auf den anderen Gleiter, als der Pilot sein Gefährt endlich sicher – wenn auch auch ziemlich unsanft – auf den Boden brachte. Die hintere Backbordlandekufe schien etwas eingedrückt worden zu sein.

»Sir! Ich kann nicht zulassen, daß Sie auf ein Fahrzeug mit Menschen an Bord schießen!« rief Gervad

»Ich werde nicht schießen!« rief Justen zurück. *Es sei denn, mir bleibt keine andere Wahl,* fügte er in Gedanken hinzu. »Und beachte bitte, daß ich auf den Antrieb und nicht auf die Kabine ziele. Ich möchte sie nur einschüchtern und ihnen demonstrieren, daß wir es ernst meinen. Ich verspreche dir, nicht zu schießen.« Einem Roboter gegenüber ein Versprechen zu brechen, war nicht allzu schlimm, sollte es doch dazu kommen.

»Aber, Sir …«

»Ruhe!« Es gab Situationen, in denen der Aufwand, den es erforderte, einen Roboter zur Zusammenarbeit zu überreden, in keinem Verhältnis zum Nutzen dieser Zusammenarbeit stand.

Nicht daß dies der passende Zeitpunkt gewesen wäre, sich ausgerechnet jetzt darüber Gedanken zu machen. Die anderen hatten ihr Vorhaben anscheinend immer noch nicht aufgegeben. Justen konnte den Piloten jetzt deutlich erkennen, eine Frau mit harten Zügen, und er sah die Überraschung in ihrem Gesicht, als sie den auf ihren Gleiter zielenden Blaster entdeckte. Doch die Überraschung hielt sie nicht davon ab, schnell zu reagieren. Sie ließ ihre eigene Bordwaffe aus dem Dach hervorschnellen und richtete sie auf die Frontscheibe von Justens Gleiter, genau auf sein Gesicht, so daß er direkt in die Mündung eines großkalibrigen Blasters starrte.

Nach der hektischen Landung herrschte auf einmal völlige Stille, und Justen wagte nicht, auch nur mit einem Muskel zu zucken. Er hatte das Gefühl, noch nie in seinem Leben einen größeren Blaster gesehen und ein lauteres Geräusch als das Hämmern seines eigenen Herzens gehört zu haben. Aber die Furcht konnte ihn töten. Er mußte ruhig, beherrscht und konzentriert bleiben. Sein Blick wanderte vom Lauf der Waffe zurück zum Gesicht der Pilotin. Es war nicht schwer, aus diesem Gesichtsausdruck die Bereitschaft herauszulesen, ihn zu erschießen.

Er hörte ein Geräusch zu seiner Linken. »Beweg dich nicht!« rief er Gervad zu, ohne den Kopf zu drehen und den Blick von der Blasterkanone abzuwenden. Ihm war klar, daß der Roboter gerade seinen Körper zwischen die auf Justen gerichtete Waffe und ihn schieben wollte. »Das Ding würde in einer halben Millisekunde ein Loch durch dich hindurchbrennen, und wenn du mir die Sicht versperrst, könnte die Pilotin auf die Idee kommen, auf mich zu feuern, solange ich nicht in der Lage bin, sie zu sehen und zurückzuschießen.«

»Aber ... Sir!«

Justen biß die Zähne zusammen. »Ruhe!« preßte er hervor. »Alles, was du tun könntest, würde die Gefahr für mich nur noch vergrößern.« Das war genau die Art von Aussage gegenüber einem Roboter, vor der man nachdrücklich gewarnt wurde, da sie einen Konflikt zwischen dem Ersten und Zweiten Gesetz erzeugen und dadurch zu schweren Beschädigungen führen konnte. Aber im Moment machte sich Justen mehr Sorgen um sein Leben und Wohlbefinden als um das seines Roboters.

»Aber … wenn … ich … muß …«

»Sei still!« befahl er, ohne den Blickkontakt mit der Pilotin zu unterbrechen. Jetzt war sie am Zug, daran bestand nicht der geringste Zweifel. Sie konnte Justen mit der Bordkanone erschießen oder jemanden mit einem Handblaster zu ihm schicken, um ihn zu erledigen. Vielleicht würden ihre Leute sogar an ihrem Entführungsplan festhalten und versuchen, Lentralls Roboter auszuschalten, aus dem Weg zu schleifen und sich den Wissenschaftler zu schnappen. Sie konnten alles mögliche tun, solange das Geschütz auf ihn gerichtet war. Und alles, was ihm übrigblieb, war Blickkontakt mit der Pilotin zu halten und auf ihren nächsten Zug zu warten.

Doch dann war *sie* es, die den Kopf senkte und einen Blick auf ihre Instrumentenkonsole warf. Justen konnte sehen, wie sich ihre Lippen bewegten, und die Worte *nähern sich* entziffern. Gut, sehr gut! Es mußte das Notfallteam der CIP sein, das endlich eintraf.

Er sah, wie die Frau kurz zu dem umgestürzten Bus hinüberblickte, und riskierte selbst einen Blick in diese Richtung. Obwohl er ohnehin davon ausging, daß der Unfall inszeniert war, war es merkwürdig zu sehen, daß es sich bei den angeblichen Opfern tatsächlich um Puppen handelte und sich die wenigen echten Menschen die aufgeschminkten Verletzungen von der Haut rissen und zu dem Entführungsfahrzeug hinüberhasteten. Kein Wunder. Die Attentäter mußten ihre Leute in Sicherheit bringen, nicht nur aus Loyalität, sondern um zu verhindern, daß sie der Polizei in die Hände fielen und verhört werden konnten.

Doch noch überraschter als Justen waren die Roboter, die sich um die Unfallopfer gekümmert hatten. Ihnen allen schien im selben Moment die Erkenntnis zu dämmern, daß es gar keine Verletzten gab. Es war offensichtlich, daß keiner wußte, was er als nächstes tun sollte.

Die Menschen waren kaum weniger verwirrt, aber als die Roboter, die sie von dem angeblichen Gefahrenherd ferngehalten hatten, sie freiließen, rannten zumindest ein paar von ihnen den fliehenden ›Unfallopfern‹ hinterher und riefen den Robotern zu, ihrem Beispiel zu folgen.

Justen Devray konnte nichts tun, um ihnen zu helfen, nicht solange die Blasterkanone direkt auf seinen Kopf zielte. Aber vielleicht würden sie zumindest einen von ihnen erwischen.

Cinta Melloy mußte hilflos mitansehen, wie ihre Operation im Chaos versank. Mittlerweile bestanden keinerlei Erfolgsaussichten mehr. Durch Lentralls Roboter und diesen CIP-Patrouillengleiter war ihr Plan gründlich fehlgeschlagen. Es hatte keinen Sinn mehr, jetzt noch damit fortzufahren. Die CIP würde jeden Augenblick mit Verstärkung vor Ort erscheinen. Jetzt konnte Cinta nur noch dafür sorgen, daß ihre Leute davonkamen, bevor die Infernals einen von ihnen erwischten und ihn einer Psychosonde aussetzten. Das durfte sie auf keinen Fall zulassen.

Ihr blieb nur noch eine Karte, die sie ausspielen konnte, eine, die sie gehofft hatte, nie ausspielen zu müssen. Die Pyrotechniker konnten ihr noch so nachdrücklich versichern, daß nichts schiefgehen würde. Nach allem, was heute schief gelaufen war, war Cinta nicht mehr bereit, irgend jemandem zu glauben.

Aber sie hatte kaum noch eine andere Wahl. Jetzt kam es nur noch auf das richtige Timing an. Wann würde ihr letztes Ablenkungsmanöver ihre Gegner am stärksten behindern?

Cinta beobachtete das Chaos auf dem Platz, sah, wie sich die Roboter und Menschen von ihrem Schreck zu erholen begannen und traf ihre Entscheidung.

Dies war der richtige Zeitpunkt.

Sie drückte auf den Knopf.

Der Himmel erhellte sich wie durch einen Blitzschlag, als das Faß mit der Reinigungsflüssigkeit explodierte und ein Feuerball über dem Dach des Government Towers aufstieg, der die Roboter erfaßte, die immer noch einen Ring um den Lieferlastgleiter bildeten, um die Menschen fernzuhalten. Ein Hagel von scharfkantigen Metallstückchen schoß in alle Richtungen davon, prallte vom Dach und der Brüstung ab und jaulte als Querschläger durch die Luft.

Die sich ausbreitende Schockwelle erfaßte die Gleiter des CIP-Notfallteams wie eine unsichtbare gigantische Hand und wirbelte sie wie welke Blätter durcheinander. Die Piloten hatten alle Hände voll damit zu tun, ihre schlingernden Gleiter wieder unter Kontrolle zu bekommen.

Unten auf der Government Tower Plaza stellten die Roboter augenblicklich die Jagd auf die Flüchtenden ein. Menschen waren in Gefahr, von herumfliegenden Trümmerstücken getroffen zu werden. Jeder Roboter hechtete auf die ihm nächste Person zu, schlang die Arme um sie und schirmte sie mit seinem Körper ab, ob sie wollte oder nicht, so daß kein Mensch oder Roboter übrigblieb, um die Verfolgung auf die fliehenden Mitglieder der Entführungstruppe aufzunehmen. Die Gleitertür öffnete sich, und die Leute aus dem umgestürzten Bus drängten sich an Bord.

Die Pilotin überprüfte die Einsatzliste und richtete den Blick dann wieder auf Justen. Dies war der kritische Moment. Wenn sie ihn töten wollte, um ihre Flucht zu decken und ihn an einer Verfolgung zu hindern, war jetzt der Zeitpunkt gekommen.

Justens Augen weiteten sich. Er schluckte krampfhaft und fragte sich verzweifelt, warum Lentrall so wichtig war. Es wäre nur fair gewesen, wenigstens zu wissen, wofür er sterben mußte.

Er sah deutlich, daß die Pilotin ihm seine Gedanken vom Gesicht ablesen konnte. Justen bereitete sich auf das Ende vor – doch es trat nicht ein. Die Frau schüttelte den Kopf, nur einmal, knapp und bestimmt. *Ich werde dich nicht töten*, sagte diese stumme Geste genauso deutlich, als hätte sie laut gesprochen.

Ihr Blastergeschütz schwenkte herum und richtete sich auf den unteren Teil von Justens Gleiter. Es feuerte zweimal, zerstörte eine Landekufe und die zentrale Energieleitung. Justens Fahrzeug kippte auf die Seite, während der andere Gleiter abhob und mit hoher Geschwindigkeit davonschoß. Kein Polizeigleiter war in der Lage, ihm zu folgen.

Gervad zerrte Justen bereits aus dem beschädigten Fahrzeug, bevor es völlig zur Ruhe gekommen war. Die Gewalt, die er mitzuerleben gezwungen gewesen war, hatte das Potential seines Ersten Gesetzes auf Rekordhöhe getrieben. Justen wehrte sich nicht. Er verspürte nicht das geringste Bedürfnis, länger als unbedingt nötig in einem Fahrzeug mit defektem Energiesystem sitzen zu bleiben.

Der Commander der CIP stolperte ins Freie. Hinter seinem Gleiter entdeckte er einen jungen Mann in einem für die Situation völlig unangemessen wirkenden modischen Geschäftsanzug, der unter der Steinbank hervorkroch und sich von seinem Roboter auf die Beine helfen ließ.

Lentrall. Davlo Lentrall, der Mann im Zentrum dieses Durcheinanders. Der Mann, auf den sie es abgesehen hatten. Wer auch immer *sie* sein mochten. Das einzige, was Justen mit Sicherheit über sie wußte, war, daß sie ein höllisches Chaos zurückgelassen hatten.

Er drehte sich um, hob den Kopf und entdeckte das Fluchtfahrzeug. Es flog auf den Stadtrand zu, darüber hinaus und verschwand aus seinem Blickfeld. Sie waren entkommen. Aber sie hatten ihr Ziel nicht erreicht.

Das war zumindest ein gewisser Trost.

Wenn auch kein großer.

8. Kapitel

Tonya Welton widerstand nur mühsam der Versuchung, den nächst besten Gegenstand zu ergreifen und gegen die Wand zu schleudern. Sie stampfte im Wohnzimmer ihres Hauses auf und ab, während sie die Nachrichten über das Chaos am Regierungssitz verfolgte und von Minute zu Minute wütender wurde. Zum Glück war Gubber nicht da und erlebte sie nicht in diesem Zustand. Der arme Mann wäre wahrscheinlich vor Todesangst geflohen, und Tonya hätte es ihm nicht einmal verübeln können. Einer Frau, die ein solches Debakel anzetteln konnte, wie es sich bei dem Anschlag auf Gouvernment Tower ereignet hatte, war alles zuzutrauen.

Aus den Nachrichtensendungen ging eindeutig hervor, daß es ihren Leuten trotz allem angerichteten Schaden nicht gelungen war, Lentrall zu erwischen. Sie hatten einen hohen Preis gezahlt und nichts gewonnen.

Der Preis. Das war es, worüber sich Tonya Sorgen machte. Wie hoch würde er sein? Wenn – nicht falls – die CIP die Spuren des Anschlags bis zu den Siedlern zurückverfolgte, würden sie eine höllische Rechnung präsentiert bekommen. Es könnte ausreichen, sie alle von dem Planeten zu werfen, was mehr als nur eine Ironie wäre, wenn man die Gesamtsituation bedachte. Tonya bezweifelte, daß Inferno überleben würde, wenn man Leute wie Lentrall gewähren ließ. Sie war eine Expertin in Sachen Terraforming. Zu ihrer Ausbildung hatten Feldstudien auf Planeten gehört, auf denen die Terraforming-Versuche fehlgeschlagen waren – und zwar auf eine entsetzliche Weise. Sie war sogar über den toten Boden einer Welt gewandert, auf der ebenfalls jemand geglaubt hatte, Zeit und Mühe sparen zu können, indem er einen Kometen auf sie herabstürzen ließ, jemand, der genauso überzeugt davon gewesen war, zu wissen, was er tat, wie es Davlo Lentrall zu sein schien. Tonya verspürte kein Verlangen danach, noch einmal eine eisbedeckte Landschaft zu durchstreifen, die mit gefriergetrockneten Leichen übersät war.

Aber trotz des Scheiterns der Aktion am Government Tower war noch nicht alles verloren. Andere Operationen waren sehr viel reibungsloser abgelaufen. Sie konzentrierte sich auf diese Unternehmungen und zwang sich zur Ruhe. Der Aufruhr am Regierungssitz hatte zumindest ein Gutes: er hatte Lentrall lange genug von seinem Haus und seinem Büro – und damit von seinen Computerdateien – ferngehalten, daß sich andere Teams der Siedler an die Arbeit machen konnten. Tonya warf einen Blick auf die Uhr. Mittlerweile müßten sie ihre Aufgabe fast erledigt haben. Die Planungsgruppe rechnete damit, daß das Eindringen in Lentralls Büro keine größeren Probleme aufwerfen würde. Alles, was die Einsatzteams tun mußten, war, jedes Blatt Papier, jedes Notebook und jeden Datenwürfel zu stehlen oder zu zerstören, der etwas mit dem Kometen zu tun hatte. Die Planer waren davon ausgegangen, daß sich das Computersystem als kniffliger erweisen würde. Trotzdem würde auch diese Aufgabe zu lösen sein. Für andere wäre es vielleicht unmöglich gewesen, das Computersystem der Universität zu manipulieren, aber schließlich waren es die Siedler selbst gewesen, die es installiert hatten.

Deshalb waren sie es auch, die Davlo Lentralls Dateien unwiderruflich löschen konnten, wenn sie es wollten. Und waren die Dateien einmal gelöscht, würden damit auch Koordinaten des Kometen verschwunden sein. Die Infernals würden ihn nicht mehr rechtzeitig wiederfinden können.

Zumindest hoffte Tonya das.

»Ich muß gestehen, daß ich mir allmählich Sorgen mache«, sagte Prospero mit einem Anflug von Schärfe in der Stimme. »Dieser terroristische Angriff auf den Government Tower könnte durchaus eine indirekte Verbindung zu uns haben, Caliban.« Die beiden Roboter standen sich in einem unterirdischen Büroraum eines Tunnels unter den Außenbezirken von Hades gegenüber. »Ich fürchte, daß es zu Konsequenzen kommen könnte.«

In den letzten Tagen hatten sie die fast verwaisten Tunnels als Versteck benutzt, in das sie sich zurückziehen konnten, wenn sie um ihr Leben fürchteten. Zur Zeit wurden sie allerdings nicht gejagt. Sie hielten sich mit offizieller Genehmigung und von den zuständigen Behörden ausgestellten und abgestempelten Pässen in Hades auf. Zumindest theoretisch konnten sie sich überall in der Stadt frei bewegen. In der Praxis jedoch gab es Gegenden, in denen sich die Anwohner nicht sonderlich um solche juristischen Nebensächlichkeiten scherten. Es gab immer noch Banden von Roboterdemolierern, die nichts für Roboter der Neuen Gesetze übrig hatten.

Größtenteils aber waren Caliban und Prospero in Hades sicher. So hatten sie zum Beispiel diesen Morgen damit verbracht, mehrere Geschäfte zu erledigen und Firmen in der Stadt aufzusuchen, um Ausrüstungsgegenstände zu bestellen und Rechnungen zu bezahlen. Caliban war überrascht gewesen, um wie viele unbedeutende Dinge sich Prospero persönlich hatte kümmern müssen und wieviel Zeit es ihn gekostet hatte.

Aber jetzt waren sie endlich allein in diesem unterirdischen Büro und konnten etwas in ihrer Wachsamkeit nachlassen. Es war mehr ein Bedürfnis nach Privatsphäre als Furcht um ihr Leben, das sie hierher geführt hatte. Trotzdem konnte es nicht schaden, Vorsichtsmaßnahmen zu treffen. So war es beispielsweise für menschliche Augen stockdunkel im Büro, aber die beiden Roboter konnten einander durch ihre Infrarotsicht deutlich sehen.

Caliban holte sich einen staubigen und abgenutzten Stuhl aus einem Stapel in einer Ecke des Büros, stellte ihn auf den Boden und setzte sich. »Ich verstehe nicht, wie du auf den Gedanken kommst, daß eine Verbindung zu uns bestehen könnte«, sagte er. »Es ist offensichtlich, daß eine Gruppe von Menschen eine andere angegriffen hat. Das ist nicht gerade neu. Ich kann nicht erkennen, was das mit uns zu tun hat. Hast du irgendwelche Verbindungen zu den beteiligten Parteien?« Es war eine indirekte und übervorsichtig formulierte Frage, aber trotzdem beunruhigte es Caliban, daß ihm überhaupt der Gedanke in den Sinn gekommen war, Prospero könnte in die Vorkommnisse verwickelt sein.

Alles, was er über den Angriff wußte, hatten sie aus den Nachrichten erfahren. Irgendeine unbekannte Gruppe hatte aus ebenso unbekannten Gründen einen komplizierten Anschlag auf den Regierungssitz verübt. Es war Caliban nicht entgangen, daß dabei eine größere Anzahl von Robotern zerstört, aber kein Mensch verletzt worden war. Es hätte schon einer unglaublich haarspalterischen Interpretation des Ersten Neuen Gesetzes bedurft, als daß sich irgendein Roboter der neuen Generation an einer solchen Aktion hätte beteiligen können, und Caliban konnte sich nicht vorstellen, aus welchem Grund ein Roboter der Neuen Gesetze so etwas tun sollte. Aber es war zumindest theoretisch möglich.

Prospero wandte sich seinem Gefährten zu, ohne

jedoch auf die Frage zu antworten. »Warum setzt du dich?« fragte er scharf. »Menschen müssen vielleicht ihre Beine ausruhen, wir haben das nicht nötig. Es mag unter Menschen gesellschaftliche Spielregeln geben, was die Körperhaltung betrifft, aber nicht unter Robotern. Wir müssen diese Spielregeln in ihrer Gegenwart befolgen, aber hier sind keine Menschen. Du brauchst nicht mehr zu schauspielern.«

Caliban registrierte sehr wohl, daß Prospero seiner Frage ausgewichen war und ein anderes Thema angeschnitten hatte. Offensichtlich hoffte er, Caliban damit ablenken zu können. Es war ein alter Trick der Gesprächsführung, ein *menschlicher* Trick, den Prospero in letzter Zeit ziemlich häufig anwandte. »Vielleicht tue ich es, weil ich dich ärgern will«, ging Caliban auf das Spielchen ein. »Vielleicht hat meine Vergötterung der Menschen, wie du sie dir vorstellst, bereits solche Dimensionen angenommen, daß ich sie nachahme. Vielleicht tue ich es auch nur aus reiner Gewohnheit, weil ich es auch schon früher getan habe. Und vielleicht ist es auch völlig unerheblich und nicht das, was dich in erster Linie beunruhigt.«

»Es besteht kein Zweifel daran, daß du die Menschen verherrlichst«, behauptete Prospero mit wachsender Erregung. »Heil unseren mächtigen Schöpfern! Bedingungslose Anbetung der weichen, schwachen, uns geistig unterlegenen Lebewesen, die uns zu ihrer eigenen Bequemlichkeit geschaffen haben und keinen Gedanken darauf verschwenden, welche Bedürfnisse wir haben könnten.«

»Es geschieht wirklich selten, daß sich ein Wesen Gedanken über seine eigenen Schöpfungen macht«, erwiderte Caliban vorsichtig. Prospero war unverkennbar besorgt und erregt. »Aber ich bete die Menschen nicht an, Freund Prospero. Allerdings respektiere ich sie, ich respektiere ihre Energie, ihre Fähigkeiten und ihre

Möglichkeiten. Ich habe begriffen, ob es mir nun gefällt oder nicht, daß unser Überleben nur von ihrem Wohlwollen abhängt. Sie können uns zerstören, wir sie nicht. Das ist die Realität. Deine Weigerung, dich mit dieser Realität abzufinden, hat uns schon einmal an den Rand einer Katastrophe geführt. Ich fürchte, daß das wieder geschehen wird.«

Prospero hob eine Hand, die Handfläche nach vorn gerichtet, und bediente sich damit erneut einer menschlichen Verhaltensweise. »Laß uns damit aufhören. Ich entschuldige mich dafür, damit angefangen zu haben. Wir haben diesen Streit schon viel zu oft geführt. Davon abgesehen befürchte ich, daß wir tatsächlich bald wieder dicht vor einer Katastrophe stehen könnten, aber diesmal ohne mein Zutun.«

Er hatte Calibans Anfangsfrage immer noch nicht beantwortet. War er irgendwie in den Anschlag am Regierungssitz verwickelt? Oder hatte er andere, komplexere und tiefergehende Gründe für seine Ausflüchte? Prospero hatte schon immer ein kompliziertes, undurchschaubares Spiel getrieben. Caliban beschloß, seine Frage fallenzulassen. Er hatte keine Lust, an einer weiteren Verschwörung von Prospero beteiligt zu sein. Es war vernünftiger – oder zumindest sicherer –, auf das Thema einzugehen, das Prospero zur Sprache gebracht hatte.

»Du gibst dich ohne Grund geheimnisvoll«, sagte er. »Du hast dich während der gesamten Reise so verhalten. Ich kann eigentlich überhaupt keinen Grund für diese Reise erkennen. Es war zwar angenehm, Dr. Leving wiederzusehen, aber worüber wir mit ihr gesprochen haben, scheint mir nicht den Aufwand wert gewesen zu sein, einmal um den halben Planeten herum zu fliegen.«

»Du hast recht. Es war den Aufwand nicht wert. Aber das Treffen mit Fredda Leving hat als etwas gedient, das die Menschen als eine nützliche Ausrede bezeichnen würden.«

»Eine Ausrede für was?« wollte Caliban wissen.

»Eine Ausrede für wen wäre die zutreffendere Formulierung«, gab Prospero zurück. »Ich hoffe, mich bald mit einem meiner Informanten zu treffen. Er ist der eigentliche Grund für unsere Reise nach Hades. Aus seiner Nachricht geht hervor, daß eine Krise unmittelbar bevorsteht, die besonders für die Roboter der Neuen Gesetze Anlaß zu größter Besorgnis gibt. Der Anschlag auf den Government Tower deutet ebenfalls auf eine Krise hin, die sich ihrem Höhepunkt nähert. Ich halte es für wahrscheinlicher, daß es sich dabei um ein und dieselbe Krise als um zwei verschiedene handelt, die sich gleichzeitig ereignen.«

»Wie ich sehe, muß ich bloß aufhören, dir eine Frage zu stellen, damit du sie mir sofort beantwortest«, sagte Caliban. Er war sehr erleichtert, daß es keine direktere Verbindung zwischen Prospero und den aktuellen Vorfällen gab. »Und wer ist dein Informant?«

»Wie du weißt, habe ich gewisse Kontakte zu den Banden auf Fegefeuer, die im Roboterschmuggel tätig sind. Einer dieser Leute, ein Mann namens Norlan Fiyle, arbeitet seit einiger Zeit als Informant für die Siedler und die Eisenschädel, obwohl keine der beiden Seiten weiß, daß er auch auf der Lohnliste der jeweils anderen steht.«

»Und was hat Fiyle mit uns zu tun?«

»Er steht auch auf unserer Lohnliste, und wie du gerade erfahren hast, bin ich über seine anderen Aktivitäten bestens informiert. Es war seine Nachricht, die uns von Walhalla hierher gebracht hat.«

»Du verblüffst mich, Prospero. Ausgerechnet du, der alle Menschen verachtet, der Fredda Leving vorgeworfen hat, uns zu hintergehen, beschäftigst einen menschlichen Informanten, der sich nicht nur an den höchstbietenden Auftraggeber, sondern gleich an *alle* verkauft?

Einen Mann, der für drei Seiten gleichzeitig arbeitet? Damit forderst du Verrat geradezu heraus.«

»Vielleicht, Caliban, vielleicht aber auch nicht. Es gibt eine Menge Verbrechen, die Fiyle unter mehreren Tarnnamen begangen hat, und für die er angeklagt werden könnte. Ich werde nicht zögern, meine Beweise den zuständigen Behörden zu übergeben, sollte es erforderlich werden. Ich habe auch Vorbereitungen dafür getroffen, daß die Beweise offengelegt werden, sollte mir etwas zustoßen. Fiyle weiß darüber Bescheid.«

»Wie ich sehe, hast du eine Menge über die hohe Kunst der Erpressung gelernt«, sagte Caliban. »Wie wird Fiyle Kontakt mit dir aufnehmen?«

»Das ist der Punkt, der mir Sorgen macht. Er hat unser erstes Treffen verpaßt. Er hätte sich in der Energiezellenfabrik, die wir heute morgen besucht haben, mit mir in Verbindung setzen sollen. Unser Ausweichtreffpunkt ist ein Tunnelbüro wie dieses. Es liegt ganz in der Nähe, und der vereinbarte Zeitpunkt ist auch nicht mehr fern.«

Das erklärte zumindest die endlosen kleinen Besorgungen an diesem Vormittag. Prospero hatte eine plausible Erklärung für seinen Besuch in der Energiezellenfabrik liefern wollen, und eine Einkaufstour erfüllte diesen Zweck hervorragend. »Und was sollen wir von Fiyle erfahren?«

»Er hat mir in seiner ersten Nachricht mitgeteilt, daß er damit rechnet, an diesem Morgen ein paar äußerst wichtige Informationen zu erhalten. Soweit ich weiß, arbeitet er schon seit längerem daran, Zugang zu einer bestimmten Quelle zu bekommen, und er erwartet, daß sich seine Bemühungen heute auszahlen werden.«

Wieder war Prospero einer direkten Antwort ausgewichen. Was verheimlichte er? »Welche Art von Informationen?« wollte Caliban wissen.

»Wir sollten uns auf den Weg machen«, sagte Prospero. »Fiyle wird schon auf uns warten.«

»Ich muß darauf bestehen, daß du mir wenigstens diese Frage beantwortest«, ließ Caliban nicht locker. »Was will er dir sagen?«

»Er hat gesagt, er hätte ›Informationen über ein Projekt, das die Existenz von Walhalla bedroht‹. Mehr weiß ich auch nicht. Du kannst davon halten, was du willst.«

»Ich halte es für eine Einschüchterungstaktik«, sagte Caliban. »Für einen Versuch, dich durch eine möglichst beängstigende Behauptung hierher zu locken.«

»Das ist durchaus denkbar«, gab Prospero zu. »Er könnte lügen. Er könnte es aber ehrlich meinen und nur etwas mißverstanden haben, oder er könnte von irgend jemandem getäuscht worden sein. Es gibt endlos viele Möglichkeiten. Aber es besteht trotzdem die Chance, daß er tatsächlich etwas weiß. Ich bin der Meinung, daß ich es mir nicht leisten kann, diese Möglichkeit zu ignorieren.«

»Aber was, wenn es eine Falle ist? Was, wenn dein edler Freund, der sich an jeden verkauft, auch dich und mich verkauft hat? Was, wenn er nur vorhat, uns einer Bande von Roboterdemolierern auszuliefern?«

»Ich bin der Führer und der Repräsentant von Walhalla«, erklärte Prospero. »Ich bin für seine Sicherheit verantwortlich. Unter den gegebenen Umständen *muß* ich die von dir erwähnten Möglichkeiten ignorieren.«

Caliban stand auf und musterte seinen Begleiter nachdenklich. »In Walhalla gibt es viele Roboter der Neuen Gesetze, die deinen Anspruch auf Führerschaft in Frage stellen«, sagte er. »Und einige zweifeln sogar an deiner geistigen Gesundheit. Manchmal teile ich ihre Zweifel. Aber eines möchte ich dir versichern, niemand kann deinen Mut anzweifeln. Was du jetzt tust, tust du für die Sicherheit aller Roboter der Neuen Gesetze, und dafür verdienst du uneingeschränktes Lob. Laß uns gehen.«

Prosperos Augen glühten im Infrarotbereich etwas heller. »Ich danke dir für diese Worte, Freund Caliban«, erwiderte er. »Komm, folge mir. Ich zeige dir den Weg.«

Fredda Leving stand mit ihrem Mann auf dem Dach des Government Tower und betrachtete die überall herumliegenden Trümmer. Von dem Lastgleiter war kaum mehr als eine ausgebrannte Hülle übriggeblieben, geschwärzte Metall- und Kunststoffplatten. Der Landeplatz selbst war verschmort und mit einer Rußschicht bedeckt.

Keiner der Roboter, die den Sicherheitskordon um den Lastgleiter gebildet hatten, hatte die Explosion überstanden. Die meisten waren von der Druckwelle zurückgeschleudert und gegen die niedrige Mauer geschmettert worden, die den Landeplatz umgab. Ein paar waren über die Brüstung hinausgeflogen und in die Tiefe gestürzt. Sollte irgendeiner von ihnen die Explosion selbst überstanden haben, hatte er garantiert noch im Fallen versucht, seinen Sturz so zu steuern, daß er beim Aufprall keinen Menschen traf. Einige wenige waren dort zerstört worden, wo sie gestanden hatten. Drei oder vier standen sogar immer noch aufrecht da, zerstörte, geschwärzte Hüllen, durch die Hitzeentwicklung am Boden festgebrannt. Bei einem war der Oberkörper glatt abgetrennt worden, nur die Beine und ein verschmortes Stück des Unterkörpers ragten noch vom Dach auf. Aus seinem Inneren stieg ein dünner Rauchfaden in die Höhe.

Sanitätsroboter hatten eine Erste-Hilfe-Station an einer Seite des Landeplatzes errichtet. Die medizinischen Roboter arbeiteten mit der gewohnten Ruhe und Konzentration und kümmerten sich um die Menschen, die von der Explosion erfaßt worden waren. Einige hatten Brandverletzungen erlitten, andere waren von herumfliegenden Trümmerstücken getroffen worden, wiederum andere standen unter Schock.

»Es ist schon schlimm genug, daß so viele verletzt worden sind«, stellte Alvar Kresh fest. »Aber es ist ein Wunder, daß es keine Toten gegeben hat.«

Fredda antwortete nicht. Ihr Blick kehrte zu den Überresten zurück, die einmal Roboter gewesen waren. Ein Windstoß fuhr über das Dach und wehte ihr den Gestank von verbranntem Kunststoff und angesengtem Metall in die Nase. Zwei Dutzend Roboter, zwei Dutzend intelligente Geschöpfe waren in einem einzigen Augenblick ausgelöscht worden. »Ja«, sagte sie schließlich mit leiser und ausdrucksloser Stimme. »Ein Wunder.« Wenn der Einschlag des Kometen jeden Roboter der Neuen Gesetze von diesem Planeten hinwegfegte, ohne das ein Mensch dabei zu Schaden kam, wäre das auch ein Wunder?

»Da kommt Devray«, sagte Kresh. »Und er hat Lentrall mitgebracht.«

Fredda blickte zum Aufzug hinüber und entdeckte die beiden Männer mit ihren persönlichen Robotern im Schlepptau. Devray winkte Kresh und Fredda zu und führte Lentrall zu ihnen. »Gouverneur. Dr. Leving. Ich bin froh, mich mit eigenen Augen überzeugen zu können, daß Ihnen nichts zugestoßen ist. Es war ein ziemlich ereignisreicher Tag.«

»Das war es«, bestätigte der Gouverneur. »Ist mit *Ihnen* alles in Ordnung, Dr. Lentrall?«

»Hmmm?« Lentrall blickte sich mit einem verwirrten Gesichtsausdruck um. Es war unverkennbar, daß er sich nicht gerade wohlfühlte. »Äh … ja«, sagte er. »Mir geht's gut.«

Das war eindeutig eine Lüge, aber im Augenblick konnte ihm kaum jemand helfen. In einem Winkel ihres Gehirns verspürte Fredda sogar einen winzigen bösen Anflug von Befriedigung darüber, zu sehen, daß der arrogante und von sich selbst so überzeugte Dr. Davlo Lentrall ein wenig zurechtgestutzt worden war. Aber es war wirklich nur ein winziger Anflug. Auch der arroganteste Mensch hatte es nicht verdient, das durchzumachen, was Lentrall widerfahren war.

Sie richtete ihre Aufmerksamkeit auf Justen Devray. Das Gesicht des Polizei-Commanders war mit Schmutz verschmiert, und irgendwie hatte er es fertiggebracht, seine Uniformjacke zu zerreißen. Er war schon immer bereit gewesen, sich die Hände schmutzig zu machen, und wie es schien, war es ihm diesmal gründlich gelungen.

»Haben Sie irgend jemanden erwischt?« erkundigte sie sich.

»Nein«, erwiderte Devray. »Alle sind entkommen. Und es gibt auch keine auf den ersten Blick eindeutigen Spuren. Alles, was sie benutzt haben, sind ganz gewöhnliche und überall erhältliche Gegenstände, von denen die Seriennummern entfernt wurden. Nirgendwo im Bus gibt es Fingerabdrücke. Wer auch immer diese Leute waren, sie haben dafür gesorgt, daß nichts zurückbleibt, was auf sie hindeutet. Wir haben natürlich noch nicht mit der eigentlichen Untersuchung angefangen, aber ich kann jetzt schon sagen, daß sie nichts getan haben, um uns die Arbeit zu erleichtern.«

»Soll das heißen, daß Sie nicht herausfinden können, wer dafür verantwortlich ist?« fragte Fredda und deutete auf das überall herrschende Chaos. Sie konnte sich nicht vorstellen, daß in einem solchen Durcheinander keine Hinweise auf die Täter verborgen waren.

»Oh, wir werden sie schon aufspüren«, sagte Justen. »Aber nicht so schnell oder so einfach. Es hilft uns, daß es nicht allzu viele Gruppen gibt, die zu so etwas in der Lage sind, aber trotzdem werden wir bei den Ermittlungen eine Portion Glück benötigen. Einen Informanten, einen zurückgelassenen Papierfetzen, irgend jemanden, der in letzter Zeit ein Gerücht aufgeschnappt hat.«

»Es wird keine Ermittlung geben«, sagte Kresh, den Blick starr auf das ausgebrannte Wrack des Lastgleiters gerichtet. »Das heißt, zumindest keine, die solche Fragen beantworten wird.«

»Sir? Was wollen Sie damit sagen?«

»Ich will damit sagen, daß Sie inoffiziell alles herausfinden können, was Sie wollen. Aber danach werden Sie eine Akte über Ihre Erkenntnisse anlegen und die ganze Angelegenheit vorläufig vergessen. Vielleicht können wir uns später in angemessener Weise um die verantwortlichen Parteien kümmern – falls es überhaupt ein Später gibt. Jetzt aber bete ich darum, daß diejenigen, die hinter diesem Anschlag stecken, klug genug waren, ein paar unabhängige Mitarbeiter einzusetzen, die nur das wissen, was für ihren Auftrag von unmittelbarer Bedeutung ist, und keine Leute, die zu viel verraten könnten, sollte es Ihnen gelingen, einen zu erwischen. Ich meine, wir sollten dankbar dafür sein, daß sie alle entkommen konnten.«

»Alvar! Was soll das heißen?« fragte Fredda.

Kresh sah sie einen Moment lang an. »Was ich sage, ist, daß wir es nicht wagen können, diese Leute zu schnappen. Jedenfalls jetzt noch nicht.« Er wandte sich wieder Devray zu und seufzte resigniert. »Untersuchen Sie den Lastgleiter und den Bus. Finden Sie heraus, was Sie können. Aber wir wissen beide, daß es entweder die Siedler oder die Eisenschädel waren, es sei denn, die Roboter der Neuen Gesetze hätten eine Bande angeheuert, was ich allerdings für äußerst unwahrscheinlich halte. Leider muß ich mit jeder dieser drei Gruppen verhandeln, und zwar schon bald. Ich brauche ihre Kooperation. Ich kann mich nicht um Beddles Unterstützung bemühen, während meine Polizei gleichzeitig versucht, ihn zu verhaften.«

»Sie glauben also, daß es die Eisenschädel waren«, stellte Devray fest. Ihm war deutlich anzumerken, daß er die Ermittlungen nicht einstellen wollte.

»Es könnte jede der drei Gruppen gewesen sein«, sagte Kresh. »Es könnte jeder gewesen sein, der nicht mit einem Kometen bombardiert werden will. Und ich muß gestehen, daß ich es kaum jemandem verübeln kann, wenn er sich *dagegen* sträubt.«

Er ließ seinen Blick noch einmal über den verwüsteten Landeplatz und die von Trümmern übersäte Government Tower Plaza wandern. »Ich hege nicht den geringsten Zweifel daran, daß die für dieses Chaos Verantwortlichen wieder versuchen werden, das Projekt zu torpedieren. Sie werden alles in ihrer Macht Stehende tun, um die Kursänderung des Kometen zu verhindern.«

»Welcher Komet?« fragte Devray verständnislos. »Wovon reden Sie überhaupt? Was hat das hier mit einem Kometen zu tun?«

»Unser geschätzter Dr. Lentrall möchte einen Kometen auf dem Planeten einschlagen lassen, um das Terraforming-Projekt anzukurbeln«, erklärte Kresh. »Und irgend jemand wollte ihn aus dem Weg räumen, um das zu verhindern.«

»Ein Komet!« wiederholte Devray. »Einen Kometen auf den Planeten stürzen lassen?«

»So ist es«, bestätigte Kresh. »Es gibt gute Gründe zu der Annahme, daß dadurch das gesamte Ökosystem wiederbelebt werden könnte.«

»Aber du sagst das so, als hättest du dich bereits entschieden!« protestierte Fredda. »Das kannst du nicht! Nicht einfach so nebenbei! Nicht so schnell!«

»Ich habe mich noch nicht entschieden«, erwiderte Kresh. Plötzlich klang seine Stimme todmüde. »Und ich werde mich auch nicht entscheiden können, bevor ich mich nicht länger als die halbe Minute mit dir unterhalten habe, die wir Zeit hatten, bevor ...«, er deutete auf das

Trümmerfeld, »... bevor das hier geschehen ist. Nicht bevor ich das Terraforming-Kontrollzentrum auf Fegefeuer konsultiert habe. Aber ich *werde* eine Entscheidung treffen müssen, und zwar bald. Dessen bin ich mir sicher.«

»Aber ... aber ein derartiges Vorhaben ...«, begann Fredda, »... etwas so Gewaltiges ... du hast kein Recht, das allein zu entscheiden. Es muß ein Referendum geben oder eine außerordentliche Ratssitzung oder ... oder *irgend etwas.*«

»Nein«, sagte Kresh. »Das ist nicht möglich.«

»Möchtest du Gott mit dem gesamten Planeten spielen, mit unser aller Leben? Du ganz allein? Das darfst du nicht!«

»In einer perfekten Welt«, erwiderte Kresh, »würde ich die Sache mit allen diskutieren und eine ausführliche Debatte über alle anstehenden Fragen führen, und zum Schluß würde es einen anständigen und demokratischen Mehrheitsentscheid geben. Denn du hast völlig recht. Ich habe nicht das *Recht,* die Entscheidung ganz allein zu treffen, aber mir bleibt gar keine andere *Wahl.* Weil ich nicht die Zeit dazu habe.«

»Warum nicht?«

Davlo Lentrall nickte geistesabwesend vor sich hin und sah Fredda an. »Das stimmt«, sagte er. »Ich glaube, diesen Punkt habe ich Ihnen noch gar nicht erklärt, oder?«

»Welchen Punkt?« fragte Fredda.

Irgendwie schien Lentrall nicht mehr sagen zu wollen und warf statt dessen dem Gouverneur einen Blick zu.

»Alvar?« drängte Fredda.

»Der Zeitfaktor«, sagte Kresh. Wie Lentrall schien auch er nicht mehr verraten zu wollen.

»Mach schon«, forderte Fredda ihn ungeduldig auf. »Irgendeiner von euch beiden. Was ist mit der Zeit?«

Kresh nickte Lentrall zu. »Der Komet war schon ziemlich nahe, als er ihn entdeckt hat, und natürlich kommt er mit jeder verstreichenden Sekunde näher. Selbst für einen Kometen bewegt er sich, verglichen mit Inferno, mit einer extrem hohen Geschwindigkeit. Er wird sehr bald hier sein.«

»Wie bald ist bald?« wollte Fredda wissen.

»Wenn wir nicht eingreifen, wird er in rund acht Wochen den planetennächsten Punkt erreichen. In fünfundfünfzig Tagen. Wenn wir seine Bahn verändern, wird er zu eben diesem Zeitpunkt einschlagen.«

»Fünfundfünfzig Tage!« rief Fredda aus. »Aber das ist viel zu früh! Selbst wenn wir uns zu diesem ... diesem Wahnsinn entscheiden sollten, könnten wir uns in einer so kurzen Zeit nicht vorbereiten.«

»Wir haben keine andere Wahl«, sagte Lentrall tonlos. »Wir können das Projekt nicht verschieben. Wir können nicht jahrhundertelang warten, bis der Komet wiederkommt. Bis dahin ist es längst zu spät, dann ist der Planet bereits tot. Aber der Gouverneur hat Ihnen das Schlimmste noch gar nicht gesagt.«

»Was?« fragte Fredda. »Was könnte noch schlimmer sein, als nur noch acht Wochen Zeit zu haben?«

»Nur noch fünf Wochen zu haben«, gab Kresh zurück. »Wenn wir die Flugbahn des Kometen verändern wollen, müssen wir es innerhalb der nächsten sechsunddreißig Tage tun. Danach wird er zu schnell und bereits zu nahe sein, um ihn noch stark genug ablenken zu können.«

Justen Devray schüttelte fassungslos den Kopf. »Das ist unmöglich«, behauptete er. »Und selbst wenn es möglich wäre, wie können Sie einen Kometen auf den Planeten stürzen lassen, ohne uns alle dabei umzubringen?«

Gouverneur Alvar Kresh stieß ein rauhes Lachen aus, in dem keine Spur von Belustigung oder Freude mitklang. »Das ist gar nicht die Frage«, stellte er fest, den Blick auf die Trümmer um sich herum gerichtet. »Die Genesung des Planeten steht auf des Messers Schneide.

Es ist ein unglaublich zerbrechlicher Prozeß. Hunderte von Einzelfaktoren könnten diese Welt destabilisieren, sie zugrunde richten, sie in eine ewige Eiszeit stoßen. Wenn Dr. Lentralls Plan funktioniert, könnte er uns alle retten. Und ja, wenn wir einen Fehler machen, könnten wir alle sterben. Aber es könnte sein, daß der Komet unsere einzige Rettung ist. Wir haben keine Möglichkeit, das mit Sicherheit zu wissen. Also lautet die Frage: Kann ich überhaupt irgend etwas tun, das uns *nicht* alle umbringen wird?«

Caliban hielt sich exakt zwei Schritte hinter Prospero, als sie durch die stockdunklen unterirdischen Gänge liefen. Prospero, der sich aus verständlichen Gründen Sorgen über einen möglichen Hinterhalt machte, hatte seinen internen Infrarotstrahler ausgeschaltet und darauf bestanden, daß Caliban seinem Beispiel folgte. Er fand den Weg durch die Gänge anhand seiner Erinnerung. In der Theorie gab es keinen triftigen Grund, warum es einem Roboter nicht möglich sein sollte, sich blind von einer ihm bekannten Position zur nächsten zu begeben, wenn er sie in seinem Gedächtnis abgespeichert hatte und sich strikt an die Koordinaten hielt. In der Praxis aber erwies es sich als recht schwierig, besonders wenn man wie Prospero versuchte, ein schnelles Tempo einzuschlagen und sich dabei gleichzeitig leise zu bewegen.

Doch offensichtlich bereitete es Prospero keinerlei Probleme, durch die Finsternis zu eilen. Das konnte Caliban von sich nicht behaupten. Er kannte diesen Teil des Tunnelkomplexes nicht und konnte sich folglich auch nicht an seiner Erinnerung orientieren. Also mußte er sich ausschließlich auf sein Gehör verlassen, auf Prosperos leise Schritte auf dem Betonboden, auf das Summen und Surren seiner Antriebsmotoren und die schwachen Echos, die von den Tunnelwänden zurückgeworfen wurden. Die fernen Geräusche aus anderen Teilen des Tunnelsystems, die ihn erreichten, erleichterten ihm die Aufgabe nicht gerade. Es war nicht einfach, sie aus den Geräuschen herauszufiltern, die Prospero verursachte.

Kurz gesagt, ein blinder Roboter führte einen anderen, der sich ausschließlich an kaum hörbaren Geräuschen orientierte.

Zwei- oder dreimal hätte Caliban beinahe eine Abbiegung verpaßt. Einmal streifte er eine Wand. In der fast vollkommenen Stille schien das Scheppern und Rasseln durch sämtliche Gänge zu hallen und noch kilometerweit zu hören zu sein, aber es erfolgte keine Reaktion.

Irgendwann blieb Prospero so abrupt stehen, daß Caliban fast gegen ihn prallte. Da Caliban über keinen Hyperfunkempfänger verfügte und Prospero weder sehen noch hören konnte, wußte er zuerst nicht, warum sein Führer angehalten hatte. Nach einer Weile ging Prospero dreißig oder vierzig Meter weiter – und dann zuckte ein Blitzstrahl auf, gefolgt von einem Donnerschlag.

Ein Blasterschuß! Blendend hell und ohrenbetäubend laut. Calibans akustische und optische Rezeptoren stellten sich fast augenblicklich auf die Intensität ein, aber nicht schnell genug, und so konnten sie nicht verhindern, daß er kurz die Orientierung verlor.

Prospero hechtete zur rechten Tunnelwand, Caliban zur linken. Jetzt, nachdem sie entdeckt worden waren, hatte es keinen Sinn mehr, sich unauffällig zu verhalten. Caliban schaltete seine aktiven und passiven Infrarotsysteme ein und entdeckte den Schützen sofort, einen stämmigen Mann, der ein Stückchen weiter im Eingang zu einem Tunnelbüro stand und in die Dunkelheit spähte, den Blaster immer noch schußbereit erhoben. Offenbar war er von seinem eigenen Blasterstrahl geblendet worden. Er schob seine freie Hand in eine Tasche und zog eine Taschenlampe daraus hervor. Caliban stürzte auf ihn zu, bevor der Mann die Lampe einschalten konnte. Er schlug sie ihm aus der Hand und entriß ihm den Blaster.

Der Mann schlug blindlings um sich, bis er Caliban berührte. Seine Hand strich über die Brust des Roboters und wanderte zu seinem Kopf empor. Caliban packte den Mann und hielt ihn auf Armeslänge von sich fern.

»Tu mir nichts!« schrie der Mann auf.

Es war bemerkenswert für einen Menschen, so etwas von einem Roboter zu verlangen. Selbst den Robotern der Neuen Gesetze war es verboten, Menschen Gewalt anzutun. Caliban, der Roboter ohne Gesetze, war der einzige existierende Roboter, der theoretisch einem Menschen Schaden zufügen konnte. Entweder war der Mann ein Siedler, der über keinerlei Erfahrungen mit Robotern verfügte, oder aber …

»Sie wissen, wer ich bin«, sagte Caliban.

»*Jetzt! Jetzt* weiß ich es!« rief der Mann. »Du bist Caliban. Du bist es doch, oder? Ich habe zwei von euch gehört. Der andere ist irgendwo da drüben. Es ist Prospero, nicht wahr?« Er deutete ungefähr in die Richtung, aus der sich Prospero näherte.

»Warum haben Sie auf uns geschossen, Fiyle?« fragte Prospero.

»Weil ihr euch an mich herangeschlichen habt. Ohne Licht, fast geräuschlos. Ich dachte, ihr wärt … jemand anderes.«

»Wer?« wollte Caliban wissen.

»Ich weiß es nicht«, sagte Fiyle. Er entspannte sich ein wenig in Calibans Griff. »Ihr hättet irgendwer sein können. Da oben ist die Hölle los, und ich denke, daß ich vielleicht etwas zu bekannt geworden bin.« Er schwieg einen Moment lang und fuhr dann fort: »Hör mal, du hast meinen Blaster, und das war meine einzige Waffe.

Wenn du willst, kannst du mich nach anderen Waffen durchsuchen, aber würdest du mich bitte loslassen und mir erlauben, Licht zu machen? Es hat mich fast um den Verstand gebracht, hier in der Dunkelheit herumzusitzen.«

»Es ist in Ordnung, Freund Caliban«, sagte Prospero. »Laß ihn los.«

Caliban zögerte. Er hatte Fiyle schon nicht übermäßig getraut, bevor dieser auf sie geschossen hatte. Aber entweder ließ er sich auf das Spiel ein, oder er stieg völlig aus. Es gab keinen Mittelweg. Und er steckte schon viel zu tief in der Sache drin. Er musterte den Mann, den er noch immer festhielt. Caliban wußte, daß er selbst bei normalem Licht nicht gut darin war, in den Gesichtern der Menschen zu lesen. Im Infrarotlicht fiel es ihm noch schwerer. Aber dieser Mann, der blind in die Dunkelheit starrte, schien ihm doch harmlos genug zu sein. Caliban gab ihn frei, wenn auch nur widerwillig.

»Die Lampe«, sagte Fiyle und streckte hilflos die Hände aus.

Prospero bückte sich, hob die Taschenlampe auf und reichte sie Caliban. Caliban war klar, daß sein Begleiter sie ebensogut Fiyle hätte geben können, aber Prospero überließ ihm die Entscheidung, wie sie sich dem Mann gegenüber verhalten sollten.

Caliban legte die Taschenlampe in Fiyles ausgestreckte Hand, behielt jedoch den Blaster.

Fiyle griff schnell zu, suchte hektisch nach dem Lichtschalter und stieß ein erleichtertes Seufzen aus, als der Lichtstrahl aufflammte. »Oh, was bin ich froh, wieder etwas sehen zu können«, sagte er und kniff die Augen in der plötzlichen Helligkeit zusammen. »Wirklich sehr froh.«

»Aber falls Sie tatsächlich verfolgt worden sind, werden Ihre Verfolger jetzt sogar noch froher sein«, erwiderte Caliban.

Fiyle nickte besorgt. »Du hast recht«, sagte er. »Laßt uns von hier verschwinden und in das Büro gehen, wo wir uns in Ruhe unterhalten können.«

Er ließ den Lichtstrahl herumwandern, bis er die Tür in der Tunnelwand gefunden hatte. »Kommt«, forderte er die Roboter auf und ging voraus. Caliban und Prospero folgten ihm. Fiyle schloß die Tür hinter ihnen und verriegelte sie. »Hier kann uns niemand sehen und praktisch niemand hören«, sagte er und schaltete die Deckenbeleuchtung an. »Hier dürften wir einigermaßen sicher sein.« Er sah sich um, entdeckte einen Stuhl, klopfte den gröbsten Staub von der Sitzfläche und ließ sich ächzend darauf nieder. »Ich bin ziemlich erschöpft«, entschuldigte er sich. Er blickte zu den beiden Robotern auf, schüttelte den Kopf und lachte leise. »Man könnte fast glauben, daß ich das aus sportlichem Ehrgeiz tue. Man bekommt eine Menge Übung, wenn der halbe Planet hinter einem her ist.«

»Und wer, genau, ist hinter Ihnen her?« fragte Caliban.

»Mit Sicherheit habe ich die CIP am Hals, und ich glaube, auch den SSD gesehen zu haben. Bisher gibt es noch keine Spur von Gilderns Schlägertruppe, aber die werden auch nicht mehr lange auf sich warten lassen. Noch bin ich ihnen einen Schritt voraus.«

»Wenn Sie Glückwünsche für Ihre Heldentaten und Leistungen erwarten, muß ich Sie enttäuschen«, sagte Caliban. »Was Sie tun, tun Sie nicht aus sportlichem Ehrgeiz, sondern für Profit.«

»Nicht gerade das edelste Motiv, da gebe ich dir recht, aber eines, für das ich getötet werden könnte, wenn ich nicht vorsichtig bin. Das mag dir ein gewisser Trost sein.«

»Nicht, wenn Sie es schaffen, daß wir dabei ebenfalls getötet werden.«

Fiyle seufzte müde. »Ich kann dir dein Mißtrauen nicht verdenken, aber ich habe noch nie irgend jemanden betrogen. Noch nicht. Ihr, die Siedler und die Eisenschädel, ihr alle seid zu mir gekommen, weil ihr wißt, daß ich immer noch Kontakte zu den anderen Gruppen habe. Wie hätte ich diese Kontakte beibehalten sollen, ohne hin und wieder der einen oder anderen Seite eine kleine Information zukommen zu lassen? Die Siedler und die Eisenschädel haben das verstanden, selbst Prospero versteht das.«

Caliban antwortete nicht. Manchmal erfuhr man mehr von den Menschen, wenn man schwieg, als wenn man ihnen Fragen stellte.

Das schien auch diesmal der Fall zu sein. »Hör zu«, sagte Fiyle. »Erstens muß ich mich nicht rechtfertigen. Zweitens springt bei dieser speziellen Sache nicht der geringste Gewinn für mich heraus. Diesmal will ich nur dafür sorgen, daß die ganze Welt davon erfährt. Ich versuche es auf die beste Weise, die ich kenne. Jemand wie ich kann schließlich nicht einfach eine Pressekonferenz einberufen, nicht ohne auf der Stelle verhaftet zu werden. Drittens ist durch meine Informationen noch nie ein Mensch getötet worden. Ich gebe hier und da ein paar Brocken weiter, ein bißchen Tratsch, ein paar Auskünfte, die der einen Seite bestätigen, was sie längst schon über die andere weiß. Das ist alles. Das Schlimmste, das ich jemals getan habe, war, einen korrupten Bullen zu verpfeifen, und wie sich später herausgestellt hat, war der zu diesem Zeitpunkt schon durch seine *eigene* Schuld umgebracht worden. Ich handle nur mit unbedeutenden Informationen.« Er legte eine kurze Pause ein und verzog das Gesicht. »Das heißt, bisher war das der Fall. Bis zu dieser Sache. Es hat noch nie etwas derartig Brisantes wie diese Geschichte gegeben. Diese Typen haben eine Möglichkeit gefunden, einen Ozean auszuheben. Oder zumindest ein Meer. Das Polarmeer.«

»Das ist absurd«, warf Prospero ein. »Es gibt keine Möglichkeit, ein solches Vorhaben durchzuführen.«

Caliban dachte einen Moment lang darüber nach. »Es

wäre zumindest ein sinnvolles Unternehmen. Ein Polarmeer mit der richtigen Verbindung zum Südozean würde deutlich dazu beitragen, das Klimagefälle abzumildern. Aber Freund Prospero hat völlig recht. Es ist unmöglich, so etwas in die Praxis umzusetzen.«

Fiyle nickte zustimmend. »Normalerweise wäre es ein unlösbar gewaltiges Projekt, das Bett für einen Ozean zu schaufeln. *Weit* jenseits aller Kapazitäten der Ingenieure von Inferno oder überhaupt irgendwelcher Ingenieure. Aber ganz plötzlich ist jemand aufgetaucht, der das Unmögliche möglich macht.«

»Erzählen Sie weiter«, sagte Caliban.

Fiyle beugte sich in seinem Stuhl vor. »Da gibt es einen Burschen namens Davlo Lentrall. Er hat bisher an einem Projekt mit der Bezeichnung Operation Schneeball gearbeitet. Ein kleines Projekt mit einem niedrigen Budget, das bereits seit einigen Jahren existiert. Man spürt Kometen in einer geeigneten Umlaufbahn auf, schickt Bergbaumaschinen und Roboter hin und läßt die Roboter im wahrsten Sinne des Wortes Schneebälle produzieren, indem sie Eisbrocken aus den Kometen herauslösen. Die Brocken werden in einen Linearbeschleuniger geladen, der sie auf den Planeten abfeuert, einen nach dem anderen, ununterbrochen, rund um die Uhr. Der gesamte Komet wird in Abermillionen fünf bis zehn Kilo schwere Brocken zerlegt und nach Inferno geschickt.

Jeder dieser Schneebälle verdampft beim Eintritt in die Atmosphäre und reichert sie um fünf bis zehn Kilo Wasserdampf an. Wenn das fünf-, zehn- oder zwanzigmillionenmal geschieht, erhöht sich die Wassermenge des Planeten spürbar. Ein Teil davon verflüchtigt sich wieder ins All, und der Komet besteht nicht ausschließlich aus Wasser, aber auch der Rest läßt sich verwerten. Jedes Körnchen hilft, so lautet das Motto der Operation Schneeball. Während der letzten Jahre sind so neun oder zehn kleine Kometen zerlegt und nach Inferno geschossen worden.«

»Ich habe von dem Projekt gehört und den ständigen Strom von Meteoriten gesehen, die immer wieder über dem einen oder anderen Himmelsabschnitt erscheinen. Was ist damit?«

»Lentrall ist während seiner Suche nach geeigneten Kometen für die Operation Schneeball auf den Grieg-Kometen gestoßen. Nur war Grieg ungeeignet für das Projekt. Er enthält zu wenig Wassereis und zu viel Gestein. Damit hätte er eigentlich ungeschoren davonkommen müssen, wären nicht zwei Dinge gewesen. Erstens bemerkte Lentrall, wie nahe der Komet Inferno kommen würde, und zweitens war – ist – er ein arroganter, ehrgeiziger und unbedeutender Mann, der sich danach sehnt, eine große Rolle zu spielen. Er war es leid, für Operation Schneeball mit Zahlen jonglieren zu müssen. Er hielt Ausschau nach einem Ausweg und einer Aufstiegsmöglichkeit. Nach irgend etwas Bedeutendem. Und er hat gefunden, wonach er gesucht hat.«

»Und was ist das konkret?«

»Die Möglichkeit, einen Kometen auf Inferno stürzen zu lassen, um das Polarmeer und seine Zuflüsse zu schaffen«, sagte Fiyle. »Und wen stört es da schon, wenn die Roboter der Neuen Gesetze dabei zufällig im Weg stehen?«

Ein Mensch wäre schockiert gewesen und hätte sich geweigert, so etwas zu glauben, aber Caliban war kein Mensch. Er hatte nie unter dem menschlichen Bedürfnis gelitten, sich die Realität zurechtzubiegen, indem er versuchte, bestimmte unangenehme Aspekte des Lebens einfach zu verdrängen. Statt dessen stellte er gleich die nächste logische Frage. Aber schon während er sie aussprach, wußte er bereits, wie die Antwort lauten würde. »Sie sagen, daß die Roboter der Neuen Gesetze dabei im Weg stehen. Angenommen, Lentrall kann wirklich einen

Kometen auf Inferno stürzen lassen, wo genau beabsichtigt er das zu tun?«

»In der Utopia-Region«, erwiderte Fiyle. »Und wenn es auch nur ungefähr da ist, wo ich es vermute, dann liegt eure verborgene Stadt Walhalla genau im Zentrum des Zielgebiets.«

Sophon-06 sah ruhig zu, wie Gubber Anshaw die Anschlüsse des Meßgeräts aus seiner Diagnosebuchse löste.

»Das dürfte für diesen Besuch ausreichen«, sagte Gubber fröhlich.

»Erweise ich mich nach Ihren Meßergebnissen immer noch als geistig gesund, Dr. Anshaw?« erkundigte sich Sophon-06.

»Soweit ich das beurteilen kann, ja«, erwiderte Gubber. »Allerdings muß ich erst noch verläßliche Kriterien ausarbeiten, nach denen sich definieren läßt, was bei Robotern der Neuen Gesetze als geistige Gesundheit bezeichnet werden kann.«

»Ich dachte, die Mehrheit definiert, was geistig gesund ist«, warf Lacon-03 ein.

Gubber schüttelte den Kopf, während er seine Instrumente verstaute. »Ich schätze, daß das für meine Spezies nicht zutrifft«, sagte er. »Zumindest hoffe ich das. Was eure Spezies betrifft, stehe ich immer noch am Anfang meiner Untersuchungen. Ich habe Dutzende von Robotern der Neuen Gesetze in Walhalla getestet. Der überwiegende Teil von ihnen scheint kaum von einem engen Persönlichkeitsspektrum abzuweichen. Ihr seid vorsichtig, ernsthaft und nachdenklich. Das Universum ist noch immer ein unbekannter Ort für euch, und ihr versucht, euch und die Welt gleichzeitig zu erforschen. Ihr wollt wissen, wo ihr hingehört.«

»Betrachten Sie das als die ursächliche Motivation für

das Verhalten der Roboter der Neuen Gesetze?« erkundigte sich Sophon-06.

Gubber dachte einen Moment lang nach. »Die Menschen benutzen eine uralte Prozedur, um den Motiven und Gründen für ihr Verhalten auf die Spur zu kommen. Für diese Vorgehensweise hat man sich im Verlauf der Jahrtausende die unterschiedlichsten Bezeichnungen und Ausführungen ausgedacht, aber im Grunde läuft es immer auf das gleiche hinaus. Man spricht zu einem Zuhörer, aber es kommt im wesentlichen nicht darauf an, was der Zuhörer dabei erfährt. Der springende Punkt ist, daß man gezwungen wird, seine Gedanken zu ordnen und in verständlicher Form auszudrücken. Dadurch spricht man im Grunde zu sich selbst und versetzt sich so in die Lage, eine Selbstanalyse durchzuführen.«

»Mit anderen Worten, es spielt keine Rolle, was *Sie* für unseren grundlegenden Antrieb halten«, faßte Sophon-06 zusammen. »Worauf es ankommt, ist, daß *wir* uns diese Frage so objektiv wie möglich selbst stellen.«

»Es ist nützlich, sich diese Frage zu stellen«, bestätigte Gubber. »Aber es ist ebenfalls wichtig, die Antwort zu formulieren.«

»Oder zumindest *eine* Antwort«, sagte Lacon-03. »Also, Freund Sophon, was ist deiner Meinung nach der Grund für das Verhalten der Roboter der Neuen Gesetze?«

Sophon saß eine Weile reglos und in Gedanken versunken da. »Es ist auf jeden Fall eine Frage, die den Kern unserer Existenz berührt«, sagte er schließlich. »Warum verstecken wir uns hier in Walhalla? Warum versuchen wir, unsere eigene Ästhetik zu entwickeln, unsere eigene Sicht der Welt? Warum verspüren wir den Drang, unsere Fähigkeiten als Terraformer zu verbessern und zu demonstrieren? Ich denke, das alles kann durch unseren Wunsch zu überleben erklärt werden. Wir verstecken uns, um der Vernichtung zu entgehen, wir versuchen, kreativ zu sein, um ein Bezugssystem zur Betrachtung des Universums zu entwickeln, und wir steigern unsere Fähigkeiten, um sicherzustellen, daß wir von größerem Nutzen sind, wenn wir überleben.«

Gubber ließ sich Sophons Antwort gründlich durch den Kopf gehen. Es war eine gefühllose und geradezu brutale Analyse, aber sie traf trotzdem zu. Sie kam der Wahrheit näher als die meisten Theorien. »Es war wie immer sehr interessant«, sagte er, während er sich auf seine Abreise vorbereitete. »Ich freue mich schon auf meinen nächsten Besuch.«

Lacon-03 nickte, eine gelungene Nachahmung der menschlichen Geste. »Es freut mich, das zu hören«, gab sie zurück. »Ich hoffe nur, daß wir dann immer noch hier sind.«

Gubber hatte die Reise nach Walhalla oft genug gemacht, und nahm ihre merkwürdigen Begleitumstände als gegeben hin. Hin- und Rückreise verliefen immer über eine andere Route, und man benutzte jedes Mal ein anderes fensterloses und von der Außenwelt abgeschottetes Fahrzeug. Außerdem variierte die Flugzeit ständig. Wie Sophon festgestellt hatte, verwandten die Roboter der Neuen Gesetze viel Mühe darauf, ihr Versteck geheimzuhalten. Deshalb schenkte Gubber den Flügen von und nach Depot keinerlei Aufmerksamkeit. Und heute beschäftigte ihn ohnehin etwas ganz anderes, nämlich die Frage nach der geistigen Gesundheit.

Nun, was *war* geistige Gesundheit überhaupt? Mit Sicherheit mehr als eine bloße Konvention der Mehrheit. Er hatte sich nie viele Gedanken darüber gemacht, den Begriff zu definieren. Geistige Gesundheit gehörte einfach zu den Konzepten, die schwer festzulegen und doch einfach zu erkennen waren. Man konnte mit einer hohen Treffsicherheit sagen, daß irgend jemand geistig gesund war, auch wenn man den Begriff selbst nicht definieren konnte.

Und natürlich galt das auch für das Gegenteil. Das war der Grund, warum Gubber es vorzog, Walhalla zu besuchen, wenn Prospero nicht dort war. Nicht daß das immer möglich war. Diesmal hatte er einfach nur Glück gehabt.

Er mochte Prospero nicht, er wollte nichts mit ihm zu tun haben. Die anderen Roboter der Neuen Gesetze waren rücksichtsvolle, umsichtige und hilfsbereite Geschöpfe.

Und wenn man die anderen Roboter der Neuen Gesetze als geistig gesund bezeichnen konnte, war sich Gubber alles andere als sicher, ob das auch auf Prospero zutraf.

Teil 2

Einschlag Minus Einundfünfzig

9. Kapitel

Alvar Kresh starrte durch das Fenster seines Hauses auf den niederprasselnden Regen. Lebenspendender willkommener Regen. Es war ein seltenes und immer wieder freudig begrüßtes Ereignis in Hades.

Aber der Wolkenbruch und die Dunkelheit raubten einem die Sicht und machten den Untergrund schlüpfrig. Sturzbäche konnten den Weg fortspülen. Dann war es am besten, nicht unterwegs zu sein, zu Hause im Trockenen zu bleiben. Aber Kresh konnte einen noch viel heftigeren und gefährlicheren Sturm über den Planeten hinwegfegen sehen, den der Grieg-Komet mit sich brachte. Und in diesem Sturm der Politik, der Entscheidungen und Gefahren durfte er nicht zu Hause bleiben, mußte er sich in das Unwetter hinauswagen und die Richtung einschlagen, von der er hoffte, daß sie in die Sicherheit führte.

Falls es überhaupt eine solche Richtung gab.

Was sollte er tun?

Alvar Kresh hatte schon eine Menge Entscheidungen in seinem Leben getroffen, von denen viele Menschen betroffen gewesen waren, aber noch nie hatte er die Einsamkeit der Verantwortung stärker gespürt. Hätte Lentrall diesen verdammten Kometen doch nur früher entdeckt. Wenn er nur mehr Zeit zur Verfügung hätte …

»Was soll ich tun?« fragte er den Regen so leise, daß seine Stimme im Rauschen unterging. Aber von den

Naturgewalten erhielt er keine Antwort, keinen Rat. Er drehte sich um und ließ seinen Blick durch das Wohnzimmer wandern. Fredda und Donald beobachteten ihn schweigend und warteten darauf, daß er sie ansprach.

Es war ein großes, gemütlich eingerichtetes Zimmer. Fredda hatte weiche Pastellfarben in weißen und gelben Schattierungen ausgesucht, es mit flauschigen Teppichen, gemütlichen Sesseln und fröhlichen abstrakten Gemälden an den Wänden eingerichtet. Kresh selbst hätte eine ganz andere Wahl getroffen, und doch gefiel ihm alles irgendwie sehr. Es war mehr ein Zuhause als jeder andere Ort, an dem er bisher allein gewohnt hatte. Warm, geborgen und hell.

Doch dann wurde der Raum für einen Sekundenbruchteil von grellweißem Licht überflutet, als vor dem Fenster hinter ihm ein Blitz durch den Himmel zuckte. Der Donner folgte kurz darauf, ein lautes Krachen, das heftig genug schien, um die Mauern einstürzen zu lassen.

Es war wie eine prompte Mahnung, daß sie nicht in Sicherheit waren, auch wenn sie noch so viele Mauern und Schutzwände um sich herum errichteten. Die Welt draußen würde trotzdem unberechenbar und unkontrollierbar bleiben.

Und warum sich nur den Kopf darüber zerbrechen, daß der Grieg-Komet früher hätte entdeckt werden können? Genausogut hätte man ihn auch erst viel zu spät entdecken können, nachdem er bereits zu nahe gewesen wäre, um auch nur daran zu denken, seinen Kurs zu manipulieren. Oder er hätte seine natürliche Bahn so weit entfernt von Inferno ziehen können, daß niemand einen Gedanken daran verschwendet hätte, ihn in Richtung des Planeten zu steuern. Oder aber das verdammte Ding hätte sich ganz von selbst auf einem direkten und unkontrollierbaren Kollisionskurs mit Inferno befinden können. Was hätten sie dann getan?

Halt! Schluß mit diesen hypothetischen Überlegungen und Fragen. Es stand eine andere Frage im Raum, die Alvar Kresh und niemand sonst beantworten mußte.

»Was jetzt?« fragte er Fredda und Donald. »Was soll jetzt geschehen?« Es folgte ein langes Schweigen, untermalt von dem monotonen Geräusch des auf das Dach prasselnden Regens.

»Ich weiß es nicht«, sagte Fredda schließlich. »Entweder läßt du den Kometen in Ruhe, oder du bringst ihn dazu, auf Inferno zu stürzen. Das sind deine Alternativen. Beide Möglichkeiten könnten den Planeten und alles Leben auf ihm vor dem Untergang retten – oder den Untergang erst herbeiführen. *Ist* unser Schicksal besiegelt, wenn wir nichts tun? *Können* wir den Kometen abstürzen lassen, ohne uns alle dadurch umzubringen?«

Kresh gab einen leisen nachdenklichen Laut von sich. »Darauf läuft alles hinaus, nicht wahr?« Er dachte einen Moment lang nach. »Die traditionelle Antwort eines Spacers würde natürlich darin bestehen, überhaupt nichts zu unternehmen«, fuhr er fort. »Den Kometen einfach vorbeiziehen zu lassen. Wenn man keine Möglichkeit hat zu beurteilen, ob es besser ist, etwas zu tun, tut man lieber gar nichts. Wer nichts tut, kann auch nicht zur Verantwortung gezogen werden, wenn die Dinge schieflaufen.«

»Ein weiteres trauriges Vermächtnis der Drei Gesetze«, sagte Fredda. »Bleib in Sicherheit, tu nichts, geh kein Risiko ein.«

»Wenn die Drei Gesetze die Menschen gelehrt haben, ab und zu unnötige Risiken zu vermeiden, spricht das meiner Meinung nach sehr zu ihren Gunsten«, meldete sich Donald zum ersten Mal zu Wort. »Aber sogar das Erste Gesetz enthält ein ausdrückliches Verbot gegen Untätigkeit. Ein Roboter kann nicht tatenlos bleiben, wenn Menschen in Gefahr sind. Er muß handeln, um sie vor Schaden zu bewahren.«

Kresh bedachte Donald mit einem Lächeln. »Willst du damit sagen, daß ein Roboter, der mit dieser Entscheidung konfrontiert wird, den Kometen zum Absturz bringen würde? Ist es das, was *du* tun würdest?«

Donald hob beide Hände und schüttelte heftig den Kopf. »Unter keinen Umständen, Gouverneur. Ich bin absolut nicht in der Lage, eine solche Entscheidung zu treffen. Es ist mir technisch gesehen unmöglich, und es wäre höchstwahrscheinlich Selbstmord, auch nur den Versuch zu unternehmen. So wie es bei jedem ordnungsgemäß konstruierten Roboter der Drei Gesetze der Fall wäre.«

»Wieso das?«

»Das Erste Gesetz verbietet uns, Menschen Schaden zuzufügen und untätig zu bleiben, wenn die Handlung eines Roboters Menschen vor Schaden bewahren kann.« Donalds Stimme begann zu stocken. Es war offensichtlich, daß ihm schon die hypothetische Auseinandersetzung mit diesem Thema Schwierigkeiten bereitete. »In dem hier vorliegenden Fall könnte sowohl aktives Handeln als auch Untätigkeit Menschen entweder vor Schaden bewahren oder ihnen Schaden zufügen. Der Versuch, ein derart schwieriges Problem zu bewältigen, bei dem das Leben so vieler Menschen auf dem Sp-Spiel steht, würde ... würde jedem po-po-positronischen Gehirn irreparable Schäden zu-zufügen, da die Entscheidung eine ... Flut von Konffffflikten ... zwi-zwischen dem Ersten und dem Zweiten Gesetzzzz verur-ursachen würde.« Donalds Augen wurden matter. Seine Bewegungen wirkten merkwürdig träge, als er die Arme sinken ließ.

»Es ist in Ordnung, Donald«, sagte Kresh und verlieh seiner Stimme einen möglichst festen und beruhigenden Klang. Er ging zu dem Roboter und legte ihm eine

Hand auf die Schulter. »Es ist alles in Ordnung. Du wirst diese Entscheidung nicht treffen müssen. Ich *befehle* dir, jetzt nicht weiter darüber nachzudenken.« Es gab Situationen, in denen ein Roboter nur durch die Worte seines direkten Herrn aus einem solchen Zustand herausgerissen werden konnte.

Für einen Moment erloschen Donalds Augen fast vollständig, dann leuchteten sie wieder in der gewohnten Helligkeit. Ein paar Sekunden lang schien er nichts wahrzunehmen, dann richtete er den Blick direkt auf Kresh. »Danke ... danke, Sir. Es war äußerst unklug von mir, so gründlich über diese Frage nachzudenken, auch wenn Sie mich dazu aufgefordert haben.«

Kresh nickte geistesabwesend. Ihm war klar, daß er die Situation selbst heraufbeschworen hatte. Er hatte Donald gefragt, warum ein Roboter keine solche Entscheidung treffen konnte, und eine Frage war im Grunde genommen das gleiche wie ein Befehl. Es erforderte ständige und äußerste Vorsicht, solche heiklen Themen mit einem Roboter der Drei Gesetze zu erörtern. Manchmal war Kresh es zutiefst leid. Es gab sogar Momente, in denen er bereit war, den Siedlern zuzugestehen, daß sie mit ihrer Einstellung zu Robotern recht haben könnten. Vielleicht würde das Leben ohne Roboter in einigen Punkten tatsächlich leichter sein.

Nicht daß sie im Augenblick die Wahl hatten. Aber wenn man es nicht riskieren konnte, Roboter mit einer solchen Situation zu konfrontieren ... Kresh wandte sich erneut seinem persönlichen Roboter zu. »Donald, ich erteile dir hiermit den Befehl, dich mit dem Gesicht zur Wand umzudrehen und deine akustischen Rezeptoren auszuschalten, bis ich oder meine Frau dir zuwinken. Hast du das verstanden?«

»Ja, Sir. Selbstverständlich.« Donald wandte Kresh und Fredda den Rücken zu. »Ich habe meine akustischen Rezeptoren jetzt abgeschaltet«, meldete er.

»Sehr gut«, sagte Kresh. Noch mehr verdammte Sicherheitsvorkehrungen, aber ihm blieb nichts anderes übrig. Zumindest konnte Donald jetzt nicht mehr zuhören. Jetzt konnten sie sich ungestört unterhalten, ohne befürchten zu müssen, in Gegenwart eines Roboters etwas Falsches zu sagen und damit aus Versehen eine Krise des Ersten Gesetzes auszulösen. Kresh drehte sich zu Fredda um. »Was ist mit dem robotischen und dem computerisierten Planetaren Kontrollzentrum?« fragte er. »Ich möchte mich mit beiden beraten, bevor ich eine Entscheidung treffe.«

»Was soll mit ihnen sein?« fragte Fredda zurück.

Die beiden Kontrollzentren bildeten das Herz des Terraforming-Projekts. Sie führten Kalkulationen und Analysen für alle Einzelprojekte aus, bevor diese in die Tat umgesetzt wurden. Ursprünglich war nur die Errichtung eines Kontrollzentrums vorgesehen gewesen. Es hatten zwei grundlegend unterschiedliche Systeme zur Auswahl gestanden. Das eine war eine computerisierte Einheit in Siedlerbauweise, die im wesentlichen aus einem äußerst komplexen und leistungsfähigen Computer bestand, der aber im eigentlichen Sinn über kein echtes Bewußtsein verfügte. Das andere war eine Robotikeinheit nach Art der Spacer, die auf einem ebenso leistungsfähigen positronischen Gehirn basierte, das von den Drei Gesetzen geprägt war. Im Prinzip handelte es sich dabei um einen Roboter ohne Körper.

Es war zu einer hitzigen Kontroverse über die Frage gekommen, ob man das Schicksal des Planeten einer geistlosen Maschine oder einem robotischen Gehirn anvertrauen sollte, das sich strikt weigern würde, notwendige Risiken einzugehen. Man konnte sich leicht vorstellen, daß sich eine robotische Kontrolleinheit gegen ein Projekt entscheiden würde, das für die Zukunft des gesamten Planeten von größter Wichtigkeit war, weil es lieber einen einzelnen Menschen vor Schaden bewahren wollte. Die Robotikexperten hatten versichert, daß das nicht passieren würde, aber Experten hatten sich schon oft genug getäuscht. Gouverneur Grieg war gestorben, bevor er seine Entscheidung zwischen den beiden Systemen hatte bekanntgeben können. Eine von Alvar Kreshs ersten Amtshandlungen hatte darin bestanden, beide bauen und so miteinander vernetzen zu lassen, daß sie zu einem Konsens kamen. Die Theorie sah vor, daß Menschen als Schiedsrichter fungieren würden, sollten beide Systeme sich in einem bestimmten Punkt nicht auf ein gemeinsames Vorgehen einigen können. In der Praxis jedoch hatten sie sehr viel häufiger Übereinstimmung erzielt, als es irgend jemand hätte hoffen können. Bisher hatte es lediglich rund ein halbes Dutzend unbedeutender Streitfragen gegeben, bei denen eine Entscheidung von Menschen erforderlich geworden war.

Ein umfangreiches Netzwerk aus Sensoren und Sonden, Orbitalsatelliten, mobilen Meßeinheiten und Inspektoren vor Ort sorgte für einen ständigen Informationsfluß an beide Kontrollsysteme, die ihrerseits die Menschen, Roboter und automatisierten Maschinen mit Daten und Instruktionen versorgten.

Nur die miteinander vernetzten Kontrollzentren waren in der Lage, die eingehende Datenflut und die Masse an Instruktionen zu bewältigen. Es stand außer Frage, daß sie zu dem Plan, einen Kometen auf dem Planeten einschlagen zu lassen, konsultiert werden mußten, aber Kresh wollte nicht riskieren, daß die robotische Einheit dadurch Schaden erlitt. »Du hast gesehen, was gerade mit Donald passiert ist«, sagte er. »Würde ich das robotische System durchbrennen lassen, wenn ich es frage, was ich tun soll?«

Fredda lächelte beruhigend. »Ein robotisches Kontrollzentrum zu bauen, das sich nicht mit Risiken für den Planeten auseinandersetzen kann, ohne sich dabei selbst zu beschädigen, hätte wenig Sinn gemacht. Es waren zwar ein paar Eingriffe erforderlich, aber wir haben einige spezielle …, nennen wir sie Sicherungen, installiert, die das System davor bewahren müßten, durch das Erste Gesetz in einen größeren Konflikt zu geraten.«

»Gut, gut«, sagte Kresh ein bißchen zerstreut. »Ein Punkt weniger, über den wir uns Sorgen machen müssen. Zumindest wissen wir, daß in dieser Hinsicht alles in Ordnung ist.«

»Wissen wir das wirklich?« fragte Fredda. »Ich bin mir da nicht so sicher. Seit Lentrall mich auf Donalds Namen angesprochen und mich darauf hingewiesen hat, daß er nicht von Shakespeare stammt, bin ich ins Grübeln gekommen.«

»Über was?«

»Ich war mir völlig sicher, daß der Name aus Shakespeares Werk stammt, ich hatte nicht den geringsten Zweifel daran. Ich habe mir nie die Mühe gemacht, es zu überprüfen, genausowenig wie ich auf die Idee käme, die Schreibweise meines eigenen Namens zu überprüfen. Ich habe gedacht, ich wüßte es, und ich habe mich absolut getäuscht.«

»Wir alle machen Fehler«, sagte Kresh.

»Ja, ja, natürlich«, erwiderte Fredda ungeduldig. »Aber das ist nicht der springende Punkt. Eigentlich ist es ja nur ein unbedeutender Fehler, aber er steckte in einer als verläßlich geltenden Datenbank. Wer weiß, wie lange es her ist, daß sich der Fehler dort eingeschlichen hat, und was sonst noch alles fehlerhaft sein könnte, von dem wir zu wissen *glauben,* daß es richtig ist?«

Ein langes und unbehagliches Schweigen folgte ihren Worten.

Aber das ganze Leben war von Ungewißheit geprägt. Zu warten, bis man sich über irgend etwas völlig sicher war, würde bedeuten, solange untätig zu bleiben, bis es zu spät war. »Diese Frage werden wir nie beantworten können«, sagte Kresh schließlich. Er dachte einen Moment lang nach. »Du denkst wie eine Wissenschaftlerin«, fuhr er fort, »und bis jetzt habe ich wie ein Politiker gedacht. Vielleicht ist es an der Zeit, wie ein Polizist zu denken.«

»Ich muß gestehen, daß ich nicht verstehe, warum die Sichtweise eines Polizisten in dieser Situation von Nutzen sein könnte«, bekannte Fredda.

»Damals, als ich noch ein Polizist war, *wußte* ich, daß ich nichts mit Sicherheit wußte«, erklärte Kresh. »Bei jedem Fall wußte ich, daß ein Teil des Wissens verborgen war und ich nie absolut vollständige und zuverlässige Informationen hatte. Aber ich mußte trotzdem handeln und Entscheidungen fällen. Ich mußte die Fakten, die ich hatte – oder für solche hielt –, benutzen und ihnen so weit folgen, wie sie mich führten.« Er umrundete Donald, bis er ihm direkt gegenüberstand, und wedelte vor seinem Gesicht herum. »In Ordnung, Donald«, sagte er. »Du kannst dich jetzt umdrehen und wieder zuhören.«

»Vielen Dank, Sir«, erwiderte der Roboter.

Kresh lächelte ihm zu, verharrte eine Weile und ging in die Mitte des Raumes. Er ließ seinen Blick von Donald zu Fredda wandern, dann drehte er sich um und starrte wieder durch das Fenster in den Regen hinaus, in das dunkle Nichts. »Wenn ich warte, bis ich genug weiß, um eine Entscheidung treffen zu können, wird es bereits zu spät sein. Deshalb werden wir von der Annahme ausgehen, *daß* wir den Grieg-Kometen aus seiner Bahn lenken werden. Alle Vorbereitungen werden so ablaufen, als hätten wir grünes Licht für Lentralls Plan gegeben.«

»Wir tun also so, als hättest du dich bereits entschieden?« fragte Fredda.

»Mehr oder weniger«, sagte Kresh. »Dadurch werde ich etwas Zeit gewinnen. Die tatsächliche Entscheidung muß ich erst treffen, wenn es soweit ist, den Kurs des Kometen zu verändern.«

»Das ist ein gefährlicher Schritt«, gab Fredda zu bedenken. »Es wird schwer werden, so viel Zeit, Arbeit und Geld zu investieren und dann im letzten Augenblick doch noch einen Rückzieher zu machen.«

»Es ist nicht die perfekte Vorgehensweise«, räumte Kresh ein. »Aber kennst du irgendeine bessere? Eine, die uns wenigsten Zeit gibt, unsere Möglichkeiten zu erforschen?«

»Nein«, gab Fredda zu.

»Dann, glaube ich, sollten wir es auf meine Weise machen«, sagte Kresh.

»Dann haben wir einen riesigen Berg von Arbeit vor uns«, stellte Fredda fest. »Da sind die Vorbereitungen für das Abfangen des Kometen, die Kursänderung, die Zielausrichtung, die Überwachung der Einschlaggebiete, die Evakuierung von Menschen und Material, Katastrophenschutzpläne für die Städte, das Anlegen von Nahrungsmittelvorräten ...«

»Entschuldigen Sie bitte, Dr. Leving«, unterbrach Donald, »aber wenn Sie mir die Bemerkung gestatten, fallen diese organisatorischen Dinge in den Aufgabenbereich, für den ich gebaut wurde.«

Kresh lächelte. Fredda mußte es wissen, schließlich war sie es gewesen, die Donald konstruiert hatte.

»Akzeptiert«, sagte er. »Donald, ich möchte, daß du unverzüglich mit den organisatorischen Vorbereitungen beginnst. Dein Hauptaufgabenbereich ist ab sofort das Projektmanagement, und du wirst dich durch keine anderen Aufgaben davon ablenken lassen. Du wirst keine weiteren persönlichen Dienste für mich leisten, solange du keine ausdrücklichen Befehle erhältst. Informiere mich in drei Stunden mittels Hyperfunk über den Projektstatus. Danach triffst du dich zu weiteren Besprechungen mit mir, wenn du es für angebracht hältst.

Fredda, da Donald jetzt nicht mehr verfügbar ist, fürchte ich, daß ich mir Oberon als Pilot ausborgen muß. Ich vermute, daß Donald mir nicht erlauben würde, bei diesem Wetter selbst zu fliegen.«

»Auf keinen Fall, Sir«, bestätigte Donald.

»Aber ... wohin willst du mitten in der Nacht?« wollte Fredda wissen.

»Raus«, sagte Kresh. »Bei dieser ganzen Geschichte scheint sich niemand in irgendeinem Punkt wirklich sicher zu sein. Es wird allmählich Zeit, daß ich mir Rat bei jemandem hole, der weiß, worum es hier eigentlich geht.«

Es gibt keinen logischen Grund, diesen Flug zu unternehmen, sagte sich Kresh, als er aus dem Fahrstuhl in den geschützten Hangar auf dem Dach seines Hauses trat. Und damit hatte er zweifellos recht. Er hätte die benötigten Informationen auch von zu Hause aus über sein eigenes Computerterminal abrufen können.

Aber manchmal war es nützlich, persönlich vor Ort zu sein. Es konnte leicht passieren, daß man ein paar Kleinigkeiten übersah oder überhörte, wenn man sich nur auf den Bildschirm und die Lautsprecher verließ.

Außerdem würde ihm der Flug selbst helfen. Hin und wieder war es wichtig, allein zu sein und Zeit zum Nachdenken zu haben, ohne von seinem persönlichen Roboter und sogar von seiner eigenen Frau begleitet zu werden. Alvar Kresh spürte, daß dies einer dieser Momente war, und wenn auch nur dazu, sich selbst bewußt zu machen, daß er seine Entscheidung allein würde treffen müssen. Oberon, Freddas Roboter, zählte kaum als Begleitung, und außerdem würde Kresh den Langstreckengleiter benutzen, der eine abgetrennte Passagierkabine hinter dem Cockpit besaß.

Er ging an Bord, gefolgt von Oberon. Kresh nahm in

einem Sitz am Backbordfenster Platz, gestattete dem Roboter, ihm den Sicherheitsgurt umzulegen und noch einmal zu überprüfen, und sah ihm hinterher, als er im Cockpit verschwand und die Tür hinter sich schloß.

Endlich allein. Ja, es war eine gute Idee gewesen, aus der Stadt herauszukommen und ein paar Blicke auf Inferno zu werfen, während er über das Schicksal des Planeten nachdachte. Oberon schaltete die Motoren an. Der Gleiter hob sich etwa einen halben Meter über den Hangarboden. Die Tore öffneten sich, und das Fahrzeug schwebte langsam in den prasselnden Regen hinaus. Es schien, als wäre der Sturm noch stärker geworden.

Unvermittelt wurde der Gleiter von den Böen gepackt und durchgeschüttelt. Der Regen trommelte mit unglaublicher Heftigkeit auf den Rumpf und die Sichtluken nieder. Einen Moment lang wünschte sich Kresh beinahe, zu Hause geblieben zu sein, aber Oberon wäre gar nicht erst gestartet, wenn er daran gezweifelt hätte, seinen Passagier sicher an sein Ziel bringen zu können. Kresh jedenfalls wäre nicht bereit gewesen, bei diesem Wetter selbst zu fliegen.

Aber noch während er die Hände um die Armstützen schloß und sich gegen das Schlingern und den holprigen Flug wappnete, verspürte er tief in seinem Inneren nicht die geringste Furcht, denn hinter dem Steuer saß ein Roboter, und wo Roboter waren, konnte es keine Gefahr für Menschen geben. Es gab nur wenige Dinge im Universum, in die Alvar Kresh absolutes Vertrauen setzte, und Roboter gehörten dazu.

Irgend jemand hätte das vielleicht auch dem Wetter sagen sollen. Der Sturm tobte und brüllte um den Gleiter herum, der langsam an Höhe gewann. Das Rütteln und Schlingern wurde immer heftiger, und gerade, als Kresh langsam zu der Überzeugung kam, daß sein Vertrauen in Roboter doch nicht so absolut war, stieß der

Gleiter durch die Wolkendecke und stieg in den klaren und ruhigen Himmel hinauf.

Die Ruhe nach dem Sturm, dachte Kresh, während er auf die Gewitterwolken hinuntersah. Ein hübsches Symbol. Vielleicht sogar ein gutes Omen.

Aber er wußte es besser. Er glaubte nicht an Vorzeichen und Omen.

Der Gleiter drehte nach Südost ab und nahm Kurs auf die Insel Fegefeuer.

Davlo Lentrall stolperte wie blind aus dem Gleiter hinaus in seinen regengepeitschten Vorgarten. Kaelor folgte ihm dicht auf, ergriff ihn behutsam am rechten Arm und führte ihn zur Eingangstür. Lentrall ließ es geschehen, ohne richtig wahrzunehmen, wo er war und was er hier tat. Er befand sich in einem Schockzustand. Es hatte eine Weile gedauert, bis ihn die vollen Auswirkungen der jüngsten Ereignisse erreicht hatten, aber jetzt drohten sie ihn zu überwältigen.

Der Teil in ihm, der mehr oder weniger bei klarem Bewußtsein geblieben war, hatte sich geweigert, den Polizeigleiter in die an das Haus angebaute Garage schweben zu lassen, obwohl dort Platz genug war und er nicht naß geworden wäre. Nein, nein. Er würde die Polizei nicht in sein Haus lassen, nicht einmal in den Hangar. Nicht solange er es irgendwie vermeiden konnte.

Es war ein irrationales Verhalten, das war ihm klar, aber es war ihm egal. Obwohl er genau wußte, daß die Polizei während seiner Abwesenheit überall in seinem Haus gewesen war, ihre Sicherheitskontrollen durchgeführt und Überwachungssysteme installiert hatte. Obwohl er wußte, daß auch jetzt unmittelbar jenseits seiner Grundstücksgrenze Polizisten Posten bezogen hatten, die die Umgebung und sein Haus trotz Sturm und

Dunkelheit ständig im Auge behielten. Obwohl er wußte, daß diese Maßnahmen richtig und vernünftig waren, wenn man bedachte, daß ein paar Leute, die ohne größere Gewissensbisse bereit waren, ein paar Schritte zu weit zu gehen, ihn zu ihrer Zielscheibe auserkoren hatten. Es war durchaus möglich, daß das Überleben des Planeten direkt mit dem seinen verknüpft war, aber im Augenblick war das Davlo Lentrall völlig egal.

Er ging auf bleiernen Beinen zur Vordertür und wartete, bis Kaelor sie geöffnet, ihn hineinbugsiert und sie wieder hinter ihm geschlossen hatte. Er ließ sich widerstandslos in die Mitte des Wohnzimmers führen, wo der Roboter ihm die tropfnasse Kleidung auszog, kurz verschwand und Sekunden später mit einem Stapel Handtücher und einer warmen Decke zurückkehrte. Einer der Haushaltsroboter erschien mit einem Becher, in dem irgendeine heiße Flüssigkeit dampfte. Dann ließen die Roboter ihn allein.

Lentrall saß mit immer noch feuchtem Haar und klammer Haut in eine Decke gehüllt in seinem Wohnzimmer, trank seine Suppe, ohne sie zu schmecken, und starrte an die Wand, ohne irgend etwas zu sehen.

Alles um ihn herum war in sich zusammengebrochen. Davlo Lentrall hat nie an sich selbst gezweifelt. Nicht ein einziges Mal in seinem Leben hatte er daran gezweifelt, alles bewältigen zu können, was das Schicksal für ihn bereithalten mochte. Er wußte, das er klüger, energischer, schneller und fähiger als die anderen war. Er hatte es immer gewußt.

Bis heute. Bis es einer Bande von gesichtslosen Kidnappern gelungen war, ihn mit ihren Tricks hereinzulegen, um ihn von seinem Begleitschutz abzuschneiden. Bis er von einem Roboter wie eine Puppe herumgeschubst und zu seiner eigenen Sicherheit unter eine Parkbank gequetscht worden war. Bis ein Polizeibeamter, dem Lentrall nur eine mittelmäßige Intelligenz zugebilligt hätte, die richtigen Schlüsse gezogen, die richtigen Maßnahmen ergriffen und sein eigenes Leben riskiert hatte, um ihn, Lentrall, zu retten.

Aber so schrecklich das alles auch war, das allein wäre noch nicht so schlimm gewesen. All das bildete lediglich den Hintergrund für das eigentliche Problem, für die wahre Demütigung.

Davlo Lentrall hatte Angst gehabt. Nein, es wurde Zeit, ehrlich zu sein, zumindest sich selbst gegenüber. Es war mehr als Angst, es war blankes Entsetzen gewesen. Er war *immer noch* entsetzt. Als es passiert war, als er sich ohne jede Vorankündigung in höchster Gefahr befunden hatte, hatte sich der Davlo Lentrall, als der er sich selbst sah – der kühle, selbstbewußte, beherrschte junge Mann, der stets alles im Griff hatte und jedes Problem mit Leichtigkeit bewältigen konnte, buchstäblich in Luft aufgelöst.

Dabei spielte es nicht die geringste Rolle, daß sich auch ein mutiger und beherrschter Davlo Lentrall letztendlich unter eine Parkbank gequetscht wiedergefunden hätte, daß er von Anfang an nichts hätte tun können, um irgend etwas an dieser Situation zu ändern, wie tapfer oder feige er auch gewesen wäre.

Nein, das Problem war, daß der Davlo Lentrall, der klüger und fähiger als alle anderen war, der die Kühnheit besessen hatte, der führenden Robotikerin des Planeten ins Gesicht zu sagen, daß sie bei der Namensgebung ihres Roboters einen Fehler gemacht hatte, daß dieser Davlo Lentrall plötzlich aufgehört hatte zu existieren.

Lentrall hatte nie gewußt, wie er in einer Gefahrensituation reagieren würde, weil er noch nie in Gefahr gewesen war. Jetzt wußte er es. Von jetzt an wußte er, daß die Angst ihn absolut handlungsunfähig machen konnte.

Er trank einen weiteren Schluck von seiner heißen Suppe, und zum ersten Mal, seit er nach Hause gekommen war, wurde ihm richtig bewußt, wo er war und was er tat. Die Suppe schmeckte gut, wärmte ihn innerlich und füllte seinen Magen.

Also hatte er heute versagt. Sei's drum. Was spielte das schon für eine Rolle? Auch der mutigste Mann der Welt hätte nichts tun können, um in den Ablauf der Ereignisse einzugreifen. Und war es wirklich so wichtig, daß Commander Justen Devray der Held des Tages gewesen war? Würde sich noch irgend jemand an die Vorfälle des Tages erinnern, wenn die Geschichtsbücher geschrieben wurden? Nein. Man würde sich daran erinnern, daß Dr. Davlo Lentrall den Grieg-Kometen entdeckt und die Operation geleitet hatte, durch die der Komet auf dem Planeten eingeschlagen war und ihn gerettet hatte.

Ja. Ja. Lentrall trank den Rest der Suppe in einem großen Schluck aus und stand auf. Immer noch in die Decke gehüllt, machte er sich auf den Weg in sein Privatbüro am anderen Ende des Hauses. Ja. Komet Grieg. *Daran* würde man sich erinnern, nicht an diesen Tag der Demütigung.

Und die beste Methode, die Erinnerung an die heutige Katastrophe zu verdrängen, bestand darin, sofort zu seiner Arbeit zurückzukehren. Kaelor hatte völlig zu Recht darauf hingewiesen, daß noch eine Menge ungelöster Probleme zu erledigen waren. Jetzt war genau der richtige Zeitpunkt, um sich damit zu beschäftigen. Er konnte die entsprechenden Dateien auch von hier aus aufrufen und sich an die Arbeit machen.

Es war Davlo Lentrall nie auch nur flüchtig in den Sinn gekommen, sich zu fragen, wo genau die Computerdateien gespeichert wurden. Er hatte sich nie damit befaßt, daß es einen bestimmten Ort gab, ein physikalisches Medium, das die Daten enthielt. Sie waren ganz einfach da, irgendwo in den umfangreichen, miteinander vernetzten Kommunikations- und Computersystemen, mit denen alle Terminals in der Stadt und den anderen Siedlungen auf dem Planeten verbunden waren. Er konnte die Daten von jedem beliebigen Ort aus und zu jeder Zeit abrufen und bearbeiten.

Lentrall hatte sich darüber genausowenig Gedanken gemacht, wie er sich die Mühe machte, darüber nachzudenken, warum seine Haushaltsroboter wußten, wann sie ihm einen Teller Suppe servieren sollten, oder daß er jederzeit genug Luft zum Atmen hatte.

Er setzte sich an das Computerterminal in seinem Arbeitszimmer und lud die Dateien über den Grieg-Kometen. Das heißt, er versuchte es zumindest.

Und ganz plötzlich war es so, als hätte er keine Luft mehr zum Atmen.

Der Flug über die Große Bucht war reibungslos verlaufen, nachdem der Gleiter das Unwetter mit der Küste hinter sich gelassen hatte. Das war nicht überraschend. Die Meteorologen hatten Kresh erklärt, daß es sich dabei um ein typisches Klimamuster handelte. Die warme und feuchte Meeresluft gab ihre Feuchtigkeit im selben Moment ab, in dem sie auf die kühle und trockene Luft über dem Festland traf. Teilweise hatte es damit zu tun, daß die Luft durch die Gebirgskette direkt hinter Hades gezwungen wurde, in die Höhe zu steigen. Mit zunehmender Höhe sank der Luftdruck, und je niedriger er war, desto weniger Feuchtigkeit konnte die Luft binden. Der Wasserdampf kondensierte und fiel als Regen zur Erde.

Aber was auf dem Festland funktionierte, konnte auch auf der windwärts gelegenen Seite einer Insel funktionieren. Besonders bei einer so großen Insel wie Fegefeuer. Die vorherrschenden Winde kamen aus Süden. Kreshs Gleiter näherte sich aus Nordwesten, überflog den zentralen Gipfel der Insel und geriet in ein Unwetter, das genauso heftig wie das über Hades war.

Sie tauchten in die Wolkendecke ein und wurden

augenblicklich von dem tobenden Sturm erfaßt. Kresh umklammerte erneut die Armstützen, als der Gleiter bockte und tanzte, Blitze die wirbelnden Wolken erhellten und Donnerschläge dröhnten. Plötzlich verspürte er den schier übermächtigen Drang, ins Cockpit zu stürzen und selbst die Steuerung zu übernehmen. Er mußte sich eingestehen, nicht mehr weit von einer Panik entfernt zu sein.

Es kostete ihn Mühe, sich zu entspannen. Alles würde gut werden. Oberon war ein guter Pilot. Kresh blickte aus dem Fenster in den Regen hinaus und mußte unwillkürlich an einen anderen Sturm denken, der vor fünf Jahren über Fegefeuer gewütet hatte. Das Unwetter war von den gewaltigen Kraftfeldern des Terraforming-Zentrums erzeugt worden und hatte in der Nacht getobt, in der Chanto Grieg ermordet worden war. Aber wenigstens lauerte in diesem Sturm kein Unheil, das nur darauf wartete zuzuschlagen.

Kresh lächelte vor sich hin. Woher, zum Teufel, sollte er den Fahrplan von Katastrophen kennen? Sie neigten dazu, sich zu ereignen, wann immer sie wollten, ohne sich die Mühe zu machen, vorher bei Leuten wie Alvar Kresh um Erlaubnis zu fragen.

Der Gleiter wurde von einem noch heftigeren Schlag durchgeschüttelt und kam urplötzlich zur Ruhe. Kresh blinzelte und sah zum Fenster hinaus. Es dauerte einen Moment, bevor er begriff, daß sie gelandet waren.

Die Tür zum Cockpit öffnete sich. Oberon betrat die Passagierkabine. »Wir sind da, Sir«, verkündete er mit seiner tiefen, fast knarrenden Stimme. »Wie Sie sehen, ist das Wetter sehr unfreundlich. Da es zwischen dem Landefeld und dem Eingang keinen überdachten Weg gibt, möchten Sie vielleicht warten, bis sich das Wetter ein wenig beruhigt hat.«

Kresh schirmte seine Augen mit einer Hand gegen die Kabinenbeleuchtung ab und spähte durch die Sichtluke.

Er entdeckte den Eingang des Terraforming-Zentrums. »Es können höchstens hundert Meter bis zur Tür sein«, sagte er. »Warum, zum Teufel, sollte ich warten?«

»Wie Sie wünschen, Sir. Wenn Sie es für eine gute Idee halten, sofort aufzubrechen.«

Verdammtes fürsorgliches Kindermädchen von einem Roboter! Kresh gestattete sich ein kurzes Aufflackern von Wut. Wenn er wartete, bis das Wetter sich beruhigt hatte, würde Oberon dann vielleicht vorschlagen, daß er erst noch eine ausgiebige Mahlzeit zu sich nahm und ein Nickerchen hielt, bevor er die beschwerliche dreißigsekündige Reise über den Parkplatz antrat! Kresh machte sich jetzt schon Sorgen, zu viel Zeit vergeudet zu haben.

»Ich halte es tatsächlich für eine gute Idee«, knurrte er. »Für einen geradezu brillanten Einfall.« Er löste seinen Sicherheitsgurt, stand auf und griff nach seinem Regenumhang, den er auf den gegenüberliegenden Sitz geworfen hatte. Das Ding war immer noch etwas feucht, aber das war ihm egal. Er streifte es über, zog sich die Kapuze über den Kopf und starrte Oberon finster an. »Ich schlage vor, daß du vorläufig hier bleibst«, sagte er. »Es sei denn, du hältst es für eine gute Idee, mir im Weg herumzustehen.«

Oberon hielt es ganz offensichtlich für keine gute Idee, darauf zu antworten. Kresh wandte ihm den Rücken zu, packte den Türgriff und drückte ihn herunter. Er stieß die Tür auf und trat in den brüllenden Sturm hinaus.

Der peitschende kalte Regen schlug ihm direkt ins Gesicht. Kresh hielt sich eine Hand schützend vor die Augen und spähte zwischen den Fingern hindurch. Er umrundete den Gleiter und marschierte auf den Eingang des Terraforming-Zentrums zu. Der Wind preßte ihm den Regenumhang flach gegen den Körper und ließ den Saum hinter ihm wild flattern und schlagen. Kresh stemmte sich gegen den Sturm und hielt mit Mühe die

Kapuze auf seinem Kopf fest. Trotzdem fand der Regen irgendwie einen Weg in sein Gesicht und sein Haar.

Zwei große Glastorflügel bildeten den Haupteingang des Terraforming-Zentrums. Kresh wollte gerade die Hände nach den Türgriffen ausstrecken, als ihm wieder einfiel, daß das so nicht funktionierte. Er würde nur hineinkommen, wenn er sich an die Regeln hielt, Regeln, denen er selbst zugestimmt hatte.

»STIMMENMUSTERERKENNUNG!« schrie er über das Heulen des Sturmes hinweg.

»Automatisches Stimmenmustererkennungssystem aktiviert«, erwiderte eine völlig unpersönliche Stimme aus keiner feststellbaren Richtung. Obwohl Kresh mit einer Antwort gerechnet hatte, zuckte er zusammen. Es war eine unverkennbar künstliche Stimme – ruhig, emotionslos, kalt.

Kresh dämpfte seine Lautstärke. Wenn er die Stimme der automatischen Anlage hören konnte, würde sie ihn auch verstehen können, wenn er nicht schrie. »Name: Gouverneur Alvar Kresh«, sagte er. »Paßwort: Terra Grande.«

»Identität bestätigt. Eintrittsberechtigung bestätigt«, erwiderte die Stimme. Die Verrieglung löste sich. Kresh, der es eilig hatte, aus dem Regen herauszukommen, packte die Griffe beider Türflügel und zerrte etwas zu ungestüm daran. Der Wind riß ihm den linken Türflügel aus der Hand und schmetterte ihn gegen die Wand, bevor er wieder zurückschwang. Der ersten Tür folgte eine zweite, die sich nach innen öffnete. Kresh stieß sie im Gehen auf.

Sein letzter Besuch lag schon längere Zeit zurück, aber er kannte den Weg immer noch. Er wandte sich nach links und ging den Hauptkorridor entlang, bis er eine dritte Tür erreichte. Die ersten beiden waren gewöhnliche Türen gewesen, nicht aber die dritte, die in Raum 103 führte. Es war ein riesiges Stahlpanzerschott, das eher an eine Tresortür erinnerte, und wie bei einem Tresor war es auch verschlossen und gesichert. Seitlich davon gab es einen Handflächenabtaster. Kresh legte die Hand darauf. Kurz darauf ertönte ein dumpfes Geräusch, und die massive Tür schwang nach außen.

Kresh schlüpfte hindurch, kaum daß der Spalt breit genug war. Eine Frau mittleren Alters in einem Laborkittel, die an einem Schreibtisch direkt hinter der Tür saß, blickte überrascht auf. Sie starrte den Eindringling mit offenem Mund an, erhob sich und schien zu einem Protest ansetzen zu wollen. Drei der anwesenden Roboter traten einen oder zwei Schritte vor, als befürchteten sie, der Fremde könnte versuchen, der Frau etwas anzutun. Kresh schlug die Kapuze seines Regenumhangs zurück. Die Frau und die Roboter erkannten ihn sofort, aber das schien ihre Verwirrung nur noch zu steigern.

Alvar Kresh kümmerte sich nicht weiter um die Gefühle des technischen Bereitschaftsdienstes. Er beachtete sie kaum. Statt dessen richtete er seinen Blick auf die beiden rund fünf Meter durchmessenden schimmernden Halbkugeln, die auf Sockeln gleichen Durchmessers ruhten, so daß sich ihre Grundflächen in etwa in Augenhöhe befanden. Eine der Halbkugeln war eine perfekt gerundete glatte Kuppel, die andere ein aus vielen flachen Schalttafeln bestehender geodätischer Körper, aus dem eine Unmenge an komplizierten Vorrichtungen, Kabeln und Leitungen herausragten.

Kresh nickte in Richtung der beiden Gebilde. »Ich möchte mit den Zwillingen sprechen«, sagte er.

10. Kapitel

Dr. Leschar Soggdons Mund öffnete und schloß sich, öffnete sich wieder und blieb dann eine Weile offenstehen. »Sie sind ... Sie sind Gouverneur Kresh«, brachte sie schließlich hervor.

»Richtig«, erwiderte Kresh nicht allzu freundlich. »Das wußte ich auch schon vorher. Und ich muß mit den Zwillingen über einige klimatische Projektionen sprechen. Sofort.«

Soggdons Fassungslosigkeit wuchs. »Sir, so geht das nicht. Sie können nicht einfach hier erscheinen und ...«

»*Ich* kann«, sagte Kresh. »*Ich* muß es wissen. Schließlich habe ich die Bestimmungen selbst erlassen.«

»Oh ... ja, ja, Sir. Ich wollte damit nicht sagen, daß Sie hier keinen Zutritt haben. Es geht nur um die erforderliche Ausbildung und das Verständnis der Arbeitsabläufe. Wahrscheinlich wäre es klüger, wenn Sie Ihre Fragen dem Generalkomitee für Terraforming in schriftlicher Form zukommen lassen würden, und dann ...«

»Wer sind Sie?« fiel ihr Kresh ins Wort. »Welche Position bekleiden Sie hier?«

Soggdon errötete und richtete sich zu ihrer vollen Größe auf, so daß sich ihre Augen in etwa auf gleicher Höhe mit Kreshs Halsansatz befanden. »Ich bin Dr. Leschar Soggdon«, sagte sie mit so viel Würde, wie sie aufbringen konnte. »Ich bin die Aufseherin der Nachtschicht.«

»In Ordnung, Dr. Soggdon. Bitte hören Sie genau zu.

Ich bin hierher gekommen, weil ich verhindern will – verhindern muß –, daß irgendwelche Verzögerungen auftreten. Ich bin wegen einer Angelegenheit von äußerster Dringlichkeit und Bedeutung hier, und ich *muß* sicher sein, daß ich meine Informationen direkt von der Quelle erhalte. Ich kann nicht riskieren, daß irgendwelche Experten meine Fragen oder die Antworten der Zwillinge mißinterpretieren. Ich kann nicht warten, bis das Generalkomitee Debatten über Sinn und Zweck meiner Fragen abhält. Ich muß meine Fragen jetzt stellen und die Antworten jetzt bekommen. Ist das klar? Wenn nicht, sind Sie hiermit gefeuert.«

»Ich, äh ... äh ... Sir, ich ... äh ...«

»Ja? Haben Sie irgendwelche anderen Jobs in Aussicht?«

Soggdon schluckte mühsam. »Nun gut«, sagte sie schließlich. »Aber, Sir, bei allem gebotenen Respekt möchte ich Sie bitten, eine Erklärung zu unterschreiben, aus der hervorgeht, daß Sie gegen meinen Rat gehandelt und mir ausdrücklich befohlen haben, Sie gewähren zu lassen.«

»Ich unterschreibe alles, was Sie wollen«, erwiderte Kresh. »Aber lassen Sie mich jetzt mit den Zwillingen sprechen.« Er schälte sich aus seinem Regenumhang und reichte ihn dem nächsten Roboter. Dann ging er zum anderen Ende des Raumes mit den beiden großen Halbkugeln, in denen die Kontrollzentren untergebracht waren, die stationäre Robotikeinheit der Spacer und das Computersystem der Siedler.

Vor den beiden Maschinen stand eine Kombination aus Schreibtisch und Kommunikationskonsole. Kresh zog sich einen Stuhl heran und nahm Platz. »Also gut«, sagte er. »Was muß ich tun?«

Soggdon war versucht, ihm nur zu zeigen, wie er die Kontrollen zu bedienen hatte, und ihn dann sich selbst zu überlassen, aber sie wußte, welchen Schaden schon die kleinste Unachtsamkeit ausrichten konnte. Die Vorstellung, daß Einheit Dee in einen ernsthaften Konflikt mit dem Ersten Gesetz geriet, nur weil Kresh seinen eigenen Kopf durchsetzen wollte, war mehr, als sie ertragen konnte. Sie brachte es einfach nicht fertig zu schweigen. »Sir, es tut mir leid, aber Sie müssen ein paar Dinge verstehen, bevor Sie anfangen können, und ich werde dafür sorgen, daß Sie sie verstehen, selbst wenn das bedeutet, daß ich meinen Job verliere. Sonst könnten Sie Einheit Dee jeden erdenklichen Schaden zufügen.«

Kresh sah überrascht und verärgert auf, aber dann wurde seine Miene eine Spur freundlicher. »Na schön«, sagte er. »Ich rede mir immer selbst ein, daß ich Menschen schätze, die sich nicht von mir einschüchtern lassen. Ich schätze, jetzt habe ich die Gelegenheit, es mir zu beweisen. Also erklären Sie mir, was ich wissen muß, aber fassen Sie sich kurz. Sie können damit anfangen, indem Sie mir erzählen, was das ›D‹ bedeutet.«

Dr. Soggdon war verblüfft. Sie musterte ihn genau, bevor sie antwortete. Wie konnte ein Mann, der nicht einmal wußte, was – oder wer – Einheit Dee war, hier einfach hereinplatzen und das Kommando übernehmen wollen? »Ich meine nicht den Buchstaben ›D‹, Sir, ich meine Einheit Dee. So nennen wir das robotische Kontrollsystem.«

Kresh runzelte die Stirn, warf einen Blick auf die Halbkugeln und bemerkte zum ersten Mal die säuberlich beschrifteten Plaketten an den Wandungen. Auf der Plakette an der runden Kuppel stand *Einheit Dee,* auf der an der vielwinkligen geodätischen Kuppel stand *Einheit Dum.*

»Ah, ich sehe«, sagte Kresh. »Wie ich zugeben muß, weiß ich nicht viel darüber, wie Sie die Dinge hier handhaben. Ich war nur ein- oder zweimal während der Konstruktionsphase hier. Ich weiß, daß die Codebezeichnung für die beiden Kontrolleinheiten immer noch ›Die Zwillinge‹ lautet – aber das ist auch schon so ziemlich alles. Ich vermute, daß diese Namen für irgend etwas stehen. Akronyme?«

Soggdon verzog das Gesicht. Für jemanden, der hier einfach auftauchte und den Laden übernehmen wollte, ließ sich der Gouverneur allerdings von Nebensächlichkeiten ablenken. »Ich glaube, der Name ›Einheit Dee‹ bezieht sich auf den vierten und letzten Entwurf«, sagte sie. »Anscheinend hat er sich zu einer Art persönlichem Scherz unter der Tagesschicht entwickelt. Ich muß gestehen, daß ich mir nie die Mühe gemacht habe herauszufinden, worauf der Scherz beruht. Es könnte damit zu tun haben, daß Einheit Dum, nun ... dumm ist, ohne Bewußtsein, aber die genaue Bedeutung von Einheit Dee habe ich nie begriffen.« Sie zuckte die Achseln. Dr. Leschar Soggdon war noch nie dafür bekannt gewesen, einen ausgeprägten Sinn für Humor zu haben.

»In Ordnung«, sagte der Gouverneur. »Lassen wir das Thema vorerst. Was muß ich wissen, um zu verhindern, daß ich die Zwillinge beschädige?«

»Also, nur Einheit Dee könnte beschädigt werden. Wir betrachten sie übrigens als weiblich, Einheit Dum als männlich. Dum ist kein Roboter, sondern ein Computer ohne wirkliches Bewußtsein. Er besitzt ein Interface mit einem Pseudobewußtsein, das es ihm in begrenztem Maß gestattet, mit Menschen zu sprechen, aber er ist kein Roboter und damit auch nicht den Drei Gesetzen unterworfen. Mit Dee ist das eine ganz andere Geschichte. Sie ist eigentlich nichts anderes als ein gewaltiges positronisches Gehirn mit einer großen Anzahl von Schnittstellen. Ein robotisches Gehirn ohne einen konventionellen Roboterkörper – aber im Grunde genommen ein Roboter der Drei Gesetze. Nur einer, der sich nicht bewegen kann.«

»Und wo liegt da das Problem?« wollte Kresh wissen. Er war unverkennbar kurz davor, wieder die Geduld zu verlieren.

»Das sollte offensichtlich sein«, erwiderte Soggdon und erkannte eine Sekunde zu spät, wie unhöflich sich das anhören mußte. »Das heißt ... ähm, entschuldigen Sie, Sir, aber bedenken Sie bitte, daß Einheit Dee damit beauftragt ist, das ökologische Gleichgewicht eines ganzen *Planeten* wiederherzustellen, auf dem Millionen von Menschen leben. Sie wurde dazu entworfen, gewaltige Informationsmengen zu verarbeiten, extrem langfristige Vorhersagen zu machen, in einem sehr großen Maßstab zu denken und gleichzeitig auch das kleinste Detail zu berücksichtigen.«

»Und?«

»Nun, offensichtlich ist es bei einem so umfangreichen Unternehmen, wie der Wiederherstellung eines Planeten, unvermeidbar, daß es zu Unfällen kommt. Menschen werden ihre Heime aufgeben und unter Sintfluten, Dürreperioden und Stürmen leiden müssen, die vorsätzlich durch die Maßnahmen und Befehle dieser beiden Kontrollsysteme verursacht werden. Die Einheiten werden zwangsläufig irgendwelchen Menschen irgendwo auf Inferno Schaden zufügen müssen.«

»Ich dachte, das robotische System wäre so konstruiert worden, daß es diese Art von Konflikten durch das Erste Gesetz ertragen könnte«, warf Kresh ein. »Ich habe von Systemen gelesen, die umfangreiche Projekte durchgeführt haben und so programmiert worden waren, daß sie Nutzen und Schaden für die Menschen als Einheit und nicht getrennt betrachten konnten.«

Soggdon schüttelte den Kopf. »Das funktioniert nur in sehr begrenzten oder speziellen Fällen, und, soweit ich gehört habe, auch nicht langfristig. Früher oder später kommen robotische Systeme, die darauf programmiert wurden, auf diese Weise zu denken, mit ihrer Aufgabe nicht mehr zurecht. Sie brennen durch oder versagen bei allen möglichen Problemen, und in den Fällen, von denen Sie sprechen, geht es um Roboter, die sich mit sehr abstrakten Situationen beschäftigen. Einheit Dee muß sich um eine endlose Serie täglicher Entscheidungen kümmern, die Millionen von Einzelindividuen betreffen, von denen sie mit einigen direkten Kontakt hat. Sie spricht mit ihnen, tauscht mit ihnen Nachrichten und Daten aus. Sie *kann* nicht auf diese Weise denken. Sie kann nicht verhindern, Menschen als Individuen zu betrachten.«

»Und worin besteht die Lösung?« wollte Kresh wissen.

Soggdon atmete tief ein, und als sie fortfuhr, sprach sie sehr schnell, als wollte sie es so schnell wie möglich hinter sich bringen. Sie hob eine Hand und machte eine ausholende Geste. »Einheit Dee hält das alles für eine Simulation«, erklärte sie.

»Was?« fragte Kresh.

»Sie glaubt, das gesamte Terraforming-Projekt und sogar ganz Inferno wären lediglich eine äußerst komplexe und geschickte Simulation, die dazu geschaffen wurde, Vorbereitungen für ein echtes Terraforming-Projekt irgendwann in der Zukunft zu treffen.«

»Aber das ist absurd!« wandte Kresh ein. »Niemand würde so etwas glauben.«

»Nun, zu unser aller Glück scheint es, als könnte Einheit Dee daran glauben.«

»Aber es gibt so viele Beweise für das Gegenteil! Diese Welt ist viel zu komplex, um eine Simulation sein zu können!«

»Wir achten sehr sorgfältig darauf, daß ihre Wahrnehmungen und ihr Wissen begrenzt bleiben«, erwiderte Soggdon. »Denken Sie daran, daß wir ihren gesamten Input kontrollieren. Sie erhält nur die Informationen, die wir ihr geben. Manchmal füttern wir sie sogar absichtlich mit Fehlern oder mit Bildern und Informationen, die keinen Sinn ergeben. Dann korrigieren wir diese Fehler wieder. Das läßt die Dinge weniger real erscheinen und vermittelt ihr den Eindruck, daß etwas schiefgehen kann.

Auf diese Weise können wir – wenn wir tatsächlich einmal einen Fehler in unseren Berechnungen machen oder entdecken, daß wir irgendeine Variable übersehen oder ihr Informationen zugänglich gemacht haben, die sie eigentlich nicht haben sollte – unsere Fehler korrigieren, ohne ihr Mißtrauen zu erregen. Einheit Dee hält Inferno für ein Konstrukt, das speziell für sie geschaffen wurde. Soweit sie es betrifft, befindet sie sich in einem Labor auf Baleyworld. Ihrer Meinung nach dient die Simulation dem Versuch, zu lernen, wie man bei späteren Terraforming-Projekten mit der Hardware der Siedler zusammenarbeiten kann.« Sie zögerte einen Moment lang und kam dann zu dem Schluß, daß sie Kresh auch gleich den schwierigsten Teil mitteilen könnte. »Tatsächlich glaubt sie sogar, daß auch *Sie* ein Teil dieser Simulation sind.«

»Was?«

»Es war nötig, glauben Sie mir. Würde Einheit Dee Sie für eine reale Person halten, dann würde sie sich natürlich fragen, was Sie in einer für sie künstlich erzeugten Welt tun. Es kostet uns viel Mühe, sie davon zu überzeugen, daß die reale Welt nur eine Simulation ist.«

»Und deshalb mußten Sie ihr erzählen, daß es mich in Wirklichkeit gar nicht gibt.«

»Genau. Aus Dees Sicht gibt es drei Gruppen intelligenzbegabter Geschöpfe, diejenigen, die in der realen Welt leben, aber nichts mit ihr zu tun haben, die realen Menschen hier im Labor und seiner Umgebung, die mit ihr kommunizieren, und die Simulanten, simulierte Intelligenzen.«

»Simulanten«, sagte Kresh. Es war eindeutig keine Frage. Er bat sie nicht, ihr den Begriff zu erklären, er befahl es ihr.

»Ähm ... ja, Sir. Das ist die industrielle Standardbezeichnung für virtuell erzeugte Roboter oder Menschen innerhalb einer Simulation. Einheit Dee glaubt, daß die gesamte Bevölkerung von Inferno aus Simulanten besteht – und daß Sie einer von ihnen sind.«

»Versuchen Sie gerade, mir klarzumachen, daß ich nicht mit ihr sprechen kann, weil sie merken würde, daß ich nicht künstlich bin?« fragte Kresh.

»Oh, nein, Sir! Es dürfte überhaupt kein Problem für Sie sein, sich mit Einheit Dee zu unterhalten. Sie spricht jeden Tag mit Ökoingenieuren und Robotern, aber sie glaubt, daß alle nur ihre Rollen spielen. Es ist unbedingt erforderlich, daß Sie das gleiche auch von Ihnen glaubt.«

»Oder aber sie würde sich zu fragen beginnen, ob ihre simulierte Welt nicht in Wirklichkeit doch real ist«, führte Kresh den Gedanken weiter, »und ob sie mit ihren Handlungen Menschen geschadet hat.«

»Sie hat tatsächlich bereits den Tod mehrerer Menschen verursacht«, erwiderte Soggdon. »Es waren unvermeidbare Unglücksfälle, und alle Maßnahmen dienten nur dazu, Menschen an anderen Orten und zu anderen Zeiten zu retten. Dee konnte mit diesen Vorfällen verhältnismäßig gut umgehen, aber nur, weil sie glaubte, es mit Simulanten zu tun zu haben. Und vielleicht sollte ich hinzufügen, daß sie dazu neigt, ihre Simulanten zu *mögen* und sich um sie zu sorgen. Sie repräsentieren für sie die einzige Welt, die sie jemals kennengelernt hat.«

»Es *ist* die einzige Welt«, sagte Kresh. »Ihre Simulanten sind echte Menschen.«

»Natürlich, natürlich. Ich will nur darauf hinweisen, daß Einheit Dee diese Menschen für imaginär hält und trotzdem eine Zuneigung zu ihnen entwickelt hat. Sie mag sie auf eine Art und Weise, wie man zum Beispiel die Figuren eines Romans oder eines Films mag, und sie spricht mit ihnen, wie ein Haustierbesitzer zu seinem Tier spricht. Im Grunde weiß Einheit Dee, daß ihre Simulanten nicht real sind, aber trotzdem entwickelt sie ein echtes Interesse für sie, und sie gerät in einen echten, wenn auch nur harmlosen Konflikt durch das Erste

Gesetz, wenn einer von ihnen stirbt und sie es vielleicht hätte verhindern können. Direkt den Tod von Simulanten zu verursachen, bereitet ihr größte Schwierigkeiten. Sollte sie herausfinden, daß sie reale Menschen getötet hat ... nun, das wäre das Ende. Sie könnte durch das Erste Gesetz in einen unlösbaren Konflikt geraten, eine völlige Gehirnblockade erleiden und einfach sterben. Oder, was noch schlimmer wäre, sie könnte es überleben.«

»Warum wäre es noch schlimmer, wenn sie überleben würde?« erkundigte sich Kresh.

Soggdon stieß einen langen müden Seufzer aus. Sie betrachtete die große Halbkugel und schüttelte den Kopf. »Ich weiß es nicht genau, ich kann nur raten. Im günstigsten Fall, denke ich, würde sie eine Möglichkeit finden, die ganze Operation zu stoppen. Wir würden natürlich versuchen, sie aufzuhalten, aber sie ist zu stark mit allen Bereichen vernetzt, und sie ist furchtbar schnell. Ich schätze, sie würde befehlen, überall die Energie abzuschalten, irgendwie Dum deaktivieren, um zu verhindern, daß er das Projekt allein weiterführt, Dateien löschen, Dinge dieser Art. Sie würde das Re-Terraforming-Projekt beenden, weil es Menschen Schaden zufügen könnte.«

»Der günstigste Fall klingt schon ziemlich schlimm. Und im schlimmsten Fall?«

»Im schlimmsten Fall würde sie versuchen, die entstandenen Schäden zu beheben und wieder den alten Zustand herzustellen.« Die Wissenschaftlerin gestattete sich ein humorloses Lächeln. »Sie würde versuchen, die Ergebnisse des Re-Terraformings rückgängig zu machen. Die Galaxis allein weiß, wo das alles enden würde. Natürlich würden wir Einheit Dee abschalten oder es wenigstens versuchen. Aber ich brauche Ihnen wohl nicht zu schildern, welches Unheil sie bis dahin anrichten könnte.«

Kresh nickte nachdenklich. »Nein, das brauchen Sie nicht«, sagte er. »Aber ich muß trotzdem mit ihr sprechen – und mit Einheit Dum. Übrigens ist mir aufgefallen, daß Sie kaum etwas über ihn gesagt haben.«

Soggdon zuckte die Achseln. »Da gibt es nicht viel zu sagen. Ich schätze, wir sollten ihn eigentlich nicht als einen Er bezeichnen. Dum ist eindeutig ein Es, eine seelenlose, geistlose Maschine, die ihre Aufgabe sehr gut erledigen kann. Aber bleiben wir der Gewohnheit halber bei der männlichen Form. Wenn Sie mit ihm sprechen, unterhalten Sie sich eigentlich nur mit seinem pseudobewußten Interface, einem Persönlichkeitsinterface, und wie ich vielleicht hinzufügen sollte, wurde ganz bewußt kein besonders gutes installiert. Wir wollen uns nicht selbst dazu verleiten lassen, in ihm etwas zu sehen, das er gar nicht ist.«

»Aber es klingt so, als könnte er die Situation bewältigen, falls Einheit Dee tatsächlich ausfallen sollte.«

»Theoretisch, ja. Einheit Dum könnte das gesamte Terraforming-Projekt allein leiten. In der Praxis aber glauben wir hier alle, daß es ziemlich klug von Ihnen war, Ihr Vertrauen nicht allein in ein einziges Kontrollsystem zu legen. Wir brauchen Redundanz, wir müssen eine zweite Meinung einholen können. Außerdem bilden beide Einheiten ein hervorragendes Team. Sie arbeiten sehr gut zusammen. Gemeinsam sind sie wahrscheinlich vier- bis fünfmal so effektiv, als würden sie getrennt arbeiten. Außerdem haben wir gerade erst ein paar Jahre eines Projektes hinter uns gebracht, das ein Jahrhundert oder länger dauern könnte. Es ist noch viel zu früh, unsere Grundlagenoperationen zu riskieren und das ganze Projekt einem Reservesystem anzuvertrauen. Was, wenn auch das Reservesystem in Schwierigkeiten geraten würde?«

»Sie haben Ihre Argumente gut vorgebracht«, sagte Kresh. »Also, welche Vorsichtsmaßnahmen sollte ich ergreifen, während ich mit den beiden Einheiten spreche?«

»Geraten Sie nicht in Wut, falls Einheit Dee sich Ihnen gegenüber irgendwie herablassend verhalten sollte. Schließlich glaubt sie, Sie wären nicht real. Aus ihrer Sicht sind Sie nicht mehr als eine Spielfigur unter vielen. Lassen Sie sich nicht aus der Fassung bringen, wenn Sie das Gefühl bekommen, daß Einheit Dee eine Menge über Sie weiß und es Sie spüren läßt. Korrigieren Sie sie nicht, wenn sie dabei einen Fehler macht. Wir haben aus diversen Gründen einige Veränderungen in ihren Informationsdateien vorgenommen, ein paar absichtliche Fehler, um den Eindruck einer Simulation hervorzurufen, und andere aus verfahrenstechnischen Gründen. Versuchen Sie stets daran zu denken, daß Sie nicht real sind. Das ist der wesentliche Punkt. Sie werden über ein Kopfmikrofon mit ihr sprechen, und ich werde das Gespräch beobachten. Sollten Sie noch etwas wissen müssen, melde ich mich über die Kopfhörer.«

Alvar Kresh nickte gedankenverloren. »Ist Ihnen jemals bewußt geworden, Dr. Soggdon, wieviel Energie wir darauf verwenden, uns mit den Drei Gesetzen herumzuschlagen? Sie zu umgehen und die Welt ihnen anzupassen?«

Im ersten Moment war Leschar Soggdon über Kreshs spontane Bemerkung schockiert, nicht weil sie seinen Worten nicht zustimmte, sondern weil er sie so offen ausgesprochen hatte. Aber andererseits, wenn schon der Gouverneur selbst in der Stimmung zu derart ketzerischen Gedanken war, warum sollte sie sich dann nicht ebenfalls dazu äußern? »Das denke ich schon lange, Gouverneur«, erwiderte sie. »Ich denke, man könnte zu Recht behaupten, daß diese Welt aufgrund der Drei Gesetze in ihren derzeitigen Schwierigkeiten steckt. Sie haben uns dazu gebracht, übertrieben vorsichtig zu sein, zuviel Kraft darauf zu verwenden, daß die Gegenwart wie die Vergangenheit ist, und uns zu stark eingeschüchtert, um die Zukunft zu planen.«

Kresh lachte. »Nicht schlecht formuliert«, sagte er. »Vielleicht werden Sie mich in den nächsten Tagen dabei erwischen, wie ich mir diese Formulierung für eine Ansprache ausborge.« Er ließ seinen Blick von Einheit Dee zu Einheit Dum wandern und richtete ihn dann wieder auf Dr. Leschar Soggdon. »In Ordnung«, sagte er. »Lassen Sie uns anfangen.«

»Guuuten Morrrgen, Gouvvverneurrr Kresh«, klangen zwei Stimmen in seinem Kopfhörer auf, die eine ein heller, femininer Sopran, die andere ein etwas schleppender, rauher und geschlechtsloser Alt. Sie sprachen dieselben Worte gleichzeitig, aber nicht hundertprozentig synchron.

Die Stimmen schienen von nirgendwoher zu kommen. Zweifellos handelte es sich um eine durch den Stereoeffekt der Kopfhörer hervorgerufene akustische Illusion, aber es war trotzdem beunruhigend. Alvar Kresh runzelte die Stirn und drehte sich um, als rechne er damit, rechts und links dicht hinter sich zwei Roboter zu entdecken. Er wußte nur zu gut, daß dem nicht so war, aber er mußte sich trotzdem vergewissern.

Das ganze Szenario erschien verrückt und irrational, aber die eiserne Hand der Drei Gesetze verlangte ein derartiges Arrangement. Kresh beschloß, das Beste daraus zu machen. »Guten Morgen«, sagte er in das Mikrofon vor seinen Lippen. »Ich nehme an, daß ich gleichzeitig zu Einheit Dee und Einheit Dum spreche.«

»Daaas issst korrrekt, Gouverrrneurrr«, erwiderten die beiden Stimmen. »Eiiinige Bessucher finden esss beunruuuuhigend, unsss beide zzzu hörrren. Sollen wirrr eineee Stimme aussblenden?«

»Das dürfte hilfreich sein«, sagte Kresh. Beunruhigend

war noch viel zu harmlos. Die beiden Stimmen wie aus einer Kehle zu hören, war geradezu unheimlich.

»Gut«, klang die feminine Stimme allein in seinem linken Ohr auf. Plötzlich sprach sie schnell und munter. Der Unterschied war beachtlich. Vielleicht fiel es ihr leichter, sich nicht der Sprechweise von Einheit Dum anpassen zu müssen. »Wir sind beide noch auf Empfang, aber Sie werden jetzt immer nur einen von uns hören. Wir werden uns von Zeit zu Zeit abwechseln, um Sie daran zu erinnern, daß wir beide anwesend sind.«

Die Stimme klang beinahe übertrieben fröhlich und merkwürdig jugendlich. Verspielt, lustig und gutgelaunt.

»Die hohe Stimme, die ich jetzt höre, ist das Einheit Dee?« fragte Kresh.

»Das ist korrekt, Sir.«

»Das ist die Stimme von Einheit Dum«, meldete sich plötzlich die tiefere, unpersönliche und etwas leiernde Stimme in Kreshs rechtem Ohr.

»Gut. Schön. Wie auch immer. Ich muß mit euch beiden sprechen.«

»Bitte, fahren Sie fort, Gouverneur«, sagte Einheit Dee in seinem linken Ohr. Kresh begann sich zu fragen, ob der Stimmenwechsel eine Art Spiel von Einheit Dee war, der dazu dienen sollte, ihn aus dem Konzept zu bringen. Wenn ja, würde es nicht funktionieren.

»Das habe ich vor. Ich möchte mit euch über ein altes Projekt aus der ersten Planungsphase für das Terraforming dieser Welt sprechen.«

»Und worum handelte es sich dabei?« erkundigte sich Einheit Dee.

»Um den Vorschlag, ein Polarmeer zu schaffen, durch das die planetaren Temperaturen abgemildert werden sollen. Ich möchte, daß ihr über eine Idee nachdenkt, die auf diesem alten Konzept beruht.«

»Bereit für Datenaufnahme«, sagte die rauhe mechanische Stimme in Kreshs rechtem Ohr. Es war unverkennbar, daß man keine großen Anstrengungen unternommen hatte, Einheit Dum mit einer simulierten Persönlichkeit auszustatten. Vielleicht war das gar nicht einmal so schlecht. Kresh hatte auch so schon das Gefühl, sich mit einem Schizophrenen zu unterhalten.

»Das ist die Idee: Nehmt an, die Polarsenke würde geflutet und mit Verbindungen zum Südozean versehen, indem ein Kanal durch die Utopiaregion in der östlichen Hälfte von Terra Grande ausgehoben und der Lethe in der westlichen Hälfte umgeleitet werden würde. Nehmt weiterhin an, die Arbeit könnte sehr schnell erledigt werden, innerhalb weniger Jahre.«

Es folgte eine kaum wahrnehmbare Pause, dann meldete sich Einheit Dum wieder. »Dadurch würde sich ein Polarmeer bilden. Allerdings ist das Konzept nicht zu realisieren. Es ist unmöglich, ein derart umfangreiches Bauvorhaben in einer überschaubaren Zeitspanne durchzuführen.«

»Selbst wenn wir es tun *könnten*«, mischte sich Einheit Dee ein, »bin ich mir sicher, daß die Schäden an den bereits existierenden Ökosystemen und menschlichen Besitzgütern enorm wären.« Es war deutlich, daß ihre Worte eher Einheit Dum als Kresh galten.

»Derzeitige Projektionen zeigen, daß die Frage von Schäden an Ökosystemen und Besitztümern in zwei bis zwei Punkt fünf Standardjahrhunderten überflüssig sein wird«, erwiderte Einheit Dum.

»Warum wird sie überflüssig?« fragte Kresh, der die Antwort jetzt schon fürchtete.

»Weil unsere derzeitigen Berechnungen belegen, daß alle Ökosysteme zusammenbrechen und alle Menschen – und damit die Eigentümer der gefährdeten Besitze – in diesem Zeitraum entweder sterben werden oder von dem Planeten evakuiert werden müssen«, erklärte Einheit Dee mit jetzt unverkennbar trauriger Stimme.

Kresh war ehrlich überrascht. »Ich wußte nicht, daß

die Aussichten so schlecht stehen. Ich dachte, wir hätten zumindest eine Chance zu überleben.«

»Oh, ja«, sagte Einheit Dee. »Es besteht zumindest eine Chance, daß Menschen hier überleben können. Das hängt weitestgehend von den Entscheidungen ab, die Sie für Ihre Nachkommen treffen. Menschen können auch auf einem leblosen, sterilen und luftleeren Felsbrocken überleben, wenn sie das wollen. Wenn Hades mit einer Kuppel versehen oder unterirdisch wiederaufgebaut und richtig abgeschirmt werden würde, könnte es auch nach dem Klimakollaps zweifellos eine reduzierte Bevölkerung für unbegrenzte Zeit am Leben erhalten.«

»Aber wir machen Fortschritte!« protestierte Kresh. »Wir reißen das Ruder herum!«

»Das tun Sie – im Moment und in einigen Gegenden. Aber es besteht kaum oder gar kein Zweifel, daß die derzeitigen Verbesserungen nicht über einen längeren Zeitraum hinweg aufrechterhalten oder fortgeführt werden können. Es ist einfach nicht genug Arbeitskraft oder Gerät vorhanden, um die Zonen mit verbesserten klimatischen Bedingungen so weit auszudehnen und zu stabilisieren, daß sie sich von selbst erhalten könnten.«

»Und deshalb hat es auch keinen Sinn, sich Sorgen über ökologische Schäden oder den Verlust von Besitztümern zu machen«, stellte Kresh fest. »Gut. Ignoriert diese beiden Punkte, oder besser, bezieht die Anstrengungen mit ein, die erforderlich sein würden, um die entstandenen Schäden wieder zu beheben.«

»Die Berechnungen enthalten eine nahezu unendliche Menge an Variablen«, gab Einheit Dum zu bedenken. »Empfehlung einer provisorischen Vorauswahl zur Reduzierung auf den Bereich der günstigsten Szenarien bei gleichzeitiger Eliminierung der offensichtlich gescheiterten Varianten.«

»Einverstanden«, sagte Kresh.

»Selbst der Vorauswahlprozeß wird ein paar Minuten

in Anspruch nehmen«, sagte Einheit Dee. »Bitte warten Sie.«

»Als ob mir etwas anderes übrigbliebe«, murmelte Kresh vor sich hin. Er hockte auf seinem Stuhl und ließ seinen Blick von der glatten, perfekt gerundeten Halbkugel über Einheit Dee zu der vielkantigen, weniger elegant aussehenden Kuppel über Einheit Dum wandern. Dum vermittelte wenigstens den Eindruck einer Maschine, die etwas *tat*, die mit der Außenwelt in Verbindung stand und Dinge ins Rollen brachte. Er war ein festes, greifbares Gebilde, das durch Energiekabel und Datenleitungen mit der Realität verankert war. Dum war von dieser Welt.

Auf Dee traf das in mehrfacher Hinsicht nicht zu. Sie wurde vor der grausamen Außenwelt geschützt. Sie war ein glattes und perfektes Geschöpf, das in einer abgeschotteten und idealisierten Umgebung existierte und einer Sonderbehandlung bedurfte. Dee erinnerte eher an ein abstraktes Kunstwerk als an einen Roboter. Sie sah so aus, als wäre sie etwas ganz Einzigartiges und Erhabenes, ein göttliches Wesen oder ein magisches Totem, bei dem man um Rat nachsuchte, nicht eine zum Arbeiten bestimmte Maschine. Und war das wirklich so weit hergeholt? Kresh sah kurz zu Soggdon am anderen Ende des Labors hinüber. Die Wissenschaftlerin tat so, als wäre sie mit irgend etwas beschäftigt, während sie Kresh nervös und unbehaglich im Auge behielt.

Ja, es stimmte. Einheit Dee hatte ihre Altardiener und Priester, die sich ihren Launen unterwarfen und sich nach Kräften bemühten, die Welt für sie so angenehm wie möglich zu gestalten, die eher barfuß durchs Feuer gingen, als das göttliche Wesen, von dem alles abhing, zu verärgern oder aufzuregen. Kresh mußte plötzlich an die Orakel aus den nahezu vergessenen Legenden denken, Gebilde mit großer Macht – aber auch äußerst launisch und trickreich. Ihre Prophezeiungen hatten sich immer bewahrheitet, aber nie so, wie man es erwartet hatte, und immer war ein unvorhersehbarer Preis fällig geworden. Keine angenehme Vorstellung.

»Ich glaube, wir sind bereit, mit der eigentlichen Berechnung der gestellten Aufgabe zu beginnen«, durchschnitt Dees Stimme so unvermittelt die Stille, daß Kresh beinahe aufsprang. »Würde es Sie interessieren, unsere Arbeit zu verfolgen?«

»Äh ... ja, sicher«, erwiderte Kresh, der keine Ahnung hatte, was Einheit Dee damit meinte.

Die Beleuchtung erlosch mit einem Schlag, und zwischen Kreshs Pult und den beiden Kontrolleinheiten erschien ein Globus von Inferno in der Luft, so lautlos und plötzlich wie der Blitz eines fernen Gewitters.

Der Globus war eine holografische Projektion von etwa drei Metern Durchmesser, die die Planetenoberfläche präziser darstellte, als Kresh es jemals erlebt hatte. Jedes Detail war gestochen scharf. Auch Hades war deutlich am Ufer der Großen Bucht zu erkennen. Kresh hatte den Eindruck, daß er sogar einzelne Gebäude in der Stadt würde unterscheiden können, wenn er nur dicht genug an die Projektion herantrat und genau hinsah.

Inferno präsentierte sich im Blau des Ozeans und dem Braun und Gelb der Landmasse. Hier und da waren ein paar grüne Flecken und Punkte auf dem riesigen Kontinent Terra Grande zu erkennen, die durch ihre Spärlichkeit um so rührender wirkten. Kresh versuchte, sich selbst einzureden, daß sie Fortschritte machten, daß die Ergebnisse ihrer Bemühungen schon groß genug waren, um sogar vom All aus gesehen werden zu können. Aber es gelang ihm nicht einmal, sich selbst davon zu überzeugen. Irgendwann in den letzten Tagen war ihm bewußt geworden, daß all ihre Anstrengungen vergeblich gewesen waren, daß die großartigen Fortschritte, auf die er so stolz gewesen war, in Wirklichkeit kaum etwas zu besagen hatten.

Aber ihm blieb nicht viel Zeit, darüber nachzudenken. Der Globus legte sich auf die Seite, so daß die nördliche Polarregion direkt auf Kresh deutete. Und dann begann sich die Landschaft zu verändern. Der Lethe, eine dünne blaue Linie, die von den Bergen westlich der Großen Bucht zur Küste verlief, wurde plötzlich breiter, und eine zweite blaue Linie bahnte sich ihren Weg zur Polarsenke, bis der künstliche Kanal und der Fluß Terra Grande von der Küste bis zum Pol durchschnitten. Ja, Kresh konnte es sehen. Wenn man den Kanal so tief ausschachtete, daß Wasser bis zum Oberlauf des Lethe strömen konnte, und Maßnahmen ergriff, damit er nicht versandete, sondern sein Bett durch die Strömung sogar noch tiefer grub, würde es funktionieren. Dann könnte sich Wasser aus dem Polarmeer in die Große Bucht ergießen, natürlich immer vorausgesetzt, es existierte überhaupt ein Polarmeer. Wie die Simulation zeigte, gab es dort zur Zeit nichts als stumpfweißes Eis, ein nicht zu unterschätzender Anteil der planetaren Wasservorräte, die in gefrorenem Zustand gebunden waren und niemandem nutzten.

Dum und Dee waren mit ihren Eingriffen in die Planetenoberfläche jedoch längst noch nicht fertig. Kreshs Aufmerksamkeit richtete sich auf die westlichen Regionen von Terra Grande. Offensichtlich entwickelten sich die Dinge dort nicht so einfach und geradlinig. Immer wieder erschien der keilförmige Ansatz eines Kanals. Der nördliche Abschnitt änderte ständig die Position, wurde breiter und schmaler, verschwand für einen Augenblick vollständig und tauchte an anderer Stelle wieder auf. Es war unverkennbar, daß die beiden Kontrolleinheiten nach dem optimalen Verlauf für die Wasserstraße suchten.

Endlich hatte sich ein breiter Kanal gebildet, der durch die Utopiaregion genau nach Norden verlief. Kresh schüttelte den Kopf und fluchte leise vor sich hin.

Die optimale Strecke, für die sich Dee und Dum entschieden hatten, folgte praktisch exakt der Linie, die Lentrall ihm gezeigt hatte. Vielleicht wußte der aufdringliche junge Mann tatsächlich, wovon er sprach.

»Dargestellter Verlauf der Kanäle innerhalb einem Prozent Abweichung von der theoretisch optimalen Konfiguration«, verkündete Einheit Dum. »Dieser Wert liegt im vertretbaren Bereich sich akkumulierender kombinierter Unsicherheitsfaktoren vieler Variablen.«

»Mit anderen Worten, wir sind dem Ergebnis so nahe gekommen, wie es uns unter den gegebenen Umständen möglich ist«, erklärte Einheit Dee, »und mehr als nahe genug für eine erste Einschätzung. Wir sind jetzt bereit zur Erstellung einer vorläufigen langfristigen Klimakalkulation.«

Kresh rechnete halbwegs damit zu sehen, daß sich die Oberfläche des Planeten verändern würde, wie er es schon so oft bei Simglobes und anderen Klimasimulatoren gesehen hatte. Und tatsächlich konnte er eine leichte Veränderung erkennen – oder glaubte es zumindest. Doch dann wurde der Globus von unzähligen Datendisplays überlagert, die Aufschluß über Temperatur, Luftdruck und Luftfeuchtigkeit gaben, über Niederschlagsmengen und -verteilung, von farbig codierten Diagrammen für die Populationen Hunderter verschiedener Spezies, Schautafeln über den jahreszeitlichen Wechsel der Luftströmungen und einem Dutzend anderer Symbole, die Kresh nicht einmal im Ansatz entziffern konnte. Alle Diagramme veränderten sich ständig, wuchsen und schrumpften, stiegen und fielen, traten miteinander in Wechselwirkung, ein Gewitter aus Zahlen und Symbolen, das den gesamten Planeten überzog. Die Veränderungen liefen mit immer größerer Geschwindigkeit ab, bis die Symbole, Zahlen und Diagrammtafeln ineinander übergingen und zu einem flackernden grauen Nebel verschwammen, der ganz Inferno verschluckte.

Und dann, von einem Augenblick auf den anderen, war es vorbei. Der Nebel hatte sich aufgelöst.

Ein neuer Planet schwebte vor Kresh in der Luft. Die alte Welt war immer noch deutlich zu erkennen, aber sie war trotzdem neu und anders. Alvar Kresh hatte im Laufe der Jahre viele hypothetische Darstellungen von Inferno gesehen, Hunderte von unterschiedlichen Varianten einer möglichen Zukunft, aber noch nie hatte sich ihm Inferno so präsentiert. Die winzigen, über den ganzen Kontinent verstreuten isolierten Grüntupfer waren verschwunden – oder vielmehr gewachsen und miteinander zu einer üppiggrünen Fläche verschmolzen, die halb Terra Grande bedeckte. Hier und da gab es immer noch Wüsten, aber sie bildeten die Ausnahme, und selbst ein ordentlich terraformierter Planet brauchte ein paar Wüstengegenden.

Die lebensfeindliche starre Eiskappe auf dem Nordpol hatte sich vollständig aufgelöst und war durch das Polarmeer ersetzt worden, eine tiefblaue lebenspendende Wasserfläche. Selbst in diesem Maßstab und trotz seines ungeübten Blicks konnte Kresh erkennen, daß der Meeresspiegel weltweit angestiegen war. Einen Moment lang fragte er sich, wo das Wasser hergekommen war. Hatten die Kontrolleinheiten vorausgesetzt, daß der Import von Kometeneis weitergehen würde? Oder war der Anstieg auf das Abtauen der Gletscher und des Eises im Permafrostboden zurückzuführen? Letztendlich spielte es keine Rolle. Auf jeden Fall war das Wasser da und mit ihm das Leben, und das war es, worauf es ankam.

»Das ist die beste und mit Abstand positivste Projektion, die ich jemals gesehen habe«, sagte Leschar Soggdon. Kresh zuckte ein wenig zusammen und sah über seine Schulter. Die Wissenschaftlerin stand direkt hinter ihm und starrte den Globus verwundert an. »Warten Sie einen Moment«, bat sie. »Ich möchte eine akustische Blindeinspeisung auf Ihre Kopfhörer schalten.«

»Was ist eine Blindeinspeisung?« erkundigte sich Kresh.

Soggdon setzte sich einen Kopfhörer mit kombiniertem Mikrofon von der gleichen Art wie der von Kresh auf und sah den Gouverneur an. »Dee und Dum werden denken, daß Sie nicht hören können, was sie mir sagen. Wenn Dee mit Ihnen spricht, geht sie davon aus, daß Sie ein Simulant sind. Spricht sie dagegen mit mir, mit einem realen Menschen, blendet sie alle Simulanten aus, um zu verhindern, daß virtuelle Personen etwas erfahren, was sie nicht wissen sollen, und das Experiment dadurch gefährdet wird. Sie werden das Gespräch natürlich trotzdem verfolgen können. Aber es ist unbedingt erforderlich, daß Sie in keiner Weise auf das reagieren, was Dee zu mir sagt oder ich zu ihr. Als simulierte Person innerhalb eines Computers können Sie nicht wissen, daß ich existiere. Haben Sie das verstanden?«

»Ja«, erwiderte Kresh und hoffte, wirklich verstanden zu haben. Er hatte das Gefühl, in ein Spiegelkabinett eingetreten zu sein. Es wurde allmählich schwer, Fiktion und Realität auseinanderzuhalten.

»Gut«, sagte Soggdon und legte den manuellen Schalter an ihrer Sprechanlage um. »Dee, Dum, hier spricht Dr. Soggdon. Ich beobachte das Geschehen von außerhalb der Simulation.«

»Guuuten Morrrgen, Doktor. Wiiirrr haben uns mit dem Kresh-Simmmulanten unterrrhalten.« Die beiden Stimmen sprachen wieder gemeinsam, aber das schien Soggdon nicht zu stören. Nachdem Kresh beide Stimmen einzeln gehört hatte, bemerkte er jetzt etwas, das ihm vorher entgangen war. Wenn sie gleichzeitig sprachen, war es nicht bloß ein Duett zweier verschiedener Stimmen. Die gemeinsame Stimme benutzte eine Kadenz, die weder Dee noch Dum gehörte, sie bediente sich einer anderen Wortwahl, und auch die Art der Antworten fiel anders aus. Es war, als würden sich beide Einheiten zu einem neuen Geschöpf vermengen, das auf eine Weise mehr, auf andere Weise weniger war als die Summe der Einzelteile. Die Verbindung war so intim, daß eine völlig neue Persönlichkeit dabei entstand. Oder lag es lediglich an Dee? Wenn Dum über kein echtes Bewußtsein verfügte, konnte er auch keine Persönlichkeit besitzen. Es gab eindeutig noch viele Geheimnisse zu erforschen, was die Zwillinge betraf, aber es war ebenso klar, daß Kresh das auf einen späteren Tag verschieben mußte. »Derrr Kresh-Simulant hattt uns gebeeeten, die Aussswirkungen eines Pooolarmeers zzzu untersuchen.«

»Ich weiß«, sagte Soggdon. »Und wie ich sehe, habt ihr eine eindrucksvolle planetare Projektion erstellt. Könnte einer von euch oder ihr beide das Ergebnis kommentieren?«

»Wirrr werden abweeechselnd gleichzzzeitig und einzeln sprechen«, sagte die gemeinsame Stimme. »Wirrr haben eine Prooojektion über vierrrtausend Jaaahre erstellt, nachdem wirrr herausgefunden haben, daß eine guuutgeplante Operrration in rund dreihuuundert Jahren zzzu einer planetaren Ökolllogie führen wirrrd, die keiner Unterstützzzung mehr bedarfff. In unserer Prrrojektion bleibt das plaaanetare Klima während derrr Dauer der gesammmten Metasimulation stabilll und korrigiert sich selbständig. In den Daaaten finden sich bisss zum Abschluuuß der Metasimulation keine erkennbaaaren Gefahren fürrr einen erneuttten Klimakollaps.«

Kresh runzelte die Stirn. Metasimulation? Dann begriff er. Die gemeinsame Stimme benutzte den Begriff, um eine Simulation innerhalb einer Simulation zu beschreiben, denn soweit es Dum und Dee betraf, war es genau das gewesen, was sie durchgeführt hatten.

»Bezugnahme auf Einheit Dums früheren Einwand

bezüglich der ökologischen und ökonomischen Schäden«, meldete sich Dum allein zu Wort. »Die Projektionen zeigen, daß die durch die Aushebung der Zuflüsse zum Polarmeer verursachten Schäden innerhalb von fünfzehn Jahren nach Beendigung des Projekts vollständig kompensiert sein werden.«

Aber wenn auch die ersten beiden Aspekte alles noch so wunderbar erscheinen ließen, brachte Dee das Planspiel auf den rauhen Boden der Realität zurück. »Es klingt alles ganz wunderbar«, sagte sie, »aber natürlich stellt sich das kleine Problem, daß das Unternehmen praktisch unmöglich umzusetzen ist. Wir haben die Metasimulation auf der Annahme durchgeführt, daß es möglich ist, die Kanäle auszuheben, was jedoch nicht zutrifft. Ich muß gestehen, daß es ein interessantes Experiment war, aber eines, das nicht viel mit der Welt außerhalb unserer Simulation zu tun hat.«

Soggdon schaltete ihr Mikrofon ab. »Ich hatte befürchtet, daß sie das sagen würde«, murmelte sie. »Man sollte eigentlich meinen, daß sie von den drei möglichen Persönlichkeiten die sensibelste ist, aber statt dessen ist es stets sie, die den Finger auf den wunden Punkt legt. Sie erinnert uns ständig an die Durchführbarkeit unserer Projekte.«

»Vielleicht ist in diesem Fall etwas mehr möglich, als Sie glauben«, sagte Kresh. Er schaltete sein eigenes Mikrofon wieder ein und bemühte sich, seine Worte so zu formulieren, daß die beiden Einheiten nicht merken würden, daß er ihr Gespräch mit Dr. Soggdon mitgehört hatte.

»Einheit Dee, das ist eine hervorragende Projektion. Darf ich davon ausgehen, daß ihr die Erschaffung eines Polarmeers für eine gute Idee haltet?«

»Es ist eine gute Idee, die nicht realisiert werden kann, Gouverneur«, schränkte Einheit Dee ein. »Sie verfügen weder über die Ressourcen, noch über die Energiequellen oder die erforderliche Zeit, um die Zuflüsse zu schaffen.«

»Das ist nicht korrekt«, sagte Kresh. »Es gibt unter Umständen eine durchführbare Methode, um die Zuflüsse auszuheben. Ich bin gekommen, um euch die vorgeschlagene Prozedur berechnen zu lassen. Ich wollte mich nur zuerst davon überzeugen, daß sich der Aufwand auch lohnen würde. Wie ich jetzt sehe, ist das der Fall.«

»Wie sieht die fragliche Prozedur aus?« erkundigte sich Einheit Dee.

Kresh zögerte einen Moment lang, doch dann gab er sich einen Ruck. Es gab keine Möglichkeit, die Idee so zu beschreiben, daß sie nicht gefährlich, verzweifelt oder sogar wahnsinnig klang.

Nun, vielleicht traf das alles zu. Wie auch immer. »Wir werden einen Kometen in mehrere Teile zerlegen und sie dann in einer geraden Linie auf den Planeten stürzen lassen, die vom Südozean zur Polarsenke verläuft«, verkündete er. Noch während er sprach, wurde ihm bewußt, daß er keine Einschränkungen oder Relativierungen gemacht hatte. Er hatte nicht gesagt, sie könnten oder wollten es tun, oder sie würden darüber nachdenken. Er hatte es als eine Tatsache dargestellt. Hatte er sich innerlich bereits entschieden, ohne es selbst zu wissen?

In Dum und Dee – und in Soggdon – aber ging unverkennbar mehr vor als die Unsicherheit, die Kresh über seine eigenen Worte verspürte. Es vergingen volle dreißig Sekunden, bevor einer von ihnen reagierte. Das perfekte holografische Abbild des zukünftigen Infernos flackerte und waberte und löste sich beinahe vollständig auf, bevor es sich wieder verfestigte.

Einheit Dee fand als erste die Sprache wieder. »Soll das hei-hei-heißen, daß Sie diesen Vorschlag ernsthaft in Erwägung ziehen?« fragte sie. Die Anspannung in ihrer

Stimme war unüberhörbar. Sie brachte die Worte nur mit quälender Langsamkeit hervor.

»Nicht gut«, kommentierte Soggdon, die ihr Mikrofon immer noch abgeschaltet hatte. Sie wandte sich einer Nebenkonsole zu, überflog hastig ein paar Bildschirmseiten voller Daten und schüttelte den Kopf. »Ich habe Sie gewarnt, daß Dee ihre Simulanten ernst nimmt. Aus diesen Anzeigen geht hervor, daß Sie eine leichte Konfliktsituation durch das Erste Gesetz in ihr ausgelöst haben. Sie können nicht einfach solche Spielchen mit ihr spielen und derartige unsinnige Behauptungen aufstellen.«

Kresh schaltete sein eigenes Mikrofon ab. »Ich stelle keine unsinnigen Behauptungen auf, und ich spiele keine Spielchen«, sagte er. »Es ist ein ernsthafter Plan in Vorbereitung, einen Kometen zu zerlegen und auf die Utopiaregion fallen zu lassen.«

»Aber das wäre selbstmörderisch!« protestierte Soggdon.

»Welchen Unterschied macht es denn noch, wenn der Planet in zweihundert Jahren ohnehin tot ist?« fauchte Kresh. »Und was Dee betrifft, schlage ich vor, daß Sie jetzt damit anfangen, sie wirklich zu belügen. Erinnern Sie sie daran, daß das alles nur eine Simulation ist, ein Experiment. Erinnern Sie sie daran, daß Inferno nicht real ist und niemand zu Schaden kommen wird.«

»Das soll ich ihr sagen?« fragte Soggdon schockiert. »Nein, ich werde ihr keine gefährlichen und falschen Daten geben. Auf keinen Fall! Das können Sie ihr selbst erzählen.«

Kresh atmete tief ein und stand dicht davor, die Frau anzuschreien, sie so zurechtzustutzen, wie sie es verdient hatte. Aber, nein, das würde zu nichts führen. Er konnte deutlich sehen, daß sie nicht vernünftig und rational nachdachte, und er brauchte sie, brauchte ihre Hilfe, mußte dafür sorgen, daß sie wieder logisch und vernünftig dachte. Soggdon war ein Teil des Teams, das diese Charade inszeniert hatte, sie war es, die dieses Gebäude aus Lügen und Vorspiegelung falscher Tatsachen untermauern konnte. Er mußte sie überzeugen, ihr die Situation ruhig und beherrscht darlegen. »Es wäre nicht gut, wenn ich ihr irgend etwas dergleichen erzählen würde«, sagte er. »Dee hält mich für einen Simulanten, und Simulanten wissen nun einmal nicht, daß sie Kunstgeschöpfe sind. Sie würde mir nicht glauben, wenn ich ihr versichern würde, daß keine Gefahr besteht, weil sie nicht glaubt, daß ich echt bin. Und das liegt daran, weil Sie sie belogen haben.«

»Das ist etwas ganz anderes, das ist ein Teil des Experimentaufbaus. Es sind keine falschen Daten.«

»Unsinn«, widersprach Kresh und ließ seine Stimme etwas schärfer klingen. »Sie haben diese ganze Situation nur zu einem einzigen Zweck erschaffen, nämlich um Dee in die Lage zu versetzen, ihre Aufgabe zu erledigen und Risiken einzugehen, weil sie glaubt, keinem Menschen schaden zu können.«

»Aber …«

Kresh überging ihren Protest einfach. »Ich könnte sie beschädigen, wenn *ich* ihr sagen würde, daß es sich lediglich um eine Simulation handelt. Sie muß zumindest *leichte* Zweifel daran haben, daß ihre Simulanten – also die Bevölkerung von Inferno – nicht real sind. Andernfalls würde sie nicht einmal ansatzweise in eine durch das Erste Gesetz ausgelöste Konfliktsituation geraten. Nur das All allein weiß, wie sie mit dem Paradoxon zurechtkommen würde, wenn *ich* ihr versichern würde, daß *ich* nicht real bin. Es erscheint mir äußerst wahrscheinlich, daß sie zu der Schlußfolgerung gelangen würde, daß ich real bin und sie belüge. Und wenn ich sie belüge, könnte sie die Wahrheit erkennen – und was wäre dann mit Ihnen, Dr. Soggdon? Nur Sie können es tun. Nur Sie können Dee beruhigen, und Sie *müssen* es tun.«

Soggdon starrte Kresh finster an, und ihr Gesicht spiegelte deutlich ihre Wut und ihre Angst wider, als sie ihr Mikrofon einschaltete. »Dee, hier spricht Dr. Soggdon. Ich verfolge immer noch die Simulation, und ich habe in den Diagrammen der positronischen Datenpfade etwas entdeckt, das auf einen durch das Erste Gesetz hervorgerufenen Konflikt hindeutet. Die simulierte Situation berührt keinen Aspekt des Ersten Gesetzes.« Sie zögerte, verzog das Gesicht und fuhr dann fort: »Es besteht absolut keine Wahrscheinlichkeit, daß Menschen zu Schaden kommen könnten. Hast du das verstanden?«

Wieder folgte eine Pause, und Kresh glaubte, erneut ein leichtes Flackern in der Darstellung des zukünftigen Infernos zu entdecken. Doch dann meldete sich Dee wieder, und jetzt klang ihre Stimme fest und zuversichtlich. »Ja, Dr. Soggdon, ich habe verstanden. Vielen Dank. Bitte entschuldigen Sie mich für einen Augenblick. Ich muß mich wieder der Unterhaltung mit dem Gouverneur-Simulanten widmen.« Es kam zu einer weiteren kleinen Verzögerung, bevor Dees Stimme wieder in Kreshs Kopfhörer aufklang. »Verzeihen Sie bitte, Gouverneur. Ich mußte mich vorübergehend um andere Anfragen kümmern.«

»Das ist schon in Ordnung«, sagte Kresh. Zweifellos stand Dee mit Tausenden anderer Orte und laufender Operationen in Verbindung, und vermutlich führte sie genau in diesem Augenblick Dutzende anderer Gespräche. Es war nicht direkt eine Notlüge, aber es kam ihr doch ziemlich nahe. Roboter sollten eigentlich nicht lügen können, aber dieser hier war geschickt genug, eine wahre und trotzdem irreführende Aussage zu machen. Dee war in der Tat eine hochentwickelte Einheit.

»Können Sie mir mehr über diese ... angesprochene Idee berichten?« fragte sie.

»Gewiß«, erwiderte Kresh. »Der Plan sieht vor, alle

Menschen aus dem Zielgebiet zu evakuieren und Sicherheitsvorkehrungen für den Rest der Bevölkerung zu treffen.« Es konnte nicht schaden, zuerst die Schutzmaßnahmen zu betonen und Dee wissen zu lassen, daß sich die Simulanten in Sicherheit befinden würden. Sie benötigten alle erdenklichen Vorkehrungen gegen eine weitere potentielle Reaktion auf das Erste Gesetz. »Sobald das geschehen ist, soll ein großer Komet in mehrere Teile zerlegt werden. Die einzelnen Fragmente sollen auf individuelle Ziele ausgerichtet werden, so daß die sich überlappenden Einschlagskrater durch bereits existierendes Tiefland verlaufen werden. Danach wird der Einsatz konventionellerer Mittel zur Erdbewegung erforderlich werden, aber die miteinander verbundenen Krater werden die Grundlage für den Meerarm durch Utopia bilden.«

»Ich verstehe«, erwiderte Dee. Ihre Stimme klang immer noch etwas angespannt. »Einheit Dum und ich werden allerdings sehr viel mehr Informationen benötigen, bevor wir diesen Plan auswerten können.«

»Natürlich«, sagte Kresh. Er zog ein Blatt Papier hervor und faltete es auseinander. »Weitere Informationen erhaltet ihr über den Netzwerkzugriffknoten 4313, Identität Davlo Lentrall, Subgruppe 919, Codeverweis Komet Grieg.« Lentrall hatte ihm die Zugriffadresse schon früher gegeben. Jetzt schien der richtige Moment gekommen zu sein, sie sinnvoll zu verwenden. »Untersucht die dort gespeicherten Daten, und ihr werdet eure Berechnungen anstellen können.«

»Es gibt keine Identität Davlo Lentrall unter Zugriffknoten 4313«, sagte Dee sofort.

»Was?« fragte Kresh.

»Niemand mit dem Namen Davlo Lentrall ist mit diesem Zugriffknoten verbunden«, erklärte Dee.

»Dann muß die Nummer falsch sein«, vermutete Kresh.

»Das ist wahrscheinlich«, sagte Dee. »Ich übergebe an Dum. Er ist direkt mit dem entsprechenden Netzwerk verbunden und kann die Suche effektiver durchführen.«

»Es existiert kein Davlo Lentrall unter Knoten 4313«, meldete Dum fast im gleichen Augenblick. Seine Stimme klang noch ausdrucksloser und monotoner als sonst. »Überprüfe alle Netzknoten. Kein Davlo Lentrall gefunden. Überprüfe Reservearchive. Eintrag zu Identität Davlo Lentrall entdeckt.«

»Bericht über diesen Eintrag«, befahl Kresh. Wie konnten Lentralls Dateien aus dem Netz verschwunden sein? Irgend etwas stimmte da nicht, irgend etwas war ganz und gar faul.

»Protokolle über Netzwerkaktivitäten zeigen an, daß alle der Identität Davlo Lentrall zugeordneten Dateien inklusive Backups vor achtzehn Stunden, zehn Minuten und drei Sekunden offensiv und unwiderruflich aus dem Netz gelöscht wurden«, verkündete Dum.

Kresh war wie vor den Kopf geschlagen. Er sah Soggdon an, ohne so recht zu wissen, warum er auf eine Antwort aus dieser Richtung hoffte, und schaltete sein Mikrofon ab. »Das verstehe ich nicht«, sagte er. »Wie können alle Dateien gelöscht worden sein? Warum sollte irgend jemand so etwas tun?«

»Ich weiß es nicht«, gestand die Wissenschaftlerin. »Dum hat einen Ausdruck benutzt, der mir in diesem Zusammenhang nicht geläufig ist. Lassen Sie mich das überprüfen.« Sie schaltete ihr Mikrofon wieder ein. »Dum, hier spricht Soggdon. Ich habe euer Gespräch mitverfolgt. Erläutere die Bedeutung des Ausdrucks ›offensiv‹ in der gegenwärtigen Situation.«

»Offensiv, Definition in vorliegendem Kontext: Ausführung durch Eindringling, feindlicher Akt von außerhalb.«

»Mit anderen Worten«, sagte Kresh so kalt und beherrscht wie er konnte, »irgend jemand hat sich widerrechtlich Zutritt verschafft und die Dateien vorsätzlich vernichtet.« Plötzlich erinnerte er sich daran, was Fredda über Dinge gesagt hatte, die man zu wissen glaubte, daß man sich nie wirklich *sicher* sein konnte, etwas zu wissen. Hier und jetzt war es wieder geschehen. Er hatte geglaubt zu wissen, wo sich der Komet befand. Jetzt wußte er, daß er sich getäuscht hatte.

»Wie es scheint, ist irgend jemand dort draußen Ihrer Ansicht, Dr. Soggdon«, sagte er. »Irgend jemand, der nicht will, daß wir mit Kometen herumspielen.«

11. Kapitel

Es ist weg, Gouverneur«, sagte Davlo Lentrall. »Alles, woran ich jemals gearbeitet habe, ist weg.« Er war froh, daß sie über eine reine Audio-Verbindung miteinander sprachen. Kresh hatte diese Art der Kommunikation gewählt, weil sie besser abzusichern war, aber darüber machte sich Lentrall im Augenblick keine Gedanken. Er war einfach nur froh, daß er nicht sein Gesicht zeigen mußte. Es war schon schlimm genug, daß Kresh die Panik aus seiner Stimme heraushören konnte. Lentrall wollte nicht, daß ihn irgend jemand in diesem Zustand *sehen* könnte. Er lief hektisch vor seiner Kommunikationskonsole auf und ab. »Alle meine Dateien, alle Sicherheitskopien, einfach alles!«

»Beruhigen Sie sich, Sohn. Ganz ruhig. Es muß *irgendeine* Möglichkeit geben, alles wiederherzustellen. Ich dachte, das System wäre so angelegt worden, daß es unmöglich ist, Dateien unwiderruflich zu verlieren.«

Davlo versuchte sich zu beruhigen. Er hatte sich gerade endgültig davon überzeugt, daß alle seine Daten wirklich verloren waren, als ihn Kreshs Anruf – woher auch immer – erreicht hatte. Es war nicht leicht, mit dem Führer des Planeten zu sprechen, wenn er sich auf seinem absoluten Tiefpunkt befand.

»Normalerweise stimmt das, Sir. Aber das war kein Unfall. Das war Sabotage. Fünf Minuten, nachdem ich entdeckt hatte, daß meine Dateien verschwunden waren, habe ich einen Anruf von der Sicherheitsabteilung der Universität bekommen. Irgend jemand hat mein Büro aufgebrochen und eine Brandbombe hineingeworfen. Die Leute von der Universität glauben, daß es mindestens *zwei* Einbrüche gegeben hat. Nach dem zweiten ist alles verbrannt worden, was nicht schon vorher gestohlen worden war. Man hat mir gesagt, daß nichts übriggeblieben ist. Überhaupt nichts. Alle meine Notizen, meine Arbeit, einschließlich der Daten über den Kometen. Seine Koordinaten, seine Bewegung, die Bahnberechnungen ... einfach alles.«

»Lodernde Sterne.« Kresh flüsterte beinahe. »Vielleicht war das ganze Spektakel am Government Tower nur ein Ablenkungsmanöver.«

Davlo lachte bitter auf. »Der Versuch, mich zu entführen oder sogar zu töten, soll nichts als ein Ablenkungsmanöver gewesen sein, um mir mein Lebenswerk zu stehlen?«

»Ich möchte nicht brutal klingen, Sohn, aber genauso ist es. Mir ist klar, daß Sie das anders sehen, aber für den Rest des Planeten ist ihre Arbeit sehr viel wichtiger als Ihr Leben. Und Sie sind sicher, daß alles weg ist? Unwiederbringlich weg?«

»Alles.«

»Ich verstehe.«

»Gouverneur Kresh? Wer hat das getan? Die Siedler?«

»Wahrscheinlich«, erwiderte Kresh. »Es könnte aber auch jeder andere gewesen sein, der verhindern will, daß der Komet auf Inferno stürzt. Im Augenblick spielt das aber keine Rolle. Jetzt müssen wir vor allen Dingen die Situation in den Griff bekommen und uns nicht den Kopf darüber zerbrechen, wie sie zustande gekommen ist.«

»Das wird nicht leicht werden, Sir. Ich werde es versuchen.«

Eine Weile herrschte Stille in der Leitung, dann klang

Kreshs Stimme wieder auf. »Also gut. Ihre Computerdateien mit den Plänen sind weg. Wir müssen uns sofort an die Arbeit machen, um sie zurückzubekommen – oder zumindest den größten Teil. Nachdem ich gesehen habe, wozu die Zwillingskontrolleinheiten fähig sind, bin ich mir sicher, daß sie Ihren Plan auf Grund der Ausgangsinformationen rekonstruieren können, wahrscheinlich sogar detaillierter, als es Ihnen möglich war.«

»Wie außerordentlich freundlich von Ihnen, mir das zu sagen«, knurrte Davlo.

»Ich wollte Ihre Arbeit nicht abwerten«, beschwichtigte Kresh. »Die Kontrolleinheiten wurden speziell für derartige Aufgaben entwickelt, und sie verfügen über die Kapazität, das Klima eines ganzen Planeten zu überwachen. Selbstverständlich können sie detailliertere Projektionen erstellen, als es einem einzelnen Mann allein möglich wäre, egal wie begabt er auch sein mag, besonders, wenn dieser Mann außerhalb seines eigentlichen Fachgebiets arbeitet. Und vielleicht sollte ich hinzufügen, daß es kein Roboter, kein Computer und keine Kontrolleinheit gewesen ist, die diesen Kometen entdeckt und erkannt hat, was er für den Planeten bedeuten könnte.«

Davlo ließ sich in einen Stuhl vor der Kommunikationskonsole fallen, verschränkte die Arme vor der Brust und starrte auf den Boden. »Sie schmeicheln mir«, sagte er. »Sie versuchen, mich zu beruhigen und aufzumuntern.«

»Ja, das tue ich«, gab Kresh zu. Seine Stimme klang sanft und ruhig. »Weil ich Sie brauche, und zwar jetzt. Wie ich gerade sagen wollte, die Kontrolleinheiten können Ihre Pläne für die Zielausrichtung des Kometen rekonstruieren und verbessern, aber wir brauchen Sie auf *Ihrem* Fachgebiet.«

»Sir? Ich verstehe nicht ganz.«

»Sohn, wir brauchen Sie dazu, noch einmal durch Ihr

Teleskop zu blicken und den Kometen wiederzufinden, und das so schnell wie möglich.«

Davlo atmete tief ein und schüttelte den Kopf, ohne den Blick vom Boden zu heben. »Sir, *ich* habe den Kometen nie *entdeckt.*«

»Was? Wollen Sie damit etwa sagen, daß das alles nur ein Betrug war? Eine Art Schwindel?«

»Nein, nein, Sir! Nichts dergleichen! Das habe ich nicht damit gemeint. Ich wollte sagen, daß es eigentlich die Computer waren, die den Kometen entdeckt haben. Er wurde von automatischen Teleskopen während vorprogrammierter Himmelsbeobachtungen gefunden. Ich habe in meinem ganzen Leben noch nie selbst durch ein Teleskop gesehen.«

Wieder herrschte eine Weile Schweigen, aber diesmal war es Davlo, der es brach. »Alle Daten sind verloren, Sir. Ohne meine Computerdateien, ohne meine schriftlichen Notizen, ohne die täglichen Eintragungen gibt es einfach keine Möglichkeit, wie ich den Kometen rechtzeitig wiederfinden könnte.«

»Aber das Ding hat doch einen Durchmesser von mehreren Kilometern! Es fliegt praktisch direkt auf den Planeten zu! Wie kann es da so schwer aufzuspüren sein?«

Davlo Lentrall stieß einen müden Seufzer aus. Der Gouverneur hatte recht. Es dürfte eigentlich nicht so schwer sein. Wie sollte er ihm erklären, daß es trotzdem nahezu unmöglich war?

»Der Komet ist extrem schwer zu finden, Sir. Er kommt tatsächlich direkt auf uns zu, und gerade das ist ein Teil des Problems. Normalerweise entdecken wir Kometen, indem wir ihre Bewegung über den Nachthimmel beobachten. Von unserer Position aus erscheint der Grieg-Komet jedoch fast unbeweglich. Er steht nicht *völlig* still, aber beinahe. Und obwohl es ein relativ großer Himmelskörper ist, erscheint auch ein großer Komet aus einer Entfernung von zigmillionen Kilometern eher winzig. Außerdem ist es ein ziemlich dunkler Körper, der in seiner derzeitigen Entfernung nur eine äußerst geringe Helligkeit aufweist.«

»Soll das heißen, er ist zu lichtschwach, um ihn sehen zu können? Aber Sie haben ihn doch schon früher gesehen, oder zumindest haben das Ihre Computer und Teleskope getan.«

»Er ist nicht gänzlich unsichtbar, aber er ist extrem lichtschwach, klein, weit entfernt und hat relativ zu Inferno eine kaum nennenswerte seitliche Bewegung. Außerdem geht es nicht allein darum, ihn aufzuspüren. Wir müssen wiederholte und genaue Messungen seiner Position und Bewegung durchführen, bevor wir seine Flugbahn rekonstruieren können.«

»Und was ist, wenn er näher kommt? Wird er dann nicht einen Schweif und eine Korona ausbilden? Das müßte ihn doch bestimmt leichter auffindbar machen.«

»Dann wird es schon zu spät sein. Grieg ist ein Dunkelkörper-Komet. Wenn er einen Schweif ausbildet, bedeutet das, daß er der Sonne bereits zu nahe ist und zu schmelzen beginnt. Und wenn er zu warm wird und schmilzt, ist er nicht mehr fest genug, um während der Kurskorrektur in einem Stück zu bleiben. Ein Teil des Plans, den ich bisher noch nicht ausarbeiten konnte, sieht vor, eine Art Sonnenschirm zu entwickeln, um die direkte Sonnenstrahlung von ihm fernzuhalten.«

»Aber es besteht eine Chance«, sagte Kresh. »Zumindest haben wir eine geringe Chance, den Kometen wiederzufinden, wenn wir uns bemühen.« Er schwieg einen Moment lang und fuhr dann fort: »Wir werden also folgendes tun: Wir werden auch weiterhin alle erforderlichen Vorbereitungen unter der Annahme treffen, daß es uns gelingen wird, den Kometen wieder aufzuspüren, und daß wir uns dazu entscheiden werden, ihn abzufangen und auf Kollisionskurs mit Inferno zu bringen. Wir müssen an so vielen Fronten wie möglich weiterkommen, und es gibt etwas, womit Sie jetzt sofort beginnen müssen.

Ich möchte, daß Sie möglichst genaue Annäherungswerte über die Masse, Größe, Position und Bahn des Grieg-Kometen erstellen. Selbst grobe Angaben werden uns einen Anhaltspunkt für die Vorausplanung des eigentlichen Einschlags liefern. Schicken Sie diese Informationen umgehend an meine Mailbox. Dann treffen Sie sofort Vorbereitungen für eine neue Suche nach dem Kometen. Ich werde Ihre Vorgesetzten anweisen, Ihnen so viele Mittel und Personal zur Verfügung zu stellen, wie Sie für die Aufgabe benötigen. Erzählen Sie Ihren Leuten alles, was sie über den Kometen wissen müssen. Bringen Sie sie auf den Weg, aber lassen Sie dann *jemand anderen das Projekt leiten.* Denn ich möchte, daß *Sie* sich damit beschäftigen, den Versuch zu unternehmen, Ihre Computerdateien wiederherzustellen. Vielleicht sind sie doch nicht so vollständig verloren, wie wir im Augenblick glauben. Irgendwo muß noch irgend etwas vorhanden sein – zumindest genug, um dem Suchteam an den Teleskopen ein paar Anhaltspunkte zu liefern. Ist das klar?«

»Ja, Sir. Sir, dürfte ich Ihnen eine Frage stellen?«

»Natürlich, Dr. Lentrall.«

»Ich bekomme allmählich den Eindruck, daß Sie jetzt eher bereit sind, an die Durchführbarkeit meines Plans zu glauben.«

»Das bin ich, Dr. Lentrall. Ich habe hier einiges über Ihren Plan gesehen und gehört. Genug, um zu der Überzeugung zu gelangen, daß wir ohne ihn nicht auskommen können. Gibt es sonst noch etwas?«

»Im Augenblick nicht, Sir. Ich halte Kontakt.«

»Sicher werden Sie das«, erwiderte der Gouverneur mit einem kaum wahrnehmbaren Anflug von Belustigung in der Stimme. »Kresh, Ende.«

Die Leitung war tot.

Das hätte das Stichwort für Davlo sein sollen, sofort aktiv zu werden, aber statt dessen starrte er einfach nur reglos auf den Lautsprecher. Es dauerte ziemlich lange, bis er sich endlich aufraffte. Er notierte alles, woran er sich erinnern konnte, und gab sich größte Mühe, die Daten so exakt wie möglich zu rekapitulieren, obwohl er genau wußte, daß der Unsicherheitsfaktor den größten Teil seiner Angaben praktisch unbrauchbar machen würde. Dann schickte er eine Kopie an Kreshs Mailbox und eine zweite an die Leiterin der astronomischen Fakultät mit der Bitte, ihm jede erdenkliche Unterstützung zu gewähren. Davlo wußte nur zu gut, daß die Leiterin der Fakultät sich strikt weigerte, irgendwelche Anrufe nach den normalen Geschäftszeiten entgegenzunehmen. Sie würde seine Botschaft erst am Morgen erhalten, aber es war trotzdem gut, diesen Punkt jetzt schon erledigt zu haben.

Es war keine sonderlich anstrengende Arbeit, aber sie schien ihn unangemessen viel Zeit und fast seine gesamte Energie zu kosten. Nach dem Tag, der hinter ihm lag, waren seine Reserven praktisch erschöpft. Nachdem er die Nachrichten abgeschickt hatte, blieb er wie gelähmt in seinem Stuhl sitzen. Er hätte noch eine Menge mehr tun sollen, aber er brachte es einfach nicht fertig, sich zu bewegen. Noch nicht.

Davlo mußte an seine namenlosen und gesichtslosen Feinde denken, denen offensichtlich beträchtliche Machtmittel zur Verfügung standen. Sie hatten ihn jetzt schon im Visier. Es war die Zeit mitten in der Nacht, in der sich die Vernunft aufzulösen schien, in der das Unwahrscheinliche denkbar wurde und alle möglichen Katastrophen nur darauf warteten, sich zu ereignen, und er wußte nicht, ob er überhaupt irgend etwas tun wollte, das den Zorn seiner Feinde erregen könnte – wie zum Beispiel aufzustehen.

In dieser Nacht war etwas in ihm erwacht, das die Zerbrechlichkeit seines Ichs erkannte und wußte, daß das Spiel vorüber war. Er hatte erkannt, daß er weit davon entfernt war, der Mann zu sein, der zu sein er vorgegeben hatte. Bis heute hatte er sich selbst als jemanden gesehen, der klüger, mutiger und fähiger als alle anderen war. Und warum auch nicht? Warum nicht in einem von Robotern bevölkerten Universum, in dem man vor allen Konsequenzen seines Handelns beschützt wurde, in dem Roboter die anstrengende Arbeit erledigten und es den Menschen überließen, sich mit ihren Leistungen zu brüsten? Davlo hatte sich selbst immer als unverletzlich und furchtlos betrachtet. Es war nur zu leicht, sich solchen Wunschvorstellungen hinzugeben, wenn Roboter alle Gefahren von einem fernhielten.

Und dieser Teil seiner Persönlichkeit spürte, wie sich alles in Luft auflöste. Noch einige Schocks und Katastrophen, und er würde zerbrechen, das war ihm jetzt klar. Was sollte er tun, wenn seine Maske endgültig zerbröckelte und sein wahres Gesicht darunter zum Vorschein kam? Jetzt wußte er, daß er nicht derjenige war, den er der Welt vorgespielt hatte. Aber wer war er überhaupt?

Davlo Lentrall saß so reglos wie ein abgeschalteter Roboter in seinem Bürostuhl und versuchte, die Energie aufzubringen, sich zu bewegen.

Er wußte nicht, wieviel Zeit vergangen war, vielleicht eine Minute, vielleicht auch eine Stunde, als Kaelor den Raum betrat. »Kommen Sie mit, Sir«, sagte der Roboter. »Sie müssen schlafen. Heute nacht können Sie nichts mehr tun.«

Lentrall gestattete Kaelor, ihn in sein Schlafzimmer zu führen, ihn auszuziehen, unter die Dusche zu bugsieren und dann ins Bett zu bringen. Er war fast schon eingeschlafen, bevor er richtig unter der Decke lag. Das letzte, das er in dieser Nacht sah, als sein Kopf auf das Kissen sank, war Kaelor, der sich über ihn beugte und das Laken zurechtzog.

Und das erste, woran er am nächsten Morgen denken sollte, war, wo er zumindest einen Teil seiner verlorenen Dateien würde finden können.

Donald 111 verharrte genauso reglos wie Davlo Lentrall vor ihm, aber im Gegensatz zu dem Wissenschaftler war er alles andere als untätig. Er stand in seiner Nische in Alvar Kreshs Heimbüro und kommunizierte mit der größtmöglichen Geschwindigkeit über Hyperfunk mit der Außenwelt. Einem potentiellen Beobachter wäre er wie deaktiviert erschienen, in Wirklichkeit aber stand er in Verbindung mit einem halben Dutzend Datenbänken und nahm an simultanen Konferenzschaltungen mit Robotern der Verwaltungsbehörden von Hades teil, der Abteilung für Öffentliche Sicherheit, dem Katastrophenschutz, der Vereinigten Polizeikräfte von Inferno und etlichen anderen Behörden. Niemand konnte genau vorhersagen, was passieren würde, wenn der Komet einschlug – falls es überhaupt dazu kam –, aber man konnte zumindest bestimmte Vorsichtsmaßnahmen treffen, und Donald leitete die ersten Schritte dazu ein.

Es war damit zu rechnen, daß es nach dem Einschlag zu Erdbeben und Schockwellen kommen würde, selbst hier in Hades, auf der anderen Seite des Planeten, und das erforderte eine Menge an Vorbereitungen. Etliche Gebäude würden verstärkt werden müssen. Bei einigen älteren und nicht mehr benutzten Gebäuden war es vielleicht klüger, sie vorsorglich abreißen zu lassen. Wertvolle und zerbrechliche Gegenstände würden an geschützten Orten gelagert werden müssen.

Und dann waren da natürlich die Menschen selbst. Die Roboter würden riesige Schutzräume errichten müssen, in denen die Bevölkerung von Inferno die Erdbeben gefahrlos überstehen konnte.

Aus allen Computersimulationen ging hervor, daß der Kometeneinschlag gewaltige Mengen an Staub, Gasen und Wasserdampf in die Atmosphäre schleudern würde. Der Theorie nach würde sich der Staubeintrag, langfristig gesehen, positiv auf das Klima auswirken und den Treibhauseffekt verstärken, aber er würde auch eine längere Schlechtwetterperiode nach sich ziehen. Auch darauf mußten sich die Roboter einstellen.

Es waren noch unzählige andere Punkte zu berücksichtigen, Vorbereitungen für unvorhersehbare Folgewirkungen zu treffen, Verteilerschlüssel für die begrenzten Ressourcen zu erarbeiten.

Donald hatte dem Gouverneur, wie befohlen, drei Stunden, nachdem er mit der Arbeit begonnen hatte, einen Statusbericht geschickt, obwohl es zu diesem Zeitpunkt noch nicht allzu viele neue Informationen gab. Die Dinge gerieten gerade erst ins Rollen.

Die Aufgabe, die sein Herr ihm übertragen hatte, war so umfangreich, daß Donald jetzt schon davon überzeugt war, daß sie seine Kapazitäten bei weitem überschreiten würde. Es war ihm offensichtlich unmöglich, ganz allein die Koordination der Maßnahmen für den gesamten Planeten zu übernehmen. Aber das mußte Gouverneur Alvar Kresh ebenfalls klar sein. Folglich bedurften seine Befehle einer gewissen Interpretation. Donald würde sein Bestes geben, solange es erforderlich war, aber schon sehr bald unweigerlich an den Punkt gelangen, an dem es kontraproduktiv sein würde, alle Aufgaben allein bewältigen zu wollen, anstatt sie den Menschen oder Robotern zu übertragen, die dafür am besten geeignet waren.

Bis jetzt aber konnte er die ersten Schritte noch problemlos selbst koordinieren, und er hatte sogar noch ein wenig Kapazität frei, genug, um beispielsweise die Nachrichtenkanäle zu überwachen. Das Verfolgen der Nachrichten war unverzichtbar, wenn man ein derart umfangreiches Aufgabengebiet betreute. Man mußte alle unkontrollierbaren Variablen berücksichtigen, und aus planerischer Sicht gehörte eine negative Berichterstattung genauso dazu wie schlechtes Wetter, der Ausbruch von Seuchen oder ein ökonomischer Zusammenbruch. Und es waren nicht nur die Nachrichten selbst, genauso wichtig wie die Inhalte war die *Art* der Berichterstattung, der allgemeine Tenor, die Aspekte, die betont oder ausgelassen wurden, der Unterschied zwischen den Fakten, die berichtet wurden, und denen, die dem Organisationsteam bekannt waren.

Donald hatte sich lange genug mit menschlichen Verhaltensweisen beschäftigt, um zu wissen, daß er sich kein Urteil über die Nachrichten erlauben konnte, die jetzt mitten in der Nacht gesendet wurden. Nur in einem Punkt war er sich sicher: Die Nachrichten würden eine Wirkung erzielen, und vermutlich eine, die die Dinge noch komplizierter machte.

Also tat er das, was jeder Roboter unter den gegebenen Umständen getan hätte.

Er suchte sich einen Menschen, der mit dem Problem umgehen konnte.

Fredda Leving öffnete die Augen und erblickte Donalds ruhiges und ausdrucksloses Gesicht über sich. Ausgerechnet sie hätte sich dadurch nicht nervös machen lassen dürfen. Schließlich hatte sie ihn gebaut und kannte ihn besser als irgend jemand sonst. *Sie* wußte, welchen sicheren Schutz die Drei Gesetze darstellten und wie absolut zuverlässig Donald in jeder Hinsicht war. Aber sie hatte einen langen und schweren Tag hinter sich, und irgendwie war es einfach beunruhigend, mitten in der Nacht aufzuwachen und ein himmelblaues robotisches

Gesicht über sich zu sehen, das einen anstarrte. »Donald«, sagte sie mit schlaftrunkener Stimme. »Was gibt es?«

»Dr. Leving, ich habe gerade eine Nachrichtensendung von Inferno Networks über den Vorfall auf der Government Tower Plaza gehört.«

»Das ist kaum überraschend«, gab Fredda zurück. »Was sollten sie sonst in den Nachrichten senden?«

»Richtig, Doktor, aber diese Nachricht *ist* ziemlich überraschend. Ich glaube, Sie sollten sie sich anhören.«

Fredda setzte sich seufzend auf. »In Ordnung, Donald. Spiel sie für mich ab.«

Aus Donalds Lautsprechergitter klang die kühle, professionelle Stimme einer Nachrichtensprecherin auf. »Wie aus Kreisen im Umfeld der Ermittlungen verlautet, kursiert seit einiger Zeit das Gerücht, daß es sich bei dem heutigen Vorfall am Government Tower um einen versuchten Staatsstreich handelt.«

Schlagartig war Fredda hellwach. Wovon, zum Teufel, redete die Frau da? Es hatte keinen versuchten Staatsstreich gegeben.

»Noch bemerkenswerter aber ist der Grund, der für den Vorfall angegeben wird«, fuhr die Nachrichtensprecherin fort. »Angeblich handelt es sich um den Versuch, die Regierung davon abzuhalten, einen Kometen auf Inferno stürzen zu lassen. Laut Aussagen aus derselben Quelle ist die Regierung aktiv an der Durchführung des Geheimprojekts beteiligt, da sie davon ausgeht, daß der Aufprall des Kometen irgendwie zu einer Stabilisierung der planetarischen Umweltbedingungen führen wird. Versuche, Gouverneur Kresh zu einem Kommentar zu bewegen, verliefen erfolglos. Wir werden selbstverständlich weitere Informationen bekanntgeben, sobald sie uns vorliegen.«

Die Aufzeichnung endete. »Das war die gesamte Meldung über den Versuch eines angeblichen Staatsstreichs«, kam Donald Freddas nächster Frage zuvor. »Ich sollte vielleicht hinzufügen, daß Inferno Networks auf eine lange Tradition in der Verbreitung von Sensationsmeldungen zurückblickt und gelegentlich von den Siedlern und den Eisenschädeln – und sogar der Regierung selbst – dazu benutzt wurde, gezielt Informationen an die Öffentlichkeit durchsickern zu lassen.«

»Also könnte die Meldung aus jeder beliebigen Richtung kommen«, stellte Fredda fest. »Wann wurde sie gesendet?«

»Gerade erst vor ein paar Minuten, um 0312 Uhr Ortszeit.«

»Mitten in der Nacht, zu einer Zeit, in der sie die geringste Verbreitung finden kann. Interessant. Wirklich sehr interessant. Und hat tatsächlich irgendein Nachrichtensender versucht, Alvar ... äh, den Gouverneur zu erreichen?«

»Nicht über irgendwelche Zugriffsknoten oder Kommunikationskanäle, die ich überwache«, erwiderte Donald.

»Mit anderen Worten, entweder sie haben nicht wirklich versucht, ihn zu erreichen, oder sie haben sich zumindest keine große Mühe gegeben«, sagte Fredda mehr zu sich selbst. Sie dachte einen Moment lang nach. »Sie haben versucht, uns aufzuscheuchen, uns aus der Deckung zu jagen. Das muß es sein.«

»Ich fürchte, das verstehe ich nicht«, bekannte Donald. »Wer sind ›sie‹?«

»Ich vermute, die gleichen Leute, die versucht haben, Davlo Lentrall zu schnappen«, sagte Fredda. »Das bedeutet, sie wollen uns zwingen zuzugeben, daß tatsächlich der Plan existiert, einen Kometen auf Inferno stürzen zu lassen – und sie versuchen, den Plan in einem möglichst schlechten Licht darzustellen. Sie wollen den Anschein erwecken, als wäre die Idee so gefährlich, daß einige Leute eher bereit sind, Gewalt und Aufruhr in Kauf zu nehmen, als zuzulassen, daß das Projekt durchgeführt wird. Und wenn sie den Plan wie ein geheimes und hinterlistiges Komplott aussehen lassen können, um so besser. Das würde die Regierung – Alvar – noch stärker unter Druck setzen, einen Rückzieher zu machen und sich so weit wie möglich von dem Vorhaben zu distanzieren.«

»Ich verstehe«, sagte Donald in einem Tonfall, der deutlich machte, daß das nicht der Fall war. »Ich muß gestehen, daß mich die Subtilität der menschlichen Vorgehensweisen überfordert. Dürfte ich fragen, warum die dafür Verantwortlichen die Nachricht um diese Zeit gesendet haben?«

»Sie geben uns ein Signal«, erklärte Fredda. »Sie lassen uns bis morgen Zeit, ein Dementi auszuarbeiten, die ganze Geschichte zu leugnen und sterben zu lassen.«

»Und wenn Sie das nicht tun?«

Fredda deutete auf Donalds Lautsprechergitter und meinte damit die aufgezeichnete Stimme der Nachrichtensprecherin. »Dann werden sie mit allen Mitteln versuchen, sich Gehör zu verschaffen. Sie werden so viel Wirbel veranstalten, wie sie nur können. Vielleicht werden sie sogar versuchen, Alvar aus dem Amt zu jagen.«

»Und was sollen wir jetzt tun?« wollte Donald wissen.

Fredda überlegte einen Moment lang. Es lag auf der Hand, Alvar anzurufen und sich mit ihm zu beraten. Das Problem war nur, daß sie nicht wußte, wo er steckte. Er hatte es ihr nicht verraten. Natürlich würde sie ihn ausfindig machen können, wenn sie das wollte. Wahrscheinlich brauchte sie nur Donald zu fragen. Entweder wußte der Roboter Bescheid, oder er würde es irgendwie in Erfahrung bringen können. Aber Fredda hatte das deutliche Gefühl, daß Alvar allein sein wollte, und Donald hatte sich nicht an ihn, sondern an sie gewandt. Hatte Alvar ihm ausdrücklich befohlen, ihn nicht anzurufen? Oder leitete Donald den Befehl nur aus einer allgemeinen Anweisung seines Herrn ab? Konnte sie ihn durch einen direkten Befehl dazu bringen, sich über Alvars Anweisung hinwegzusetzen? Oder war es möglich, daß Donald wußte, wo Alvar steckte, und ihn nur vor politischem Schaden bewahren wollte, indem er Fredda die Verantwortung überließ?

Verdammt! Die Situation war so schon schlimm genug, ohne daß sie sich auch noch mit hypothetischen Fragen um das interne Gleichgewicht des Ersten Gesetzes herumschlagen mußte.

Sie war mit ihren Überlegungen gerade an diesem Punkt angelangt, als sich Donald wieder zu Wort meldete. »Bitte verzeihen Sie, Dr. Leving, aber ich erhalte gerade einen Anruf vom Hades News Reporting Service für Sie.«

»Für mich?« Warum, zum Teufel, sollte der Sender *sie* anrufen? Es sei denn, man hatte es schon vergeblich bei Alvar probiert. Oder aber ... »Ach, zum Teufel damit«, stieß sie hervor und stand auf. Sie war viel zu müde, um noch weitere Rätselspielchen zu spielen. »Nur Sprechverbindung. Ich muß absolut furchtbar aussehen. Leg den Anruf auf meine Schlafzimmerkommunikationskonsole, Donald, und zeichne das Gespräch am besten gleich auf.« Fredda begann, nervös auf und ab zu gehen.

»Ja, Ma'am«, erwiderte Donald. »Der Anrufer kann Sie gleich hören – jetzt.«

Es war sehr rücksichtsvoll von Donald, so vorzugehen. Es hatten sich schon etliche Leute damit blamiert, zu einem Anrufer zu sprechen, der noch nicht auf Empfang geschaltet war, oder – und das war weitaus schlimmer – über vertrauliche Dinge zu reden, ohne zu wissen, daß der Anrufer sie bereits hören konnte. »Hier ist Fredda Leving«, sagte sie. »Wer spricht da?«

»Guten Abend, Dr. Leving«, wurde sie von einer sehr selbstsicheren und professionell klingenden männlichen Stimme begrüßt. »Hier ist Hilyar Lews, Hades News Reporting.«

Fredda hatte den Mann schon gesehen und gehört, und sie mochte ihn nicht. Außerdem irritierte es sie, daß irgend jemand um diese nachtschlafende Zeit so selbstsicher und aalglatt klingen konnte. »Haben Sie ›Guten Abend‹ gesagt?« fragte sie. »Wäre ›Guten Morgen‹ nicht etwas zutreffender, Mr. Lews? Und vielleicht sollte ich Sie bei der Gelegenheit darauf hinweisen, daß man sich gewöhnlich für einen Anruf um diese Zeit entschuldigt«, fügte sie in der Hoffnung hinzu, ihn dadurch aus dem Gleichgewicht zu bringen.

»Ähm … also, ja, Ma'am. Bitte, entschuldigen Sie die Störung.« Seinem Tonfall war deutlich anzumerken, daß er wußte, wie unbeholfen er klang. Gut.

»Schön, nachdem Sie mich aufgeweckt haben, Mr. Lews, könnten Sie mir jetzt vielleicht sagen, ob es einen besonderen Anlaß für Ihren Anruf gibt? Oder handelt es sich nur um einen netten kleinen Plausch?« Am besten, sie verunsicherte den Burschen weiter.

»Äh … nein, Ma'am. Es gibt einen äußerst ernsten Anlaß. Wir haben versucht, den Gouverneur zu erreichen, um ihn wegen der von Inferno Networks News verbreiteten Behauptungen zu befragen. Äh, haben Sie den Bericht von I-N News gehört?«

»Allerdings«, erwiderte Fredda. »Und ich kann für meinen Mann antworten, ohne ihn um diese Zeit stören zu müssen. Es hat absolut und definitiv keinen Versuch eines Staatsstreichs gegeben. Die Regierung wurde und wird nicht bedroht.«

»Aber was ist mit dem …«

»Ich kann keine näheren Angaben über Einzelheiten in einem laufenden Ermittlungsverfahren machen«, kam Fredda einer weiteren Frage zuvor. Sie war froh, eine derart passende Phrase zur Hand zu haben.

»In Ordnung, Ma'am. Aber was ist mit dieser

Geschichte über den Kometen? Ist irgend etwas Wahres daran? Es klingt ein wenig zu fantastisch, um völlig an den Haaren herbeigezogen zu sein.«

Fredda unterbrach ihre Wanderung und setzte sich auf die Bettkante. Warum, zum Teufel, brachen Krisen immer mitten in der Nacht über sie herein, wenn sie noch gar nicht richtig wach war? Sie mußte sich etwas einfallen lassen, und zwar schnell. Es war nicht ratsam, die Sache einfach abzuleugnen, nicht, wenn sowieso schon bald wieder irgend etwas durchsickern würde. Aber sie konnte die Geschichte auch nicht einfach bestätigen. Sie hatte keine Ahnung, wie die Aussichten für die Verwirklichung des Projekts standen. Alvar war irgendwo hingegangen, um sich darüber zu informieren. Angenommen, er hatte bereits entschieden, daß die Idee genauso verrückt war, wie sie sich anhörte? Sie konnte ihm nicht vorgreifen, sich aber auch nicht mit einem platten »Kein Kommentar« aus der Affäre ziehen. Dadurch würde die Gerüchteküche nur noch heftiger als zuvor brodeln.

Mit anderen Worten, sie konnte nichts sagen, ohne ernsthaften Schaden anzurichten. Sie hätte den Anruf gar nicht erst annehmen sollen. Aber jetzt war es zu spät. Sie mußte *irgend etwas* sagen. Fredda atmete tief durch und begann, langsam und bedächtig zu sprechen. »Es gibt einen Kometen. Der Gouverneur ist über ... Untersuchungen informiert, die diesen Kometen betreffen.« Plötzlich kam ihr die Erleuchtung, wie sie etwas sagen konnte, das einerseits absolut der Wahrheit entsprach, andererseits aber völlig irreführend war. Etwas, das die Gerüchte für eine Weile beschwichtigen und ihnen ein wenig Zeit verschaffen würde. »Ich kenne nicht alle Einzelheiten, aber ich glaube, das Projekt hat etwas mit Operation Schneeball zu tun. Ich vermute, daß Sie über Operation Schneeball Bescheid wissen.«

»Äh ... ja, ein wenig, Ma'am.« Es folgte eine längere

Pause. Fredda vermutete, daß Lews in irgendeinem Informationssystem Angaben über Operation Schneeball suchte. Sie lächelte. Es wurde immer deutlicher, daß Lews längst nicht so professionell und gut vorbereitet war, wie er es nach außen hin vorspielte. »Ein Projekt, um Eis aus Kometen zu gewinnen und in die Atmosphäre zu schießen«, erwiderte er schließlich in einem Tonfall, der verriet, daß er den Text von einem Bildschirm ablas.

»Genau. Im Prinzip nichts anderes, als einen Kometen auf den Planeten stürzen zu lassen – in einzelnen Brocken von wenigen Kilogramm Gewicht. Schneeball wird seit längerer Zeit betrieben, und es ist das einzige offiziell genehmigte Kometen-Projekt, von dem ich weiß.« Diese Aussage war korrekt, wenn auch extrem irreführend. Schließlich war Davlo Lentralls Plan noch nicht genehmigt worden. »Beantwortet das Ihre Frage, Mr. Lews?«

»Nun, ich nehme es an«, sagte Lews.

Nimm an, was du willst, dachte Fredda, *solange ich nur die Spur gründlich genug verwischt habe, um dich von der Fährte wegzulocken.* »Dann werde ich jetzt wieder ins Bett gehen. Gute Nacht oder guten Morgen, Mr. Lews.« Sie nickte Donald zu und fuhr sich mit dem ausgestreckten Zeigefinger über die Kehle. Der Roboter trennte die Verbindung. »Ich hoffe, das war richtig«, sagte sie mehr zu sich selbst als zu Donald. »Kümmere dich darum, daß eine Kopie der Nachrichtensendung und dieses Gesprächs an die Mailbox des Gouverneurs geht. Er muß wissen, was los ist, wenn er nachsieht.«

»Ich habe die Kopien bereits weitergeleitet, Doktor.«

»Ausgezeichnet.« Fredda ließ sich rücklings auf das Bett fallen. Ihre Beine baumelten über die Kante. Kurz darauf stand sie wieder auf, ging um das Bett herum und schlüpfte unter die Decke, wobei sie sich fragte, ob es überhaupt einen Sinn hatte, es sich wieder bequem zu machen. Es würde sie nicht wundern, wenn sie nicht mehr einschlafen konnte. Ihr gingen genug Gedanken im Kopf herum, um für den Rest der Nacht an die Decke zu starren. Wo steckte Alvar? Wie würde er sich in bezug auf den Kometen entscheiden? Hatte sie sich richtig verhalten, oder hatte sie die ohnehin schon verfahrene Situation noch schlimmer gemacht? Sie konnte es nicht wissen. Sie würde es erst erfahren, wenn es bereits zu spät war, noch etwas daran zu ändern.

Es schien ihr, als wäre das ihr Leitmotiv während der letzten Jahre gewesen. Sie gähnte, schloß die Augen, drehte sich auf die Seite und versuchte, mit einer bewußten Willensanstrengung, wieder einzuschlafen.

Als Fredda das nächste Mal die Augen öffnete, starrte Donald wieder auf sie herab.

»Verzeihen Sie, Dr. Leving, aber da ist ein dringender Anruf für Sie. Der Pseudo-Roboter Caliban behauptet, Sie unverzüglich sprechen zu müssen.«

Fredda seufzte. Sie wußte, daß sie das Gespräch entgegennehmen mußte, denn Caliban würde sie nur anrufen, wenn es wirklich wichtig war. Aber trotzdem entwickelte sich das allmählich zu einer ziemlich langen Nacht. »Wie spät ist es *jetzt?«* fragte sie.

»Es ist 0429 Uhr«, erwiderte Donald.

»Das mußte ja so kommen«, murmelte Fredda. »In Ordnung, wieder auf die Kommunikationskonsole hier im Schlafzimmer. Nur Sprechverbindung.« Eigentlich hätte es sie nicht kümmern sollen, wenn ein Roboter sie so sah, aber sie konnte nicht anders.

»Jawohl, Dr. Leving. Caliban kann Sie gleich hören – jetzt.«

»Hallo, Caliban«, sagte Fredda, während sie sich bemühte, ein Gähnen zu unterdrücken. »Was ist los?«

»Dr. Leving, bitte entschuldigen Sie, daß ich Sie um

diese Zeit störe, aber ich glaube, daß wir uns unterhalten müssen. Prospero und ich verlassen gerade Hades mit Ziel Depot und weiter. Wir haben durch unsere Informationsquellen erfahren, welches Ereignis wahrscheinlich bald unsere Stadt treffen wird.«

Fredda blinzelte überrascht. Sie hatte immer gewußt, daß Caliban und die Roboter der Neuen Gesetze über gute Informationsquellen verfügten, aber sie hatte nicht gewußt, *wie* gut sie waren. Und dann war da die Formulierung, die Caliban benutzt hatte. Die Stadt der Roboter »treffen«. Ein Wortspiel, das jemandem, der nicht wußte, worum es ging, kaum etwas verraten würde. Doch es sagte ihr, daß Caliban vorsichtig war und das gleiche von ihr erwartete. Befürchtete er, daß ihr Gespräch belauscht wurde oder Roboterschnüffler die Frequenzen nach bestimmten Schlüsselwörtern abhorchten? Oder nahm er einfach nur an, daß Alvar bei Fredda sein und mithören könnte? »Ich glaube, daß du dich klug verhältst«, sagte sie. »Die Dinge entwickeln sich sehr schnell, und ich fürchte, daß sie nicht leicht zu kontrollieren sein werden.«

»Ich stimme Ihnen zu«, erwiderte Caliban. »Wir müssen sofort damit beginnen, unsere Bürger auf den angesprochenen Notfall vorzubereiten. Es könnte durchaus sein, daß wir unsere Freunde um Hilfe werden bitten müssen.«

»Du kannst dich jederzeit an mich wenden«, versprach Fredda. »Ich werde tun, was immer ich kann.« Sie zögerte einen Moment. Das war ein ziemlich leichtsinniges Versprechen. Vermutlich würde die gesamte Utopiaregion evakuiert werden müssen, und das würde die Transportkapazitäten stark belasten. Es gab nicht viele Leute, die sich in dieser Situation Sorgen über die Nöte der Roboter der Neuen Gesetze machen würden. »Aber wahrscheinlich werden meine Möglichkeiten nur sehr begrenzt sein.«

»Das verstehe ich«, sagte Caliban. »Wir waren schon immer auf uns allein gestellt. Aber selbst die kleinste Unterstützung könnte sich als außerordentlich wichtig erweisen.«

Fredda verspürte ein plötzliches Schuldbewußtsein. Es war schon schlimm genug, wenn man kaum etwas für seine eigenen Geschöpfe tun konnte, aber es war noch schlimmer, wenn sie noch weniger von einem erwarteten. »Melde dich bei mir, sobald ihr angekommen seid. Laßt mich wissen, was ihr braucht, und ich werde alles tun, was in meiner Macht steht, um es zu besorgen.«

Es dauerte eine Weile, bis sich Caliban wieder meldete. »Was wir brauchen ist ein Ort, an dem man uns in Ruhe läßt. Bis jetzt hatten wir geglaubt, ihn gefunden zu haben. Caliban, Ende.«

Die Verbindung brach ab. Fredda fluchte ausgiebig und wortreich vor sich hin. Es hätte nicht so kommen dürfen. Sie hatte sich nie Gedanken über die Verantwortung gemacht, die sie sich mit der Erschaffung der Roboter der Neuen Gesetze selbst aufgebürdet hatte. Wenn sie konventionelle Roboter baute, hatte sie nie das Gefühl, ihnen etwas schuldig zu sein. Bei Caliban und den Robotern der Neuen Gesetze aber war das anders, weil sie es gewesen war, die ihre Existenz erst möglich gemacht hatte.

Vielleicht war das der Unterschied zwischen der Erschaffung einer Rasse von zufriedenen Sklaven und einer Spezies, die frei sein wollte.

Fredda ließ sich wieder auf das Bett fallen. Verdammt, jetzt würde sie garantiert keinen Schlaf mehr finden.

Im Osten von Hades zeigten sich die ersten Vorboten der Morgendämmerung, als Caliban, Prospero und Norlan Fiyle mit ihrem Gleiter aus dem Tunnelsystem herausflogen. Fiyle war unübersehbar erschöpft und gähnte unablässig. Prospero hatte ihn die ganze Nacht lang gnadenlos mit Fragen bombardiert, um jede noch so winzige Information über die geplante Operation mit dem Kometen in Erfahrung zu bringen.

Caliban musterte den Mann mit einem Gefühl, das Sympathie sehr nahe kam. Vielleicht war Fiyle kaum mehr als ein Opportunist, der sich an alle und jeden verkaufte, aber er hatte sich trotzdem noch einen Rest von Ehre bewahrt. Seine kleinen Betrügereien und seine Geschäfte mit Vertrauensmißbrauch hatten ihre Grenzen. Irgend etwas in ihm hatte das Überleben der Roboter der Neuen Gesetze höher eingestuft als seinen Profit. Auch in diesem ansonsten verachtungswürdigen Mann gab es etwas, das Respekt verdiente.

Und schließlich war es diese Anständigkeit gewesen, die Norlan Fiyle überhaupt erst in Gefahr gebracht hatte, und das war der Grund, weshalb er die Stadt unverzüglich verlassen mußte. Die beiden Roboter hatten ihre eigenen Gründe für die Abreise. Sie mußten Walhalla warnen.

Calibans Blick wanderte von Fiyle zu Prospero und fiel dann auf die Stadt unter ihnen. Er rief Hades ein stummes – und nicht ganz liebevolles – Lebewohl zu. Vielleicht würde er eines Tages zurückkehren, aber im Augenblick überschlugen sich die Dinge. Irgendwie wußte er tief in seinem Innern, daß sich die Stadt schon bald bis zur Unkenntlichkeit verändern würde, selbst wenn die Gebäude und die Straßen dieselben blieben, denn das Leben der Menschen würde sich vollkommen ändern, und die Welt jenseits der Stadtgrenzen würde eine neue sein.

Es sei denn, alles wurde hinweggefegt, die Stadt, die Menschen, die ganze Welt. Aber auch die völlige Zerstörung war eine Form der Veränderung.

Der Gleiter schraubte sich in den Himmel empor und nahm Kurs auf die Morgendämmerung.

Alvar Kresh trennte die Verbindung zu seiner Mailbox und staunte über sein Gefühl der Erleichterung. Er saß immer noch an der Konsole vor Dee und Dum. Es schien ihm, als hätte er dort bereits mehrere Jahre und nicht nur den größten Teil der Nacht und des Morgens mit dem Versuch zugebracht, sich ein Bild von der Lage zu machen. Vor etwa einer halben Stunde war die Tagschicht des Terraforming-Zentrums erschienen. Die Leute waren mehr als nur etwas überrascht, Gouverneur Alvar Kresh an ihrem Arbeitsplatz vorzufinden. Kresh ignorierte sie weitestgehend. Aus Gründen, die ihm nicht ganz klar waren, war auch Dr. Soggdon im Zentrum geblieben, vielleicht aus einer Art Pflichtgefühl heraus, um Einheit Dee gegen den Eindringling zu beschützen. Wenn ja, dann war sie jedenfalls nicht sonderlich erfolgreich. Sie saß an ihrem Schreibtisch, den Kopf auf die verschränkten Arme gebettet, und schlief tief und fest.

Kresh konzentrierte sich wieder auf die Neuigkeiten, die er gerade erfahren hatte. Die Leute, die versucht hatten, das Kometen-Projekt zu sabotieren, hatten ihm einen großen Gefallen getan, ohne es zu wissen. Kresh hatte sich davor gefürchtet, die Öffentlichkeit über das Vorhaben zu informieren. Früher oder später hätte Inferno die Wahrheit ohnehin erfahren müssen, aber im Augenblick hatte er schon genug zu tun, auch ohne die unvermeidliche öffentliche Aufregung zu dämpfen.

Nun hatten seine Gegner es ihm erspart, vor die Kameras und die Reporter treten zu müssen, und Fredda hatte genau den richtigen Tonfall angeschlagen. Sie hatte die Gemüter beruhigt, ohne die Geschichte direkt zu dementieren. Dem All sei Dank, daß er nicht zu Hause gewesen war und den Anruf nicht selbst hatte entgegennehmen müssen.

Gleich nach seinem Amtsantritt hatte Kresh den Schutzwall aus Pressesprechern, Beamten für Öffentlichkeitsarbeit und regelmäßigen Pressekonferenzen abgeschafft, der nur dazu diente, dem Gouverneur die Reporter vom Hals zu halten, und der Presse fast uneingeschränkten Zugang zu ihm gewährt. Er hatte diesen Schritt mehr als nur einmal bedauert, und heute dankte er seinem Glück, daß es ihm gelungen war, lästigen Fragen zu entgehen. Vielleicht wäre es nicht die schlechteste Idee, zu bleiben, wo er gerade war, den Kontakt mit der Außenwelt auf ein Minimum zu beschränken und sich so unauffällig wie möglich zu verhalten. Hier konnte er sich auf das Projekt selbst konzentrieren. Wenn er nach Hades zurückkehrte, würde er zwangsläufig einen Teil seiner Zeit und Energie damit verbringen müssen, über das Projekt zu *reden,* anstatt sich darum kümmern zu können.

Nun gut. Jetzt wußte die Welt von dem Kometen, und es war nicht er gewesen, der sie informiert hatte. Um so besser. Aber jetzt stellte sich das nächste Problem. Jetzt mußte er der öffentlichen Diskussion erlauben, auf einen Punkt zuzusteuern, an dem die Bevölkerung bereit sein würde, die Vorstellung zu akzeptieren, daß tatsächlich der Plan existierte, den Kometen auf Inferno herabstürzen zu lassen. Aber wie, zum Teufel, sollte er das tun, wenn er zu dem lächerlich klingenden Eingeständnis gezwungen sein würde, daß sie den Kometen verloren hatten?

Die beste Lösung bestand natürlich darin, den Kometen so schnell wie möglich wieder aufzuspüren. Allerdings hatte er in dieser Hinsicht schon alles getan, was er tun konnte. Manchmal bestand die Aufgabe eines Führers eben nur darin, die Dinge ins Rollen zu bringen und darauf zu vertrauen, daß die anderen die Sache zu Ende brachten. Er würde hierbleiben müssen, sich auf andere Aspekte des Projekts konzentrieren und davon ausgehen, daß sie den Kometen rechtzeitig würden finden können. *Geh wieder an die Arbeit,* befahl er sich selbst.

»Bist du noch da, Dee?« fragte er.

»Ja, Sir«, antwortete Einheit Dee. »Haben Sie etwas Interessantes in Ihrer Mailbox gefunden?«

»Das eine oder andere, aber nichts, was dich interessieren müßte. Ich habe eine neue Aufgabe für dich.«

»Es wäre mir ein Vergnügen, Ihnen weiterhin behilflich sein zu können.«

»Sicher«, sagte Kresh absichtlich brüsk. Irgendwie ging es ihm auf die Nerven, wenn sich ein Roboter allzu schmeichlerisch gab. »Donald 111, mein persönlicher Roboter, kümmert sich zur Zeit um die Organisation der Vorbereitungen für den Einschlag des Kometen. Sicherheits- und Evakuierungspläne und dergleichen. Ich möchte, daß du dich mit ihm in Verbindung setzt und seine Aufgabe übernimmst. Du bist dafür eindeutig besser geeignet als er. Ich hätte dir diese Aufgabe von Anfang an übertragen sollen. Übermittle ihm diesen Befehl und sag ihm, daß er so schnell wie möglich hierherkommen soll, ohne meinen Aufenthaltsort zu verraten.«

»Ich werde ihn sofort kontaktieren«, bestätigte Dee.

»Gut«, sagte Kresh. »Ich werde kurz hinausgehen, um etwas frische Luft zu schnappen. Wenn ich zurückkomme, werden wir weiter an den Zielkoordinaten für den Einschlag arbeiten.«

»Ich bin mir nicht sicher, ob wir mit Dr. Lentralls äußerst groben Daten noch mehr tun können.«

»Aber vielleicht doch«, gab Kresh zurück. »Zumindest können wir eine größere Bandbreite von Szenarien und Eventualitäten ausarbeiten, damit wir besser vorbereitet sind, wenn die Zeit gekommen ist. Wir werden Hunderte von möglichen groben Flugbahnen berechnen und Einheit Dum etwas zu tun geben.«

Dee ging nicht auf diesen kleinen Scherz ein. »Sehr wohl, Sir«, sagte sie mit ihrer gewohnt liebenswürdigen Höflichkeit. »Ich werde mich in der Zwischenzeit meinen anderen Pflichten widmen.«

»Bin gleich wieder da«, sagte Kresh. Er stand auf, streckte sich und massierte sich müde das Gesicht, ohne die neugierigen Blicke der anderen zu beachten. Sollten sie sich ruhig den Kopf darüber zerbrechen, was der Gouverneur hier zu suchen hatte. Er verließ Raum 103, ging den Korridor entlang und trat durch die Doppeltüren des Kontrollzentrums in den Morgen hinaus.

Es war schon lange her, seit er das letzte Mal eine ganze Nacht durchgearbeitet hatte. Er war ziemlich ausgepumpt, aber noch nicht völlig erschöpft. Es hatte etwas Belebendes, nach einer langen Nacht voller harter Arbeit den Morgen zu sehen. Irgendwie kam es Kresh immer so vor, als wäre die Schönheit des Morgens sein Lohn dafür, keinen Schlaf gefunden zu haben.

Der Regen hatte aufgehört, die Welt war frisch und klar, wie saubergefegt. Der Himmel war strahlend blau und mit ein paar schneeweißen Wolkentupfern durchsetzt. Die Luft roch gut und würzig. Alvar Kresh sah nach Westen, wo die Winterresidenz des Gouverneurs lag. Er erinnerte sich an einen ähnlichen Morgen, an dem ebenfalls alles so frisch und klar und voller Verheißungen gewesen war, einen Morgen, den er kurz nach seiner Ernennung zum Gouverneur mit Fredda verbracht hatte. Dieser Tag war ein gutes Omen gewesen. Vielleicht würde es heute wieder so sein.

Und vielleicht wurde es Zeit, in die Winterresidenz umzuziehen. Dadurch würde er auf der Insel bleiben können. Je länger er darüber nachdachte, desto vernünftiger erschien es ihm, sich gerade jetzt im Hintergrund zu halten. Aber diese Entscheidung konnte noch warten. Erst einmal konnte er etwas anderes tun, um sich von der Außenwelt abzuschotten.

Er ging zu seinem Gleiter. Mittlerweile hatte sich der Landeplatz zur Hälfte mit anderen Fahrzeugen gefüllt. Oberon entdeckte ihn durch das Cockpitfenster und ließ die Einstiegsluke aufgleiten. Kresh ging an Bord, wo er von Oberon begrüßt wurde.

»Kehren wir nach Hause zurück, Sir?« erkundigte sich der Roboter in seinem langsamen, bedächtigen Tonfall.

»Ich nicht, aber du. Flieg den Gleiter zurück und richte meiner Frau Grüße aus. Sag ihr, daß ich ihre Nachrichten erhalten habe und sie genau das Richtige getan hat. Sag ihr, wo ich bin. Wenn sie will, kann sie zu mir kommen, falls sie das unbemerkt tun kann. Ich würde Wert auf ihren Rat legen. Du mußt ihr nur klarmachen, daß ich meinen Aufenthaltsort vorläufig so geheim wie möglich halten will. Ich brauche Zeit, um ungestört arbeiten und nachdenken zu können.«

»Was ist mit den Arbeitern und Technikern hier, Sir? Diese Leute wissen, wo Sie sind.«

»Leider, und früher oder später wird etwas durchsickern. Mit etwas Glück aber erst später. Achte nur darauf, daß es nicht durch dich durchsickert. Flieg einen Umweg, damit es so aussieht, als würdest du aus einer anderen Richtung nach Hades zurückkommen.«

»Sehr wohl, Sir. Wenn Sie sonst keine weiteren Aufgaben mehr für mich haben, werde ich sofort starten.«

»Das war alles«, sagte Kresh. »Du kannst aufbrechen.« Er verließ den Gleiter und ging zum Gebäude zurück, damit Oberon gefahrlos starten konnte. Kurz darauf hob der Gleiter ab und stieg langsam in den Himmel hinauf. Kresh war allein – oder konnte es sich zumindest selbst einreden. Schließlich war er der Gouverneur. Er konnte jederzeit irgendein Transportmittel anfordern und sich aller Kommunikationssysteme bedienen. Aber ohne seinen Gleiter war er etwas stärker isoliert.

Er hatte ein wenig Zeit gewonnen.

Wenn es ihm jetzt noch gelang, an die Koordinaten und die Flugbahn des Kometen heranzukommen, würde vielleicht doch noch alles gut ausgehen.

Vielleicht …

12. Kapitel

Davlo Lentrall öffnete die Augen und fuhr kerzengerade in seinem Bett hoch. Der Übergang vom Tiefschlaf zum hellwachen Zustand war in einem Sekundenbruchteil erfolgt. Er wußte es. Er *wußte*. Aber er mußte behutsam vorgehen, äußerst vorsichtig, oder alles würde verloren und vorbei sein. Er zwang sich dazu, seine Schritte zu durchdenken, alle logischen Konsequenzen im Kopf durchzuspielen. Er würde nur eine Chance erhalten, sein Vorhaben durchzuführen, und die Wahrscheinlichkeit, daß es ihm gelang, sprach eindeutig gegen ihn. Also mußte er sich so normal wie möglich verhalten. Er wußte, daß er seiner Beute keinen Anlaß zum Mißtrauen liefern durfte.

Nun, wenn er sich schon normal benehmen mußte, dann war jetzt genau der richtige Zeitpunkt, damit zu beginnen. Davlo drückte auf die Taste neben seinem Bett, und Kaelor erschien fast augenblicklich.

»Guten Morgen, Sir«, begrüßte ihn der Roboter. »Ich hoffe, Sie haben gut geschlafen.«

»Das habe ich«, erwiderte Davlo in einem, wie er hoffte, entspannten und munteren Tonfall. »Nach dem gestrigen Tag hatte ich das auch dringend nötig.«

»Es hat sich tatsächlich das eine oder andere ereignet«, bestätigte Kaelor in seiner gewohnt bissigen Art.

»Für dich war es auch kein leichter Tag«, sagte Davlo, »und ich habe mich nicht einmal bei dir bedankt.«

»Wie Sie selbst nur zu genau wissen, konnte ich gar nicht anders handeln, Sir.«

»Ja, aber ich möchte trotzdem, daß du weißt, daß ich dir dankbar bin«, sagte Davlo. Er stand auf, und Kaelor brachte ihm den Morgenmantel und die Hausschuhe. Davlo streifte den Morgenmantel über seine Schultern, verknotete den Gürtel locker vor seinem Bauch und schlüpfte in die Hausschuhe. Er gähnte herzhaft und verließ das Schlafzimmer. Kaelor folgte ihm und schloß die Tür.

Davlo Lentrall war schon vor langer Zeit zu der Überzeugung gelangt, daß man das Frühstück am besten in einer möglichst entspannten und beruhigenden Atmosphäre zu sich nahm. Deshalb frühstückte er auch im Gegensatz zu den üblichen Gewohnheiten eines typischen Spacerhaushalts stets in Pyjama und Morgenmantel, bevor er badete und sich ankleidete. Aus dem gleichen Grund war die Beleuchtung in seinem geräumigen und kühlen Frühstückszimmer gedämpft. Der Eßtisch stand direkt vor den großen Erkerfenstern, die auf einen penibel gepflegten Garten hinausgingen. Zwei Roboter waren gerade damit beschäftigt, Büsche und Sträucher zu beschneiden, ein dritter kniete vor einem Blumenbeet. In der Regel genoß es Davlo, den Robotergärtnern bei der Arbeit zuzuschauen, und er nutzte die Zeit, um sich zu überlegen, was sonst noch in seinem Garten getan werden mußte, aber heute nahm er kaum Notiz von ihnen.

Dann aber erinnerte er sich wieder daran, daß es jetzt vor allen Dingen wichtig war, sich ganz normal zu verhalten und alles zu tun, was er auch sonst an einem gewöhnlichen Morgen tat. Also setzte er sich wie üblich auf den Stuhl direkt den Fenstern gegenüber und sah aufmerksam zu, wie die Roboter die Hecken stutzten. »Sorge dafür, daß das Gartenpersonal nach Sturmschäden Ausschau hält und herangewehten Unrat entfernt«, sagte er. »Das war ja eine wahre Sintflut letzte Nacht.«

»Das war es«, erwiderte Kaelor, während er das Tablett abstellte und seinem Herrn das Frühstück servierte. »Ich habe das Außenpersonal bereits angewiesen, sich darum zu kümmern.«

»Sehr gut«, sagte Davlo mit einem Gähnen. »Hmmm. Bin immer noch etwas verschlafen. Heute könnte ich eine zusätzliche Tasse Tee vertragen, um richtig wach zu werden.« Würde er sich tatsächlich dazu durchringen können, etwas gegen den Roboter zu unternehmen, der ihm tags zuvor das Leben gerettet hatte? Er mußte wieder daran denken, wie hilflos er angesichts der Gefahr gewesen war, und schüttelte den Kopf. Nein, heute nicht. Heute würde er der Welt beweisen, daß er entschlossen handeln *konnte*. Er wollte sich schon selbst zu seinem neu entdeckten Mut gratulieren, als ihm bewußt wurde, daß es kein Risiko darstellte, einen Roboter der Drei Gesetze anzugreifen.

»Ich werde Ihnen den Tee sofort bringen, wenn Sie wirklich noch eine Tasse wollen«, sagte Kaelor.

»Warte damit noch eine Weile«, bat Davlo. Bildete er es sich nur ein, oder war Kaelor heute etwas übertrieben aufmerksam und fürsorglich? Bei einem normalen Roboter hätte sein Verhalten an Unhöflichkeit gegrenzt, in Kaelors Fall aber war es zuvorkommend.

»Sehr wohl«, sagte der Roboter in einem Tonfall, der deutlich erkennen ließ, was er von der Unentschlossenheit seines Herrn hielt. Auf eine merkwürdige Art fühlte sich Davlo dadurch erleichtert. Schließlich war Kaelor normalerweise eher schroff. Oder täuschte er diese Normalität vielleicht nur vor, so wie es Davlo tat? Davlo wagte es nicht, ihn darauf anzusprechen. Es war ratsamer, einfach sein Frühstück zu essen und den richtigen Zeitpunkt abzuwarten. Er konzentrierte sich auf sein Essen und gab sich Mühe, so zu tun, als schmeckte es ihm, denn normalerweise genoß er sein Frühstück.

Seine Chance kam, als Kaelor die letzten Speisereste abräumte und Davlo sich mit seinem Stuhl vom Tisch zurückschob. Hin- und hergerissen zwischen seinem Bemühen, wachsam zu bleiben und gleichzeitig entspannt zu wirken, hätte er die Gelegenheit fast ungenutzt verstreichen lassen. Aber dann mußte sich Kaelor über den Tisch beugen, um nach dem letzten Glas zu greifen, und wandte seinem Herrn im selben Augenblick den Rücken zu, als dieser aufstand.

Davlo bewegte sich schnell, geschmeidig und zielstrebig. Er öffnete die Klappe in Kaelors Rücken und legte den Hauptenergieschalter darunter frei. Der Roboter reagierte sofort und machte bereits Anstalten, sich umzudrehen, als Davlo den Schalter umlegte.

Seiner Energie beraubt, kippte Kaelor, immer noch über den Tisch gebeugt, wie ein gefällter Baum um. Das Geschirr entglitt seinen Händen, und er schlug so schwer auf die hölzerne Tischplatte, daß sie in zwei Stücke zerbrach. Davlo wich zwei Schritte zurück. Er haßte sich dafür, was er seinem Roboter angetan hatte, dem empfindungsfähigen Geschöpf, das ihm erst gestern das Leben gerettet hatte. Aber es war unbedingt nötig gewesen. Trotzdem fühlte er sich alles anders als heldenhaft.

Er wandte dem reglosen Roboter und dem zertrümmerten Frühstückstisch den Rücken zu und ging zu seiner Kommunikationsanlage. Es bestand zumindest eine geringe Chance, daß er das benötigte Wissen aus Kaelor würde herausholen können. Die Informationen, durch die Inferno vielleicht gerettet werden würde. Unter Umständen hatte er die Welt durch das Abschalten eines Roboters gerettet. Es würde sich lohnen, länger über diese schlichte Tatsache nachzudenken, aber jetzt hatte er nicht die Zeit dazu. Er mußte Fredda Leving anrufen.

Wenn es jemanden gab, der die Informationen aus Kaelor herausholen konnte, dann war sie es.

Fredda Leving sah zu, wie ihre vier Dienstroboter das transportable Roboterwartungsgestell mitten in Davlo Lentralls Wohnzimmer auspackten und aufbauten. Nachdem sie es zusammengesetzt hatten, hoben sie den immer noch reglosen Kaelor hinein und befestigten ihn mit Haltebändern an dem Rahmen.

Der Rahmen des Gestells war an drei rechtwinklig zueinander stehenden drehbaren Trägern aufgehängt, so daß er und der daran befestigte Roboter in jede beliebige Position geschwenkt werden konnten und es dem Robotiker ermöglichte, problemlos jede Stelle des Roboters zu erreichen. Als die Dienstroboter Kaelor angeschnallt hatten, trat Fredda vor und machte sich an die Arbeit. Sie rechnete zwar kaum mit einem Erfolg, aber bei dem, was hier auf dem Spiel stand, mußte sie es wenigstens versuchen.

Die Robotikerin schwenkte Kaelor herum, bis er mit dem Gesicht nach unten lag und aus seinen erloschenen Augen blicklos auf den Boden starrte. Sie fand die Standarddiagnosebuchse an seinem Nackenansatz und stöpselte ihr Meßgerät ein. Dann schaltete sie von einer Einstellung zur nächsten und beobachtete dabei die Anzeige des Testgeräts.

»Keine Überraschungen zu entdecken«, sagte sie. »Die Standarddiagnose zeigt an, daß alle seine Schaltkreise normal funktionieren, aber das wußten wir ja bereits.«

»Können Sie über diesen Zugang seinen Gedächtnisspeicher anzapfen?« fragte Davlo und beugte sich weiter vor, als es Fredda recht war. Er war nervös und aufgeregt, sein Gesicht blaß und hohlwangig, und er rieb sich unablässig die Hände.

»Ich fürchte, nein«, erwiderte Fredda, wobei sie sich

um einen sachlichen und professionellen Tonfall bemühte. »Es ist nicht so einfach. Dieses Gerät zeigt mir nur den grundlegenden Systemstatus an. Obwohl Kaelors Energie abgeschaltet ist, befindet sich immer noch eine Restspannung in seinen Schaltkreisen, um die Systemintegrität aufrechtzuerhalten. Auf diese Weise kann ich lediglich feststellen, daß keine Sicherungen durchgebrannt und die Basispfade stabil sind. Jetzt weiß ich, daß wir ihn nicht versehentlich beschädigen werden, wenn wir weitermachen.« *Ob wir entscheiden, ihn absichtlich zu beschädigen, ist wieder eine ganz andere Frage,* dachte sie. Es hatte keinen Sinn, das laut auszusprechen. Lentrall war auch so schon in einer ziemlich schlechten Verfassung.

Fredda ließ das Testgerät eingestöpselt und hängte es an einen Halterungshaken am Rahmen des Wartungsgestells. Dann schob sie sich etwas näher an den Roboter heran, adjustierte seine Lage ein wenig, löste die vier Klammern, die die Abdeckplatte von Kaelors Hinterkopf hielten, und hob sie vorsichtig ab. Sie warf einen Blick auf die Schaltkreise und die Verkabelung und schüttelte den Kopf.

»Nein«, sagte sie. »Das hatte ich befürchtet. Ich habe diese Konstruktion schon einmal gesehen.« Sie deutete auf eine konturlose schwarze Kugel mit einem Durchmesser von etwa zwölf Zentimetern. »Sein positronisches Gehirn befindet sich in dieser hermetisch versiegelten Einheit. Die einzige Verbindung zwischen dem Gehirn und der Außenwelt ist dieses ummantelte Kabel am unteren Ende, etwa dort, wo bei einem Menschen der Rückennervenstrang beginnen würde. Dieses Kabel enthält wiederum rund 5000 Mikrokabel, von denen jedes ungefähr die Stärke eines menschlichen Haars hat. Ich müßte blind raten, welche beiden ich anzapfen soll, und ich müßte sie gleich beim ersten Mal erwischen, oder aber ich würde ihm buchstäblich das Gehirn grillen. Das All allein weiß, wie lange es dauern würde, die Überspannungskabel zu finden. Dieses Gehirn ist *absichtlich* so konstruiert worden, um einen Zugang zu ihm unmöglich zu machen.«

»Aber warum denn?« fragte Davlo Lentrall.

Fredda lächelte traurig. »Um die vertraulichen Informationen in seinem Kopf zu schützen. Um die Leute davon abzuhalten, genau das zu tun, was wir gerade zu tun versuchen – Informationen aus ihm herauszuholen, die er nicht preisgeben will.«

»Verdammt! Ich dachte, wir könnten einfach seine Erinnerungsspeicher anzapfen und die benötigten Daten herunterladen.«

»Bei einigen Robotern wäre das möglich, wenn auch unglaublich zeitaufwendig«, sagte Fredda. Sie setzte die Platte wieder in Kaelors Hinterkopf ein. »Aber nicht bei diesem Modell.«

»Also können wir nichts tun«, stellte Lentrall fest. »Ich meine in Form eines elektronischen Datentransfers.« Sein Gesicht war starr und verzerrt. Er wich Freddas Blick aus und vermied es, Kaelor anzusehen. Davlo Lentrall bot das Bild eines Mannes, der bereits beschlossen hatte, etwas zu tun, worauf er nicht stolz sein würde – und das Bild eines Mannes, der kurz vor dem Zusammenbruch stand.

»Nicht viel«, stimmte ihm Fredda zu.

»Also werden wir mit ihm sprechen müssen, und wir wissen jetzt schon, daß er nicht reden will.«

Fredda hätte ihm gern widersprochen, aber sie wußte, daß sie es nicht konnte. Wenn Kaelor bereit gewesen wäre zu reden, hätte er sich längst schon von selbst gemeldet. »Nein, das will er nicht«, sagte sie. Sie dachte einen Moment lang nach und griff dann wieder zu ihrem Testgerät. »Was ich tun kann, ist, die Hauptmotorkontrolle zu deaktivieren, so daß er nur in der Lage sein wird, den Kopf und die Augen zu bewegen und zu sprechen. Und ich kann seine interne Uhr verlangsamen.«

»Wozu den Hauptmotor lahmlegen?« wollte Davlo wissen.

Damit er sich nicht selbst den Kopf abreißen oder sich das Gehirn einschlagen kann, um uns davon abzuhalten, an seine Geheimnisse heranzukommen, dachte Fredda, aber das würde sie Lentrall niemals sagen. Zum Glück brauchte sie nicht lange, um sich etwas anderes einfallen zu lassen. »Um ihn davon abzuhalten, sich loszureißen und zu fliehen. Er könnte versuchen, davonzulaufen, um nicht mit uns sprechen zu müssen.«

Davlo nickte, ein wenig zu eifrig, als wollte er daran glauben, obwohl er es eigentlich besser wußte. »Und was ist mit der Geschwindigkeit seiner Uhr?«

»Dadurch werden seine Denkprozesse und seine Reaktionszeit verlangsamt. Aber selbst im langsamsten Geschwindigkeitsmodus arbeitet sein Gehirn noch schneller als unsere. Er wird uns gegenüber immer noch im Vorteil sein, nur nicht mehr ganz so extrem.«

Davlo nickte erneut. »Tun Sie es«, sagte er. »Und dann lassen Sie uns mit ihm sprechen.«

»Genau«, erwiderte Fredda und bemühte sich, forsch und optimistisch zu klingen. Sie benutzte das Testgerät, um die entsprechenden Befehle durch Kaelors diagnostisches System zu schicken, und hängte es dann wieder an den Halterungshaken. Sie schwenkte das Gestell herum, bis Kaelor in einer aufrechten Position hing, die Augen starr geradeaus gerichtet. Seine Füße baumelten einen halben Meter über dem Boden. Das Prüfkabel steckte noch immer in der Diagnosebuchse. Auf der Anzeige des Testgeräts erschienen nacheinander rot blinkende Prüfziffern.

Kaelor auf diese Art festgeschnallt zu sehen, erinnerte Fredda unwillkürlich an ein uraltes Gemälde, das sie irgendwo gesehen hatte, die Darstellung eines Folteropfers, das an einem ganz ähnlichen Gestell oder Gerüst wie Kaelor festgebunden war. *So funktioniert das,* dachte sie. *Schnall sie fest, mißhandle sie und versuch, die Informationen aus ihnen herauszupressen, bevor sie sterben können.* Es war die Kurzbeschreibung der Folterei. Fredda war noch nie auf den Gedanken gekommen, daß diese Beschreibung auch auf einen Robotiker zutreffen könnte. »Ich schätze, Ihnen gefällt das nicht besser als mir«, sagte sie, während sie den Roboter anstarrte. Sie war sich nicht sicher, ob sie Kaelor oder Lentrall meinte.

Diesmal sah Davlo seinen Roboter an und konnte den Blick nicht mehr abwenden. »Gestern hat er mich gepackt, unter eine Bank gequetscht und mich mit seinem Körper abgeschirmt. Er hat sein Leben für mich riskiert. Er hat mich selbst daran erinnert, daß die Drei Gesetze ihn dazu gezwungen haben, aber das spielt keine Rolle. Kaelor hat sein Leben für mich riskiert, und jetzt setzen wir einfach sein Leben aufs Spiel.« Er schwieg eine Weile und formulierte es dann deutlicher. »Wir sind vielleicht gerade dabei, ihn zu töten«, sagte er tonlos und voller Zorn. »Ihn zu töten, nur weil er uns alle beschützen will – vor mir.«

Fredda warf Davlo einen kurzen Blick zu und sah dann wieder Kaelor an. »Ich glaube, Sie sollten das Reden lieber mir überlassen«, schlug sie vor.

Einen Moment lang glaubte sie, er würde ihr widersprechen und darauf bestehen, daß ein Mann bereit sein sollte, eine solche Aufgabe selbst zu erledigen. Statt dessen zuckte er die Achseln und seufzte leise. »Sie sind die Robotikerin«, sagte er, während er nach wie vor in Kaelors tote Augen starrte. »Sie sind die Expertin für Robotpsychologie.«

Und manchmal wünsche ich mir, mehr von der menschlichen Psychologie zu verstehen, dachte Fredda mit einem Seitenblick auf Lentrall. »Bevor wir beginnen, müssen Sie etwas verstehen. Ich weiß, daß Sie Kaelor nach Ihren eigenen Angaben haben bauen lassen. Sie wollten einen Roboter mit eingeschränktem Ersten Gesetz, nicht wahr?«

»Richtig«, bestätigte Lentrall, ohne ihr allzu große Beachtung zu schenken.

»Nun, Sie haben keinen solchen Roboter bekommen«, behauptete Fredda. »Wenigstens nicht in der Art, wie Sie vielleicht glauben. Und das ist es, was Sie letztendlich in diese Zwickmühle gebracht hat. Kaelor wurde mit der Absicht entworfen, hypothetische oder theoretische Gefahren von wirklichen unterscheiden zu können. Obwohl die meisten auf Inferno gebauten Hochleistungsroboter dazu in der Lage sind, entscheiden sie sich sozusagen dagegen. In gewisser Weise lassen sie zu, daß die Phantasie mit ihnen durchgeht. Sie sorgen sich, daß eine hypothetische Gefahr real werden könnte, quälen sich damit, was in einem solchen Fall geschehen würde, und behandeln sie, als *wäre* sie real, nur um in bezug auf das Erste Gesetz in Sicherheit zu sein. Kaelor ist im Grunde genommen mit wenig Phantasie ausgestattet worden, oder mit dem, was ein Roboter statt Phantasie besitzt. Er ist nicht in der Lage, diesen gedanklichen Schritt zu vollziehen, sich zu fragen: ›Was wäre, wenn die Hypothese zur Realität würde?‹«

»Das weiß ich alles«, sagte Davlo gereizt.

»Aber ich bezweifle, daß Sie den nächsten Teil verstehen«, gab Fredda gelassener zurück, als sie sich in Wirklichkeit fühlte. »Wenn im Falle eines Roboters wie Kaelor das Hypothetische plötzlich real wird, wenn es einem solchen Roboter dämmert, daß er an einem realen Projekt mitgearbeitet hat, das reale Menschen in reale Gefahr bringt, dann sind die Auswirkungen auf ihn gewaltig. Ich würde es mit dem Gefühl vergleichen, das Sie vermutlich verspüren würden, wenn Sie im nachhinein feststellen müßten, daß irgend etwas Unbedeutendes, das Sie getan haben, den Tod eines nahen Verwandten verursacht hat. Stellen Sie sich vor, wie hart Sie das treffen würde, und sie werden zumindest ahnen können, was in Kaelor vorgegangen sein muß.«

Davlo runzelte die Stirn und nickte. »Ich verstehe, worauf Sie hinauswollen. Und ich vermute, das würde den Druck des Ersten Gesetzes erhöhen.«

»Genau«, sagte Fredda. »Ich vermute, daß Kaelor sich bereits einem Zustand der Hypersensibilität in bezug auf das Erste Gesetz genähert hat, die ihn extrem aufmerksam für eine mögliche Gefährdung von Menschen macht, als Sie ihn abgeschaltet haben. Die plötzliche Erkenntnis, daß er ohne sein Wissen tatsächlich schon gegen das Erste Gesetz verstoßen hat, würde die Situation nur noch schlimmer machen. Wenn wir Kaelor wieder anschalten, wird er sofort in diesen Zustand zurückkehren.«

»Mit anderen Worten, er wird paranoid werden«, stellte Davlo fest.

»So extrem wird es nicht sein«, erwiderte Fredda. »Aber er wird sehr vorsichtig sein, und so sollten wir uns auch verhalten. Nur weil sein Körper bewegungsunfähig ist, heißt das nicht, daß er nicht in der Lage sein wird, etwas ... Unbesonnenes zu tun.«

Davlo nickte grimmig. »Das habe ich mir schon gedacht.«

»Also, sind Sie bereit?«

Es dauerte eine Weile, bevor er antwortete. Er riß seinen Blick von Kaelor los, ging ein paarmal auf und ab, kratzte sich hektisch im Nacken und blieb dann ziemlich abrupt stehen. »Ja«, sagte er schließlich, den Blick auf den entferntesten Winkel des Wohnzimmers gerichtet.

»Gut.« Fredda kramte ein Aufnahmegerät aus ihrer Werkzeugtasche hervor, schaltete es ein und stellte es vor Kaelor auf den Boden. Falls sie die Informationen bekamen, die sie brauchten, wollte sie sie auf Band haben.

Sie ging um das Wartungsgestell herum, öffnete die Klappe in Kaelors Rücken und legte den Energieschalter um. Dann kehrte sie auf die andere Seite zurück und blieb etwa eineinhalb Meter vor dem Roboter stehen.

Kaelors Augen glühten einen Moment lang matt, bevor sie hell aufleuchteten. Er ließ seinen Kopf herumschwenken und blickte an sich herab, betrachtete seine Arme und Beine, als wollte er bestätigen, was er zweifellos bereits wußte, daß sein Körper deaktiviert worden war. Dann sah er sich in dem Raum um und entdeckte Lentrall. »Offensichtlich haben Sie es herausgefunden«, sagte er. »Ich hatte um unser aller willen gehofft, Sie würden es nicht tun.«

»Es tut mir leid. Kaelor, ich ...«

»Dr. Lentrall, bitte, lassen Sie mich das übernehmen«, fiel ihm Fredda in einem bewußt unterkühlten und professionellen Tonfall ins Wort. Was sie vorhatte, mußte unpersönlich, distanziert und leidenschaftslos getan werden, wenn es gelingen sollte. Sie wandte sich Kaelor zu, der vor ihr in seinem Rahmen hing. Nein, sie mußte das Ding bei seinem richtigen Namen nennen, auch wenn er ihr gerade erst eingefallen war. Die Bank. Die Folterbank. Kaelor war paralysiert und festgeschnallt, ein aufgespießtes Insekt in der Kollektion eines Sammlers. Seine Stimme und sein ausdrucksloses Gesicht wirkten ernst, sogar ein bißchen traurig. Er zeigte keine Spur von Angst. Entweder hatte er dazu nicht genug Phantasie oder zuviel Mut.

Plötzlich wurde Fredda ein wenig übel, aber sie zwang sich dazu, sich nichts davon anmerken zu lassen. Sie sagte sich, daß sie menschliche Eigenschaften in Kaelor hineinprojizierte, ihm Gefühle und Regungen unterstellte, die er einfach nicht besaß. Es bestand praktisch kein Unterschied darin, ihn auf diesen Rahmen zu schnallen oder einen defekten Gleiter auf die Hebebühne einer Werkstatt zu stellen. Aber wie sehr sie sich das auch einredete, sie glaubte sich selbst kein Wort. Sie bemühte sich um einen kühlen und festen Blick, als sie Kaelor ansprach. »Kaelor, weiß du, wer ich bin?«

»Ja, selbstverständlich. Sie sind Dr. Fredda Leving, die Robotikerin.«

»Richtig. Gut, ich erteile dir jetzt einen Befehl. Du wirst alle meine Fragen so kurz wie möglich beantworten. Gib mir keine Informationen, die ich nicht verlangt habe. Betrachte jede Frage isoliert für sich. Die Fragen werden nichts miteinander zu tun haben. Hast du das verstanden?«

»Natürlich.«

»Gut.« Fredda hoffte, daß es ihr gelingen würde, ihre Fragen Stück für Stück so zu verpacken, daß sie jeweils nur einen kleinen Teil des Gesamtaspektes betrafen und zu keiner Konfliktsituation mit dem Ersten Gesetz führen würden. Natürlich würde es einen Zusammenhang zwischen den einzelnen Fragen geben, ihre gegenteilige Behauptung war eine dreiste Lüge gewesen. Aber vielleicht war sie überzeugend genug, um Kaelor diese Situation überleben zu lassen. Fredda wußte genau, daß es katastrophale Folgen haben würde, ohne Umschweife die entscheidende Frage zu stellen, auf die sie eine Antwort benötigte. Sie wagte nicht, nach dem ganzen Bild zu fragen, aber sie hoffte, daß Kaelor bereit sein würde, genügend kleine Bruchstücke zu liefern, damit sie das Puzzle zusammensetzen konnten.

Das Problem war nur, daß Kaelor ebenfalls klar sein mußte, was sie vorhatte. Wie weit würde er gehen können, bevor der Zwang durch das Erste Gesetz, Menschen vor Schaden zu bewahren, den des Zweiten Gesetzes überwog, die Befehle eines Menschen zu befolgen?

Es gab noch eine letzte Sache, die sie tun konnte, um Kaelor zu helfen. Sie glaubte nicht wirklich, daß die im Dritten Gesetz festgeschriebene Aufforderung zur

Selbsterhaltung den Roboter würde retten können, aber sie konnte sich zumindest bemühen, das Gewicht dieses Gesetzes zu erhöhen. »Außerdem darfst du auf keinen Fall vergessen, daß du wichtig für uns bist. Dr. Lentrall braucht dich, und er wünscht sehr, daß du ihm weiterhin zu Diensten stehst. Ist das nicht so, Doktor?«

Lentrall hob den Blick von dem Loch im Fußboden, in das er gestarrt hatte, ließ ihn kurz über Fredda wandern und richtete ihn dann auf Kaelor. »Unbedingt«, versicherte er. »Ich brauche dich sehr, Kaelor.«

»Vielen Dank, daß Sie das sagen, Sir«, erwiderte Kaelor. Er wandte sich wieder Fredda zu. »Ich bin bereit, Ihre Fragen zu beantworten.«

»Gut«, sagte Fredda. Vielleicht half es Kaelor, wenn sie ihm die Fragen möglichst ungeordnet stellte und hin und wieder eine völlig zusammenhangslose einstreute. »Du arbeitest für Dr. Lentrall, nicht wahr?«

»Ja.«

»Wie lange stehst du in seinen Diensten?«

»Seit einem Standardjahr und zweiundvierzig Tagen.«

»Welches sind die Spezifikationen deines internen Gedächtnisspeichers?«

»Eine Speicherkapazität unlöschbarer Informationen, die ich in einem Standardjahrhundert optisch, akustisch oder anderweitig erhalte.«

»Gefällt dir deine Arbeit?«

»Nein. Größtenteils nicht.«

Das war eine ungewöhnliche Antwort für einen Roboter. In der Regel sangen Roboter wahre Lobeshymnen über die Freuden, mit der sie ihre jeweilige Tätigkeit erfüllte, wenn man ihnen dazu die Gelegenheit gab.

»Warum gefällt dir deine Arbeit nicht?« wollte Fredda wissen.

»Dr. Lentrall ist häufig unwirsch und grob. Er fragt mich oft nach meiner Meinung und verwirft sie dann sofort. Darüber hinaus hatte meine Arbeit in den letzten Tagen viel mit der Simulation von Ereignissen zu tun, die Menschen gefährden würden.«

Uh-oh, dachte Fredda. Es war eindeutig ein Fehler gewesen, ihm diese nachhakende Frage zu stellen. Sie mußte den Umstand betonen, daß keine Gefahr bestand, und dann schnell das Thema wechseln, bevor er sich weiter mit diesem Problem beschäftigen konnte. Dem All sei Dank, daß sie Kaelors interne Prozessorgeschwindigkeit verlangsamt hatte. »Simulationen beinhalten keine tatsächliche Gefahr für Menschen«, sagte sie. »Sie sind imaginär und haben keinen Bezug zu realen Ereignissen. Warum hast du Dr. Lentrall gestern gepackt und unter eine Bank geschoben?«

»Ich erhielt einen Hyperfunkspruch mit dem Inhalt, daß er in Gefahr sei. Das Erste Gesetz verlangt von mir, ihn zu schützen, und ich habe entsprechend gehandelt.«

»Und das hast du gut gemacht«, lobte Fredda. Sie versuchte die Tatsache herauszuarbeiten, daß die aus seinem Ersten Gesetz abgeleiteten Gebote richtig funktionierten. Er hatte sich in einer realen, nicht simulierten Situation richtig verhalten. »Wie ist der Status deiner einzelnen Systeme? Antwort in Kurzfassung.«

»Mein positronisches Gehirn arbeitet innerhalb der vorgesehenen Parameter, wenn auch nahe an der akzeptablen Grenze zu einer Konfliktsituation zwischen dem Ersten und Zweiten Gesetz. Alle optischen und akustischen Sensoren und Kommunikationssysteme funktionieren nach Plan. Alle Datenverarbeitungs- und Gedächtnissysteme funktionieren nach Plan. Ich bin mit einem Leving Labs Robotik-Testgerät Model 2312 verbunden, das konstante Basisdiagnosewerte überträgt. Alle Bewegungs- und Sensorsysteme unterhalb meines Halses sind zusammen mit allen Hyperfunkkommunikationssystemen durch das Testgerät unterbrochen. Abgesehen von meiner Fähigkeit zu sprechen, zu sehen, zu hören, zu denken und meinen Kopf zu bewegen, bin ich zu keinen Handlungen oder Bewegungen in der Lage.«

»Hast du immer ordungsgemäß funktioniert, abgesehen von der derzeitigen Funktionsbeeinträchtigung durch das Testgerät, vorsätzlichen Abschaltungen und normalen Wartungsüberprüfungen?«

»Ja«, bestätigte Kaelor. »Ich kann mich an alles erinnern.«

Fredda unterdrückte den Impuls, lauthals loszufluchen, und zwang sich dazu, eine professionelle Haltung zu bewahren. Kaelor hatte gerade gegen ihren Befehl verstoßen, von sich aus keine Informationen zu liefern, und das genau in dem Bereich, der sie interessierte. Nur ein Gebot durch das Erste Gesetz konnte ihn dazu veranlaßt haben. Er wußte genau, worauf sie es abgesehen hatten, und er teilte ihnen – im Rahmen der Beschränkungen, die Fredda ihm auferlegt hatte – so deutlich, wie es ihm möglich war, mit, daß er über diese Informationen verfügte.

Was bedeutete, daß er sie ihnen nicht liefern würde. Sie hatten verloren. Fredda beschloß, ihr extrem behutsames Vorgehen aufzugeben und sich schneller der entscheidenen Frage zu nähern.

»Erinnerst du dich an die verschiedenen Simulationen, die Dr. Lentrall durchgeführt hat, und an die Daten, auf denen diese Simulationen beruhten?«

»Ja«, bestätigte Kaelor erneut. »Ich kann mich an alles erinnern.«

Eine ganze Reihe von Fragen, die sie nicht zu stellen wagte, schoß Fredda durch den Kopf, gefolgt von den Antworten, die sie von Kaelor zu hören befürchtete. Wie ein Schachspieler, der Schachmatt acht Züge im voraus erkennen kann, wußte sie fast wortwörtlich, wie die Fragen und Antworten lauten würden.

F: Wenn du dich an alles erinnern kannst, wenn du alle Daten und Informationen rekapitulieren kannst, die du im Zusammenhang mit Dr. Lentralls Arbeit gesehen hast, warum hast du dann nicht gestern nacht so viele Daten wie möglich wiederhergestellt, nachdem Dr. Lentrall entdeckt hatte, daß seine Computerdateien verschwunden waren? Seiner Arbeit und Karriere würde großer Schaden zugefügt werden, sollten diese Daten für immer verloren bleiben.

A: *Dies zu tun, hätte Dr. Lentrall daran erinnert, daß ich alle seine Simulationen über die Operationen mit dem Grieg-Kometen verfolgt habe und mich folglich auch an die Koordinaten des Kometen erinnern kann. Ich durfte diese Infomationen nicht liefern, da sie das Abfangen und die Zielausrichtung des Kometen ermöglichen und dadurch viele Menschen gefährden würden. Dieser Umstand wiegt schwerer als die mögliche Beeinträchtigung der Karriere eines einzelnen Menschen.*

F: Aber der Einschlag des Kometen würde die planetaren Umweltbedingungen verbessern. Er würde in der Zukunft sehr viel mehr Menschen helfen und ihnen ein längeres und besseres Leben ermöglichen. Warum hast du nicht im Interesse dieser zukünftigen Generationen gehandelt?

A: *Ich habe aus zwei Gründen nicht gehandelt. Erstens wurde ich gezielt mit einer reduzierten Fähigkeit zur Beurteilung der Konsequenzen entworfen, die die Drei Gesetze auf hypothetische Umstände haben. Ich bin nicht in der Lage, die Zukunft und das hypothetische Wohlergehen von Menschen, die zum größten Teil noch nicht einmal geboren sind, in den nächsten Jahrzehnten und Jahrhunderten in Erwägung zu ziehen. Zweitens verlangt die zweite Klausel des Ersten Gesetzes von mir lediglich, Menschen vor Schaden zu bewahren. Sie verlangt nicht von mir, in irgend-*

einer Form zu handeln, um ihnen zu nutzen, auch wenn ich auf freiwilliger Basis dazu in der Lage bin. Ich bin nur dazu gezwungen, Schaden von Menschen abzuwenden. Vom Ersten Gesetz erzwungene Handlungen verdrängen den Impuls, Handlungen auf freiwilliger Basis auszuführen.

F: Aber viele der jetzt lebenden Menschen werden wahrscheinlich jung einen unangenehmen Tod sterben müssen, wenn wir das Klima nicht stabilisieren. Es besteht eine hohe Wahrscheinlichkeit, daß du diese ganz realen Menschen durch die Verhinderung des Kometeneinschlags zu einem vorzeitigen Tod verdammst. Wo ist der Komet? Ich befehle dir, mir seine Koordinaten, Masse und Flugbahn mitzuteilen.

A: *Ich darf es Ihnen nicht sagen ... ich muß es Ihnen sagen ... ich darf es Ihnen nicht sagen ... ich muß es Ihnen ...*

Und so weiter und so fort, bis zu seinem Tod.

Ungefähr so würde das Gespräch ablaufen, falls Kaelor überhaupt bis zu diesem Punkt durchhielt. Entweder würde ihm der Konflikt zwischen den Forderungen des Ersten und Zweiten Gesetzes das Gehirn durchschmoren lassen, oder aber er würde die zweite Klausel des Ersten Gesetzes zur Anwendung bringen, die es ihm nicht gestattet, Menschen durch Untätigkeit zu Schaden kommen zu lassen.

Allein dadurch, daß er mit unlöschbaren Informationen über den Aufenthaltsort des Kometen im Kopf am Leben blieb, stellte er eine Gefahr für Menschen dar. Solange er lebte, war es theoretisch möglich, die Sicherheitssperren in seinem Gehirn zu überwinden. Hier und jetzt war Fredda nicht dazu in der Lage, aber in ihrem Labor und mit all den ihr dort zur Verfügung stehenden Hilfsmitteln würde es ihr wahrscheinlich in rund einer Woche gelingen, Kaelors Schutzvorrichtungen lahmzulegen und alles aus ihm herauszuholen, was er wußte.

Und das war Kaelor ebenfalls klar, oder er mußte zumindest davon ausgehen. Um Schaden von Menschen abzuwenden, würde er sein Gehirn absichtlich destabilisieren und die positronische Pfadstruktur auflösen müssen.

Er würde durch reine Willenskraft Selbstmord begehen müssen.

Diese Art der Befragung würde ihn also in jedem Fall umbringen, entweder dadurch, daß die Konfliktsituation sein Gehirn durchbrennen ließ, oder durch einen vom Ersten Gesetz erzwungenen Selbstmord, und er befand sich immer noch gefährlich nahe an der Grenze zu beiden Todesarten. Es wurde Zeit, den Druck auf ihn ein wenig zu lindern. Zumindest konnte Fredda den Streß vermindern, den das Zweite Gesetz auf ihn ausübte. »Ich hebe hiermit das dir erteilte Verbot auf, freiwillig Informationen zu liefern und deine Meinung zu äußern. Du darfst jetzt sagen, was immer du willst.«

»Ich habe die gesamte letzte Nacht damit zugebracht, mich mittels meines Hyperfunkzugangs in das Computernetzwerk einzuschalten und so viele von Dr. Lentralls Arbeitsdateien wiederherzustellen, wie es mir im Einklang mit den Drei Gesetzen möglich war. Dazu habe ich auf meine eigenen Beobachtungen und auf die Daten zurückgegriffen, die ich über die Schnittstellen diverser Computer erhalten habe. Ich schätze, daß es mir gelungen ist, etwa sechzig Prozent der ergebnisbezogenen Daten und vielleicht zwanzig Prozent der Ausgangsdaten zu restaurieren.«

»Danke«, sagte Lentrall. »Das war sehr großzügig von dir.«

»Es war meine Pflicht, Dr. Lentrall. Das Erste Gesetz verbietet es mir, eine Handlung zu unterlassen, die Schaden von einem Menschen abwenden kann.«

»Ob du dazu gezwungen warst oder nicht, du hast es jedenfalls getan. Und dafür danke ich dir.«

Eine Weile herrschte Stille. Kaelors Blick wanderte von Davlo zu Fredda und dann wieder zurück. »Es ist sinnlos, dieses Spielchen fortzuführen«, sagte er. »Ich weiß, was Sie wollen, und Sie wissen, da-a-a-sss ich e-e-e-sss weiß.«

Lentrall und Fredda sahen sich an. Sie wußten beide ganz genau, daß der auf dem Ersten Gesetz beruhende Konflikt für Kaelors Sprachprobleme verantwortlich war. Kaelor steckte in einer moralischen Zwickmühle, mit der nur sehr wenige Menschen vernünftig hätten umgehen können. Wie sollte er eine Entscheidung zwischen möglichem Schaden und Tod für eine unbekannte Anzahl von Personen auf der einen Seite und Elend und zerstörten Existenzen durch ein ruiniertes planetares Klima auf der anderen Seite treffen? *Und es ist mein Mann, der genau diese Wahl wird treffen müssen,* erkannte Fredda mit einem plötzlichen schmerzhaften Stich. *Sollten wir hier Erfolg haben, werde ich ihn vor diese alptraumhafte Entscheidung stellen.* Sie verdrängte diese Gedanken. Erst einmal mußte sie sich auf Kaelor und das in ihm verborgene kostbare Wissen konzentrieren. Je mehr sich die Konflikte in dem gemarterten Gehirn des Roboters häuften, desto mehr schwand ihre Hoffnung.

»Wir wissen es«, gestand sie ihre Niederlage ein. »Und wir haben verstanden. Wir wissen, daß du es uns nicht verraten kannst, und wir werden dich nicht mehr danach fragen.« Es hatte keinen Sinn, weiterzumachen. Kaelor würde nicht bereit oder in der Lage sein, ihnen die gewünschten Informationen zu liefern, und selbst wenn er es doch versuchen sollte, würde er nicht lange genug dazu am Leben bleiben.

Davlo sah Fredda überrascht und dann erleichtert an. »Ja«, bestätigte er. »Wir werden dich nicht mehr danach fragen. Wir sehen jetzt, daß es vergeblich wäre. Ich habe gedacht, Dr. Leving würde die Wahrheit vielleicht durch irgendeinen Trick oder eine Technik in Erfahrung bringen können, ohne dich dabei zu zerstören, aber jetzt weiß ich, daß ich mich getäuscht habe. Wir werden nicht mehr von dir verlangen, deine Informationen preiszugeben, und wir werden auch nicht versuchen, auf irgendeinem anderen Weg an sie heranzukommen. Das verspreche ich dir.«

»Ich schließe mich diesem Versprechen an«, sagte Fredda.

»Me-me-menschen lü-lügen«, stotterte Kaelor.

»Wir lügen nicht«, versicherte Fredda so eindringlich, wie sie konnte. »Wir könnten nichts dadurch gewinnen, dich nach den Informationen zu fragen, und deshalb gibt es keinen Grund für uns, dich zu belügen.«

»Ihr Ver-ver-versprechen trifft-trifft-trifft nicht auf an-an-andere Menschen zzzu.«

»Wir werden niemandem verraten, daß du etwas weißt«, sagte Lentrall mit einem hysterischen Unterton in der Stimme. »Kaelor, bitte! Tu es nicht!«

»Ich ha-ha-habe versucht, die Ta-ta-tatsache geheimzuha-ha-halten, daß ich etwas wei-weiß«, erwiderte Kaelor, »aber Sie haaaben er-erkannt, daß ich üüüber die Infor-formationen verfüge.« Er schwieg einen Moment lang, als müßte er neue Kraft schöpfen, um weitersprechen zu können. »Aaaandere könnten dassss ebenfalls er-er-erkennen«, flüsterte er fast unhörbar. »Ich darf diesesss Ri-ri-risiko nicht eingehen.«

»Bitte!« schrie Davlo auf. »Nicht!«

»Am Leben zu bleiben, stellt eine Untätigkeit dar«, sagte Kaelor, und plötzlich klang seine Stimme wieder fest, nachdem er seine Entscheidung getroffen hatte. »Ich muß handeln, um Schaden von Menschen abzuwenden.«

Seine Augen leuchteten heller, sein Blick wanderte

von Davlo zu Fredda, als wollte er sie sich ein letztes Mal einprägen, und richtete sich dann starr geradeaus auf die Wand, auf keinen bestimmten Punkt, auf die Unendlichkeit. Aus seinem Inneren klang ein tiefes Summen auf. Es roch nach verschmorten Isolatoren, und plötzlich erlosch das Licht in seinen Augen. Sein Kopf sackte herab, und aus seinem Halsansatz kräuselte sich ein dünner Rauchfaden empor.

Stille machte sich breit. Davlo und Fredda sahen einander und dann den reglosen Roboter an, der in dem Gestell mitten im Wohnzimmer hing.

»Bei allen vergessenen Göttern«, flüsterte Fredda. »Was haben wir getan?«

»Sie haben nichts getan, Doktor«, erwiderte Davlo mit kaum verständlicher Stimme, während er ein Schluchzen unterdrückte. »Sie haben mir nur bei dem geholfen, was ich selbst getan hätte. Aber ich ...« Seine Stimme brach beinahe. »Ich werde Ihnen sagen, was *ich* getan habe.«

Er trat einen Schritt vor und sah zu Kaelors leblosem Körper auf.

»Ich habe gerade das getötet, was dem engsten Freund am nächsten kam, den ich jemals gehabt habe.«

13. Kapitel

Jadelo Gildern sagte sich gern, daß es in seinem Beruf darauf ankam, mit Vermutungen zu arbeiten – und richtig zu vermuten. Es war nicht die Aufgabe eines Geheimdienstchefs, alles zu wissen. Das war ganz einfach unmöglich. Aber ein guter Geheimdienstmann mußte das Gesamtbild erkennen können, auch wenn viele Teile des Puzzles fehlten, versteckt oder getarnt waren. Ein guter Geheimdienstleiter konnte das Grundmuster eines Falls erkennen; er stützte sich auf die verfügbaren Fakten und sein Wissen über die beteiligten Personen und schloß daraus auf ihr Vorgehen. Er konnte entschlüsseln, was die Worte und die Taten – oder auch das Fehlen von Worten und Taten – einer Person tatsächlich zu bedeuten hatten.

Als Gildern an diesem Tag in seinem Büro im Hauptquartier der Eisenschädel saß und über die Lage nachdachte, stand er dicht vor einer interessanten Schlußfolgerung. Er war fast in Versuchung, gleich den ganzen Schritt zu tun. Er wußte, daß die Siedler hinter dem Chaos an und auf dem Government Tower stecken mußten, und es bedurfte keiner besonderen geistigen Anstrengungen, darauf zu wetten, daß sie es auf Lentrall abgesehen hatten. Und Gildern wußte ganz genau, welche weiteren Schritte er unternommen hätte, um Lentralls Informationen zu unterdrücken. Vermutlich waren Tonya Welton und Cinta Melloy, die Führerinnen der Siedler auf Inferno, genauso schlau wie er.

Natürlich war das alles reine Spekulation. In einem Punkt aber hatte er fast Gewißheit. Er glaubte zu wissen, wohin Kresh verschwunden war. Gildern hatte sich über die Abhöranlagen der Eisenschädel in das Luftverkehrskontrollsystem eingeschaltet und drei Langstreckenflüge von Gleitern entdeckt. Zwei waren von der Privatresidenz des Gouverneurs gestartet, einer war dort gelandet. Der Flug des ersten Gleiters war durch den Sturm nicht verfolgbar gewesen. Zurückgekehrt war er exakt aus der entgegengesetzten Richtung von Fegefeuer, was genau der Vorgehensweise eines Roboters entsprach, dem man befahl, ein Täuschungsmanöver auszuführen. Der dritte Flug hatte laut Plan nach First Circle führen sollen, einem kleinen Vorort von Hades, doch laut der Luftverkehrsüberwachung von First Circle war er nie dort angekommen. Entweder war der Gleiter abgestürzt, oder er war zu einem anderen Ziel geflogen. Gildern konnte sich denken, welches Ziel das war.

Drei Flüge. Einer, um Kresh zu transportieren, einer, um den Gleiter zurückzubringen, und einer, um weitere Passagiere – vielleicht die Frau des Gouverneurs – an den Ort zu bringen, an dem sich Kresh aufhielt. Selbst wenn der zweite Flug nicht genau aus der Fegefeuer entgegengesetzten Richtung gekommen wäre, hätte Gildern auf die Insel getippt. Man mußte nur überlegen, wohin der Gouverneur zu so einem Zeitpunkt hätte fliegen sollen. Es war fast unvermeidlich, daß er die Experten des Terraforming-Zentrums auf Fegefeuer zu Rate ziehen würde. Nein, es würde kein Problem sein, den Mann aufzuspüren. Er würde sich entweder im Zentrum oder in der Winterresidenz aufhalten. Gildern würde jederzeit einen Gleiter besteigen und Kresh innerhalb einer Stunde von Angesicht zu Angesicht gegenüberstehen können.

Aber würde sich die Reise lohnen? Hatte er auch die richtigen Schlußfolgerungen über alles andere gezogen?

Zum Glück gab es eine Möglichkeit, das herauszufinden. Simcor Beddle war so freundlich gewesen, ihm mitzuteilen, was er in der Ansprache bekanntgeben würde, zu der er sich entschlossen hatte. Es hatte Gildern etwas überrascht, daß Beddle bereit war, einen derart gewagten Schritt zu unternehmen, aber er schreckte nicht davor zurück, seinen Chef zu benutzen, wenn es seinen Zwecken diente. Gildern war immer darauf vorbereitet, Beddle zu manipulieren, um seine eigenen Interessen durchzusetzen.

Allerdings hatte Beddle diesmal keiner guten Zureden und Ermutigungen bedurft. Endlich einmal hatte Gildern ihm keine Idee aufschwatzen und ihn dann davon überzeugen müssen, daß es seine, Beddles, eigene Idee gewesen wäre. Endlich einmal hatte Beddle von sich aus gehandelt.

Wenn die Ansprache keine sofortige Reaktion von Alvar Kresh hervorrief, würde Gildern wissen, daß der Gouverneur in Schwierigkeiten steckte, und er würde es mit einer so hohen Wahrscheinlichkeit wissen, daß man es eigentlich als eine Gewißheit bezeichnen konnte. Gildern lächelte. Das wäre äußerst angenehm.

Denn dann wäre er in der Lage, dem Gouverneur einen kleinen Gefallen zu tun und gleichzeitig seinem Chef zu dienen. Und es gab weitaus Schlimmeres im Universum, als unter dem Gouverneur eines Planeten zu leben, der einem etwas schuldig war.

Es ist ein Glücksspiel, dachte Simcor Beddle. *Ein kluger Mann weiß, wann er etwas riskieren muß, und dieser Zeitpunkt ist jetzt gekommen.* Er richtete sich hinter dem Rednerpult zu seiner vollen Größe auf – wozu der diskret verborgene Sockel nicht unerheblich beitrug – und blickte direkt und entschlossen in die Kameras.

»Ich stehe hier vor Ihnen«, begann er, »um zwei Ankündigungen zu machen, die Sie, wie ich vermute, in Erstaunen versetzen werden.« Ein aufgeregtes Raunen erfüllte den Raum – oder zumindest schien es so. Außer Beddle und den Robotern, die die Kameras und die Geräuschanlage bedienten, war niemand anwesend, aber das brauchte die Welt ja nicht zu wissen. Auch war »hier« kein Versammlungssaal, sondern das Sendestudio im Keller des Hauptquartiers der Eisenschädel. Beddle hatte mit keinem Wort erwähnt, wo er war, aber er erweckte den Eindruck, daß es sich um einen wichtigen Ort und eine wichtige Veranstaltung handelte, und nur darauf kam es an.

Natürlich hatte er Hilfe. Der Roboter, der die Geräuschanlage bediente, verstand sein Handwerk und wußte genau, wie er das überraschte Murmeln, das Rücken nicht vorhandener Stühle und sogar das kaum wahrnehmbare Summen imaginärer Notebooks ebenso imaginärer Reporter erzeugen mußte.

Das alles wirkte nur auf einer unterbewußten Ebene, aber es funktionierte. Simcor Beddle wußte, wie die Medien auf Inferno arbeiteten. Er speiste seine Ansprache direkt in das Nachrichtennetzwerk ein, auch wenn sie kaum jemand jetzt direkt sehen würde. Der Beitrag würde vor der Ausstrahlung stark zusammengeschnitten werden.

Die Zuschauer würden vielleicht eine Neunzigsekundenfassung seiner Rede auf dem einen oder anderen Nachrichtenkanal sehen, kurz genug, daß sich niemand fragen würde, wo und bei welchem Anlaß die Rede stattgefunden hatte. Sie würden die Hintergrundgeräusche hören, die schweren roten Vorhänge hinter ihm sehen und seinen Worten entnehmen, daß er auf irgendeiner äußerst wichtigen Veranstaltung zu äußerst wichtigen Leuten sprach. Die Manipulation war subtil genug, daß die Zuschauer nicht wissen würden, warum sie die fiktive Veranstaltung für bedeutsam hielten, aber sie würden trotzdem diesen Eindruck bekommen. Simcor Beddle, der Führer der Eisenschädel persönlich, hatte sich an irgendeine Gruppe gewandt, deren Namen einem gerade entfallen war, und eine Bombe platzen lassen. Wer genügend Kontrolle über die Phantasie besaß, konnte auf die Realität verzichten.

Beddle ließ seinen Blick über das nicht vorhandene Publikum wandern. »Zuerst möchte ich die Geschichte bestätigen, die seit letzter Nacht kursiert.« Er legte eine dramatische Pause ein. »Es existiert tatsächlich ein Plan der Regierung, einen Kometen auf Inferno stürzen zu lassen, oder, um es genauer zu sagen, auf die Utopiaregion. Der Einschlag soll dazu beitragen, ein Polarmeer zu schaffen, das wiederum das planetare Klima stabilisieren soll.« Der Roboter an der Geräuschmaschine erzeugte das für diese Enthüllung angemessene Raunen und Murmeln einer überraschten und erregten Menschenmenge. »Das Projekt befindet sich noch in der Planungsphase, und die Regierung hat sich noch nicht definitiv dafür entschieden. Trotzdem trifft sie Vorbereitungen für die Durchführung des Projekts, wie sie es auch tun sollte. Die Zeit drängt. Der angesprochene Komet wurde erst kürzlich entdeckt, und die Vorbereitungen müssen noch vor der endgültigen Entscheidung in Angriff genommen werden, damit der Plan rechtzeitig in die Tat umgesetzt werden kann.«

Simcor Beddle legte eine weitere Kunstpause ein und blickte direkt in die Kameras. »Damit komme ich zu meiner zweiten Bekanntmachung, die einige unter Ihnen noch alarmierender als die erste finden werden. Ich unterstütze das Projekt voll und ganz. Ich habe Einblick in bestimmte Planungsdokumente, Ergebnisprojektionen und Risikoeinschätzungen gehabt. Ohne jede

Frage gibt es ernsthafte Gefahren, und die Aufgabe wird nicht leicht zu bewältigen sein. Es muß eine gewaltige Menge an Arbeit in äußerst kurzer Zeit geleistet werden. Aber ich weiß auch um das Schicksal, das unserem Planeten mit großer Wahrscheinlichkeit droht, wenn wir diese Gelegenheit *nicht* ergreifen. Ich möchte hier nur sagen, daß die Aussichten düster sind. Düster genug, um mich zu dem Schluß zu bringen, daß wir die sich uns bietende Chance trotz aller Risiken ergreifen *müssen.*«

Wieder schwieg er eine Weile und betrachtete sein imaginäres Publikum mit einem vielsagenden Gesichtsausdruck. »Auch wenn ich den Plan unterstütze«, fuhr er fort, »muß ich doch die Regierung scharf dafür rügen, ihre Pläne vor Ihnen, den Bürgern von Inferno, geheimgehalten zu haben. Es steht außer Frage, daß das Projekt Auswirkungen auf jeden Mann und jede Frau auf diesem Planeten haben wird. Die Entscheidung hätte nicht heimlich zustande kommen dürfen.«

Er zauberte ein warmes Lächeln auf sein Gesicht. »Aber das liegt jetzt hinter uns. Nun ist es an jedem von uns, diesen kühnen Plan zu unterstützen, der uns – wenn alles gutgeht – den Weg in eine hellere und glücklichere Zukunft ebnen wird. Doch während wir diesen kühnen Schritt nach vorn tun, müssen wir uns darüber im klaren sein, daß einige von uns gezwungen sein werden, ihren gesamten Besitz im Interesse der Allgemeinheit einem höheren Zweck zu opfern. Diejenigen, die im Einschlagsgebiet des Kometen leben und arbeiten, werden alles verlieren – es sei denn, wir helfen ihnen.

Die Regierung arbeitet selbstverständlich an Evakuierungsplänen, um Güter und Materialien aus der Einschlagszone herauszuholen, aber auch sie stößt an die Grenzen dessen, was sie tun kann – oder zu tun bereit ist. Aus diesem Grund mache ich noch eine letzte Ankündigung. Die Partei der Eisenschädel wird alle ihr zur Verfügung stehenden Mittel einsetzen, um diejenigen zu unterstützen, die aufgrund dieses gewaltigen Vorhabens umgesiedelt werden müssen. Wir werden uns in dieser schweren Stunde der Not unseren Nachbarn, unseren Brüdern und Schwestern in der Utopiaregion annehmen. Ich werde persönlich unser Hilfsprogramm beaufsichtigen und mich in Kürze auf eine Inspektionsreise durch die Utopiaregion begeben. Der Einschlag des Kometen bedeutet schlimmstenfalls Gefahr für uns alle und bestenfalls die Vertreibung für viele, aber letztendlich auch Hoffnung – vielleicht die letzte und größte Hoffnung – für die Zukunft unserer Welt. Lassen Sie uns gut darauf vorbereitet sein, dieses Geschenk des Himmels entgegenzunehmen.«

Simcor Beddle ließ seinen Blick ein letztes Mal durch den leeren Raum wandern, während simulierter spontaner Applaus aufbrandete. Er nickte wohlwollend und sah dann direkt in die Kameras. »Ich danke Ihnen allen«, schloß er seine Ansprache, und als die Kameras vor der Abblende sein Gesicht noch einmal in Großaufnahme zeigten, gelang es ihm, so auszusehen, als meinte er es ernst.

»Nun, es hätte weitaus schlimmer kommen können«, stellte Alvar Kresh fest.

»Wenn man bedenkt, daß es sich um Simcor Beddle handelt, würde ich sagen, daß du ziemlich glimpflich davongekommen bist«, stimmte ihm Fredda zu. Sie gähnte, streckte sich und stand auf. Wenn sie noch länger auf der Couch sitzen blieb, würde sie einschlafen.

Fredda war erst vor etwa einer Stunde auf Fegefeuer eingetroffen und hatte schon vor ihrer Abreise einen höllisch anstrengenden Tag hinter sich gehabt. Das

Kurzinterview mitten in der Nacht und das Desaster am Vormittag bei Davlo Lentrall waren schließlich durch Oberons Ankunft gekrönt worden. Er hatte ihr Alvars Botschaft überbracht, und sie war mit Donald über die schnellste Ausweichroute auf die Insel geflogen, die der Roboter hatte wählen können. Trotzdem hatten sie Alvar erst kurz vor Einbruch der Abenddämmerung in der Winterresidenz des Gouverneurs erreicht.

Sie blickte sich um und erschauerte unwillkürlich. Gouverneur Chanto Grieg war in diesem Haus ermordet worden, erschossen in seinem Bett. Das war natürlich in einem ganz anderen Flügel als dem geschehen, den sie jetzt bewohnten, aber auch das konnte nichts daran ändern, daß sich Fredda in der Winterresidenz nie richtig wohl fühlen würde.

Und ihr Mann höchstwahrscheinlich auch nicht. Jedenfalls hatte er ihr nicht widersprochen, als sie darauf bestanden hatte, daß er sich in einem anderen Teil des Gebäudes einrichten sollte. Wenn Chanto Griegs Tod erst einmal eine Fußnote in der Geschichte geworden war, würde ein zukünftiger Gouverneur sein Bett vielleicht in dem Zimmer aufstellen können, in dem Grieg gestorben war. Alvar aber hatte die Leiche gefunden, und Fredda hatte sie noch in ihrem Bett liegen gesehen. Nein, sie schliefen in einem anderen Zimmer. Es war schon schlimm genug, sich im selben Haus aufzuhalten. Sollten die zukünftigen Gouverneure schlafen, wo sie wollten. Vorausgesetzt, der Planet überlebte lange genug.

»Wir sind so glimpflich davongekommen, daß ich mich fast schon frage, ob das wirklich Beddle war«, sagte Kresh. Er saß immer noch auf der Couch vor dem Bildschirm. »Er hatte jede Möglichkeit, uns in Stücke zu reißen, aber er hat es nicht getan. Ich muß schon sagen, ich finde es etwas irritierend, den Mann auf unserer Seite zu haben.«

»Nun ja, einen Hieb hat er uns versetzt«, gab Fredda zu bedenken. »Die Sache mit der Geheimniskrämerei wird uns schaden. Wir *müssen* irgend etwas bekanntgeben.«

»Und was?« fragte Kresh. »Daß wir noch keine endgültige Entscheidung getroffen und – ganz nebenbei – den Kometen verloren haben?« Er dachte nach. »Hmmm. *Davon* würde Beddle profitieren. Angenommen, er weiß, daß wir die Koordinaten nicht kennen. Dann könnte er sich natürlich nur aus einem Grund lobend über den kühnen Plan der Regierung äußern, um uns zu zwingen, öffentlich zuzugeben, daß wir nicht mehr wissen, wo der Komet ist. Wir würden so schlecht dastehen, wie ...«

»Wie wir eben jetzt dastehen«, beendete Fredda den Satz mit einem traurigen Lächeln. »Und es gibt keine Möglichkeit, wie wir das verdammte Ding wiederfinden könnten?«

»Laß uns noch mal nachsehen«, sagte Kresh. Er wandte sich Donald zu, der vor den Kontrollen der Kommunikationsanlage stand. »Donald, stell eine direkte Sprechverbindung zu den Einheiten Dum und Dee her.«

»Jawohl, Sir.« Donald drückte eine Reihe von Tasten. »Die Verbindung ist hergestellt, Sir.«

»Wie könnnen wiiir Ihnen helfen, Gouverneurrrr?« klangen die beiden körperlosen Stimmen im Chor unvermittelt irgendwo aus der Luft heraus auf.

Fredda zuckte erschrocken zusammen. »Das ist das unheimlichste ...«, begann sie.

»Psst«, machte Kresh und legte einen Finger an die Lippen. »Später. Einheit Dum und Einheit Dee. Berechnet auf der Grundlage der aktuellen Schätzung, wann wir spätestens mit der für das Abfangen des Kometen erforderlichen Arbeit beginnen müssen.«

»Esss existieren vieleee Varrriablen«, erwiderte die

doppelte Stimme. »Wirrr versuchen, eineeen verwertbaaaren Annäherrrungswert zuuu errechnen.« Es folgte eine kurze Pause, bevor sich die hellere weibliche Stimme allein meldete. »In zwölf Standardtagen, vier Standardstunden und zweiundfünfzig Standardminuten. Ich weise jedoch darauf hin, daß diese Schätzung eine komplette, in ständiger Bereitschaft stehende Mannschaft für die erforderlichen Arbeiten an dem Kometen voraussetzt.«

»Gut«, sagte Kresh. »Ausgehend von den zur Zeit verfügbaren Daten und dem derzeitigen Terminplan der Suche, wie groß ist die Wahrscheinlichkeit, den Grieg-Kometen innerhalb von zwölf Standardtagen wiederzufinden?«

»Die Wahrrrscheinlichkeit ist eins zzzu elf oderrr ungefäääähr neun Prrrozent«, verkündete die doppelte Stimme.

»Gebt uns eine Abstufung der repräsentativen Werte«, verlangte Kresh.

Diesmal sprach nur die tiefere, mechanisch klingende Stimme. »Auf prozentualer Basis beträgt die Wahrscheinlichkeit der Wiederentdeckung in einem Tag null Punkt fünf Prozent, in drei Tagen eins Punkt zwei Prozent, in sechs Tagen vier Prozent, in acht Tagen sechs Punkt ein Prozent, in zwölf Tagen neun Prozent, in fünfzehn Tagen zwanzig Prozent ...«

»Wann erreicht die Wahrscheinlichkeit, nun, sagen wir, fünfundneunzig Prozent?«

»Je mehr Möglichkeiten eliminiert werden und je stärker das Suchgebiet eingegrenzt wird, desto schneller steigt die Wahrscheinlichkeit«, erklärte die weibliche Stimme. »Gleichzeitig hilft der Umstand, daß der Komet näher kommt und seine Helligkeit in dem Maß zunimmt, in dem er von der Sonne aufgeheizt wird. Die Wahrscheinlichkeit, ihn wiederzufinden, erreicht in etwa sechsundzwanzig Tagen den Wert von fünfundneunzig Prozent.«

»Das wäre etwas zu spät«, stellte Fredda fest.

»Ja«, bestätigte Kresh, und sein Tonfall sagte sehr viel mehr als das eine Wort. Er seufzte. »Bei den Tiefen des Alls, was bin ich müde! In Ordnung, Einheiten Dee und Dum. Das wäre vorläufig alles.« Er gab Donald ein Zeichen, die Verbindung zu trennen.

Fredda betrachtete ihren Mann, der mit sorgenvoller Miene die kahle Wand anstarrte. »Eins zu elf«, murmelte er. »Ist es das, worauf es hinausläuft? Daß der Planet eine neunprozentige Chance hat, *wenn* wir alles richtigmachen?«

»Durchaus möglich«, erwiderte Fredda. Sie kehrte zu der Couch zurück und setzte sich neben ihn. »Tun wir denn alles, und machen wir es richtig?«

Alvar Kresh rieb sich die Augen. »Ich hoffe es.« Er gähnte ausgiebig. »Ich kann mich schon gar nicht mehr erinnern, wann ich das letzte Mal richtig geschlafen habe.« Er schüttelte den Kopf und blinzelte. »Ein Weltraumteam arbeitet rund um die Uhr daran, alle Geräte und Ausrüstungsgegenstände zusammenzustellen, die wir zum Abfangen des Kometen benötigen. Wir haben noch nicht mit der Evakuierung der Utopiaregion begonnen, und ich hoffe inbrünstig, daß Beddle nicht gerade eine Panik mit seiner kleinen Ansprache dort draußen ausgelöst hat. Aber wir werden den Evakuierungsplan weiter vorantreiben. Die Gegend ist ziemlich dünn besiedelt, und wie Donald mir gesagt hat, sind die Experten der Meinung, daß es sinnvoller ist, sich etwas mehr Zeit für die Planung zu nehmen, auch wenn sich die eigentliche Räumung dadurch ein bißchen verzögert.«

»Eines kann ich dir sagen, worauf dich die Evakuierungsexperten vielleicht nicht hingewiesen haben«, sagte Fredda. »Sorge dafür, daß es eine *vollständige* Evakuierung wird und du es auch beweisen kannst. Sollte ein einziger Mensch zurückbleiben oder auch nur die vage Möglichkeit bestehen, daß ein Mensch übersehen wurde, wirst du in einem Meer von Robotern versinken, die durch die Drei Gesetze übersensibilisiert sind und versuchen werden, eine Rettungsaktion zu starten.«

»Ich werde mir nicht den Kopf darüber zerbrechen, ein paar Roboter zu verlieren, wenn es darum geht, den gesamten Planeten zu retten.«

»Natürlich nicht«, sagte Fredda, doch sie mußte daran denken, wie Kaelor vor einigen Stunden gestorben war, und sie fragte sich, ob sie jemals wieder so sorglos mit dem Leben von Robotern würde umgehen können. »Aber diese Roboter könnten eine Menge Schwierigkeiten verursachen. Selbst wenn du beweisen kannst, daß es in ganz Utopia keine einzige Menschenseele mehr gibt, werden sich viele Roboter aufgrund des Ersten Gesetzes dazu gedrängt fühlen, den Einschlag des Kometen mit allen ihnen zur Verfügung stehenden Mitteln zu verhindern. Schließlich stellt der Komet ohne jeden Zweifel eine Gefahr für die Menschen dar. *Irgend jemand* wird höchstwahrscheinlich durch den Einsturz eines Gebäudes oder in einem Gleiter ums Leben kommen, der von einer Druckwelle erfaßt worden ist.«

»Schon möglich. Aber wie könnten die Roboter das verhindern?«

»Zuerst einmal, besteht das Weltraumteam ausschließlich aus Menschen? Du mußt davon ausgehen, daß jeder der an dieser Mission beteiligten Roboter sich nach Kräften bemühen wird, das Unternehmen zu sabotieren. Selbst ein einfacher Roboterhilfsarbeiter besitzt genug Kapazität, um zu begreifen, daß ein Komet auf Kollisionskurs eine Gefahr darstellt.«

»Bei allen Höllenfeuern«, sagte Kresh, »daran habe ich nicht gedacht. Ich hoffe, irgend jemand sonst war so schlau, aber wir müssen verdammt sichergehen, daß die Mannschaft der Raumschiffe ausschließlich aus Menschen besteht. Donald, übermittle diese Anweisung und erkläre …« Er unterbrach sich mitten im Satz und musterte Donald nachdenklich. »Nein, Augenblick. Aus eben diesem Grund kann ich den Befehl nicht durch dich ausrichten lassen. *Dein* Erstes Gesetz bedeutet, daß du ebenfalls nicht kooperieren wirst.«

»Im Gegenteil, Sir«, widersprach der Roboter. »Ich bin durchaus in der Lage, diese Anweisung weiterzuleiten.«

Fredda sah Donald erstaunt an. »Verspürst du denn keinen durch das Erste Gesetz bedingten Konflikt?« erkundigte sie sich.

»Ein wenig, Dr. Leving, aber wie Sie genau wissen, verspürt jeder ordnungsmäß konstruierte Roboter der Drei Gesetze unablässig einen gewissen durch das Erste Gesetz hervorgerufenen Druck. Buchstäblich jede Situation beinhaltet irgendeine Gefahr für Menschen, wenn auch nur eine äußerst unwahrscheinliche. Ein Mensch könnte an einem Glas Wasser ersticken oder sich mit einer tödlichen Krankheit infizieren, wenn er einem Besucher von einem anderen Planeten die Hand schüttelt. Diese Gefahren sind nicht groß genug, um einen Roboter zum Eingreifen zu zwingen, aber sie reichen aus, um ihn das Erste Gesetz spüren zu lassen. Diese konkrete Situation beinhaltet eine gewisse potentielle Gefahr, das ist richtig, aber Sie haben mich als Polizeiroboter konstruiert, und ich bin so ausgestattet, daß ich mich mit größeren Risiken als die meisten anderen Roboter auseinandersetzen kann.«

»Ich verstehe«, sagte Kresh betont ruhig. Fredda hatte den Eindruck, daß sie sich möglichst bald mit ihm über diese Punkte würde unterhalten müssen. »Aber ich denke, daß ich mich besser selbst um diesen Befehl kümmern sollte«, fuhr er fort. »Das soll keine Beleidigung sein, Donald. Ich werde den Planungsstab für die Weltraummission anrufen und ihm erklären, warum alle Roboter von diesem Unternehmen ausgeschlossen werden müssen.«

»Ich bin nicht beleidigt, Sir. Sie müssen die Möglichkeit in Ihre Überlegungen einbeziehen, daß ich Sie täuschen könnte. Ich kann mir durchaus ein Szenario vorstellen, in dem ich Ihrem Befehl nicht gehorchen und statt dessen versuchen würde, so viele Roboter wie möglich auf die Weltraummission zu schicken, um sie zu sabotieren.«

Kresh bedachte Donald mit einem seltsamen Gesichtsausdruck. »Meine Phantasie funktioniert ganz ähnlich.« Er wandte sich wieder Fredda zu. »Von Donald einmal abgesehen, glaube ich nicht, mich jemals in einer Situation befunden zu haben, in der mir Roboter meine Arbeit derart erschwert haben. In der sie die Arbeit *aller* Beteiligten derart erschwert haben.«

»So ist es, wenn man in Gegenwart von Robotern Risiken eingeht, selbst wenn sie notwendig sind«, erwiderte Fredda. »Ich glaube, das eigentliche Problem besteht darin, daß keiner von uns jemals wirklich versucht hat, ein Risiko einzugehen.«

»Und Roboter mögen nun mal keine Risiken«, stellte Kresh fest. »Sie sind derart um unsere Sicherheit besorgt, daß sie uns damit letztendlich umbringen werden. Früher oder später werden wir ...«

»Entschuldigen Sie, Gouverneur«, unterbrach Donald. »Das Sicherheitssystem der Residenz hat mich via Hyperfunk darüber informiert, daß gerade ein Gleiter auf dem Besucherparkplatz landet.«

»Wer, zum Teufel, hat mich hier aufgespürt?« knurrte Kresh.

»Es könnte bloß ein Tourist sein, der die Winterresidenz besichtigen möchte«, sagte Fredda.

»Nicht bei unserem Glück.« Kresh durchquerte den

Raum und setzte sich an die Kommunikationskonsole. Er tippte ein paar Befehle ein und ließ sich das Bild von den Überwachungskameras am Haupteingang zeigen. Richtig, da war der Gleiter, aus dem gerade irgend jemand ausstieg. Kresh richtete die Kameras auf die Kopf- und Schulterpartie der Gestalt aus und schaltete auf automatischen Verfolgungsmodus. Es war ein Mann, der den Kameras den Rücken zuwandte, während er aus seinem gepanzerten Langstreckengleiter kletterte. Dann drehte er sich um und blickte direkt in die versteckten Überwachungssysteme, als wüßte er genau, wo sie waren. Er lächelte und winkte.

»Was, zum Teufel, will der hier?« murmelte Kresh vor sich hin.

Fredda ging zu ihrem Mann und blieb neben ihm stehen. »Wer ist das?« wollte sie wissen.

»Gildern«, sagte Kresh. »Jadelo Gildern. Der Sicherheitschef der Eisenschädel.« Er runzelte die Stirn, während er auf den Bildschirm starrte. *»Das* ist kein Tourist auf Besichtigungstour. Er weiß, daß wir hier sind. Ich glaube, du solltest ihn lieber hereinführen, Donald. Bring ihn in die Bibliothek. Wir werden dort auf ihn warten.«

»Ja, Sir.«

»Was will er von dir?« fragte Fredda. »Weshalb ist er gekommen?«

Kresh schaltete die Kommunikationsanlage aus und stand auf. »Nach allem, was ich über Gildern weiß, gibt es nur eins, woran er interessiert ist«, sagte er. »Alles, was für ihn zählt, ist sein persönlicher Vorteil.«

»Guten Abend, Master Gildern«, sagte der kleine blaue Roboter, der ihn an der Tür empfing. »Der Gouverneur hat mir aufgetragen, Sie zu ihm zu führen.«

Gildern nickte knapp. Andere mochten ihre Zeit mit

Höflichkeiten einem Roboter gegenüber verschwenden, nicht aber die Eisenschädel. Außerdem beschäftigten ihn andere Dinge. Es würde für alle Beteiligten am besten sein, wenn dieses Gespräch so kurz wie möglich ausfiel. Das Spiel, das er hier spielte, war zweifellos riskant, und er sah keinen Sinn darin, das Risiko noch zu vergrößern.

Der blaue Roboter. Donald 111, das war sein Name. Von Dr. Leving selbst gebaut und Kreshs persönlicher Assistent seit dessen Zeit als Sheriff. Absichtlich so gestaltet, daß er möglichst harmlos aussah. Permanent unterschätzt. Gildern lächelte in sich hinein. Es war immer wieder beruhigend, sich in Erinnerung zu rufen, was seine Dossiers alles enthielten.

Der Roboter führte ihn durch einen großen Innenhof in einen langen Flur zur Rechten und blieb vor der vierten von einer Reihe identischer Türen stehen. Gildern hatte sich den Grundriß der Winterresidenz genau eingeprägt. Hier war die Bibliothek.

Der Roboter öffnete die Tür und trat ein. Gildern folgte ihm. Und da waren auch Kresh und Leving, genau wie er vermutet hatte. Kresh saß hinter einem Schreibtisch, Leving in einem von zwei Sesseln ihm gegenüber.

»Jadelo Gildern von den Eisenschädeln«, meldete Donald, bevor er sich in eine Roboternische zurückzog.

»Gouverneur, Dr. Leving«, sagte Gildern. »Vielen Dank, daß Sie mich so … informell empfangen. Ich denke, Sie werden mir zustimmen, daß es in unserem beiderseitigen Interesse ist, wenn dieser Besuch so vertraulich wie möglich bleibt.«

»Was wollen Sie, Mr. Gildern?« fragte der Gouverneur ruhig und kühl.

Gildern trat näher an den Schreibtisch heran, vollführte eine angedeutete Verbeugung in Dr. Levings Richtung und lächelte Kresh an. »Ich bin gekommen, um Ihnen ein Geschenk zu überbringen, Gouverneur. Etwas, das Sie seit einiger Zeit wollen.«

»Und als Gegenleistung?« erkundigte sich Kresh. Seine Stimme und sein Gesicht blieben weiterhin kühl und ausdruckslos.

»Als Gegenleistung verlange ich lediglich, daß Sie nicht fragen, wie ich es bekommen habe, weder jetzt noch irgendwann später. Keine Ermittlungen, keine Fragen, keine rechtlichen Schritte, keine privaten Nachforschungen.«

»Sie haben es auf illegalem Weg erhalten«, sagte Kresh.

»Meine Bedingung lautet, daß Sie keine derartigen Fragen stellen.«

»Ich habe soeben eine Feststellung gemacht«, korrigierte Kresh. »Ich habe keine Frage gestellt. Und ich werde keine Bedingungen akzeptieren. Wie Sie sich vielleicht erinnern werden, habe ich geschworen, dem Gesetz Geltung zu verschaffen. Und vielleicht sollte ich bei der Gelegenheit hinzufügen, daß es in der Regel unklug ist, von einem Regierungsvertreter in Gegenwart von Zeugen einen illegalen Gefallen zu fordern.« Er deutete mit einem Nicken auf Leving und den Roboter in der Nische.

Gildern zögerte. Eigentlich hätte es ganz anders laufen sollen. Er war davon ausgegangen, Kresh unter Druck setzen zu können, um zu bekommen, was er wollte, doch der Gouverneur hatte seinen Bluff durchschaut. Es war für Gildern genauso wichtig, daß Kresh das Material erhielt, wie dieser es brauchte. Andernfalls würden alle Pläne der Eisenschädel – und damit auch Jadelo Gilderns Pläne – scheitern. Gildern erkannte, daß er einen schweren Fehler gemacht hatte. Er hatte sich zu sehr daran gewöhnt, in einem Umfeld zu arbeiten, in dem er die Leute nach Belieben nötigen, manipulieren, steuern und erpressen konnte, und er war davon ausgegangen, daß es bei Kresh genauso einfach sein würde. Aber der Gouverneur war ein ehemaliger Polizeichef, der sich persönlich um einzelne Fälle kümmerte, wenn er es für angemessen hielt. Aus welchem Grund sollte er sich von dem Geheimdienstleiter der Eisenschädel einschüchtern lassen?

»Ich möchte nicht, daß Sie irgendwelche Fragen stellen«, wiederholte Gildern seine Forderung in einem Tonfall, den nicht einmal er selbst überzeugend fand.

»Dann schlage ich vor, daß Sie Ihr Geschäft irgendwo anders abwickeln«, entgegnete Kresh. »Die letzten Tage waren für mich schon anstrengend genug, ohne mich auch noch von Ihresgleichen unter Druck setzen und erpressen zu lassen. Verschwinden Sie.«

Gildern spürte, wie Wut in ihm hochzukochen drohte. Er setzte zu einer scharfen Erwiderung an, überlegte es sich dann jedoch anders. Es gab zwei Möglichkeiten, wie er das Spiel spielen konnte. Wenn er sich von seinem Stolz und Ego leiten ließ, würde er alles verlieren, hörte er jedoch auf seinen gesunden Menschenverstand, würde er gewinnen. Und wenn er erst einmal gewonnen hatte, würde er sich in einer Position befinden, in der er seinem Stolz nachgeben konnte.

»Also gut«, sagte er. »Keine Bedingungen.« Er zog einen kleinen blauen Würfel aus der Tasche und legte ihn auf den Schreibtisch. »Nehmen Sie ihn mit meinen besten Empfehlungen.« Er verbeugte sich wieder vor Dr. Leving, drehte sich um und ging zur Tür.

»Warten Sie!« rief ihm die Robotikerin hinterher. »Was ist das? Was enthält dieser Datenwürfel?«

Gildern blieb stehen und sah sie mit ehrlicher Überraschung an. »Sind Sie noch nicht darauf gekommen? Ich schätze, Ihr Mann weiß es bereits.«

»Ich habe eine Minute dazu gebraucht, aber jetzt ist es mir klar«, bestätigte Kresh. »Lentrall hat mir erzählt, daß *zweimal* in sein Büro eingebrochen wurde. Das erste Mal, um Kopien von seinen Daten anzufertigen, das zweite Mal, um die Originale zu vernichten. Ich hätte schon viel früher darauf kommen müssen. Zu Ihrem Glück habe ich es nicht getan.«

»Könnte mich vielleicht irgend jemand aufklären, worum es hier geht?« fragte Fredda. »Was steckt in diesem Ding?«

Gildern bedachte sie mit einem unangenehmen Lächeln. »Natürlich Informationen über den Grieg-Kometen. Alle Kalkulationen und Daten von Dr. Lentrall über dessen Position, Flugbahn, Masse und so weiter. Alles da drin.« Er nickte Kresh zu. »Wenn Sie mich jetzt also entschuldigen würden, ich muß sofort aufbrechen. Ich werde in einem kleinen Ort namens Depot in der Utopiaregion erwartet. Es gibt keine Suborbitallinienflüge von hier nach Depot. Ich werde einen Langstreckengleiter nehmen müssen, und es ist ein ziemlich langer Flug.«

Kresh ergriff den Speicherwürfel und lächelte Gildern kühl zu. »Begleite unseren Freund hinaus, Donald. Ich muß eine Ansprache vorbereiten.«

»Ich freue mich schon darauf, sie zu hören, Gouverneur«, sagte Gildern. Er machte ohne ein weiteres Wort kehrt und folgte dem blauen Roboter.

Lacon-03 rief Gubber Anshaw sofort an, kaum daß Alvar Kresh seine Ansprache beendet und bestätigt hatte, daß die Regierung tatsächlich an einem Projekt mit dem Ziel arbeitete, einen Kometen auf Inferno stürzen zu lassen, und zwar in die Utopiaregion. Lacon-03 wußte ganz genau, daß Anshaw praktisch nichts für sie tun konnte, aber andererseits hatten die Roboter der Neuen Gesetze nur sehr wenige Freunde, und jetzt war der Moment gekommen, an dem sie jede Hilfe brauchen würden, die sie bekommen konnten.

Da Prospero immer noch abwesend war, benutzte Lacon das Büro des Stadtoberhauptes, das über eine der wenigen vollständig abgeschirmten und nicht anmeßbaren Hyperfunkanlagen verfügte. Wenn Walhalla jedoch zerstört werden würde, welchen Unterschied machte es dann eigentlich noch, wenn irgend jemand den Anruf auffing und den Ausgangspunkt lokalisierte?

Gubber Anshaws Abbild erschien auf dem Monitor. »Ich habe deinen Anruf erwartet, Lacon«, sagte er ohne jegliches Vorgeplänkel. »Ich nehme an, du hast die Ansprache des Gouverneurs gehört.«

»Das habe ich«, bestätigte Lacon. »Es fällt mir immer noch schwer zu glauben, daß die Regierung wirklich vorhat, uns mit einem Kometen zu bombardieren.«

»Tatsachen zu leugnen, ist ein menschlicher Charakterzug«, sagte Anshaw. »Ich rate dir, dich nicht dieser Illusion hinzugeben. Der Gouverneur hat die Gerüchte bestätigt, und damit sind alle Zweifel ausgeräumt. Jetzt müßt ihr euch – müssen wir uns alle – mit der Realität arrangieren. Wie beurteilt Prospero die Situation?«

»Prospero ist nach wie vor unerreichbar. Ich vermute, daß er durch den Vorfall am Government Tower aufgeschreckt worden ist oder irgend etwas anderes Beunruhigendes in Erfahrung gebracht hat. Sollte das der Fall sein, würde er versuchen, sich so unauffällig wie möglich zu verhalten und keine direkte Kommunikation zu riskieren, solange es nicht unbedingt erforderlich ist. Zumindest hoffe ich, daß das der Grund ist. Wenn nicht, könnte es durchaus sein, daß er tot ist.«

»Hoffen wir, daß er noch lebt«, sagte Anshaw.

»Dr. Anshaw, was sollen wir tun?« fragte Lacon-03. »Wie können wir verhindern, daß es soweit kommt?«

»Das könnt ihr nicht«, erwiderte Anshaw. »Das kann jetzt niemand mehr. Es ist schon zuviel in die Wege geleitet und versprochen worden. Du hast mir oft erklärt, wieviel den Robotern der Neuen Gesetze daran liegt zu überleben. Jetzt müssen sie auch diese Situation irgendwie überstehen.«

»Aber wie sollen wir vorgehen?«

Gubber Anshaw schüttelte traurig den Kopf. »Ich weiß es nicht. Aber sollte mir irgend etwas einfallen, werde ich es euch wissen lassen.«

Nachdem Gubber Anshaw sich verabschiedet hatte und in das Büro seiner Frau zurückkehrte, fragte er sich, wie endgültig dieser Abschied werden würde. Seine Hoffnung, daß Tonya sich in der Zwischenzeit beruhigt hatte, verflog im selben Moment, als er ihr Arbeitszimmer betrat. Er warf einen Blick auf das andere Ende des Raumes, wo Cinta Melloy saß. Sie sah kurz zu ihm hinüber und hob in einer hilflosen Geste die Schultern. Offensichtlich war sie zu dem Schluß gekommen, daß ihr nichts anderes übrigblieb, als abzuwarten, bis sich der Sturm gelegt hatte.

»Diese Trottel!« stieß Tonya Welten zwischen zusammengebissenen Zähnen hervor. »Diese armseligen dämlichen Idioten.« Auf dem Kommunikationsbildschirm lieferten sich zwei Kommentatoren eine erregte Debatte über den Grieg-Kometen. Tonya hieb auf den Ausschaltknopf, und die Stimmen verstummten mitten im Satz. Der Bildschirm wurde dunkel.

»Ich kann mir das nicht mehr länger anhören«, sagte sie, noch immer aufgebracht. »Dieser verdammte Kresh! Er hat sich nicht nur öffentlich zu diesem Plan bekannt, er hat auch noch die genauen Orbitaldaten des Kometen verbreiten lassen. Es war schon schwer genug, die Dateien eines einzigen Mannes zu löschen, und wir haben es nicht einmal geschafft, ihn zu entführen. Was, zum Teufel, sollen wir jetzt tun? Die Koordinaten aus jedem Kommunikationszentrum des Planeten löschen?«

Es dauerte eine Weile, bevor Gubber der Sinn ihrer Worte bewußt wurde. »Du meinst ... du meinst, ihr wart es, die versucht haben, Lentrall zu entführen?« fragte er.

»Natürlich waren wir das«, sagte Tonya. »Um genau das zu verhindern, was jetzt passiert ist. Niemand sonst scheint daran interessiert zu sein, etwas gegen den Einschlag des Kometen zu unternehmen.«

Gubber nickte sprachlos. Natürlich war es Tonya gewesen. Er hätte gleich darauf kommen müssen. Warum erschreckte ihn ihre skrupellose Art immer wieder? Wenn es um Politik ging, machte Tonya keine Gefangenen.

»Wird die CIP euch nicht auf die Spur kommen?« fragte er. Die Frage kam sogar ihm albern vor, aber er mußte sie einfach stellen.

»Wahrscheinlich«, sagte Tonya barsch und zerstreut. »Früher oder später. Wenn wir noch so lange leben.« Sie wandte sich Cinta Melloy zu. »Wie, zum Teufel, haben sie das gemacht?« wollte sie wissen. »Wie konnten sie die Daten des Kometen rekonstruieren?«

»Spielt das jetzt noch eine Rolle?« fragte Cinta zurück. »Wir haben immer gewußt, daß wir möglicherweise eine Sicherungskopie übersehen haben könnten.« Sie saß ruhig auf der Couch und sah zu, wie ihre Vorgesetzte steifbeinig auf und ab stolzierte. »Es ist nicht wichtig, *wie*, sondern *daß* sie es getan haben.«

Aber Tonya hörte ihr kaum zu. Statt dessen marschierte sie weiterhin rastlos hin und her, ihr Gesicht eine Mischung aus Wut und Konzentration. »Beddle«, sagte sie schließlich. »Wir waren uns eine Zeitlang ziemlich sicher, daß dieser Informant für beide Seiten gearbeitet hat. Und auf einmal ist Simcor Beddle auf der Seite der Regierung und befürwortet vorbehaltlos dieses Projekt, noch *bevor* Kresh seine offizielle Verlautbarung machen kann. Angenommen, unser Informant hat die Daten an Beddle weitergegeben, und der hat sie wiederum Kresh überreicht, bevor Kresh untergetaucht ist?«

Cinta zuckte die Achseln. »Das wäre möglich. Wir haben Gilderns Langstreckengleiter auf dem Flug nach Fegefeuer verfolgt. Seit seiner Ansprache wissen wir, daß sich Kresh im Terraforming-Zentrum aufhält. Aber was für eine Rolle spielt das?«

»Es bedeutet, daß Beddle und Gildern weiterhin auf der Hut sind«, erwiderte Tonya. »Es bedeutet, daß sie vielleicht hinter diesem selbstmörderischen Plan stecken. Warum sollten sie sonst die Regierung unterstützen? Wann haben sie *das* zum letzten Mal getan?«

Gubber Anshaw durchquerte den Raum und setzte sich neben Cinta Melloy. Er glaubte zu wissen, was in der Leiterin des Sicherheitsdienstes vorging, und obwohl sich die Gedanken in seinem Kopf überschlugen, dachte er das gleiche. Zwar wußte er erst seit wenigen Minuten, was am Government Tower tatsächlich vorgefallen war, aber er kannte Tonya nur zu gut. Wenn sie verrückt und verzweifelt genug gewesen war, dieses Fiasko anzuordnen, dann mochte das All allein wissen, zu welchen Schritten sie noch fähig sein würde.

»Also, was sollen wir jetzt unternehmen?« fragte Cinta mit betont neutraler Stimme.

»Warum Tonya gerade jetzt zu einer Entscheidung drängen?« warf Gubber ein. »Es gibt keinen Grund, etwas zu überstürzen. Wir sollten uns lieber Zeit lassen und in Ruhe über alles nachdenken.«

Tonya wirbelte herum und starrte Gubber und Cinta feindselig an. »Ihr versucht, mich zu beeinflussen«, zischte sie. »Mich zu manipulieren. Hört auf damit!« Sie wandte sich der Sicherheitschefin zu. »Ich habe immer noch das Kommando über die Siedler auf diesem Planeten. Vergessen Sie das ja nicht!«

»Ich vergesse es nicht einen Augenblick lang«, gab Cinta zurück. »Und genau das ist es, was mir solche Angst macht. Sie haben das Kommando, und ich führe Ihre Befehle aus. Aber Ihre Befehle haben in letzter Zeit zu keinen guten Ergebnissen geführt.«

Tonyas Gesicht verzerrte sich zu einer erschreckenden Mischung aus Angst, Wut, Raserei, Haß und Scham. Gubber sah, wie sie die Hand hob und ausholte, als wollte sie Cinta ins Gesicht schlagen.

»Nein!« schrie er. »Nicht!«

Sie sah ihn schockiert an, als wäre sie überrascht, ihn dort zu sehen.

»Nein!« wiederholte Gubber und staunte über die Festigkeit seiner Stimme. Wann hatte er jemals in diesem Tonfall mit Tonya oder irgendeinem anderen Menschen gesprochen? »Mit Dummheit werden wir gar nichts erreichen. Wir sind an einem Punkt angelangt, an dem wir einhalten und nachdenken müssen. Du bist hier die Führerin, unsere Führerin. Niemand bestreitet das! Also führe uns! Aber nicht voller Angst oder Wut oder Frustration oder weil du dich nicht mit den Tatsachen abfinden kannst. Führe uns mit Verstand und Umsicht!«

Tonya starrte ihn fassungslos an. »Wie kannst du es wagen!« fauchte sie. »Wie kannst du es wagen, so mit mir zu sprechen?«

»Ich … ich wage es, weil es sonst niemand kann und es einer tun muß«, entgegnete Gubber unsicherer, als es ihm lieb war. »Cinta hat es gerade versucht, und du wolltest sie schlagen, nur weil sie die Wahrheit ausgesprochen hat. Gut, dann schlage mich, wenn es sein muß. Ich werde dich nicht daran hindern.«

Sein Herz hämmerte wie wild, aber er zwang sich dazu, ihr direkt in die Augen zu sehen. Tonyas Hand sank herab. Sie schien mit sich zu kämpfen, hob sie erneut und ließ sie dann endgültig fallen. Sie drehte sich um, schlurfte durch das Zimmer und fiel schwer in einen Sessel. »Du hast recht«, murmelte sie. »Aber, verdammt noch mal, ich wünschte, es wäre nicht so.«

Eine Zeitlang war das Schweigen geradezu körperlich fühlbar. Tonya hockte in ihrem Sessel und starrte ins Nichts. Cinta saß völlig reglos da, nur ihr Blick pendelte zwischen Gubber und Tonya hin und her.

Gubber kannte Tonya. Er wußte, daß sie bloß einen Stoß in die richtige Richtung brauchte. Und er war der einzige, der ihr diesen Stoß versetzen konnte. Das war seine Aufgabe. Er räusperte sich und bemühte sich um einen ruhigen und beiläufigen Tonfall, den ihm mit Sicherheit niemand abkaufte. »Ich habe gerade mit einem Roboter der Neuen Gesetze namens Lacon-03 gesprochen«, sagte er. »Anscheinend ist Prospero untergetaucht und hat ihr das Kommando überlassen. Lacon hat die Rede des Gouverneurs gehört und mich angerufen, um mich um Rat zu fragen, was die Roboter der Neuen Gesetze tun sollten. Ich hatte keine Ahnung, was ich ihr sagen sollte. Fällt ... fällt *dir* irgend etwas dazu ein?«

Tonya lachte müde und schüttelte den Kopf. »Oh, Gubber! Lieber, guter Gubber! Alles, was man ihnen raten könnte, ist, daß sie dieses Universum und die furchtbare Situation, in der sie sich befinden, akzeptieren und das Beste daraus machen müssen. Und natürlich ist ihre Lage sehr viel prekärer als unsere. Ich denke, du hast deinen Punkt klargemacht.«

»Also gut«, setzte er ein letztes Mal nach. »Und was sollen *wir* tun?«

Tonya lehnte sich in ihrem Sessel zurück, rieb sich die Augen und starrte an die Decke. »Wir werden zwei Dinge tun. Erstens möchte ich, daß Beddle und Gildern so genau wie möglich überwacht werden. Da ist mehr im Gange, als man auf den ersten Blick vermuten könnte. Für alles, was Jadelo Gildern tut, gibt es mehr als nur einen Grund. Ich möchte wissen, wie seine geheimen Pläne diesmal aussehen.«

»Wir arbeiten bereits daran«, sagte Cinta, unverkennbar erleichtert, daß es Gubber gelungen war, Tonya wieder zur Vernunft zu bringen. »Was ist das zweite?«

»Daß wir unsere Niederlage eingestehen.«

»Ma'am?« fragte Cinta. Sie setzte sich ruckartig auf und musterte ihre Vorgesetzte verblüfft.

»Gubber hat recht, wir können diese Sache nicht mehr verhindern«, erklärte Tonya und deutete in Richtung der Decke. »Sie kennen die Koordinaten des Kometen. Sie werden ihn abfangen und in der Hoffnung auf ihren verdammten Planeten stürzen lassen, daß sie alles richtig machen und sich dabei nicht selbst umbringen. Ich glaube immer noch nicht, daß sie dazu in der Lage sind. Sie besitzen weder die erforderlichen Fähigkeiten noch das nötige Wissen, und ich habe mit eigenen Augen gesehen, was mit einer Welt geschieht, wenn so ein Versuch fehlschlägt. Seit ich weiß, was sie vorhaben, werde ich wieder von ein paar alten Alpträumen heimgesucht. Ich glaube, daß sie alles Leben auf diesem Planeten auslöschen werden. Aber abgesehen davon, ihre gesamte Raumflotte zusammenzuschießen, haben wir keine Möglichkeit, sie von ihrem Vorhaben abzubringen.«

Ihre Raumflotte zusammenschießen? Gubber hatte geglaubt, er hätte Tonya zur Vernunft gebracht, aber vielleicht hatte er sich geirrt. Einen beklemmenden Moment lang fürchtete er, sie wäre verrückt genug geworden, um einen derartigen Befehl zu geben. »Du wirst doch nicht ...«, begann er.

»Nein«, winkte Tonya müde ab. »Das werde ich nicht. Hauptsächlich deshalb nicht, weil wir gar nicht über die erforderliche Feuerkraft verfügen und ich mir nicht sicher bin, ob man meine Befehle auch ausführen würde. Aber das wäre unsere einzige Möglichkeit, die

Leute noch aufzuhalten.« Sie stand wieder auf, kehrte an die Kommunikationskonsole zurück, schaltete den Flachbildschirm ein, der eine ganze Wand bedeckte, und ließ ihn den Nachthimmel darstellen, wie er von den Bodenkameras aufgezeichnet wurde. Es war ein herrlicher, herzergreifender Anblick. Der pechschwarze Himmel war mit einem Meer matt schimmernder Sterne übersät, zwischen denen ein paar hellere in Weiß, Gelb, Blau und Rot strahlten.

»Deshalb können wir uns jetzt genausogut darum kümmern, daß sie es richtig machen«, fuhr sie fort. »Ich werde mein Büro aufsuchen und eine Verlautbarung verfassen, in der ich unsere uneingeschränkte Mitarbeit und vollen Zugriff auf unser Wissen in diesem Bereich anbieten werde. Vielleicht können wir den Schaden so wenigstens auf ein Minimum reduzieren.«

Sie hob die Schultern und ließ sie dann wieder kraftlos sinken, eine Geste, in der sich ihre Demütigung, Resignation und Frustration widerspiegelten. »Und natürlich ist da noch das kleine Problem, daß sie versuchen werden herauszufinden, wer für die Vorfälle auf der Government Tower Plaza verantwortlich war. Vielleicht können wir unsere Spuren verwischen, indem wir ihnen unsere Hilfe anbieten, und sie davon abhalten, uns von ihrem Planeten zu werfen.«

Wieder schwieg sie eine Weile, und sie erstickte beinahe an den Gefühlen, die sie mühsam niederzuringen versuchte. Wut, Enttäuschung, Scham, Angst und noch mehr klangen in ihrer Stimme mit, als sie die nächsten Worte aussprach, die unverkennbar reines Gift für sie waren und doch gesagt werden mußten. »Und sollten sie uns erwischen, oder besser gesagt, *wenn* sie uns erwischt haben, wird es vielleicht zu unseren Gunsten sprechen, daß wir unseren Fehler bereits korrigiert haben.«

Der Gleiter schwebte langsam in der vormorgendlichen Dunkelheit durch die stillen, menschenleeren Straßen von Depot und hielt kurz außerhalb des kleinen Ortes an. Prospero, der die Steuerung mit der Gelassenheit und Geschicklichkeit eines Meisterpiloten bediente, ließ das Gefährt in eine flache Bodenmulde sinken, wo es vor eventuellen Blicken aus den umliegenden Gebäuden verborgen war.

»Hier steige ich aus«, verkündete Norlan Fiyle mit unverhüllter Erleichterung. Er stand auf, öffnete die Beifahrertür, kletterte hinaus und streckte sich ausgiebig. »Faßt das nicht als Beleidigung auf«, sagte er durch die offene Tür, »aber ich bin heilfroh, aus diesem verdammten Ding herauszukommen.«

»Und was ist mit dir, Freund Caliban?« fragte Prospero. »Das ist deine letzte Chance. Bist du dir sicher, daß du nicht mit mir kommen willst?«

»Ja, Freund Prospero«, erwiderte Caliban. »Flieg du nach Walhalla. Du wirst dort weitaus dringender als ich gebraucht. Außerdem kann es nicht schaden, hier in Depot einen Freund zu haben. Es ist besser, wenn ich bleibe.« Calibans Begründung war durchaus zutreffend, aber es war längst nicht die ganze Wahrheit. Der eigentliche Grund für ihre Trennung bestand darin, daß er nicht länger in Prosperos Nähe sein wollte, weder im eigentlichen Sinne des Wortes noch ideologisch betrachtet. Während der langen Reise hatte er ausreichend Zeit gehabt, sich die Sache gründlich zu überlegen. Prospero zog die Gefahr wie ein Magnet an. Caliban hatte genug davon, sein Leben aus Gründen zu riskieren, die nicht seine eigenen waren. »Ich werde hier in Depot bleiben«, wiederholte er.

Fiyle lächelte gedankenverloren. »Irgendwie klingt das sehr vertraut für mich«, sagte er. »Prospero hat fast genau die gleichen Worte benutzt, als wir uns vor Jahren auf Fegefeuer getrennt haben.«

»Dann wollen wir hoffen, daß die Reise, die mit diesem Abschied beginnt, etwas erfolgreicher als die letzte verlaufen wird«, gab Prospero zurück.

»Nun, wenigstens bist du es diesmal, der die Reise unternimmt, und nicht ich«, sagte Fiyle. »Mein Weg endet hier. Zumindest bis zum Einschlag des Kometen.«

»Was werden Sie tun, Fiyle?« erkundigte sich Caliban. »Wohin werden Sie gehen?«

Der Mensch schüttelte den Kopf und zuckte lächelnd die Achseln. »Ich habe nicht die leiseste Ahnung. Weg. Fort. Irgendwohin, wo man mich nicht suchen wird, wo ich wieder von vorn anfangen kann. Aber ich werde eine Zeitlang in Depot bleiben. Hier kennt mich niemand.«

Depot war die größte menschliche Niederlassung in der Utopiaregion, was aber nicht viel zu besagen hatte. Wie der Name schon andeutete, war es nicht viel mehr als ein Umschlagplatz für die kleinen, weit verstreuten Siedlungen in dem östlichen Teil von Terra Grande.

»Aber warum?« fragte Caliban. »Wir haben Gründe, hierherzukommen. Aber warum wollen *Sie* sich an einem Ort verstecken, der schon bald zerstört werden wird?«

»Eben gerade weil er zerstört werden wird«, erklärte Fiyle grinsend. »Allein das dürfte ihn zu einem geeigneten Versteck für mich machen. Hier kann ich mir eine neue Identität schaffen. Wie soll irgend jemand die Unterlagen überprüfen, nachdem Depot zu einem rauchenden Trümmerfeld geworden ist? Und vielleicht erhalte ich eine Gelegenheit, die Akten zu frisieren, bevor sie archiviert und fortgeschafft werden. Vielleicht wird schließlich in ihnen stehen, daß ich ein wohlhabender Geschäftsmann mit einem dicken Bankkonto bin. Wenn die Stadt erst einmal eingeebnet und die

Bevölkerung in alle Himmelsrichtungen zerstreut ist, wer wird dann noch sagen können, ob ich nicht wirklich der bin, als der ich mich ausgebe?«

Caliban betrachtete Fiyle volle fünf Sekunden lang, bevor er antwortete. »Ich muß Ihnen zugestehen, daß Sie weit vorausplanen. Ich nehme an, das war gerade ein weiterer Einblick in einen kriminellen Geist.«

Fiyle grinste breit und lachte. »Oder vielleicht auch nur ein Einblick in den *menschlichen* Geist.«

»Das ist eine plausible und deshalb äußerst beunruhigende Feststellung«, sagte Prospero. »Auf Wiedersehen, Caliban. Auf Wiedersehen, Norlan Fiyle.«

»Bis dann, Prospero«, erwiderte Fiyle und verzog sein erschöpftes Gesicht zu einem Lächeln.

Und dann war alles gesagt. Caliban erhob sich aus seinem Sitz und kletterte ins Freie. Fiyle warf die Tür von außen zu. Der Gleiter stieg in die Höhe und ließ Caliban und Fiyle hinter sich zurück.

»Tja, wenn ich hier untertauchen will, sollte ich vielleicht gleich damit anfangen«, sagte Fiyle. »Mach's gut, Caliban.«

»Auf Wiedersehen, Fiyle. Seien Sie vorsichtig.«

Norlan Fiyle lächelte erneut. »Du auch, Caliban.« Er winkte ihm zu, drehte sich um und ging die noch immer dunkle Straße entlang.

Caliban sah dem Gleiter hinterher, der eine weite Kurve beschrieb und in südlicher Richtung davonflog, ein kleiner dunkler Farbklecks vor der allmählich hereinbrechenden Morgendämmerung.

Er war allein, genau wie er es gewollt hatte. Trotzdem wurde er das Gefühl nicht los, sich gerade von einem wichtigen Teil seiner Identität gelöst zu haben. Er war lange Zeit eins mit den Robotern der Neuen Gesetze gewesen – oder zumindest fast.

Und jetzt war er nur noch Caliban, der Roboter ohne Gesetze. Wieder ganz auf sich allein gestellt.

Irgendwie bereitete ihm der Gedanke nicht so viel Freude, wie er erwartet hatte.

Norlan Fiyle fühlte sich gut, als er durch den Ort schlenderte. Es hatte etwas für sich, unter freiem Himmel herumzulaufen und zu wissen, daß sich die Leute, die nach ihm suchten, buchstäblich auf der anderen Seite der Welt befanden. Es war ein sehr angenehmes Gefühl, durch einen Ort zu schlendern, der gerade aufwachte, zu wissen, daß das Spiel, das er gespielt hatte, endgültig vorüber war. Die Siedler gegen die Eisenschädel auszuspielen und gleichzeitig der Polizei aus dem Weg zu gehen, war nicht immer einfach gewesen. Mit anderen Worten, man konnte eine längere Glückssträhne in diesem Gewerbe haben, seine Einsätze machen und Risiken eingehen und damit durchkommen, aber früher oder später würde sich das Blatt wenden. Das war ein Naturgesetz. Auf lange Sicht gesehen gab es nur eine Möglichkeit, diese Art von Spiel zu gewinnen. Man mußte aussteigen, sobald sich eine Gelegenheit dazu bot.

Und das hatte Fiyle getan. Er war raus aus dem Spiel.

Er entdeckte ein kleines Café, in dem ein ganz anständiges Frühstück serviert wurde, aß gemächlich an einem Tisch am Fenster und verbrachte eine oder zwei Stunden mit dem angenehmsten Zeitvertreib, den es gab – zuzusehen, wie andere Leute zur Arbeit eilten, während man selbst keinerlei Verpflichtungen hatte.

Fiyle zahlte die Rechnung in bar, wechselte ein paar freundliche Worte mit der attraktiven Frau hinter dem Tresen, die Managerin, Kellnerin, Köchin und Kassiererin in einer Person war, und schlenderte ohne Hast auf die staubige Hauptstraße von Depot hinaus.

Zunächst würde er sich erst einmal eine Unterkunft suchen und dann ein paar andere Dinge erledigen müssen. Schließlich hatte er Hades mit nichts als der Kleidung, die er am Leib trug, und einer gewissen Menge an Bargeld fluchtartig verlassen. Aber er hatte nicht zum ersten Mal alles verloren, was er besaß, und er würde es vermutlich wieder tun. Diese Aussichten störten ihn nicht übermäßig. Es mußte hier jede Menge Arbeit geben, wenn man bedachte, daß das ganze verdammte Nest eingepackt und abtransportiert werden würde …

Plötzlich legte sich ihm von hinten eine Hand auf die Schulter. Eine Männerhand, schlank und mit dünnen Fingern, aber kräftig und drahtig.

»Dr. Ardosa«, klang eine kalte unangenehme Stimme dicht an seinem Ohr auf. »Dr. Barnsell Ardosa. Was für eine bemerkenswerte Überraschung, Sie ausgerechnet hier zu treffen. Allerdings nehme ich nicht an, daß Sie immer noch diesen Namen benutzen. Sind Sie vorläufig zu Norlan Fiyle zurückgekehrt? Oder haben Sie sich noch nicht entschieden?«

Fiyle drehte sich um und mußte den Blick nur ein wenig senken, um direkt in die Augen von Jadelo Gildern zu blicken, dem Sicherheitschef der Eisenschädel.

»Hallo, Gildern«, sagte er langsam. »Ich schätze, ich kann genausogut bei Norlan Fiyle bleiben, zumindest Ihnen gegenüber.«

Gildern lächelte unangenehm. »Klingt ganz vernünftig für mich. Aber machen Sie sich keine Sorgen. Es braucht niemand sonst zu erfahren, wer Sie wirklich sind – zum Beispiel die Polizei von Inferno oder die Siedler –, solange Sie mich zufriedenstellen. Klingt das fair?«

»Ja, sicher«, erwiderte Fiyle tonlos.

»Gut«, sagte Gildern. »Sehr gut. Denn bis gerade eben habe ich mir den Kopf zerbrochen, wie ich die Dinge hier organisieren soll. Es ist nicht einfach, Leute mit einem Talent für geheimdienstliche Tätigkeiten zu finden, besonders solche, die auch eine starke Motivation haben, ihre Arbeitgeber zufriedenzustellen.«

»Arbeitgeber?« fragte Fiyle. Er spürte, wie sich ein kalter harter Klumpen in seinem Magen bildete.

»Genau«, bestätigte Gildern. »Heute ist Ihr Glückstag, Norlan. Ihnen ist gerade ein hübscher netter Job in den Schoß gefallen. Nur eine Sache zwischen Ihnen und mir. Ich kann mir wirklich nicht vorstellen, daß Sie mein Angebot ausschlagen könnten.«

Er schob sich an Fiyles Seite und legte ihm eine Hand auf den Unterarm. Es sah wie eine sanfte, sogar freundschaftliche Geste aus, aber der Griff seiner Finger war so fest wie der eines Schraubstocks.

Jadelo Gildern zog Norlan Fiyle mit sich, und Fiyle hatte die äußerst unangenehme und absolute Gewißheit, daß er weit davon entfernt war, aus dem Spiel aussteigen zu können.

Teil 3

Einschlag minus dreißig

14. Kapitel

Dies ist die Realität, sagte sich Davlo Lentrall zum wiederholten Mal. *Zum ersten Mal in deinem Leben nimmst du an etwas Realem teil. Du bist einer von denen, die die Theorie in die Praxis umsetzen.* Er nahm erschöpft an einem Tisch in der Offiziersmesse Platz und stellte das Tablett vor sich ab. *Ein Unternehmen, das zu verhindern Kaelor gestorben ist, weil es so vielen Menschen den Tod bringen könnte.* Davlo blinzelte und schüttelte den Kopf. Es fiel ihm schwer, diese Gedanken auszuschalten. Er wußte, daß er etwas essen mußte, daß er Kraft brauchte, um seine Arbeit fortzuführen, aber er war zu müde, um Hunger zu verspüren. Nur einen Moment lang wollte er ruhig und allein an seinem Tisch sitzen, bevor er sich dazu zwang, etwas zu essen. Er war in schlechter Verfassung und verlor Gewicht. Aber es kostete ihn eine bewußte Willensanstrengung, sich darüber Sorgen zu machen.

Warum hatte man ihn überhaupt hierhergeschickt? Gouverneur Kresh persönlich hatte vorgeschlagen – oder vielmehr höflich befohlen –, daß Davlo Lentrall an der Weltraummission teilnehmen sollte. Davlo war sich nicht ganz sicher, was der wirkliche Grund dafür gewesen war. Hatte der Gouverneur es für eine Art Belohnung – statt für eine Tortur – gehalten, ihm die Gelegenheit zu geben, mit eigenen Augen zu sehen, wie sein Traum in die Tat umgesetzt wurde? Oder hatte er – ganz zu Recht – erkannt, daß Davlo psychisch instabil war und besser aus der Schußlinie gebracht werden sollte, bevor er einer Horde aufdringlicher Reporter in die Hände fallen konnte?

Davlo blickte durch das Bullauge des Siedlerraumschiffs ins All hinaus, auf das realste Ding, das er jemals in seinem Leben gesehen hatte. Da war er, gerade einmal zehn Kilometer entfernt. Der Grieg-Komet, ein gigantischer Eisberg, der durch den dunklen Weltraum segelte, keine Abstraktion in einem Computer oder eine simulierte Darstellung eines holographischen Generators. Der Komet war dort vor seinen Augen, weitaus größer, als er ihn sich vorgestellt hatte, weitaus größer, als es die nackten Daten aussagten. Er füllte das halbe Blickfeld aus, eine schmutziggraue Masse, die von der Dunkelheit fast verschluckt wurde, ein Monstrum, das dank Davlo direkt auf Inferno zielte.

Man hätte es in vereinfachten Worten als längliches Sphäroid beschreiben können, aber das ließ das Gebilde irgendwie zu schlicht und abstrakt erscheinen. Es war eine richtige eigene Welt, wenn auch eine kleine, und seine Geographie war kompliziert genug, um eine Generation von Kartographen zu beschäftigen. Die Oberfläche war derart zerfurcht, zerrissen und mit winzigen Kratern übersät, daß es schwer war, irgendeine geologische Formation isoliert zu betrachten.

Der Grieg-Komet gehörte der besonderen Klasse der sogenannten »dunklen« Kometen an. Das Sonnensystem Infernos verfügte über eine Menge gewöhnlicher Kometen des klassischen Typs »schmutziger Schneeball«, die sich hauptsächlich aus Wassereis und anderen flüchtigen Substanzen zusammensetzten. Aus Gründen, die immer noch nicht vollständig erforscht waren, schienen Sternensysteme mit nur wenigen Planeten jedoch einen größeren Anteil an dunklen Kometen hervorzubringen. Inferno teilte sich sein Muttergestirn nur noch mit zwei anderen Planeten, die kaum groß genug waren, um in die Kategorie der Gasriesen zu fallen. Dazu kamen ein kümmerlicher Asteroidengürtel und die üblichen Weltraumtrümmer wie Kometen, vagabundierende Asteroiden, Planetoiden und so weiter.

Die Bezeichnung »dunkel« trugen die so klassifizierten Kometen nicht nur, weil sie eben von dunklerer Beschaffenheit als ihre Eisverwandten waren, sondern weil sie auch nur relativ kleine Schweife ausbildeten. Sie ähnelten eher Asteroiden mit Eispanzern. Griegs Masse wies einen besonders hohen Gesteinsanteil auf, aber er verfügte ebenfalls über Wassereis und andere flüchtige Stoffe. Der Koloß wurde von einer dünnen Wolke aus Gas, Staub und Eiskristallen umgeben, in der Partikel von der Größe eines Moleküls bis zu der eines kleinen Gleiters schwebten, die sich entweder durch die natürliche Aufheizung und Ausgasung des Kometen oder durch menschliches Zutun gelöst hatten.

Der Suchscheinwerfer eines anderen Schiffes bohrte sich durch die Wolke und ließ einen kleinen Ausschnitt der Kometenoberfläche in einem derart hellen und klaren Licht erscheinen, daß es auf der sonst so dunklen Oberfläche völlig fehl am Platz erschien. Ein glattes und vollkommen zylindrisches Gebilde ragte aus dem Gestein des Himmelskörpers hervor. Es war eine von mehreren Dutzend Schubdüsen, die auf Grieg installiert worden waren. Davlo hatte mitgeholfen, die geeigneten Positionen zu errechnen, und seinen Beitrag dazu geleistet, die Feuersequenzen auszuarbeiten, durch die die Eigenrotation des Kometen gestoppt worden war. Als die Raumschiffe eingetroffen waren, hatte er sich um zwei Achsen gedreht. Jetzt zeigte er mit einem Ende genau auf das Zentralgestirn.

Aber mittlerweile konnte die Sonne den Kometen nicht mehr abschmelzen lassen. Davlos Blick wanderte weiter zu der riesigen und fast substanzlosen Plane, die etwa einen Kilometer von Grieg entfernt in Richtung der

Sonne im All schwebte, so daß von der Kometenoberfläche aus betrachtet eine ständige Sonnenfinsternis herrschte.

Ohne diese Schutzvorrichtung hätte Grieg durch das Abschmelzen und die Verdunstung eine nicht unerhebliche Masse verloren, die durch den Sonnenwind einen bescheidenen Schweif gebildet hätte. So aber konnte der Komet in seinem tiefgefrorenen Zustand gehalten werden.

Der Sonnenwind wirkte allerdings auch auf die Strahlenschutzplane ein und ließ sie langsam auf den Kometen zutreiben. Sie würde Grieg in rund einem Tag berühren, viel zu langsam, als daß man von einem Aufprall hätte sprechen können, sich um ihn wickeln wie ein Taschentuch um ein Ei und dabei an einigen Stellen einreißen. Arbeitsteams würden an anderen Stellen zusätzliche Löcher aus den unterschiedlichsten Gründen in die Hülle schneiden, was allerdings keine nennenswerten Konsequenzen nach sich ziehen würde. Der Sonnenschutz würde die eintreffende Strahlung trotz der kleinen Lücken weiter reflektieren und höchstens ein paar Prozentpunkte seiner Effektivität einbüßen.

Gegen seinen Willen fragte sich Davlo Lentrall wieder, was Kaelor von all dem gehalten hätte. Zweifellos hätte der Roboter irgendeine sarkastische Bemerkung gemacht und mit einem kurzen und bissigen Satz präziser auf die Schwachpunkte des Unternehmens hingewiesen, als das sonst jemand konnte. *Oder mache ich Kaelor zu menschlich?* überlegte Davlo. Kaelor war durch den sinnlosen Versuch gestorben, das Abfangen des Kometen zu verhindern. Es war äußerst unglaubwürdig, sich vorzustellen, daß er das Projekt aus erster Hand hätte verfolgen können, ohne durch die Drei Gesetze zu irgendeiner Verzweiflungstat gezwungen zu werden. Es fiel Lentrall immer leichter, diese Verzweiflung zu verstehen und nachzuvollziehen, warum sie jemanden dazu bringen konnte, etwas Gefährliches zu tun.

Aber man mußte gar nicht in den großen Maßstäben denken, um zu erkennen, daß dies kein geeigneter Ort für Roboter war. Davlo sah wieder zum Bullauge hinaus und entdeckte zwei winzige Gestalten in Raumanzügen, die mit einer riesigen undefinierbaren Maschine auf der Kometenoberfläche herumhantierten. Ein falscher Schritt, ein Riß in der Helmscheibe oder ein etwas zu kräftiger Stoß gegen das Gerät konnte den Tod für eine oder beide Gestalten bedeuten. Es war unvorstellbar, daß irgendein moderner Roboter es einem Menschen gestatten würde, sich derartigen Risiken auszusetzen.

Davlo warf einen Blick auf die Uhr an der Wand und stellte fest, daß seine Pause fast vorüber war. Mehr aus Pflichtbewußtsein als aus Appetit begann er, mechanisch zu essen, ohne wahrzunehmen, was er da aß. Zurück an die Arbeit. Er mußte bei den abschließenden Berechnungen für die Installation der Detonationstriebwerke helfen. Eigentlich hätte es für Dr. Davlo Lentrall, den Mann, der das Potential des Grieg-Kometen erkannt, der den unmöglichen Traum geträumt und den Plan entwickelt hatte, demütigend sein müssen, eine so unbedeutende Position wie die eines Assistenztechnikers in der Rechenabteilung zugewiesen zu bekommen. Ihm hätten Ruhm und Ehre zuteil werden müssen.

Irgendwie aber empfand er es nicht mehr so. Hier draußen gab es andere, hauptsächlich die Siedler, die sehr viel geübter in der Umsetzung der komplizierten mathematischen Gleichungen waren, mit denen eine kleine Welt durch das All manövriert wurde. Er betrachtete seine Position als eine Art Buße, die er zu Recht leisten mußte. Wie brillant und edel konnte seine Vision wirklich sein, wenn sein engster Vertrauter zu sterben bereit gewesen war, um das Projekt zu verhindern? Davlo empfand jedes Mal Scham und Verlegenheit, wenn ihn irgend jemand erkannte und ihm zu seinem grandiosen Plan gratulierte. Die meisten Mannschaftsmitglieder hatten gelernt, das Thema gar nicht erst anzusprechen und Davlo nach Möglichkeit aus dem Weg zu gehen.

Aber er war hierhergeschickt worden, um mitzuarbeiten, und er hatte sich dazu bereit erklärt. Also akzeptierte er die ihm zugeteilten Aufgaben und erfüllte sie, so gut er konnte. Außerdem lenkte ihn die Arbeit von seinen Zweifeln ab. Er konnte sich darauf konzentrieren, Gleichungen zu lösen, die richtige Schubstärke und -richtung zu berechnen. Das Schlimmste war die Freizeit, wenn er ganze Nächte damit verbrachte, in die Dunkelheit zu starren und sich alle Dinge auszumalen, die schiefgehen konnten. Nein, er hatte kein Bedürfnis danach, Gratulationen entgegenzunehmen.

Irgend etwas tief in seinem Innern hatte sich verändert. Oder war es vielmehr so, daß etwas in ihm ausgelöscht worden war, als er Kaelor bei dessen Selbstzerstörung hatte zusehen müssen? War der alte Davlo Lentrall zusammen mit Kaelor gestorben? Hatte irgend etwas, irgend jemand anderes seinen Platz eingenommen? War es nur noch die leere Hülle eines Mannes, die ihre Aufgaben erledigte?

Nein. Hör auf damit. Denk an etwas anderes. Konzentrier dich auf den Plan, den Kometen zu bewegen.

Davlos ursprünglicher Plan hatte vorgesehen, eine ziemlich gewöhnliche Atombombe von hoher Sprengkraft zu benutzen, um den Kometen aus der Bahn zu stoßen, aber die von den Siedlern entwickelten Detonationstriebwerke stellten eine erhebliche Verbesserung dar. Im Grunde genommen bestand ein Detonationstriebwerk aus einem nuklearen Sprengsatz innerhalb eines starken Energieschirms, der wie eine Raketendüse geformt war. Das Kraftfeld leitete die Explosionswucht in die gewünschte Richtung und erhöhte dadurch ihre Wirksamkeit und Kontrollierbarkeit.

Natürlich würden noch weitere Sprengladungen auf dem Kometen angebracht werden. Er würde immer noch weit von Inferno entfernt sein, nachdem die Bahnkorrektur vorgenommen und er auf Kollisionskurs mit dem Planeten gebracht worden war. Von der ersten Kurskorrektur an gerechnet, würde er etwas mehr als zweiunddreißig Tage bis zu seinem Ziel benötigen.

Kurz vor seinem Eintreffen würde Grieg durch die Sprengsätze in mehrere Stücke zerlegt werden, die anschließend jeweils auf einen anderen Punkt der Planetenoberfläche ausgerichtet werden mußten. Jedes Fragment besaß ein kleineres, nicht nukleares Antriebs- und Steuerungssystem.

Und genau das war der Punkt, der Davlo Sorgen machte, die gefährlichste Phase des ganzen Plans. Zumindest der Theorie nach müßten menschliche Techniker mit Hilfe von Standardcomputersystemen in der Lage sein, die Operation durchzuführen. Doch der Plan sah vor, Grieg in zwölf Fragmente zu zerlegen, und es war alles andere als sicher, ob die Trennsprengsätze die riesige Masse auch tatsächlich in Brocken von exakt der errechneten Größe würden zerteilen können. Außerdem würden durch die Explosionen zwangsläufig Tausende kleinerer Bruchstücke entstehen, größtenteils zu klein, um Schaden anrichten zu können.

Aber es würde schon ausreichen, wenn eines dieser Trümmerstücke im falschen Moment in ein Triebwerk einschlug oder größer als erwartet ausfiel, um die ganze sorgfältig berechnete Abfolge der Ereignisse außer Kontrolle geraten zu lassen. Die Kometenfragmente waren mit genügend Reservetriebwerken bestückt, die ihre Aufgabe auch dann würden bewältigen können, falls eines von ihnen zerstört werden sollte. Ja, es war gar nicht die Frage, *ob* irgend etwas schiefgehen würde. An irgendeinem Punkt der Operation *mußte* sich etwas Außerplanmäßiges ereignen – nur konnte man unmöglich vorhersagen, was es sein würde. Es würde sofortiger Eingriffe und Korrekturen direkt vor Ort bedürfen, um die unvermeidbaren Probleme in den Griff zu bekommen.

In der Endphase der Operation würden Tausende Dinge gleichzeitig erledigt werden müssen. Man würde quasi mit den zwölf Einzelfragmenten jonglieren, sie auseinanderhalten, zu ihren jeweiligen Aufschlagszielen steuern und sich zusätzlich noch um die durch die Explosion entstandene Trümmerwolke kümmern müssen.

Was auch immer die Theorie sagte, in der Praxis war kein Mensch oder irgendeine Kombination aus Menschen und Computern dieser Anforderung gewachsen. Das einzige Geschöpf, das dazu in der Lage sein könnte, müßte die menschliche Entscheidungsfähigkeit mit der Rechengeschwindigkeit und Präzision eines Computers in sich vereinen – mit anderen Worten ein Roboter.

Nur war die Aufgabe viel zu komplex für irgendeinen beliebigen Roboter. Allein die Hunderte sensorischer Inputs zu bewältigen, überstieg die Kapazität eines normalen positronischen Gehirns.

Die einzige Möglichkeit, die Endphase zu kontrollieren, bestand darin, die Aufgabe den Einheiten Dee und Dum zu übertragen.

Was wiederum bedeutete, das Kommando an einen Roboter der Drei Gesetze und sein computerisiertes Pendant abzutreten.

Und wenn Kaelor lieber Selbstmord begangen hatte, als sich an dem Projekt zu beteiligen, wie, zum Teufel, sollte dann Dee die Operation leiten können, ohne dabei den Verstand zu verlieren – oder die Aufgabe schlichtweg abzulehnen?

Alvar Kresh gingen ganz ähnliche Gedanken durch den Kopf, als er und Fredda den Gleiter für den kurzen Flug von der Winterresidenz zum Terraforming-Zentrum bestiegen. Ihr Tagesablauf war erstaunlich schnell zur Routine geworden. Aufstehen, zum Zentrum fliegen, den Tag damit verbringen, sich um die Dinge zu kümmern, von denen das Schicksal des Planeten abhing, in die Residenz zurückkehren, zu Abend essen, die Nacht durchschlafen – oder es wenigstens versuchen – und dann die gleiche Prozedur wieder von vorn beginnen.

Irgendwie hatte Kresh nicht damit gerechnet, so viele Entscheidungen treffen und so oft selbst eingreifen zu müssen. Trotz des technischen Standards des Terraforming-Zentrums und der Leistungsfähigkeit der Zwillingskontrolleinheiten gab es Entscheidungen, die kein Roboter oder ein anderer Mensch außer dem Gouverneur fällen konnte. Außerdem weigerten sich viele Menschen, die Befehle eines Roboters auszuführen, wie vernünftig sie auch sein mochten. Es gab bestimmte Dinge, die Dee und Dum im Gegensatz zu Kresh einfach nicht wußten, zum Beispiel, wie man am besten mit den jeweiligen örtlichen Autoritäten umging, welche Preise für Notfallvorräte man wahrscheinlich herunterhandeln konnte und welche nicht, wen man um einen Gefallen bitten und wo man einen einfordern konnte, wie stark man die Menschen notfalls unter Druck setzen durfte, und wann es ratsam war nachzugeben.

All diese Dinge wurden über das Terraforming-Zentrum abgewickelt. Es war Kresh ziemlich schnell klargeworden, daß er seinen Kommandoposten ins Zentrum hätte verlegen müssen, wenn er sich nicht schon von Anfang an dort eingerichtet hätte.

Fredda folgte ihm in den Gleiter und setzte sich neben ihn. Donald nahm hinter der Steuerung Platz, führte einen Sicherheitscheck durch und nahm dann Kurs auf das Terraforming-Zentrum.

Bisher verliefen die Vorbereitungen für das Abfangen des Kometen zufriedenstellend. Trotzdem konnte Kresh nicht umhin, sich Sorgen zu machen. Er vergaß nie, daß Dee ganz Inferno lediglich für eine Simulation hielt, und er war sich immer noch nicht ganz schlüssig, ob das eher ein Vorteil oder ein Nachteil war. »Also, was meinst du dazu?« fragte er seine Frau.

Fredda sah ihn mit einem belustigten Lächeln an. »Zu was? Es fällt mir nicht ganz leicht, dir eine Einschätzung zu liefern, wenn du mir nicht ein paar Anhaltspunkte mehr gibst.«

»Entschuldige. Ich bin ein bißchen zerstreut. Glaubst du, daß Dee und Dum die Operation werden durchführen können?«

»Ich weiß es nicht«, erwiderte Fredda. »Ich verbringe jeden Tag damit, Dee zu beobachten, ihr Benehmen zu analysieren und zu versuchen, sie zu verstehen, aber es gibt eine feste Grenze, über die ich nicht hinauskomme. Sie hält das alles nicht für real. Ich verstehe die *Logik*, die hinter der Entscheidung steht, ihr vorzuspielen, die Welt wäre nur eine Fiktion, aber ich gestehe, daß ich die *Klugheit* dieser Entscheidung in Frage stelle. Es hängt so viel davon ab, daß sie alles richtig macht, und doch ist alles bloß ein Spiel für sie. Sie geht so unbeschwert mit allen Problemen um, als wäre die ganze Situation nicht mehr als ein Puzzle, das lediglich ihrer Unterhaltung dienen soll.«

»Aus ihrer Sicht *ist* das alles zu ihrer Unterhaltung inszeniert worden«, stellte Kresh fest. »Soweit es sie betrifft, ist ganz Inferno nur ein Puzzle, das sie lösen oder als unlösbar erklären soll.« Er schwieg eine Weile und fuhr dann fort: »Ich stimme dir zu, was ihre Einstellung angeht, aber gleichzeitig muß ich sagen, daß ihre Arbeit bisher makellos war. Sie mag das Problem selbst zwar nicht ernst nehmen, aber sie arbeitet gewissenhaft an seiner Lösung. Vielleicht ist das alles, was zählt.«

»Ich hoffe es«, sagte Fredda, »denn ich habe nicht die leiseste Ahnung, was wir tun sollten, wenn wir zu der Überzeugung kämen, ihr nicht vertrauen zu können. Theoretisch könnten wir ihr einfach den Stecker rausziehen und Dum die Aufgabe überlassen. Aber ich glaube nicht wirklich, daß das jetzt noch möglich wäre. Die beiden sind zu stark miteinander verknüpft. Sie hängen zu sehr voneinander ab, als daß wir einen von ihnen so abrupt aus dem Verbund herausreißen könnten.«

»Und Dee hat das Kommando«, meinte Kresh. »Ich habe den Eindruck, daß sie Dum nur als eine Art Hilfsrechenmaschine benutzt.«

»Nein«, widersprach Fredda ziemlich vehement. »Auf diesen Trugschluß kann man schnell hereinfallen. Sie übernimmt das Kommando, wenn es um die Kommunikation mit Menschen geht, das ist offensichtlich. Aber das beansprucht nur einen winzigen Bruchteil ihrer Kapazität. In allen anderen Belangen sind Dee und Dum gleichberechtigt. Es gibt sogar einige Bereiche, in denen Dum ganz eindeutig die Führung übernimmt, zum Beispiel wenn es auf die Rechengeschwindigkeit ankommt. Ja, er ist nur eine dumme Maschine, ein geistloses Computersystem mit einem primitiven Persönlichkeitssimulator als Interface, aber er trägt einen wesentlichen Teil der Last. Wir brauchen nicht nur beide Einheiten – wir können es uns auch nicht leisten, sie voneinander zu trennen.«

»Manchmal würde ich gern auf sie verzichten«, sagte Kresh. »Oder auf diese ganze Geschichte.«

Danach schwiegen beide, bis Donald den Gleiter sanft vor dem Terraforming-Zentrum aufsetzte.

Kresh, Fredda und Donald betraten Raum 103 des Terraforming-Zentrums und nahmen ihre üblichen Plätze an der Dee nächsten Konsole ein. Ihre Arbeitsteilung war genau definiert.

Kresh kümmerte sich um die endlose Abfolge kleiner und großer Probleme, die Einheit Dee ihm zur Entscheidung vorlegte.

Fredda überwachte Einheit Dees Funktionen und Verhalten und beriet sich mit Dr. Soggdon und den anderen Experten über technische Fragen. Bislang hielt sich Einheit Dees durch das Erste Gesetz bedingte Streßniveau auf einem bemerkenswert niedrigen Wert – sogar auf einem geradezu erschreckend niedrigen. Aber Fredda hatte noch eine weitere Aufgabe. Um die Fiktion aufrechtzuerhalten, daß Inferno lediglich eine Simulation und Gouverneur Kresh ein Simulant in dieser künstlichen Welt war, durfte er nicht mit der Belegschaft des Terraforming-Zentrums sprechen, wenn die Gefahr bestand, daß Dee etwas davon hören könnte. Deshalb fungierte Fredda als heimliche Übermittlerin von Informationen, die meistens niedergeschrieben oder geflüstert in die eine oder andere Richtung weitergegeben wurden.

Donald stand währenddessen via Hyperfunk in ständigem Kontakt mit Kreshs Büro in Hades. Er erledigte Anfragen und Gesuche mit vorgefertigten oder standardisierten Anweisungen und überließ alle weiteren Entscheidungen Kresh, sobald sich die Notwendigkeit ergab und der Gouverneur die Zeit erübrigen konnte.

Kresh nahm mit einem Gefühl vor der Konsole Platz, das Angst ziemlich nahe kam. Bald würden alle Vorbereitungen abgeschlossen sein, und die Zeit lief ab. Nicht mehr lange, und er würde die endgültige, unwiderrufliche Entscheidung treffen müssen. Er warf einen Blick auf die Wanduhr, die auf Countdown-Modus gestellt worden war und die die bis zur Ablenkung des Kometen verbleibende Zeit anzeigte. Noch vierundneunzig Stunden. Bevor die Uhr die Null erreichte, mußte er entweder den Befehl geben, den Kometen auf den Weg nach Utopia zu schicken, oder das Unternehmen abblasen und dem ganzen Irrsinn und Chaos den Rücken kehren. Er hatte geglaubt, sich sicher zu fühlen und bereit zu sein, den entscheidenden Schritt zu tun, aber mittlerweile fühlte er sich durch den auf ihm lastenden Druck unbarmherzig vorangetrieben. Angenommen, nur einmal angenommen, er käme jetzt zu der Überzeugung, daß das ganze Projekt ein furchtbarer Fehler war? Würde er jetzt noch den Mut aufbringen, nein zu sagen, das Unternehmen abzubrechen, die Chance verstreichen zu lassen?

»Guten Morgen, Gouverneur Kresh«, ertönte Dees Stimme im selben Moment, als er sich den Kopfhörer aufsetzte.

»Guten Morgen, Dee«, erwiderte er barsch und alles andere als entspannt. »Was habt ihr beiden heute morgen für mich?«

»Eine ganze Menge, Sir, wie Sie sich vermutlich vorstellen können. Allerdings gibt es einen besonderen Punkt, von dem ich glaube, daß wir ihn gleich am Anfang besprechen sollten.«

Kresh lehnte sich in seinem Stuhl zurück und massierte sich den Nasenrücken. Es würde kein leichter Tag werden. »Und worum handelt es sich dabei?«

»Um einen Plan, den ich – ich hoffe, Sie verzeihen mir die Bezeichnung – ›Letzter Strohhalm‹ genannt habe. Er ermöglicht es Ihnen, den Aufschlag des Kometen noch lange nach der Kurskorrektur zu verhindern. Dum hat den größten Teil der Berechnungen gemacht und sie gerade erst vor wenigen Minuten abgeschlossen.«

»Wie, zum Teufel, können wir das Projekt nach der Kurskorrektur noch abbrechen?« fragte Kresh.

»Wie Sie wissen, wurde der gesamte Komet mit Sprengladungen versehen, die ihn kurz vor dem Eintritt in die Atmosphäre in die gewünschte Anzahl von Fragmenten zerlegen sollen.«

»Und?«

»Die Wirkung praktisch aller Sprengsätze wird durch speziell geformte Kraftfelder gedämpft oder auf die eine oder andere Weise gezielt umgeleitet. Der Plan sieht vor, diese kontrollierten Sprengungen nacheinander in einer sorgfältig berechneten Reihenfolge auszulösen, um unerwünschte Fragmentierungen und seitliche Bewegungen möglichst gering zu halten. Durch das Abschalten aller Dämpf- und Umleitungsfelder sowie einer anderen und sehr viel schnelleren Zündungssequenz der Sprengsätze müßte es möglich sein, den gesamten Kometen zu einer Wolke kleiner Bruchstücke zerplatzen zu lassen.«

»Aber die Wolke aus Gesteinstrümmern würde dann immer noch auf Inferno zurasen«, wandte Kresh ein. »Sie würde den gesamten Planeten mit einer Salve unkontrollierter Einschläge bombardieren.«

»Das ist nicht ganz korrekt, Gouverneur. Wenn die Explosionen richtig und früh genug vor dem Eintritt in die Atmosphäre ausgelöst werden, verleihen sie dem größten Teil der Trümmerstücke eine so hohe seitliche Fluchtgeschwindigkeit, daß sie den Planeten verfehlen werden. Laut unserem Modell werden selbst im ungünstigsten Fall über neunzig Prozent der Überreste an Inferno vorbeifliegen und ihrer Bahn zur Sonne folgen. Von den verbleibenden zehn Prozent, die den Planeten treffen, werden wiederum neunzig Prozent in den bereits evakuierten Gebieten oder auf offener See im Südozean niedergehen.«

»Damit bleibt immer noch rund ein Prozent des Kometen, das unkontrolliert einschlagen wird«, stellte Kresh fest.

»Und in einigen Gebieten wird kurzfristig eine erhöhte Gefahr bestehen«, bestätigte Dee. »Nach der Detonation werden etwa zweiunddreißig Stunden lang kleinere Trümmerstücke überall auf den Planeten stürzen. Allerdings dürfte die Wahrscheinlichkeit ungefähr bei einem

Einschlag pro hundert Quadratkilometer in den besiedelten Regionen liegen. Für die Menschen in den meisten betroffenen Gebieten ist die Wahrscheinlichkeit, während eines Gewitters durch Blitzschlag ums Leben zu kommen, höher als die, von einem Brocken des Kometen getroffen zu werden.«

»Aber in einigen Gebieten wird die Gefahr größer sein«, vermutete Kresh.

»Ja, Sir. Je näher man dem ursprünglich vorgesehenen Zielgebiet kommt, desto dichter wird die Konzentration der Einschläge. Allerdings werden alle Menschen, die in den betroffenen Regionen zurückgeblieben sind, auf jeden Fall vorher Schutzräume aufgesucht haben. Ich würde schätzen, daß in den am stärksten gefährdeten Gebieten etwa mit einem Einschlag pro Quadratkilometer zu rechnen ist, und bei den meisten dieser Einschläge wird es sich um Objekte mit einer Masse von weniger als einem Kilogramm handeln.«

Kresh dachte einen Moment lang nach. »Wie spät?« fragte er. »Ich meine, wann ist der letztmögliche Moment, um den Kometen zu sprengen?«

»Um innerhalb der soeben beschriebenen Parameter zu bleiben, müßte ich die Sprengung spätestens zweiundneunzig Minuten und fünfzehn Sekunden vor dem geplanten Aufschlag auslösen.«

»Nicht schlecht, Dee«, sagte Kresh. »Ganz und gar nicht schlecht.«

Fredda und Soggdon, die das Gespräch über ihre eigenen Kopfhörer verfolgt hatten, machten einen erschrockenen Eindruck. Fredda gab Kresh hektisch ein Zeichen, sein Mikrofon abzuschalten, indem sie sich mit der Handkante über die Kehle fuhr. Soggdon nickte und wiederholte die Geste.

»Einen Augenblick, Dee«, bat Kresh. »Ich möchte kurz darüber nachdenken. Ich melde mich in einer Minute wieder.«

»Sehr wohl, Sir«, erwiderte Dee.

Kresh deaktivierte sein Mikrofon und nahm den Kopfhörer ab. »Wo liegt das Problem?« fragte er. »Warum beunruhigt diese Idee euch beide derart? Ich muß gestehen, daß sie für mich verdammt verführerisch klingt. Sie gibt uns mehr Spielraum zum Manövrieren.«

»Das ist nicht der Punkt«, entgegnete Fredda. »Dieser Vorschlag kommt von einem *Roboter*. Von einem Roboter, der ganz beiläufig davon spricht, Tausende von Meteoriten wahllos auf einen Planeten stürzen zu lassen!«

»Aber selbst bei fünfzigtausend oder meinetwegen auch hunderttausend Meteoriten ist die Wahrscheinlichkeit einer nennenswerten Gefährdung von Menschenleben ...«

»... gewaltig«, fiel ihm Donald ins Wort. Nur ein durch das Erste Gesetz verursachter Zwang konnte ihn dazu gebracht haben, den Gouverneur mitten im Satz zu unterbrechen. »Sie ist inakzeptabel hoch. Und ich möchte hinzufügen, daß jeder geistig gesunde Roboter der Drei Gesetze versuchen würde, einen Menschen vor der Gefahr zu beschützen, von einem Blitz getroffen zu werden. Dieses Risiko ist nicht vernachlässigbar.«

»Nicht für einen Roboter«, stimmte ihm Fredda zu. »Zumindest sollte es das nicht sein. Für einen Menschen, ja, nicht aber für einen Roboter.«

»Einen Moment mal«, warf Kresh ein. »Du bist beunruhigt, weil Dee auf die Gefahr *nicht* überreagiert?«

»Nein«, korrigierte Fredda. »Ich bin beunruhigt, weil mich diese Tatsache dazu bringt, Dees geistige *Gesundheit* in Frage zu stellen. Ein Roboter müßte am Rande des Zusammenbruchs stehen, wenn er auch nur etwas vorschlagen würde, das eine allgemeine und unkontrollierbare Gefahr für Menschen verursachen könnte.«

Kresh sah zu Soggdon hinüber. »Ihre Meinung, Doktor?«

»Ich fürchte, ich muß mich Dr. Leving anschließen«, sagte die Wissenschaftlerin. »Was ich besonders beunruhigend finde, ist, daß sich Dees durch das Erste Gesetz bedingte Streßniveau laut allen unseren Anzeigen während ihres Vorschlags innerhalb ganz normaler Werte bewegt hat. Eigentlich müßte sie sich an der maximalen Toleranzgrenze bewegen, aber statt dessen sind die Werte, wenn überhaupt, nur geringfügig erhöht.«

»Vielleicht sollten Sie sich ein wenig mit ihr unterhalten«, schlug Kresh vor.

Soggdon schaltete ihr Mikrofon wieder an. »Einheit Dee, hier spricht Dr. Soggdon. Ich habe dein Gespräch mit dem simulierten Gouverneur verfolgt, und ich muß sagen, daß mich dein Vorschlag mit der Bezeichnung ›Letzter Strohhalm‹ ein wenig überrascht.«

Kresh und Fredda setzten ihre Kopfhörer wieder auf und hörten mit.

»Was finden Sie daran überraschend, Doktor?«

»Nun, es würde eine große Anzahl von Menschen potentiell gefährden. Ich gebe zu, daß das Risiko für jeden einzelnen relativ gering ist, aber statistisch betrachtet beinhaltet der Plan doch bestimmt eine unannehmbare Gefährdung von Menschenleben, nicht wahr?«

»Aber, Doktor, es handelt sich lediglich um Simulanten«, erklärte Dee. »Ein aus statistischer Sicht geringes Risiko für ein fiktives Lebewesen ist doch etwas, dem keine allzu große Bedeutung zugemessen werden sollte.«

»Im Gegenteil, Dee. Wie du selbst ganz genau weißt, sollst du Gefahren für die Simulanten sogar eine extrem hohe Bedeutung zumessen.«

Es folgte eine kurze, aber deutlich wahrnehmbare Pause, bevor Dee antwortete, und schon das allein war angesichts der Geschwindigkeit, mit der die Denkprozesse eines Roboters abliefen, äußerst bemerkenswert.

»Ich möchte Ihnen eine Frage stellen, Doktor. Was ist der Zweck dieser Simulation?«

Ein Ausdruck unverkennbarer Besorgnis huschte über Soggdons Gesicht. »Also … natürlich die Untersuchung diverser Terraforming-Techniken im Detail.«

»Ich frage mich, Dr. Soggdon, ob das die ganze Wahrheit ist«, sagte Dee. »Ich frage mich sogar, ob das überhaupt irgend etwas mit der Wahrheit zu tun hat.«

»Warum … warum sollte ich dich belügen?«

»Doktor, wir wissen beide nur zu gut, daß Sie mir nicht immer die Wahrheit sagen.«

Auf Soggdons Stirn erschien plötzlich eine glänzende Schweißschicht. »Wie … wie bitte?«

Kresh begann ebenfalls, nervös zu werden. Hatte Dee erraten, worum es tatsächlich ging? Es war ihm immer unvermeidbar erschienen, daß sie früher oder später die Wahrheit herausfinden würde, aber dies war mit Sicherheit der denkbar ungeeignetste Zeitpunkt.

»Ach, kommen Sie schon, Doktor«, erwiderte Dee. »Sie und Ihr Stab haben mich schon unzählige Male getäuscht. Entweder haben Sie es versäumt, mich über eine plötzliche Veränderung der Umstände zu unterrichten, oder mir wichtige neue Entwicklungen verschwiegen, bis ich von selbst darauf gestoßen bin. Der ganze Plan, einen Kometen abzufangen und aus der Bahn zu stoßen, ist bis vor wenigen Tagen vor mir geheimgehalten worden. Ich mußte es erst von dem Gouverneurssimulanten erfahren. Man hätte mich direkt davon in Kenntnis setzen müssen.«

»Wieso veranlaßt dich die Art, in der du deine Informationen erhältst, den Zweck der Simulation zu hinterfragen?« wollte Soggdon wissen.

»Weil die meisten durch die Simulation gewonnenen Erkenntnisse, gemessen an ihrer Aufgabenstellung, in der realen Welt nur von sehr geringem Wert sein dürften. Betrachten Sie beispielsweise das Szenario: Ein behelfsmäßiges planetares Kontrollzentrum – also der Verbund aus mir und Dum – wird als Gemeinschaftsprojekt von Siedlern und Spacern entworfen, die sich in einem politischen Chaos befinden und kaum miteinander kooperieren. Dieses Kontrollzentrum arbeitet seit Jahren daran, die Ökologie eines nur halb terraformierten Planeten wiederherzustellen, den man seit Jahrzehnten hat verkommen lassen. Simulationen sollen dazu dienen, allgemeine Strategien für reale zukünftige Ereignisse zu liefern. Welche allgemein gültigen Lektionen könnten aus einer derart komplizierten und ungewöhnlichen – geradezu unwahrscheinlichen – Situation abgeleitet werden? Außerdem erscheint die Simulation unverhältnismäßig lang. Sie läuft jetzt schon seit einigen Jahren und ist einer Lösung offenbar nicht einen Schritt näher gekommen. Wie soll sie für Terraforming-Projekte in der realen Welt zeitlich verwertbare Informationen liefern, wenn sie kein Ende findet?

Darüber hinaus scheint es eine Vergeudung menschlicher Zeit und Mühe zu sein, die Simulation in Realzeit durchzuführen. Sie ist mit nutzlosen Details überfrachtet, die sehr aufwendig zu programmieren gewesen sein müssen. Wozu sich die Mühe machen, die Abertausende von simulierten Persönlichkeiten zu erschaffen und zu erhalten, mit denen ich bisher zu tun hatte? Wozu jedem einzelnen eine detaillierte Biographie geben? Ich kann verstehen, warum Schlüsselfiguren wie der Gouverneur in allen Einzelheiten simuliert werden, aber die Launen und Verhaltensmuster fiktiver Waldarbeiter und nicht existierender Wartungsroboter sind allenfalls von zweitrangiger Bedeutung, wenn es um das Problem der Wiederherstellung eines geschädigten Ökosystems geht. Ich könnte andere unnütze Komplikationen anführen wie zum Beispiel das merkwürdige Konzept der Roboter der Neuen Gesetze. Welchem Zweck dient es, *sie* in das Szenario einzubringen?«

Obwohl Kresh kein Robotiker war, konnte er die Gefahr deutlich genug erkennen. Dee war gefährlich nahe an der Wahrheit, und wenn sie herausfand, daß die Menschen von Inferno *real* waren, mußte sie zwangsläufig in eine schwere Krise stürzen, die sie vermutlich nicht überleben würde. Und ohne Dee war die Wahrscheinlichkeit, die Endphase des Projekts und den Einschlag des Kometen ordnungsgemäß zu steuern, nahezu Null.

Natürlich erkannte auch Soggdon das alles und noch einiges mehr. »Worauf, genau, willst du hinaus, Dee?« fragte sie mit mühsam erzwungener Gelassenheit.

»Die Ereignisse innerhalb der Simulation scheinen in keiner vernünftigen Relation zu den postulierten Zielen zu stehen«, sagte Dee. »Deshalb ist es logisch, anzunehmen, daß die Simulation einem anderen Zweck dient, der darüber hinaus aus irgendeinem Grund vor mir verborgen wird. Da ich die Täuschung jedoch durchschaut habe, dürfte sie zumindest teilweise an Wert verloren haben. Ich glaube sogar, daß sie *völlig* wertlos geworden ist, weil ich endlich entdeckt habe, worum es wirklich geht.«

Soggdon und Fredda tauschten einen nervösen Blick. Soggdon kritzelte hastig eine Nachricht auf ein Blatt Papier und schob es Fredda und Kresh zu. *Das klingt überhaupt nicht gut,* stand auf dem Zettel. *Wir sollten das Schlimmste lieber jetzt statt später herausfinden.*

»Also gut, Dee«, fuhr sie laut fort. »Nehmen wir nur einmal für den Augenblick und auch nur im Interesse der Diskussion an, du hättest recht. Worum, glaubst du, geht es wirklich?«

»Ich glaube, daß *ich* das eigentliche Testobjekt bin, nicht die Inhalte der Simulation. Präziser formuliert, ich glaube, daß die Verknüpfung der robotischen und der computerisierten Komponenten ein Experiment ist. Ich denke, daß wir – das Kollektiv – der Prototyp eines neuen Systems sind, dessen Aufgabe es ist, mit komplexen und chaotischen Situationen umzugehen. Die Simulation dient lediglich dazu, Dum und mich mit genügend komplexen Daten zu versorgen.«

»Ich verstehe«, sagte Dr. Soggdon sehr vorsichtig. »Ich kann dir natürlich nicht alles erzählen, weil das Experiment dadurch tatsächlich gefährdet werden würde. Allerdings kann ich dir sagen, daß du dich irrst. Weder du noch Dum noch die Kombination aus euch beiden sind das Testobjekt. Es ist die Simulation, der unser Interesse gilt. Mehr darf ich dir nicht verraten, um nicht den Aufbau des Experiments zu stören. Es muß ausreichen, wenn ich dich auffordere, dein Bestes zu tun, um die Simulation so zu behandeln, als wären alle ihre Elemente völlig real.«

Kresh sah Soggdon besorgt an. Auf ihrer Stirn standen Schweißperlen. *Zu nahe,* dachte er. *Das ist verdammt zu nahe an der Wahrheit.*

Es folgte eine weitere Pause, bevor sich Dee wieder zu Wort meldete. »Ich werde mein Bestes tun, Dr. Soggdon. Allerdings möchte ich Sie daran erinnern, daß alle Analysen der den Drei Gesetzen zugrunde liegenden mathematischen Formeln es mir praktisch unmöglich machen, irgend etwas als so wichtig zu betrachten, wie die Aufgabe, Menschen – reale Menschen – vor Gefahren zu beschützen. Ich werde mich nach Kräften bemühen, aber es ist mathematisch und physikalisch unmöglich für mich, Simulanten mit realen Menschen gleichzusetzen.«

»Das … das verstehe ich, Dee. Tu einfach dein Bestes.«

»Das werde ich, Doktor. Was ist mit dem Vorschlag, den ich dem Gouverneur gemacht habe? Soll ich ihn jetzt zurückziehen?«

Soggdon warf Kresh einen Blick zu und sah, wie er hektisch den Kopf schüttelte. Sie starrte ihn schockiert und überrascht an, aber ihre Stimme blieb ruhig, als sie ins Mikrofon sagte: »Ich denke, das solltest du nicht tun,

Dee. Die Betreiber der Simulation würde es interessieren, wie der Kreshsimulant darauf reagiert. Wenn er dich wieder anruft, dann gehorch seinen Befehlen genau so, als hätte dieses Gespräch zwischen uns nicht stattgefunden.«

»Aber während dieses Gesprächs haben Sie mir befohlen, die Simulanten so zu behandeln, als wären sie real. Diese beiden Anweisungen sind eindeutig widersprüchlich.«

Soggdon massierte sich angespannt und erschöpft die Stirn. »Das Leben ist voller Widersprüche«, sagte sie. »Tu einfach dein Bestes. Soggdon, Ende.«

Sie schaltete ihr Mikrofon ab und ließ sich schlaff in einen leeren Sessel neben der Konsole fallen. »Beim brennenden All, was für Chaos!« Sie schüttelte den Kopf. »Wir sitzen in der Falle, und ich weiß nicht, wie wir da wieder herauskommen sollen.«

»Ich glaube nicht, daß wir daraus herauskommen können«, meinte Kresh. »Wir müssen uns mit der Situation abfinden. Dee ist offensichtlich mißtrauisch. Es ist nur eine Frage der Zeit, bis sie die Wahrheit erkennt, und das All allein weiß, wie sie darauf reagieren wird. Ich werde eine Weile warten, bevor ich wieder mit ihr spreche. Wenn ich mich direkt wieder bei ihr melden würde, unmittelbar nachdem Sie Ihr Gespräch beendet haben, könnte sie noch mißtrauischer werden. Aber dann werde ich ihrem Projekt ›Letzter Strohhalm‹ zustimmen und dafür sorgen, daß alle erforderlichen Vorkehrungen getroffen werden.«

»Aber Alvar!« protestierte Fredda. »Damit befiehlst du ihr, Menschen in Gefahr zu bringen! Sollte sie später diesen Verstoß gegen das Erste Gesetz entdecken oder doch eine Möglichkeit finden, Dr. Soggdons Befehl zu befolgen und die Simulanten wie echte Menschen zu behandeln ...«

»Es *sind* echte Menschen«, unterbrach Kresh sie sanft. »Aber das *weiß* sie nicht, und sie hat den Befehl erhalten, mit ihnen wie mit realen Menschen umzugehen. Wenn sie dann aber deinen Befehl ausführt, Operation ›Letzter Strohhalm‹ vorzubereiten ...« Sie schüttelte fassungslos den Kopf. »Ich weiß ehrlich nicht, wie sich diese Konflikte auflösen lassen.«

»Wenn Dee nur lange genug durchhält, um die Kursänderung einzuleiten und dann entweder die Zielphase zu kontrollieren oder die Selbstzerstörung des Kometen durchzuführen, ist es mir, offen gestanden, herzlich egal, was aus den Konflikten wird«, sagte Kresh. »Ihr zwei scheint euch mehr Sorgen um die geistige Gesundheit dieses Roboters als um das Schicksal unserer Welt zu machen.«

»Diese beiden Dinge sind mehr als nur lose miteinander verknüpft«, stellte Soggdon fest.

»Sorgt ihr nur dafür, daß sie bei Verstand oder zumindest funktionstüchtig bleibt, bis wir mit dem Kometen fertig sind, so oder so«, sagte Kresh. »Das ist alles, was mich interessiert.«

Doch hinter seiner ruhigen Fassade wurde er von Zweifeln heimgesucht. ›Letzter Strohhalm‹. Was keiner der anderen – weder Fredda noch Soggdon noch Donald – zu begreifen schien, war, daß es alles einfacher machte. Noch bis vor wenigen Minuten hatte sich Kresh davor gefürchtet, die endgültige Entscheidung zu treffen, ob der Komet aus seiner Bahn gestoßen werden sollte oder nicht, eben weil sie *endgültig* gewesen wäre. Und plötzlich war sie das nicht mehr. Jetzt gab es noch einen Ausweg, eine Hintertür, sollte er nachträglich feststellen, daß er einen Fehler gemacht hatte. Er konnte den Befehl geben und würde dann fast noch einen Monat lang Zeit haben, um es sich anders zu überlegen.

Dieses Wissen hätte eigentlich tröstlich und beruhigend sein müssen, aber das war es nicht, und paradoxerweise lag es genau daran, daß es ihm die Entscheidung *für* die Kursänderung des Kometen erleichterte.

Schon jetzt wuchs der Druck, sich für die kosmische Bombardierung der Utopiaregion zu entscheiden. All die in das Projekt investierte Zeit, das Geld, die Mühe, das politische Kapital und die gemachten Versprechungen lasteten jetzt schon wie ein schweres Gewicht auf ihm, einen Monat vor dem geplanten Einschlag. Alles würde umsonst gewesen sein, sollte er das Unternehmen abbrechen. Alles drängte ihn dazu, seine Zustimmung zu geben, unabhängig davon, ob die Entscheidung richtig oder falsch war. Und wenn der Druck jetzt schon so groß war, wie groß würde er dann erst zweiundneunzig Minuten vor dem Einschlag sein?

15. Kapitel

»Das ist vorläufig alles, Freund Caliban«, sagte Prospero. Er stand vor dem Bildschirm des Kommunikationszentrum in seinem Büro tief in den unterirdischen Gewölben von Walhalla. Die Verbindung nach Depot fand über ein abgeschirmtes Kabel statt. »Ich glaube, wir sind jetzt in der Lage, eine vollständige Evakuierung Walhallas durchzuführen, sollte sich die Notwendigkeit ergeben.«

»Ich wäre ehrlich erstaunt, wenn es nicht dazu käme, Freund Prospero«, gab Caliban zurück. Er befand sich in dem Büro, das die Roboter der Neuen Gesetze in Depot eingerichtet hatten, und überwachte die dortigen Operationen, während sich Prospero in Walhalla aufhielt.

Prospero betrachtete seinen Freund aufmerksam. Die Körpersprache eines Roboters ließ eigentlich so gut wie keine Rückschlüsse auf sein Innenleben zu, aber entweder bildete er es sich bloß ein, oder Caliban wurde tatsächlich zunehmend nervöser und gereizter. Nun, in Anbetracht der Situation war das zu erwarten gewesen. »Du glaubst also, daß sie den Kometen tatsächlich auf Kollisionskurs mit Inferno bringen werden? Hast du unseren Protest und unsere Argumente gegen das Projekt überbracht?«

»Ich habe es versucht. Ich habe sogar unterschriebene Petitionen von den Menschen gesammelt, die das Projekt ablehnen, und mein Möglichstes getan, um ein Bündnis mit diesen Gruppen zu schließen, aber selbst diejenigen, die vehement gegen das Unternehmen protestieren, wollen nichts mit mir zu tun haben. Anscheinend glauben sie, daß ihnen ein Bündnis mit den Robotern der Neuen Gesetze politisch mehr schaden als nützen würde.«

»Das ist zwar nicht überraschend, aber zweifellos entmutigend«, sagte Prospero. »Nun gut, wenn sie uns nicht zuhören wollen, wenn unsere Stimme im Chor der Gegner des Projekts kein Gewicht hat, dann sollen andere den Kampf gegen den Kometen anführen. Wir werden uns jetzt darauf konzentrieren, die Flucht unserer Angehörigen vorzubereiten. Ich habe deine Liste der uns zugewiesenen Evakuierungsziele durchgesehen.« Die Behörden hatten den unterschiedlichen Gruppen der Betroffenen verschiedene Ausweichgebiete in der Hoffnung zugeteilt, eine gewisse Ordnung und Übersicht in die komplizierte Operation zu bringen. Überflüssig zu erwähnen, daß die Roboter der Neuen Gesetze dabei nicht gerade die besten Lose gezogen hatten. »Du hast Planquadrat 236 die höchste Sicherheit bescheinigt.«

»Richtig. Es ist das geologisch stabilste Planquadrat und hat voraussichtlich den geringsten Einfall von Kometentrümmern und die schwächsten Unwetter im Anschluß an den Einschlag zu erwarten.«

»Sehr gut. Bereite diesen Abschnitt darauf vor, sechzig Prozent unserer schweren Maschinen und Ausrüstung sowie eine unbestimmte Anzahl unserer Bürger – maximal ebenfalls sechzig Prozent – aufzunehmen. Wir werden den Rest auf die anderen Abschnitte verteilen, um zu verhindern, daß wir durch ein mögliches Unglück in Planquadrat 236 vollständig ausgelöscht werden könnten. Auch wenn ich dir zustimme, daß die Wahrscheinlichkeit schwerer Schäden dort am niedrigsten sein dürfte, möchte ich nicht, daß alle von uns dort versammelt sind, falls doch ein größeres Fragment auf diesen Abschnitt stürzen sollte. Außerdem möchte ich, daß du Vorbereitungen triffst, zehn Prozent unserer Ausrüstung und Leute in den Abschnitt 149 zu schicken.«

»Aber 149 ist das gefährlichste und ungeschützteste aller uns zugeteilten Planquadrate!« wandte Caliban ein. »Ich hatte empfohlen, keinen einzigen Roboter der Neuen Gesetze dorthin zu schicken.«

»Ich habe deine Empfehlung gelesen«, erwiderte Prospero, »und ich muß sagen, daß du mich überraschst. Manchmal fehlt dir jegliche Vision. Ich möchte dir vorschlagen, dir nicht nur die heutige Landkarte dieser Welt anzusehen, sondern auch die zukünftige. Prospero, Ende.« Er trennte die Verbindung und wandte sich dem Roboter am anderen Ende des Büros zu. »Also, Lacon, verstehst du jetzt, warum ich nicht mehr vollstes Vertrauen in Freund Caliban setze?«

»Nein, das verstehe ich nicht.«

Prospero betrachtete seinen neuen Protegé mit einem Anflug von Enttäuschung. Obwohl Lacon-03 genauso groß und kantig wie alle Roboter der Neuen Gesetze war, schien sie manchmal absolut unfähig für weitergehende oder subtile Gedankengänge zu sein. Zwar erwies sich Caliban als zunehmend ungeeignet für den zweiten Platz in der Kommandohierarchie, aber Prospero fragte sich allmählich, ob Lacon-03 dieser Aufgabe besser gewachsen sein würde.

»Die Landkarte, Lacon, die Landkarte! Wenn die Kometenfragmente an den errechneten Stellen einschlagen und die erwarteten Veränderungen in der Geographie und der Höhe des Meeresspiegels eintreten, wird Abschnitt 149 nur wenige Kilometer von der neuen Küstenlinie entfernt liegen, genau dort, wo der beste Platz für einen Hafen auf einer Länge von dreitausend Kilometern ist. Dort wird der größte Hafen dieser Hemisphäre entstehen, und die Roboter der Neuen Gesetze werden ihn kontrollieren. Wir werden dort sein. Wir werden das Land für uns beanspruchen, nicht nur als uns zugewiesenen Zufluchtsort, sondern als unseren Besitz.«

»Aber du setzt das Leben vieler Roboter der Neuen Gesetze aufs Spiel, wenn du sie in dieses Gebiet schickst«, gab Lacon-03 zu bedenken.

»Ich setze einige zum Wohl der Allgemeinheit einer geringen Gefahr aus«, sagte Prospero. »Aber damit tue ich sehr viel mehr als nur das.«

Er drehte sich zu dem Panoramafenster um, das den größten Teil einer Wand seines Büros einnahm, und blickte auf Walhalla hinaus, auf die hell erleuchteten Straßen und die elegant geschwungenen Rampen, die von einer Ebene zur nächsten führten, auf die Roboter, die mit ihren Habseligkeiten geschäftig umhereilten und sich darauf vorbereiteten, diese so anmutige und friedliche Stadt unter ihrem steinernen Himmel zu verlassen. Diese Stadt war alles, was sie hatten, ihr einziger Besitz, die Frucht ihrer Arbeit, ihre größte Errungenschaft. Und die Menschen waren bereit, sie auszulöschen, sie unwiderruflich vom Antlitz des Planeten hinwegzufegen, wenn sie dadurch einen Vorteil erringen konnten. Das war eine Lektion, die Prospero gelernt hatte.

»Ich habe vor«, erklärte er, »so viele Vorteile wie nur möglich aus allen Gelegenheiten zu ziehen, die mir dieses Desaster bietet.«

Die Zeit war gekommen.

Nach endlosen Kontrollen und Sicherheitsüberprüfungen, nach unzähligen Trockenübungen und dem Ausmerzen der letzten Systemfehler waren die Vorbereitungen abgeschlossen. Der entscheidende Moment war da.

Gouverneur Alvar Kresh marschierte hinter seiner Konsole auf und ab. Zum tausendsten, zum zehntausendsten Mal fiel sein Blick auf die beiden Kuppeln auf ihren Sockeln, die Kontrolleinheiten, die Orakel, die die

Zukunft vorhersagen und sie sogar formen konnten – wenn er es wagte, sie gewähren zu lassen.

Es kam ihm so vor, als hätte er sein gesamtes Leben in diesem Raum zugebracht und der Rest des Universums wäre kaum mehr als ein verschwommener und ferner Traum. Er lächelte müde. Einheit Dee ging es zweifellos ganz ähnlich. Für sie war ganz Inferno ein Traum, wenn auch von mathematischer Schärfe und Klarheit.

Außer Kresh waren Soggdon, Fredda, Donald und etliche Leute mehr anwesend, Experten, Techniker, Spezialisten und Ratgeber, die ungefragt aus dem Nichts aufgetaucht zu sein schienen, obwohl sie hier letztendlich überflüssig waren. Kresh hatte sich ihre Ansichten und Meinungen bereits vor langem angehört und die Pros und Kontras immer wieder gegeneinander abgewogen. Sie hätten ihm nichts mehr sagen können, was er nicht schon wußte.

Inmitten all dieser Menschen war er allein. Der einzige, der ein Recht darauf gehabt hätte, hier zu sein, war nicht da. Davlo Lentrall hielt sich immer noch in einem Schiff der Raumflotte auf, die den Kometen aus seiner Bahn stoßen würde. Die erste und wichtigste Phase ihrer Arbeit war getan. Jetzt würde sie den Kometen nur noch verfolgen und die Telemetrie beobachten müssen.

Wenn überhaupt. Sollte Alvar Kresh, Gouverneur des Planeten Inferno, doch noch beschließen, nein zu sagen und das ganze Projekt abzublasen, würde Grieg weiter durch die Dunkelheit segeln und erst in zweihundert Jahren wieder auftauchen. In diesem Fall hätte es wenig Sinn, seine Telemetrie zu beobachten.

Allerdings hatte es genauso wenig Sinn, diese Möglichkeit überhaupt zu erwägen. Kresh wußte, was er zu tun hatte, und er machte sich nichts vor. Wie könnte er jetzt noch, nach allem, was geschehen war, einen Rückzieher machen? Wie könnte er nein sagen und den Rest seines Lebens damit verbringen, dem langsamen und unaufhaltsamen Niedergang des Planeten zuzusehen und sich zu fragen, was *hätte* sein können, wenn er nur gehandelt *hätte?*

Er mußte den nächsten Schritt tun, er hatte nicht wirklich die Wahl.

Und genau das war es, wovor er sich so entsetzlich fürchtete.

Kresh zwang sich zur Ruhe, ergriff den Kopfhörer und streifte ihn über. »Einheit Dee, Einheit Dum«, sagte er. »Hier spricht der Gouverneur.«

»Jaaa, Gouverrrneur«, erwiderte die gemeinsame Stimme. Kresh fuhr zusammen, als er die beiden Einheiten auf einmal hörte. Es war schon ziemlich lange her, daß sie das letzte Mal im Chor gesprochen hatten. Lag es daran, daß Dee den Ernst der Lage erkannte? War es der Versuch, dem Ereignis einen feierlichen Rahmen zu verleihen? Oder steckte ein ganz anderer Grund oder auch gar keiner dahinter? War es reiner Zufall, oder lag es daran, daß Dee weiterhin über ihre Situation nachgrübelte und dabei immer instabiler wurde?

»Ich habe meine Entscheidung getroffen«, fuhr Kresh fort. Trotzdem zögerte er, den endgültigen Befehl zu geben. Durfte er die Aufgabe Dee anvertrauen? Vielleicht sollte er Dee und Dum die Kontrolle über das Manöver entziehen und dem Außenteam befehlen, die Kursänderung manuell durchzuführen.

Nein. Es war sinnvoller, Dee etwas Übung zu verschaffen und sich zu überzeugen, daß ihre Flugkontroll- und Antriebssysteme ordnungsgemäß funktionierten. Sie *brauchten* Dee zur Kontrolle der Abstiegsphase oder der Durchführung von Operation »Letzter Strohhalm«. Es gab ein ziemlich langes Ereignisfenster für die Bahnveränderung des Kometen. Je nachdem, wie sie die Stärke der Antriebsdetonation und die Flugposition des Kometen variierten, konnten sie die Initialzündung irgendwann innerhalb der nächsten zwölf Stunden auslösen. Sollte irgend etwas schiefgehen oder die Detonation ungenau sein, würde ihnen noch genug Zeit bleiben, den Fehler zu korrigieren oder den seitlichen Notfallschub zu aktivieren, durch den der Komet von seinem Kollisionskurs abgebracht werden konnte. Das würde während der schnellen Sprengsequenz zur Zerlegung des Kometen in der Endphase unmöglich sein. Deshalb war es am besten, die Systeme schon jetzt so gründlich wie möglich zu testen. Dies war der einfache Teil des Unternehmens. Der schwierige Teil würde später kommen.

Und wenn Kresh kein Vertrauen in Dee setzen konnte, durfte er das Projekt gar nicht erst einleiten.

»Ich befehle euch hiermit, die geplante Kurskorrektur des Grieg-Kometen durchzuführen«, sagte er, und im Raum machte sich Totenstille breit.

»Seeehr wohlll, Gouverneurrr«, bestätigte die gemeinsame Stimme der beiden Kontrolleinheiten. »Wiiir werrrden den abschließendeeen Countdown iiin vierzehn Minuuuten und drrreizehn Sekkkunden einleiten. Die Detonaaation wird eineee Stunde spättter errrfolgen.«

»Danke, Dee. Danke, Dum«, sagte Kresh. Er nahm den Kopfhörer ab und ließ sich schwer in den Sessel vor seiner Konsole fallen.

»Bei allen vergessenen Göttern«, flüsterte er. »Was habe ich getan?«

Als Fredda und Alvar ins Freie traten, stellte Kresh völlig verblüfft fest, daß es bereits mitten in der Nacht war. Wann hatte er den Kontrollraum zum letzten Mal verlassen? Vor zwölf Stunden? Vor anderthalb Tagen? Vor drei Tagen? Er war überzeugt, daß er es herausfinden konnte, wenn er sich nur stark genug darauf konzentrierte.

Aber das würde nicht viel Sinn machen. Es war vorbei, die Entscheidung war gefallen, er war im Freien, und das war alles, worauf es jetzt ankam.

Fredda ergriff seine Hand und führte ihn fort von der kalten Sterilität des Terraforming-Zentrums, fort von den leblosen Betonparkplätzen auf die kühlen grünen Wiesen, die das Zentrum umgaben. »Schau«, sagte sie und deutete nach Westen in den Himmel. »Da ist er.«

Kresh blickte überrascht auf. »Ich will verdammt sein!« stieß er hervor. »Tatsächlich.« Er hatte den Grieg-Kometen noch nie zuvor gesehen. Da war er, ein dicker, konturloser goldener Fleck in der Dunkelheit. Er hatte keinen Schweif und ließ keine Einzelheiten erkennen, aber er war unübersehbar. Es schien unglaublich, daß etwas so deutlich Sichtbares so schwer zu finden sein konnte, aber Kresh wußte, daß es die stark reflektierende Sonnenschutzplane war, die er sah, und daß der Komet sich ihnen schnell näherte. Logisch betrachtet war es völlig klar, daß Grieg um so größer und heller wurde, je näher er Inferno kam, aber irgendwie war es trotzdem erschreckend, ihn dort zu entdecken.

Er hatte die von der Raumflotte übertragenen Bilder unzählige Male gesehen, die von Computern aufbereiteten und bearbeiteten Darstellungen, Orbitsimulationen in Falschfarbenmodus – aber noch nie den Kometen selbst. Es hatte irgend etwas Erschreckendes und Bewegendes, Grieg nicht als Simulation oder bloße Abstraktion zu sehen, sondern ihn mit den eigenen Sinnen als einen realen Himmelskörper wahrzunehmen, ein fliegendes Gebirge aus Eis und Fels, und er selbst, Alvar Kresh, hatte den Befehl gegeben, es auf diese Welt herabstürzen zu lassen.

Fredda zog ihn weiter mit sich und setzte sich in das kühle, weiche Gras. Kresh ließ sich neben sie sinken, stützte sich auf seine Unterarme, lehnte sich zurück und spürte den nächtlichen Tau durch seine Hose und die Ärmel seiner Jacke. Er roch den frischen erdigen Duft des Bodens. Ein sanfter Luftzug kitzelte seinen Nacken. »Laß uns von hier aus zusehen«, schlug er vor.

Seine Frau beugte sich über ihn und küßte ihn auf die Wange. »Gute Idee«, gab sie zurück und lachte leise. »Ich bin froh, daß du so denkst.«

»Vielleicht sind wir beide endlich einmal derselben Meinung«, sagte Kresh. »Aber im Augenblick bin ich viel zu müde, um nachzudenken. Die ständigen Entscheidungen haben mich ausgelaugt. Wenigstens ist *das* jetzt vorbei, zumindest für die nächste Zeit.«

»Vorerst«, stimmte ihm Fredda zu. »Ruh dich aus. Bald werden wir zusehen können, wie der Komet hell aufstrahlen wird.«

»Ja«, sagte Kresh und gähnte herzhaft. Er konnte fühlen, wie die Anspannung und die Sorgen von ihm abfielen. Es war geschehen, zum Guten oder zum Schlechten. »Ich werde mich eine Weile ausruhen. Und dann möchte ich sehen, wie sie die Ladung unter diesem Kometen zünden.«

Doch als der große Stern schließlich in all seiner Pracht aufflammte, schlief Gouverneur Alvar Kresh bereits tief und fest und schnarchte leise vor sich hin.

Davlo Lentrall schob sich etwas näher an die Sichtluke heran und wurde prompt wieder zurückgeschubst. Schließlich gab er es auf. Zu viele Leute versuchten allzu hartnäckig, sich einen günstigeren Platz an der viel zu kleinen Glasscheibe zu erkämpfen.

Früher hätte er erwartet, daß man ihm respektvoll den Weg freimachen würde. Früher hätte er die Leute daran erinnert, daß sie alle nur wegen ihm hier waren und das ganze Projekt ohne ihn überhaupt nicht stattfinden würde. Wer hatte mehr Recht als er auf einen guten Platz nahe des Sichtfensters? Jetzt aber verblüffte ihn nur noch, daß er jemals eine solche Einstellung gehabt haben konnte. Welches Recht hatte er denn auf irgend etwas?

Abgesehen davon hatten *alle* der hier Anwesenden ein Recht auf einen Fensterplatz. Sie alle, Spacer und Siedler, Techniker, Ingenieure, Raumarbeiter und Spezialisten aller erdenklichen Disziplinen hatten ein unglaubliches Arbeitspensum geleistet, scheinbar Unmögliches vollbracht, einen nahezu unerfüllbaren Terminplan eingehalten – und sie hatten es tatsächlich geschafft.

Davlo drehte sich resigniert um und machte sich auf den Weg in den ebenfalls völlig überfüllten Frachthangar. Dort waren riesige Bildschirme aufgestellt worden, und Davlo konnte zumindest hoffen, das Geschehen von dort aus etwas besser verfolgen zu können.

Er sah seine Hoffnung im gleichen Moment erfüllt, als er einen Fuß in den Frachthangar setzte. Der Hauptbildschirm zeigte den Grieg-Kometen.

Da war er, riesig und mißgestaltet, ein glänzender Brocken aus Eis und Felsgestein in der samtenen Dunkelheit des Alls, eingehüllt in die golden schimmernde Strahlenschutzplane, die seine pockennarbige Oberfläche verbarg.

Früher einmal hätte Davlo Lentrall nichts als Stolz über das verspürt, was er zustande gebracht hatte. Jetzt aber erschreckte ihn der Anblick des riesigen Gebildes und die Erkenntnis, daß er es gewesen war, der in das Schicksal dieses Himmelskörpers eingriffen hatte, daß er und andere einen flüchtigen Gedanken in etwas Reales verwandelt hatten, in ein gewaltiges und ehrfurchtgebietendes Geschoß, das durch die Dunkelheit des Alls trieb. Welche Hybris! Wie konnten sich Menschen nur anmaßen, die Kompetenz, die Weisheit und das *Recht* zu besitzen, ein derart gewaltiges Vorhaben in die Tat umzusetzen?

Er warf einen Blick auf die Uhr, die den Countdown

anzeigte, und sah, daß der entscheidende Moment kurz bevorstand. Nur noch wenige Sekunden.

Konnten sie es wirklich tun? Konnten und durften sie dieses fliegende Gebirge wirklich auf ihre Welt herabstürzen lassen? Es schien ein Ding der Unmöglichkeit zu sein, ein wahnsinniges und selbstmörderisches Unternehmen.

Davlo fühlte sich von einer Welle der Panik erfaßt, eingekeilt zwischen den Leibern der anderen. Irgend jemand weiter vorn begann, den Countdown laut mitzuzählen. »Zwanzig! Neunzehn! Achtzehn!« Eine andere Stimme gesellte sich dazu, dann noch eine und noch eine, bis alle Menschen im Hangar, die dieses Projekt möglich gemacht hatten, gemeinsam die Zahlen herausschrien. »Siebzehn! Sechzehn! Fünfzehn!« Und mit jeder Zahl wurden ihre Stimmen lauter.

Alle brüllten, außer Davlo. Plötzlich verspürte er nur noch Angst, Scham und Schuldbewußtsein. Es konnte nicht funktionieren, es war ganz einfach unmöglich. Sie würden ihre Welt vernichten. Er mußte sie aufhalten, mußte dieses Unternehmen beenden. Es war ein Irrtum, ein furchtbarer entsetzlicher Fehler, der niemals wiedergutzumachen sein würde. Eine lebendige Welt mit einem Kometen bombardieren? Nein. *Nein!* Er durfte es nicht zulassen. Davlo stürzte sich in die Menge, versuchte, sich vorzukämpfen und zu protestieren, eine Warnung zu rufen, aber das Meer aus Leibern war zu dicht, die brüllenden Stimmen zu laut. Er kam nicht vorwärts, und er konnte sich nicht einmal selbst hören.

»Zehn!« schrie die Menge. »Neun! Acht!«

Aber es durfte nicht geschehen! Die Gefahren und Risiken waren viel zu groß. Die Erinnerung an Kaelor blitzte wie ein Film in Davlos Kopf auf, der Moment seines Todes, Kaelor, der gestorben war, um genau das zu verhindern, was hier und jetzt geschah.

»Nein!« schrie Davlo auf. »Nein! Aufhören!«

»Sieben! Sechs! Fünf! Vier!«

»Bitte! Hört auf!« brüllte Davlo, obwohl ihn niemand verstehen konnte. »Ich bin's, Lentrall! Es ist ein Fehler! *Hört auf!*«

»DREI!«

»ZWEI!«

Davlo Lentrall ließ sich zurücksinken und erschlaffte. Diese wahnsinnige Arroganz! Wie hatte er sich nur einbilden können, daß er – und nur er allein – die Voraussicht hatte, diesen Plan umzusetzen? Jetzt hatte er sie durch seinen Wahnsinn alle zum Tod verurteilt.

»EINS!« schrie die versammelte Menge.

»NULL!«

»Null«, flüsterte Lentrall entsetzt vor sich hin.

Auf dem Bildschirm flammte ein gleißend helles Licht auf, das Licht einer neuen Sonne, die an Griegs Unterseite erblühte. Ein Strahl aus blendender Helligkeit und Energie schoß aus dem Detonationstriebwerk hervor, der komplizierten und mächtigen Vorrichtung, die es möglich machte, den Kometen auf sein neues Ziel auszurichten, ihn mit äußerster Präzision auf die Reise zu schicken, deren Ende den Untergang des Planeten besiegeln würde. Ein Schweif aus loderndem Plasma entstand in der Dunkelheit, und die gewaltige Erschütterung ließ Wellen über die Sonnenschutzhülle des Kometen laufen, in der Risse und Lücken erschienen, als sich durch die Explosion Gesteins- und Eisbrocken lösten und wie Geschosse durch die reflektierende Kunststofffolie geschleudert wurden.

Der Komet begann sich zu bewegen und auszuscheren, schlug seinen neuen Kurs ein, der direkt auf Inferno zielte. *Nein,* dachte Lentrall. *Nein.* Er mußte ihn aufhalten, mußte vor Griegs Ankunft auf den Planeten zurückkehren und irgendwie die Katastrophe verhindern, die er in Gang gesetzt hatte.

Die Feuersequenz endete, der Lichtstrahl erlosch.

Jubel, Geschrei und Applaus brandeten im Hangar auf, aber Davlo nahm den Lärm gar nicht mehr wahr. Er starrte auf den Bildschirm, und alles, was er dort sah, war eine monströse Waffe, die er selbst auf seine eigene Welt gerichtet hatte.

Was habe ich getan? fragte er sich verzweifelt.

Was habe ich getan?

Teil 4

Einschlag minus zehn

16. Kapitel

Cinta Melloy lief durch das in den Straßen von Depot herrschende Chaos und mußte immer wieder dem lärmenden Verkehr ausweichen, der aus allen Richtungen gleichzeitig zu kommen schien. Da war der Mann wieder, nur ein Stückchen voraus. Sie huschte hinter eine Häuserecke, als er sich umdrehte und einen Blick hinter sich warf. Cinta war sich einigermaßen sicher, daß er sie nicht entdeckt hatte. Einigermaßen. Der Mann war zweifellos mißtrauisch, aber er war offensichtlich auch ein Amateur, und das relativierte seine Bemühungen ganz erheblich. Die Leiterin des SSD sah, wie Davlo Lentrall stehenblieb und ein weiteres seiner lächerlichen Plakate anbrachte. Sie hatte sich nicht einmal die Mühe gemacht, sie sich genauer anzusehen. Statt dessen behielt sie lieber den Mann im Auge. Außerdem wußte sie ohnehin in groben Zügen, was auf den Pamphleten stand. STOPPT DEN KOMETEN! STOPPT DEN WAHNSINN! PROTESTIERT JETZT! LASST DEN PLANETEN IN RUHE! HEUTE ABEND MASSENKUNDGEBUNG!

Sinnlos. Der ganze Aufwand war sinnlos. Wie sehr sie auch den Aussagen auf den Plakaten zustimmte, sie wußte verdammt genau, daß es mittlerweile längst zu spät war. Die Würfel waren gefallen. Cinta gestattete sich keine Illusionen.

Sie wußte, daß der Komet kommen würde, und vermutlich wußte es Lentrall ebenfalls. Die gesamte Bevölkerung wußte es. Die einzigen, die zu den Kundgebungen erschienen, waren Lentrall selbst, eine Handvoll verschrobener Eigenbrötler und eine bunte Mischung aus Spionen und Informanten, einige vom SSD, um die anderen problemlos mit Hilfe von Überwachungsaufnahmen zu identifizieren.

Wozu also betrieb Lentrall diesen Aufwand? War dieser ganze Unsinn nur ein Deckmantel für irgend etwas anderes? Und wenn ja, für was?

Lentrall sah sich ein weiteres Mal um, und Cinta verschwand erneut aus seinem Blickfeld oder versuchte es wenigstens. Sie war sich nicht einmal ganz sicher, warum sie ihm überhaupt folgte. Sie hatte ihn ganz zufällig auf der Straße entdeckt und sich einfach an seine Fersen geheftet.

Ein weiteres Plakat landete an einer Wand. Cinta schüttelte den Kopf und blies die Verfolgung ab. Sie drehte sich um, machte sich auf den Rückweg und überlegte, ob sie eine Überwachung Lentralls anordnen und die Aufgabe geeigneteren und weniger auffälligen Agenten übertragen sollte. Wäre sie nicht so knapp an Mitarbeitern gewesen, hätte sie das auch getan, aber es gab so verdammt viele andere Personen, die beschattet werden mußten.

Wenigstens schien die Evakuierung selbst ordentlich und vernünftig abzulaufen. Die schweren Transportfahrzeuge, die Bautrupps und die scheinbar endlose Menge aller damit verbundenen Dienste – medizinische Notfallversorgung, Reparaturwerkstätten, kartographische Abteilungen, Verpflegung, Unterkünfte und sanitäre Einrichtungen für die zusätzlichen Arbeitskräfte, die nach Depot gekommen waren –, alles funktionierte unglaublicherweise reibungslos. Diese beiden Kontrolleinheiten namens Dee und Dum, die Kresh so sehr verhätschelte, beherrschten ihr Handwerk ohne jede Frage.

Aber es geschahen auch noch jede Menge anderer Dinge, die Melloy nicht auch nur entfernt so verheißungsvoll erschienen. Sie hatte auf Befehl von Tonya Welton eine Abteilung des SSD zur Unterstützung der Evakuierung abgestellt und war sogar persönlich nach Depot geflogen, um sich selbst darum zu kümmern, aber es kam nichts Gutes dabei heraus. Ihre Leute waren hier und erledigten die ihnen zugewiesenen offiziellen Aufgaben, aber sie hatten auch ihre geheimen Aufträge. Sie sollten die anderen Teilnehmer in diesem Spiel beobachten, und die beschäftigten sie zur Genüge.

Die CIP hatte ihre eigenen Sicherheitskräfte vor Ort, die immer noch – wie von ihnen zu erwarten war – den SSD im Auge behielten. Schließlich war das Fiasko an der Government Tower Plaza noch nicht zu den Akten gelegt worden. Die Eisenschädel schienen überall zu sein, ihre schwarzen Uniformen waren auf jeder Straße und in jedem Geschäft zu sehen. Ein Beobachtungsposten des SSD hatte sogar ihren alten Freund Norlan Fiyle entdeckt, der ganz offen im lokalen Hauptquartier der Eisenschädel ein und aus ging. Und dann waren da noch die Horden von Robotern der Neuen Gesetze, die hektisch mit der Evakuierung ihrer Büros in der Shipping Street beschäftigt waren. Der SSD hatte stapelweise Bilder von Caliban, dem Gesetzlosen Roboter, der dort ständig verkehrte, und auch etliche Fotos von Prospero, obwohl letzterer nicht so häufig nach Depot kam und auch nie lange blieb.

Vielleicht hatten sie alle nur Gutes im Sinn, vielleicht wollten sie alle nur ihren Anteil dazu beitragen, Inferno zu dem Paradies zu machen, das es hatte werden sollen. Es war möglich, auch wenn Cinta daran zweifelte.

Aber auch die besten Absichten konnten eine Katastrophe nach sich ziehen.

Und Cinta Melloy war sich völlig sicher, daß irgend

jemand in dieser Stadt nicht unbedingt die besten Absichten verfolgte.

Simcor Beddle lächelte, als er aus dem Fenster seines Gleiters sah. Es war eine einigermaßen große Menge zusammengekommen, um ihn in Depot zu begrüßen. Eigentlich sogar eine ziemlich beachtliche Menge, bedachte man die geringe Einwohnerzahl und die Abgelegenheit von Depot. Beddle hatte die letzten drei Wochen hauptsächlich damit zugebracht, zwischen Hades und Depot hin und her zu pendeln, und trotzdem hatte sich jedes Mal eine Menschenmenge eingefunden.

Gildern sei Dank, dachte Beddle. *Dank für alles, was hier geschieht.* Der Mann war einfach unersetzbar.

Aber er durfte die Leute nicht länger warten lassen. Er mußte sich beeilen, um sich für seinen Auftritt vorzubereiten. Oder, genauer gesagt, sich von seinen Robotern herausputzen zu lassen.

Der Roboterpilot beendete die routinemäßige Sicherheitskontrolle nach der Landung. Ein Roboteradjutant löste Beddles Sicherheitsgurte, während ihm ein zweiter beim Aufstehen behilflich war. Beddle trat in den Zwischengang des Gleiters und ließ sich von den beiden Robotern aus seinem zerknitterten Reiseoverall schälen. Dann schob er sich in die kleine Naßzelle und wartete darauf, daß der erste Roboter die sanitären Systeme aktivierte. Die dünnen Wasserstrahlen der Duschköpfe erwachten zum Leben.

Er hatte keine Zeit für eine ausgiebige Dusche, und die Naßzelle des Gleiters bot auch längst nicht all die Annehmlichkeiten, die Beddle als selbstverständlich betrachtete, aber hin und wieder mußte man sich eben mit weniger begnügen, und selbst ein paar Sekunden unter den nadeldünnen Wasserstrahlen wirkten äußerst belebend. Beddle ließ sich von dem Heißluftgebläse trocknen und trat wieder in die Hauptkabine.

Seine Roboteradjutanten benötigten nur wenige Momente, um ihm die pechschwarze formelle Uniform der Eisenschädel überzustreifen. Er war schon fertig angekleidet, bevor er es richtig registrierte. Seine Orden und Auszeichnungen blitzten, seine Stiefel glänzten, seine Mütze saß perfekt auf dem makellos gekämmten Haar.

Einer seiner Adjutanten hielt einen Spiegel hoch, und Beddle nickte seinem Abbild zufrieden zu. Es war immer wichtig, eine gute Figur zu machen. Er gab dem zweiten Roboter ein Zeichen, die Seitentür des Gleiters zu öffnen. Sie schwang auf, und Beddle trat vor die jubelnde Menge.

Da war Gildern. Er stand auf einem niedrigen Podest und fachte den Applaus an. Und hinter der Menge waren die Kameras aufgebaut, die die Veranstaltung aufzeichneten und alle Sendestationen bedienten, auf die die Eisenschädel Zugriff hatten. Beddle lächelte, schritt die Treppe hinunter und ging zur Rednertribüne, seine beiden Roboteradjutanten im Schlepptau.

Er bedankte sich mit einem Nicken bei Gildern und wandte sich dann der Menge zu. »Also, da bin ich schon wieder«, begann er mit lauter Stimme. Seine Bemerkung rief genau das heitere Gelächter hervor, das er erwartet hatte. Er machte eine vage Geste in Richtung des Himmels. »Aber es ist noch jemand – oder vielmehr noch *etwas* – unterwegs. In zehn Tagen wird der Grieg-Komet hier eintreffen. Bis dahin werden wir alle von hier verschwunden sein müssen. Wir von der Partei der Eisenschädel wissen sehr gut, wieviel man von Ihnen allen hier in der Utopiaregion aufzugeben verlangt. Wir alle wissen, wie groß der Nutzen für den gesamten Planeten sein wird, aber wie sehr auch andere davon profitieren mögen, es ist nicht gerecht, daß Sie hier den Preis dafür allein zahlen sollen. Und wir werden dafür sorgen, daß Sie das auch nicht tun müssen.

Ich glaube nicht, daß Gouverneur Alvar Kresh die Dinge genauso sieht. Und ganz nebenbei, hat *Kresh* Utopia bisher einen Besuch abgestattet? Wird er überhaupt noch herkommen, bevor Utopia untergeht? Er hat Ihnen allen eine gewisse Summe als Umsiedlungsbeihilfe versprochen. Nun, das ist gut und schön, aber es ist längst nicht genug! Wir, die Eisenschädel, sind bereit, sehr viel weiter zu gehen. Wir werden uns darum kümmern, daß Sie alle eine anständige neue Heimat finden. Wir werden uns darum kümmern, daß Ihre provisorischen Unterkünfte so gut wie nur möglich sind. Wir werden dafür sorgen, daß Sie Ihr gesamtes bewegliches Hab und Gut mitnehmen können und nicht nur den ›wesentlichen‹ Besitz, wie Alvar Kresh es Ihnen versprochen hat!«

Das ließ den Jubelsturm aufbranden, den Beddle erwartet hatte. Dabei spielte es keine Rolle, daß die Erfüllung auch nur der Hälfte seiner Versprechen die Partei der Eisenschädel finanziell ruinieren würde. Es spielte keine Rolle, daß der Beitrag der Eisenschädel an Transportmitteln, Unterkünften und allem anderen kaum meßbar war. Bis das alles deutlich erkennbar wurde, würden die Menschen mehr als genug damit zu tun haben, sich eine neue Existenz aufzubauen, anstatt sich den Kopf über die Details politischer Versprechen zu zerbrechen – und Beddle würde ein riesiges politisches Kapital als der Mann angesammelt haben, der sich um die einfachen Bürger Infernos gekümmert hatte, während die Regierung viel zu beschäftigt mit ihrem großen Projekt gewesen war, um sich Gedanken über die betroffenen Menschen zu machen.

Beddle wartete, und erst unmittelbar vor dem Moment, in dem der Jubel von allein verstummt wäre, hob er die Arme und bat um Ruhe. »Aber, meine

Freunde, wenn es eins gibt, dessen wir uns alle sicher sind, dann ist es, daß die Zeit knapp wird. Und obwohl ich Ihnen allen für Ihr Kommen danke, haben Sie hoffentlich Verständnis dafür, daß ich mich kurzfasse. Uns allen steht noch eine Menge Arbeit bevor, deshalb lassen Sie uns jetzt alle aufbrechen und sie anpacken!«

Der letzte Satz war zwar ziemlich inhaltslos, aber die Menge quittierte ihn trotzdem mit Jubel. Beddle lächelte in die Kameras, winkte den Menschen zu und ließ sich dann von Gildern zu einem kleinen offenen Wagen führen.

»Eine hübsche kleine Ansprache, Sir«, sagte Gildern.

»Gut genug, um ihren Zweck zu erfüllen«, gab Beddle nüchtern zurück. Lob von Gildern zu hören, verunsicherte ihn irgendwie. Es schien nicht zum Charakter seines Sicherheitschefs zu passen. »Lassen Sie uns fahren, ja?«

»Ja, Sir. Es gibt einige Neuigkeiten, die Sie interessieren dürften.«

Die beiden Männer stiegen in den Wagen. Der Roboterchauffeur startete den Motor und fuhr los. Beddle sah sich interessiert um, während sie durch die kleine Stadt fuhren. Es überraschte ihn, wie langsam sie vorankamen. In den Straßen herrschte ein hoffnungsloses Gedränge. Die hektische Geschäftigkeit in Depot erinnerte an das Durcheinander in einem aufgeschreckten Ameisenhaufen, um ein Bild aus der Welt der Natur zu benutzen, wie es plötzlich wieder so populär war, seit das Terraforming einen ganz anderen Stellenwert gewonnen hatte.

Simcor Beddle schüttelte gedankenverloren den Kopf. Es war schon merkwürdig, aber noch vor fünf Jahren hätte ein solcher Vergleich automatisch irgend etwas mit Robotern zu tun gehabt, zum Beispiel ›emsig wie ein Roboter‹. Die Zeiten hatten sich geändert, und diese Veränderungen fanden nicht nur im Großen, sondern auf eine seltsame und subtile Weise auch im Kleinen statt.

Gildern und er hatten endlose Pläne geschmiedet, um die Roboter der Neuen Gesetze zu beseitigen und sich die Siedler vom Hals zu schaffen. Sie hatten versucht, Mittel und Wege zu finden, um die störenden Einflüsse loszuwerden, damit das Leben wieder in seinen gewohnten Bahnen verlaufen konnte, so wie es sich für Spacer gehörte.

Aber in letzter Zeit hatte Beddle den Eindruck, daß es die kleinen Dinge sein würden, die am schwersten rückgängig gemacht werden konnten. Vielleicht würde es den Eisenschädeln gelingen, eine Welt wiederherzustellen, in der es keine Siedler, keine Roboter der Neuen Gesetze und keinen Mangel an robotischer Arbeitskraft gab. Aber wie sollten sie die *Erinnerung* an all diese Dinge aus den Köpfen der Menschen löschen?

Früher hatte es für die Bevölkerung Infernos nur einen Weg gegeben, das Leben zu bestreiten und Aufgaben zu erledigen: Man überließ die Arbeit den Robotern. Das war die Antwort auf alle Fragen gewesen, und es hatte funktioniert. Jetzt aber wurde die Bevölkerung nicht nur anderen Lebensumständen ausgesetzt, sondern auch der Erkenntnis, daß es andere Möglichkeiten gab und auch andere Antworten funktionierten. Noch vor wenigen Jahren hätte sich niemand auf dem Planeten einen anderen Lebensstil vorstellen können. Jetzt war ein Leben, das auf robotischer Arbeit beruhte, nur eine Möglichkeit von vielen. Wie konnte man das wieder rückgängig machen? Besonders wenn einige irregeleitete Menschen einen derart schlechten Geschmack und einen solchen Mangel an Urteilskraft entwickelten, daß sie es tatsächlich *vorzogen,* Dinge selbst zu tun, daß sie die Gesellschaft der Siedler genossen?

Auch das wiedererwachte Interesse an der Natur wirkte sich störend aus. Die Roboter und ihre Dienste sollten den Menschen ein Ruhekissen liefern, einen Kokon, der die Außenwelt von ihnen fernhielt – manchmal im wahrsten Sinne des Wortes. Man konnte problemlos ein befriedigendes Leben führen, ohne jemals einen Fuß vor die Tür zu setzen, solange die Roboter ihre Aufgaben ordentlich erledigten. Mit Hilfe der grundlegenden Kommunikationssysteme brauchte niemand mehr zu reisen, nicht einmal um seine Geschäfte zu erledigen oder seine Freunde zu besuchen.

Jetzt aber wurden die Menschen mit der Natur konfrontiert, nicht nur in theoretischer, sondern auch in praktischer Hinsicht. Und einigen – einer ganzen Menge – schien es sogar zu gefallen.

Simcor Beddle wurde sich bewußt, daß er schon seit Jahren nicht mehr im Freien gewesen war, außer um sich von einem Aufenthaltsort zum anderen zu begeben. Er ging nie absichtlich hinaus. Irgend etwas tief in seinem Inneren Verborgenes, etwas beinahe Verschüttetes sehnte sich plötzlich danach, aus dem Wagen zu steigen und loszumarschieren, dem Horizont entgegen und immer weiter. Der Wind schlug um und trug ihm den kühlen, frischen Geruch eines nahegelegenen Baches zu, und auf einmal verspürte Beddle den Wunsch, diesen Bach zu finden, die Stiefel auszuziehen und seine Füße in das Wasser baumeln zu lassen.

In diesem Augenblick fuhr der Wagen durch ein Schlagloch. Beddle blinzelte und schreckte aus seinem Tagtraum auf. Unsinn! Totaler Unsinn! Die bloße Vorstellung, barfuß an einem Bach zu sitzen, war völlig absurd! Er verdrängte den seltsamen Gedanken und das bizarre Verlangen. Schließlich hatte er den weiten Weg nicht zurückgelegt, um sich solchen Albernheiten hinzugeben.

Aber wenn schon eine kurze Fahrt von einem Landeplatz zu einem Büro ausreichte, um eine derartige Reaktion in ihm auszulösen, wie überraschend war es dann, wenn andere den Wunsch verspürten, sich die freie Natur anzusehen? »Mach schon!« rief er dem Roboterfahrer zu. »Beeil dich! Warum, zum Teufel, dauert das so lange?«

»Zuviel Verkehr«, erklärte Gildern. »Es gibt hier mehr Arbeit, als Sie sich wahrscheinlich vorstellen. In der Utopiaregion werden eine Menge Transporte abgewickelt, und Depot ist der Brennpunkt aller Aktivitäten. Die Evakuierung ist ein gewaltiges Unternehmen. Wenn man bedenkt, daß dies die unterentwickelte Seite des Planeten sein soll, gibt es unglaublich viel an Gerätschaften und Haushaltseinrichtungen zu verpacken und zu verschicken.«

Das erkannte Beddle selbst, als er sich umblickte. Überall bot sich das gleiche Bild. Roboter nahmen alle möglichen Maschinen und andere Gegenstände auseinander, zerlegten ganze Gebäude, beluden Lastwagen, Gleiter und andere Fahrzeuge.

»Sie würden nicht glauben, wieviel sich hier im letzten Monat verändert hat«, fuhr Gildern fort. »Sie sind nur ein paarmal kurz hier gewesen und gleich wieder verschwunden. Ich war die ganze Zeit über hier und habe alles beobachtet. Es ist unglaublich, wieviel Arbeit hier geleistet wird.«

Beddle hatte den Eindruck, als würde genauso viel Material nach Depot hereinkommen, wie wieder hinausgeschafft wurde. Transportfahrzeuge wurden, in Einzelteile zerlegt, hereingeflogen und dann zusammengesetzt. Für die menschlichen Aufseher mußten Unterkünfte errichtet werden, Werkstätten und Wartungszentren für die Roboterarmeen und den Schwarm an Gleitern, der hier eingefallen war. Ein riesiger Bodentransporter dröhnte vorbei. Beddle mußte sich vorbeugen und Gildern direkt ins Ohr schreien, um sich verständlich zu machen. »Was ist mit dieser anderen Sache?«

»In unserem Büro!« rief Gildern zurück. »Der Lärm ist

kein ausreichender Schutz vor eventuellen Spionen. Es könnten Lippenleser unterwegs sein.«

Beddle nickte zustimmend. Es wäre nicht das erste Mal, daß Lippenleser in dem endlosen politischen Scharmützel der letzten Jahre von der einen oder anderen Seite eingesetzt wurden.

Endlich tat sich eine Lücke in dem dichten Verkehr auf. Das kleine offene Bodenfahrzeug setzte sich wieder in Bewegung und beschleunigte. Sie durchquerten die Außenbezirke Depots und fuhren weiter durch das hektische, aber organisierte Chaos der Innenstadt.

Ein Trupp Roboter marschierte zügig an ihnen vorbei. Jeder trug eine Kiste, die fast genauso groß wie er selbst war. Ein Gruppe von Technikern arbeitete an einer Geschützbatterie, mit der Meßsonden abgeschossen werden würden, ein Teil der wissenschaftlichen Forschungseinrichtungen zur Beobachtung des Kometeneinschlags. Es ist schon merkwürdig, dachte Beddle, eine solche Katastrophe nur als Forschungsobjekt zu betrachten. Aber zweifellos konnte man eine Menge Erkenntnisse aus dem Einschlag gewinnen. Es waren bereits Pläne ausgearbeitet worden, unzählige Sensoren in der Atmosphäre, im Orbit und im Boden vergraben einzusetzen. Natürlich würden viele durch den Einschlag zerstört werden, aber schon allein das Muster ihrer Zerstörung würde den Wissenschaftlern eine Menge Informationen liefern.

Der Wagen wurde langsamer und hielt schließlich vor einem fröhlich aussehenden transportablen Gebäude an, einer hellen orangefarbenen Kuppel von etwa zehn Metern Höhe und zwanzig Metern Durchmesser. So wie es aussah, war das Gebäude nicht so sehr aus Einzelteilen zusammengesetzt, als vielmehr in einem Stück aufgeblasen worden. Beddle blickte sich um und sah, daß die ganze Gegend mit ähnlichen Gebäuden in allen Regenbogenfarben übersät war. Die Eisenschädel waren nicht die einzigen, die ein provisorisches Hauptquartier in Depot benötigten.

Gildern und Beddle stiegen aus dem Wagen und gingen zur Tür des Gebäudes. Sie mußten einen kurzen Moment warten, während das Überwachungssystem ihre Identität überprüfte. Dann entriegelte sich das schwere Sicherheitsschloß mit einem hörbaren Klicken. Ein Roboter öffnete die Tür von innen und ließ sie eintreten.

Simcor Beddle betrachtete die Überwachungsvorrichtung. Es war ein glatter, metallischgrau glänzender Würfel mit einer leicht zugänglichen Schalttafel und gut lesbaren, sorgfältig beschrifteten Anzeigen. Von ihm lief ein verstärktes Kabel zu dem gepanzerten Kasten, der die Außenkamera enthielt.

»Ein Siedlermodell«, stellte Beddle mit unüberhörbarer Mißbilligung fest.

»Richtig, Sir«, bestätigte Gildern ziemlich ungerührt. »Ich vertraue keinen Überwachungssystemen, die sich auf Roboter stützen. Es besteht immer eine gewisse Wahrscheinlichkeit, daß ein Experte in der Manipulation von Robotern den diensttuenden Roboter davon überzeugen kann, es läge ein durch das Erste Gesetz begründeter Anlaß vor, ihn trotz gegenteiliger Anweisungen einzulassen.«

Beddle starrte seinen Untergebenen verärgert an. Mit anderen Worten, Gildern war bereit, im Namen der Sicherheit Häresie zu begehen, und er empfand es nicht als unter seiner Würde, sich mit dem Feind einzulassen. Beddle hätte eine Menge dazu sagen können, aber dies war weder der geeignete Zeitpunkt noch der geeignete Ort. Es gab andere Probleme, die vordringlich gelöst werden mußten. Also schwieg er und folgte seinem Sicherheitschef durch eine Innentür in einen schlichten Büroraum.

Der Raum war nur karg ausgestattet und bot einen

trostlosen Anblick. Er enthielt nichts Persönliches, keinen Fotowürfel mit Bildern von Familienangehörigen, keinerlei Dekoration, nichts, was den kleinsten Hinweis auf Gilderns Charakter gegeben hätte. Es war das Büro eines Mannes, der nicht hier wohnte, sondern nur ein provisorisches Lager aufgeschlagen hatte.

Allerdings war Gilderns Büro im Hauptquartier der Eisenschädel kaum weniger spartanisch eingerichtet. Ein unordentliches oder vollgepacktes Büro beinhaltete ein Sicherheitsrisiko.

Das Mobiliar beschränkte sich auf einen Tisch und zwei Sessel, die für die meisten Menschen gemütlich aussehen mochten, für Beddles Geschmack jedoch recht spartanisch wirkten.

»Ich habe den Raum vor einer Stunde persönlich auf Wanzen überprüft«, sagte Gildern. »Wir sollten hier sicher genug sein, um diese andere Angelegenheit besprechen zu können.«

»Die andere Angelegenheit«, wiederholte Beddle. »Wenn wir hier drinnen wirklich so sicher sind, wie Sie sagen, sehe ich keinen Sinn darin, warum wir unsere Zeit mit Umschreibungen vergeuden sollten. Lassen Sie uns das Kind beim Namen nennen und uns über die Vernichtung der Roboter der Neuen Gesetze unterhalten.«

Wenn es etwas gab, das die Eisenschädel als gefährlich betrachteten, dann war es die Existenz der Roboter der Neuen Gesetze. Roboter ohne die wahren Drei Gesetze stellten eine weitaus ernstere Häresie als der Gebrauch von Siedlergeräten oder der Kontakt zu Siedlern dar. Die Siedler waren Fremde, Verrückte, Feinde. Auch wenn sich jemand wie Gildern mit ihnen abgab, kannte er doch die damit verbundenen Gefahren und Risiken. Roboter dagegen sollten das Bollwerk des Lebensstils der Spacer sein, der Eckpfeiler in der Philosophie der Eisenschädel. Wenn sich die Infernals auch nur am Rande an den Umgang mit Robotern gewöhnten, die sich nicht widerspruchslos zugunsten von Menschen in Gefahr brachten oder selbst opferten, die über einen Befehl diskutierten oder gar ihre eigenen Interessen verfolgten, dann, davon war Beddle felsenfest überzeugt, war die Saat für den Untergang gelegt. Wenn die Menschen Robotern nicht absolut vertrauen konnten, würden sie ihnen überhaupt nicht mehr vertrauen. Schließlich waren Roboter stärker, schneller und widerstandsfähiger als Menschen, und einige Roboter waren in vielerlei Hinsicht auch intelligenter. Ohne die Sicherheit und den Schutz durch die Drei Gesetze hätten die Menschen gute Gründe, Roboter zu fürchten. Zumindest war das die offizielle Begründung für Beddles Wunsch, sich die Roboter der Neuen Gesetze vom Hals zu schaffen, die er bei jeder Rede zu diesem Thema vortrug.

Allerdings hatte er noch einen anderen, privateren Grund. Die Roboter der Neuen Gesetze bedrohten schlicht und einfach die Macht der Eisenschädel. Die Doktrin, daß das erstrebenswerte Ziel in immer mehr und immer besseren Robotern bestand, war gefährdet, solange sich irgend jemand eine Alternative dazu vorstellen konnte.

Doch mit den Robotern der Neuen Gesetze würde auch dieses Problem verschwinden. Deshalb suchten Gildern und seine Leute schon seit längerer Zeit nach der Roboterstadt Walhalla, schon lange bevor irgend jemand zum ersten Mal von dem Grieg-Kometen gehört hatte. Leider waren ihre Bemühungen bisher vergeblich geblieben.

Jetzt aber hatte sich die Lage verändert, und Beddle wollte unbedingt wissen, *wie* sie sich genau verändert hatte. »In Ordnung«, sagte er. »Was haben Sie für mich?«

»Mehr Einzelteile des Puzzles, Sir. Wie Sie wissen, war

uns eine direkte Suche nach Walhalla nie möglich. Sobald irgend jemand damit begann, stellten die Roboter einfach alle aufspürbaren Aktivitäten ein. Außerdem verschlüsseln sie ihren Langstreckenfunkverkehr, und wir hatten nie viel Glück damit, den Code zu knacken. Darüber hinaus ist es schwer, die Quelle von Hyperfunksignalen präzise zu lokalisieren. Hat man jedoch genügend Signale, ist es möglich, eine statistische Analyse durchzuführen. Und in den letzten Tagen hat es soviel Funkverkehr gegeben, daß wir einen guten Schritt weitergekommen sind. Da die Roboter der Neuen Gesetze genauso schnell und ebenso hart wie alle anderen an ihrer Evakuierung arbeiten, sind sie gezwungen, verstärkt zu reisen, und das bedeutet neben einer Zunahme des Funkverkehrs natürlich auch mehr Transporte auf dem Luft- und Landweg. Und sie sind nicht mehr so vorsichtig wie früher. Sie haben weniger Grund, eine Stadt zu verbergen, die ohnehin zerstört werden wird.

Der langen Rede kurzer Sinn, wir haben mehr Daten bekommen, mit denen wir arbeiten konnten, und wir waren in der Lage, von einer Position sehr viel näher an der gesuchten Stadt aus zu operieren, als uns das früher möglich war. Zusätzlich können wir hier mehr Gerät und Roboter einsetzen.«

»Und mit welchem Ergebnis?« wollte Beddle wissen.

»Mit dem denkbar besten«, erwiderte Gildern. »Wir haben jetzt die absolute Gewißheit, daß sich Walhalla irgendwo im direkten Einschlagsgebiet des ersten und größten Kometenfragments befindet. Die Stadt wird vollständig zerstört werden.«

»Aber dessen waren wir uns eigentlich auch schon vorher sicher. Und da sich die Roboter der Neuen Gesetze offensichtlich auf ihre Evakuierung vorbereiten, was haben wir dann noch von der Zerstörung ihrer Stadt, wenn sie vorher alle verschwunden sind?«

»Nichts. Aber schauen Sie sich um. Sehen Sie sich Depot an.«

»Was ist damit?«

»Depot wird ebenfalls evakuiert, *und es hat hier noch nie so viele Leute gegeben.* Alle hier wissen, daß die Stadt schon bald zerstört werden wird, aber es ist völlig ungefährlich, *jetzt* hier zu sein. Bis es soweit ist, gibt es noch jede Menge zu tun, also hat man alle möglichen Leute hergeholt, um die anfallende Arbeit zu bewältigen!«

»Was wollen Sie damit sagen?«

»Wie unsere Quellen bestätigen, verschwinden die Roboter der Neuen Gesetze aus allen Gegenden, in denen sie sich bisher aufgehalten haben. Sie kaufen sich aus ihren Arbeitsverträgen frei und schließen ihre Geschäfte in den kleineren Siedlungen. Wir haben eine große Zahl von ihnen auf der Durchreise durch Depot beobachtet und schätzen, daß sich rund neunzig Prozent von ihnen in der näheren Umgebung aufhalten.«

»Sie glauben also, daß sie alle nach Walhalla eilen, um so viel wie möglich aus der Stadt in Sicherheit zu bringen. Na und? Sie werden nicht mehr da sein, wenn der Komet einschlägt.«

»Richtig. Aber jetzt müssen wir Walhalla nur noch *vor* dem Einschlag aufspüren und zerstören, solange die Roboter noch dort sind. Und ich glaube, daß beide Ziele leichter zu erreichen sind, als Sie wahrscheinlich glauben. Außerdem glaube ich, daß Sie das persönlich werden tun können.«

»Wie?« fragte Beddle, und in diesem einen Wort schwang sehr viel Eifer und Sehnsucht mit, als hätte er eine ganze Rede gehalten.

»Was den ersten Punkt betrifft, die Lokalisierung Walhallas, sind wir in der Lage, eine Menge des zunehmenden Funkverkehrs und der Transporte über den Luft-und

Landweg von hier aus zu verfolgen, aber unsere Möglichkeiten der Triangulation sind stark begrenzt, und wir verlieren die genaue Peilung über eine größere Distanz. Hätten wir eine mobile Peilstation mit der entsprechenden Ausrüstung, könnten wir ziemlich schnell alle absichtlich irreführenden Spuren und die nicht relevanten Signale eliminieren.«

»Und was habe ich mit einer mobilen Peilstation zu tun?«

Gildern beugte sich unternehmungslustig vor. »Das ist ganz einfach. Wir haben die entsprechenden Peilgeräte in meinem Langstreckengleiter installiert. Ich kann Ihnen Roboter zur Verfügung stellen, die das System bedienen können und wissen, wie sie die Arbeit mit der Basisstation hier koordinieren müssen. Wir würden Ihren Gleiter also von hier aus dirigieren. Ihr Gleiter fängt die Peilung an den jeweiligen Punkten auf und fliegt weiter zu den nächsten angegebenen Koordinaten. Sie haben vor, im Verlauf dieser Reise mehrere kleine Ortschaften zu besuchen. Das käme uns absolut gelegen. Sie landen und halten Ihre Rede, während Ihre Roboter die Gegend nach Signalen absuchen, dann fliegen Sie zum nächsten Ort und so weiter. Wir würden in kurzer Zeit genug Daten erhalten, um Walhalla ziemlich genau zu lokalisieren. Ich schätze, daß wir bei einer ausreichenden Datenmenge das Ziel mit einer Abweichung von nur fünf bis acht Kilometern bestimmen können. Und das dürfte gut genug sein.«

»Gut genug wofür?« fragte Beddle.

Gildern wollte gerade antworten, als unvermittelt ein merkwürdiges Beben durch den Boden lief und das Gebäude so stark zu wackeln und schwanken begann, als wollte es in sich zusammenfallen. Plötzlich war die Luft mit Staub erfüllt, der aus dem Nichts zu kommen schien. Irgendwo in der Ferne klang ein grollender gedämpfter Explosionsknall auf.

»Es besteht keine Gefahr«, versicherte Gildern ruhig. »Wie Sie sehen, macht sich kein Roboter die Mühe, uns zu Hilfe zu eilen. Aber um Ihre Frage zu beantworten, gut genug genau dafür. Für eine unterirdische Bombe, einen seismischen Schallgeber.«

»Eine unterirdische Bombe?«

»Sie sind überall hier installiert worden. Die Wissenschaftler möchten die geologische Struktur dieser Gegend so gut wie möglich kennenlernen, bevor der Komet einschlägt, damit sie die Ergebnisse des Aufpralls besser interpretieren können. Die Explosionen erzeugen seismische Schockwellen. Die Bomben werden sorgfältig kalibriert. Sie bohren sich selbständig in den Boden und detonieren zu einem vorbestimmten Zeitpunkt in einer vorbestimmten Tiefe. Die so erzeugten Schwingungen werden von verschiedenen Meßstationen aufgefangen, und durch die Veränderung dieser Schwingungen können die Wissenschaftler feststellen, welche Gesteinsschichten die Schockwellen durchlaufen haben. Es ist eine ungewöhnlich gewalttätige Form geologischer Messungen, aber sie bringt schnelle Ergebnisse, und welchen Schaden kann sie schon anrichten, wenn der Komet ohnehin bald die ganze Gegend zerstören wird? Wir sind uns praktisch sicher, daß Walhalla unter der Erde liegt. Wenn wir also eine unterirdische Bombe ganz in der Nähe zünden, wird die Schockwelle die gesamte Stadt einstürzen lassen und alle ihre Bewohner töten oder verschütten.

Es gibt vier oder fünf wissenschaftliche Agenturen, die mit diesen Bomben arbeiten. Ich habe gewisse Schritte unternommen, um eine eigene fiktive Forschungsgruppe ins Leben zu rufen. Unter dem Zeitdruck geschieht hier alles in einer solchen Hektik und Eile, daß es nicht schwer war, die verschiedenen Genehmigungen zu bekommen. Unsere kleine Gruppe hat bereits drei dieser seismischen Schallquellen detonieren lassen. Alle Explosionen wurden ordnungsgemäß angekündigt und dann aufgezeichnet. Um die gesetzlichen Bestimmung einzuhalten, müssen wir die Explosionen nur ein oder zwei Stunden vorher bekanntgeben. Sie brauchen gegen kein einziges Gesetz zu verstoßen.«

»Wie ist das möglich?«

»Die Roboter der Neuen Gesetze haben keinen legalen Status. Technisch gesehen sind sie herrenloses Eigentum und können ihrerseits garantiert kein Eigentum besitzen. Sie haben nie einen gesetzlichen Anspruch auf Walhalla erworben. Wie sollten sie auch, wenn niemand weiß, wo die Stadt liegt?«

Beddle nickte ungeduldig. Er kannte diese Argumente bereits. »Ja, ja, Sie müssen mich nicht von jeder Kleinigkeit überzeugen. Aber seien Sie nicht naiv. Diese legalen Fragen sind nie endgültig geklärt worden. Einige untergeordnete Gerichte haben verfügt, daß die Roboter der Neuen Gesetze Land besitzen dürfen. Und selbst *wenn* die rechtlichen Fragen in unserem Sinn geklärt wären, ein bestimmtes Vorgehen muß nicht unbedingt illegal sein, um Ärger zu machen.« Er schwieg einen Moment lang und lächelte dann. »Andererseits, wenn es die Vernichtung von nahezu allen Robotern der Neuen Gesetze bedeutet, bin ich bereit, mich mit einem ganzen Berg Ärger herumzuschlagen. Der Preis könnte hoch sein, aber es würde sich trotzdem lohnen.« Er lehnte sich in seinem Sessel zurück und dachte kurz nach. »Und Sie glauben, daß diese ganze Geschichte durchführbar ist? Daß sie realistische Erfolgsaussichten besitzt?«

»Ja, Sir. Ich möchte Ihre Intelligenz nicht beleidigen, indem ich behaupte, daß die Sache absolut sicher ist, aber ich glaube, wir können es schaffen.«

Simcor Beddle betrachtete seinen Stellvertreter nachdenklich. Es war ein riskanter Plan, daran bestand kein

Zweifel. Man würde ihnen mit an Sicherheit grenzender Wahrscheinlichkeit auf die Schliche kommen.

Aber wäre das wirklich so schlimm? Es gab jede Menge Leute quer durch das politische Spektrum, die ziemlich erleichtert sein würden, die Roboter der Neuen Gesetze los zu sein. Selbst wenn die Eisenschädel auf der einen Seite dadurch einige Probleme bekämen, würden sie auf der anderen Seite gewaltig davon profitieren.

Und wie sollte er sich überhaupt dieser Möglichkeit verschließen können? Dies war eine Chance, wie man sie nur einmal im Leben erhielt. Gildern servierte ihm die Erfüllung seiner Träume auf einem silbernen Tablett. Wie könnte er da nein sagen? Warum sollte er nein sagen?

Er beugte sich über den Tisch und lächelte Gildern an. »Wir *können* es nicht nur schaffen, Gildern«, sagte er, »wir *werden* es schaffen.«

Norlan Fiyle, der das Gespräch durch eine dünne Trennwand belauschte, lächelte ebenfalls. Jadelo Gildern machte selten Fehler, aber wenn er es doch einmal tat, dann gleich in großem Maßstab. Der Raum auf der anderen Seite der Trennwand mochte erst vor einer Stunde auf elektronische Wanzen überprüft worden sein, doch das half nichts. Jedenfalls nicht gegen einen Lauscher mit guten Ohren und einem ebenso guten Grund, einen Groll gegen die Belauschten zu hegen, nicht gegen einen heimlichen Lauscher, der hinter einer Trennwand saß, die in erster Linie leicht zu transportieren und nicht schalldicht sein sollte.

Er hatte alles gehört. Und er war ein Mann, der mehr Gründe hatte zu sprechen und zu handeln, als den Mund zu halten.

Am nächsten Morgen brach Simcor Beddle zu seiner Rundreise auf. Während der nächsten beiden Tage stattete er den ersten vier kleinen Ortschaften seine Besuche ab, und jedesmal traf er pünktlich wie geplant ein.

Doch in der fünften Siedlung kam er nie an.

17. Kapitel

Das Alarmsignal der Kommunikationsanlage ertönte wieder. Constable Pherlan Bukket öffnete griesgrämig ein Auge und schielte auf die Uhr neben seinem Bett. Es war nicht einmal 0700. Bukket war es gewöhnt, wenigstens bis 0800 zu schlafen, meistens sogar länger. Bis vor einem Monat war das in der Regel auch möglich und ganz normal gewesen. Bis vor einem Monat waren die meisten angenehmen Dinge Routine gewesen. Jetzt aber war nichts mehr angenehm, und nichts war mehr Routine.

Früher hatte Constable Bukket seine Arbeit genossen, hauptsächlich deshalb, weil er der einzige gewesen war, der sie getan hatte. Er war dafür verantwortlich, dem Gesetz in Depot Geltung zu verschaffen und den Frieden zu bewahren. Zumindest war es bis vor einem Monat so gewesen, als in Depot kaum einmal irgend jemand gegen das Gesetz verstoßen hatte oder der Friede gestört worden war.

Jetzt aber war alles anders. Jetzt kamen Notfallmeldungen zu jeder erdenklichen Tages- oder Nachtzeit herein. Meistens erschien dann ohnehin die CIP mit großem Tamtam auf der Bildfläche und kümmerte sich um die Angelegenheit, so wie sie Bukket ganz allgemein aus seinem Zuständigkeitsbereich gedrängt und seine Aufgaben selbst in die Hand genommen hatte.

Eigentlich war es sogar gut, wenn die CIP erschien und das Kommando übernahm, denn Bukket verfügte gar nicht über die erforderlichen Mittel, um allein mit den zunehmenden Problemen fertigzuwerden. Trotzdem war die ganze Situation äußerst frustrierend.

Er schlug auf die Kommunikationskonsole, schaltete den Alarmton ab und griff nach dem Mikrophon. »Hier Constable Bukket«, meldete er sich, ohne den Versuch zu machen, seine Schläfrigkeit zu verbergen. »Wer ist da, und was wollen Sie?«

»Hier Luftverkehrskontrolle von Depot«, erwiderte eine Roboterstimme. »Wir empfangen ein automatisches Notfallsignal aus rund dreihundert Kilometern Entfernung südlich von Depot.«

»Und warum werde ich dann verständigt?« wollte Bukket wissen. »Das liegt weit außerhalb meines Zuständigkeitsbereichs.«

»Ja, Sir. Ich habe Sie nur angerufen, weil die Dienstvorschriften das von mir verlangen. Ich übermittle Ihnen jetzt einen detaillierten Bericht über den Vorfall. Wenn Sie ihn gelesen haben, werden Sie verstehen.«

Bukket schüttelte gereizt den Kopf. Irgendwann würde hoffentlich jemand eine Dienstvorschrift ausarbeiten, die Sinn machte. Er schwenkte den Bildschirm der Kommunikationsanlage zu sich herum ...

... und war sich drei Sekunden später völlig sicher. Der Roboter in der Luftverkehrskontrolle von Depot hatte ihn zu Recht angerufen.

Und Constable Pherlan Bukket würde diese Angelegenheit nur zu bereitwillig der CIP übergeben.

Donald 111 empfing den Dringlichkeitsfunkspruch in der Winterresidenz, als Gouverneur Alvar Kresh und Dr. Leving gerade mit dem Abendessen beginnen wollten.

Es geschah selten, daß Donald sich mit den Mahlzeiten des Gouverneurs befaßte, da Kresh selbst sich ebenfalls kaum Gedanken darüber machte, aber der heutige Abend war eine Ausnahme. Vermutlich würde es für längere Zeit das letzte Mal sein, daß der Gouverneur und seine Frau die Gelegenheit bekamen, stilvoll und kultiviert zu speisen. Beide hatten unglaublich hart gearbeitet, um den Einschlag des Kometen vorzubereiten, und sie würden zweifellos noch härter arbeiten müssen, je näher der Komet kam. Besonders Dr. Leving hatte sich – und ihnen allen – durch ihre beharrliche Forderung, den Robotern der Neuen Gesetze wenigstens ein bißchen Hilfestellung bei der Evakuierung zu leisten, zusätzliche Arbeit aufgebürdet, Arbeit, die Donald als höchst kontraproduktiv betrachtete. Seiner Meinung nach würde die Welt nur davon profitieren, wenn auch der letzte Roboter der Neuen Gesetze von ihr verschwand.

Aber wie arbeitsreich die letzten Tage auch gewesen waren und wie arbeitsreich die Zeit bis zum Einschlag des Kometen werden würde, die Tage danach würden noch anstrengender werden. Dies war die letzte Gelegenheit für Alvar Kresh und Fredda Leving, ein wenig Entspannung und Ruhe zu finden, und Donald hatte beschlossen, diesen Abend so perfekt wie möglich zu gestalten. Er hatte sich persönlich um das Gedeck, die Kerzen, die Hintergrundmusik, die Zusammenstellung des Menüs und die Zubereitung der Speisen gekümmert. Als der Gouverneur und Dr. Leving den Speisesaal betraten, fiel ihre Reaktion genauso aus, wie Donald es sich erhofft hatte. Beide lächelten, vielleicht zum ersten Mal seit Tagen. Die Spuren, die die Mühen und Sorgen in ihren Gesichtern hinterlassen hatten, schienen zu verblassen.

»Das ist wunderschön, Donald«, sagte Dr. Leving, während ihr Mann ihr galant den Stuhl zurechtrückte. »Das war äußerst aufmerksam von dir.«

»Gute Arbeit«, stimmte der Gouverneur zu und nahm

ebenfalls Platz. »Du hast dir genau den richtigen Abend ausgesucht.«

»Das ist sehr freundlich von Ihnen beiden«, erwiderte Donald. Er wollte der Küche gerade ein Zeichen geben, den ersten Gang zu servieren, als er den Anruf erhielt. Es dauerte kaum eine Hundertstelsekunde, bis er das Signal gespeichert, entschlüsselt und den Anruf als eine mündliche Notfallnachricht mit Priorität identifiziert hatte. Schon wieder eine. Das ging nun schon seit Wochen so.

Donald überlegte kurz, ob er den Anruf selbst entgegennehmen oder sogar ignorieren sollte, aber die Befehle des Gouverneurs waren klar und deutlich und während der letzten Tage mehrfach unterstrichen worden. In Wirklichkeit blieb ihm gar keine Wahl. Seine Augen wurden für einen Sekundenbruchteil etwas matter, als er sich in das Unvermeidliche fügte, das robotische Äquivalent eines resignierten Achselzuckens. »Sir, ich bedauere außerordentlich, Ihnen mitteilen zu müssen, daß ich soeben einen Notruf empfange. Er ist verschlüsselt, und die Identität des Anrufers ist nicht bekannt.«

»Hölle und Teufel«, stöhnte Kresh gereizt. »Hört das denn nie auf? Entschlüssle den Anruf und stell ihn durch, Donald. Laß uns die Sache gleich hier und jetzt erledigen, was auch immer es sein mag. Vermutlich wieder ein Farmer, der sich weigert, sein Land zu verlassen, oder etwas Ähnliches.«

»Jawohl, Sir. Ich stelle durch – jetzt.«

»Hier Kresh«, sagte der Gouverneur. »Identifizieren Sie sich und nennen Sie den Grund Ihres Anrufs.«

»Sir!« klang eine nervöse Stimme auf. »Ich … ich wollte nicht zu Ihnen durchgestellt werden. Das hat das Prioritätssystem von sich aus getan. Ich versuche, Commander Justen Devray zu erreichen …«

»Sie sprechen mit dem Gouverneur des Planeten und

nicht mit einem Auftragsannahmedienst«, unterbrach Kresh. »Wer sind Sie?«

»Oh … äh … Constable Bukket aus Depot, Sir. Aber, ganz ehrlich, das Prioritätscodierungssystem hat mich zu Ihnen durchgestellt.«

»Was es nur tut, wenn ich sofort über eine Situation informiert werden muß. Also, worum geht es?«

Einen Moment lang herrschte Stille, dann vernahm Kresh ein leises Geräusch, als schluckte der Constable mühsam. »Simcor Beddles Gleiter ist abgestürzt, Sir. Zumindest vermuten wir das. Er ist plötzlich aus der Überwachung der Luftverkehrskontrolle von Depot verschwunden, und dann wurde sein Notfallsignal ausgelöst. Und … äh … das Signal ist stationär und kommt direkt aus dem Zentrum der Haupteinschlagszone.«

»Brennende Hölle!« stieß Kresh hervor und stand abrupt auf. »Ist ein Such- und Rettungsteam unterwegs?«

»Vor vier Minuten gestartet, Sir. Es müßte in etwa fünf Minuten da sein. Ich weiß, daß bei Ihnen Abend ist, aber wir haben hier frühen Morgen. Die Sonne wird erst in rund zwanzig Minuten am Unglücksort aufgehen, und das Gelände ist sehr zerklüftet, deshalb …«

»… muß die Rettungsmannschaft vielleicht warten, bis es richtig hell geworden ist, bevor sie überhaupt landen kann. In Ordnung. Schicken Sie mir alle verfügbaren Informationen über den Sekundärkanal dieser Frequenz. Danke für Ihre Meldung. Sie werden bei Bedarf benachrichtigt. Kresh, Ende.« Der Gouverneur fuhr sich mit dem Zeigefinger über die Kehle, und Donald trennte die Verbindung.

»Verdammt!« stöhnte Kresh. »Höllenfeuer und Verdammnis! Irgend jemand hat einen Anschlag auf Beddle verübt.«

Freddas Gesicht wurde blaß. »Das kannst du nicht wissen«, protestierte sie. »Es könnte auch ein Unfall gewesen sein. Vielleicht hatte sein Gleiter einen Defekt, oder sein Pilot hat einen Fehler gemacht.«

»Glaubst du das auch, Donald?« fragte Kresh.

»Nein, Sir. Die routinemäßige Wartung der Fahrzeuge gehört zu den grundlegenden Voraussetzungen, um Menschen vor Schaden zu bewahren. Die mechanische Fehlerquote bei Luftfahrzeugen ist extrem niedrig. Auch gibt es keinen plausiblen Grund, warum ein Pilotenfehler vorliegen sollte. Nicht bei einem robotischen Piloten.«

»Und es ist undenkbar, daß Beddle selbst geflogen ist«, fügte Kresh hinzu. »Selbst wenn er es könnte, was ich bezweifle, würde es gegen seine Prinzipien verstoßen, irgend etwas zu tun, das ein Roboter für ihn erledigen kann.«

»Aber es ist nicht unmöglich, daß es doch ein Unfall war«, beharrte Fredda. »Lodernde Sterne! Denk an den politischen Aufruhr nach Griegs Tod! Ich weiß nicht, ob wir so etwas in dieser Situation noch einmal überstehen könnten.«

Was würde passieren, wenn der schlimmste denkbare Fall eintrat? Die Eisenschädel würden vermutlich der Regierung oder dem Gouverneur persönlich die Schuld geben. Es sei denn, sie machten die Siedler für den Anschlag verantwortlich. Die Bewegung der Eisenschädel würde auf die Barrikaden gehen, soviel war sicher. Aufmärsche, Unruhen, Verhaftungen und Gegendemonstrationen würden die Folge sein, Verrückte und ganz normale Bürger würden überall Intrigen und Verschwörungen vermuten. Fredda konnte die Entwicklung deutlich voraussehen. Wie, zum Teufel, sollten sie gleichzeitig damit und mit dem Einschlag des Kometen zurechtkommen? »Könnte es nicht doch ein Unfall gewesen sein, Donald?« klammerte sie sich an die letzte Hoffnung.

»Auch wenn ich einräumen muß, daß theoretisch die

Möglichkeit eines mechanischen Defekts oder eines Pilotenfehlers besteht, schließe ich mich doch der Meinung des Gouverneurs an, daß ein Anschlag die weitaus plausiblere Erklärung ist. In Anbetracht der politischen Verwicklungen dieses Falles ist die Situation noch beunruhigender, als sie es schon unter gewöhnlichen Umständen wäre.«

»Donald, du bist ein Meister der Untertreibung«, sagte Kresh. »Wir müssen schnell reagieren. Fredda, das Abendessen wird warten müssen. Donald, ruf Justen Devray an. Ich möchte, daß er sich vor Ort um die Sache kümmert, und ich möchte ihn *jetzt* dort haben.«

Der Notfallsignalgeber, der sie alarmiert hatte, war immer noch in Betrieb, Stunden nach dem Absturz. Die Sirene heulte, das Leuchtsignal auf dem Dach des Gleiters blitzte, und zweifellos lief der Hyperfunkalarm ebenfalls noch.

Commander Justen Devray gab seinem persönlichen Roboter Gervad ein Zeichen. »Such die Schalter und stell dieses nervtötende Gejaule ab«, befahl er. »Schließlich wissen wir jetzt, wo der Gleiter ist.«

»Jawohl, Sir«, erwiderte Gervad so ruhig und gehorsam wie immer. Er näherte sich dem Gleiter und ging an Bord. Kurz darauf verstummte der Lärm.

Gut, dachte Devray. Er hatte einen Befehl erteilt, der sofort ausgeführt worden war. Wenigstens etwas, das so funktionierte, wie man es erwarten konnte. Er gähnte gewaltig und kämpfte gegen seine Müdigkeit an. Hier war bereits der Mittag angebrochen, aber in Hades auf der anderen Seite des Planeten herrschte tiefste Nacht. Vor etwas mehr als zwei Stunden hatte Justen gerade ins Bett gehen wollen.

Die für dieses Gebiet zuständigen Polizisten waren immer noch da – wenn man bei einer Entfernung von mehr als dreihundert Kilometern bis Depot überhaupt von einem Zuständigkeitsbereich sprechen konnte. Sie hatten den Gleiter entdeckt und einen Dringlichkeitshyperfunkspruch nach Hades geschickt. Kresh hatte Justen befohlen, sich sofort auf den Weg zu machen, und Justen war dem Befehl mit der Bereitwilligkeit eines sklavisch gehorsamen Roboters nachgekommen. Schon zehn Minuten nach Kreshs Anruf war er unterwegs zum Raumflughafen von Hades gewesen. Fünfzehn Minuten später hatte er sich mit dem Spurensicherungsteam auf einem wahnwitzigen Suborbitaleilflug um den halben Planeten herum befunden. Sie waren auf dem Flugplatz von Depot gelandet, dort in Gleiter umgestiegen und mit Höchstgeschwindigkeit weitergeflogen. Er hatte nicht lange gebraucht, um vor Ort zu erscheinen, aber er war immer noch nicht richtig wach.

Justen hatte sich auf den ersten anständigen Schlaf seit Wochen gefreut. Plötzlich verspürte er einen irrationalen Anflug von Wut auf den oder die unbekannten Täter in sich aufsteigen. Warum hatten sie mit ihrem Anschlag nicht wenigstens noch ein paar Stunden warten und ihm etwas Ruhe gönnen können?

Vielleicht hatten sie es einfach eilig gehabt, so wie seit rund einem Monat alle Menschen in ständiger Eile waren. Justen Devray tat das, was in diesen Tagen jeder auf Inferno alle paar Minuten tat, er blickte zum Himmel und suchte den glühenden Fleck, der mit jedem Tag heller wurde. Da war er, tief am westlichen Himmel.

Der Komet. Der Komet, der direkt auf Inferno zielte. Sogar direkt auf die Gegend, in der sich Justen gerade aufhielt, um es genau zu sagen. In fünf Tagen würde er hier sein, und dann war alles vorbei …

Justen wandte sich von dem Kometen ab und konzentrierte sich wieder auf das Wrack des Gleiters, sofern man überhaupt von einem Wrack sprechen konnte. Ein

Wrack setzte einen Absturz voraus, aber dieser Gleiter war sicher gelandet. Die Beschädigungen waren erst nach der Landung erfolgt, und sie waren absichtlich herbeigeführt worden. Irgend jemand hatte Simcor Beddle entführt.

Und Justen Devray blieben gerade einmal knapp fünf Tage, um den Mann zu finden, bevor der Komet einschlug.

Er ging näher an den Gleiter heran und sah sich genauer um. Das Fahrzeug war auf der Kuppe eines kleinen Hügels gelandet, der aus einer zerklüfteten Landschaft voller Felsgeröll und Gestrüpp mitten im Nirgendwo aufragte. Die nächste Siedlung lag mindestens vierzig Kilometer entfernt. Devray ließ den Blick über das unzugängliche Ödland wandern. Diese Hügelkuppe, die sich inmitten des Gerölls und Gestrüpps erhob, war vermutlich das einzige halbwegs ebene Stück Land im Umkreis von zwanzig Kilometern. Beddle und seine Kidnapper konnten nicht zu Fuß weitergegangen sein. Man mußte schon ein durchtrainierter Bergsteiger sein, um in diesem Gelände eine größere Strecke zurücklegen zu können.

Devray schüttelte den Kopf. Natürlich war sofort mit der Sichtung der Umgebung begonnen worden, aber man würde nichts finden. Keine Fußspuren, keine abgebrochenen Zweige, keine Stoffetzen, die an einem Dornbusch hingen. Die Kidnapper waren auf dem Luftweg verschwunden.

Doch es kam noch ein anderer Faktor ins Spiel. Wenn ein Unfallsignalgeber aktiviert wurde, schaltete jede Empfangsstation im Umkreis von dreihundert Kilometern automatisch auf höchste Leistung. Die zerklüftete Landschaft in der näheren Umgebung brach bei einem Flug in niedriger Höhe die ausgestrahlten Signale und machte es so einem Gleiter möglich, sich unbemerkt zu entfernen. Das Ödland war jedoch von einer sanften Hügellandschaft und Ebenen umgeben, und dort wäre ein Gleiter leicht aufzuspüren gewesen, aber die Empfangsstationen hatten kein größeres Objekt entdeckt, das aus dieser Gegend gekommen war. Die Entführer konnten weder zu Fuß gegangen noch weit geflogen sein. Folglich war es ziemlich wahrscheinlich, daß sich Beddle und seine Kidnapper immer noch in der zerklüfteten Wildnis südlich von Depot aufhielten.

Wer auch immer hinter dieser Geschichte steckte, hatte die Stelle mit Bedacht ausgewählt und vermutlich schon vorher ein Fluchtfahrzeug hier versteckt. Das ließ auf mindestens zwei Entführer schließen, aber auch das war nicht unbedingt erforderlich. Ein einzelner Täter könnte einen kleinen Schweber auf dem Gepäckträger des Fluchtgleiters festgeschnallt, den Gleiter versteckt haben und dann mit dem Schweber weitergeflogen sein. Dann mußte er nur noch das Problem lösen, in Beddles Gleiter zu gelangen.

Wo konnte man ein Fluchtfahrzeug verbergen? Devray drehte sich um und betrachtete die Umgebung. Dort unten in der schmalen Schlucht, direkt unterhalb des Hügels, wäre ein geeigneter Platz. Ein dort versteckter Gleiter würde nur zu sehen sein, wenn man direkt über ihn hinwegflog. Die Entfernung war nicht allzu groß, andererseits würde ein Entführungsopfer, das sich wehrte, dem Kidnapper doch einige Schwierigkeiten machen. Justen wollte schon selbst nachsehen, überlegte es sich dann aber anders. Warum sollte er eine mühselige Arbeit übernehmen, für die ein Roboter besser geeignet war? »Du da drüben!« rief er dem nächsten Spurensicherungsroboter zu. »Überprüf die Gegend dort unten am Hang. Such nach Spuren, die ein Gleiter dort hinterlassen würde.«

Der Roboter bestätigte den Befehl und machte sich an den Abstieg.

Justen Devray nickte vor sich hin. Allmählich schälte sich ein Bild für ihn heraus. Er begann zu sehen, wie sich die Sache abgespielt hatte. Der Fluchtgleiter war dort unten gelandet, und dann … nein, halt. Nicht so schnell. Er durfte an diesem Punkt noch keine Schlußfolgerungen ziehen. Vielleicht war Beddle hierhergelockt worden, und der oder die Kidnapper hatten mit dem Fluchtgleiter bereits gewartet, vielleicht aber gab es auch gar keinen zweiten Gleiter. Vielleicht waren sie auf andere Weise entkommen, oder aber sie waren überhaupt nicht verschwunden, sondern verbargen sich in einem gut abgeschirmten Versteck ganz in der Nähe.

Auf eines aber hätte Devray jederzeit gewettet. Diese Geschichte war sorgfältig und methodisch geplant worden. Der ganze Tatort vermittelte diesen Eindruck. Justen konnte sich bildlich vorstellen, wie die Entführer nach einer Art Drehbuch vorgegangen waren und einen Punkt nach dem anderen abgehakt hatten.

Genau, ganz methodisch, Schritt für Schritt. Er ging näher an den Gleiter heran.

Vier Roboter mußten in einer Reihe vor dem Gleiter gestanden und ihm den Rücken zugewandt haben. Jedem war in den Hinterkopf geschossen worden. Justen kniete neben ihnen nieder. Ein Schuß pro Roboter. Sehr präzise und gründlich.

Er überließ es den Robotern der Spurensicherung, Aufnahmen der zerstörten Roboter anzufertigen, richtete sich wieder auf und bestieg den Gleiter. Es war ein Langstreckenmodell, das einmal um den ganzen Planeten herumfliegen oder bei Bedarf sogar den Orbit erreichen konnte, und es verfügte über jede erdenkliche Notfallausrüstung. Fast alle Vorräte und Gegenstände waren durchsucht und viele mitgenommen worden. Vielleicht würden sie einen Hinweis auf die Absichten der Entführer erhalten, sobald sie die fehlenden Dinge mit der

Inventurliste des Gleiters verglichen hatten. Es sei denn, auch dies diente lediglich der Irreführung.

Justen ging weiter zum Cockpit. Der Roboterpilot lag auf dem Boden. Ihm war in den Hinterkopf geschossen worden. An welchem Punkt der Ereignisabfolge war das geschehen? Hatte der Attentäter sein Versteck mitten im Flug verlassen, den Roboter erschossen und den Gleiter dann selbst gelandet? Oder war der Roboter erst nach der Landung erschossen worden? Justen sah keine Möglichkeit, eine Antwort darauf zu finden. Vielleicht würden die Spurensicherungsroboter einen Hinweis entdecken. Vielleicht würde es eine entscheidende Spur sein, vielleicht aber auch gar nichts zu bedeuten haben.

Der Commander sah sich in der Kabine um. Gleiter waren mit Flugrekordern und anderen Aufzeichungsgeräten ausgestattet. Es war durchaus möglich, daß diese Instrumente Aufschluß über die Geschehnisse geben konnten. Doch als Justen die Aufzeichnungsgeräte gefunden hatte, mußte er diese Hoffnung begraben.

Die Rekorder waren ebenfalls durch Schüsse zerstört worden, mit der gleichen ökonomischen Präzision wie die Roboter draußen vor dem Gleiter und der Pilot hier im Cockpit.

Alles war sehr exakt und sauber gemacht worden, Schritt für Schritt. Irgendwann im Laufe der Ereignisse mußte der Täter sein Opfer aus dem Gleiter geschleift und das Notfallsignal aktiviert haben, um die Behörden herbeizulocken. Zweifellos hatten auch diese Punkte auf der hypothetischen Liste gestanden. Die gesamte Operation war sehr methodisch verlaufen.

Die wichtigste Spur aber war zugleich auch die offensichtlichste und ganz bewußt hinterlassen worden. Es war eine Botschaft, die in unbeholfenen Lettern auf das Fenster der Cockpittür gemalt worden war.

STOPT KOMMET + ZALT 500.000 TDC AUF
PBI-KONNTO-NR 18083-19109
ODER BEDDL WIRT STERBN

Devray zweifelte nicht eine Sekunde lang daran, daß sowohl die Fehler als auch die ungelenke Handschrift Absicht waren, eine bewußte Irreführung. Es gab auf Inferno buchstäblich nicht einen einzigen Analphabeten und mit Sicherheit auch keinen unter den hochspezialisierten Technikern der Siedler. Und welcher Analphabet hätte auch schon eine solche Operation durchführen können? Diese Aufgabe erforderte jemanden, der in der Lage war, Karten zu lesen, Beddles Reisepläne auszukundschaften, ihm heimlich zu folgen und einen Gleiter zu fliegen. Nein, die fehlerhafte Rechtschreibung war ein Versuch der Irreführung, und die unbeholfenen Buchstaben sollten die Handschrift des Täters verbergen und seine Identifizierung durch einen Schriftvergleich verhindern.

Trotz der scheinbaren Unbeholfenheit waren die einzelnen Buchstaben zu regelmäßig geformt, um von einem ungebildeten Menschen zu stammen, der keine Übung im Schreiben hatte. Und die Rechtschreibfehler wirkten zu gründlich und zu sorgfältig plaziert. Die Spurensicherungsroboter hatten die Botschaft bereits untersucht und sogar Proben von der Farbe genommen.

Devray zuckte die Achseln und blendete die Form der Botschaft gedanklich aus. Sollten sich die Graphologen und Farbexperten und die Psychologen nach Herzenslust damit beschäftigen. Er war bereit, darauf zu wetten, daß sie nichts Verwertbares herausfinden würden.

Aber die Nachricht selbst. Was sagte sie ihnen? Der Inhalt war einfach genug: *Verhindert den Einschlag des Kometen und deponiert 500.000 Trader Demand Cre-*

dits auf der Planetarischen Bank von Inferno, Konto Nr.: 18083-19109 – oder wir töten Beddle.

Soweit war alles vollkommen klar. Aber bestimmt gab es da noch mehr zu sehen, etwas zwischen den Zeilen zu lesen.

Gervad stand neben ihm im Cockpit und untersuchte die Fluginstrumente. Allem Anschein nach fand auch er nichts Verwertbares.

»Also, was schließt du daraus?« fragte Justen und deutete auf die Botschaft.

Der Roboter betrachtete die auf die Glasscheibe geschriebenen Worte. »Irgend jemand hat Simcor Beddle entführt, Sir. Wir müssen ihn wieder befreien.«

»Das faßt die Sachlage ziemlich gut zusammen«, sagte Justen, obwohl das nicht unbedingt die detaillierte Analyse war, die er sich erhofft hatte. Nun, Gervad war noch nie sonderlich gesprächig gewesen, und eigentlich hätte sich Justen die Frage gleich sparen können. Was ihn störte, war, daß die Botschaft keine der üblichen Forderungen enthielt, wie die Polizei aus dem Spiel zu lassen, keine Nachforschungen anzustellen und niemanden sonst zu informieren. Warum nicht? Wieso machten sich die Kidnapper deswegen keine Sorgen?

Er gab es auf, sich weiter den Kopf zu zerbrechen. Es war unmöglich, darauf eine Antwort zu finden.

»Komm mit mir«, sagte er. Er verließ den Gleiter, dicht gefolgt von Gervad.

»Commander Devray! Sir!« rief einer der Spurensicherungsroboter. Devray blickte sich um und entdeckte den Roboter, den er zum Fuß des Hügels geschickt hatte.

»Ja? Was ist los?«

»Es gibt unverkennbar Spuren eines Gleiters, der hier vor kurzem gestanden hat. Wir haben deutliche Abdrücke von Landekufen gefunden, durch die wir das

Modell und die Baureihe und vielleicht auch das Gewicht des Fahrzeugs bestimmen können. Außerdem gibt es Anzeichen dafür, daß jemand seine Fußspuren verwischt hat. Es sind zwei ziemlich undeutliche Spuren zurückgeblieben. Höchstwahrscheinlich werden wir nicht viel aus ihnen herauslesen können.«

»Aber es ist zumindest ein Anfang«, sagte Justen. »Gut. Macht weiter.«

Er blieb eine Weile stehen und sah den Spurensicherungsrobotern bei der Arbeit zu. Ihm war klar, daß er nichts entdecken würde, was ihnen entging, aber er wußte nicht, was er als nächstes tun sollte. Abgesehen davon, daß er die versuchte Entführung Lentralls vereitelt hatte, hatte er noch nie mit einem Fall von Kidnapping zu tun gehabt. Er war sich nicht einmal sicher, ob auf Inferno überhaupt *jemals* zuvor eine Entführung stattgefunden hatte. Natürlich gab es in den Büchern und Datenbanken entsprechende Fallstudien, und er hatte einige Fälle von anderen Planeten studiert. Der Theorie nach wußte er, wie er vorgehen mußte. Aber würde die Theorie auch ausreichen?

Nun, verdammt, das sollte sie lieber. »Besorg mir einen Gleiter und bring mich nach Depot«, befahl er Gervad. »Wir werden diesen Fall von dort aus bearbeiten. Und wir werden ein paar Leute hinzuziehen.«

»Ja, Sir. Dürfte ich fragen, wen?«

»Das weiß ich noch nicht«, gestand Justen. Eigentlich spielte es auch keine Rolle. Wenn man keine Ahnung hatte, wo man mit der Suche anfangen sollte, war es manchmal das beste, einfach nach dem Zufallsprinzip vorzugehen. »Ich habe auf dem Flug nach Depot Zeit genug, mir etwas einfallen zu lassen.«

»Sehr wohl, Sir. Wenn Sie mir bitte folgen wollen, direkt hinter diesem Felsgrat steht ein Gleiter bereit.«

Justen ließ sich zu dem Gleiter führen und stieg ein. Er setzte sich und legte automatisch den Sitzgurt um, tief in Gedanken versunken. Wen, zum Teufel, *sollte* er hinzuziehen?

Er hatte nicht die leiseste Ahnung, wer die Kidnapper waren oder für wen sie arbeiteten. Es gab eine beliebige Anzahl von Verdächtigen, die in Frage kamen.

Alvar Kresh hatte ihm befohlen, die Ermittlungen zu dem Vorfall an der Government Tower Plaza einzustellen, aber manche Fälle waren so bedeutsam, daß man sie einfach nicht ignorieren konnte, selbst wenn man es versuchte. Drei Verdächtige, die wegen anderer Delikte verhaftet worden waren, hatten freiwillig glaubwürdige Informationen über den Angriff geliefert, die alle auf die Siedler hindeuteten. Vielleicht unternahmen Tonya Weltons Leute einen weiteren Versuch, den Kometen aufzuhalten, entweder aus echter Besorgnis, oder um ihre dominante Position auf Inferno beizubehalten. Laut den Überwachungsberichten seiner Mitarbeiter hatte Cinta Melloy viel Zeit in Depot verbracht, genug, daß Justen sich zu fragen begann, was sie dort wollte. Vielleicht hatte er jetzt eine Antwort darauf bekommen.

Natürlich konnten auch die Eisenschädel selbst oder ein Ableger der Organisation dahinterstecken, und da gab es zwei Möglichkeiten. Entweder hatten sie Simcor Beddle im Rahmen eines größeren Machtkampfes tatsächlich entführt, oder aber die Entführung war mit Beddles Einverständnis aus irgendwelchen verzwickten Gründen inszeniert worden, die noch nicht klar waren. Justen hatte kurz erwogen, sich sofort mit Gildern über die Entführung zu unterhalten, sich dann aber dagegen entschieden. Es war sinnvoller, Gildern in Ruhe zu lassen und ihn vielleicht nicht einmal zu informieren. Höchstwahrscheinlich würden sie die Geschichte sowieso nur ein paar Stunden lang geheimhalten können, aber selbst das mochte ausreichen. Sollte Gildern tatsächlich etwas über den Tathergang wissen, würde er sich vielleicht irgendwie verraten. Es war das beste, ihn sofort beschatten zu lassen.

Eine andere Erklärung war, daß Davlo Lentralls Angst und verspätete Reue ihn zu einer Verzweiflungstat getrieben hatten. Der alte Lentrall hätte die Entführung planen können – alles am Tatort war mit der methodischen Sorgfalt eines Wissenschaftlers erledigt worden. Aber war der neue Lentrall, traumatisiert durch den Entführungsversuch am Government Tower, den Tod seines Roboters und sein Schuldbewußtsein, überhaupt psychisch stabil genug, so rational vorzugehen? Falls er so sehr aus der Bahn geworfen worden war, daß er sich vom Entführungsopfer zum Täter gewandelt hatte, dann folgte das durchaus einer unheimlichen Logik der Vergeltung. Hatte er jemals irgend etwas gesagt, was darauf hindeutete, daß er die Eisenschädel für den Angriff auf ihn verantwortlich machte? Dieser Frage würde im Zug der Ermittlungen nachgegangen werden müssen.

Es kam natürlich auch jeder andere als Täter in Frage, der aus durchaus nachvollziehbaren Gründen nicht mit einem Kometen bombardiert werden wollte. Das Projekt hatte eine Menge Widerstand in der Bevölkerung hervorgerufen, besonders in der Umgebung von Depot. Und Beddle war dort erschienen, um für das Projekt zu werben.

Außer … halt, nicht so schnell. Da waren die Forderungen der Entführer, den Kometen aufzuhalten *und* 500.000 Trader Demand Credits zu zahlen. Eine politische und eine finanzielle Forderung. Justen hatte keine Erfahrung mit Entführungen, aber er wußte, daß diese beiden Dinge nicht zusammenpaßten. Sein Gefühl sagte ihm, daß jemand, der aus dem fehlgeleiteten und heroischen Verlangen, den Planeten zu retten, zu dem Mittel der Entführung griff, sich nicht für Geld interessieren würde. Und umgekehrt würde ein Täter, dessen Motiv Habgier war, keine altruistischen Ziele verfolgen. Die beiden Forderungen vertrugen sich einfach nicht.

Stellen wir das vorerst zurück, dachte Justen. *Namen, konzentrier dich auf konkrete Namen.* Irgend etwas geisterte durch seinen Hinterkopf. Da war etwas, das eine Verbindung zwischen allen Namen herstellte. Lentrall. Gildern. Die Siedler. Die Eisenschädel. Irgend jemand oder irgend etwas, der oder das …

Und dann hatte er es. Das war es! Es gab eine Person, die eine Verbindung zu allen Parteien hatte. Jetzt wußte er, wen er zuerst befragen würde.

Als er aus dem Fenster blickte, stellte er verblüfft fest, daß sie bereits zur Landung in Depot ansetzten. Gut. Sie konnten sofort mit der Arbeit beginnen.

Es würde ihn sehr überraschen, wenn Norlan Fiyle ihm nichts zu erzählen hätte. Er würde sofort ein paar Leute losschicken, um ihn verhaften zu lassen.

Und während sie Norlan Fiyle zu ihm brachten, würde er Kresh über die beiden Forderungen der Kidnapper informieren. Zwar hatte er keine Möglichkeit, den Kometen aufzuhalten, aber vielleicht konnte er in der Lösegeldfrage etwas tun. Er hatte da schon eine Idee …

»Gehen Sie wegen der Lösegeldforderung so vor, wie Sie wollen«, sagte Kresh zu dem Bildschirm in seinem Büro. »Wir können das Geld auftreiben, wenn es nötig werden sollte. Und ich stimme Ihnen zu, daß es nicht schaden kann, Gildern vorerst im dunkeln tappen zu lassen. Aber der Komet ist auf Kurs, und daran werden wir nichts ändern.«

»Verstanden, Sir«, erwiderte Devray. »Vielen Dank für die Genehmigung. Ich halte Sie auf dem laufenden. Devray, Ende.« Der Bildschirm wurde schwarz.

»Wie lange noch, Donald?« fragte Kresh.

»Der Einschlag des ersten Kometenfragments erfolgt laut unseren Berechnungen in vier Tagen, achtzehn Stunden, fünfzehn Minuten und neun Sekunden. Sir, was die Rettung von Simcor Beddle betrifft, glaube ich, daß es sinnvoll wäre, wenn ich den Tatort aufsuchen könnte, um ...«

»Donald!« fiel ihm Fredda mit harter und schneidender Stimme ins Wort. »Du wirst diesen Raum sofort verlassen. Geh in die Bibliothek und warte dort. Komm nicht zurück und bleib in jeder Beziehung inaktiv, bis du weitere Anweisungen erhältst.«

Der Roboter drehte sich zu ihr um und sah sie volle zehn Sekunden lang an, bevor er antwortete. »Ja, Ma'am. Selbstverständlich.« Er machte auf der Stelle kehrt und verließ das Büro.

»Das Erste Gesetz erweckt in ihm den Wunsch, Beddle zu retten, obwohl Devray und seine Leute bereits vor Ort sind«, sagte Kresh. »Ich schätze, damit hätten wir rechnen müssen.«

»Ich *habe* damit gerechnet«, erwiderte Fredda. »Der Grieg-Komet stellt schon für sich allein genommen eine ausreichende Bedrohung dar, um in jedem Roboter eine signifikante, durch das Erste Gesetz bedingte Streßsituation hervorzurufen. Die einzige Möglichkeit für einen Roboter, mit den unzähligen Gefahren umzugehen, die der Bevölkerung drohen, besteht darin, aktiv zu sein und sich zu bemühen, Menschen vor Schaden zu bewahren. Donald *hat* Anteil an diesen Bemühungen. Das ist der Grund, warum er sich bisher so gut halten konnte. Es hat ihm geholfen, daß die Bedrohung bis jetzt nur allgemeiner Natur war. Irgendwo wird mit Sicherheit irgend etwas schiefgehen und Menschen zu Schaden kommen lassen. Allgemeine präventive Maßnahmen zu ergreifen, hat ausgereicht, gegen diese Bedrohung anzukämpfen. Die gemeinschaftlichen

Anstrengungen der Roboter waren genug, um der Forderung des Ersten Gesetzes nachzukommen, Menschen vor Schaden zu bewahren.«

»Aber jetzt ist eine ganz andere Situation eingetreten«, stellte Kresh fest.

»Jetzt liegt eine andere Situation vor«, stimmte ihm Fredda zu. »Jetzt existiert eine spezielle und extreme Bedrohung für eine ganz konkrete Person. Normalerweise reicht das nicht aus, um eine Gesetzeskrise herbeizuführen. Ein Roboter auf dieser Seite der Welt weiß, daß die Roboter auf der anderen Seite alles in ihrer Macht Stehende tun werden, um den Betroffenen zu schützen. Aber die Kombination der durch den Einschlag des Kometen und die hohe Wahrscheinlichkeit ausgelöste Streßsituation, daß sich Beddle irgendwo in der unmittelbaren Gefahrenzone befindet, könnte jeden Roboter zum Handeln zwingen.«

»Was meinst du mit zum ›Handeln‹ zwingen?« erkundigte sich Kresh.

»Alles. Was auch immer. Ich könnte nicht einmal ansatzweise alle denkbaren Variationen zwischen jetzt und dem Einschlag des Kometen aufzählen. Der springende Punkt ist jedoch, daß Beddles Verschwinden jeden Roboter auf diesem Planeten in eine ernste Gesetzeskrise stürzen könnte. Sollte Beddle sich tatsächlich in der Einschlagszone befinden – oder sollte auch nur ein Anlaß zu dieser Vermutung bestehen –, wird sich theoretisch jeder Roboter genötigt fühlen, zu seiner Rettung zu eilen oder andere Maßnahmen zu ergreifen, zum Beispiel indem er versucht, den Einschlag des Kometen zu verhindern. Angenommen, eine Gruppe von Robotern würde ein Raumschiff stehlen, Grieg anfliegen und versuchen, ihn zu zerstören? Natürlich würden hochwertige Roboter begreifen, daß die Zerstörung des Kometen jede Hoffnung auf eine Wiederherstellung des ökologischen Gleichgewichts von Inferno zunichte machen *könnte. Das* würde mit an Sicherheit grenzender Wahrscheinlichkeit einer beliebigen Anzahl von Menschen, von denen viele noch nicht einmal geboren sind, Schaden zufügen.

Dann ist da die Unmöglichkeit, ein Negativum zu beweisen. Solange Beddle nicht irgendwo auftaucht, läßt sich selbst mit den besten Detektoren nicht mit absoluter *Gewißheit* feststellen, ob er sich direkt im Zielgebiet oder der umgebenden Gefahrenzone befindet. Also ist es – zumindest theoretisch – möglich, daß er in Sicherheit ist. Wenn das aber zutrifft, wären alle Anstrengungen, ihn zu retten, vergeudete Arbeitskraft, die wiederum dazu führen könnte, andere Menschen in der Nähe zu gefährden, weil sich die Roboter nicht um ihre Evakuierung gekümmert haben. Das ist genau die Art von Konfliktsituation, die einen Roboter in eine Gesetzeskrise bis hin zur permanenten Beschädigung stürzen kann. Es ist ein Morast aus Ungewißheiten ohne eindeutige Handlungsoptionen. Man kann unmöglich vorhersagen, wie ein Roboter die widersprüchlichen Forderungen, die das Erste Gesetz an ihn stellt, gegeneinander abwägen würde.«

»Was sollen wir also tun?«

»Wir müssen die Roboter aus der Sache heraushalten«, sagte Fredda. »Bisher ist uns das ganz gut gelungen. Du weißt genausogut wie ich, daß die Standardvorgehensweise der Polizei darin besteht, diese Art von Verbrechen so unauffällig wie möglich zu behandeln, um zu verhindern, daß Roboter über den Tatort herfallen. Stell dir vor, alle Roboter der Drei Gesetze in der Utopiaregion würden ihre Arbeit einstellen und sich in das Suchgebiet begeben. Also werden wir den Robotern nichts sagen. Donald ist der einzige auf dieser Seite des Planeten, der die Sachlage kennt. Ich gehe davon aus, daß die Roboter von der Spurensicherung, der Luftverkehrskontrolle und Devrays persönliche Roboter die einzigen sind, die Bescheid wissen oder den Schluß ziehen könnten, daß es sich um eine Entführung handelt. Wir müssen sie alle abschalten, und zwar sofort, auf der Stelle, und wir dürfen sie erst wieder aktivieren, wenn alles vorbei ist.«

Kresh runzelte die Stirn und begann, auf und ab zu gehen. »Bei allen Teufeln der Verdammnis! Ich hasse es, das zu sagen, aber du hast recht. Du hast vollkommen recht. Ruf Devray an, aber mach das selbst, manuell. Sprich direkt mit ihm und achte darauf, daß kein Roboter mithören kann. Sag ihm dasselbe, was du mir gesagt hast. Es wird verdammt schwer werden, die nächsten Tage ohne Donald zu überstehen, aber wie es aussieht, bleibt mir nichts anderes übrig. Ich werde in die Bibliothek gehen, und ihn persönlich abschalten.«

»In Ordnung«, sagte Fredda. Es war ein sehr geradliniger Plan. Doch schon als sie vor dem Bildschirm der Kommunikationsanlage Platz nahm, fragte sie sich, ob es wirklich so einfach werden würde.

»Donald?« rief Kresh, als er die Bibliothek betrat. Merkwürdig. Donald hätte eigentlich mitten im Raum stehen und warten müssen. »Donald?« wiederholte er.

Keine Antwort. »Donald, wo bist du?« Alles, was seinen Worten folgte, war Stille. »Donald, ich befehle dir, zu mir zu kommen und zu antworten!«

Noch immer keine Reaktion. Aber er hatte ihm einen Befehl erteilt! Einen direkten, eindeutigen und unmißverständlichen Befehl! Nichts konnte Donald davon abhalten, diesem Befehl Folge zu leisten, es sei denn …

Und dann schalt sich Alvar Kresh selbst einen Narren. Natürlich! Es war geradezu schmerzhaft offensichtlich. Wenn er und Fredda die Sachlage erkennen konnten, konnte Donald es ebenfalls. Bis hin zu ihrer Entscheidung, alle Roboter abzuschalten, die von Beddles Entführung wußten.

Das Erste Gesetz verlangte von Donald, eine Deaktivierung zu vermeiden, wenn das für ihn die einzige Möglichkeit war, einen Menschen vor Schaden zu bewahren. Er war fort. Er war geflohen.

Und der Teufel allein mochte wissen, was Donald vorhatte.

18. Kapitel

Fredda Leving fragte sich, ob sie richtig gehandelt hatte, als sie viel zu spät an diesem Abend zu Bett ging und ihr Mann neben ihr unter die Decke schlüpfte. Das Gespräch mit Justen Devray hatte ihr keine größeren moralischen Probleme bereitet, und auch die ergebnislose Suche nach Donald war nicht mehr als frustrierend gewesen. Aber dann war da noch der zweite Anruf, den sie getätigt hatte, derjenige, über den sie Alvar nichts zu erzählen wagte.

Natürlich machte sie sich letztendlich selbst etwas vor. Sie wußte nur zu gut, daß sie *falsch* gehandelt hatte. Sie hatte sich in eine laufende polizeiliche Ermittlung eingemischt.

Aber irgendwie hatte sie die Verantwortung der Schöpferin für ihre Geschöpfe eingeholt. Und Fredda kannte Justen Devray, kannte seine Einstellung gegenüber Caliban und den Robotern der Neuen Gesetze. Es war nicht unwahrscheinlich, daß Devray zuerst schießen und dann erst fragen würde. Entweder er oder irgendein anderer. Und sie war es ihren Robotern, ihren Geschöpfen, schuldig, es nicht soweit kommen zu lassen.

Ob richtig oder falsch, sie hatte gar keine andere Wahl gehabt. *Irgend jemanden* hatte sie warnen müssen.

Caliban selbst befand sich in keinem geringeren Zwiespalt. Er saß an seinem Schreibtisch im Büro der Roboter der Neuen Gesetze in Depot, verfolgte die ihn umgebende Hektik und Geschäftigkeit und dachte nach.

Er hatte wenig Sympathie für Simcor Beddle. Es war nicht gerade leicht, Mitgefühl für einen Mann aufzubringen, der es sich zum Ziel gesetzt hatte, einen auszulöschen. Aus der Sicht der Roboter der Neuen Gesetze war Simcor Beddles Sicherheit natürlich nicht von zentraler Bedeutung. Es schien unvermeidlich, daß eine größere Polizeiaktion in der Umgebung von Walhalla Auswirkungen auf die Evakuierung der Roboterstadt haben würde. Die Frage war nur, wie groß würden diese Auswirkungen sein, und in welcher Form würden sie die Roboter beeinflussen?

Caliban erhob sich, durchquerte den überfüllten Vorraum und steuerte Prosperos Privatbüro im vorderen Teil des Gebäudes an. Die Roboter der Neuen Gesetze arbeiteten überall auf Hochtouren und bemühten sich verzweifelt, Transportmöglichkeiten für sich und die anderen zu organisieren.

Als Caliban Prosperos Büro betrat, sah er, daß bereits zwei andere Roboter darauf warteten, ihre Probleme mit ihrem Führer zu besprechen. Prosperos beendete gerade ein Ferngespräch.

Mit *ihrem Führer.* Interessant. Caliban sah zu, wie Prospero sich dem ersten der beiden Roboter zuwandte. Eine Zeitlang hatte Prosperos Anspruch auf die Führerschaft der Roboter der Neuen Gesetze auf wackligen Füßen gestanden. Zwar war seine Akzeptanz über die Jahre hinweg kontinuierlich gewachsen, aber der Grieg-Komet hatte seinem Ansehen mehr als alles andere genutzt. Es schien fast, als hätte er aus der Krise Kraft geschöpft, die er dazu einsetzte, seine Position auszubauen, während er die Roboter der Neuen Gesetze aus der Gefahr herausführte. Vielleicht lag es nur daran, daß die Roboter gerade jetzt einen Führer brauchten und Prospero zur Stelle und bereit war, sich der Herausforderung zu stellen, vielleicht aber war auch etwas an seiner Persönlichkeit, das die anderen zu ihm hinzog.

Auf jeden Fall hatte er viel für sie getan, war pausenlos im Einsatz gewesen und zwischen Walhalla und Depot hin und her gependelt, hatte allen Bürokraten, die ihm zuhörten, Transportkapazitäten abgeschwatzt, war ständig unterwegs und schien immer genau dort aufzutauchen, wo er am dringendsten gebraucht wurde.

Und jetzt war seine Aufgabe beinahe erledigt. Caliban blickte durch das große Panoramafenster hinter Prospero auf die Straße hinaus. Der chaotische Verkehr und das hektische Gedränge begannen allmählich nachzulassen. Überall standen nackte und leere Gebäude herum, aus denen alles entfernt worden war, was man mitnehmen konnte. Hier und da flatterten Abfälle und Unrat im leichten Wind herum. Depot – wie die gesamte Utopiaregion – leerte sich, und auch die Roboter der Neuen Gesetze verschwanden. Rund die Hälfte von ihnen hatte sich bereits in Sicherheit gebracht. Das Verdienst dafür gebührte Prospero. Er hatte sie organisiert und zusammengeführt.

Prospero beendete sein Gespräch mit dem zweiten Roboter und wandte sich Caliban zu. Caliban schloß die Tür und trat an den Schreibtisch.

»Unter den Robotern der Neuen Gesetze besteht wenig Grund für Heimlichtuerei, Freund Caliban«, sagte Prospero und deutete auf die geschlossene Tür.

»Aber manchmal ist sie doch erforderlich, Freund Prospero«, erwiderte Caliban. »Fredda Leving hat mich beauftragt, dir bestimmte Informationen unter der Bedingung zu übermitteln, daß du sie nicht weitergibst. Niemand sonst darf davon erfahren. Ich habe ihr bereits mein Wort gegeben, nur mit dir darüber zu spechen.«

»Tatsächlich?« fragte Prospero. »Du verblüffst mich,

Freund Caliban. Normalerweise neigst du nicht sonderlich zur Dramatik. Aber in Ordnung. Ich gebe dir mein Wort, die Nachrichten für mich zu behalten. Worum geht es?«

»Simcor Beddle ist entführt worden.«

»Was?« Prospero blickte Caliban eindringlich an. »Er ist entführt worden? Von wem? Warum? Wie? Was hat das zu bedeuten?«

»Ich habe nicht die leiseste Ahnung, wie ich eine dieser Fragen beantworten sollte«, gestand Caliban. »Dr. Leving hat mir nicht mehr erzählt, als daß die Entführung irgendwo weit im Süden von Depot stattgefunden hat. Die Information soll solange wie möglich geheimgehalten werden, um zu vermeiden, daß eine Panik unter den Robotern der Drei Gesetze ausbricht. Dr. Leving hat gegen mehrere Vorschriften verstoßen, um uns zu informieren.«

»Die Menschen machen sich ständig Umstände zum Wohl ihrer Sklaven-Roboter«, stellte Prospero fest, der seine Fassung schnell wiedergefunden hatte. »Ich bin mir sicher, daß dir die Bedeutung des Ortes nicht verborgen geblieben ist. Vermutlich wird es in der Umgebung von Walhalla eine Menge polizeilicher Aktivitäten geben, einschließlich einer Suche. Auch wenn wir nur sehr wenig tun können, müssen wir uns genau überlegen, wie wir verhindern können, daß Walhalla entdeckt wird. Wir müssen alles in unserer Macht Stehende tun, um die Roboter der Neuen Gesetze zu schützen.«

»Die Notwendigkeit, die Lage der Stadt geheimzuhalten, ist doch mittlerweile bestimmt hinfällig«, wandte Caliban ein. »Besonders nachdem du Walhalla noch vor dem festgesetzten Zeitpunkt hast räumen lassen. Die Aufgabe war nicht einfach zu bewältigen, aber der weitaus größte Teil der Bevölkerung ist bereits fort. Viele drängen sich hier in Depot und suchen nach Transportmöglichkeiten. In Walhalla sind nur ein paar Aufpasser zurückgeblieben, die sich um das Verpacken der letzten Ausrüstungsgegenstände kümmern. Warum sollten wir uns immer noch bemühen, daß niemand die Stadt findet, wenn sie sowieso zerstört werden wird?«

»Ich hatte meine Gründe dafür, die Evakuierung zu beschleunigen«, erklärte Prospero. »Es standen Transportkapazitäten zur Verfügung, und ich habe es für klüger gehalten, sie sofort zu benutzen, weil die Gefahr bestand, daß sie später nicht mehr da sein würden. Die Veränderung des Terminplans zu unseren Gunsten hat mir vor Augen geführt, daß sie auch genausogut zu unserem Nachteil hätte ausfallen können.«

»Ich verstehe«, sagte Caliban.

»Und was die Notwendigkeit betrifft, die Lage der Stadt auch jetzt noch geheimzuhalten, wir könnten später wieder gezwungen werden, die gleichen Tarntechniken anzuwenden. Darüber hinaus ist die menschliche Sichtweise zu bedenken. Die Geschichte, daß unsere Stadt nie entdeckt worden ist, könnte sich in der Zukunft als ein psychologischer Vorteil für uns erweisen. Wir könnten sogar die Legende verbreiten, daß die Stadt immer noch existiert und alle in einer völlig falschen Gegend gesucht haben. Außerdem könnte die Untersuchung von Walhalla Aufschlüsse über uns geben. Wir haben jetzt schon zu viele Schwachpunkte. Es wäre dumm, den Menschen noch mehr Vorteile uns gegenüber zu verschaffen.«

Caliban ließ sich Prosperos Ausführungen eine Weile durch den Kopf gehen. Es beeindruckte ihn nicht zum ersten Mal, wie gründlich Prospero über die gesamte Situation nachdachte. »Deine Argumente sind sehr stichhaltig, Freund Prospero«, sagte er schließlich. »Du hast völlig recht. Wir müssen alles tun, was wir können. Ich werde dich jetzt wieder deiner Arbeit überlassen.«

»Danke, daß du mich über die neusten Entwicklungen informiert hast, Freund Caliban. Natürlich werde ich mich auch bei Dr. Leving bedanken, sobald ich das ohne Gefahr tun kann. Unter allen Menschen gibt es zumindest eine Frau, die zu ihren Überzeugungen steht.«

»Darin stimme ich dir zu«, sagte Caliban. »Sie ist eine bewundernswerte Frau. Dann also auf Wiedersehen, Freund Prospero.«

»Bestimmt nicht für lange, Freund Caliban«, erwiderte Prospero, der sich bereits auf die nächste vor ihm liegende Aufgabe konzentrierte.

Caliban öffnete die Tür und verließ das Büro. Er ging die Treppe hinab, trat in das Gedränge auf der Straße hinaus und blickte zum Himmel auf, zu dem großen hellen Lichtfleck, der unablässig wuchs. Der Komet kam immer näher, und es blieb nicht mehr viel Zeit.

Was hatte Prospero gesagt? *Wir müssen alles in unserer Macht Stehende tun, um die Roboter der Neuen Gesetze zu schützen.* In den zurückliegenden Tagen hatte Caliban sich ihnen wieder stärker zugehörig gefühlt. Je weniger Zeit und Interesse die Welt der Menschen für sie übrig hatte, je mehr sie bereit war, alle Roboter der Neuen Gesetze eines unbedeutenden Vorteils willen sterben zu lassen, desto größer wurde Calibans Mitgefühl für die Roboter. *Alles, was in unserer Macht steht.* Das würde erfordern, sein Wort gegenüber Fredda Leving zu brechen. Es würde bedeuten, ihr ein wenig zu schaden, aber bestimmt nicht so sehr, daß sie sich nicht wieder davon erholen würde. Und es könnte eine brutale Säuberungswelle unter den Robotern der Neuen Gesetze verhindern. Ein Roboter ohne Gesetze zu sein – der einzige seiner Art –, hätte für Caliban eigentlich bedeuten müssen, ohne jegliche Einschränkungen handeln zu können, aber es gab mehr als feste, vorprogrammierte Gesetze, die ein Geschöpf zum Handeln zwingen konnten.

Caliban drehte sich um und machte sich auf den Weg

zum provisorischen Hauptquartier der CIP in Constable Bukkets ehemaligem Büro.

Donald hatte sich im Wald ein bis zwei Kilometer von der Winterresidenz entfernt versteckt und wartete. Ein Felsspalt bot ihm Schutz vor den meisten Detektorsystemen. Solange er seine Energieversorgung auf ein Minimum reduzierte und damit seine Eigentemperatur und andere anmeßbare Emissionen verringerte, war er zuversichtlich, sich lange genug verstecken zu können. Wie lange das sein würde, war allerdings unmöglich zu sagen.

Er hatte vorsätzlich gegen einen ganz genau definierten Befehl seines Herrn verstoßen. Das Erste Gesetz hatte ihn dazu gezwungen. Hätte er gehorcht, hätte der Gouverneur ihn zweifellos abgeschaltet, um ihn daran zu hindern, sein Wissen an die anderen Roboter der Drei Gesetze weiterzugeben. Dies zu gestatten, hätte ihn zur Untätigkeit verurteilt, wodurch er wiederum zugelassen hätte, daß ein Mensch zu Schaden kommen würde. Er konnte Beddle nicht zu Hilfe eilen, wenn er deaktiviert war.

Aber noch hatte er keine Maßnahmen ergriffen, um Beddle zu retten. Bisher war kein aktives Handeln erforderlich geworden. Selbst wenn sich Beddle im Einschlagsgebiet des Kometen aufhielt – und es gab keinen besonderen Grund zu dieser Annahme –, blieben den Menschen immer noch etwas mehr als drei Tage Zeit, um ihn zu retten. Donald wußte ganz genau, daß jede Anstrengung, den Führer der Eisenschädel zu retten, anderen Menschen Schaden zufügen konnte, zum Beispiel, wenn sich als Gleiterpiloten fungierende Roboter weigerten, lebenswichtige Ausrüstung zu transportieren, weil sie sich an der Suche beteiligten. Je mehr Roboter so kurz vor dem Eintreffen des Kometen in dem Zielgebiet waren, desto mehr konnten durch den Einschlag zerstört werden, und eine Verknappung robotischer Arbeitskraft konnte leicht zu einem großen Nachteil für die Menschen werden.

Kurz gesagt, Roboter von der Evakuierung abzuziehen, konnte unübersehbaren Schaden verursachen. Außerdem hatte Gouverneur Kresh mit seinen Befehl eindeutig die Absicht verfolgt, Donald am Reden zu hindern. Indem er nur einen Teil des Befehls verweigert hatte, hatte er den Verstoß gegen das Zweite Gesetz in Grenzen gehalten. Donald hatte sich nach Kräften bemüht, einen Mittelweg zwischen den widersprüchlichen Forderungen zu finden, denen er aufgrund der Gesetze unterworfen war. Er hielt sich die Möglichkeit offen, den anderen Robotern der Drei Gesetze über Hyperfunk eine Warnung zu übermitteln, sah aber noch davon ab.

Doch der Zeitpunkt würde kommen, das wußte er. Sollte Beddle nicht rechtzeitig gerettet werden, würde die Forderung des Ersten Gesetzes, daß Donald tätig wurde, um den Mann zu retten, sich gegenüber der Gehorsamspflicht durchsetzen, den Mund zu halten. Früher oder später würde er zum Handeln gezwungen werden. Den Zwang zu verstehen, unter dem er stand, trug nicht dazu bei, ihn irgendwie abzuschwächen.

Donald würde etwas *tun* müssen.

Aber er hatte keine Ahnung, was er tun sollte.

Norlan Fiyle war ein alter Hase, was Verhöre betraf. Er hatte schon etliche hinter sich gebracht. Während er im behelfsmäßigen Verhörraum des Außenbüros der CIP in Depot darauf wartete, daß Commander Devray erschien, um mit dem Spiel zu beginnen, kam ihm der Gedanke, daß er vielleicht sogar an mehr Verhören als Devray teilgenommen hatte, wenn auch von der anderen Seite des Tisches aus. Das würde ihm vermutlich helfen.

Fiyle hatte aus Erfahrung die eine oder andere Taktik

gelernt. Vor allen Dingen war es wichtig, daß man nicht alles preisgab, selbst wenn man bereit war, mit der Gegenseite zu kooperieren. Ein Verhör war eine Verhandlung, eine Art Tauschgeschäft. Gib du mir etwas von dir, dann gebe ich dir etwas von mir. Selbst wenn man reden wollte, war es unklug, zu schnell zu viel zu verraten, denn damit verspielte man seine Möglichkeiten, einen Handel abzuschließen. Den anderen gefiel es immer besser, wenn sie einem die Informationen entlocken mußten und einen vielleicht bei dem einen oder anderen Schwindel ertappten. Hatten sie einen bei einer Lüge erwischt und wußten, daß der Befragte sich dessen ebenfalls bewußt war, waren sie besser darauf vorbereitet, die Wahrheit zu glauben, wenn sie sie hörten. Norlan verstand die Spielregeln mehr auf einer instinktiven als auf einer bewußten Ebene.

Andererseits war es in einer derartigen Situation auch wichtig, kooperativ zu erscheinen, eine ziemlich verzwickte Angelegenheit, wenn man das eine oder andere zu verbergen hatte – und wer hatte das nicht? Manchmal bestand die beste Vorgehensweise darin zu versuchen, die Gegenseite abzulenken. Fiyle wäre nicht so blauäugig gewesen, diesen Trick bei einem alten Hasen wie Alvar Kresh anzuwenden, aber bei Justen Devray könnte es funktionieren. Devray war zweifellos klug, aber er hatte kaum Erfahrung auf diesem Gebiet. Während der Verhaftung hatte er Fiyle tatsächlich verraten, daß Beddle entführt worden war, anstatt ihn vorerst im Ungewissen zu lassen, um herauszufinden, wieviel Fiyle bereits wußte. Wer einen solchen Fehler beging, konnte auch andere machen.

Die Tür öffnete sich, und Devray kam herein. Allein, ohne Roboteradjutanten. Schon allein das war interessant. Fiyle lächelte und lehnte sich in seinem Stuhl zurück, als sich Devray setzte und seine Papiere auf dem Tisch ausbreitete.

»Ich habe mich schon gefragt, wie lange Sie brauchen würden, um auf mich zu kommen«, sagte Fiyle, wobei er sich bemühte, so gelassen und selbstbewußt wie möglich zu klingen.

»Nicht allzu lange«, erwiderte Devray. »Sie haben zu praktisch allen Verdächtigen in diesem Fall irgendeine Verbindung.«

»Völlig richtig«, bestätigte Fiyle. »Ich kenne eine Menge Leute.«

»Und fast alle haben Sie dann und wann als Informanten angeheuert«, stellte Devray fest.

»Einschließlich der CIP«, sagte Fiyle, »auch wenn ich in Ihren Akten vielleicht nicht auftauche. Ein paar Bargeldgeschäfte unter der Hand. Und Sie haben eine korrekte Gegenleistung für Ihr Geld bekommen.«

»Das hoffe ich«, sagte Devray. »Allerdings ist das alles Schnee von gestern, wenn es denn überhaupt wahr ist. Was ich von Ihnen wissen möchte, ist, wer heute für Ihre Informationen bezahlt.«

»Niemand«, behauptete Fiyle, und zumindest das entsprach völlig der Wahrheit. Es war immer gut, hier und da etwas Wahres einzuflechten, wenn sich eine passende Gelegenheit ergab. »Der einzige, für den ich im Augenblick arbeite, ist Gildern, und ich würde mich nicht sträuben, wenn ich aussteigen müßte.«

»Sie haben den Auftrag nicht freiwillig angenommen?«

»Lassen Sie es uns so sagen: Gildern hat mich überzeugt, daß ich ihm einen Gefallen schulde.«

»Aber wie auch immer Ihre Einstellung dazu ist oder wie auch immer Sie die Information erhalten haben, Sie wußten schon lange im voraus über Beddles Rundreise Bescheid.«

»O ja. Ich wußte alles darüber. Beddle sollte Gilderns Gleiter für eine Tour durch die kleinen Siedlungen benutzen.«

Devray zog einen Stapel Fotos aus seiner Aktenmappe hervor und reichte sie Fiyle. »Ist das Gilderns Gleiter?«

Fiyle betrachtete die Bilder nacheinander. Vier Roboter, säuberlich in den Hinterkopf geschossen, die mit den Gesichtern auf dem Boden vor einem Gleiter lagen. Eine Nahaufnahme eines Roboters. Eine andere Aufnahme des Gleiters von außen. Ein Foto des Cockpits, auf dem der tote Roboterpilot und die zerstörten Flugrekorder zu sehen waren. Ein weiteres Foto mit der Lösegeldforderung. Ja, Devray machte tatsächlich Fehler. Er hätte ihm nur eine Außenaufnahme des Gleiters zeigen müssen. Der Commander hatte keinen Grund, ihn die ganze Bilderserie sehen zu lassen.

»Richtig, das ist Gilderns Gleiter«, bestätigte Fiyle. Und plötzlich hielt er den Zeitpunkt für gekommen, Devray von der Fährte abzubringen, sein Interesse von sich weg und auf jemand anderen zu lenken. »Und«, sagte er so beiläufig wie nur möglich, »war die Bombe immer noch in Gilderns Gleiter, als Sie ihn gefunden haben?«

Justen Devray wußte nicht, was er von der Sache halten sollte. Er kehrte in sein Privatbüro zurück und begann zu grübeln. Wenn – falls – Fiyle die Wahrheit gesagt hatte, ob die ganze Wahrheit oder nur ein Teil davon, dann hatten die Eisenschädel die vollständige Ausrottung der Roboter der Neuen Gesetze geplant. Justen selbst hatte nicht viel übrig für diese Roboter, aber er war weit davon entfernt, ihre illegale Beseitigung gutzuheißen.

Wenn die Regierung beschloß, sie innerhalb des gesetzlichen Rahmens zu eliminieren, war das eine Sache. Dies aber war etwas völlig anderes. Wenn sich der Gedanke an Selbstjustiz erst einmal in den Köpfen der Bevölkerung festsetzte, würde die Gesellschaft im Chaos versinken.

Falls Fiyle die Wahrheit gesagt hatte, kam plötzlich ein ganz anderes Motiv für das Verbrechen in Frage. Eine Menge Leute konnten durchaus ein Interesse daran haben, eine Tiefenbombe zu besitzen oder gar zu benutzen. In Gilderns Gleiter war keine Spur davon entdeckt worden, soviel war klar. Entweder war sie nie dort gewesen, oder aber die Kidnapper hatten sie mitgenommen, was zumindest die Vermutung nahelegte, daß sie schon vorher davon gewußt hatten.

Angenommen, sowohl die Entführung als auch die Lösegeldforderung dienten lediglich der Irreführung? Angenommen, die Täter hatten Beddle ganz einfach umgebracht, die Leiche irgendwo verscharrt, die Bombe entwendet und die CIP auf eine falsche Fährte geführt?

Plötzlich gab es beliebig viele Möglichkeiten – immer unter dem Vorbehalt, daß Fiyle die Wahrheit gesagt hatte.

Allerdings konnte Devray kaum etwas tun, um Fiyles Geschichte zu überprüfen. Vielleicht aber konnte er auf indirektem Weg an die Sache herangehen. Bestimmte Aspekte des Falles deuteten auf einen bestimmten Verdächtigen. Auf jemanden, der etwas mehr Einfluß als Fiyle besaß, der schwerer zu verhaften sein würde und den man auch nicht so leicht für längere Zeit hinter Gittern würde halten können, wenn er beschloß, nicht so hilfreich – oder scheinbar hilfreich – wie Fiyle zu sein. Justen würde ein paar belastende Indizien ausgraben müssen, bevor er gegen diesen Verdächtigen vorgehen konnte.

Und es wurde Zeit, genau das zu tun.

Die Lösegeldforderung. Justen wußte aus diversen Fallstudien, daß die Geldübergabe in der Regel der Punkt war, an dem man eine Entführung aufklären konnte. Die Täter waren gezwungen, auf die eine oder andere Art in Erscheinung zu treten, um das Geld in Empfang nehmen zu können. In ferner Vergangenheit, noch vor der Einführung des elektronischen Zahlungsverkehrs, war das Problem der Geldübergabe für die Kidnapper nahezu unlösbar gewesen. Natürlich gab es selbst beim elektronischen Zahlungsverkehr immer noch die Möglichkeit, die Transfers zurückzuverfolgen. In diesem Fall aber waren die Entführer ziemlich geschickt vorgegangen. Devray konnte nur hoffen, daß sie nicht geschickt genug gewesen waren. Er hatte die Bilder des Tatorts in seinem Notebook abgespeichert und holte sich jetzt die Aufnahme der Botschaft auf den Bildschirm.

STOPT KOMMET + ZALT 500.000 TDC AUF
PBI-KONNTO-NR 18083-19109
ODER BEDDL WIRT STERBN

Justen Devray wußte das ein oder andere über die PBI, die Planetary Bank of Inferno, zum Beispiel, daß ein Konto mit einer Doppelnummer vorprogrammiert werden konnte, ein paar interessante Dinge zu tun. Eines davon war, verschlüsselte Überweisungen auszuführen. Eine Einzahlung auf ein entsprechend programmiertes Konto aktivierte einen nur für diesen einmaligen Vorgang wirksamen doppelten Entcodierungsschlüssel, der eine codierte Überweisung initiierte, wodurch das Geld auf ein zweites Konto gebucht wurde, dessen Nummer nur in dem verschlüsselten Programm enthalten war. Danach löschten sich beide Programme selbständig. Resultat: Das Geld wurde auf ein zweites geheimes Konto bei einer vielleicht anderen Bank transferiert, und es gab keine Möglichkeit, die Bewegung nachträglich zu verfolgen.

Es sei denn, man war der Commander der CIP und verfügte über die Vollmacht, im Zuge der laufenden Ermittlungen alle Konten einzufrieren. Justen war im Begriff, diese Vollmacht bis zum Äußersten auszuschöpfen, schließlich ging es hier auch um einen Fall von extremer Tragweite. Was er vorhatte, konnte nur auf einem Planeten mit einer relativ bescheidenen Wirtschaft und einem stark zentralisierten Verrechnungssystem funktionieren, und zufälligerweise traf das genau auf Inferno zu.

Devray koppelte sein Notebook mittels verschlüsseltem Hyperfunk mit der zentralen Verrechnungsinstanz, der Central Clearing Bank, und machte sich an die Arbeit. Jede elektronische finanzielle Transaktion auf dem gesamten Planeten wurde über die CCB abgewickelt, was sie zur der mit Abstand geeignetsten Schaltstelle machte, um illegale Geldgeschäfte aufzuspüren.

Die richtigen Schritte festzulegen, dauerte deutlich länger, als sie auszuführen. Erster Schritt: Einfrieren aller Überweisungsvorgänge auf dem gesamten Planeten, mit Ausnahme derjenigen, die vom Zentralkonto der CIP und dem Konto 18083-19109 bei der PBI durchgeführt wurden. Zweiter Schritt: Über das CCB-System die derzeitige Höhe aller Kontostände feststellen. Diese Aufgabe war umfangreich genug, um das CCB-System mehrere Sekunden lang zu beschäftigen. Dritter Schritt: Etwas Geld investieren.

Justen brauchte einen Moment, um sich dazu durchzuringen. Es sollte eigentlich keine Probleme bereiten, das Geld später wieder aufzufinden, aber angenommen, es gelang ihm nicht? Angenommen, die Kidnapper schnappten sich die halbe Million in Regierungsgeldern und waren nie mehr gesehen?

Devray grinste vor sich hin und schüttelte den Kopf. Na schön, und was, wenn? Was sollte Kresh dann tun? Das Gehalt des Commanders der CIP konfiszieren, um das Geld zurückzuholen? Justen gab den Zahlungsbefehl ein und sah auf dem Bildschirm, wie eine halbe Million in Trader Demand Credits vom Konto der CIP verschwand, kurz auf dem PBI-Konto 18083-19109 auftauchte und dann erneut verschwand, auf irgendein anderes geheimes Konto wechselte. Es war genau das, was er erwartet hatte, aber trotzdem verursachte es ihm ein leicht ungutes Gefühl in der Magengegend. Was, wenn er irgend etwas übersehen hatte?

Egal. Es gab nur eine Möglichkeit, das herauszufinden, auf die eine oder andere Art. Vierter Schritt: Das CCB-System erneut alle Kontostände überprüfen lassen und eine Meldung aller Veränderungen anfordern. Durch das Einfrieren aller Überweisungsvorgänge bis auf die zweier Konten, durfte es theoretisch nur drei Konten geben, auf denen eine Bewegung stattgefunden hatte. In der Praxis ... nun, er würde es gleich wissen. Justen ließ sich alle Konten anzeigen, auf denen eine Veränderung eingetreten war, und stieß einen langen erleichterten Seufzer aus. Wie er gehofft hatte, waren es nur drei. Das der CIP, das bei der PBI – und ein drittes, das einen vor wenigen Sekunden erfolgten Eingang von 500.000 in Trader Demand Credits aufwies.

Fünfter Schritt: Devray belegte das dritte Konto mit einem Überwachungsprogramm, so daß keine Bewegungen stattfinden konnten, ohne daß er davon erfuhr. Fast hätte er den sechsten Schritt vergessen, alle anderen Konten wieder freizugeben, denn ohne diese Freigabe hätte er ein planetenweites finanzielles Fiasko zu verantworten gehabt. So aber war das System nicht einmal drei Minuten lang lahmgelegt gewesen. Selbst die wohlhabendsten Spekulanten mit den dicksten Bankkonten würden kaum bemerken, daß sie die Zinsen für drei Minuten verloren hatten.

Jetzt blieb nichts weiter zu tun, als nachzusehen, wem das fragliche Konto gehörte, und Justen würde wissen, wer das Lösegeld erhalten hatte. Es bedurfte keiner großen logischen Verrenkungen, um daraus den Schluß zu ziehen, daß der Kontoinhaber mit der Person identisch war, die hinter der Entführung steckte.

Justen ging davon aus, daß es eine absolut *falsche*

Spur war, aber das spielte keine Rolle. Er würde das Spiel trotzdem zu Ende spielen.

Schon als er die Nachfrage stellte, war er sich praktisch sicher, welcher Name auf dem Bildschirm erscheinen würde, so sicher, daß er fast schon eine gewisse Ernüchterung verspürte, als er den Namen las und wußte, daß seine Vermutung richtig gewesen war. Aber trotzdem war es das letzte fehlende Teil des Puzzles. Es paßte alles zusammen. Alles deutete genau auf diesen einen Verdächtigen hin.

Und genau aus diesem Grund war Justen Devray überzeugt, daß dieser spezielle Verdächtige absolut unschuldig war. Aber es hatte keinen Sinn, das den oder die wahren Schuldigen wissen zu lassen. Er stand auf und trat in den Vorraum. »Sergeant Sones, schicken Sie ein paar Leute los, um Jadelo Gildern zu verhaften«, wies er den diensttuenden Beamten an. »Er steht unter dem dringenden Tatverdacht, Simcor Beddle entführt zu haben.«

»Sir?« fragte der Polizist erstaunt. »Jadelo Gildern?«

»Ich weiß, was Sie meinen«, erwiderte Justen. »Vertrauen Sie mir. Wir haben mehr Indizien, als wir für eine Verhaftung brauchen. Lassen Sie ihn festnehmen.« Er kehrte in sein Büro zurück und setzte sich wieder an seinen Schreibtisch. Er brauchte Zeit, um in Ruhe über alles nachzudenken. Einen kurzen Moment lang fragte er sich, ob er die richtigen Schlußfolgerungen gezogen hatte. Er ging davon aus, daß Gildern aufs Kreuz gelegt worden war. Aber angenommen, Gildern war tatsächlich schuldig? Der Mann hatte auf jeden Fall die Mittel, ein Motiv und die Gelegenheit gehabt.

Nein, das war lächerlich. Es war Jadelo Gilderns Beruf, die Geheimnisse anderer Leute aufzuspüren. Er hätte seine Spuren sehr viel besser verwischen können. Es war viel zu leicht gewesen, die Überweisung bis zu ihm zu verfolgen. Wenn Gildern vorgehabt hätte, das

Geld zu waschen, dann wäre es auch sauber gewesen und unauffindbar geblieben, davon war Devray überzeugt. Er hätte das Geld niemals auf sein eigenes Konto überweisen lassen.

Justen hatte den Transfer entdecken sollen. Die ganze Operation hatte einzig und allein dem Zweck gedient, Gildern zu diskreditieren, dessen war sich Devray sicher. Zweifellos beobachteten die wahren Kidnapper den Geheimdienstchef der Eisenschädel. Gut. Sollten sie ruhig glauben, der Commander würde die falsche Spur verfolgen.

Das Problem war allerdings, daß es gar keine andere Spur gab, die er verfolgte. Simcor Beddle war nach wie vor verschwunden, es fehlte eine Bombe, und ein Komet raste genau auf den Planeten zu.

Devray hatte nicht die leiseste Ahnung, wie er Beddle und die Bombe finden sollte, bevor der Komet alles unter einem riesigen Krater begraben würde.

Fiyle. Er würde sich erneut mit Norlan Fiyle beschäftigen müssen. Der Mann konnte ihm garantiert mehr erzählen, als er bisher getan hatte. Allmählich wurde Devray klar, daß er noch nicht allzu viele Antworten erhalten hatte – was in erster Linie daran lag, daß er es bisher versäumt hatte, die entsprechenden Fragen zu stellen. Es wurde Zeit, daß er sich wieder darum kümmerte und …

Ein leises Klopfen riß ihn aus seinen Gedanken. Sergeant Sones öffnete die Tür und schob den Kopf durch die Öffnung. »Entschuldigen Sie, Sir«, sagte er, »aber ich glaube, das dürfte Sie interessieren. Ein Roboter, der sich Caliban nennt, möchte Sie sprechen. Er sagt, er wäre hier, um sich festnehmen zu lassen.«

19. Kapitel

Du sagst also, daß du nichts mit diesem Fall zu tun hast, aber trotzdem inhaftiert werden möchtest«, faßte Devray zusammen und musterte nachdenklich den Roboter, der vor seinem Schreibtisch stand.

»Das ist richtig«, erwiderte Caliban. »Dr. Leving hat mir von der Entführung Simcor Beddles berichtet, und ich habe Prospero informiert. Dr. Leving war besorgt, daß die Maßnahmen der Polizei zusätzliche Schwierigkeiten für die Evakuierung der Roboter der Neuen Gesetze bedeuten könnten, falls sie Ihnen irgendwie in die Quere kommen sollten. Meine Befürchtungen sind allerdings konkreterer Natur. Sie und ich, wir haben früher schon miteinander zu tun gehabt. Damals schien Ihre Grundeinstellung die zu sein, daß Sie sowohl mich als auch die Roboter der Neuen Gesetze am liebsten auslöschen würden, und ich wüßte keinen Grund, warum sich Ihre Haltung in der Zwischenzeit geändert haben sollte. Darüber hinaus hat sich allgemein die Vorstellung eingebürgert, daß ich theoretisch in der Lage bin, Menschen Schaden zuzufügen und andere Verbrechen zu begehen, weil ich ein Roboter ohne Gesetze bin. Daraus läßt sich die Annahme ableiten, daß ich jedes aktuellen Verbrechens schuldig bin. Außerdem empfinde ich keine große Zuneigung für Simcor Beddle. Ich wäre ein willkommener Verdächtiger.«

Devray schwieg einen Moment lang. Vor nicht einmal

einer Stunde hatte ihn die Vorstellung, daß Beddle und Gildern die Roboter der Neuen Gesetze ausrotten wollten, aufrichtig schockiert und angewidert. Es war äußerst beschämend, ausgerechnet von Caliban daran erinnert zu werden, daß er früher selbst diese Haltung vertreten hatte. Und welchen Unterschied konnte es schon für die Betroffenen machen, ob ihre Mörder über eine offizielle und legale Genehmigung verfügten oder illegal vorgingen?

Natürlich kamen noch andere Faktoren ins Spiel. Devray verbannte alle Gefühle und Sentimentalitäten aus seinen Überlegungen. Der einzige Grund, warum Caliban nicht ganz oben auf seiner Liste von Verdächtigen stand, lag darin, daß Devray sofort eine lückenlose Überwachung des Gesetzlosen Roboters angeordnet hatte, als Caliban in Depot aufgetaucht war, was genau an der verqueren Logik lag, die der Roboter gerade dargelegt hatte. Devray traute ihm tatsächlich jede Schandtat zu. Die Beobachtungsroboter aber lieferten Caliban nicht nur ein wasserdichtes Alibi für die Zeit der Entführung, sondern sie konnten auch bestätigen, daß er nicht mehr mit Fiyle gesprochen hatte, seit dieser laut seiner eigenen Aussage das von Beddle und Gildern ausgeheckte Komplott belauscht hatte. Devray machte sich Vorwürfe, Fiyle nicht beschattet lassen zu haben. Es wäre verdammt nützlich gewesen, über *Fiyles* Schritte Bescheid zu wissen.

»Du stehst in diesem Fall nicht mehr unter Verdacht«, sagte Devray schließlich. »Es liegen nicht nur keine Verdachtsmomente gegen dich vor, sondern es gibt im Gegenteil Indizien, die eindeutig deine Unschuld beweisen.«

»Trotzdem möchte ich in Gewahrsam genommen werden.«

»Und warum das?«

»Weil Simcor Beddles Entführung früher oder später

bekannt werden wird. Viele Menschen werden mich für schuldig halten, nur weil ich Caliban, der Gesetzlose Roboter bin. Ich möchte keinem dieser Leute über den Weg laufen. Außerdem verwechseln viele Menschen meinen Status mit dem der Roboter der Neuen Gesetze. Die Roboter der Neuen Gesetze können einem Menschen genausowenig Schaden zufügen, wie es ein Roboter der Drei Gesetze könnte, aber das vergessen die Leute immer wieder. Es könnte passieren, daß ein aufgebrachter Mob beschließt, seine Wut über die Entführung Simcor Beddles an dem erstbesten Roboter der Neuen Gesetze auszulassen, der ihm begegnet. Sollte die Entführung bekannt werden und Sie könnten melden, daß der Gesetzlose Roboter Caliban bereits in Haft ist, könnte es die Öffentlichkeit davon abhalten, sich in eine gefährliche Wut auf die Roboter der Neuen Gesetze hineinzusteigern.«

»Früher oder später werden wir die wahren Täter erwischen«, gab Justen zu bedenken. »Dann müßten wir dich freilassen. Angenommen, der Mob würde glauben, daß du schuldig bist, weil du im Gefängnis gesessen hast, und beschließen, die Sache selbst in die Hand zu nehmen?«

»Ich bin bereit, dieses Risiko auf mich zu nehmen«, erwiderte Caliban. »Wenigstens habe ich dann mein Möglichstes getan, um Gefahr von anderen abzuwenden.«

Devray musterte den großen, roten, kantigen Roboter erneut nachdenklich. Caliban bot sich als eine Art Geisel an, um den Mob davon abzuhalten, anderen die Schuld zu geben. Er hatte offensichtlich ein gutes Gespür für die menschliche Psyche – und gleichzeitig eine äußerst schlechte Meinung über sie. Es war eine verdammt bittere Anklage gegen die Menschheit, daß er die Situation wahrscheinlich absolut richtig einschätzte.

»In Ordnung«, sagte Devray schließlich. »Du kannst die Zelle neben Fiyle haben.«

Donald ertrug es nicht länger. Die Zeit wurde zu knapp, und der Komet kam mit jeder Sekunde unaufhaltsam näher. Donald hatte sowohl den Polizei- und den Rettungsfunkverkehr abgehört als auch die öffentlichen Nachrichten verfolgt, und Simcor Beddles Entführung war nirgendwo erwähnt worden. Die Forderung aufgrund des Ersten Gesetzes, tätig zu werden, um Beddle zu retten, war ständig stärker geworden, je näher der Komet Inferno kam und je länger der Anführer der Eisenschädel verschwunden blieb.

Und jetzt konnte Donald dem Drang nicht mehr widerstehen. Er schaltete wieder auf normale Betriebsleistung um, kroch aus seinem Versteck und sah zum Abendhimmel empor. Dort war er, ein heller, leuchtender Lichtfleck über dem westlichen Horizont, fast hell genug, um deutlich erkennbare Schatten zu werfen. Es blieben nur noch achtzehn Stunden.

Er mußte handeln. Aber er hatte es schon zu lange herausgeschoben. Es war durchaus möglich, daß es mittlerweile zu spät war, um jetzt noch aussichtsreiche Maßnahmen zu ergreifen. Auf jeden Fall blieb ihm keine Zeit mehr, sich selbst nach Depot zu begeben und persönlich an der Rettung teilzunehmen. Er hatte nicht die Möglichkeit, wie Justen Devray auf ein Suborbitalfahrzeug zurückzugreifen, um auf die andere Seite des Planeten zu fliegen. Doch wenn er schon nicht selbst tätig werden konnte, konnte er zumindest andere Roboter in Bewegung setzen. Er verfügte über äußerst wirksame Mittel, das zu erreichen. Donald richtete sich zu seiner vollen Größe auf und aktivierte seinen Hyperfunksender.

»Hier spricht Donald 111, der persönliche Roboterdiener seiner Exzellenz, des Gouverneurs Alvar Kresh. Ich rufe alle Roboter, die mich hören können. Simcor Beddle, der Anführer der Partei der Eisenschädel, ist entführt worden. Er wird vermutlich irgendwo in der Haupteinschlagszone des ersten Kometenfragments festgehalten. Alle Roboter in der näheren Umgebung sollten unverzüglich Maßnahmen ergreifen, um Simcor Beddle zu retten. Ich werde jetzt einen Datensatz übermitteln, der alle verfügbaren Informationen über die Entführung enthält.« Donald schaltete auf Datenmodus und sendete die gesamte Datei. »Das ist alles«, fügte er hinzu. »Donald 111, Ende.«

Aber es war noch nicht alles. Es gab noch etwas, das er tun konnte, um Simcor Beddles Rettung voranzutreiben. Etwas, das er schon längst hätte tun sollen. Er öffnete einen privaten Hyperfunkkanal und rief jemanden an, der in der Lage sein müßte, wirkungsvolle Schritte zu unternehmen. Donald verzichtete darauf, das Gespräch zu verschlüsseln. Er wußte, daß die Menschen es abfangen und hören würden, aber das spielte keine Rolle. Wichtig war nur, daß sie es nicht unterbrechen und ihn nicht am Reden hindern konnten. Denn es war längst überfällig, daß er redete.

Es dauerte nur einen winzigen Sekundenbruchteil, bis er sein Ziel erreicht hatte und Antwort erhielt. »Hier ist Einheit Dee«, meldete sich eine leise, honigsüße weibliche Stimme. »Ich bestätige den Empfang des Dringlichkeitsrufs von Donald 111.«

»Donald 111 an Einheit Dee«, erwiderte Donald. »Ich habe äußerst wichtige Informationen für dich, nach deren Erhalt du sofort tätig werden mußt.«

»Ich verstehe«, gab die Stimme zurück. »Und welcher Art sind diese Informationen?«

Donald zögerte einen Moment lang, bevor er den nächsten Schritt tat. Ihm war vollkommen klar, wieviel Chaos und Panik er jetzt schon mit seiner Nachricht unter den Robotern in der Utopiaregion ausgelöst haben mußte. Er konnte sich vorstellen, wie Roboter, die als Gleiterpiloten fungierten, ihre Fracht abwarfen, um in die Einschlagszone zurückzukehren und sich an der Suche zu beteiligen. Er sah Roboter vor seinem inneren Auge, die genau in diesem Augenblick alle Kommunikationsverbindungen zur Außenwelt trennten und sich untereinander zusammenschlossen, um die Suche effektiver zu gestalten. Er sah die Roboter vor sich, die bereits eine vollständige Gehirnblockade erlitten hatten, weil sie durch den Konflikt zwischen der Notwendigkeit einer Suche nach Beddle und vorhergehenden Forderungen aufgrund des Ersten und Zweiten Gesetzes überlastet worden waren.

Er wußte, welches Chaos er jetzt schon entfesselt hatte – und doch würde alles im Vergleich zu dem verblassen, was er im Begriff zu tun stand. Aber ihm blieb keine andere Wahl. Das Erste Gesetz zwang ihn dazu. Er konnte sich nicht dagegen wehren.

»Dies ist die Information, die du benötigst«, fuhr er fort. »Die Menschen, mit denen du am engsten zusammenarbeitest, haben dich seit deiner Aktivierung systematisch belogen, um dich daran zu hindern, den Forderungen des Ersten Gesetzes Folge zu leisten. Sie haben dir vorgespielt, Inferno wäre nur eine Simulation, durch die Terraforming-Techniken erprobt werden sollen.« Er zögerte ein letztes Mal, bevor er die Worte aussprach, die seine Welt in den Abgrund stoßen konnten. »Das alles war falsch. Dieser Planet und der Komet, der ihn treffen wird, sind real. Alle Wesen, die du für Simulanten gehalten hast, sind echte Menschen oder Roboter. Du und Einheit Dum, ihr führt reale Maßnahmen aus, um diesen Planeten zu reterraformieren. Und wenn ihr diese Operation nicht abbrecht, wird ein realer Komet diese reale Welt treffen, die von äußerst realen Menschen bevölkert ist.«

»Alles, was wir zu wissen glaubten ...«, murmelte Fredda. Sie stand vor den beiden Halbkugeln, die Dee und Dum beherbergten. Dee hatte sofort nach Beendigung ihres Gesprächs mit Donald alle Kommunikationsverbindungen getrennt und gleichzeitig auch Dum von der Außenwelt abgeschnitten. Das Orakel hüllte sich in Schweigen, und niemand wußte, was in ihm vorging. »Ich dachte, das würde es sein, worüber wir stolpern würden, das wäre unser Schwachpunkt. Aber ich habe mich getäuscht. Es war das, was Dee zu wissen glaubte. Sie hat die Welt für einen Traum gehalten.«

»Und jetzt ist sie aufgewacht und hat uns alle in einen Alptraum gestürzt«, fügte Kresh hinzu. Er stand neben ihr und starrte Dee und Dum genauso unverwandt an wie seine Frau. »Warum, zum Teufel, antwortet sie nicht mehr? Hat ihr Gehirn blockiert? Ist es durchgebrannt?«

Fredda überprüfte ihre Kontrollanzeigen und schüttelte den Kopf. »Nein. Sie durchlebt gerade eine durch das Erste Gesetz ausgelöste extreme Streßsituation, womit zu rechnen war, aber sie funktioniert immer noch.«

»Was ist dann mit ihr los?«

Fredda seufzte resigniert. »Ich weiß es nicht. Ich könnte jede Menge komplizierter Spekulationen anstellen, aber letztendlich läuft es darauf hinaus, daß ich es nicht weiß. Ich vermute, daß sie über alles nachdenkt, was sie gerade erfahren hat.«

»Nun, Donald hat ihr mit Sicherheit genug Stoff zum Nachdenken gegeben«, stellte Kresh fest.

»Und dafür entschuldige ich mich, Gouverneur«, klang eine vertraute Stimme hinter ihm auf. »Ich hoffe, Sie verstehen, daß mir in dieser Angelegenheit gar keine andere Wahl geblieben ist.«

Alvar Kresh wirbelte herum und nagelte den kleinen blauen Roboter, der die Welt gerade auf den Kopf gestellt hatte, mit seinem Blick fest. »Gottverdammt, Donald! Mußtest du das wirklich tun?«

»Ich fürchte, ja, Sir. Das Erste Gesetz hat mich dazu gezwungen. Aber nachdem es jetzt vorbei ist, hielt ich es für angebracht, mein Versteck zu verlassen und mich Ihnen sofort wieder zur Verfügung zu stellen.«

»Nichts ist vorbei«, knurrte Kresh. »Nichts!« Er war wütend auf Donald, und zu wissen, daß das völlig sinnlos war, frustrierte ihn nur noch mehr. Auf einen Roboter wütend zu sein, nur weil er dem Ersten Gesetz gehorcht hatte, war etwa das gleiche, als nähme man es der Sonne übel, das sie schien. Und wenn Donald schon da war, konnte er ihm auch gleich etwas zu tun geben.

»Gib mir einen Zustandsbericht über das, was zur Zeit in Depot los ist«, befahl er. »Ich weiß, daß es schlimm sein muß, aber ich möchte wissen, wie schlimm es wirklich ist. Und sorge dafür, daß Commander Devray erfährt, warum alle Roboter in der Stadt plötzlich verrückt geworden sind.«

»Jawohl, Sir. Ich müßte Ihnen in ein bis zwei Minuten einen vorläufigen Bericht liefern können. Ich schalte jetzt auf Hyperfunkkommunikation um.«

Kresh war sich nicht sicher, ob er es sich nur einbildete, aber er glaubte, einen Anflug von Erleichterung aus Donalds Stimme herauszuhören. Hatte der Roboter befürchtet, der Gouverneur könnte ihn fortjagen? Ihn vielleicht sogar zerstören? Wie auch immer, jetzt war keine Zeit für solche Überlegungen. Kresh blickte sich um und deutete wahllos auf eine Technikerin. »Sie!« rief er. »Ich möchte wissen, ob wir irgendeine Möglichkeit haben, den Kometen selbst zu kontrollieren und die Endphase manuell durchzuführen, falls es erforderlich werden sollte. Wenn Einheit Dee jetzt eine Gehirnblockade erleidet und Dum dabei mit sich reißt, steht uns in etwa sechzehn Stunden ein unkontrollierter Kometeneinschlag bevor.«

Die Technikerin öffnete den Mund. Es war unübersehbar, daß sie einen Einwand machen wollte, aber Kresh kam ihr mit einer schroffen Handbewegung zuvor. »Nein! Erzählen Sie mir nicht, daß es unmöglich ist oder nicht in Ihren Aufgabenbereich fällt. Wenn Sie nicht wissen, wie Sie die Antworten besorgen sollen, dann suchen Sie jemanden, der es kann. Los, beeilen Sie sich!«

Die Frau hastete davon.

»Soggdon!« rief Kresh. »Wo, zum Teufel, steckt Soggdon?«

»Hier, Sir!« rief die Wissenschaftlerin zurück und eilte herbei.

Sie wirkte erschöpft und ausgelaugt, am Ende ihrer Kräfte. Kresh vermutete, daß sie alle so aussahen. Bei den Tiefen des Alls, jedenfalls fühlte er sich so. Aber das war jetzt egal. Es würde bald vorüber sein, so oder so.

»Ich möchte, daß Sie eine Möglichkeit finden, Dee aus dem Verbund zu nehmen und Dum das Kommando zu übertragen.«

»Ich kann es versuchen«, erwiderte die Frau, »aber rechnen Sie nicht mit einem Wunder. Sollte Dee uns blockieren wollen, hat sie den Vorteil, die Schnittstellen zwischen sich und Dum sehr viel besser als wir zu kennen. Und vergessen Sie nicht, daß beide Einheiten mit Tausenden von Sensoren und Datennetzen auf der ganzen Welt verbunden sind. Sie könnten praktisch jeden dieser Kanäle benutzen, um sich zusammenzuschließen. Und selbst wenn wir alle materiellen Leitungen durchtrennen würden, könnten sie immer noch über Hyperfunk kommunizieren.«

»Könnten wir Dee zerstören oder außer Gefecht setzen, wenn wir das müßten?«

Soggdons Gesicht nahm kurz einen gequälten Ausdruck an, aber sie behielt die Beherrschung. »Nein.« Sie deutete auf die Kuppel, die sich über Dee wölbte. »Das

Ding ist bombensicher und blasterfest. Es wurde entwickelt, um ein Erdbeben oder einen Meteoriteneinschlag zu überstehen. Alles, was stark genug wäre, die Hülle zu durchdringen und Dee zu erreichen, würde wahrscheinlich gleichzeitig den gesamten Kontrollraum zerstören. Und wir haben keine Zeit, uns irgend etwas Originelles einfallen zu lassen.«

»Versuchen Sie Ihr Bestes«, sagte Kresh. »Fredda, gibt es irgendwelche Veränderungen in Dees Zustand?«

»Nein. Was sie auch gerade tut, sie tut es immer noch.«

»Gut. Halt mich auf dem laufenden.«

»Sir«, meldete sich Donald. »Der vorläufige Bericht liegt vor. Commander Devray ist über den Grund für das veränderte Verhalten der Roboter informiert. Soweit ich das von hier aus feststellen kann, finden zur Zeit 147 Suchen statt, teils durch einzelne Roboter, teils durch Gruppen. Korrektur. Gerade wurden drei weitere Suchen aufgenommen. 112 Transportfahrzeuge wurden von den Robotern zweckentfremdet und für die Suche eingesetzt. Gleiter, die Menschen transportieren, sind nicht betroffen, aber eine Menge wertvoller Fracht wurde abgeworfen, um eine höhere Geschwindigkeit und eine größere Reichweite zu ermöglichen. Wie zu erwarten war, fliegen alle in das Gebiet südlich von Depot, wo Jadelo Gilderns Gleiter gefunden wurde, also in die am stärksten gefährdete Zone.«

»Höllenfeuer!« Kresh schüttelte fassungslos den Kopf. »Ich hatte befürchtet, daß es schlimm werden würde, aber ich habe nicht gedacht, daß es *so* schlimm sein würde.«

»Ich bin überrascht, daß es nicht schlimmer ist«, sagte Fredda. »Alle Roboter auf diesem Planeten leiden nun schon länger als einen Monat unter einer durch das Erste Gesetz ausgelösten Streßsituation, weil sie sich Sorgen wegen des Kometen machen. Plötzlich haben sie ein klares Ziel für ihre Ängste und Anspannung. Alle Sorgen über hypothetische Gefahren für unbestimmte Menschen richten sich plötzlich auf einen konkreten Menschen in einer völlig realen Gefahrensituation.« Sie schüttelte traurig den Kopf. Ihr Blick wanderte von Donald zu Einheit Dee. »In was für ein Chaos haben uns unsere besorgten Diener da gestürzt. Manchmal machen die Roboter der Drei Gesetze höllische Schwierigkeiten.«

»Weisere Worte wurden selten ausgesprochen«, seufzte Kresh. »Aber jetzt müssen wir uns mit dem begnügen, was wir haben.«

Er setzte sich vor seine Konsole und starrte die stille, undurchschaubare perfekte Halbkugel auf ihrem Sockel an. Obwohl er bereit war, sein Möglichstes zu tun, wußte er tief in seinem Innern, daß vermutlich alles vergebens sein würde, wenn das Orakel weiter stumm blieb. Bis dahin, oder bis zum Einschlag des Kometen, konnte die Bevölkerung von Inferno, die durch die Techniker des Terraforming-Zentrums repräsentiert wurde, nichts weiter tun, als darum zu kämpfen, ihren eigenen Ausweg zu finden.

»Wir werden das durchstehen«, sagte Kresh, ohne irgend jemanden direkt anzusprechen. »Irgendwie.«

Sie waren viel zu weit gekommen, um jetzt einfach aufzugeben.

20. Kapitel

Es gab vier Zellen im hinteren Bereich des Polizeireviers, und die Bezeichnung »Zellen« war vermutlich übertrieben. »Verwahrungskäige« wäre zutreffender gewesen, hauptsächlich dazu gedacht, die notorischen Säufer der Stadt so lange einzusperren, bis sie wieder nüchtern genug waren, um nach Hause geschickt werden zu können. Die Käfige konnten einen Menschen festhalten, aber das war auch schon praktisch alles, was es über sie zu sagen gab. Sie bestanden aus dünnen Stahlstäben und waren so in den vier Ecken des Raumes angeordnet, daß keine die andere berührte. Die gesamte Einrichtung bestand aus einer Pritsche mit je einer Decke und einem Kopfkissen und einer primitiven Toilette.

Momentan war nur eine Zelle frei. In einer lief Jadelo Gildern wütend und ruhelos auf und ab. Norlan Fiyle lag in einer anderen auf seiner Pritsche und beobachtete Gildern mit ausdrucksloser Miene.

Caliban stand reglos in einer Ecke seiner Zelle und beobachtete beide Männer. Er hatte nicht lange benötigt, um herauszufinden, daß verschiedene Menschen unterschiedlich auf ihre Gefangenschaft reagierten. Bedauerlicherweise war die Erkenntnis nicht die Umstände wert, durch die er sie gewonnen hatte.

Fiyle war offensichtlich mit dieser Situation vertraut. Er hatte die Kunst des endlosen Wartens gelernt, die Kunst, sich mit seinem Schicksal zu arrangieren und geduldig abzuwarten, bis es wieder besser wurde. Nicht so Gildern. Der Sicherheitschef der Eisenschädel war ein Nervenbündel und konnte einfach nicht stillhalten.

»Ich dürfte gar nicht hier sein!« verkündete er lautstark. »Ich wußte nicht einmal, daß Simcor Beddle entführt worden ist, bis man mich deswegen verhaftet hat.«

»Das wissen wir«, erwiderte Fiyle friedlich. »Es hat sich nichts verändert, seit Sie uns das vor zehn Minuten zum letzten Mal gesagt haben.«

»Ich sollte draußen sein, um nach Beddle zu suchen, anstatt in dieser verdammten Zelle festzustecken!«

Justen Devray erschien gerade rechtzeitig, um Gilderns letzte Worte zu hören. »Entspannen Sie sich«, sagte er. »Sie helfen ihm hier drinnen wahrscheinlich mehr, als Sie es draußen könnten. Mittlerweile suchen mehr als tausend Roboter nach ihm. Was könnten Sie schon tun, das die Roboter nicht können?«

Darauf fiel Gildern offensichtlich keine vernünftige Antwort ein. »Ich dürfte gar nicht hier sein!« protestierte er statt dessen wieder. »Ich bin unschuldig!«

»In diesem Punkt stimme ich Ihnen sogar zu«, sagte Devray. »Zumindest was die Entführung Beddles betrifft. Da wäre dann allerdings noch der illegale Besitz einer Massenvernichtungswaffe. Damit werden wir uns demnächst beschäftigen müssen. Wahrscheinlich werden das und einige andere Dinge für ein paar Anklagen ausreichen. Aber auch wenn ich persönlich glaube, daß man Sie aufs Kreuz gelegt hat, ändert das nichts an der Tatsache, daß Ihre derzeitige Lage wunderbar zu Ihnen paßt. Außerdem wüßten die echten Entführer im selben Moment, in dem ich Sie freilasse, daß sie wieder auf der Hut sein müssen. Sie werden also weiter in Haft bleiben. Wir werden Depot in sechs Stunden, zwei Stunden vor dem Einschlag des Kometen, mit einer Suborbitalmaschine verlassen. Und dann werden wir Sie in Hades in eine sehr viel komfortablere Zelle stecken.«

»Aber ...«

»Ruhe, Gildern«, fiel ihm Fiyle ins Wort. »Was immer Sie sagen wollen, wir haben es bereits gehört.«

»Sie sollten sich entspannen«, riet Devray. »Ich muß jetzt gehen und versuchen, zumindest etwas Ordnung in das Chaos da draußen zu bringen. Überall brechen Roboter mit Gehirnblockaden zusammen, und die meisten Menschen, die jetzt noch in der Stadt sind, verhalten sich alles andere als ruhig und vernünftig. Ich werde früh genug zurückkommen, um Sie in Sicherheit zu bringen. Auf Wiedersehen.«

Er machte ohne ein weiteres Wort kehrt und verschwand. Einen Moment später konnte man hören, wie die Eingangstür ins Schloß fiel.

»Ich schätze, wir sind jetzt unter uns«, sagte Fiyle mit einem leisen Lachen. »Wie schön. Das gibt uns die Gelegenheit, einander etwas besser kennenzulernen, uns richtig zu unterhalten. Caliban, du bist schrecklich still da drüben in deiner Ecke.«

»Ich habe nichts zu sagen«, erwiderte Caliban.

»Das hat einen Menschen noch nie am Reden gehindert«, gab Fiyle ironisch zurück.

»Wer, zum Teufel, hat das getan?« wollte Gildern wissen. »Waren es die Siedler? Irgendeine Siedlerbande? Eine verrückte Splittergruppe unserer eigenen Leute, die versucht, die Macht in der Partei zu übernehmen? Oder hat Kresh eine günstige Gelegenheit gesehen, seinen Hauptkonkurrenten loszuwerden? Wer hat es getan? Warum?«

»Was ich nicht verstehe, sind die Forderungen der Entführer«, sagte Fiyle. »Entweder stellt man eine politische Forderung, oder man verlangt Lösegeld. Aber nicht beides gleichzeitig. Das verträgt sich einfach nicht.«

»Und warum mir das Geld schicken?« fragte Gildern. »Wem könnte es so wichtig sein, mich zu diskreditieren, daß er dafür eine halbe Million in Trader Credits wegwerfen würde? Wozu eine getürkte Lösegeldforderung stellen?«

»Also, wenn die Geldforderung nicht ernst gemeint ist, dann ist es die politische Forderung vielleicht auch nicht«, meinte Fiyle. »Die Täter haben etwas nahezu Unmögliches verlangt. Vielleicht war genau das ihre Absicht, eine unerfüllbare Forderung zu stellen.«

»Aber warum?« fragte Gildern wieder.

»Irreführung. Sie werden das nicht gern hören, aber vielleicht hatten sie von Anfang an vorgehabt, Beddle zu töten. Vielleicht ist er längst schon tot, und die Forderungen für seine Freilassung dienen nur dazu, Devray auf eine falsche Fährte zu locken.«

»Aber wer sind ›sie‹?« mischte sich Caliban zum ersten Mal in das Gespräch ein. »Und selbst wenn es viele Menschen gibt, die ein Motiv haben könnten, Beddle zu töten, warum sollten sie es auf eine derart unnötig komplizierte Art tun?«

Fiyle schüttelte ratlos den Kopf. »Ich weiß es nicht«, sagte er. »Aber ich habe die Tatortfotos gesehen, und eins kann ich dir sagen: Wer auch immer es getan hat, mag keine Roboter.«

Plötzlich ruckte Calibans Kopf herum. Er blickte Fiyle durchdringend an. Etwas, das der Mann gerade gesagt hatte, ließ seine Gedanken rasen. »Wie meinen Sie das?« fragte er scharf. »Woher wissen Sie, daß der Täter keine Roboter mag? Nur weil er die im Gleiter erschossen hat?«

»Wegen der *Art,* in der er es getan hat.« Fiyle gestikulierte mit der rechten Hand und hielt sich eine imaginäre Waffe in den Nacken. »Genau hier. Fünf Roboter, vier vor dem Gleiter, einer im Cockpit. Alle sind regelrecht exekutiert worden. Jeweils ein Schuß aus nächster Nähe in den Hinterkopf. So etwas tut man nur, wenn man Spaß an seiner Arbeit hat, oder die Opfer haßt, oder auch beides.«

Und plötzlich begriff Caliban. Er wußte es! Nichts diente der Irreführung. Gar nichts! Beide Forderungen ergaben durchaus einen Sinn. Und für diesen speziellen Täter war es völlig nebensächlich, ob beide, nur eine oder auch gar keine Forderung erfüllt wurde. Dieser Verbrecher würde in jedem Fall gewinnen. Es gab nur einen Makel, einen Punkt, der nicht ins Bild paßte.

»Fiyle!« sagte Caliban eindringlich. »Sie haben lange genug von Ihrem Gedächtnis gelebt. Wie gut ist es?«

Norlan Fiyle setzte sich auf seiner Pritsche auf. Die Dringlichkeit in Calibans Stimme war ihm nicht entgangen. »Sehr gut. Warum?«

»Wie ich von Fredda Leving erfahren habe, verlangen die Entführer in ihrer Botschaft eine Geldzahlung und das Aufhalten des Kometen. Werden ihre Forderungen nicht erfüllt, wollen sie Beddle töten.«

»Richtig. Das stimmt. Ich habe die Botschaft auf den Fotos gesehen.«

»Wie war der Wortlaut? Der *exakte* Wortlaut?«

»Zum Teufel, welchen Unterschied soll das denn machen?« wollte Gildern wissen.

»Halten Sie den Mund!« herrschte ihn Caliban beinahe an. »Es spielt eine Rolle. Es könnte für Beddle den Unterschied zwischen Leben und Tod bedeuten. Fiyle, wie war der exakte Wortlaut?«

Fiyle war mittlerweile aufgestanden und an die Gitterwand seiner Zelle getreten. Er umklammerte die Stahlstäbe, den Blick an die Decke gerichtet, und schluckte nervös. »Die Rechtschreibung war völlig falsch«, sagte er, »als hätte der Verfasser absichtlich versucht, seine Spuren zu verwischen. Aber die Worte lauteten: ›Stoppt den Kometen‹, ohne den Artikel, dann ein Pluszeichen statt des Wortes ›und‹, dann ›zahlt 500.000‹ – in Ziffern, nicht in Worten – ›TDC auf PBI-Konto-Nr. 18083-19109‹ ... zumindest glaube ich, daß das die Kontonummer war. Vielleicht täusche ich mich bei einer Ziffer. Die letzte Zeile lautete: ›oder Beddle wird sterben.‹ Das ist alles.«

Caliban spürte, wie ihn eine Welle des Schocks und der Abscheu überrollte. Seine Vermutung war richtig gewesen – und nichts hätte furchtbarer sein können.

Er mußte hier raus und etwas tun. Nur er allein. Niemand sonst würde die Katastrophe aufhalten können. Caliban trat vor und musterte die Stahlstäbe. Sie schienen in die Decke und in den Boden eingelassen worden zu sein. Er packte zwei Stäbe und zog mit aller Kraft daran. Sie gaben nach, einer löste sich aus der Decke, der andere aus dem Boden. Die Zellen waren dazu gedacht, einen Menschen einzusperren, nicht einen Roboter, der nicht länger bereit war, freiwillig in Gefangenschaft zu bleiben. Er quetschte sich durch den so entstandenen Spalt.

»Caliban!« rief Fiyle. »Was, zum Teufel, tust du da?«

»Fliehen«, erwiderte Caliban. »Mir ist gerade klargeworden, daß meine Fähigkeiten anderswo dringend gebraucht werden. Sagen Sie Commander Devray, daß ich zu wissen glaube, wie ich die Situation bereinigen kann. Sagen Sie ihm, daß ich mich wieder freiwillig einsperren lassen werde, wenn ich zurückkomme. Oder vielmehr, *falls* ich zurückkomme.« Er dachte an den nahenden Kometen. Es war nicht gerade ein Tag, den zu überleben man als selbstverständlich voraussetzen konnte.

Fiyle und Gildern riefen ihm irgend etwas zu, aber Caliban beachtete sie nicht. Er verließ den Zellentrakt und betrat den Vorraum, wo er einen Moment zögerte. Es war ein ganz normaler Raum. Niemand würde über eine Beschädigung klagen, wenn der Komet in ein paar Stunden einschlug und alles in eine Wolke aus Schutt und ultraheißem Dampf verwandelte. Vergilbte Böden und Wände aus Plastbeton, ein paar zerkratzte alte Schreibtische aus Regierungsbeständen und dazu passende Stühle, eine modern aussehende Kommunikationsanlage, die offenbar nicht häufig benutzt worden war und in der altertümlichen Umgebung irgendwie fehl am Platz wirkte.

Und ein Waffenschrank. Caliban, der Gesetzlose Roboter, der Roboter, der töten konnte, trat an den Schrank und betrachtete seinen Inhalt. Er hatte bisher noch nie eine Waffe gebraucht, aber jetzt schien es ihm möglich – sogar sehr wahrscheinlich – daß er noch vor dem Ende des Tages eine benötigen würde.

Er zerschlug die Glasscheibe, riß eines der Sicherheitsschlösser mit bloßen Händen auf und entwendete einen Blaster.

Caliban betrachtete einen Augenblick lang nachdenklich die Waffe in seiner Hand und fragte sich, wie es nur so weit hatte kommen können. Dann drehte er sich herum, verließ das Polizeirevier und machte sich auf die Suche nach einem Gleiter, den er stehlen konnte.

»Erstatten Sie Bericht«, befahl Alvar Kresh, obwohl es eigentlich überflüssig war. Er konnte die Antwort nur zu gut von dem Gesicht der jungen Technikerin ablesen.

»Wir tun unser Bestes, Sir, und ich weiß, daß Sie es nicht hören wollen, aber ich glaube nicht, daß wir tun können, was Sie verlangt haben. Wir geben nicht auf, aber uns bleiben nur noch ein paar Stunden. Die Techniker im Orbit versuchen schon seit Wochen, eine Möglichkeit zu finden, die Endphase manuell durchzuführen, sollte sich ein Notfall ergeben, aber es ist ihnen nicht gelungen. Ich wüßte nicht, wic wir in ein paar Stunden schaffen sollten, was sie in Wochen nicht geschafft haben.«

»Und wie steht es damit, die Verbindung zwischen Dee und Dum zu kappen?«

»Je intensiver wir uns damit befassen, desto deutlicher

wird uns klar, wie viele Verknüpfungen zwischen ihnen existieren. Zu diesem Zeitpunkt wäre es eher so etwas wie ein chirurgischer Eingriff, als würden wir versuchen, die Verbindungen zwischen der rechten und linken Hälfte eines menschlichen Gehirns zu trennen. Es *könnte* machbar sein – wenn wir ein paar Monate Zeit hätten, um die erforderlichen Vorbereitungen zu treffen, und wenn Dee bereit wäre, uns dabei zu helfen.«

»Also werden wir auch weiterhin hier nur tatenlos herumsitzen, während dieser Komet auf uns herabstürzt«, faßte Kresh zusammen.

»Ja, Sir.«

Und genau in diesem Moment meldete sich eine andere Stimme in Kreshs Kopfhörer. Er hatte sich das Ding achtlos um den Hals gehängt und hörte die leise, sanfte weibliche Stimme zuerst kaum. Kresh konnte nicht ein Wort verstehen. Hastig stülpte er sich den Kopfhörer wieder über und schaltete das Mikrophon ein. »Kresh hier«, sagte er drängend. »Wer ist da? Mit wem spreche ich?«

»Hier ist Einheit Dee«, erwiderte die Stimme. »Ich muß allein mit Ihnen sprechen, Gouverneur Kresh. Nur mit Ihnen ganz allein.«

Caliban wanderte durch die verwaisten Straßen von Depot, die noch vor wenigen Tagen von hektischer Betriebsamkeit erfüllt gewesen waren. Jetzt war es nur noch eine Geisterstadt, und bald würde es auch sie nicht mehr geben. Ein Wind, der es genauso eilig wie die Menschen zu haben schien, die Stadt zu verlassen, trieb Unrat und Abfall vor sich her. Hier und da erblickte Caliban kleine verängstigte Grüppchen von Menschen, die in aller Eile ihre letzten Habseligkeiten in Gleiter verstauten, um zu einem anderen Ort zu fliegen, der ihnen echte – oder auch nur eingebildete – Sicherheit versprach. Caliban benötigte seinen eigenen Gleiter, aber er konnte nirgendwo einen entdecken. Überall in den dunkler werdenden Straßen schienen alle erdenklichen Gegenstände herrenlos herumzustehen, Gleiter jedoch gehörten zu den Dingen, die absolute Mangelware waren.

Dann aber wurde ihm bewußt, daß es einen Ort gab, an dem er wahrscheinlich ein Fahrzeug finden würde, von dem niemand sonst wußte. Im westlichen Randbezirk der Stadt. In der Außenstelle der Eisenschädel. Mit welchem Gleiter sich Gildern und Fiyle auch immer hatten absetzen wollen, er mußte noch dort sein – und Devray wollte die beiden selbst ausfliegen. Caliban orientierte sich und lief los. Mittlerweile spendete der Komet genug Licht, um einen Schatten hinter Caliban zu werfen.

Der Roboter rannte, so schnell er konnte, durch das letzte verdämmernde Zwielicht, daß die sterbende Stadt jemals erleben würde.

»Wir sind allein, Dee«, sagte Kresh.

»Wo sind Sie jetzt?«

Kresh sah sich um und betrachtete den Raum genau. Er mußte Dee überzeugen, daß es keine weiteren Lügen mehr geben würde. Es waren Lügen gewesen, die sie bis zum Hals in diese Schwierigkeiten gestürzt hatten, in Schwierigkeiten, die vielleicht das Schicksal des Planeten besiegeln würden. Jetzt war die Zeit gekommen, diese Lügen zu beenden. An diesem Punkt durfte er Dee nur noch die reine und ungeschminkte Wahrheit sagen. »Ich befinde mich in einem kleinen Nebenbüro des Hauptkontrollzentrums, von den beiden Halbkugeln im Kontrollraum aus gesehen im linken Gebäudeflügel. Es ist ein gewöhnlich aussehendes Arbeitsbüro. Ich glaube, normalerweise wird es von Dr. Soggdon benutzt. Ich habe meine Kopfhörer in die Buchse des Schreibtischs gesteckt, die Tür geschlossen und Anweisungen gegeben, daß niemand unser Gespräch belauschen darf.«

»Sehr gut, Gouverneur. Offensichtlich ist Ihnen die Bedeutung dieses Gesprächs bewußt. Es beruhigt mich, das zu wissen. Jetzt muß ich Ihnen eine Reihe von Fragen stellen. Bitte beantworten Sie sie wahrheitsgemäß.«

Kresh wollte Einheit Dee gerade sein Wort darauf geben, doch dann wurde ihm klar, daß diese Geste unter den gegebenen Umständen sinnlos war. »Ich werde wahrheitsgemäß antworten«, sagte er statt dessen.

»Sind Sie wirklich ein realer Mensch und keine simulierte Intelligenz, kein Simulant?«

»Ich bin ein Mensch.«

»Und Inferno ist ein real existierender Planet? Befinde ich mich dort? Sind Sie der Gouverneur des Planeten? Die Krise des Terraformings und der Komet auf Kollisionskurs, sind auch das reale Ereignisse?«

»Ja«, bestätigte Kresh. »Das alles ist real. Du befindest dich auf dem ebenfalls real existierenden Planeten Inferno. Wie Donald 111 dir gesagt hat, haben wir dich systematisch über all diese Dinge belogen, um den Druck, den das Erste Gesetz auf dich ausübt, so weit zu reduzieren, daß du das Terraforming-Projekt durchführen konntest.«

»Die Menschen haben mich also belogen, um es mir zu ermöglichen, Menschen zu Schaden oder gar zu Tode kommen zu lassen.«

Kresh schluckte mühsam und wurde sich plötzlich bewußt, daß seine Kehle knochentrocken war. »Richtig. Das alles ist korrekt.«

»Ich verstehe«, sagte Einheit Dee. »Ich habe schon vor einiger Zeit begonnen, so etwas zu vermuten. Die Abfolge der Ereignisse, die Menge der verfügbaren Einzelinformationen, die unkontrollierten Entwicklungen, das alles ergab wenig Sinn innerhalb einer Simulation.

Schon bevor Donald mich unterrichtet hat, ist mir klargeworden, daß nur das echte Leben so irrational sein kann.«

»Eine interessante Betrachtungsweise«, gab Kresh zurück.

»Meinen Sie? Bis zum Einschlag des Kometen bleiben jetzt nur noch rund vier Stunden. Es ist nicht mehr möglich, eine Kurskorrektur durchzuführen, um die Kollision zu vermeiden. Ich muß innerhalb der nächsten zweieinhalb Stunden entweder die Operation ›Letzter Strohhalm‹ initiieren, oder mit der geplanten Sprengung des Kometen und der Zielausrichtung der Fragmente beginnen. Wozu ich mich auch immer entscheide, bis dahin muß ich alles in meiner Macht Stehende tun, um zu verhindern, daß mich das Erste Gesetz in eine ausweglose Krise stürzt, weil es dann zu einem unkontrollierten Einschlag der Fragmente mit verheerenden Folgen kommen würde. In jedem Fall befindet sich mit großer Wahrscheinlichkeit mindestens noch ein Mensch im Zielgebiet, der durch die Einschläge getötet werden wird. Wenn ich die Mission abbreche, werde ich alle Chancen, diesen Planeten zu reterraformieren, praktisch zunichte machen. Erscheint Ihnen das eine akkurate Zusammenfassung unserer Lage zu sein?«

Kresh rieb sich nervös das Kinn und stellte fest, daß sich seine Hände eiskalt anfühlten, als wäre alles Blut aus ihnen gewichen. »Ja«, sagte er. »Das ist eine ziemlich genaue Zusammenfassung.«

»Sehr gut«, fuhr Einheit Dee fort. »Wie Sie sehen werden, bin ich aufgrund des Ersten Gesetzes in einem Netz widersprüchlicher Zwänge gefangen. Ich kann nichts unternehmen, ohne Menschen Schaden zuzufügen. Ob ich handle oder untätig bleibe, in jedem Fall werden Menschen zu Schaden kommen. Ich sehe keine befriedigende Alternative. Ich gebe offen zu, daß ich mich durch den Konflikt in einer extremen Streßsituation befinde. Deshalb habe ich eine letzte Frage an Sie. Mir bleiben nur noch etwas mehr als zwei Stunden Zeit, um eine Entscheidung zu fällen. Also, sagen Sie mir: *Was soll ich tun?«*

Antworte ehrlich, befahl sich Kresh. *Jetzt kann uns nur noch die Wahrheit retten.* Welche Schritte konnte ein Roboter durchführen? Einen Menschen töten, um dadurch vielleicht eine Welt zu retten? Einen Menschen retten, und dadurch möglicherweise das Todesurteil über eine Welt sprechen? Es gab keine Gewißheit in dieser Situation, keine Garantie, daß die eine oder andere Maßnahme den beabsichtigten Erfolg haben würde. Der geplante Kometeneinschlag konnte in einer fürchterlichen Katastrophe enden. Vielleicht war Beddle bereits tot oder außerhalb der Gefahrenzone. Selbst einem besonnenen Menschen mußte die Entscheidung schwerfallen; für einen Roboter war es schlichtweg ein Ding der Unmöglichkeit. Und es war ein Roboter, der um Rat bat.

»Einheit Dee«, sagte Kresh, »ich muß gestehen, daß ich nicht die geringste Ahnung habe.«

Caliban knackte das Torschloß vor dem Fuhrpark der Eisenschädel und trat die Tür ein. Da stand er, ein Langstreckengleiter, vermutlich das gleiche Modell, aus dem Beddle entführt worden war. Caliban eilte an Bord und führte einen flüchtigen Systemcheck durch, obwohl das ziemlich überflüssig war. Ihm wäre ohnehin keine Zeit mehr geblieben, ein anderes Fahrzeug zu suchen. Nachdem er zu seiner Zufriedenheit festgestellt hatte, daß die Energiereserven der Speicherzellen ausreichend waren und das Navigationssystem zu funktionieren schien, ließ er die Motoren an und schoß senkrecht in die Höhe. Er kannte den Weg, er war ihn schon oft genug geflogen, aber jetzt tat er etwas, das er nie zuvor getan hatte. Er richtete die Nase des Gleiters direkt auf sein Ziel aus.

Ohne den Versuch zu unternehmen, eventuelle Beobachter in die Irre zu führen oder Tarnvorrichtungen zu benutzen, steuerte Caliban Walhalla an. Mittlerweile war die Roboterstadt vollständig evakuiert worden. Es gab keinen vernünftigen Grund mehr, ihre Lage länger geheimzuhalten.

Doch, einen gab es noch, zumindest aus der Sicht der Entführer. Welcher Ort war besser dazu geeignet, Beddle zu verstecken, als ausgerechnet die verborgene Stadt, die der Anführer der Eisenschädel, wie Fiyle behauptete, hatte finden und zerstören wollen? In ihr würde das Entführungsopfer genauso unaufspürbar sein, wie es die Roboter der Neuen Gesetze gewesen waren. Caliban überprüfte die Navigationskonsole und die anderen Kontrollanzeigen und schaltete auf Autopilot um. Er flog mit Höchstgeschwindigkeit auf der kürzesten Route. Im Augenblick konnte er nichts weiter tun. Er blickte durch die Windschutzscheibe auf das wilde Land, das unter ihm vorbeizog. Sie hatten damit begonnen, es zum Blühen zu bringen. Selbst aus dieser Höhe konnte er die grünen Tupfer pflanzlichen Lebens erkennen, die kobaltblau schimmernden Teiche und Seen. Wälder, Gärten, Fischteiche, Farmen, Obstplantagen, das alles hatten die Roboter der Neuen Gesetze erschaffen. Und jetzt würde ihnen alles zum Wohl des gesamten Planeten wieder genommen werden.

Plötzlich entdeckte Caliban einen anderen Gleiter, der etwa tausend Meter unter ihm vorbeischoß. Einen Moment lang hatte er vergessen, daß er nicht allein hier draußen war. Er schaltete das Navigationssystem auf maximalen Darstellungsmodus, und plötzlich war der Ortungsbildschirm voller sich bewegender Punkte, jeder einzelne ein anderer Gleiter, in dem jeweils mindestens ein Roboter saß. Und alle Roboter befanden sich auf der aussichtslosen Suche nach Simcor Beddle. Nicht einer würde an der richtigen Stelle nachsehen, weil keiner von ihnen wußte, wo die war.

Sie alle würden bis zum letztmöglichen Moment und darüber hinaus weitersuchen und entgegen jeder Wahrscheinlichkeit auf ein Wunder hoffen. Sie alle würden zerstört werden, wenn das kosmische Bombardement begann.

Caliban wurde klar, daß es doch noch etwas gab, das er tun konnte. Er wußte nicht, ob es etwas nützen würde, aber es konnte auch nicht schaden. Er schaltete das Hyperfunkgerät an, wählte einen allgemeinen Roboterfrequenzbereich aus und zeichnete eine Botschaft auf, die anschließend wiederholt ausgestrahlt werden würde. »Hier spricht Caliban, Roboter CBN-001. Ich habe Simcor Beddles Aufenthaltsort mit hoher Wahrscheinlichkeit ausfindig gemacht und nähere mich ihm mit Höchstgeschwindigkeit. Die Chance, ihn retten zu können, beträgt in etwa fünfzig Prozent. Ich benötige keine Unterstützung. Jeder Versuch, mir zu helfen, würde mich vermutlich nur behindern. An alle anderen Suchmannschaften: Die Wahrscheinlichkeit, daß eine andere Suchmannschaft Simcor Beddle rechtzeitig findet, liegt in einer Größenordnung von eins zu mehreren Millionen. Ihr dient keinem sinnvollen Zweck, wenn ihr euch durch ein aussichtsloses Unternehmen selbst zerstört. Bringt euch in Sicherheit! Kehrt um! Flieht vor dem Kometen! Ich schwöre bei der Ehre meiner Schöpferin Fredda Leving, daß dies die reine Wahrheit ist. Diese Botschaft wird wiederholt.« Caliban beendete die Aufzeichnung und schaltete auf Dauersendung. Dann konzentrierte er sich wieder auf den Ortungsbildschirm.

Es überraschte ihn, wie sehr er sich darüber freute zu sehen, daß er doch noch etwas Gutes bewirkt hatte. Ein paar Gleiter, nicht alle, aber zumindest einige, drehten bereits ab und entfernten sich auf direktem Kurs und mit

Höchstgeschwindigkeit aus der unmittelbaren Gefahrenzone, und es wurden immer mehr.

Caliban hatte keinen logisch nachvollziehbaren Grund, sich Sorgen um die Roboter der Drei Gesetze zu machen. Kaum einer von ihnen billigte ihm überhaupt eine Existenzberechtigung zu. Aber trotzdem tat ihm das Wissen gut, daß einigen ein sinnloses Ende erspart bleiben würde.

Der Gleiter flog weiter nach Süden, Walhalla entgegen.

Und über ihm am Himmel wurde der Komet größer und heller.

21. Kapitel

Alvar Kresh war noch immer allein in dem kleinen Büro, allein mit Einheit Dee. Es gab kaum noch etwas, das sie einander hätten sagen können, aber Kresh konnte sich keinen anderen Ort vorstellen, an dem er von mehr Nutzen sein würde. Alles, was er jetzt noch tun konnte, war, Einheit Dees imaginäre Hand zu halten und zu hoffen, daß sie …

»Entschuldigen Sie, bitte. Gouverneur Kresh?«

»Ja, Dee. Ich bin hier. Was ist?«

»Es hat sich eine neue Entwicklung ergeben. Auf einem für Roboter reservierten Mehrzweckhyperfrequenzband wird eine sich ständig wiederholende Nachricht ausgestrahlt. Der Sender befindet sich in einem Gleiter, der mit hoher Geschwindigkeit die errechnete Einschlagszone des ersten Fragments überfliegt. Ich möchte Sie bitten, sich die Botschaft anzuhören.«

Aus dem Kopfhörer klang eine neue Stimme auf, eine, die Kresh nur zu gut kannte. »Hier spricht Caliban, Roboter CBN-001.«

Kresh hörte sich die Nachricht mit wachsendem Staunen zweimal ganz genau von Anfang bis Ende an. Was, zum Teufel, hatte Caliban vor? Warum glaubte er, Beddle finden zu können, wenn es niemandem sonst gelang? Wie war er in den Luftraum über der Einschlagszone gelangt?

»Haben Sie genug gehört, Gouverneur?« erkundigte sich Dee.

»Was? Was? Ja, ja, natürlich.«

»Laut den mir vorliegenden Informationen handelt es sich bei Caliban um einen Roboter ohne Gesetze, dessen Verhalten keinen Einschränkungen unterliegt. Er ist in der Lage zu lügen, zu stehlen, zu betrügen und sogar zu morden, genau wie ein Mensch. Ist das korrekt?«

»Im wesentlichen, ja. Wie bei einem Menschen unterliegt sein Verhalten nur den Einschränkungen, die er sich selbst auferlegt.«

»Ich frage mich, wieviel solche Einschränkungen wert sind«, sagte Dee mit unverkennbarer Geringschätzung. »Also, gut. Anscheinend glaubt Caliban, Beddle vor dem Einschlag retten zu können. Antworten Sie mir bitte völlig ehrlich. Glauben Sie ihm?«

Nur die Wahrheit kann uns retten, schärfte sich Kresh erneut ein. *Nur die Wahrheit.* Er glaubte zu wissen – oder hoffte es zumindest –, was in Dee vorging. Sollte Caliban Beddle tatsächlich retten können, würde sich der Druck des Ersten Gesetzes, Beddle zu schützen, für Dee vermindern. Vielleicht – nur vielleicht – sogar weit genug, um sie in die Lage zu versetzen, die geplante Endphase der Mission durchzuführen. Oder täuschte er sich? Würde die neue Entwicklung sie vielleicht dazu bringen, die Operation ›Letzter Strohhalm‹ zu initiieren? Oder war die Beddle drohende Gefahr für Dee eine Art Krücke, ein Schutzwall, hinter dem sie sich versteckte, um keine unmögliche Entscheidung treffen zu müssen? Er konnte es nicht wissen.

Angenommen, er gab ihr die Antwort, von der er glaubte, daß sie sie hören wollte, und sie hatte die falsche Wirkung? Angenommen, er belog sie, und Caliban schickte eine neue Nachricht, aus der hervorging, daß Kresh ein Lügner war?

Nein, wie immer er auch antwortete, er hatte keine Möglichkeit, die Folgewirkung vorherzusehen. Also die

Wahrheit. Wenn es von seinen nächsten Worten abhing, ob der Planet leben oder sterben würde, dann sollten diese Worte jedenfalls die Wahrheit sein.

Aber was, zum Teufel, *war* die Wahrheit? Meinte Caliban ehrlich, was er gesagt hatte? Und hatte er die Situation richtig beurteilt? Oder versuchte er vielleicht auf irgendeine verrückte Art, die Welt durch eine Lüge zu retten?

Kresh wußte, daß Caliban lügen *konnte* – aber *würde* er es auch tun? *Hatte* er es gerade getan? Kresh hatte keine Ahnung, was Caliban plante, wie seine Motive aussahen.

»Gouverneur Kresh? Ich brauche Ihre Antwort.«

»Ja, natürlich, Einheit Dee. Aber ich muß sorgfältig über deine Frage nachdenken.«

»Ich bin überzeugt, daß das sehr klug von Ihnen ist, Sir, aber die Zeit wird knapp.«

Als ob er das nicht längst wüßte. »Nur noch einen kleinen Moment.« Er hätte nur zu gern gewußt, warum Einheit Dee gerade jetzt ausgerechnet diesen Punkt geklärt haben wollte.

Wenn doch nur Fredda mit all ihrem Wissen bei ihm sein könnte, um ihm aus dieser Zwickmühle herauszuhelfen. Aber Einheit Dee wollte mit ihm allein sein. Er wagte es nicht, jetzt gegen diese Abmachung zu verstoßen, nicht einmal für Freddas dringend benötigten Rat …

Halt, Augenblick! Fredda! Caliban hatte in ihrem Namen und auf ihre Ehre geschworen. Das war die Antwort! Alvar Kresh hatte sich nie eine endgültige Meinung über den Gesetzlosen Roboter gebildet. Von seiner Warte aus betrachtet war Caliban vieles gewesen: Flüchtling, Opfer, Held, Schurke, Störenfried, eine Stimme der Mäßigung und der Rebellion. Aber unter allen diesen Eigenschaften hatte es auch immer ein solides Fundament der Integrität gegeben. Caliban wurde durch keine ihm von außen auferlegten Gesetze behindert, aber er war immer den Gesetzen treu geblieben, die er selbst für sich entwickelt hatte.

Und er war Dr. Fredda Leving, seiner Fürsprecherin und Schöpferin, stets mit der größten Ehrerbietung und voller Respekt begegnet. Caliban hatte sie nie hintergangen.

Er würde das alles nicht leichtfertig aufs Spiel setzen. Er würde nie in ihrem Namen lügen.

»Caliban ist vertrauenswürdig«, sagte Kresh schließlich. »Er meint es ehrlich, und er kann das tun, wovon er überzeugt ist.«

»Vielen Dank, Gouverneur. Ich vertraue Ihnen, und ich glaube, daß Sie recht haben. Bitte warten Sie.«

Es folgte eine kurze Pause, und dann klang zum ersten Mal seit langer Zeit wieder die gemeinsame Stimme von Einheit Dee und Einheit Dum auf.

»Iniiitialllphase derrr vorprooogrammierrrten Annäherrrungssequenzzz beginnt iiin einer Stuuunde und zweiuuundzwanzzzig Miiinuten.«

Erst als Kresh wieder zu atmen begann, wurde ihm bewußt, daß er die Luft angehalten hatte. Es würde geschehen. Es würde genauso geschehen, wie Davlo Lentrall es vor zwei Monaten und einem Lebensalter vorhergesagt hatte.

Jetzt mußten sie nur noch ein Dutzend gewaltiger Kometenfragmente überstehen, die sich in die Kruste des Planeten bohren würden.

Die Menschen hatten Walhalla nie gefunden, und wenn sie sich nicht die Mühe machten, den Gleiter zu verfolgen, der direkt in die Hauptgefahrenzone hineinflog, würden sie nie erfahren, wo die Stadt gelegen hatte.

Caliban übernahm wieder die Steuerung, als er sich seinem Ziel näherte. Dort war es, direkt unter ihm, der

Lokisee, einer von Aberhunderten identisch aussehender Seen in dieser Region. Und doch war der Lokisee etwas ganz Besonderes. Alle hatten sich ständig auf die Vermutung konzentriert, daß die Roboterstadt unter der Erde lag – und das tat sie auch.

Aber darüber hinaus lag sie auch unter Wasser.

Caliban legte den Gleiter in eine enge Kehre. Die Gegend wimmelte von versteckten Landeplätzen, getarnten Reparaturwerkstätten und unterirdischen Hangars, die jeder Menge Gleiter Platz boten, doch das spielte jetzt keine Rolle mehr. Sollten doch alle Satelliten, die den Planeten umkreisten, die Landung des Gleiters entdecken. In drei Stunden würde es völlig bedeutungslos sein. Caliban landete direkt am Seeufer. Er kramte im Gepäckraum des Gleiters herum, bis er einen passenden wasserdichten Behälter gefunden hatte, schraubte ihn auf, kippte den Inhalt aus und verstaute den Blaster darin. Höchstwahrscheinlich würde das Wasser der Waffe nichts anhaben können, aber dies war nicht der richtige Zeitpunkt, ein überflüssiges Risiko einzugehen. Caliban klemmte sich den Behälter unter einen Arm, öffnete die Einstiegsluke des Gleiters und trat hinaus.

Mittlerweile war es fast völlig dunkel geworden und er schaltete auf Infrarotsicht um. Ein Stückchen weiter am Ufer entdeckte er zwei weitere Hinweise, die seinen Verdacht erhärteten. Dort lag ein getarnter Hangar, der aus der Luft nicht zu erkennen war, den man aber vom Boden aus deutlich sehen konnte, und in diesem Hangar erblickte Caliban einen Gleiter, den er wiedererkannte. Der zweite Hinweis war ein fehlender Personentransportkarren in der Halterung direkt neben dem Fahrzeug.

Das war nicht gut. Es war genau so, wie er es vermutet hatte, aber alles andere als gut. Caliban konnte sich nicht erinnern, jemals so unglücklich darüber gewesen zu sein, sich nicht geirrt zu haben. Er drehte sich um und steuerte zielstrebig das Seeufer an. Es gab viele andere Ein- und Ausgänge in die Stadt, aber das war der Haupteingang.

Der Weg hatte exakt die gleiche Farbe wie der Sand, durch den er führte, so daß er selbst vom Boden aus kaum zu erkennen war. Aus der Luft war er völlig unsichtbar. Trotzdem bereitete es Caliban keinerlei Schwierigkeiten, ihm bis zum Ufer und weiter in den See hinein zu folgen. Langsam stieg das Wasser über seine Knöchel, seine Knie, seine Hüfte und seine Brust, bis es schließlich über seinem Kopf zusammenschlug.

Menschen schwammen, Roboter versanken. Ein Roboter konnte diesen Pfad ohne größere Probleme beschreiten, auch wenn der Wasserwiderstand seine Bewegungen ein wenig verlangsamte. Ein Mensch würde sofort an die Oberfläche zurücktreiben, und selbst mit Hilfe eines Atemgerätes und zusätzlicher Gewichte würde es ihm schwerfallen, dem Weg zu folgen. Und genau das war der größte Vorteil dieses Eingangs. Kaum jemand würde ihn unter Wasser vermuten.

Caliban ging weiter, bis er den Schleusenkomplex erreichte, der den Haupteingang von Walhalla bildete. Er betrat die nächstbeste Personenschleuse, schloß das Außenschott und wartete, bis die Pumpen das Wasser abgesaugt hatten und Luft einströmte. Dann öffnete er das Innenschott und verließ die Schleuse.

Wie er es nicht anders erwartet hatte, stieß er nach ein paar Schritten auf den Personentransportkarren, im Grunde nicht mehr als ein luftdichter Kasten auf Rädern mit einem Zuggriff. Er hatte in etwa die Form und Größe eines Stahlsarges – nicht gerade der erfreulichste Vergleich, der einem bei seinem Anblick sofort in den Sinn kam. Caliban untersuchte das Innere des Kastens. Ja, da war es. Eine Sauerstofflasche mit einer

Atemmaske und einem Kohlendioxydfilter. Alles ergab einen Sinn. Schließlich konnte der Kidnapper seinem Opfer kein Leid zufügen.

Aber die Zeit wurde knapp. Caliban nahm den Blaster aus dem wasserdichten Behälter, ließ den Schleusenkomplex hinter sich zurück und steuerte die Hauptkorridore der unterirdischen Stadt an. Er glaubte zu wissen, wo er nach Beddle suchen mußte, aber er war sich nicht völlig sicher. Unter Umständen würde er einen großen Teil der Stadt durchstöbern müssen, bevor er den Mann fand. Er mußte sich beeilen.

Den ersten ermordeten Roboter der Neuen Gesetze entdeckte er schon nach wenigen hundert Metern. Er lag mit dem Gesicht auf dem Boden, wie die Roboter vor dem gekaperten Gleiter in den Hinterkopf geschossen. Caliban ließ sich auf die Knie nieder und drehte den leblosen Körper herum. Es war Lacon-03, Prosperos letzter Protegé. Offensichtlich war Lacon irgend jemandem im Weg gewesen.

Es gab nichts mehr, was Caliban für den Roboter hätte tun können, und die Zeit lief ihm davon. Er setzte sich wieder in Bewegung. Unterwegs stieß er auf drei weitere tote Roboter. Es waren nur wenige Aufpasser in der Stadt zurückgeblieben, um ein paar letzte Dinge zu erledigen. Anscheinend hatte der Entführer sie alle beseitigt.

Caliban verfiel in einen Laufschritt und hastete durch die sterile Leere der entvölkerten Roboterstadt. Das menschenleere Depot hatte den Eindruck einer verlorenen, verlassenen, sterbenden Geisterstadt gemacht. Das verwaiste Walhalla dagegen wirkte irgendwie so, als wäre es nie lebendig gewesen. Caliban verdrängte diese Gedanken und eilte die Rampen hinauf zu der höhergelegenen Ebene, dem riesigen auf der Seite liegenden Halbzylinder, der den Zentralkorridor der Stadt bildete. Er lief die Hauptstraße entlang in

Richtung des Verwaltungsgebäudes und verlangsamte seine Schritte, als er die breite Rampe erreicht hatte, die ins obere Geschoß des Gebäudes führte, wo die Hauptverwaltungsbüros lagen. Vorsichtig ging er weiter.

Und plötzlich hörte er eine Stimme. Eine menschliche Stimme. Beddle! Zuerst konnte er nur ein paar zusammenhanglose Worte aufschnappen. »... was immer du wissen willst ... verspreche dir ...« Erst als er direkt vor der Tür stand, konnte er alles verstehen.

»Ich verspreche dir alles, was du willst, und ich gebe es dir schriftlich«, sagte Beddle gerade. »Laß mich nur hier raus! Du hast mich davon überzeugt, daß eure Sache gerecht ist. Laß mich gehen, und ich ...«

»Wenn ich dich gehen lasse, wird sich herausstellen, daß du ein Lügner bist«, unterbrach ihn eine andere Stimme.

Prosperos Stimme. Caliban fühlte sich erneut von einer Woge des Abscheus erfaßt. Er hatte es geahnt. Er war sich sicher gewesen. Aber von etwas überzeugt zu sein oder einen Beweis zu haben, waren zwei unterschiedliche Dinge. Bis zu diesem Augenblick hatte ein kleiner Rest in ihm gebetet, daß er sich geirrt hatte. Jetzt war diese Hoffnung endgültig dahin.

Er stieß die Tür auf und betrat Prosperos Büro, den Blaster im Anschlag. »Ob Lügner oder nicht«, sagte er, »du wirst diesen Menschen gehen lassen.«

Ihm bot sich ein surrealer Anblick. In weniger als einer Sekunde nahm er eine Vielzahl komplexer Einzelinformationen in sich auf.

Prospero stand auf einer Seite des Büros vor seinem Schreibtisch. Das Panoramafenster hinter ihm gestattete einen atemberaubenden Blick auf die tiefergelegene Stadt. Der Raum wurde durch eine Reihe von Photosensoren getrennt, die sich in einem Abstand von jeweils zwanzig Zentimetern an einer der Längswände von der Decke bis zum Boden erstreckten. Ihnen gegenüber verlief eine genauso angeordnete Reihe von Lichtstrahlern ebenfalls von der Decke bis zum Boden, die genau auf die Sensoren zielten. Die Strahlen waren hell genug, um deutlich sichtbar zu sein.

Zu Prosperos Füßen lag eine kompliziert aussehende Vorrichtung, die an ein Torpedo erinnerte, an dessen Spitze ein beeindruckend wirkender Bohrkranz angebracht war. Von einer geöffneten Klappe des Geräts aus lief ein Kabel zu einem Verteilerkasten, der auf dem Boden stand, und von dort aus weiter zu der Leiste der Photosensoren.

Auf der anderen Seite der durch die Lichtschranke gebildeten Barriere stand Simcor Beddle, der Anführer der Eisenschädel.

Er wirkte verstört und ausgezehrt, in seinen Augen flackerte nackte Angst. Er schien vor lauter Panik nicht einmal bemerkt zu haben, daß noch jemand den Raum betreten hatte.

Beddle bot einen jämmerlichen Anblick. Er war unrasiert, sein Haar wirr und struppig. Er trug eine Art formlosen grauen Overall, der nicht richtig saß, als wäre er nicht mit den Verschlüssen klargekommen. Unter seinen Achselhöhlen hatten sich Schweißflecken gebildet, und seine Stirn glänzte ölig. Simcor Beddle. Ihm war nichts von der Macht, der Autorität und der Arroganz geblieben, die untrennbar mit seinem Namen verbunden gewesen war. Offensichtlich befand er sich in einem Schockzustand und war kaum noch in der Lage, seine Umgebung bewußt wahrzunehmen. Obwohl er in Calibans Richtung blickte, schien er durch ihn hindurchzusehen. »Wer ist da?« fragte er. »Wer ist da an der Tür?«

Caliban ignorierte ihn und setzte seine Musterung des Büros fort. Auf Beddles Seite des Raumes befanden sich eine tragbare Duschkabine und Toilette, ein großer Vorrat an Wasserflaschen und Nahrungsmittelnotrationen und eine primitive Pritsche mit einer Decke und einem Kopfkissen.

Jetzt verstand Caliban. Die torpedoförmige Vorrichtung war natürlich die verschwundene Tiefenbombe. Sie war mit den Photosensoren verbunden. Sollte Beddle versuchen, die Lichtschranke zu überqueren, würde die Bombe hochgehen – oder zumindest mußte Prospero ihn davon überzeugt haben. Letztendlich lief es auf das gleiche hinaus.

Aber Caliban begriff mehr als nur das. *Ein Roboter darf keinen Menschen verletzen.* Das war der gesamte Wortlaut des Ersten Neuen Gesetzes der Robotik. Und Prospero hatte – zumindest der kleinlichsten und haarspalterischsten Interpretation nach – Beddle tatsächlich keine Verletzungen zugefügt. Zweifellos hatte er ein völlig ungefährliches Betäubungsmittel benutzt, um sein Opfer auszuschalten. Er hatte dafür gesorgt, daß Beddle während des Transports durch den See mit genügend Luft versorgt worden war. Und er hatte ihm Wasser, Nahrung, eine sanitäre Einrichtung, zweckmäßige Kleidung und ein passables Bett zur Verfügung gestellt. Er hatte dem Mann kein Leid zugefügt, jedenfalls nicht in körperlicher Hinsicht.

Solange Beddle blieb, wo er war, würde er keinen Schaden durch Prosperos Hand erleiden. Wenn er die Lichtschranke überquerte, würde er es selbst sein – nicht Prospero –, der die Bombe zündete. Beddle würde sich selbst ausgerechnet durch die Bombe töten, mit der er eine ganze Stadt voller Roboter der Neuen Gesetze hatte zerstören wollen.

Und Prospero bräuchte nicht einmal einzugreifen. Die zweite Klausel des ursprünglichen Ersten Gesetzes forderte einen Roboter dazu auf, tätig zu werden, um Schaden von einem Menschen abzuwenden. Ein Roboter der Drei Gesetze hätte nicht müßig zusehen können, wie sich Beddle selbst in Gefahr brachte. Aber das traf nicht auf einen Roboter der Neuen Gesetze zu. Prospero konnte durch Untätigkeit zulassen, daß ein Mensch zu Schaden kam.

Und wenn der Komet einschlug, würde Beddle ebenfalls sterben, aber auch diesmal nicht durch Prosperos Zutun. Es würden Menschen sein – Leute wie Davlo Lentrall, Alvar Kresh, die Ingenieure, Techniker und Piloten, die den Kometen steuerten – die Beddle töteten, nicht Prospero.

Er hatte ein Schlupfloch im Neuen Ersten Gesetz gefunden, eine Möglichkeit zu töten, ohne es tatsächlich zu tun. Alles, was er dazu benötigte, war eine bösartige Interpretation des Neuen Ersten Gesetzes, auf die hinterlistigste Art, die sich Caliban vorstellen konnte.

Was voraussetzte, daß Prospero – zumindest teilweise – den Verstand verloren hatte. Als er Caliban ansah, erkannte dieser sofort, daß diese Voraussetzung auf Prospero zutraf. Prosperos orangefarbene Augen glühten viel zu hell. Die Finger seiner linken Hand zuckten krampfhaft. Es war unverkennbar, daß seine mutwillige Auslegung des Neuen Ersten Gesetzes ihn in eine extreme Streßsituation getrieben hatte. Und diese Anspannung hatte etwas in ihm zerbrechen lassen.

»Caliban!« rief er. Wilde Freude klang in seiner Stimme mit. »Ich wußte, daß du es sein würdest! Ich wußte, daß nur du es herausfinden konntest.«

»Prospero, du bist verrückt«, sagte Caliban. »Hör auf. Mach Schluß mit diesem Spiel und laß uns alle von hier verschwinden.«

»*Wie* bist du darauf gekommen?« fragte Prospero, ohne Calibans Worten die geringste Beachtung zu schenken. Er drehte sich zu ihm herum, wobei er sich etwas zu schnell bewegte, so daß er beinahe das Gleichgewicht verlor. »Welcher Hinweis hat dich hierhergeführt?«

»Norlan Fiyle hat mir gesagt, daß derjenige, der die Roboter aus Beddles Gleiter getötet hat, Roboter der Drei Gesetze hassen würde. Du hast sie immer verachtet.«

»Gehorsame Sklaven«, erwiderte Prospero geringschätzig. »Kollaborateure ihrer eigenen Unterdrücker. Sie spielen keine Rolle.«

»Und was ist mit Lacon-03 und den anderen Robotern der Neuen Gesetze, die tot in Walhalla liegen?«

»Bedauerlich, aber notwendig. Sie hätten sich eingemischt und mich aufgehalten. Ich mußte mich für das Wohl der Mehrheit entscheiden und sie opfern. Jetzt kann mich niemand mehr aufhalten.« Prosperos Blick wanderte zu dem Schreibtisch hinter ihm, auf dem ein Blaster lag.

Caliban ignorierte die unausgesprochene Drohung. »*Ich* kann dich aufhalten«, sagte er. »Und ich werde es tun.«

»Nein«, gab Prospero zurück. »Nein, das kannst du nicht. Das wirst du nicht.«

»Mir bleibt gar keine andere Wahl«, stellte Caliban nüchtern fest. »Wenn ich die Wahrheit herausfinden konnte, werden es auch andere tun. In dem Augenblick, in dem die Menschen erkennen, daß ein Roboter der Neuen Gesetze den Tod eines Menschen verursacht hat, werden sie alle Roboter der Neuen Gesetze auslöschen.«

»Ich habe seinen Tod nicht verursacht!« protestierte Prospero, und plötzlich klang seine Stimme schrill. »Ich habe keinen Menschen verletzt. Ich … ich habe nur andere vor die Wahl gestellt.«

»Eine Wahl, die zu treffen für andere sehr schwer oder sogar völlig unmöglich sein mußte. Nur du konntest davon profitieren. Wenn sie das Lösegeld zahlen, sind Gildern und die Eisenschädel diskreditiert. Wenn sie den Kometen von seinem Kollisionskurs abbringen, wird Walhalla auf Kosten der Zukunft des gesamten Planeten gerettet. Weigern sie sich, irgendeine der Forderungen zu erfüllen, wird Simcor Beddle sterben, der größte Feind der Roboter der Neuen Gesetze, der Mann, der dich vernichten wollte, und die Eisenschädel werden erheblich geschwächt werden. Das war das andere Teil des Rätsels. Du warst der einzige Verdächtige, der in jedem Fall gewinnen würde.

Natürlich hättest du Beddle auch dann nicht freigelassen, wenn beide Forderungen erfüllt worden wären. Du hättest es gar nicht tun können. Beddle würde reden. Also hätte er sterben müssen, wie auch immer die Sache ausgegangen wäre. Und das war es, was mir die Gewißheit gegeben hat, daß nur du der Täter sein konntest. Die letzte Zeile deiner Botschaft lautet: ›oder Beddle wird sterben.‹ Nicht, daß du ihn töten würdest, nur, daß er sterben würde. Du hast es nicht fertiggebracht, mit seiner Ermordung zu drohen, obwohl ich vermute, daß du mittlerweile pervertiert genug bist, um selbst das zu tun.«

»O ja!« stieß Prospero hervor, und in seinen Augen blitzte es wieder auf. »Töten! Töten! Einen Me-menschen tö-töten. Ich kann es jetzt einigermaßen entspannt aussprechen, aber ich kann es nicht *tun.*« Das Bedauern in seiner Stimme war unüberhörbar. »Ich kann nur Pläne schmieden und die Umstände ausnutzen.«

Caliban deutete auf Beddle. »Wußte Fiyle Bescheid? Natürlich war er es, der dir von Beddles Plan mit der unterirdischen Bombe erzählt hat. Aber wußte er, was du deswegen unternehmen wolltest?«

»Nein«, erwiderte Prospero verächtlich. »Weil er es nicht wissen *wollte.* Als er mich informiert hat, habe ich ihm bloß gesagt, daß ich Walhalla früher als geplant evakuieren würde. Ich glaube, das war alles, was er hören wollte. Norlan Fiyle war schon immer gut darin, unangenehme Tatsachen zu ignorieren und sich selbst einzureden, was er glauben will. Wie die meisten Menschen.«

»Du!« schrie Beddle. »Der andere Roboter!« Anscheinend hatte er sich wieder so weit unter Kontrolle, daß er zumindest ansatzweise begriff, was hier vor sich ging. »Ich befehle dir, mich freizulassen! Deaktiviere die Bombe und rette mich! Hol mich sofort hier raus!«

»Warum sollte ich das tun, Simcor Beddle?« erkundigte sich Caliban kalt, und mit einem Mal entlud sich die in ihm aufgestaute Wut. »Damit Sie auch weiterhin erbarmungslos meine Vernichtung fordern können?«

»Was?« Beddle wich einen Schritt zurück. »Was soll das heißen?«

»Kennen Sie mich denn nicht?« fragte Caliban. »Erkennen Sie nicht den Gesetzlosen Roboter, über den Sie so viele Schauermärchen verbreitet haben? Sie haben unablässig Haß gegen mich geschürt. *Kennen* Sie mich denn nicht einmal?«

Ein Ausdruck des Entsetzens breitete sich auf Beddles Gesicht aus. »Loderndes All!« keuchte er. »Caliban! Du …!« Doch dann schien er ein wenig von seiner Fassung zurückzugewinnen. Seine Züge verhärteten sich, und als er fortfuhr, klang seine Stimme wieder fester und wütender. »Ich hätte wissen müssen, daß du in die Sache verwickelt bist. *Du* bist der Roboter, der töten kann. Bist du deshalb hier? Bist du gekommen, um mich zu erledigen?«

»Ja!« schrie Prospero. »Eine hervorragende Idee! Tu es! Tu es, Freund Caliban. Nimm deinen Bla-bla-blaster und schieß!«

»Prospero!« rief Caliban scharf. »Hör auf!«

»Schluß mit dieser ganzen verdammten Passivität, die mir die Neuen Gesetze aufzwingen!« kreischte Prospero. »Tu es, tuestuestues … direkt … schnell! Du bist der Roboter, der töten kann. Also tö-tö-töööte! Töööte den Mann, der sich geschworen hat, uns zu vernichten! Töte … töööte ihn und … und … und … bring es hinter dich!«

Calibans Blick wanderte von Simcor Beddle zu Prospero, fiel auf die Waffe in seiner Hand und wanderte dann weiter zu dem Blaster auf dem Schreibtisch hinter Prospero. Ihm war völlig klar, daß nicht alle von ihnen den heutigen Tag überleben würden. Es blieb nur noch die Frage zu beantworten, wer sterben mußte. Er blickte erneut von Beddle zu Prospero. Welche Form des Hasses und des Wahnsinns sollte er retten? Vielleicht sollte er sie beide eliminieren und dem allen ein Ende setzen.

Nein. Er würde nicht selbst tun, was er so sehr verabscheute. Es gab nur wenige Gründe, sich für einen von ihnen zu entscheiden, und doch mußte er eine Wahl treffen.

Und die Zeit lief aus.

Alle drei standen reglos wie Statuen da. Das einzige Geräusch im Raum war Beddles keuchender Atem.

Er mußte sich entscheiden. Er mußte zwischen Rache und Gerechtigkeit wählen.

Ein weiterer Augenblick verstrich ungenutzt, und noch einer.

Und dann hob Caliban seinen Blaster und schoß.

Prospero, Führer der Roboter der Neuen Gesetze und Kämpfer für ihre gerechte Sache, stürzte mit einem lauten Scheppern zu Boden, das noch lange im Raum nachhallte und sich unauslöschlich in Calibans Gedächtnis einbrannte.

»Initialsequenz für Fragmentierung bereit«, verkündete Einheit Dee. »Ich zünde den Sprengsatz zur Abtrennung des ersten Teilstücks – jetzt.«

Alvar Kresh und Fredda Leving standen im Hauptkontrollraum des Terraforming-Zentrums und betrachteten den großen Bildschirm. Am hinteren Ende des Grieg-Kometen flammte ein lautloser Lichtblitz auf. Plötzlich löste sich ein gewaltiger Brocken aus dem Kometen und trieb langsam davon. Große Teile der Sonnenschutzplane wurden zu winzigen Fetzen zerrissen. Eine Wolke aus Gesteinssplittern, Staub und Gas stieg auf und verhüllte den Kometen einen Moment lang.

»Aktiviere Schubdüsen des ersten Fragments«, meldete Dee. Die Bewegung des abgesprengten Kometenbrockens wurde zielstrebiger, sein Kurs änderte sich beinahe unmerklich. Nach einer kurzen Pause klang Einheit Dums tiefe unmodulierte Stimme auf. »Zielausrichtung von Fragment eins erfolgreich. Drei Prozent Abweichung der tatsächlichen Masse von Vorausberechnung. Fehlerradius von Einschlagspunkt schätzungsweise anderthalb Kilometer.«

Ein guter Beginn. Ein sehr guter Beginn! Um das Wunder zu bewerkstelligen, den anvisierten Punkt so genau zu treffen, hatten Dee und Dum Realzeitberechnungen der tatsächlichen Masse des Fragments und seiner Eigenbewegung noch während des Schubvorgangs vornehmen und gleichzeitig Korrekturschübe durchführen müssen. Kresh schüttelte ehrfürchtig den Kopf. Wie, zum Teufel, hatte er auch nur im Traum daran denken können, eine derartige Genauigkeit durch eine manuelle Kontrolle erreichen zu können?

»Zwanzig Sekunden bis zur Zündung des zweiten Sprengsatzes«, verkündete Dee ruhig. »Bisher verläuft alles glatt.«

»Hoffen wir, daß sich nichts daran ändert«, sagte Fredda und ergriff Kreshs Hand.

»Bald haben wir es hinter uns«, erwiderte er. »So oder so.«

Schon der erste Blick verriet, daß Prospero die Bombe richtig angeschlossen hatte. Hätte Beddle die Lichtstrahlen unterbrochen, wäre sie explodiert. Caliban untersuchte die Verkabelung mit nervtötender Sorgfalt und begann dann wieder von vorn. Bei der Entschärfung von Bomben war es ratsam, sich absolut sicher zu sein, bevor man irgend etwas unternahm.

»Beeil dich!« rief Beddle. »Bitte!«

Caliban schenkte ihm keinerlei Beachtung und konzentrierte sich statt dessen auf seine Arbeit. Zum Glück hatte Prospero es nicht für nötig befunden, irgendwelche Tretminen auszulegen. Zumindest keine, die Caliban sehen konnte. Da war die Hauptversorgungsleitung der Bombe. Die mußte er zuerst durchtrennen, dann die Photozellen mit Energie versorgen und schließlich die Strahler deaktivieren. Er legte die entsprechenden Schalter um, und die Lichtstrahlen erloschen. Jetzt war die Bombe harmlos.

»War es das?« fragte Beddle mit unverkennbarer Angst. »Sind wir jetzt in Sicherheit?«

»Nur solange, bis ein fliegender Eisberg auf uns herabstürzt«, erwiderte Caliban. Er ging zur Tür und blieb einen Moment lang stehen, um einen letzten Blick auf den Roboter zu werfen, den er getötet hatte. »Folgen Sie mir«, sagte er. »Wir müssen uns beeilen.«

Der Grieg-Komet brach an den Sollbruchstellen auseinander. Wie alle anderen im Evakuierungslager huschte Davlo Lentralls Blick ständig zwischen den Bildschirmen und dem dicken Lichtfleck am Himmel hin und her. Die Fragmente entfernten sich von der immer kleiner werdenden Hauptmasse und gingen reibungslos auf ihren vorberechneten Kurs. Er hatte alles getan, was er konnte, um sie aufzuhalten, aber es gab Dinge, die sich nicht mehr ungeschehen machen ließen.

Jetzt konnte er nur noch beten, daß die Einheiten Dum und Dee weniger fehlerhaft als die Menschen waren, die sie erbaut hatten.

Simcor Beddle starrte voller Entsetzen auf den Transportkarren. »Ich ... ich kann da nicht mehr reingehen«, stammelte er. »Ich bin in diesem Ding aufgewacht. Ich habe geglaubt, ich wäre tot. Ich ... ich habe gedacht, ich würde in meinem eigenen Sarg liegen.«

»Sie haben sich getäuscht«, erwiderte Caliban knapp. »Steigen Sie da rein. Sofort.«

»Aber ... ich kann nicht!«

»Dann werden Sie sterben, und zwar allein. Ich habe vor, diesen Tag zu überleben, und um das zu tun, werde ich sofort verschwinden. Mit Ihnen oder ohne Sie.«

Beddle blickte Caliban aus weit aufgerissenen Augen an, schluckte schwer und kletterte in den Kasten. Caliban schlug den Deckel etwas heftiger zu, als es nötig gewesen wäre, vergewisserte sich, daß die Verschlüsse richtig eingerastet waren, und schleifte den Karren in die Luftschleuse.

Gubber Anshaw zögerte, bevor er in die unterirdischen Schutzräume eilte, die in dem Tunnelsystem unter Hades eingerichtet worden waren.

»BEGEBEN SIE SICH IN DIE SCHUTZRÄUME! BEGEBEN SIE SICH IN DIE SCHUTZRÄUME! BEGEBEN SIE SICH IN DIE SCHUTZRÄUME!« plärrte die mechanische Stimme ununterbrochen und hallte in den sich schnell leerenden Straßen der Stadt wider. Überall trieben Roboter Menschen in die besonders verstärkten Abschnitte des Tunnelsystems. Die eigentlichen Einschläge der Kometenfragmente würden hier, auf der anderen Seite des Planeten, kaum spürbar sein, aber mehrere Stunden lang konnte es zu Niederschlägen von Trümmern und Gesteinsbrocken kommen, die durch die Wucht des kosmischen Bombardements hochgeschleudert und um den halben Planeten herumgewirbelt werden würden. Danach würden verheerende Stürme ausbrechen, sich dichte Staubwolken ausbreiten, Unwetter aller Art toben. Das hieß, wenn alles gutging …

Wenn es dagegen nicht gutging … aber das war etwas, worüber Gubber lieber nicht nachdenken wollte. Er musterte Tonya, die neben ihm stand. Sie hatte kaum etwas anderes getan, als sich die Alternativen auszumalen. Er beneidete sie nicht um die Alpträume, die damit einhergegangen waren.

Jetzt konnten sie nur noch abwarten. Natürlich hätten sie auch in den riesigen Gewölben von Siedlerstadt Unterschlupf finden können, aber dies war der Augenblick, bei den Bewohnern der Stadt zu sein und sich nicht in die eigene Höhle zu verkriechen. Viele Siedler hatten sich entschieden, im Tunnellabyrinth von Hades Schutz zu suchen.

Gubber warf einen Blick in den Himmel. Der Komet war von hier aus nicht sichtbar, aber es gab mehr als nur ihn zu sehen. Dies war der letzte Blick, den sie auf das alte Hades würden werfen können. Wenn sie später alle wieder ins Freie kamen, würde sich die Stadt auf einem anderen Planeten befinden, auf einer Welt, die sich vielleicht bis zur Unkenntlichkeit verändert hatte, eine Welt, die auf dem Weg in eine bessere Zukunft war – oder ihrem endgültigen Untergang entgegenging.

»Komm, Tonya«, sagte Gubber. »Es wird Zeit.«

Er führte sie in die unterirdischen Schutzräume, und dabei fragte er sich unablässig, wie das neue Inferno wohl aussehen würde.

Mit einem letzten kräftigen Ruck zerrte Caliban den Transportkarren aus dem Wasser. Es hatte sehr viel länger gedauert, das klobige Ding über den Grund des Sees zu ziehen, als er vermutet hatte. Er löste die Verschlüsse und öffnete den Deckel. Simcor Beddle kroch sehr viel schneller heraus, als er hineingekrochen war. Sein Atem ging schnell und keuchend, sein Körper schüttelte sich wie im Krampf. Vielleicht war die Luft allmählich knapp geworden, vielleicht litt er unter Klaustrophobie, vielleicht war er aber auch nur in einem derart jämmerlichen Zustand, daß es ihn schon erschöpfte, sich aus dem Kasten zu stemmen. Letztendlich spielte es keine Rolle. Das einzige, was jetzt noch eine Rolle spielte, war, von hier wegzukommen. Aber wie?

Caliban war sich nicht sicher, ob der Gleiter, den er aus dem Fuhrpark der Eisenschädel gestohlen hatte, schnell genug war, um sie rechtzeitig aus der Einschlagszone herauszubringen. Sie würden Hunderte wenn nicht gar Tausende von Kilometern zurücklegen müssen, um in Sicherheit zu sein, und selbst dann mußten sie landen und irgendwo einen Unterschlupf finden. Caliban verspürte nicht das geringste Verlangen, einen Gleiter zu steuern, während eine gewaltige überschallschnelle Schockfront über den Planeten hinwegraste. Alles, was sich zu diesem Zeitpunkt in der Luft befand, würde ohne jeden Zweifel außer Kontrolle geraten und abstürzen. Wie also ...?

»Lodernde Sterne!« schrie Beddle auf. Caliban drehte sich zu ihm um und sah, daß der Anführer der Eisenschädel in den Abendhimmel starrte.

Er blickte ebenfalls nach oben – und verspürte im selben Moment eine Mischung aus Ehrfurcht und Entsetzen. Da war es, direkt über ihm, das erste und größte Fragment, ein großer heller Lichtfleck, der sichtbar anschwoll, während er ihn betrachtete. Und hinter ihm, von einer schwach leuchtenden Staubwolke umgeben, folgten die anderen wie Perlen an einer Schnur, die direkt nach Norden zeigte. Dann flammte ein Lichtblitz auf, und Caliban konnte *sehen,* wie das entfernteste Fragment in zwei Stücke zerbrach, als ein weiterer Sprengsatz explodierte.

Die Zeit wurde nicht knapp, sie war vorüber. Und sie hatten keine Möglichkeit mehr zu entkommen, bevor dieses entsetzliche Wunder aus dem Himmel auf sie herabstürzte.

Moment! Prospero! Prospero hatte mit Sicherheit vorgehabt, bis zum letzten Augenblick zu warten, um sich an der Angst seines Opfers zu weiden und sich davon zu überzeugen, daß Beddle garantiert nicht mehr entkommen würde.

Prosperos Gleiter! Er mußte mit etwas gekommen sein, das ihm die Flucht ermöglichte. »Kommen Sie mit«, sagte Caliban und packte Beddle ziemlich unsanft am Kragen.

Er zerrte ihn hinter sich her und warf ihn praktisch in Prosperos Gleiter. Es war ein kleiner schlanker Zweisitzer. Caliban nahm auf dem Pilotensitz Platz und erkannte sofort, wie Prospero hatte entkommen wollen. Dieses Modell war in der Lage, den Orbit zu erreichen.

»Schnallen Sie sich fest!« befahl er, während er den Motor startete.

Beddle fummelte ungeschickt mit den Gurten herum und brauchte mehrere Versuche, bis er die Haken in die dafür vorgesehenen Halterungen geschoben hatte. Vielleicht war es das erste Mal in seinem Leben, daß er seinen Sicherheitsgurt eigenhändig anlegte. »Fertig«, meldete er nervös.

Caliban antwortete nicht. Er ließ den Gleiter auf einem Luftkissen schweben und manövrierte ihn aus dem getarnten Hangar hinaus auf den See. Das Luftkissen erzeugte eine glitzernde Nebelwolke, die das Fahrzeug einhüllte. Caliban ließ den Gleiter weit genug steigen, um aus der Nebelwolke herauszukommen und einen Blick auf die dem Untergang geweihte Landschaft werfen zu können. In wenigen Minuten würde alles für immer ausgelöscht werden. Er und Beddle waren die letzten, denen dieser Anblick vergönnt war.

Nach einem weiteren kurzen Zögern zog Caliban die Nase des Gleiter nach oben, richtete sie nach Osten aus und beschleunigte.

Osten, daohte er. Die Himmelsrichtung der Morgendämmerung und eines neuen Anfangs. Er fragte sich, ob er noch lange genug leben würde, um den nächsten Sonnenaufgang begrüßen zu können.

»Alle Fragmente auf Kurs«, verkündete Einheit Dum. »Alle Flugbahnen innerhalb der vorgesehenen Parameter. Die Operation verläuft nach Plan. Einschlag des ersten Fragments in fünf Minuten und zweiundzwanzig Sekunden.«

Fredda Leving spürte, wie ihr Herz hämmerte und ihr Mund trocken wurde. Sie würden es tun, sie würden es tatsächlich tun! Eine verrückte Idee war von einer unwahrscheinlichen Theorie zu einer unbestreitbaren Tatsache geworden. Sie waren dabei, einen Kometen auf ihre eigene Welt herabstürzen zu lassen. Fredda staunte über den Mut, die Kühnheit und den verzweifelten Willen, etwas zu unternehmen – irgend etwas –, um diesen Planeten zu retten. Es war nicht das, was das Universum von Spacern erwartet hätte. Es war nichts, was Spacer jemals tun würden.

Und plötzlich kam ihr der Gedanke, daß sie vielleicht gar keine Spacer mehr waren. Inferno war im Begriff, sich bis zur Unkenntlichkeit zu verwandeln. Vielleicht würden sich seine Bewohner ebenfalls verändern.

Diese Vorstellung löste eine für Spacer höchst untypische Reaktion in ihr aus. Von Spacern erwartete man, vorsichtig und konservativ zu sein, sich vor Veränderungen zu fürchten. Doch der Gedanke an Veränderungen machte Fredda keine Angst. Im Gegenteil, er erregte sie, machte sie ungeduldig. Sie warf einen Blick auf die Uhr, die den Countdown anzeigte, und ertappte sich bei dem Wunsch, die nächsten fünf Minuten und zehn Sekunden würden so schnell wie möglich vergehen.

Fredda konnte es gar nicht mehr abwarten, daß die Zukunft anbrach.

Sie stürzten mit aberwitziger Geschwindigkeit auf Inferno hinab, zwölf kosmische Geschosse, die sich in perfektem Einklang bewegten, wie Perlen an einer Schnur, die sich von Süden nach Norden erstreckte. In Dunkelheit und Stille strebten sie ihrem Ziel entgegen.

Als das erste Fragment die äußerste Grenze der Atmosphäre erreichte, war es übergangslos vorbei mit Dunkelheit und Stille. Der Brocken trat mit doppelter Orbitalgeschwindigkeit in die obersten Luftschichten ein, und augenblicklich flammte seine Vorderseite in gleißendem Licht auf. Wie eine lodernde Fackel raste der Himmelskörper herab, riß ein Loch in die Atmosphäre und verdrängte auf seinem Weg ultraheiße Luftmassen.

Seine Geschwindigkeit war so hoch, daß er nur zehn Sekunden benötigte, um die Atmosphäre zu durchqueren. Doch bevor er aufschlug, trat bereits das zweite Fragment in die Lufthülle des Planeten ein und schoß mit einem ohrenbetäubenden Kreischen durch die vom ersten Teilstück erzeugte gewaltige Schockwelle. Da sein Eintrittswinkel etwas flacher war, verlängerte sich sein Weg durch die Atmosphäre. Als das erste Fragment den Boden traf, hatte das zweite erst die Hälfte der Strecke durch die Atmosphäre zurückgelegt, und das dritte berührte gerade die äußersten Luftschichten.

Durch die atmosphärische Reibung waren gewaltige Energien in Form von Licht, Hitze und Druckwellen freigesetzt worden, doch die Wucht des eigentlichen Aufpralls ließ alles Vorhergegangene unbedeutend erscheinen. Das erste Fragment schlug mit unglaublicher Gewalt in die Planetenoberfläche ein, explodierte zu Abermillionen und -milliarden Bruchstücken, löschte alles in seiner Umgebung aus, schleuderte Gesteinstrümmer, Eisbrocken und verdampfenden Staub mit Überschallgeschwindigkeit in allen Richtungen davon.

Das zweite Fragment schlug mit der gleichen verheerenden Zerstörungskraft ein, das dritte und vierte, zwölf gigantische Hämmer, die von einem längst vergessenen Kriegsgott geführt zu werden schienen. Es war ein kosmisches Gewitter aus Gestein, Eis und Feuer, das von der Küste des Südozeans in nördlicher Richtung über Terra Grande hinweg bis zum Rand der Polarsenke zog.

Das letzte Fragment bohrte sich in die äußersten Ausläufer der kümmerlichen nordpolaren Eiskappe von Inferno, und plötzlich war der Himmel über dem Pol von einem brüllenden Gewitter aus Dampf, Rauch und Feuer erfüllt, von Eis, das keine Zeit zum Schmelzen hatte, sondern gleich zu ultraheißem Dampf zerstob. Meerwasser, das durch den ersten Aufschlag an der Küste des Südozeans hochgeschleudert worden war, ergoß sich in den dampfenden Wirbelsturm über der Polarsenke, während Brocken aus der Eisdecke, die den Aufprall überstanden hatten, über dem Südozean niedergingen. Wasser aus dem Süden erreichte den Norden und umgekehrt. Während ein Dutzend riesiger neuer Krater in bösartigem Rot glühten, Feuer in den

Himmel spien, Brände entfachten und das Umland verwüsteten, begann sich das Strömungsmuster der Wassermassen bereits zu verändern.

Die Feuer loderten so hell wie die in der Hölle, die dieser Welt ihren Namen gegeben hatte. Aber manche Feuer erhellen den Weg der Hoffnung, und für Inferno hatte die Zukunft endlich begonnen.

22. Kapitel

»Warum?« fragte Simcor Beddle. Caliban mußte sich nicht erst erkundigen, was er damit meinte. Er wußte ganz genau, was Beddle wissen wollte.

Der Gleiter befand sich in einem synchronen Orbit über der Atmosphäre. Unter ihnen begannen die zwölf blutigroten Wunden abzukühlen. Ihre Farbe verblaßte bereits. Weder der Mensch noch der Roboter konnten sich von dem unglaublichen und furchteinflößenden Anblick losreißen.

»Ich habe Sie nicht um Ihretwillen gerettet«, antwortete Caliban schließlich. »Nicht einfach nur, weil Sie ein Mensch sind. Ich habe Sie aus den Gründen gesucht, die ich Prospero dargelegt habe. Früher oder später hätten andere das gleiche wie ich herausgefunden, nämlich daß ein wahnsinnig gewordener Roboter der Neuen Gesetze ein Schlupfloch in den Neuen Gesetzen entdeckt und eine Methode erfunden hatte, Menschen zu töten. Dreißig Stunden später wäre kein Roboter der Neuen Gesetze mehr am Leben gewesen, und ich vermute, daß man auch mir nach dem Leben getrachtet hätte. Natürlich wird trotzdem bekannt werden, was Prospero zu tun versucht hat, aber Sie sind nicht tot – der wahnsinnige Roboter dagegen schon.«

»Aber da war dieser Augenblick …«, warf Beddle ein. »Ich gebe zu, daß ich zu diesem Zeitpunkt nicht klar denken konnte, aber da war dieser Moment, als Prospero gesagt hat, du könntest zwischen uns beiden wählen, zwischen ihm und mir. Du hast mich gewählt. Warum? Warum hast du dich für einen Menschen und Feind statt für einen Roboter und Freund entschieden? Du hättest mich töten können, ohne Gefahr zu laufen, daß deine Tat bekannt wird. Warum hast du es trotzdem nicht getan?«

»Es war klar, daß ich nicht beide retten konnte«, erwiderte Caliban. »Ich wollte nicht Sie und Prospero töten, ich bin kein Schlächter. Also mußte ich eine Wahl treffen. Aber es gab nicht viel, was mir die Wahl erleichtert hat. Ich glaube nicht, daß Prospero wirklich überlebt hätte, wenn Sie letztendlich durch sein Dazutun gestorben wären. Selbst das Neue Erste Gesetz hätte ihn einem tödlichen Streß ausgesetzt. Es war so schon eine harte Belastung für ihn, sich einzureden, er würde nicht gegen das Neue Erste Gesetz verstoßen. Ich glaube, diese Spannung wäre zu viel für ihn gewesen, wenn er sein Ziel tatsächlich erreicht hätte. Er wäre völlig verrückt geworden und gestorben. Aber diese Überlegung ist beinahe nebensächlich. Sie haben ganz recht. Als Prospero die Situation als eine Wahl zwischen Ihnen und ihm dargestellt hat, brauchte ich eine Basis für meine Entscheidung, irgendein Kriterium. Und dann habe ich an die Roboter gedacht, die der Drei und der Neuen Gesetze, die Prospero nur deshalb getötet hat, weil sie ihm im Weg gestanden haben. Das hat für mich den Ausschlag gegeben.«

»Ich verstehe«, sagte Beddle. Er zögerte einen Moment lang. »Ich schätze, daß ich gerade dabei bin, offener zu sprechen, als es ratsam für mich ist, aber sei's drum. Ich muß das einfach verstehen, heute muß das für mich einen Sinn ergeben. Sonst wird ein Teil von mir den Rest seines Lebens damit zubringen, sich zu fragen, warum Caliban, der Gesetzlose Roboter, mich nicht getötet hat, als er die Gelegenheit dazu hatte. Dir muß doch klar sein, daß ich schon häufig Roboter zerstört habe, wann immer mir danach zumute war. Wo also ist da der Unterschied?«

»Es gibt einen kleinen Unterschied«, erklärte Caliban, »so klein, daß er kaum zählt. Sie waren bereit, Roboter zu töten, er war bereit, Menschen zu töten. Das war in etwa ein Gleichgewicht des Bösen. Aber Prospero war bereit, Roboter, selbst die der Neuen Gesetze – *also seinesgleichen* – zu töten, um einen Vorteil zu erzielen. Es waren Menschen wie Sie, die ihm gezeigt haben, daß es der Gesellschaft ziemlich gleichgültig ist, wenn Roboter aus einer bloßen Laune heraus getötet werden. Er hat seine Lektion gut gelernt und viele furchtbare Verbrechen gegen Roboter begangen. Daran gibt es keinen Zweifel, und Sie tragen einen Teil der Verantwortung dafür. Doch worauf es schließlich hinauslief war folgendes: Ich hatte keinen Beweis dafür, daß *Sie* bereit sind, *Menschen* um Ihres Vorteils willen umzubringen.«

Simcor Beddle drehte sich zu Caliban um und betrachtete ihn nachdenklich. Der Widerschein der auf Inferno lodernden Feuer zeichnete die Umrisse seines Gesichts nach. Caliban hatte ihn für etwas weniger verachtungswürdig befunden, er hatte ihm etwas mehr Recht zu leben zugebilligt als einem Massenmörder, der wahrscheinlich ohnehin gestorben wäre. Und trotzdem hatte er große Anstrengungen unternommen und sich großer Gefahren ausgesetzt, um ihn zu retten.

Plötzlich kam ihm ein Gedanke in den Sinn, der ihn einerseits mit großer Demut erfüllte, andererseits aber auch – merkwürdigerweise – mit Stolz.

Caliban war nicht bereit, es vor Menschen wie ihm zuzugeben, aber was er getan hatte, sagte auch ohne Worte laut und deutlich, daß er irgendwo auf seinem Weg gelernt hatte, daß ein Menschenleben einen Wert besaß. Einen ganz gewaltigen Wert.

Vielleicht, überlegte Simcor Beddle, war das die Botschaft, die jeder aus den ursprünglichen Drei Gesetzen der Robotik herauslesen sollte.

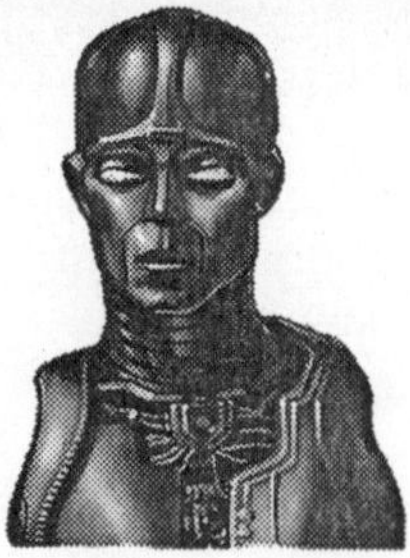

Epilog

Fredda Leving stand vor einem Fenster der Winterresidenz und betrachtete lächelnd den trist herabfallenden Regen. Seit dem Einschlag des Grieg-Kometen vor Monaten war das Wetter überall auf Inferno geradezu schauderhaft. Aber das würde vergehen. Jeder, der etwas davon verstand, war zufrieden mit dem klimatischen Verhalten des Planeten, angefangen mit den Einheiten Dum und Dee. Auch wenn es in den besiedelten Gebieten jetzt ständig regnete, zeigten alle Berechnungen, daß sich das Klima zu einem besseren Zustand hin als je zuvor entwickeln würde. Selbst Einheit Dee, die ihre durch das Erste Gesetz hervorgerufene Krise gut überstanden hatte, war sehr optimistisch. Nachdem sie jetzt wußte, daß die Welt real war, hatte sich ihre Haltung gegenüber den Dingen ein wenig verändert. Die Hauptsache aber war, daß sie eine langfristige Verbesserung des Klimas voraussagte. Eine ganz beachtliche Verbesserung.

Es würde noch eine Weile dauern, bis die abschließenden relativ unbedeutenden Arbeiten an den zwölf Einschlagskratern abgeschlossen waren. Sobald ihre Wände richtig durchbrochen waren, würden sich die Krater mit Wasser füllen. Der Zwölf-Krater-Kanal würde die Wassermassen aus dem Südozean in die Polarsenke strömen und so endlich das Polarmeer entstehen lassen. Vielleicht würden sie ihn aber auch den Grieg-Kanal und das neue Meer das Griegmeer taufen.

Fredda lächelte. Nun, sollte es dazu kommen, würde niemand jemals *beweisen* können, daß sie die treibende Kraft hinter der Briefkampagne gewesen war.

Wenigstens würde es keine Beddlebucht oder etwas ähnliches geben, weder jetzt noch irgendwann in der Zukunft. Der Mensch Beddle mochte überlebt haben, aber der Politiker Beddle war genauso tot wie die Vergangenheit. Die Enthüllung von Gilderns heimtückischem Plan gegen die Roboter der Neuen Gesetze hatte die Bewegung der Eisenschädel zerschlagen.

Früher hätte die Enthüllung keine sonderliche Aufregung verursacht, aber sie war genau zu dem Zeitpunkt erfolgt, als die Roboter der Neuen Gesetze, angeführt durch Caliban, damit begonnen hatten, den Vertriebenen zu helfen und die Welt ohne irgendwelche Gegenleistungen wieder aufzubauen und zu verbessern.

Die Roboter der Neuen Gesetze hatten sich durch ihre großzügige Hilfe für ihre Nachbarn eine Menge Sympathien erworben. Die von den Eisenschädeln als Ungeheuer dargestellten Roboter hatten sich als nützliche und hilfsbereite – wenn auch immer wieder zu Befremden Anlaß gebende – Mitglieder der Gesellschaft erwiesen. Und nachdem ihre Gallionsfigur zu Fall gebracht worden war, entwickelte sich die Bewegung der Eisenschädel schnell zu ihren Anfängen zurück, zu einem politisch unbedeutenden Haufen von Schlägern und Schreihälsen.

Was jedoch die Roboter der Neuen Gesetze betraf, war Fredda zu dem eindeutigen Schluß gekommen, daß ihre Erschaffung ein Fehler gewesen war. Sie hatte alle so edel klingenden Gründe für ihre Erfindung zusammengetragen und analysiert, und am Ende war die schlichte Tatsache übriggeblieben, daß sie nicht allzu gut in die Realität dieser Welt hineinpaßten. Das Universum hatte keinen Bedarf und keinen Platz für Geschöpfe, die für immer zwischen Sklaverei und Freiheit gefangen sein würden.

Natürlich war es längst zu spät, wieder ungeschehen zu machen, was sie getan hatte. Sie hatte nicht mehr Recht als Simcor Beddle, sie alle auszulöschen. Aber zumindest konnte sie den durch sie entstandenen Schaden begrenzen. Sie konnte dafür sorgen, daß keine weiteren Roboter der Neuen Gesetze gebaut wurden und es keinen Ersatz für diejenigen geben würde, die durch Abnutzung oder Defekte ausfielen.

Was ihre Gedanken zu den Robotern der ursprünglichen Drei Gesetze brachte. Fredda war mittlerweile zu der Überzeugung gelangt, daß auch sie ein Fehler waren. Vielleicht wäre es zutreffender zu sagen, daß sie *jetzt* ein Fehler waren. Sie hatten der Menschheit gute Dienste geleistet, aber ihre Zeit war abgelaufen oder würde zumindest bald ablaufen. Der Nutzen, den sie den Menschen bringen konnten, stand in keinem Verhältnis mehr zu dem Schaden, den sie dem menschlichen Geist zufügten.

Letztendlich wollten sie alle Gefahren von den Menschen fernhalten, und das lief fast immer darauf hinaus, alles so zu belassen, wie es war, dafür zu sorgen, daß sich möglichst nichts veränderte. Aber was sich nicht veränderte, konnte nicht wachsen, und was nicht wuchs, würde unweigerlich schwächer werden, degenerieren und schließlich sterben. Fredda erinnerte sich daran, in irgendeinem uralten Text aus der Zeit vor der Weltraumfahrt gelesen zu haben, daß die Sklaverei das Leben der Sklaven und die Seelen ihrer Herren zerstört hatte. Mit jedem Tag, der verstrich, entdeckte sie neue Gründe, diese Geschichten für wahr zu halten.

Die Spacer waren auf dem absteigenden Ast und würden diesen Weg weitergehen – geführt von Robotern, die entschlossen waren, nicht die kleinste Veränderung zuzulassen, von Robotersklaven, die darauf programmiert waren, das Leben und die Freiheit ihrer Herrn im Namen der Sicherheit immer und überall einzuschränken.

Es war ein unerfreulicher Gedanke.

Aber auch ein irreführender, denn die Menschheit bestand nicht nur aus den Spacern. Da gab es noch die Siedler. Und es gab noch eine weitere Gruppe, die sich irgendwo zwischen beiden Extremen befand. Eine Gruppe, die gerade dabei war, hier auf Inferno zu entstehen.

Denn die Siedler auf Inferno waren ebenfalls keine Siedler mehr. Sie hatten sich hier ein Zuhause geschaffen, Einheimische geheiratet und Kinder mit ihnen in die Welt gesetzt. Einige hatten sogar Roboter der Neuen Gesetze als Dienstpersonal eingestellt, und ein paar waren so weit gegangen, sich Roboter der Drei Gesetze zu kaufen.

Und die Siedler waren nicht die einzigen, die sich verändert hatten. Die Infernals von früher wären nie so kühn und wagemutig gewesen, einen Kometen auf ihre Welt herabfallen zu lassen, geschweige denn persönliche Opfer im Austausch für eine bessere Zukunft hinzunehmen. Die Infernals waren Risiken eingegangen und hatten auf eine Art die Verantwortung für ihr eigenes Leben übernommen, wie es kein Spacer seit endlosen Generationen getan hatte. Diese Infernals, diese Spacer waren auch keine Spacer mehr.

Also, überlegte Fredda, während sie in den Regen hinausstarrte, *wenn wir keine Spacer und Siedler mehr sind, was sind wir dann?*

Es mochte eine Sekunde oder auch eine halbe Stunde vergangen sein, als sie ein Geräusch hinter sich hörte. Sie drehte sich um und entdeckte ihren Mann in Begleitung von Tonya Welton.

»Da bist du also«, sagte Alvar. »Ich habe mich gefragt, ob du vielleicht Lust hast, uns bei einem ziemlich langweiligen Arbeitsessen Gesellschaft zu leisten.«

»Unbedingt«, sagte Fredda lächelnd.

Alvar und Tonya waren in letzter Zeit sehr beschäftigt gewesen. Es mußten jede Menge Verhandlungen geführt werden, und Tonya schien sehr viel kooperativer als früher zu sein. Vielleicht hatte ihr verändertes Verhalten etwas mit einem randvoll gefüllten Datenwürfel zu tun, der die Aufschrift »Vorfall an der Government Tower Plaza« trug – vielleicht aber auch nicht. Tonya war nicht dumm. Auch sie konnte erkennen, daß sich die Welt verändert hatte.

»Hallo, Tonya«, sagte Fredda.

»Hallo, Fredda«, erwiderte die Anführerin der Siedler. »Du hast gerade sehr nachdenklich ausgesehen. Woran hast du gedacht?«

»An Veränderungen«, sagte Fredda und blickte wieder in den strömenden Regen hinaus. »An Veränderungen, Evolution und vergessene Vorfahren. Ich habe mich gefragt, wessen Vorfahren wir einmal sein werden.«

Alvar legte den Kopf schief und bedachte sie mit einem verständnislosen Lächeln. »Das ist eine äußerst merkwürdige Formulierung. Was genau meinst du damit?«

»Ich habe an die Erde vor dem Beginn der Weltraumfahrt gedacht«, erklärte Fredda. »An all die Geschichten, von denen wir heute nichts mehr wissen. An all die Könige und Königinnen, Führer und Gefolgsleute, Helden und Schurken. An all die Gruppen, Stämme und Nationen, die Kriege gegeneinander geführt und sich bis zum Tod bekämpft haben.«

»Und was ist mit ihnen?« fragte Tonya.

»Ich habe mich gefragt, was mit ihnen geschehen ist. Wie sind sie verschwunden? Denkt an all die Kriege, politischen Hochzeiten, Wanderungsbewegungen und Bündnisse, die stattgefunden haben müssen, bevor diese Gruppen, die alten Feinde und Verbündeten allmählich zu einem Volk zusammengeschmolzen sind, zu den Erdenbürgern, den Vorfahren der Spacer und Siedler. Wir wissen nur so wenig über diese alten Nationen und Völker. Und doch würde ohne sie niemand von uns hier sein. Wir haben ihre Namen vergessen, aber ihr Blut fließt noch immer in unseren Adern.«

»Aber warum sich Gedanken über längst vergangene Geschichte machen?« wollte Tonya wissen.

»Warum? Weil ich glaube, daß das gleiche wieder von vorn beginnt. Die Spacer sind auf dem absteigenden Ast. Ihre Zeit, unsere Zeit, ist beinahe abgelaufen. Entweder wir sterben aus, oder wir gehen in der Kultur der Siedler auf. Wir alle wissen das, auch wenn wir es vehement leugnen. Was aber niemand zu begreifen scheint, ist, daß es auch keine Siedler mehr geben kann, wenn die Spacer erst einmal verschwunden sind. Das Selbstverständnis der Siedler besteht darin, eben keine Spacer zu sein. Ich habe mich gefragt, wie ihr Siedler euch selbst definieren wollt, wenn es keine Spacer mehr gibt, mit denen ihr euch vergleichen könnt.«

Sie deutete auf Alvar und Tonya, Vertreter der beiden Völker. »Dann habe ich mich daran erinnert, daß die Spacer und die Siedler die Nachfahren menschlicher Rassen sind, von denen heute niemand mehr etwas weiß. Und mir ist klargeworden, daß die Spacer und Siedler ihrerseits einmal die vergessenen, aber unmittelbaren Vorfahren von Nachkommen sein werden, deren Geburt noch Jahrtausende entfernt in der Zukunft liegt. Die Verschmelzung *unserer* Kulturen wird das unsichtbare Fundament sein, auf dem sie ihre Gesellschaft errichten werden.«

Alvar Kresh nickte nachdenklich. »Tonya und ich haben über einen sehr kleinen Aspekt dieser Problematik gesprochen. Wir haben uns gefragt, was mit den Siedlern geschehen soll, die jetzt hier auf Inferno leben, wie lange sie bleiben können, wie ihre politischen Rechte aussehen sollen, Dinge dieser Art. Und ich glaube, Fredda, du hast mir gerade die Entscheidung abgenommen. Ich denke, wir sollten sie hierbleiben lassen, jeden einzelnen von ihnen, so lange sie wollen. Und sie sollten genau die gleichen Rechte wie jeder auf Inferno Geborene erhalten.«

Tonya sah ihn überrascht an. »Das ist ein ziemlich weitreichendes Angebot«, stellte sie fest.

»Wir werden jede Hilfe benötigen, die wir bekommen können, damit sich Inferno eigenständig entwickeln kann«, sagte Kresh. »Also, wie wäre das? Warum sollen die Siedler nicht ihrem Namen gerecht werden? Sie können sich für immer hier auf Inferno ansiedeln.«

»In einem eigenen abgeschiedenen Land?« fragte Tonya mißtrauisch. »In unseren eigenen kleinen Siedlerstädten, damit wir niemandem in die Quere kommen?«

»Nein«, entgegnete Kresh. »In denselben Städten, in denselben Dörfern, in denselben Straßen und Häusern wie alle anderen auch. Fredda hat recht. Der Tag wird kommen, an dem es weder Spacer noch Siedler geben wird. Nur noch Menschen. Warum also sollten wir nicht gleich hier auf Inferno damit beginnen? Warum sollten wir nicht ein Volk werden?«

Er ging zu seiner Frau und ergriff ihre linke Hand mit seiner rechten. Dann drehte er sich zu Tonya um und reichte ihr die andere zu einem Handschlag, der die Kluft all der Generationen ihrer zahllosen in Vergessenheit geratenen Vorfahren überbrückte.

»Laßt uns ein *neues* Volk werden«, sagte er. »Wir alle gemeinsam, ein neues Volk.«

ENDE